백신애 작품집

아름다운 노을(외)

백신애 지음 / 최혜실 책임편집

범우

일러두기

1. 백신애 문학 관련 작품을 묶은 것이다. 신문이나 잡지에 발표된 것 중 백신애의 것임을 확인할 수 있는 작품을 대상으로 했으며 소설과 수필로 나누어 수록하였다.
2. 작품들은 발표 원전을 저본으로 삼았다. 신문이나 잡지에 발표된 글들을 원전을 일일이 대조하여 한 구절 한 자에 이르기까지 원전 확정에 주력하였다.
3. 원문을 가능하면 살리되 현대 독자들이 읽기 쉽도록 현대 표기로 고치고 필요한 한자는 부기하였다. 원전에 탈락된 단어들은 전후 문맥이 명확한 단어들만 현대어로 표기하였고 그렇지 않은 것은 ○ 표시로 남겨두었다.
4. 어려운 내용이나 한자 구절, 일본어, 중국어, 러시아어에는 주석을 달았다.
5. 발표 연도나 게재지, 또는 출판사를 글의 앞, 또는 글 뒤에 밝혀 놓았다.

백신애 편 | 차례

발간사 · 3
일러두기 · 7

소설 —— 11

나의 어머니 · 13
꺼래이 · 24
복선이 · 46
채색교 · 51
적빈 · 66
낙오 · 80
멀리 간 동무 · 91
상금 삼 원야 · 97
악부자 · 101
의혹의 흑모 · 119
정현수 · 133
학사 · 152
식곤 · 167
어느 전원의 풍경 · 179
가지 말게 · 192
광인수기 · 195
소독부 · 218
일여인 · 234
혼명에서 · 247
아름다운 노을 · 279

수필 —— 327

　　도취삼매 · 329
　　백합화단 · 333
　　연당 · 338
　　제목 없는 이야기 · 342
　　추성전문 · 346
　　가정부인으로서 음악가에게 보내는 말씀 · 349
　　사명에 각성한 후 · 350
　　무상의 악 · 353
　　종달새 · 356
　　납량이제 · 360
　　매화 · 368
　　울음 · 371
　　백안 · 374
　　춘맹 · 378
　　종달새 곡보 · 382
　　녹음하 · 385
　　동화사 · 388
　　사섭 · 392
　　눈 오던 그 날 밤 · 398
　　청도기행 · 402

해설/그 여자가 말하는 세 가지 방식 —— 418

　　작가 연보 · 440
　　연구 논문 · 443

소설

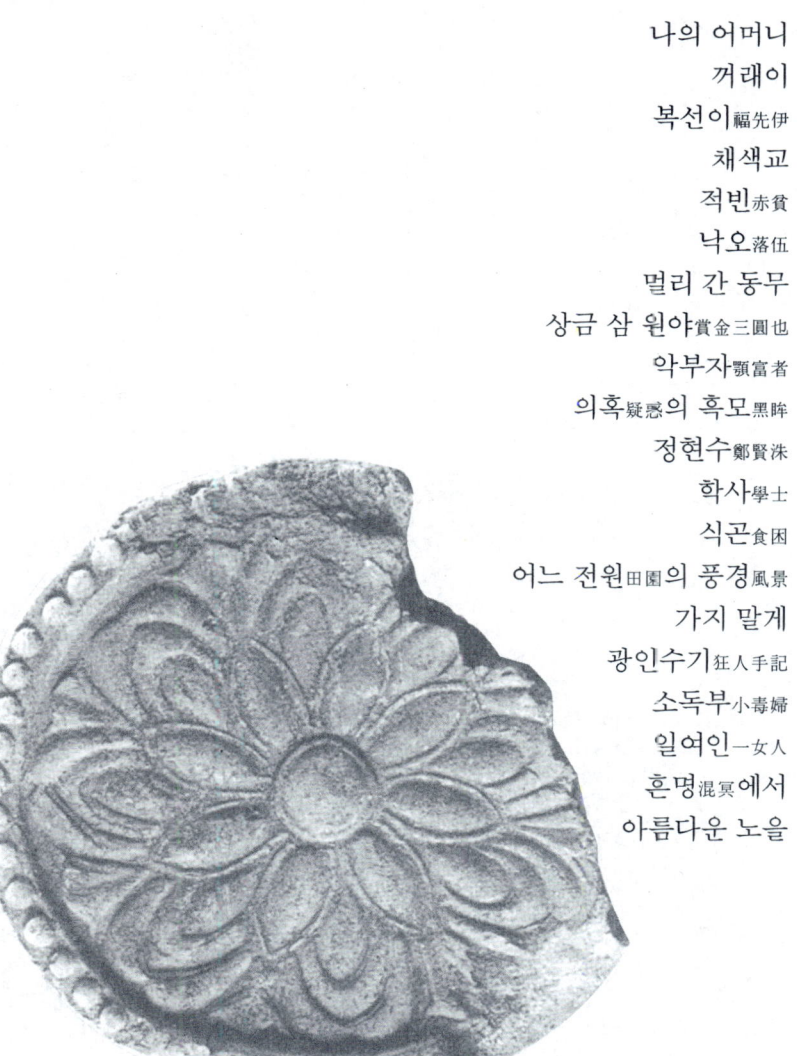

나의 어머니
꺼래이
복선이福先伊
채색교
적빈赤貧
낙오落伍
멀리 간 동무
상금 삼 원야賞金三圓也
악부자顎富者
의혹疑惑의 흑모黑眸
정현수鄭賢洙
학사學士
식곤食困
어느 전원田園의 풍경風景
가지 말게
광인수기狂人手記
소독부小毒婦
일여인一女人
혼명混冥에서
아름다운 노을

나의 어머니

1

××청년회 회관을 건축하기 위하여 회원끼리 소인극素人劇을 하게 되었다. 문예부文藝部에 책임을 지고 있는 나는 이번 연극에도 물론 책임을 지지 않을 수가 없게 되었다.

시골인 만큼 여배우女俳優가 끼면 인기를 많이 끌 수가 있다고들 생각한 청년회 간부들은 여자인 내가 연극에 대한 책임을 질 것 같으면 다른 여자들 끌어내기가 편리하다고 기어이 나에게 전 책임을 맡기고야 만다. 그러니 나의 소임은 출연할 여배우를 꾀어 들이는 것이 가장 중한 것이었다.

그러나 아직 '트레머리'가 사·오인에 불과하는 이 시골이라 아무리 끌어내어도 남자들과 같이 연극을 하기는 죽기보담 더 부끄러워서 못하겠다는 둥, 또는 해도 관계없지만 부모가 야단을 하는 까닭에 못하겠다는 둥 온갖 이유가 다—많아서 결국은 여자라고는 아—구도 출연出演할 사람이 없이 되고 부득이 남자들끼리 하는 수밖에 없었다. 그래서 우리들은 밤마다 밤마다 ××학교 빈 교실을 빌려서 연극 연습을 시작하게 되었다.

연습을 시키고 있는 나는 아직 예전 그대로의 완고한 시골인 만큼 '일반에게 비난을 받지나 않을까……?' 하는 여러 가지로 완고한 시골에서

신여성新女性들의 취하기 어려운 행동에 대한 고려를 하지 않을 수 없어서 다른 위원들과 같이 여러 번 토론도 하여 보았으나 내가 없으면 연극을 하지 못하게 되는 수밖에 없다는 다른 위원들의 간청도 있어서 나는 끝까지 주저하면서도 끝까지 일을 보는 수밖에 없었다.

오늘은 그 공연公演을 이틀 앞둔 날이다. 학교 사무실 시계가 열한 시를 치는 소리를 듣고야 우리는 연습을 그쳤다.

딸자식은 의례히 시집갈 때까지 친정에서 먹여주는 것이 예부터 해오던 습관이라면 나도 아직 시집가지 않은 어머니의 한낱 딸이니 놀고 먹어도 아무렇지도 않을 것이언마는 오빠가 ×× 사건으로 감옥에 들어가고 보통 학교 교원으로 있던 내가 여자 청년회를 조직하였다는 이유로 학교 당국으로부터 일조에 권고사직勸告辭職을 당하고 나서는 그대로 할 일이 없으니 부득이 놀 수밖에 없이 되었다. 그래서 날마다 먹고는 식구가 단촐한 얼마 안 되는 집안 일이 끝나면 우리 어머니의 말씀마따나 빈둥빈둥 놀아댄다. 어떤 때는 회관에도 나가고 또 어떤 때는 가까운 곳으로 다니며 여성단체女性團體를 조직하기에 애를 쓰기도 하고 그렇지 않으면 하루 종일 또는 밤이 새도록 책상 앞에서 책과 씨름을 하는 것 뿐이다. 한 푼도 벌어들이지는 못하지마는 어쩐지 나는 나대로 조금도 놀지 않는 것 같기도 하였다. 그러나 우리 어머니는 종종

"아까운 재주를 놀리기만 하면 어쩌느냐!"

고 벌이 없는 것을 한탄하시기도 한다. 벌이를 하지 않으면 아까운 재주가 쓸데없는 것이라는 것이 우리 어머니의 생각이다. 그러면 나는

"아이구 바빠 죽겠는데……."

하고 딴청을 들이댄다.

"쓸데없이 남의 일만 하고 다니면서 바쁘기는 무엇이 바빠!"

하며 나를 빈정대신다.

내가 밤낮 남의 일만 하고 다니는지 또는 내 할 일을 내가 하고 다니는지 그것은 둘째로 하고라도 나의 거동擧動은 언제든지 놀고 있는 것 같아 보이는 것도 무리가 아니라고 생각되었다.

오늘은 ××에서
'여자×× 회를 발기發起하니 좀 와서 도와다오…….'
하니 거절할 수 없고— 또 오늘은 또 ××가 저의 집이 조용하다니 그곳에도 가서 하려던 얘기를 해 주어야겠고— 오늘은 드××회로 모이는 날이니, 내가 빠지면 아니 될 것—, 동무가 보내준 책이 몇 권이나 있는데 그것도 읽어야겠고— 여러 곳에서 편지가 왔으니 꼭 답을 해 주어야겠고, 이것이 모두 나에게는 못 견딜 만치 바쁘고 모두가 해야만 할 일같이 생각된다. 그러나 남의 눈에는 한 푼도 수입이 없으니 나는 날마다 놀기만 하는 것 같이 보이는 것이 무리가 아니다. 더욱이 우리 어머니 어머니에게는…….

2

하루나 이틀이 아니고 몇 해든지 자꾸 나 혼자만 바쁘고 남의 눈에는 아까운 재주를 놀리기만 하면서 먹기가 좀 어색하게 생각되지 않을 수가 없었다.

열일곱 살 때부터 교원으로서 얼마 안 되는 월급이나마 받아서 꼭꼭 어머니 살림에 보태어 드릴 때는 내 마음대로 무슨 일이든지 하고 싶은 대로 했었고 또 마음으로는 하고 싶어도 그만 참고 있으면 어머니가 척척 다— 해 주시기도 했었다. 말하자면 어머니는 어떻게든지 내 마음에 맞도록 해 주시려고 애를 쓰시던 것이었다.

그러나 이제는 의례 해야 할 말도 하기가 미안하고 아무리 마음에 맞지 않는 것이라도 불평을 말할 수가 없어졌다. 심지어 몸이 아플 때도 어디

가 아프다는 말조차 하기가 미안하여진다.
 병원! 약갑! 이것이 연상되는 까닭이다. 그리고 때때로
 "사람이 오륙인 씩이나 모두 장정의 밥을 먹으면서 일년 내내 한 푼도 벌이라고는 하는 인간이 없구나!"
하며 어머니의 얼굴이 좋지 않아지면 나는 말할 수 없는 미안스러움과 죄송스러운 감정에 북받치고 만다. 그러면서도 어머니가 너무 심하게 구시면 어떤 때는
 "아이구 어머니도 내가 벌지 않으면 굶어 죽는가베. 아직은 그래도 먹을 것이 있는데!"
하는 야속스런 생각도 난다. 그러나 이 생각도 감옥에 들어 계시는 오빠를 위하여 차입을 한다, 사식을 댄다, 바득바득 애를 쓰는 어머니 모양을 생각하면 그만 가슴이 어두워지고 만다.

 오늘도 집으로 돌아오는 길에서
 "대문이 닫혔으면 어떻게 하나. 어머니가 아직 주무시지 않으시어질까!"
하는 걱정과 함께
 "지금 나에게도 무슨 돈이 월급처럼 꼭꼭 나오는 데가 있었으면……."
하는 엉터리 없는 공상을 하기도 하였다. 가라앉지 않는 뒤숭숭한 가슴으로 조심히 대문을 밀었다. 의외로 대문은 소리 없이 열리었다.
 "옳다, 되었다."
 나는 소리 없이 살며시— 대문 안에 들어서서 도적놈처럼 안방 동정을 살피었다. 안방에는 등잔불이 감스릿하게 낮추어 있었다.
 "어머니가 벌써 주무시는구나……."
하는 반갑고 안심되는 생각에 갑자기 가벼워진 몸으로 가만히 대문을 잠그고 들어서려니까 안방 창문에 거무스름한 어머니 그림자가 마치 지나

가는 구름처럼 어른 하더니 재떨이에 담뱃대를 함부로 탁탁 쎄리는 소리와 함께 길—게 한숨을 하더니
 "아이구 애야, 글쎄 지금이 어느 때냐."
하는 어머니의 꾸지람이라기보다는 앓는 소리가 흘러 나왔다.
 '아이구 어머니 아직 안 주무셨구나' 는 생각이 번뜩하자 나도 떨리는 한숨이 길게 나왔다. 방문 열고 들어서는 한숨이 아직 이불도 펴지 않고 어머니는 밀창 앞에 쪼그리고 앉아서 지금까지 애꿎은 담배만 피우며 나를 기다리신 모양이다.
 무겁건 가슴이 뜨끔! 하여졌다. 이러한 경우는 교원을 그만두게 된 후로는 수없이 당하는 것이지만 그래도 그대로 들어가 모르는 척 하고 누워 잘 수는 없었다.
 그렇다고 내 가슴에 받치어 그대로 엉엉 마음 풀릴 때까지 울지도 못할 것이다.
 나는 문턱에 걸치고 들여다보던 반신(半身)을 막 방안에 들여놓으며 어머니 앞에 털컥 주저앉아서 하하 웃었다. 그러나 그 순간 뒤에 나는 울고 싶으리만치 괴로웠다. 내가 바라보는 어머니의 표정은 너무도 침울하였던 까닭이다.
 "이런…… 어머니 어디 갔다 오셨어요? 벌써 열 시가 되어 오는데……."
 나는 열두 시가 가까워 오는 것을, 다행히 조금이라도 어머니의 노기를 덜고자 일부러 열 시라고 했다.
 물끄러미 등잔만 쳐다보던 거칠어진 어머니의 얼굴에 두 눈이 휘둥그레지며
 "열 시?"
하며 나에게 반문하였다. 나는 또 가슴이 뜨끔하여졌다.
 "열 시? 열 시가 무엇이냐? 열 시? 열 시라니! 열한 시 친지가 언제라고……. 벌써 닭 울 때가 되었단다."

나직하게 목을 빼어 어안이 막힌다는 듯이 나를 바라보며 핀잔을 주기 시작하셨다.
나는 그만 온몸의 피가 뜨거워지는 것 같더니 그 피가 일제히 머리를 향하여 달음질쳐서 올라오는 것 같아서 진작 입이 떨어지지를 않았다.
"글쎄 지금이 어느 때라고! 네가 미쳤니? 지금까지 어디를 갔다 오노 말이다."
그 말소리는 어머니다운 애정과 애달픔과 노여움이 한데 엉킨 일종 처참한 음조에 떨리는 그것이었다.

3

어리광으로 어머니의 노기를 풀려고 하하 웃고 시작한 나는 어머니의 이 말소리에 몸을 어떻게 지탱할 수가 없어서 벌떡 일어나 책상에다 머리를 내어 던지며 주저앉았다.
"남 부끄러운 줄도 어쩌면 그렇게도 모르니? 이 밤중에 어디를 갔다 오느냐 말이다. 네가 지금 몇 살이니? 응 차라리 나를 이 자리에서 당장 죽여나 주든지!"
"가기는 어디를 가요? 연극 연습 한다고 그러지 않았어요? 거기 갔었어요!"
나의 이 대답에 어머니는 기가 막힌다는 듯이 입을 벌린 그대로 얼굴이 틀어졌다.
"연극하는 데라니? 아이그 이 애 좀 보게. 그곳이 글쎄 네가 갈 데냐! 아무리 상것의 소생이라도 계집애가 그런 데 가는 것을 본 적이 있니? 모이는 자식들이란 모두 제 아비 제 어미는 모른다 하고 사회니 지랄이니 하고 쫓아다니는 천하 상놈들만 벅적이는데……."
"어머니 잘못했어요. 남의 말은 하면 무엇해요. 저도 잘 알고 있지 않습니까. 그만 주무세요."

 나는 덮어놓고 어머니를 재우려 했다. 나는 어찌하든지 어머니와는 도무지 말다툼을 하지 않으려 했다. 아무리 설명을 하고 이해를 시켜도 점점 어머니의 노기만 더할 뿐인 것을 나는 잘 안다. 이따금 어머니가 심심하실 때에 이야기를 하라고 하시면 옛 이야기 끝에 성인聖人도 시속을 따르란 말이 있지요."
하며 이야기 꼬리를 멀리 돌려서 나의 입장과 행동을 변명도 하고 될 수 있는 정도까지 어머니를 깨우려고 애를 쓴다. 그러면 그때는 나에게 감복이나 한 듯이

 "너는 어떻게 그런 유식한 것을 다 아느냐."
하고 엄청나게 감복하시며 기특하고도 귀엽다는 듯이 바라보신다. 그때만은 나도 어머니의 따뜻한 사랑 속에서 숨을 쉬이는 듯한 행복을 느낀다.

 그러나 그것도 잠깐이다. 나면서부터 온고한 옛 도덕과 인습에 푹 싸인 어머니이라 그만 씻어 버린 듯이 잊어버리고 다시 자기의 주관으로 들어간다. 그런 까닭에 나는 어머니와는 입다툼은 하지 않는다. 억지로라도 어머니를 누워 재우려고 겨우 책상에서 머리를 들었다.

 "아이그 어머니! 글쎄 그만 주무세요. 정 그렇게 제가 잘못했거든 내일 아침이 또 있지 않아요? 그만 주무세요, 네?"

 어머니는 홱 돌아 앉아 담배만 자꾸 피우신다. 그 입술은 여전히 노여움에 떨리고 있었다.

 "어머니 잘못했어요. 참 잘못했습니다. 잘못한 것만 야단을 하시면 어떻게 해요. 이제부터 그리지 말라그 하셨으면 그만이지! 에로나! 주무세요. 왜 저를 사내자식으로 낳으시지 않으셨어요. 이렇게 잠도 못 주무시고 하실 것이 있습니까?"

 억지로 어리광을 피우는 내 눈에는 눈물이 팬— 돌았다. 나는 얼른 닦

아 감추려 하였으나 차디찬 널빤지 위에서 끝없이 떨고 있을 오빠의 쓰린 생각이 문득 나며 덩달아 솟아오르는 눈물을 걷잡을 수가 없었다.
 "어머니! 참 우스워 죽을 뻔 했어요. 이 주사 아들이 여자가 되어서 꼭 여자처럼 어떻게 잘하는지 우스워서 뱃살이 끊을 뻔 했어요. 모레부터는 돈 받고 연극을 합니다. 그때는 저녁마다 어머니는 공구경을 시켜 드리겠습니다. 참 잘해요."
 아무리 나는 애를 써도 어머니의 노기는 풀리지도 않았다. 오히려 점점 노기가 높아가는 것 같았다.

4

 어머니 무릎에 손을 걸었다.
 "글쎄 왜 이러느냐 내야 잘 때 되면 어련히 잘라구……. 보기 싫다. 내 눈 앞에서 없어져라. 계집아이가 무슨 이유로 남자들과 같이 야단이냐. 이런 기막힐 창피한 꼴이 또 어디 있어."
 어머니가 어디까지든지 늦게 온 나를 이상하게 의심하여 자기 마음대로 기막힌 상상을 하여 가며 나를 더럽게 말하는 것이 말할 수 없이 가슴이 터져 오르나 그래도 이를 바둑바둑 갈면서
 "어머니 잡시다!"
하고 떨치는 손을 다시 어머니의 무릎에 걸었다.
 " 내 팔자가 사나우려니까 천하 제일이라고 칭찬이 비 오듯 하던 자식들……. 아이구 내 팔자도…… 너 보는데 좋다 좋다 하니 내내 그러는 줄 아니? 그래도 제 집에 돌아가면 다 욕한단다. 네 오라비도 그렇게 열이 나게들 쫓아다니고 어쩌고 하더니 한번 잡혀간 뒤로는 그만이더구나. 너도 또 추켜내다가 네 오라비처럼 감옥 속에나 보내지 별 수 있을 줄 아니?"

나는 그만 도로 책상에 엎드렸다. 자신의 편함과 혈육(血肉)을 사랑하는 것밖에 아무것도 모르고 도덕과 인습에 사무친 저 어머니의 자기의 생명같이 키워 놓은 단 두 오누이(男妹)로 말미암아 오늘에 받는 그 고통을 생각할 때 나는 가슴이 다시금 찌들하고 쓰려졌다.
"저 어머니가 무엇을 알리? 차라리 꾸지람이라도 실컷 들어두자."
하는 가엾은 생각에 죽은 듯이 엎드려 있었다.
　방안에 공기가 쌀쌀하게도 움직이더니 납을 녹여 붓듯이 무겁게 가라앉는다
"이아 밥 안 먹겠니?"
　어머니의 노기는 한없이 올라가다가도 풀리기도 잘한다. 그것은 마음이 약하신 어머니는 모든 짜증과 괴롬에 문득 속이 상하시다가도 그 속풀이를 하는 곳이 언제든지 얼토당토 않은데 마주치고 만 것을 스스로 깨달으면 곧 눈물로 변해서 사라지고 만다.
　언제든지 밤참을 꼭꼭 잡수시는 어머니다. 내가 돌아오기를 기다려 지금까지 잡숫지 않은 모양이다. 나는 새삼스럽게 가슴이 차게 놀랐다. 갑자기 어떻게 대답을 해야 좋을지를 몰랐다.
"안 먹겠어요."
　연극연습을 하던 때는 어느 정도까지 시장함을 느꼈었으나 지금은 모가지까지 무엇이 꼭 찬 것 같았다. 뒤미쳐
"먹지 않어? 왜 안 먹어!"
　어머니는 조금 불쾌한 어조로 다시 권하셨다. 잇따라 숟가락이 놋쇠그릇에 칼칼스럽게 마주치는 소리가 났다. 얼마 후에 또다시
"이애 밥 먹어라. 네 오라비는 저렇게 떨고 있으련다는 그래도 나는 이렇게, 나는 먹는다. 저 나오는 것을 보고 죽을려고……."
　목 메인 한숨과 함께 숟가락을 집어 던진다. 나는 지금까지 참았던 울음이 와락 치받쳐 전신이 흔들렸다.

이윽고 다시 담배를 넣기 시작하시던 어머니가 지금까지의 것은 모두 잊어버린 것 같은 부드러운 말소리로 다시 권하셨다.

"배고프지! 좀 먹으렴."

나는 감격에 받쳐 다시 가슴이 찌르르 하여졌다. 나 까닭에 썩는 속을 오빠를 생각하여 눌러버리고 오빠를 생각하여 애끊는 장을 그나마 조금 편히 곁에 앉힌 나를 위하여 억제하려는 가슴은, 어머니 나는 그 어머니의 가슴을 잘 안다. 그 괴로움을 숨쉴 때마다 느낀다.

기어이 몸은 일으켜 다만 한 숟가락이라도 먹어 보이고 싶으리만치 내 감정은 서글펐다.

천천히 마루로 나가시는 어머니가 얼마 후에 손에 식혜 한 그릇을 떠 가지고 들어오셔서 내 옆에 갖다 놓으시며

"밥 먹기 싫거든 이거나 좀 먹어라."

나는 가슴이 터져라! 하고 큰소리로 외치고 싶었다.

가엾은 어머니! 가엾은 딸! 담배 한 대를 또 피우고 난 어머니는 허리를 재이며 자리로 누우셨다. 내가 이 식혜를 먹지 않으면 어머니 속이 얼마나 아프시랴! 오빠 생각에 넘어가지 않는 음식이라 또 내가 먹지 않을까 해서 일부러 많이 먹는 척 하시는 가엾은 어머니가 얼마나 슬퍼하실까?

나는 한 입에다 그 감주를 죄다 삼켜 버리고 크게 웃어서 어머니를 안심하시게 하고 싶은 감정에 꽉 찼으나 전신은 물과 같이 여물어졌다.

석유石油가 닳을까 하여 잔불을 끄고 자리에 누웠다. 이웃집 시계가 새로 한 시를 땡! 쳤다.

어머니가 후—한숨을 쉬셨다.

"아! 어머니! 가엾은 어머니. 어머니의 속을 알지 못하고 야속한 어머니로만 여기는 줄 아시고 그다지 괴로워하십니까. 이 몸을 어머니가 말씀하신 그 김金가에게 바치어 기뻐하는 어머니의 얼굴을 잠시라도 보고 싶을 만치 이 딸의 가슴은 죄송함에 떨고 있습니다. 어떻게 하면 이 세상

에서 어머니를 마음 편케 모실 수가 있을까요! 내가 사랑하는 장래 나의 남편이 되기를 어머니 모르게 허락한 ××—. 그도 나와 같은 울음을 우는 불행과 저주에 헤매는 가난한 신세이외다. 그러면 나는 무엇으로 어머니를 편케 할까요! 그러나 나의 어머니여 나는 어머니가 좋아하시는 김가에게도 이 몸을 바치지 않을 것입니다. 또 내일 밤도 빠지지 않고 가야 합니다.

"가엾은 나의 어머니여."

꺼래이

 끌려 갔습니다. 순이順伊들은 끌려갔습니다. 마치 병든 버러지 떼와도 같이……. 굵은 주먹만큼한 돌맹이를 꼭꼭 짜박은 울퉁불퉁하고도 딱딱한 돌길 위로……. 오랜 감금監禁의 생활에 울고 있느라고 세월이 얼마나 갔는지는 몰랐으나 여러 가지를 미루어 생각하건대 아마도 동짓달 그믐께나 되는가 합니다.
 고국을 떠날 때는 첫가을이여서 세누겹저고리에 엷은 속옷을 입고 왔었으므로 아직까지 그때 그 모양대로이니 나날이 깊어가는 시베리아의 냉혹한 바람에 몸뚱아리는 얼어터진지가 오래였습니다.
 순이의 늙으신 할아버지, 순이의 어머니, 그리고 순이와 그 외 조선 청년 두 사람, 중국 쿨리(勞動者) 한 사람, 도합 여섯 사람이 끌려가는 일행이었습니다.
 '빤즉삿게'를 쓰고 길다란 '만도'를 이은 군인 두 사람이 총끝에다 날카로운 창을 끼어들고 앞뒤로 서서 뚜벅뚜벅 순이들을 몰아갔습니다.
 몸뚱아리들은 군데군데 얼어 터져 물이 흐르는데 이따금 뿌리는 눈보라조차 사정없이 휘갈겨 몰려가는 신세를 더욱 애끓게 하였습니다. 칼날같이 산뜻하고 고추같이 매운 묵직한 무게를 가진 바람질이 엷은 옷을 뚫고 마음대로 온몸을 어여내었습니다. 모―든 감각을 잃어버린 '로보트' 같이 어디를 향하여 가는 길인지 죽음의 길인지, 삶의 길인지 아무것도 모르고 얼어붙은 혼魂만이 가물가물 눈을 뜨고 없어지며 자빠지며 총대에 찔려가며 절름절름 걸어갔습니다.

"슈다"
하면 이편 길로
"뚜다!"
하면 저편 길로 군인의 총끝을 따라 희미한 삶을 안고 자꾸 걸었습니다.

길가에 오고가는 사람들은 발길을 멈추고 바라보며 어린아이는 어머니 팔에 매달리며 손가락질 했습니다.

그러나 순이들은 부끄러운 줄 몰랐습니다.

'나도 고국 있을 그 어느 때 순사에게 묶여가는 죄인을 바라보고 무섭고 가엾어서 저렇게 서 있었더니……'
하는 생각이 어렴풋이 나기는 했습니다마는 얼굴을 가리며 모양없이 웅크린 팔짐을 펴고 걷기에는 너무나 꽁꽁 언 몸뚱이였으며 너무나 억울한 그때였습니다. 그저 순이들은 바람맞이에서 까물거리는 등불을 두 손으로 보호하듯 냉각해진 몸뚱아리 속에서 까물거리는 한 개의 '삶'이란 그것만을 단단히 안고 무인광야를 가듯 웅크려질 대로 웅크리고 눈물 콧물 흘려가며 찔름찔름 걸어갔습니다.

걷고 걷고 또 걸어 얼마나 걸었는지 순이의 일행은 거리를 떠나 파도치듯 바닷가에 닿았습니다.

어떻게 된 셈판인지 순이의 일행은 커다란 기선 위에 기어 올라 갔습니다.

어느 사이에 기선은 육지를 떠나 만경창파 위에 술렁거리기 시작했습니다.

"아이구 아빠! 우리 아빠!"
"순이 아버지, 아이고 아이고, 순이 아버지."

"순이 애비 어디 있니? 순이 애비……."

순이는 할아버지와 어머니와 서로 목을 얼싸안고 일제히 소리쳐 울었습니다.

가슴이 찢어지고 두 귀가 꽉 멀어지며 자꾸자꾸 소리쳐 불렀습니다.

"여봅쇼, 울지들 마오. 얼어 죽는 판에 눈물은 왜 흘려요."

젊은 사나이 두 사람은 순이들의 울음을 막으려고 애썼으나 울음소리조차 내지 못하는 순이의 할아버지는 그대로 털썩 갑판 위에 주저 앉아 작대기 든 손으로 쾅쾅 갑판을 두들기며 곤두박질하였습니다.

"여보시오, 우리 아버지가 저기서 죽었어요."

순이도 발을 구르며 소리쳤습니다.

"죽은 아들의 뼈를 찾으러 온 우리를 무슨 죄로 이 모양이란 말이오."

할아버지는 자기의 하나 아들이 죽어 백골이 되어 누워 있다는 ×××란 곳을 바라보며 곤두박질을 그칠 줄 몰라 했습니다.

그러나 기선은 사정없이 육지와 멀어지며 차차 만경창파 위에서 울렁거리기 시작했습니다. 그때 한 떼의 물결이 '철썩' 하며 갑판 위에 내려덮이며 기선은 나무 잎사귀처럼 흔들리기 시작했습니다. 그 순간 일행은 생명의 최후를 느끼며 일제히 바람 의지가 될 만한 곳으로 달려가 한 뭉치가 되었습니다.

그때 중국 쿨리는 메고 왔던 짐을 끌르고 이불 한 개를 꺼내어 둘러쓰려 하였습니다.

이것을 본 젊은 사나이 한 사람이 날랜 곰같이 달려들어 그 이불을 뺏어 순이의 할아버지를 둘러 주려고 했습니다.

중국 쿨리는 멍하니 잠깐 섰더니 갑자기 얼굴에 꿈틀꿈틀 경련을 일으키며 누런 이빨을 내어놓고 벙어리 울음같이 시작도 끝도 분별 없는 소리로

"으어……."

하고 울었습니다. 그 눈에서 떨어지는 굵다란 눈물 방울인지 내려 덮치는 물결 방울인지 바람결에 물방울 한 개가 순이의 뺨을 때려 붙였습니다.
　순이는 한 손으로 물방울을 씻으며 한 손으로 이불자락을 당겨 쿨니도 덮으라고 했습니다.
　"아이그 우리를 데리고 온 군인들은 어디로 갔을까……."
　누구인지 이렇게 말하였으므로 일행은 고개를 들어 살펴보니 과연 군인 두 사람의 흔적이 없었습니다.
　"모두들 추우니까 선실 안으로 들어간 게로군. 빌어먹을 자식들."
하고 젊은 사나이는 혀를 찼습니다. 그 말을 듣자 순이는 벌떡 일어나
　"우리두 이러다가는 정말 죽을 테니 선실 안으로 들어갑시다."
하고 외쳤습니다.
　"안됩니다. 들어오라고도 않는데 공연히 들어갔다. 봉변 당하면 어찌하게."
하고 젊은 사나이는 손을 흔들며 반대했습니다.
　"봉변은 무슨 으라질 봉변이에요. 이러다가 죽느니보다 낫겠지요. 점잖과 체면을 차릴 때입니까?"
　순이는 발악을 하며 외쳤습니다.
　"쿨니어게 이불 빼앗을 때는 예사이고 선실 안에 들어가는 것은 부끄럽단 말이오? 나는 죽음을 바라 그대로 있기는 싫어요. 봉변을 주면 힘자라는 데까지 싸워 보지요."
　순이는 그대로 있자는 젊은이들이 얄밉고 성이 났습니다. 자기들의 무력함을 한탄만 하고 앉았는 무리들이 안타까웠던 것입니다.
　순이는 기어이 혼자 선실을 향하여 달려갔습니다. 기선은 연해 출렁거리며 이따금 흰 둘결이 철썩 내려 덮치곤 하였습니다. 일행의 옷은 물결에 젖고 젖은 옷깃은 얼음이 되어 꼿꼿하게 나뭇가지처럼 되었습니다.

선실로 내려가는 층층대를 순이는 굴러 떨어지는 공과 같이 내려 갔습니다.

선실 안에는 훈훈한 공기가 꽉 차 있어 순이는 얼른 정신을 차릴 수가 없었습니다. 잠깐 두리번두리번 살펴보다가 한 옆에 걸터앉아 있는 군인 두 사람을 찾아내었습니다. 순이는 번개같이 달려가 군인의 어깨를 잡아 젖히며

"우리는 죽으란 말이오?"

하고 분노에 떨리는 소리로 물었습니다.

군인은 놀란 듯이 잠깐 바라본 후 웃는 얼굴을 지으며 제 나라 말로

"모두 이리 내려오너라."

라고 말했습니다.

순이는 선실 안의 사람들이 웃는 소리를 귀 밖으로 들으며 다시 갑판 위로 올라갔습니다.

풍랑은 사나울 대로 사나와 잠시라도 훈훈한 공기를 쏘인 순이의 창자를 휘둘러 몸에 중심을 잡고 한 발자국도 내어 디디지 못하게 하였습니다. 그러나 순이는 일행이 있는 곳을 바라보았습니다.

이제는 아주 얼음덩이가 된 이불자락에다 머리를 감추고 모두 죽었는지 살았는지 움직이지도 않고 있는 것이 보였습니다.

순이는

"모두 이리 오시오."

하고 소리쳤습니다마는 풍랑 소리에 그의 음성은 안타깝게도 짓밟히고 말았습니다.

순이는 더 소리칠 용기가 없어 일행을 향하여 한 자국 내어놓자, 사나운 바람결이 몹쓸 장난같이 보드라운 순이의 몸뚱이를 갑판 위에 때려누이고 말았습니다. 다시 일어나려고 발악을 하는 그의 귀에 중국 쿨리의 울음소리가 야공성같이 울려왔습니다.

이윽한 후 군인 한 사람이 갑판 위로 올라와 본 후 순이를 일으키고 여러 사람도 데리고 선실로 내려왔습니다.

선실 안에 앉았던 사람들은 일행의 모양을 바라보며 모두 찌글찌글 웃었습니다.

병든 문둥 환자의 모양이 그만큼 흉할는지, 얼고 얼어 푸르고 붉은 데다 검게 탄 얼굴로 콧물을 흘리며 엉금엉금 층층대를 내려서는 여섯 사람의 모양을 보고 우습지 않을 리 누가 있겠습니까.

일행의 몸이 녹기 시작하자 시간은 얼마나 지났는지 기선은 어느 조그만 항구에 닿았습니다.

쌓아둔 짐뭉치에 기대 누운 순이의 할아버지는 뼈끝까지 추위가 사무쳤음인지 한결같이 떨며 끙끙 앓기만 하고 순이의 어머니는 수건을 폭 내려쓰고 팔짱을 낀 채 역시 웅크리고 앉아 있었습니다.

"여기서 내리는 모양이구료."

젊은 사나이가 순이의 곁에 오며 말했습니다. 순이는 곳에서 또 다시 내릴 생각을 하니 다시 그 차가운 바람결이 연상되어 금방 기절할 것 같이 소름이 끼쳤습니다. 그러는 중에 군인이 일어서 순이의 할아버지를 총대로 툭툭 치며 무엇이라고 말했습니다.

"안돼요, 여기서 내릴 수 없오. 이 추운데 노인을 어떻게……."

순이는 군인의 총대를 밀치며 말했습니다. 군인은 신들신들 웃으며 어서 일어나라는 듯이 발을 굴렀습니다.

"아무래도 죽을 판이면 우리는 또 추운데로 나갈 수 없오."

할아버지를 가리워 앉으며 손을 내저었습니다. 군인은 한 번 어깨를 움쭉 해보이며 무엇이라 한참 지껄대니까 선실 안에 가득한 그 나라 사람들은 순이를 바라보며 혹은 웃고 혹은 가엾다는 듯이 머리를 흔들고, 서로 고개를 끄덕이며 중얼중얼 했습니다. 순이는 그들의 중얼거리는 말소리에서

"꺼래이…… 꺼래이……."
하는 가장 귀 익은 단어가 화살같이 두 귀에 꽂히는 것을 느꼈습니다. '꺼래이'라는 것은 고려高麗라는 말이니 즉 조선 사람을 가리키는 것이었습니다.

'꺼래이'라는 그 귀익고 그리운 소리가 그때의 순이들에게는 끝없는 분노를 자아내는 말 같았습니다.

"우리가 지금 웃음거리가 되어 있는 것이로구나. 추움에 못 이겨, 또 아무 죄도 없이 죽음의 길인지 삶의 길인지도 모르고 무슨 까닭에 꾸벅꾸벅 그들의 명령대로만 따르겠느냐."
라고 순이는 부르짖었습니다. 그러나 사람들과 군인들은 순이를 무지몰식한 야만인, 그리고 무력하고도 불쌍한 인간들의 표본으로만 보았음인지 웃고 떠들고 '꺼래이……'만을 연발하는 것이었습니다. 그때까지 웃으며 무엇이라 중얼거리기만 하던 군인 한 사람이 갑자기 정색을 지으며 총대로 순이의 옆구리를 꾹 찌르고 한 손으로 기다랗게 땋아 내린 머리채를 거머잡고

"쓰까래……."
라고 소리쳤습니다. 이것을 본 순이 어머니는 벌떡 군인의 턱 볕에 솟아 일어서며 지금까지 눌러 두었던 분통이 툭 퉁기듯이 군인의 멱살을 잡으려 했습니다.

"여보십시오. 공연히 그러지 마시오. 당신이 여기서 발악을 하면 공연히 우리까지 봉변을 하게 됩니다."
하고 젊은 사나이는 순이의 어머니를 말렸습니다. 군인들이 그 당장에 자기들의 취한 태도를 얼른 생각해 내지 못하여 눈만 커다랗게 뜨고 있는 것을 보자 순이는 히스테리 같은 웃음으로 꽉 입안을 깨물며 눈물이 글썽글썽하였습니다.

"할아버지 일어나세요, 아버지의 뼈를 찾지는 못했으나 아버지의 영혼

은 고국으로 가셨을 것입니다. 공연히 남의 땅 사람과 발악을 하면 무엇 합니까……."
 순이도 울고 할아버지, 어머니 모두 주루룩 눈물을 흘리며 그 조그마한 항구에 내렸습니다.
 일행 여섯 사람은 또 다시 군인을 따라 이윽히 걸어가다가 붉은기를 꽂은 ×××에 이르렀습니다. 그곳에 이르니 군인 복색한 중국인 같은 사람이 우리를 맞았습니다. 같이 온 군인은 그곳 군인에게 일행을 맡기고 따뜻해 보이는 벽돌집 안으로 들어갔습니다.
 순이들은 이제까지 언어를 통하지 못하여 안타깝던 설운 생각에 일시에 폭발되어 그 중국 사람 같은 군인의 곁에 따라갔습니다.
 "여보십시오!"
 순이는 그 군인이 행여나 조선 사람이었으면…… 하는 기대에 숨이 막힐 듯이 군인의 입술을 바라다보았습니다.
 "왜 이러심둥?"
 의외에도 그 군인은 조선 사람, 즉 꺼래이의 한 사람이었습니다. 일행 중 중국 쿨니를 빼고는 모두 너무나 반갑고 기뻐서
 "아이그 당신 조선 사람이셔요?"
 "내! 나 고려 사람입꼬마."
 그 군인은 이렇게 대답하며 순이를 바라보았습니다. 순이는 무슨 말을 먼저 해야 좋을지 몰랐으므로 잠깐 묵묵히 조선말 소리의 반가움을 어찌할 줄 몰라 했습니다.
 "저 젊은이 당신 남편이오?"
하고 군인은 아무 감동도 없는 무뚝뚝한 표정으로 순이에게 젊은 사나이 둘을 가리켰습니다. 그제야 순이는 오랫동안 잊어버렸던 처녀다운 감정을 느끼며 얼어붙은 얼굴에 잠깐 부끄러운 표정을 지었습니다.
 "아니올시다. 이 애는 우리 딸이야요. 이 늙은이는 우리 시아버님이랍

니다. 저 젊은이들과 중국 사람은 ×××에서 동행이 된 사람인데 알지도 못하는 사람입니다."
 순이의 어머니는 지금까지 같이 온 젊은이들보다 자기들 세 사람을 어떻게 구원해 달라는 듯이 이렇게 말했습니다.
 "여기가 어데야요?"
 순이만 자꾸 바라보는 군인에게 순이는 머뭇거리며 물었습니다.
 "영귀 말임둥? 영귀는 ××××××라 합늬!"
 "여보시오!"
 곁에서 젊은 사나이가 가로질러 말을 건네었습니다.
 "우리 두 사람은 해삼 위에 있는……."
하고 말을 꺼내었으나 그 군인은 들은 체 아니하고
 "어서 들어갑소. 영귀 서서 말하는 것이 안임늬."
 하며 일행을 몰아 마주 보이는 허물어져가는 흰 벽돌집을 가리켰습니다.
 "여보십시오. 우리를 또 감금한단 말이요? 우리 두 사람 콤뮤니스트입니다. 우리는 감금 받을 이유가 없습니다."
 라고 두 젊은이는 버티었으나 군인은 들은 체도 하지 않고 앞서 걸었습니다.
 "여보시오. 나으리 우리 세 사람은 참 억울합니다. 나의 남편이 3년 전에 이 땅에 앉아 농사터를 얻어 살았는데 지난봄에 병으로 죽었구료. 우리 세 사람은 고국서 이 소식을 듣고 셋이 목숨이 끊어질지라도 남편의 해골을 찾아가려고 왔는데 ×××에서 그만 붙잡혀 한 마디 사정 이야기도 하지 못한 채 몇 달을 갇혀 있다가 또 이렇게 여기까지 끌려왔습니다. 어떻게든지 놓아 주시면 남편의 해골이나 찾아서 곧 고국으로 돌아가겠습니다."
라고 순이 어머니는 군인에게 애걸을 하듯 빌었습니다.

"여보시오 나으리. 이 늙은 몸이 죽기 전에 아들의 백골이나마 찾아다 우리 땅에 묻게 해 주시오. 단지 하나뿐인 아들이요. 또 뒤 이을 자식이라고는 이 딸년 하나뿐이니 이 일을 어찌하오."

순이의 할아버지도 숨이 막히며 애걸하였습니다.

"당신 아들이 여기 왔심둥?"

군인은 울며 떠는 노인을 차마 밀치지 못하여 발길을 멈추고 물었습니다.

"네…… 후…… 우리도 본래는 남부럽지 않게 살았습니다. 네…… 그런데 잘못되어 있던 토지는 다 남의 손에 가버리고 먹고 살 길은 없고 하여 3년 전에 내 아들이 이 나라에서 돈 없는 사람에게도 토지를 꼭 나누어 준다는 말을 듣고 저 혼자 먼저 왔습지요. 우리 세 식구는 오늘이나 내일이나 하고 우리를 불러들이기만 바랐더니 지난봄에 갑자기 죽었다는 소식이 오니……"

노인은 더 말을 계속할 수 없어 그대로 목이 메이고 말았습니다.

군인은 체면으로 고개만 끄덕이더니

"영기서 말하던 안되옵니…… 어서 들어갑소. 들어가서 말 듣겠으니……"

하고 다시 뚜벅뚜벅 걸어 흰 벽돌집 안에 들어갔습니다.

조금 들어가니 나무로 만든 두터운 문이 있는데 그 문은 참새들의 똥이 말라 붙어 있어 먼지와 말똥 집수세 등이 지저분하게 깔려 있어 아무리 보아도 마굿간이었습니다.

집 외양은 흰 벽돌이나 그 집의 말 못할 속치장에 다시 놀라지 않을 수 없습니다.

'덜커덕' 그 나무문이 열리자 그 안을 한번 들여다 본 일행은 하마터면 뒤로 넘어질 뻔 했습니다. 그 문 안은 넓이 7, 8평은 되어 보이는데, 놀라지 마십시오. 그 안에는 하얀 옷 입은 우리 꺼래이들이 '방이 터져라'고

차 있었습니다.

"아이그머니! 조선 사람들······."

순이의 세 식구는 자빠지듯 방 안으로 뛰어 들어갔습니다.

"동무들, 방은 이것 하나 뿐입꼬마. 비좁드라도 들어가 참소."

맨 나중까지 들어가지 않고 버티고 서 있는 젊은 사나이 한 사람의 등을 밀어 넣고 덜커덕 문을 잠그고 군인은 뚜벅뚜벅 가 버렸습니다.

순이들은 잠깐 정신을 차려 방안을 살펴보니 전날에는 부엌으로 쓰던 곳인지 한쪽 벽에 잇대어 솥 걸던 부뚜막 자리가 있고, 그 겸에 블리키 물통이 놓여 있으며 좁다란 송판을 엉금엉금 걸쳐 공중公衆 침대를 만들어 두었습니다. 그 공중 침대 위에는 빽빽하게 백의 동포가 빨래상자의 상자 속같이 옹기종기 올라 앉아 있었습니다.

좌우간 앉아나 보려 했으나 대소변이 질벅하여 발 붙일 곳도 없었습니다.

문이라고는 들어온 나무 문과, 그 문과 마주보는 편에 커다란 쇠창살을 박은 겹유리문이 하나 있을 뿐이었습니다. 그 쇠창살도 부러지고 구부러지고 하여 더욱 그 방의 살풍경을 나타냈습니다.

"어찌겠오 앙? 여기 좀 앉소. 우리도 다 이럴 줄 모르고 왔었꽁이."

함경도 사투리로 두 눈에 눈물을 흠뻑 모으며 목 메인 소리로 겨우 자리를 비집어 내며 한 노파가 말했습니다. 가뜩이나 기름을 짜는 판에 새로운 일행이 덧붙이기를 해 놓았으니 먼저 온 그들에게는 그리 반가울 것이 없으련마는 그래도 그들은 방이야 터져 나가든 말든 정답게 맞아주며 갖은 이야기를 다 묻고 또 자기네들 신세타령도 하였습니다. 그래서 어떻게 빈줄러 내었는지 순이의 세 식구와 젊은 사나이 둘은 올라앉게 되었는데, 이불을 멘 중국 쿨니는 끝까지 자리를 얻지 못하고, 아니 자리를 빈줄러 낼 때마다 뒤에 선 젊은 사나이들에게 양보하고 맨 나중까지 우두커니 서서 자기 자리도 내어주기를 기다리고 있었습니다.

순이들은 그래도 동포들의 몸과 몸에서 새어 나오는 훈기에 자이 녹기 시작하자 노근노근하니 정신이 황홀해지며 따뜻한 그리운 고향에나 들아온 것 같이 힘이 났습니다.

"저…… 눞은 앉을 자리가 없나? 왜 저렇게 말뚝 모양으로 서 있기만 해……."

하며 고개를 드는 노파의 말소리에 순이는 놀란 듯이 돌아보았습니다. 그때까지 쿨니는 이불을 멘 채 서 있었습니다. 순이는 갑판 위에서 이불을 나눠 덮던 그때의 쿨니의 울며 순종하던 얼굴을 생각해 보았습니다. 능히 자기가 앉을 수 있었던 자리를 조선 청년에게 양보해 준 그의 마음속이 가여웠습니다.

쿨니가 자리를 물려 준 그 마음은 도덕적 예의에 따른 것이 아님은 뻔히 아는 일이었습니다. 그 자리에 자기와 같은 중국 사람이 하나라도 끼어 있었으면 그는 그렇게 서 있지는 않았을 것입니다.

그때의 쿨니의 심정은 꺼래이로 태어난 이들에게는, 아니 더구나 보드라운 감정을 가진 처녀인 순이는 남 몇 배 잘 살펴볼 수 있었습니다.

순이는 가슴이 찌르르해지며 벌떡 일어나 그 나무문을 두들기기 시작했습니다.

이윽히 두들겨도 아무 반응이 없으므로 그는 얼어터진 손으로는 더 두들길 수가 없어 한편 신짝을 집어 힘껏 문을 두들겼습니다.

"왜 두들기오. 안 옵누마."
하며 방 안의 사람들은 자꾸 말렸습니다.

그러나 순이는 자꾸만 두들겼더니 갑자기 문이 덜커덕 열렸습니다. 순이는 더 두들기려고 올려 메었던 신짝을 그대로 발에 꿰어 신으며 바라보니 아까 그 조선 사람 군인이 서 있었습니다.

"어째 불렀음둥?"
하며 퉁명스럽게, 그러나 두들긴 사람이 순이였음에 얼마만큼은 부드러워지며 물었습니다.

"이것 보시오, 이렇게 좁은 자리에 어떻게 이 많은 사람이 앉을 수 있어요? 아무리 앉아 봐두 앉을 수가 없습니다. 다른 방으로 나누어 주든지 어떻게 해 주세요."

하고 얼굴이 붉어지며 서 있는 쿨니를 가리켰습니다. 군인은 고국 말씨를 잘 못 알아듣겠다는 듯이 자세히 귀를 기울이고 있더니

"동무, 말소리 잘 모르겠었꼬마, 무시기 말임둥, 앉을 재리가 배잡단 말입꼬이?"

하고 말했습니다. 순이는 기가 막혔습니다.

"참 어이없는 조선 동포시구려!"

김 빠진 비어같이 순이는 입안이 밉밉하여졌습니다. 그때 노파의 손자인 듯한 소년 하나가 하하 웃으며 뛰어나와

"예! 예! 그렇섯꼬이."

하며 순이를 대신하여 군인에게 대답하였습니다. 군인은 고개를 끄덕끄덕하며 두 손을 펴고 어깨를 움쭉해 보이며

"할 쉬 없었꼬마, 방이 잉것뿐입꼬마."

하고는 문을 닫아 버리려 했습니다. 순이는 와락 군인의 팔을 잡으며

"한 시간 두 시간이 아니고 오늘밤을 이대로 둔다면 어떻게 하란 말이에요. 상관에게 말해서 좀 구처해 주시오."

하고 말했습니다. 군인은 휙 돌아서며

"동무들 내가 뭐를 알 쉬 있음둥? 저—위에서 하는 명령대로 영기는 그대로만 합꼬마. 나는 모르겠꽁이."

하고는 덜컥 그 문을 잠그려 했으나 순이는 한결같이 잠그려는 그 문을 떠밀며

"여보세요, 이대로는 안됩니다. 무슨 죄야요, 글쎄 무슨 죄들인가요. 왜 우리를, 죄 없는 우리를 이런 고생을 시킵니까. 다 같은 조선 사람인

당신이 모르겠다면 우리는 어떻게 하란 말이에요."
　군인은 난감하다는 듯이 다시 고개를 문 안으로 들이밀며
　"글쎄, 동무들이 무슨 죄 있어 이라는 즐 압꽁이? 다 같은 조선 사람이라도 저 우에 있는 사람들은 맘이 곱지 못하옵니…… 나도 동무들같이 욕본 때 있었꼬마. ××에 친한 동무 없음둥? 있긋든 쇠줄글(電報) 해서 ×××에게 청을 하면 되오리……."
하고 이제는 아주 잠가 버리려 했습니다.
　"아, 보십시오. 그러면 미안합니다마는 전보 한 장 쳐 주시겠습니까?"
　"무시기?"
　군인은 젊은 사나이의 말을 알아듣지 못하고 재쳐 물었습니다.
　"전보 말이오. 전보 한 장 쳐 달라 말이오."
하고 젊은 사나이가 대답하려는 것을 노파의 손자인 소년이 또 하하 웃으며
　"안입꼬마. 쇠즐글 말입니……."
하고 설경을 하였습니다.
　"아아! 쇠줄글 말임둥, 내 놓아 드리겠꽁이."
하며 사나이들에게 연필과 종이쪽을 내주더니
　"동무 둘은 잠깐 나오오."
하며 두 사나이를 문 밖으로 데리고 나가 버렸습니다. 순이는 어이없이 서 있다가 문턱에 송판 한 조각이 놓인 것을 집어 들고 문 앞을 떠났습니다. 그 송판을 솥 걸었던 자리에 걸쳐 놓고 그 위에 올라앉으며 그때까지 그대로 서 있는 듣니를 향하여
　"거기 앉아……"
하며 자기가 앉았던 자리를 가리켰습니다.
　"아! 이 놈을 그리로 보냄세, 당신이 이리로 오소."
　방 안 사람들은 모두 순이를 침대 위로 오라고 하였습니다. 쿨니는 그

눈치를 챘는지 순이의 자리에 앉으려던 궁둥이를 얼른 들며 손으로 순이를 내려오라고 하며 부뚜막 위로 올라 앉았습니다.
그의 눈에는 눈물이 핑 돌며
"스파시이보 제브슈까."
하였습니다. '아가씨 고맙습니다' 라는 뜻인가 보다고 생각하며 침대 위로 올라 앉았습니다. 쿨니는 짐뭉치 속에서 어느 때부터 감추어 두었던지 새까맣게 된 빵뭉치를 끄집어 내어 한 귀퉁이 뚝 떼더니 순이 앞에 쑥 내밀었습니다. 쿨니의 얼굴은 눈물과 땟물이 질질 흐르고 손은 새까맣게 때가 눌러 붙어 기다란 손톱 밑에는 먼지가 꼭꼭 차 있었습니다.
"꾸—쉬, 꾸—쉬."
한 손에 든 빵쪽을 뭉턱뭉턱 베어 먹으며 자꾸 순이에게 먹으라고 했습니다. 순이의 눈에 눈물이 고이며 그 빵쪽을 받아 들었습니다.
"고맙소……."
하고 머리를 끄덕여 보이며 급히 한 입 물어 뜯으려 했으나 이미 하루 반 동안을 물 한 모금 먹지 않은 할아버지, 어머니가 곁에 있었습니다. 순이는 입으로 가져가던 손을 얼른 머무르며 할아버지에게
"시장하신 데 이것이라두……."
하며 권했습니다.
"이리 다고 보자."
어머니는 그제야 수건을 벗고 빵쪽을 받아 한복판을 뚝 잘라
"이것은 네가 먹어라, 안 먹으면 안 된다."
하고는 또 한 쪽을 할아버지에게 드렸습니다.
할아버지는 남 보기에 목이 막힐까 염려가 될 만큼 인사 체면 없이 빵을 베어 먹었습니다.
"싫어, 난 먹지 않을 테야."
"왜 이래. 너 먹어라."

하고 우리 모녀는 한참 다투다가 결국 또 절반으로 떼어 한 토막씩 먹게 되었습니다마는 온 방 안 사람이 빵 먹는 사람들의 입을 물끄러미 바라보고 있는 것이었으므로 차마 먹을 수가 없었습니다.

부뚜막 위에서 내려다 보고 앉았던 쿨니는 자기가 먹던 빵을 또 절반 떼어

"순이 너 이것 더 먹어라."
라고나 하듯이 순이에게 주었습니다.

순이는 얼른 손이 나가다가 문득 생각났습니다. 자기들은 중국 사람들이라고 자리조차 내어주지 않던 것이…….

그러나 이미 주린 순이는 두번째 빵쪽을 받아 쥐고 있었습니다.

방 안의 사람들은 모두 세 집 식구로 나뉘어 있는데 도합 열아홉이었습니다. 늙은이, 노파, 젊은 부부, 총각, 처녀들이었습니다. 그들이 우리 모녀를 붙들고 하는 이야기를 들으면 모두 함경도 사람이며, 고국에는 바늘 한 가 꽂을 만한 자기들 소유의 토지라고는 없는 신세라 공으로 넓은 땅을 떼어 농사하라고 준다는 그 나라로 찾아온 것이었는데, 국경을 넘어서자 ×××에게 붙들려 우리들처럼, 감금을 당했다가 이리로 끌려왔다는 것이었습니다.

"이 땅에는 돈 없는 사람 살기 좋다고 해서 이렇게 남부여대로 와 놓고 보니 이 지경입꾸마. 굶으나 죽으나, 고국에 있었더면 이런 고생은 안할 것을……."

젊은 여인 하나가 이렇게 한탄했습니다.

"우리는 몇 번이나 재판을 했으니 또 한 번만 더하면 놓이게 되어 땅을 얻어 농사를 하게 되든지 다시 이대로 국경으로 쫓아내든지 한답대."

속옷을 풀어 젖히고 이를 잡기 시작한 노파가 말했습니다.

"우리가 무슨 죄일꼬……농사 짓는 땅을 공떼어 준다길래 왔지……."

늙은이 하나가 끙끙 앓으며 이를 갈 듯이 말하자

"참말 그저 땅을 떼어 준답두마, 우리는 바로 국경에서 붙들렸으니까 ××탐정꾼들인가 해서 이렇게 가두어 둔 거지!"
하고 늙은이의 아들인 성한 사나이가 말했습니다.

"아이구 말 맙소. 아무래도 우리 내지 땅이 좋습두마, 여기 오니 '얼마우자' 미워서 살겠습디?"
하고 사나이를 반박하였습니다.

'얼마우자'. 이것은 조선을 떠나온 지 몇 대代나 되는 이 나라에 귀화歸化한 사람들을 이르는 말이니 그들은 조선 사람이면서도 조선 말을 변변히 할 줄 모르는 것이었습니다. 분명한 '마우자'(露人을 이르는 말)도 되지 못한 '얼'인 '마우자'란 뜻이었습니다.

"못난 사람을 '얼간'이라는 말과 같구료."
하고 어머니가 오래간만에 웃었습니다.

"아까 그 군인도 역시 '얼마우자'로구먼."
하고 순이가 중얼거렸습니다. 이 말을 들은 노파의 손자는 또 깔깔 웃었습니다.

"아이구 어찌겠니야, 여기서 땅을 아니 떼어 주면 우리는 어찌겠니……."
노파는 웃을 때가 아니라는 듯이 걱정을 내놓았습니다.

"설마 죽겠소. 국경 밖에 쫓아내면 또 한 번 몰래 들어옵지요. 또 붙들어 쫓아내면 또 들어오고, 쫓아내면 또 들어오고 끝에 가면 뉘가 못 이기는가강 해봅지요. 고향에 돌아간들 발 붙일 곳이라고는 땅 한 쪼각 없지, 어떻게 살겠읍니……."
자기가 먼저 설두를 하여 데리고 온 듯한 사나이가 이렇게 말했습니다.

"아이고 듣기 싫소, 이 놈의 땅에 와서 이 고생이 뭐꼬……글쎄."

"아따 참, 몇 번 쫓겨가도 나종에는 이 땅에 와서 사오 일갈이四五日耕쯤 땅을 얻어 놓거든 봅소."

"아이구⋯⋯어찌겠느냐⋯⋯."

노파는 자꾸 저대로 신음만 하였습니다.

한시도 못 참을 것 같은 그 방 안의 생활도 벌써 일주일이 경과되었습니다.

아침에는 일찍 일어나 일제히 밖으로 나가 세수를 시키고, 저녁에 한 번씩 불리워 나가 대소변을 보게 하는 것이었습니다. 일정한 변소도 없이 광막한 벌판에서 제 맘대로 대소변을 보게 하는 것이었습니다.

하루는 억지 대소변 시간에 순이는 대소변이 마렵지 않아 혼자 방 안에 남아 있다가 쓸쓸하여 밖으로 나갔습니다.

그 날 밤은 보름이었던지 퍽이나 크고도 둥근 달이었습니다. 시베리아 다운 넓은 벌판 이곳저곳서 모두들 뒤를 보고 있고, 군인 한 사람이 총을 잡고 파수를 보고 있었습니다.

물끄러미 뒤보는 사람들을 바라보며 서 있는 순이에게 파수병이 수작을 붙였습니다.

"저 달님이 퍽이나 아름답지?"

라고나 하는지 정답게 제 나라 말로 내 곁에 다가섰습니다.

순이는 웬일인지 그 나라 군인들이 겁나지 않았습니다. 총만 가지지 않았으면 맘대로 친하여질 수 있는 정답고 어리석고 우둔스런 사람들 같게 느껴졌습니다.

"⋯⋯."

순이도 언어가 통하지 않으므로 말을 할 수 없고 하여 달을 가리키고 뒤보는 사람들을 가리킨 후 한번 웃어 보였습니다.

군인은 아주 정답게 나직이 웃고 입술을 같은 채 팔을 들어 달을 가리키고 순이의 얼굴을 가리키고 난 후 싱긋 웃고 순이를 와락 껴안으려 했습니다. 순이는 깜짝 놀라 휙 돌라서 방 안을 향하여 달음질쳤습니다. 군인은 순이를 붙들려고 조금 따라오다가 마침 뒤를 다 본 사람이 서 있는 것을 보고 그대로 서 있었습니다.

그 이튿날이었습니다. 아침에 식료食料를 가지고 온 군인의 얼굴이 전날과 달랐으므로 순이는 자세히 바라보니 그는 훨씬 큰 키와 하얀 얼굴과 큼직한 귀염성 있는 눈을 가진 젊은 군인이었습니다.

'어제 저녁 파수 보던 그 군인……'

순이는 속으로 말해 보며 얼른 고개를 돌리려 했습니다. 군인은 싱긋 웃어 보이며 그대로 나갔습니다.

그 날 하루가 덧없이 지나간 후 또 대소변 보는 시간이 되었습니다. 공연히 순이는 가슴이 울렁거려 문을 꼭 닫고 방 안에 남아 있었습니다.

이윽고 뒤를 다 본 사람들이 돌아오자 문을 잠그러 온 군인은 역시 그 젊은 군인이었습니다. 순이는 가만히 구부러진 쇠창살을 휘어잡고 달 밝은 시베리아 벌판의 한 쪽을 내다보고 있었습니다.

"아이고 어찌겠느냐……"

노파는 밤이나 낮이나 이렇게 애호하며 끙끙 신음을 시작하였습니다. 언제나 밤이 되면 일층 더 심하게 안타까워하는 그들이었습니다.

젊은 내외는 트집거리고 여기 저기 신음소리에 순이의 가슴은 더욱 설레어 적막한 광야의 밤을 홀로 지키듯 잠 못 들어 했습니다.

그 이튿날 아침 일찍 웬일인지 군인 두 사람이 들어와서 먼저 있었던 여러 사람을 짐 하나 남기지 않고 죄다 데리고 나갔습니다.

"아이고 우리는 또 국경으로 쫓겨나는구마, 그렇지 않으면 왜 이렇게 일찍 불러내겠느냐."

노파는 벌써 동당발을 굴리며

"아이구 아이구 어찌겠느냐."

라고만 소리쳤습니다.

방 안에는 우리들 세 식구만 남아 있고 그 외는 다 불려 갔습니다. 갑자기 방 안이 텅 비어지니 쌀쌀한 바람결이 쇠창살을 흔들며 그 방을 얼음 무덤같이 적막하게 하였습니다.

세 식구는 창 앞에 가 모여 앉아 장차 자기들 우에 내려질 운명을 예상하고 묵묵히 앉아 있었습니다.

그때 한 떼의 사람들이 일렬로 늘어서서 앞뒤로 말을 탄 군인을 세우고 건너편 벌판을 걸어가는 것이 보였습니다.

"어찌겠느냐, 어디를 가누마⋯⋯."

노파의 귀 익은 애호성이 화살같이 날아와 우리의 세 식구가 내다보는 창을 두들겼습니다.

'이리에게 잡혀가는 목장 잃은 양 떼와도 같이 헤매어 넘어온 국경의 험악한 길을 다시금 쫓겨 넘는 가엾은 흰 옷의 꺼래이 떼⋯⋯.'

눈물이 자르룩 흘러 내리는 순이의 눈에 꼬챙이로 벽에 이렇게 새겨져 있는 것이 보였습니다.

'이 몸도 꺼래이니 면할 줄이 있으랴.'

바로 그 곁에 또 이렇게 씌어 있었습니다. 나도 무엇이라도 새겨 보고 싶었으나 자꾸만 눈물이 났습니다.

'아버지, 아버지는 왜 이 땅에 오셨습니까. 따뜻한 우리집을 버리시고⋯⋯ 할아버지와 어머니와 이 딸은 아버지의 해골조차 모셔가지 못하옵고 이 지경에 빠졌습니다. 아버지의 영혼만은 고향집에 가옵시다. 순이.'

라고 눈둘을 닦으며 손톱으로 새겼습니다.

그 날 해도 애처로이 서산을 넘고 그 키 큰 젊은 군인이 문을 열어 주어도 세 식구는 뒤보러 나갈 생각도 하지 않고 울었습니다.

그렇게 몇 날을 지낸 이른 아침이었습니다. 순이 세 식구는 또 밖으로 불려 나갔습니다. 나가는 문턱에서 그 키 큰 군인이 아무 말 없이 검은 무명으로 지은 헌 덧저고리 세 개를 가지고 차례로 한 개씩 등을 덮어 주었습니다.

"추운데 이것을 입고라야 먼 길을 갈 것이오. 이것은 내가 입던 헌 것이니 사양 말아라."

하고 쳐다보는 순이들에게 힘없는 정다운 눈으로 무엇이라 말했습니다.

"감사합니다."

순이들은 치하했으나 군인은 그대로 입을 다물고 순이의 등만 툭 쳤습니다. 비록 낡은 덧저고리였으나 순이들에게는 고향을 떠난 후 처음 맛보는 인정이었습니다.

넓은 마당에 나서자 안장을 지은 두 마리의 말이 고삐를 올리고, 처음 보던 조선 군인이 손에 흰 종이쪽을 쥐고 서서

"동무들 할 수 없었꼬마, 국경으로 가라합니……."

하고는 할아버지부터 차례로 악수를 해준 후

"잘 갑소……."

라고 최후 하직을 했습니다. 우리들이 아버지의 백골을 찾아가게 해 달라고 아무리 애걸했으나 다시 무슨 효험이 있을 리 만무했습니다.

"자─가누마, 잘 갑소."

그 '얼마우자' 군인도 처량한 얼굴로 길을 재촉하자 두 사람의 군인이 총을 둘러메고 말 위에 올랐습니다. 그 중의 한 사람은 키 큰 젊은 군인이었습니다.

황량한 시베리아 벌판 그 냉혹한 찬바람에 시달리며 세 사람은 추방의 길에 올랐습니다. 벌판을 지나 산등도 넘고 얼음길도 건너며 눈구덩이도 휘어가며 두 군인의 말굽소리를 가슴 위로 들으며 걸었습니다. 쫓겨 가는 가엾은 무리들의 걸어간 자취 위에 다시 발을 옮겨 디딜 때 자국마다 피눈물이 고여 있었습니다.

말등 위에 높이 앉은 군인 두 사람은 높이높이 목을 빼어 유유하게 노래를 불러 그 노래 소리는 찬 벌판을 지나 산 너머로 사라지며 쫓겨 다니

는 무리들을 조상하는 것 같았습니다.

이따금 추움과 피로에 발길을 멈추는 세 사람을 군인은 내려다 보고 다섯 손가락을 펴 보였습니다. 아직 오십 로리五十露里 남았다는 뜻이었습니다.

한 떼의 싸리나무 울창한 산길을 지날 때 어느덧 산 그림자는 두터워지며 애끓는 시베리아의 석양이었습니다.

어머니와 순이에게 양팔을 부축받은 할아버지가 문득 발길을 멈추더니 아무 소리 없이 스르르 쓰러졌습니다.

"할아버지! 할아버지."

"아버님, 아버님."

부르는 소리는 산등을 울렸으나 할아버지는 대답이 없었습니다. 말에서 내린 군인들은 할아버지를 주무르고 일으키고 해보며 이윽히 애를 쓴 후 입맛을 다시고 일어서 모자를 벗고 잠깐 묵도를 하였습니다.

키 큰 군인은 다시 모자를 쓴 후

"순이!"

하고 부른 후 이미 시체가 된 할아버지 목을 안고 부르짖는 순이의 어깨를 가만히 쓰다듬었습니다.

"순이야, 울지 말고 일어서라."

고 명령하듯 소리쳤습니다.

─〈꺼래이〉, 《백신애 소설집》 김윤식 편저(조선일보사, 1987).

복선이

 유록 저고리 다홍 치마에 연지 찍고 분 바르고 최서방에게 시집오던 그 날부터 이때까지 열네 해 동안이나 불리어오던 복선이라는 그 이름 대신 '최서방네 각시'라는 새 이름을 얻게 되었다.
 울타리 밑에서 동리 아기들 소꿉놀이에 서투른 어린 솜씨로 만든 '풀각시' 같은 복선이다. 갸름한 얼굴이라든지 호리호리한 몸맵시며 동글동글한 눈동자 소복한 코끝이며 다문다문이 꼭꼭 박힌 이빨 모두가 어느 편으로 보아도 소꿉놀이에 나오는 각시 그대로였다.
 지금은 최서방네 각시인 복선의 맏되는 복련이도 열네 살 되는 가을에 남의 집에 머슴살이하는 '김도령'에게 시집을 갔다가 불행히도 사들사들 마르기 시작하더니 단 일 년도 못 되어 애처롭게 죽고 말았다. 그러므로 그들의 부모는 복선이도 일찍 시집을 보냈다가 복련이처럼 죽게 될까하여 많이 키워가지고 성내城內의 조금 맑은 사람에게 시집을 보내려고 생각하였으나 한 탯줄에 다섯이나 딸을 낳은 그의 부모라 조금 그럼직한 혼인 말이 나면 두 귀가 번쩍 열리어지지 않을 수 없었다. 최서방에게도 그의 부모는 반기듯이 응하여 단 한말에 시집을 보내고 말았던 것이다.
 최서방은 전에 철로공부鐵路工夫 노릇도 해 왔고 지금은 품팔이 일꾼이라 머리로 깎았고 일하러 나갈 때는 누—런 '골덴' 바지도 입고 지까다비*도 신고 하니 큰딸의 남편 김도령보다는 겉만이라도 나을 뿐 아니라 얼굴도 미끈한데다가 큰딸의 시집과 같이 층층시하가 아니라 단 하나 시어머니뿐인 단출한 식구였으므로 시집을 보내면 좀 편하리! 한 것이다.

그러나 이보다도 더 딱한 사정이 있었다. 그것은 복선이 하나 입이라도 덜어버리는 것이 그들에게는 짐을 하나 벗게 되는 것이 됨으로 이왕 보내야할 시집이니 이삼 년 더 키워서 보내나 마찬가지일 것이니 맏형도 죽은 것도 제 명이오 제 팔자이지 열네 살에 시집갔다고 죽었을 리야 있었겠나 하는 것이다.

복선이만 해도 나면서부터 오늘까지 보리밥덩이라도 맘껏 먹어보지도 못했고 굶음에 절여진 그다. 시집을 가면 일도 많이 하지 않을 것이고 밥도 많이 먹어볼 수 있고 그뿐인가, 지금까지 자기가 먹던 몇 숟갈로 동생들의 배를 채운다 하여 시집가면 어떻고 어떻다는 것을 깊이 생각해보지도 않았고 또 몰랐었다.

시집가는 날 분 바르고 좋은 옷 입고 하는 것이 명절을 만난 것 같아서 동리 순네 어머니가 쪽을 올려주고 할 때는 엉둥엉둥하면서도 기쁜 것 같아 곱게 차린 모양을 동리로 다니며 남들에게 보이고 싶기까지 하였다.

단방 한 칸 정주 한 칸인 오막살이일망정 남편도 끼끔했고 시어머니도 자별하게 인자하였다. 그러나 오직 한 가지 딱한 것은 벌써 나이 찬 남편이 밤이면 추군추군이 굴어서 잠을 못 자게 하는 것이다.

일은 비록 고달프고 배는 항상 굶주려도 저녁 먹고 등잔불 끄고 동생들과 같이 옹게중게 누워 자던 옛날이 그리웠다. 어떤 날 밤은 참다 못하여 휴휴 흐느껴 울어버리기도 하였다. 그러다가도 꿀꺽 울음소리를 삼키

---

* 일본 운동화를 뜻함.

고 두 팔만을 시어머니 곁으로 파고들 듯 잠이 들기도 하였다.

최서방은 이곳저곳 일터를 찾다가 마침 성내城內에 들어가서 정미소精米所의 일꾼으로 쓰이게 되어 하루 사십 전 이상 일원 까지 벌이하게 되는 날도 있게 되므로 이따금 간고기마리도 사오고 흰쌀도 팔아옴으로 시집오던 처음보다는 훨씬 살기가 나아졌다.

이러는 사이에 달이 가고 해가 바뀌어 복선이도 제법 노랑머리쪽이 어울려졌다. 그러나 '풀각시' 같이 거칠어 처음 보는 사람들은 모두 어린 각시라고 웃었다.

최서방이 낮에 성내로 일하러 간 후로는 한 가지 두통거리가 생겨났다. 그것은 동리 총각들 때문이었다. 불과 오십호 밖에 살지 않는 그 산촌에 있어서는 복선이가 젊은 남자들이 추군추군이 따라다니기도 하였다. 그래도 복선이는 치마꼬리를 휘어잡고 임설을 담은 채 모르는 척 눈을 감고 제 집 일만 부지런히 한날같이 살아갔다.

"이번 추석에는 임자두 비단저고리 하나 해줄까……"

시집온 지 두 해 되는 팔월 초생에 최서방이 일터로 나갈 때 웃으며 복선이에게 이렇게 약속하였다.

"아이구 내야 소용없어. 당신의 옷이나 해 입지!"

하며 얼굴을 붉혔다.

"내야 옷이 있는데 이번은 O은 것 바꾸어다 주지……."

최서방은 싱긋싱긋 웃으며 집을 나갔다. 복선이는 사립문을 나가는 최서방의 지까다비 신은 발자취 소리를 들으며

"해행!"

하고 웃었다.

입으로 비록 사양은 하였을망정 속으로는 무척 기뻐했던 것이었다.

비단저고리라 해도 인조견임에는 틀림이 없을망정 그는 분홍 저고리 검정(보일 여름 옷감의 하나, 얇고 고운 바탕에 조금 배게 굵은 무늬가 있다)치

마가 소원소원이었으나 시집온 지 두 해가 되어도 아직 그 소원을 풀지 못했던 것이다.

그 날은 유별나게도 가슴이 뛰놀며 싱긋 웃고 나가던 최서방의 모양이 마음에 구척 좋지 여기어지며 어서 그 날 해가 지면 정말 어떤 옷감을 가져올까…… 하고 눈이 감기도록 기다렸다. 이렇게 남편을 기다린 적도 시집온 지 처음인 것 같아서 공연이 마음이 분주하였다. 그는 저녁때에 시어머니 놀러 나간 틈을 타서 한 짝 밖에 없는 소탕 장롱을 열고 자기 옷을 챙겨 보았다. 시집오던 날 입었던 유록저고리만이 툭진 무명옷 틈에 끼어 있는 복선의 단 한 가지 '치레 잘 매만져서 모양 내는 일'이었다. 그는 금년 추석에도 그 저고리를 입으려고 생각하였던 것을 생각하고

"아이고 이번 추석에는 분홍 저고리 입겠구나……."

하며 바쁘게 주름살이 깊어진 유록 저고리를 한 팔 끼어 보았다. 그리고

"해행."

하고 웃고는 빨리 장 속에 집어 넣고 밖으로 나왔다.

웬일인지 그 날은 최서방이 날마다 돌아오는 때가 지나도 돌아오지 않았다.

"오늘은 일을 마치고 옷감을 바꾸느라고 늦게 되는가 보다……."

시어머니와 복선이는 불안한 가슴을 진정하며 저녁을 마쳤다.

"행여 길에서 땅꾼에게 빼앗기지나 않았는가……."

밤이 깊어질수록 복선이는 걱정이 되었다.

"흐흥 을 추석에는 친정에도 놀러 갔다 오너라. 시집을 와도 끊은 저고리 하나 얻어 입지 못했는데 설마 올 게야."

시어머니가 채 입을 닫기 전에 갑자기 문전이 요란해졌다.

"거 누군가?"

시어머니는 벌떡 일어나 지게문을 열어 젖혔다. 복선이도 가슴이 덜렁하여 벌떡 일어나 뜰로 뛰어내려갔다.

"최서방댁 있소? 어서 이리 좀 나오."

그 말소리는 몹시 컸다.

"이 집에 누가 있소? 방금 최서방이 큰일이 났으니 빨리 나하고 갑시다!"

시어머니와 복선이는 열어젖힌 지게문을 닫힐 줄도 모르고 무슨 영문인지 더 물어 볼 말도 나오지 않았다. 허둥지둥 뛰어 나갔다.

"최서방이 지금 기계에 치여서 말이 아니오."

달음박질을 쳐, 산비탈길을 내려오는 복선이는 가보지 못한 성내 가는 길이었지마는 넓은 한 줄기 길과 같이 눈앞에 뻗히어 있었다. 끊은 옷감 떠오마던 최서방은 정미소 기계에 치여 즉사를 하고 만 것이었다.

— 《신가정》(1934. 5).

채색교

　무지개 섰네, 다리 놨네.
　일곱 가지 채색으로
　저 공중에 높이 놨네.

　뒤뜰에서 어린 학도들이 무지개가 선 공중을 바라보며 놀고 있다. 천돌이千乭伊는 무거운 짐을 문턱에 내려놓고
　"제―길, 그 놈의 하늘."
하고 동편 하늘 높이 무지개가 놓인 것을 원망스럽게 쳐다보며 혀를 찼다.
　"그 놈의 비가 오려거든 쏼쏼 와 버리든지, 오기 싫거든 그만 쨍쨍 가물어 버리든지."
하며 부엌에서 늙은 어머니가 튀어나오며 무지개 선 하늘을 역시 원망하는 것이었다.
　"벌써 두 상이 터지게 되니 어디 살 수 있겠소."
　천돌이는 콧구덩 만한 방에다 짐뭉치를 끌고 들어갔다.
　"제―길, 꼭 장날만 골라서 비가 온단 말이야."

그는 속이 상해 못 견디겠다는 듯이 푹— 한숨을 내쉬며 짐 뭉치는 방 한 옆에 밀어 놓고 자기는 방 한가운데 큰 대자로 펼치고 누웠다.

"점심은 언제 먹었노."

하며 늙은이는 다시 부엌으로 들어갔다.

"여태껏 점심도 못 먹었을라구!"

천돌이는 퉁명스럽게 대답을 하였다.

"글쎄, 갑자기 또 비가 오니까 장도 채 못 보았을까 해서 죽이라도 쑤었지."

어머니는 연해 부드러운 말로 아들의 마음을 위로하듯 하며 바가지로 덕덕 소리를 내며 죽을 퍼 담았다.

"흥, 사시로 죽만 먹고 산담, 어떤 연놈은 쌀밥도 먹기 싫다고 지랄을 하는데……."

천돌이는 연해 짜증난 소리로 중얼거리면 못 이긴 채 푸시시— 일어나 앉으며

"무슨 죽이요?"

하고 부엌으로 통한 지겟문을 향하여 버럭 소리를 질렀다.

"무슨 죽이야, 보리죽이지."

어머니는 벌써 방 안에다 죽 그릇을 들여 놓으며 아들의 눈치를 힐끔 보았다. 말소리에 비해서 별로 성이 나지는 않았는 것 같으므로 적이 안심하는 얼굴로 아들의 죽 그릇에 숟가락을 걸쳐 주었다.

"어서 좀 먹어봐, 점심을 먹었더라도 벌써 배가 고플 테니."

"어디 좀 먹어볼까."

죽 그릇을 잡아당겨 훌쩍 훌쩍 금시에 없애 버렸다. 손등을 입을 씩 씻고,

"히 참, 어머니."

"뭐야, 왜?"

부뚜막에 걸터앉아서 땀을 졸졸 흘리며 죽을 퍼먹는 늙은이는 아들을 쳐다보았다.
"글쎄!"
입으로는 짜증을 내면서 무슨 본 일이 있는지 싱긋싱긋하는 아들이 이상하여 재처 기색을 살피었다.
"글쎄, 뭐야."
"어머니 솜씨는 이뿐이요?"
"자식도, 못났다. 늙은 어미 솜씨를 물어서 다시 시집을 보낼텐가 버릇없이."
"그런게 아니야."
"그러면 보리하고, 물, 소금만 넣어서 끓인 죽에 무슨 별맛이 날 줄 아니. 어떤 사람은 보리죽에도 꿀맛이 나게 한다드냐."
늙은이는 일부러 샐쭉하여 보이며 비꼬아댔다. 천돌이는 대답 대신
"히힝─."
하고 열적은 웃음을 웃으며, 눈앞에다 복순의 통통한 얼굴을 그려보는 것이었다.
"그렇게 더운 방에만 앉아 있지 말고, 뜰에 좀 나오려무나."
하는 어머니의 말에 정신이 번쩍 나아 밖으로 슬그머니 나와 앉았다. 비에 젖은 뜰은 얼마만치 시원하였다. 동편 하늘에는 아까의 그 찬탄하는 무지개는 사라지고 새파란 하늘에는 흰 구름 뭉치만 뭉게뭉게 떠오르고 있었다.
"글쎄, 엄마!"
"허, 얘가 미쳤나 보구나."
늙은이는 못마땅한 얼굴로 땀에 젖은 적삼을 벗어 방에 던지고 양 팔뚝에 새카맣게 밀린 때를 치마로 닦으며 뜰에 나와 앉았다. 매미 소리가 요란하게 들려 왔다.

"가만히 보니까 요즈음 네 태도가 야릇하더구나. 맛 없는 어미 손에 얻어먹기 싫거든 어디 가서 솜씨꾼 색시나 주워 오지."

천돌이는 매미 소리에 기울이고 있던 귀가 번쩍 틔어

"누가 장가들고 싶어 하는 줄 아오?"

하고 가슴이 뜨끔하면서도 시치미를 떼어 보았다.

"글쎄, 장가들 나이도 되기는 했지. 그리고 또 나도 나이가 먹어가니까 남의 집의 일도 예전같이 해 줄 수 없고 하니, 너만 장가를 보내면 나야 무슨 장사라도 할 터이다."

"무슨 장사를 해요?"

"떡도 만들어 팔고, 콩나물도 놓아 팔고, 풀도 끓여 팔고, 밑천 안 드는 장사가 수두룩하지. 그래도 혼자 손에 지금이야 할 수 있나. 부지런한 계집애나 며느리를 보면 움쌀꺼리는 버리겠지. 남의 집에 늙은 것이 일해 주러 다니는 이보다는 나으리라."

"그렇기는 하지. 어디 그렇게 얌전한 계집애가 있어야지."

천돌이는 자기의 속판을 어머니가 벌써 알고 있는 것이나 아닌가 하여 일부러 시치미를 떼는 것이었다. 그러나 어릴 때부터 가난하게 불쌍하게 커온 복순이의 얌전한 얼굴을 생각할 때 두 가슴이 터질 것 같이 기뻤었다. 뒤뜰에서 뛰며 놀고 있는 동리 어린 학도들과 같이 펄쩍펄쩍 뛰어 보고 싶기까지 하였다. 그는 천연하게 앉아 베길 수가 없어 벌떡 일어나 비에 젖은 밀짚모자를 장대 끝에 꿰여 첨하에 기대 세웠다.

"엄마 일 년만 꼭 참으시오. 이 집은 팔아 버리고 버린 돈을 보태여 집이나 한 칸 삽시다."

늙은이는

"행여나 저 자식이 못난 계집애에게 반하지나 않았나!"

하는 의아한 생각을 어떻게 따져 볼 수가 없었으므로 그대로 말귀를 돌리고 마는 것이었다. 남편이 죽고 잇따라 큰아들이 죽고, 또 잇따라 딸들을 시집보내고 막내 아들 천돌이와 단 둘이서 허물어진 움막 단칸 집에서 근근히 살아왔다. 자기는 남의 집에 드나들이 일도 해주고 천돌이는 여남은 살 때부터 석양 상자를 메고 장날이면 팔러 다니는 것이었다. 그래서 죽이나마 남 먹을 때 빠지지 않고 끼니를 이어 온 것이었다.

"에 다황, 마치 석양에 석양 샀소, 다황 맛치석양."

하고 온 장판에다 애교를 펼치며 얼마씩이라도 벌어들이기 시작한지도 벌써 근 십 년이나 되는 것이었다. 천돌이는 금년에 스물한 살이었다. 그는 작년부터 촌장에 잘 팔릴 잡화를 그 동안 모은 돈을 밑천으로 제법 한 짐 장만하게 되었다. 그것을 걸머지고 가까운 이웃 장으로 몰아 다니며 파는 돌림장꾼이 되었다. 그러므로 근 십 년 동안이나 이곳저곳 장터에다 밥줄을 달고 있는 천돌이였고, 누구에게든지 친절하고, 서글서글 말 잘하고, 붙임성 있고, 잘 웃기고 하는 까닭에 장터마다 단골도 많고, 같은 돌림장꾼들 사이에서도 신용이 두터웠다. 그뿐 아니라 이웃장을 보려고 오고 가는 길에는 천돌이가 빠지면 섭섭함을 느끼기도 하는 것이었다.

"똑똑한 놈이야, 늙은이한테 볼 거요."

하고 동리 사람들까지 천돌이의 어머니를 보고 칭찬하는 것이었다.

"천돌이 요사이 소고기 값이 왜 그렇게 비싼가?"

하고 장터에서 돌아오는 길에 한 장꾼이 말끝을 내는 것이었다.

"허 참, 그것도 므르오? 소 값이 오르니까 소고기 값도 오르는 게지."

"소 값은 왜 오르나?"

"아따 그 양반, 그것도 몰라?"

"그래 므르는데."

"그러면 나도 모르지!"

그들은 일제히 웃는 것이었다.

"그렇지만, 금년은 너무 가물어서 어디 살 수 있겠나. 못자리가 모두

갈려져서."

하고 생강 장사 박첨지가 또 말끝을 찾아내었다.

"영감, 염려 마오, 비에 못 견딜 날도 멀지 않았소."

"어째서 그러냐?"

"허 참, 왜 초여름에 벼룩이 무척 많지 않았소."

"그래 벼룩이 비온다든가?"

"모두들 헛나이를 먹었나보우."

"그래 어떤 해 여름은 벼룩이 없었나?"

"글쎄 다른 해보다 유별나게 많더란 말이야, 그러니까 물것이 많으면 비가 많이 온단 말이지."

"그 또 참, 자식 웃기는구나. 벼룩이 많으면 비가 많이 온다?"

"그럼, 오구말구, 비가 많이 오면 당신네 딸을 날 주겠소? 내기할까?"

그러면 다른 장꾼들로 못내 웃는 것이었다. 박첨지도 지지 않고,

"그래, 내기 하자꾸나. 비만 오면, 딸뿐이겠나. 내 목이라도 바치지……."

하고 대꾸를 하는 것이었다. 언제든지 아무 의미 없는 그저 씨물거리기 위하여 떠들며 주고받는 농담만 하는 천돌이였으나 이 생강 장사 박첨지를 보고 하는 말에는 아무도 어떻게 해석 못 할 무엇을 통담에 싸 가지고 씻둑 서 보는 것이었다. 박첨지 역시 요즈음 짐작하는 바가 있는 터이라 천돌이의 이런 농담을 다른 사람같이 웃고 흘려버리지는 않았다.

지난번 어느 날이다. 그 날은 산 넘어 매동골 장을 보고 돌아온 이튿날인데, 그 장에 웬일인지 박첨지가 보이지 않았으므로 천돌이는 오래 맘먹어 오던 무엇이 있는 까닭에, 어디로 볼일 보러 가는 척하고 물 건너 박첨지 집을 찾아갔다. 천돌이의 사는 동리 앞으로 흐르는 큰 냇물 나리를 건너면 얼마 안 가서 박첨지의 움막이 있다. 그는 다리를 건너기 전에 냇가에 내려가 다시 얼굴을 씻고 밀짚모자를 멋있게 재껴 썼다.

"그 놈의 첨지가 그만 밤 사이에 죽어 버렸으면."
하고 행여나 첨지에게 자기의 속이 내다보일까 겁을 내었다. 그래도 내친 걸음이라 다시 돌릴 수 없이 그대로 담장도 없는 벌판의 외딴집 즉 박첨지의 집 앞에 당도했다. 금방 앞으로 쓰러질 것 같은 그의 집 방문은 열어 재낀 채 인적이 없었다.
"영감, 집에 있소?"
하고 소리를 쳐 보았다. 아무 대답이 없었다. 그는 다시 열린 방문 앞까지 다가가서
"영감, 왜 어제 장에 안 왔던가요."
하고 소리를 크게 질러보았다. 그제야 방 한 옆에서 숨바끅질이나 하는 것 같이 박첨지의 딸 복순이가 고개만 쑥 내밀었다.
"어디 가고 없는데!"
복순이는 자라목같이 다시 쑥 들어가며 생긋 웃었다. 천돌이는 그제야 기운이 났다.
"히힝, 첨지가 어디 가고 없단 말이지. 안성맞춤이로구나. 그 놈의 계집애 누구를 죽이려고 웃기는 또…… 어디 보자, 오늘은 천하 없어도 기어이 한번 따져 트리라."
하는 건질건질한 생각이 나며, 조금 머뭇거려지는 다리에 힘을 주어 문턱에 가 척 걸터 앉았다.
"어디 갔나?"
"몰라."
복순이는 싹 돌아 앉았다. 떨어진 것을 집어 모으는지 바느질 그릇을 앞에 놓고 만지즉거리기만 하는 것이었다. 가난한 그 살림 속에서라도 계집애답게 비록 낡은 무명이나마 살구꽃색 저고리에 검정 치마를 입고, 숱 많고 긴 머리를 되는 대로 충충 땋아 늘이고 돌아 앉았는 것이었다. 천돌이는 기다리고 별러 오던 이 좋은 기회 웬일인지 말문이 닫히고 평

소같이 술술 말문이 터지지 않았다. 공연히 가슴만 울렁거리는 것이었다.
"그래 왜 어제 장에 안 왔어?"
겨우 또 한마디 붙여 보았다.
"에익, 사나이 자식이 못나게."
그는 아래윗니를 한번 꽉 물어 기운을 내어 한숨을 한번 내쉬었다. 이러다가 만일 첨지 부부가 들어오면 어쩌나 하는 생각에 몹시 가슴이 갑갑하였다.
"조 놈의 계집애……."
역시 가슴 속만 후다닥거리고 온 몸뚱이는 문턱에 천근만근 들어 붙여 버렸다.
"애야, 이리 좀 보렴. 대답 좀 해라."
"무슨 대답?"
복순의 말소리가 우레 소리같이 고막을 울려 그는 다시 말문이 턱 막혔다.
"애, 날 좀 보렴. 네게 할 말이 있다."
"……."
"날 좀 보렴. 너는 나를 어떻게 생각하는지 몰라도 나는 죽어도 꼭 너에게 장가를 들 터이다. 어릴 때부터 나는 마음속에 먹고 왔다."
"……."
천돌이는 말문이 확 터진 것 같았다. 그래서 재차 복순의 곁으로 궁둥이를 들어 놓으며
"너는 내가 보기 싫으냐?"
"애야, 대답 좀 하렴. 싫다면 그만이지. 너의 아버지나, 엄마가 오면 어찌하겠느냐."
"아직 오지 않는데……."
복순의 말소리는 의외로 똘똘하였다.

"그래 그러면 됐구나. 날 좀 보렴."
천돌이의 가슴은 금방 터질 것 같았다.
"얘 다답 좀 하렴. 사람 죽겠구나. 난 여기서 죽어 버릴테야……."
"……."
"그러면 너두 내가 좋으냐?"
천돌이는 날쌘 사자와 같이 달려가 복순의 허리를 끌어안은 것이었다. 그 후부터 오늘까지 거의 밤마다 서로 만나는 것이었다. 속히 돈냥이나 벌면 잔치를 할 작정인데, 양편 부모에게 어떻게 해서 허락을 얻나 하는 것이 만날 때마다 의논하는 산더미같이 큰 문제이었다. 그러다가 요즈음 와서는 원래가 꼼꼼스럽지 않는 성질인 천돌이였으므로 박첨지와 농담을 할 때마다 갑갑한 자기의 심정을 슬쩍 내어 보이는 것이었다.
"그러면 영감 딸 날 주려오?"
하고 말끝을 맺게 된 것도 요사이는 거의 천돌이의 의례히 하는 문자가 되고 만 것이다. 박첨지도 자기 처지에 천돌이만한 사위도 구하기 어려운 일일 뿐 아니라, 가난한 살림, 더구나 담장조차 없는 길가 움막에다 큰 딸을 두기도 걱정인 터인고르 혼자 내렴에 가을쯤 해서 사위를 삼아보리라고 생각하여 왔다. 이 해는 오월 초생부터 유월달이 거벅거벅 닥쳐오는데도, 한 방울 빗발도 내리지 않았으므로 못자리는 말라 터지고 사람들은 찌는 듯한 더위에 허덕이면서도 기우제를 지낸다, 상굿을 한다, 모두 야단법석이었다. 그러더니 유월도 초생이 거의 지내려 할 때 오고가는 빗줄기가 가끔 조금씩 오기는 하는데, 하필 장날만 골라서 오게 되므로 벌써 두 장이나 보지 못한 천돌이는 몹시 짜증이 났다. 어서 돈냥이나 모아서 장가를 들려는 비상시인데 속이 답답하지 않을 수 없었다.
"엄마, 목욕하고 올게요."
하고 천돌이는 집을 나섰다. 냇가에서 박첨지의 소똥뭉치만 한 움막을 바라보며 어둡기를 기다려 시원하게 목욕을 하고 실큰실큰 다리를 건너 복순이와 만날 장소로 걸어가는 것이었다. 다리를 건너다가 천돌이는 움짓 발을 멈추었다.

"휴!"

그는 코웃음을 치며 돌아서서 지금 건너온 다리를 다시 바라보는 것이었다. 그리고 하늘을 쳐다보고 아주 신기하다는 듯이 어깨를 움찔하고는 빨리 다시 가려던 길을 걸어갔다.

"무지개 났네. 다리 났네."

그는 입속에서 낮에 듣던 학도들의 노래를 되씹어 보았다. 어느 사이에 냇물의 상류에 있는 포풀라 숲에 당도하였다. 복순이는 어느 사이에 왔는지 벌써 포풀라 둥치에 기대서서 머리꽁지를 야금야금 씹고 있었다.

"얘, 이심이 무섭지 않더냐."

천돌이는 달려가 복순의 허리를 한 옆에 끼고 토실토실한 복순의 뺨을 꼭 물어주었다.

"무섭기는 무엇이!"

그들은 나란히 주저앉았다. 시원한 바람이 포풀라 잎사귀를 딸랑딸랑 흔들어 주는 소리에 귀를 기울이는 것이었다. 포풀라 숲 근방은 땅버들이 우묵하니 서 있어 낮에 보아도 움숙하여 사람들의 발자취가 드문 곳이었다. 그뿐 아니라 이 근방에 '이심이'라는 큰 물뱀이 있다는 전설이 있으므로 동리 사람들은 이 근방을 무척 주의하고 오는 터이었으나, 천돌이와 복순에게는 '에덴'이나 다름없는 곳이었다.

"복순아, 내 말 들어봐라."

"그래—."

"너도 칠월 칠석 이야기 아냐?"

"알고 말고. 견우 직녀 만나는 밤이지."

"옳지, 그런데 얘야, 지금 내가 다리를 건너오다가 문득 생각이 났는데, 우리가 꼭 견우 직녀 같단 말야."

천돌이는 웃지도 않고 복순의 어깨를 꼭 껴안았다.

"글쎄, 보려무나. 저기 저것이 은하수지? 그리고 은하수 동편에 셋이 있는 별, 그것이 바로 직녀별이야. 그리고 이편에 있는 솟발 모양으로 된 별. 그것이 바로 나란 말이야."

"응? 그 별이 네 별인가."

"너도 좀 생각을 해보렴. 그 별이야 견우성이지마는, 나와 마찬가지란 말이야."

"그러면 저 직녀별은 나란 말이지."

"그래. 우리는 은하수 대신 이 냇물이 사이에 있단 말이야."

"다리 건너며 그것 생각했나?"

"그래 말이다. 견우 직녀 만날 때는 오작교를 타고 건넌다든가. 그러니까 나는 오작교보다 좋은 일곱 가지색 무지개를 타고 너에게 장가들 터이다."

"해행—."

복순이는 좋아서 못 견디겠다는 듯이 천돌이의 다리를 꼭 꼬집었다. 둘은 이같이 어린애 모양으로 꿈속에서 시간을 보내고 헤어졌다. 헤어질 때 복순이는 무척 쓸쓸한 얼굴이었으므로

"너 왜 그러니? 집에 가면 꾸중을 들을까 겁이 나나?"

"으응."

"그러면 왜 내일은 자현골 장이니까 만나지 못하더래도 모레 저녁에는 또 만날 걸."

"그렇더라도."

"그러지 말어, 이번 장만 보고나면 인제는 너의 아버지께 막 들이댈 터이다. 칠석이 오기 전에 잔치를 하게 될 터인데 그래……."

"어쩐지 오늘은 집에 가기 싫어. 여기서 죽고 싶어."

"그러지 말아. 그러면 내일 장에서 혼수감으로 저고리 치마감을 모두

바꾸겠다. 하루라도 속히 주선할테니 응."

웬일인지 그 날 밤은 복순이가 몹시 돌아가기를 싫어했다. 전에는 천돌이가 도로 복순이를 놓치기를 싫어했었는데 오늘 밤 복순의 태도를 보고 천돌이는 한층 더 가슴에 불이 붙었다. 그 이튿날 새벽에 천돌이는 동편 하늘에 몹시 험악한 구름이 덮여 그쪽은 비가 오고 있는 것 같았으나 짐을 지고 기운 좋게 집을 떠났다. 자현골 장터까지 삼십 리나 되는 까닭에 이렇게 일찍 나선 것이었다. 천돌이가 장판에서 늘 자기가 짐을 벌여 놓는 장소에다 짐을 내렸을 때는 벌써 이른 장꾼이 달 밝은 밤벌같이 이곳저곳 흥성드뭇하게 나타났을 때였다. 오랜 가뭄이라 장판의 재미가 별로 없었으나 천돌이는 자기 장사는 뒤로 보내고 복순에게 줄 혼수감 장만하느라고 분주했다. 세 끼 점심때쯤 해야 장이 한창 어울리게 되자 빗방울이 뚝뚝 듣기 시작하여 비바람이 몰아 때렸다.

"아이고, 비님이 오신다. 인제는 좀 흐북이 와주어야 될 텐데……."

장꾼들은 모두 하나 둘 헤어지기 시작하였다. 천돌이는 비록 인조견이나마 저고리 세 감, 치마 두 감, 광목 스무 자, 동양저 한 필을 혼수턱으로 비에 젖지 않도록 꼭꼭 싸가지고 짐 뭉치를 한데 싸 지고 집으로 향하였다. 중로에서 몹시 비가 오므로 주막에 들려 쉬엄쉬엄 집까지 왔을 때는 거의 황혼이었다. 그는 비에 젖은 짐 뭉치를 풀어 제치고 비에 젖은 것을 골라 말리며 혼수감은 어머니를 보이지 않으려고 그대로 묶어두었다. 그럭저럭 밤이 되므로 천돌이는 비만 오지 않으면 복순에게 달려가고 싶었으나 몹시 피곤한 까닭에 그대로 뒹굴어 잠이 들었다. 꿈결에 몹시 비가 내리는 소리를 듣고도 눈이 떨어지지 않아서 산란한 꿈자리를 흘쳐 깨지 못했었다. 꿈에 그는 복순이와 잔치를 하고 무척 기뻐하면서도 복순이의 얼굴이 몹시 못나게 보여서 속으로 이상하다고 생각할 즈음에 그는 눈이 떠졌다. 잠이 있는 꿈이 깨인 것인지 몹시 서운하여 다시 잠이 들어 꿈을 계속하려고 돌처 누웠다.

"어 애야, 잠은 그만 자고 밖에 나가 보아라. 아마 큰물이 졌나 보다."
하고 늙은이가 일어나 앉았다. 과연 그의 귀에는 요란한 빗소리에 섞여 경종소리가 울려오는 것이 들렸다. 그는 부리나케 일어났다. 금방 차디 찬 독사가 가삼우를 스쳐 지나는 것 같이 불길한 예감이 몸서리가 날 만치 번쩍하였다.

"만일에……."

그는 밑도끝도없는 외마디 고함을 치고 우장도 쓰지 않고 냇가를 향하여 달음박질쳤다. 거리에는 도랑물이 넘쳐 덮혔고 사람들이 길가에 아우성을 치고 오락가락을 하는 것이 날의 눈으로 보는 것 같이 무감각하게 비칠 뿐이었다. 어느 사이에 새었는지 날은 벌써 새벽이었다. 그는 바른 길로 냇가에 다달았다.

"아하—."

그의 두 눈은 깜깜하여지며 정신이 싸늘하여 몸이 꼼짝하지 않았다. 모두가 물 천지, 시뻘건 바다로 변해 있었다. 눈에 보이는 것은 모두가 물이었다 오작교 대신이라던 그 냇물 다리. '이심이'가 있는 포풀라 숲. 그리고 소똥만 하던 복순의 집. 모두가 한 낮도 보이지 않았다. 멀리 들리는 뭇 악마의 신음소리같이 벌건 물은

"웅."

하는 소리를 내며 굽이쳐 힘차게 흐르고 있었다.

"저 건너 있는 성강 장수 박첨지 어찌 됐소."

천돌이는 누구라 지정 없이 소리를 쳤다.

"참 그리. 박첨지 식구는 어찌됐나……."

물구경하는 사람, 천지를 물에 덮히고 두 발을 구르는 사람. 모두가 박첨지 소식에는 까막이었다.

"아마 물에 떠내려갔지……."

하는 말소리를 듣자 천돌의 두 눈은 새빨간 불이 켜졌다. 그는 냇가 아래

위로 복순의 그림자를 찾으려고 헤매었다. 그러나 아무데도 보이지도 않고, 그들의 존망을 아는 사람이 없었다.

"행여나 저 물속에서 나를 기다리고 있지나 않은가."

하는 안타까운 생각에 그는 순사 한 사람의 앞에 달려갔다.

"나으리 소방서에 있는 보트 하나 빌려줍소."

"뭣하려나?"

"저 건너 가보겠어요."

"왜? 물귀신이 청해 드리나. 죽고 싶으면 혼자 뛰어들지 구태여 소방서 보트와 정사를 하려구."

하며 비웃었다. 천돌이의 가슴은 절망에 어두운 회오리 바람이 우루룩 일어났다. 그는 풍덩 물을 향하여 뛰어 들려고 몇 번이나 빠질 뻔하였다.

비가 점점 그치자 때는 늦은 아침때가 지났다. 그러나 그가 찾던 그림자는 종시 보이지 않았다.

이번 홍수는 하나 천돌이뿐 아니라 아무도 예상치 못한 것이었다. 가뭄 끝이라 여간 비가 와서는 좀처럼 큰물이 지지 않으리라고 생각해왔던 것이다. 그보다도 오랜만에 오는 비라 모두들 기뻐 밤늦게까지 놀다가 첫잠이 든 사이에 냇물 상류에서 내린 비가 불과 삼사 시간에 막았던 물이 터지는 것 같이 갑자기 그렇게 큰물이 올 줄은 모르고 막 잠이 든 사이에 귀신도 모르게 물귀신이 되고 만 것이었다. 천돌이는 혼 빠진 사람같이 물 저편을 바라보며 질벅거리는 언덕에 주저앉았다. 그때 그의 머리에 번개같이 스쳐 지나가는 것이 있었다.

"참 그래, 이런 멍청이."

그는 혼자 꽉소리를 치고, 침에 찔리운 사람같이 자기 집을 향하여 달음박질하였다. 그는 복순이와 잔치를 하던 꿈을 꾼 것이 생각났던 것이다. 지금 이렇게 큰물이 지고 자기가 복순이를 찾아 헤매는 것은 아무래도 꿈이다. 복순이는 우리 집에서 나를 기다리고 있는데— 하는 착각을 일으켰던 것이었다. 그는 집을 향하여 달음박질 치면서 이제까지 자기가 안타깝지 헤맨 것이 우습기도 한 것 같고 원망스럽기도 한 것 같으면서도 어쩐지 가슴속 한편은 몹시 얻어맞은 벙어리 속 같이 답답하고 안타까운 뭉텅이가 얼얼하고 있는 것이었다. 아름다운 무지개. 복순이에게 장가들 때 타고 가려는 일곱 가지색 무지개 그 찬란한 다리를 하룻밤 사이에 내린 몹쓸 비까지 휩쓸어 영원히 흘러가버리고 만 것을 깨닫기는 얼마 후이었다.

적빈

　그의 둘째 아들이 매촌梅村이라는 산골에 장가를 간 후로는 그를 부를 때 누구든지 '매촌댁 늙은이'라고 부른다. '늙은이'라는 위에다 '매촌댁'이라고 특히 '댁' 자를 붙여 부르는 것은 이 늙은이가 은진 송씨恩津宋氏인 고로 송우암宋尤菴 선생의 후예라고 그 동리에서 제법 양반 행세를 해오던 집안이 친정으로 척당이 됨으로서의 부득이한 존칭이다. 그러나 지금에 와서는 존칭으로 '댁' 자를 붙여 준다고는 아무도 생각지 않았다. 아무래도 '매촌댁 늙은이' 하면 의례히 '더럽고 불쌍하고 남의 일 해주는 거지보다 더 가난한 늙은이다' 하는 멸시의 대명사로 여기는 것이었다. 그뿐 아니라 요즈음에 와서는 '매촌댁 늙은이'라고 '댁' 자를 쑥 빼고 부르는 사람도 있어졌다. 그래도 늙은이는 그것을 노엽게 생각할 만한 양반에 대한 애착심이 낡아빠져서 아무런 생각도 느끼지 않았다.
　몇 해 전 그가 늘 허드렛일을 해 주러 다니는 그 동리 면장의 집 아들이 장난말 끝에
　"늙은이의 이름이 뭐요?"
하고 물었다.
　"히힝, 내 말인가. 늙은이가 무슨 이름이 있어!"
　"그래도 왜 없어요. 똥덕이었소, 개똥이었었소?"

하며 놀려대는 것이었다. 그는 젊은 놈이 당돌하게 늙은이의 이름을 묻는다는 것이 와락 분해져서

"왜? 나도 예전에는 다 귀하게 큰 사람이오. 우리 할아버지는 송우암 선생의 자손이오 글이 문장이라오. 내 이름도 할아버지가 귀한 딸이라고 귀남이라고 지었다오!"

하며 자기도 옛 세월 같았으면 너희들은 감히 나의 집에도 만만히 못 들어올 상놈들이다 하는 뜻을 암시하여 양반 자랑을 한 것도 지금 생각하면 다 우스운 일이었다.

"돈 없고 가난하면 지금 세상은 이런 것."

이라 하는 것만은 날이 갈수록 더 똑똑하지 알려질 뿐이었다.

가난하다면 이 매촌댁 늙은이보다 더 가난할 수는 없는 것이다. 그의 맏아들은 오래 전에 죽어버린 자기 남편과 마찬가지로 '돼지'라고 별명을 듣는 멍청이었다. 모든 일에는 돼지같이 둔하고 욕심 많고 철딱서니 없고 소견 없는 멍청이면서도 술 먹고 담배 피우는데는 일당 백이었다. 그래서 남의 집에서 품팔이라도 하면 돈이 손에 들어오기 바쁘게 술집으로 쫓아가는 것이었으므로 몸에 입은 옷이라고는 자칫하면 감추는 물건이 벌렁 내다보일 지경이었다. 그 동생은 스물여덟에 남의 집에서 고용살이로 모았던 몇 량 돈으로 매촌으로 장가를 들고 얼마 남은 것으로 형 되는 '돼지'도 장가를 들여주려고 했으나 눈 빠진 사람이 아니고는 그에게 딸을 내어줄 사람이 없었다. 그러나 이렇게 못난이 '돼지'라도 사위를 보려는 사람이 있었다. 그는 스무 살이나 먹도록 시집 못 보내고 둔 벙어리 색시의 아버지다. 돼지는 벙어리라고 하므로 생각할 인물이 못 되어 '계집 얻는다'는 것만이 좋아서 싱글벙글하며 넓적한 콧구멍을 벌렁거리며 장가를 들었다.

늙은이는 아들 둘을 다 장가 보내고 나니 이제는 걱정할 것이 없다고 생각했으나 장가를 보내고 나니 걱정은 더 많아졌었다. '돼지'는 한날

한시로 술만 찾아다니고 벙어리는 매촌의 아내와 같이 있는 늙은이에게 와서 배고프다고 우는 것이었다.
　매촌이는 장가 든 후에도 고용살이를 하는고로 그의 아내는 늙은이와 날만 새이면 남의 집으로 돌아다니며 일 해주고 밥 얻어먹고 해야 살아오므로 고용살이로 받은 돈은 그대로 남겨두게 되었다. 남겨둔다 하더라도 일 년에 십 원 내외이나 늙은이는 백만 재산같이 귀중히 여겨 몸에 걸칠 옷 한 가지 바꾸어 입을 것이 없는 것은 생각할 줄도 몰랐다. 아주 옷이 없어지면 산골로 돌아다니며 무명베 짜는데 품팔이를 한다. 산골에서는 예전과 같이 아직까지도 제 손으로 옷감을 짜는 것이다. 한 필을 짜면 무명베 몇 척씩을 삯으로 받아가지고 며느리와 한 가지 자기 한 가지씩 옷을 해 입는 것이었다. 때로는 벙어리도 데리고 다니며 일을 거들어주며 밥을 얻어 먹이기도 하는 것이었다. 밥 한 끼 얻어먹는다는 것이 무슨 큰 품삯이나 받는 것 같이 그들 셋은 뼈가 부서지도록 일을 해 주고 돌아다녔으나 그래도 별 걱정은 없었다.
　"어서 몇 백냥 모이게 되면 그것으로 남의 논이나 밭을 대지貸地로 얻어서 제 농사를 해 보리라."
하는 것만이 매촌의 부부와 늙은이의 유일한 희망이었다.
　매촌이가 장가 든 지 사 년 만에 이럭저럭 뼈를 깎아 모은 돈이 이 원 모자라는 육십 원이나 되었다. 매촌은 그 돈 중에서 십오 원을 떼어 일간 토옥 다 허물어져가는 것을 사 가지고 생전 처음으로 자기의 집이라는 것을 가지게 되었다. 늙은이도 기뻐했던 것이다. 그랬더니 남은 돈 사십삼 원으로 대지를 하기 전에 홀딱 날려 보내고 말았다. 동리에서도 똑똑하고 잘 하는 신용 있는 매촌이었으나 한꺼번에 많은 돈을 쥐고 보니 가뜩이나 마음이 벙벙한 데다가 돈 냄새를 맡고 다른 동리 알부랑 노름꾼들에게 속아 넘어서 하루 밤에 후딱 날려 보내고 만 것이었다. 매촌은 두 눈에 불이 켜고 뼈가 녹은 것 같이 쓰라리게 아까워서 죄 없는 담뱃대만 힘껏 두들겨 부수었다. 손에 쥐인 것 같이 믿고 믿었던 농사하는 그들의 꿈은 그대로 애처롭게 물거품으로 돌아가고 말게 되었으므로 늙은이는 온 밤이 새도록 아들을 조르며 죽는다고 목을 놓고 우는 것이었다.
"죽일 놈들 도적놈들 내 돈 사십삼 원을 그대로는 못 먹을 것이다."
매촌은 딱 버티고 앉아 이를 갈았다. 그러나 한번 낚긴 돈이 아무리 간장을 녹인들 도로 제 손 안에 들어올 리가 없는 것이었으나 그래도 매촌은 제 돈 찾으러 매일같이 노름판에 드나들었다. 그러는 중에 그는 제 자신도 모르는 사이에 어느 동리 알탕 노름꾼으로 변하고 말았다. 단순한 매촌이었었던 만큼 그의 변화는 쉽고 빠른 것이었다.
늙은이와 며느리는 태산같이 믿었던 매촌이가 그 모양이 되고 오직 하나 희망이었던 제 농사 짓는다는 것도 꿈으로 돌아간 후 죽지도 살지도 못할 판에 끼여 한결같이 남의 집에 다니며 입만은 살아갔다. 일 년 열두 달 남의 솥에 익혀 낸 것만 얻어먹는 그들이라 비록 일은 하주고 먹는 것이라 해도 동리 사람들은 공밥을 먹이는 것같이 그들을 천대하는 것이다. 늙은이에게서 '매촌댁'의 '댁' 자를 쑥 빼고 '매촌댁 늙은이'로 붙이게 된 것도 이때부터이다.
큰아들 돼지나다 이제는 심을 채울 나이도 된지 오래였건마는 그는 술 한 잔이면 제 목이라도 베어줄 작자였으므로 죽도록 일을 해 주고도 술만 얻어먹고 그대로 오는 것이었고 벙어리는 또 저대로 밥만 얻어먹고는 죽을똥 살똥 일을 해 주는 것이었다. 그러나 이중에도 불행이 하나 더 덮쳐 돼지는 그 마을에서 쫓겨나게 되었다. 그것은 몇 날 술을 먹지 못하여 못 살 지경에 이른 돼지가 한 꾀를 생각해 가지고 술집에 가서 술 한 잔만 주면 나무 한 짐 해다 주겠다는 약속으로 먼저 술 한 잔을 얻어먹었다. 그리고는 갖다 줄 나무가 없어 나무베기를 엄검하는 사방공사(沙防工事)해 놓은데 같이 한 짐 잔뜩 버혀지고 내려 오다가 일꾼 대장에게 들켜 나뭇짐은 나뭇짐대로 다 빼앗기고 죽도록 얻어맞고 술집 마누라까지 무한

욕을 먹고 한 까닭에 그는 그 동리에서 쫓겨난 것이었다. 그 길로 매촌에게 왔으나 매촌이 역시 알부랑 노름쟁이라 하는 수가 없었다. 그래서 그는 하는 수 없이 오리五里 가량 떨어진 동리에 가서 남의 집 곁방살이로 들어갔다. 방세는 내지 않더라도 그 집의 바쁜 일은 거들어 주겠다는 약속이었다. 그러나 당장에 입에 넣을 것이 없었으므로 벙어리를 두들기며 밥 얻어오라고 하는 것이었으나 벙어리는 이미 당삭이 된 커다란 배를 가리키며 서럽다는 듯이 우는 것이었다. 그래도 돼지는 어떻게든지 해서 양식을 얻어올 궁리는 하지 못하고 벙어리를 조르다가 지치면 그의 어머니인 늙은이가 무엇이나 가져다 주지나 않나! 하는 택없는 꿈을 꾸며 뒹굴뒹굴 하기만 하는 것이었다. 이따금 담배 생각이 나면 들에 나가서 '씰랭이'의 꽃을 따다가 대에 넣어가지고 쥐새끼 소리를 내며 빨아대는 것이었다.

　벙어리는 자기 뱃속에서 꿈틀 꿈틀하며 태아胎兒가 놀면 몸서리를 치며 무서워했다. "빌어먹을 년, 어린애가 그러지 않냐 겁은 왜 내?" 하고 벼락같이 소리를 지르나 알아듣지 못하고

　"끙끙……."
하는 소리로 울며 자기 배를 쿡 쥐어지르는 것이었다. 하루 한 끼도 얻어먹지 못하는 그들이라 벙어리의 커다란 두 눈은 쇠눈깔같이 험악하였다. 늙은이는 어느 날 밤에 큰 호랑이 두 마리가 꿈에 보이더라고 하며 그 이튿날 아침에 매촌의 아내를 보고 꿈 이야기를 하는 것이었다.

　"아마도 오늘 내일 간에 너희 둘이다 아들을 낳을라는가 보더라……."
하며 신기하다는 듯이 며느리를 바라보는 것이었다. 매촌의 아내도 벙어리와 같이 당삭 있다던 것이다.

　"한꺼번에 둘이 다 해산을 한다면 이 일을 어쩔까 작은 며느리는 그래도 해산 후에 먹을 것이나 준비해 두었지마는 저 벙어리를 어떻게……."
　혼자 생각하다 못해 노란 것, 흰 것, 검은 것이 한데 섞인 몇 가락 안 되

는 머리를 손가락으로 감아서 꽁쳐 매고 누덕누덕 집은 적삼에 걸레 같은 몽당 치마를 입고 빨리 집을 나섰다. 그는 그 길로 바로 단골로 다니며 일해 주는 집들을 돌아다니며 사정 이야기를 하고 얼마만큼만 꾸어주면 나중에 그만큼 일을 해주리라고 애원을 해도 한 집도 시원하게 대답하지 않았다.

"모다 그 늙은이는 참 그런 이들을 자식이라고 걱정을 해 먹일 것도 없을 줄 알며 어린애는 왜 만들었어?"

하고 비웃고 핀잔 주고 놀려주고 할 뿐이었다. 늙은이는 이즈러지고 뿌리만 남은 몇 개 남지 않은 이빨을 드러내며

"히에—".

하고 고양이같이 웃어 보이는 것이었다. 웃으면 곯아 비틀어진 우붕 뿌리 같은 그 얼굴에 누비질한 것 같이 잘게 깊게 잡힌 주름살이 피며 주름 사이에서 햇빛을 보지 못한 살이 받고 지은 것 같이 여기저기 드러나는 것이었다.

"그러게 말이지. 자식 놈들이 몹쓸 놈이지. 그저 벙어리가 불쌍해서 그러는 거요……."

하고는 다시 한 번

"히에—"

웃어 보이고 돌아서 나오는 것이었다.

그는 항여나! 하는 생각으로 마지막으로 또 한 집에 들렀다. 오랫동안 천대받고 학대받아 온 늙은이라 남들의 냉정한 것을 슬프게나 원망스럽게 느낄 줄 몰랐다. 그리고 낙심할 줄도 몰랐다. 마지막 들린 집에서는 쉽사리 동정을 하는 것이었다.

"에구, 불쌍해라. 아이는 하필 저런데 가서 잘 테이거던……."

하며 쌀 한 되, 보리 두 되, 장 한 그릇, 미역 한 쪽, 명태 한 마리를 별 말 없이 내어주는 것이었다. 밥 한 그릇에 온 전신이 녹도록 고맙다고 생각

하는 이 늙은이라 이렇게 과분한 적선에는 도리어 고마운 줄 몰랐다. 그의 고마움을 느끼는 신경은 너무나 한도가 적었던 까닭이라 그의 신경은 모조리 감격에 차고 이 여러 가지에 대한 감사를 일일이 다 느끼기에는 그의 신경이 모자랐던 것이다. 늙은이는 채 머리만 절래 절래 흔들며 연방 혀 끝으로 콧물을 잡아뜯더니 닦았다. 아무 고맙다는 인사도 없이 그는 여러 가지를 바구니 속에 넣어가지고 머리에 이었다.

그 집을 나와 한참 돼지 있는 마을을 향해 걸어가다가 그는 힐끔 한번 뒤를 돌아보고는 얼른 바구니에서 명태를 끄집어내어 품속에 감추었다.

"이것은 작은 며느리 해산하거든 주지."

그는 벙어리만 중하게 생각하는 것 같아서 명태는 감추었다가 작은 며느리를 주려는 것이었다.

돼지가 있는 방 지게문을 덜컥 열어 젖히니 방안에서는 더운 짐과 퀘퀘한 냄새가 물씬 솟았다. 돼지는 혼자 방에 누웠다가 부시시 일어나 앉았다.

"그것 뭐요. 배고파라!"

하며 힐끔 아래서부터 옆으로 늙은이를 쳐다보는 것이었다. 그 모양이 정말 돼지 같아서 늙은이는 속으로 쓴웃음을 쳤다. 방 안 모양도 돼지 우리 같았거니와 그의 느린 동작과 조그만 눈이 살그머니 흘겨보는 상은 병들은 돼지 그대로였다. 다만 한 가지 참 돼지처럼 살이 툭툭 찌지 않은 것만이 다를 뿐이었다.

늙은이는 지긋지긋하게도 ○○ 망나니인 두 아들을 원망이나 미워하는 것도 이제는 그만 지쳐서 그대로 잠자코 방으로 들어갔다.

"그것 뭐요!"

입 가장자리가 뽀얗게 침이 타 붙은 것을 손등으로 슬쩍 닦으며 배고파 못 견디겠다는 듯이 재차 묻는 것이었다.

늙은이는 혼자 중얼거리며 연방 채머리를 절래 흔드는 것이었다. 작은 며느리는 해산하면 먹는다고 쌀 다섯 되 보리 한 말을 준비해 두기라도 했거니와 벙어리는 지금 당장에 굶고 있는 판이니 그 일이 난감하였다.
"무엇이야 아무것도 아니지. 젊은 것이 해산을 하면 무엇을 먹으려고 밤낮 이러고만 있어."
늙은이는 목에 말라붙은 것 같은 적은 소리로 노하지도 않고 곱게 타이르는 것이었다.
"일하려 갈라고 해도 배고파서……."
"그렇다고 누웠으면 하늘에서 밥이 떨어지냐. 젊은 것은 어디 갔어?"
"뒷산에 나물 캐러 갔는가……."
늙은이는 네 손가락으로 뒤통수를 덕덕 긁으며 답답해 못 견디겠다는 듯이 벌떡 일어섰다.
"이것은 해산하면 먹일 약藥이다. 손도 대지 말아라."
하고는 가지고 온 바구니를 윗목에 밀어놓고 밖에 나와 짚을 한숨 쥐어다가 그 위에 눌러 덮었다.
"정말 이것은 손을 대지 말아라. 아이를 낳으면 먹일 약이다."
늙은이는 열 번 스무 번 당부를 하는 것이었다.
"음! 그래 웬 잔소리는……."
하고 돼지는 온 몸뚱이의 껍질만 남겨두고 모든 정신이 그 바구니 속에 쏠리어 늙은이의 말은 지나가는 바람소리로만 여기는 것이었다. 늙은이는 돼지의 속마음을 잘 들여다 볼 수 있었다. 아무리 당부해도 그 말을 실행할 되지가 아닌 것도 잘 알았으나 조금이라도 아껴 먹도록 하라는 뜻으로 자기도 몇 번이나 부탁만은 하는 것이었다. 그러나 아무리 지혜 없는 '축신이' 돼지라 할지라도 사십에 가까운 사나이에게 양식을 약이라고 말하는 자기가 서글프기도 하였거니와 그들에게 있어서는 양식이라는 것은 생명줄을 이어 주는 귀하고 중한 약이 아니고 무엇이냐. 밥을 약과 같이 먹어야 하는 너희들이 아니냐 하는 생각도 났으므로 늙은이는

소설 73

다시 또 입을 닫지 않고 그 방을 나섰다. 집으로 돌아오는 길에도 행여나 벙어리와 마주칠까 해서 명태 한 마리는 품에 숨긴 채 왼편으로 그 위를 누르고 빨리 돌아왔다. 작은 며느리는 일하러 나가고 없었으므로 부엌 한 옆에 구덩을 파고 넣어둔 쌀 항아리 뚜껑을 열고 명태는 쌀 속에 파묻어 두었다. 그리고 자기도 어디 가서 좀 일을 해주고, 점심을 때우리라는 생각으로 그대로 집을 나왔다.

그는 그 길로 면장의 집으로 갔다.

"늙은이, 어서 오소. 이 애가 웬일이요!"

하며 면장의 마누라는 세 살 먹은 계집애를 안고 마루에서 어쩔 줄 몰라 하는 판이었다.

"왜? 어디가 아픈가?"

늙은이는 얼른 마루로 올라가서 익숙한 솜씨로 어린애의 이마와 가슴을 만져보았다.

"지금까지 뜰에서 놀던 것이 갑자기 이 모양이야!"

어린애는 정말 열이 나고 괴로운 울음을 우는 것이었다.

"별일 없어요. 어디 봅시다."

늙은이는 어린애를 받아 안고 오므려진 입술을 더 오므려 가지고 가만가만히 가슴과 배를 만지는 것이었다. 평생에 하도 많이 남의 집을 들어다닌 늙은이라 남의 앓는 것도 많이 보았거니와 고치는 것도 많이 보고 듣고 해 온 것이라 지금에 와서는 웬만한 병은 자기의 생각나는 대로 조약도 가르쳐 주고 '객귀' 도 물어주고 채정도 내려주고 하여 신출내기 의원보다 동리에서는 더 믿는 것이었다. 그러므로 면장의 마누라도 늙은이에게 안심하고 아이를 맡기는 것이었다.

과연 어린애는 이윽고 소화되지 않은 음식을 토하기 시작하더니 한참만에 그대로 잠이 들었다. 늙은이는

"후—."

한숨을 하고 툇마루로 나와 앉으며,

"한숨 포근히 자고 나거든 노글노글한 조당수나 끓여 먹이고 저녁도 먹이지 말고 그대로 재우면 별 일 없을 것이요."

하였다. 마누라도 안심한 듯이 늙은이에게 줄 밥을 참견하였다. 늙은이는 밥과 반찬 찌꺼기를 얻어 가지고 툇마루 한 옆에서 씹지도 않고 묵턱묵턱 삼키기 시작했다.

"에구, 늙은이. 천천히 좀 먹으면 어떤가. 그렇게 막 삼켰다가 걸려 죽으면 어찌……."

마누라는 늙은이의 밥 먹는 양을 바라보다가 주의를 시키는 것이었다.

"히엥—."

늙은이는 애교 있는 웃음을 웃고 간청어 꼬리를 뼈째로 모조리 묵턱 베어 우물우물하더니 입이 움쑥하며 꿀꺽 소리를 내고 삼키는 것이었다.

"에그머니, 뼈를 막 먹네."

"히엥! 걱정하지 마소. 죽어도 먹다가 죽는 것은 복이 아니요?"

그는 그의 버릇인

"히엥"

하는 고양이 웃음 같은 소리로 한 번 더 웃어 보이고 연방 주먹만 한 밥숟가락이 오르내렸다.

"저 늙은이의 창자는 무쇠로 된 것이야!"

마누라는 자기도 침을 삼키며 찬장에서 먹던 김치찌개를 더 내어주었다. 늙은이는 지금까지 먹으라고 주는 것을 사양해 본 적이 없는 판이라 주는 김치도 넙적 받아 국물부터 후루룩 삼켜 보는 것이었다. 그의 몸뚱이는 곯아 비틀어졌어도 오직 그의 창자만은 무쇠같이 억세고 든든하였던 것이다. 지금까지 배앓이를 해 본 적이 없는 그이었다. 그 날은 이것저것 거들어 주고 저녁까지 얻어먹고 돌아 나올 때 마누라는 늙은이의 치마자락에 보리 두어 되를 부어 주었다.

"에구, 이것은 왜?"
하면서도 사양하지 않고 그대로 집으로 돌아왔다. 그는 그 보리를 가져다가 헌 누더기 조각에 싸 가지고 며느리 몰래 부엌 나무단 밑에 감추었다. 벙어리의 양식이 없어지면 가져다 주려고…….

그런지 며칠 만에 벙어리가 해산 기미로 누웠다는 통보를 듣고 부랴부랴 달려간 때는 오정이 훨씬 지나서이다. 방문을 덜컥 열어젖히니 벙어리는 죽겠다고 머리를 방구석에 틀어박고 끙끙하며 손으로 벽을 쥐어뜯고 있고 돼지는 조급한 듯이 연기도 나지 않는 담뱃대만 쪽쪽 빨며 쥐새끼 소리를 내고 앉아 있었다.

"언제부터 저러냐?"
늙은이는 방에 들어가 앉으며 아들에게 묻는 것이었다.
"몰라요. 어제 밤부터 아직까지 물도 한 모금 마시지 않네요!"
늙은이는 벙어리의 고통을 잘 알았다. 아무것도 먹지 못해 기운이 없어 속히 어린애를 낳지 못하는 것이다 하는 생각이 들자
"전에 가져다 준 것 어디 있어?"
하고 물었다.
"뭐? 그거 다 먹었지."
"뭐? 언제?"
늙은이는 기가 막혔다. 그까짓 쌀 한 되 보리 두되를 먹는다니 입에 붙일 것이나 있었으리요마는 미역까지 다 먹었다는 말에 와락 속이 상했다.

"빌어먹을 놈, 그것을 죄다 먹다니……."
기운이 없어 아이를 속히 낳지 못하고 끙끙 하는 벙어리를 앞에 두고 늙은이의 가슴은 어리둥절하였다. 우선 조금 남아 있는 장으로 솥에 찬물 한 바가지를 붓고 물을 끓여 벙어리에게 두어 숟갈 먹였더니
"아버바!"

하는 고함소리와 함께 방바닥에 새빨간 고깃덩어리가 떨어지며
"으아!"
하고 힘 있는 첫소리를 쳤다. 늙은이는 탯줄을 끊으려 해도 가위도 아무 것도 없어 생각하는 판에 돼지가 달려들어 입으로 탯줄을 석컥 베었다. 방바닥이라 해도 군 앞에 다 떨어진 사리 자리가 손바닥만치 깔려 있을 뿐이었으므로 어린애는 맨 흙 위에 그대로 누어 새빨간 팔과 다리를 꼬물락거리며 입술을 오물락거리고 있었다. 늙은이와 돼지는 얼른 어린애의 다리 사이를 헤치고 보았다. 조그만 무엇이 달리어 사나이라는 것을 뚜렷이 증명하고 있었다. 늙은이는 갑자기 두 팔을 덜덜 떨며 두리번두리번 살피다가 하는 수 없이 손빠르게 자기의 치마를 벗어 어린애를 싸가지고 자리 위에 눕혔다. 벙어리는 죽은 것 같이 늘어져 누워 있었다. 돼지는 뜻도 없던 말소리를 혼자 분주히 중얼거리며 담뱃대를 쥐었다 놓았다 벙어리를 만져보았다 하는 것이었다. 늙은이는 잠시 가만히 앉아 예순셋에 처음으로 보는 손자라 그런지 그의 가슴은 감격에 꽉 차가지고 웬일인지 눈물이 줄줄 흘러내렸다. 연해서 안태胎를 낳자 그만한 피를 감당할 수 없어 떨어진 '가마니' 쪽에다가 태를 움켜 담아 돼지를 시켜 뜰 한 옆에 가서 불사르라고 시켰다.
"저것을 무엇을 먹일까!"
늙은이는 자기 집 나무 밑에 감추어둔 보리 두 되가 생각났으나 지금 그것을 가지러 가려 하니 몸을 빼서 나갈 수 없고 돼지를 시키려니 작은 며느리에게 들킬까 걱정이 되어 자기 팔이라도 베이고 싶었다. 그럴 때 집주인 마누라가 이 모양을 알아채고 쌀 한 그릇을 주는 것이었다. 늙은이는 그것으로 밥을 지어 벙어리에게 크게 한 그릇 먹이고 남는 것은 바가지에 긁어 담았다.
"그 년 어린애 낳고 아프지도 않나베. 밥이야 억세게 먹어댄다. 나도 배고파 죽겠는데. 제―기."

돼지는 뜰에서 태를 태우며 버럭 소리를 지르는 것이었다. 늙은이는
"빌어먹을 놈, '축신이' 같이."
하며 바가지의 밥을 덜어서 돼지를 주고 자기는 손가락에 묻은 밥알만 뜯어먹었다. 어린애도 만지고 벙어리 몸도 단속하는 사이에 해는 저물어갔다. 그는 남은 밥을 벙어리에게 먹여놓고 차마 어린 것을 덮어 준 치마를 벗기지 못해 떨어진 속옷 바람으로 어둡기를 기다려 자기 집으로 보리를 가지러 가는 것이었다.

작은 며느리가 알면
"보리는 누구 것이요. 왜 숨기었다가 가져가요."
하고 마음을 상할까 하여 그는 가만히 자기 집으로 들어갔다. 매촌이는 또 노름방으로 갔는지 며느리 혼자서 깜박거리는 호롱불을 켜고 옷끈을 끌러놓고 '벼룩' 잡는다고 부시직거리고 있었다. 늙은이는 자취 없이 부엌으로 들어가 나무 밑에 손을 넣어 살그머니 보리 꾸러미를 끌어내었다. 진작 도로 나오려다가 조금 멈칫 하고 생각한 후 재주 있는 '쓰리'와 같은 손짓으로 쌀 항아리 속에 손을 넣었다. 전날 쌀 밑에 감추어 두었던 '명태'가 쌀 위에 쑥 빠져나와 있었다.

"아이구, 며느리가 보았구나."
하는 생각이 들자 그는 얼른 항아리에서 손을 빼어 집을 빠져나왔다. 보리 뭉치만을 옆에 끼고 번개같이 달려가서 돼지에게 갖다 주고
"이것으로 죽을 쑤어 너는 조금씩만 먹고 어린애 어미만 먹여라!"
고 몇 번이나 당부하고 자기는 다시 집으로 돌아오는 것이었다. 텅 빈 뱃가죽은 등에 가 붙고 입안과 목안은 송정으로 붙인 것 같이 입맛을 다시면 찢어지는 것 같이 따가웠다.

"저까짓 보리 두 되로 몇 날을 지탱시킬까."
하는 생각이 들자 그의 두 다리는 가리가리 힘이 빠지고 돼지와 매촌이의 못난 것이 새삼스럽게 얄미웠다. 그러나 눈 앞에는 오늘 난 아기의 두

다리 사이에 사내란 또렷한 그 표적이 어릿어릿 나타나고 사라지고 하였다. 그는 이윽히 걸어가는 사이에 몹시 뒤가 마려워서 잠깐 발길을 멈추고 사방을 둘러본 후 속옷을 헤치려다가 무엇에 놀란 듯 재빠르게 걷기 시작하였다.

'사람은 똥힘으로 사는데…….'

하는 것을 생각해 내었던 것이다. 이제 집으로 돌아간들 밥 한 술 남겨 두었을 리가 없으며 반드시 내일 아침까지 굶고 자야 할 처지이므로 지금 똥을 누어 버리면 당장에 앞으로 거꾸러지고 말 것 같았던 까닭이었다.

그는 흘러내리는 옷을 연방 움켜잡아 올리며 코끼리 껍질 같은 몸뚱이를 벌름거리는 그대로 뒤가 마려운 것을 두시하려고 입을 꼭 다문 채 아물거리는 어두운 길을 줄달음치는 것이었다.

낙오

"나는 간단다."
정희는 이 한마디 말을 내놓으려고 아까부터 기회를 엿보아 왔다.
"응?"
예측한 바와 틀림없이 경순의 커다란 두 눈은 복잡한 표정으로 휘둥그래졌다.
"나는 가게 된단 말이야."
"공연히 그러지?"
경순이는 벌써 정희의 하려는 말을 어렴풋이 알아채었다.
"무엇이 공연이란 말이야, 정말이다."
"미친 계집애."
"정말이다. 보려므나."
정희는 경순의 이마를 꾹 찌르며 얼굴이 빨개가지고 마치 경순이가 못 가게나 하는 듯이 부득부득 간다는 것이 정말이라고 우겨대었다.
"글쎄 정말이면 축하하게. 너는 참 좋겠구나."
"좋기는 무엇이 좋아."
경순이는 미끄럼 타다가 못에 걸린 것 같이 정희의 태도에 저으기 뜨끔하고 맞이는 것이 있었다.

"이제 와서 날 보고 할말이 없으니까 하는 수작이로구나."
하고 경순이는 정희의 말이 조금 불쾌하였다. 그러나 이미 일이 이렇지 되고 만 이때에 쓸데없는 농담만이라도 할 필요가 없다고 생각하여 그대로 입을 다물어 버렸다.
"얘 좀 보게. 언제까지든지 거짓말만 하는 줄 아니? 오늘은 정말이란다."
"그러기에 축하한다는 것이 아니냐!"
경순이는 웃으며 말대꾸를 하면서도 정희의 독특한 성격을 알고 있느니만큼 조금 불안하기도 하였다.
"금년 안에는 못가겠다고 생각했더니 이즈음 숙자가 간다기에 나도 그만 결심을 했단다."
정희는 기쁜 듯이 밖의 사람들에게 들릴 것도 돌아보지 않고 떠들었다.
"공연히 시집가는 것이 좋으니까 그러지."
"천만에. 나는 시집은 안 간다. 너도 헛걸음 한 줄 알아라."
경순이는 정희의 말을 귀담아 듣지도 않았다. 정희는 경순이 태도에 성이 났는지 벌떡 일어서서
"그러면 같이 가 보자. 내 말이 거짓말인가. 어서 가. 내게 따라만 와 봐!"
하며 경순의 팔을 잡아끌었다. 아직까지 다 장난이거니 하고 믿은 경순이는 그대로 따라 일어섰다. 부엌에서 편육을 만들고 있던 정희의 어머니한테 물건 사러 나간다는 핑계를 하고 그대로 대문 밖으로 나왔다.
"그런데 내 정말을 할 터이니 놀라지 말아라. 그리고 이 비밀을 폭로시키는 날이면 너는 죽는 것인 줄 알아라!"
"미친 수작 말아라."
경순이는 정희의 을러대는 꼴이 우스웠다.
"아니, 정말이다. 나는 동경으로 갈 터이다."

소설 81

"……."
"내일 밤이면 너와도 당분간 못 만나게 된다."
"내일 밤?"
경순이는 어마어마하던 자기의 추측이 딱 들어맞은 것이 소스라치게 놀라워 발길을 탁 멈추었다.
"무엇이 그렇게 놀라워?"
정희는 길가는 사람들이 놀라 돌아볼 만치 커다랗게 사나이 웃음을 웃는 것이었다.
"그것 정말이냐, 내일 밤에?"
"그럼 내일 밤은 왜 못 가는 밤인가."
경순이는 정희의 이 대답을 듣고 다시 걷기 시작하였다. 무슨 일이든지 기발하게 사람을 놀라게 만드는 정희의 성격을 알고 있느니만큼 놀람은 불안으로 변하였다.
"그래 너희 집에서 허락하였니?"
"멍청이야! 어째서 허락을 하겠니. 가만히 도망칠테야."
정희의 말소리는 태연하였다. 그러나 경순이는 몸에 소름이 끼쳤다. 남이야 죽든 살든 자기 고집만 세우면 그만이지! 하는 정희의 성격이 악한이나 만난 것 같이 무시무시하게 느껴졌다.
"그러면 파혼을 했니?"
경순이는 겨우 작은 목소리로 다시 물었다.
"파혼? 내가 언제 약혼을 했었나."
"뭐야?"
꿋꿋하고 훌쩍 큰 정희의 어깨를 힘껏 잡아당겼다.
"무슨 말을 그 따위로 하니? 아무리 농담이라도 분수가 있단다. 너무 그러면 나는 정말 네가 무섭구나."
"무섭거든 달아나려무나."

정희는 어깨를 뿌리치며 볼통하여졌다.
"정희야, 사람이 그래서는 못쓴다. 이렇게 도망을 할 판이었거든 왜 좀 더 전에 하지 못했니. 이렇게 일이 모두 결정된 뒤에 이러면 너의 부모가 어떻게 되느냐."
"어떻게 되든 내가 무슨 관계야. 나는 내 맘대로만 하면 그만이지. 한 번 골려주어야 다시는 이런 함부로의 짓을 하지 않지."
아무리 말해봤자 들을 정희가 아닐 것을 경순이는 잘 알고 있었다.
경순이와 정희는 삼 년 간 A고을 보통학교 교원으로 취직하게 되었으므로 알게 된 동무였다. A고을은 경순에게 있어서는 고향에 가까웠고 정희의 고향인 서울과는 천리의 먼 사이를 둔 곳이니만큼 나이는 비록 정희가 위이나 경순이가 형과 같이 앞을 서는 것이었다. 본래부터 고집이 센 정희는 동료 교원들 사이에서도 그리 화합하지 않고 생도들 사이에도 벌 잘 세우고 잘 대리고 한다고 평판이 좋지 못하였다. 그러나 경순이와는 사이가 좋았다. 한 방에 기숙하고 있는 탓도 있겠지만 정희의 성격을 잘 이해하는 경순이였으므로 아직 한 번도 말다툼을 해 본 적이 없었다.
학교에서도 무엇이든지 저질러 놓으면 뒷감당도 경순이가 제 일같이 처리해 줄 뿐 아니라 학교에서 갔다 나오면 한 페이지라도 책을 읽기를 권하는 것이었다.
"우리는 이대로 월급만 따 먹는 교원이 되어서는 안 된다. 장차 앞날의 사회에 주초가 될 지금의 어린이들을 가르쳐 줄 자격이 없는 우리이다. 우리를 지상의 지자(知者)로 믿고 있는 어린이들을 가르치는 중대한 이 의무를 무책임하게 더럽혀서는 안 된다."
"그뿐 아니라 일개 소학교원으로 만족하지 말자. 사회는 앞으로 나아가고 있다. 한시라도 놀지 말고 읽어두자."
하고 권하는 것이었다. 그러나 정희는 이런 말은 귀 밖으로 들으며 반대도 않고 그렇다고 덥석

"오냐 그렇게 하자."
고도 하지 않는 것이었다. 이것은 경순의 말이 마음에 못마땅해서 그런 것이 아니라 남의 말에 술술이 따라가는 것을 싫어하는 까닭이었다. 그런고로 자기의 생각해 낸 일은 아무리 사소한 것이라도 비록 잘못인 줄 알았다 해도 남의 충고는 한사코 듣지 않는 것이었다.

그러나 만 이 년을 채우고 나서는 그 동안 저금한 돈으로 동경으로 공부하러 가자 하는 말에는 쾌히 대답은 하지 않아도 마음속으로는 '그러리라' 고 결심하고 있는 모양이었다. 그러므로 경순이는 손꼽아 만 두 해만 되어 주기를 고대하는 것이었다. 그랬더니 기다리는 두 해가 거의 되어 오던 어느 날 정희는 학교에서 먼저 돌아와 짐을 꾸리고 있었다. 그는 그날 학교에서 나오며 사직원을 제출한 것이었다. 무슨 영문인지 모르고 애타하는 경순이를 뿌리치고 그 날 밤에 부랴 부랴 고향인 서울로 가 버린 것이었다.

학교 교장도 그 이튿날 아침에 비로소 사직원서를 보게 된 까닭에 사직하는 이유를 들어볼 여가도 없었다. 경순이도 교장의 물음에 대답할 말이 없었으므로 정희의 태도를 괘씸하게 생각지 않을 수가 없었던 것이다.

"아마도 시집을 가는 모양입니다."
하고 돌발적인 정희의 태도의 결론을 지은 것이었다. 그러나 결혼한다는 소식은 좀처럼 듣기지 않았다.

"남에게 따르는 것을 싫어하는 성질이라 나하고 같이 그만두느니보다 나보다 먼저 그만두어서 나중에 나를 저의 뒤를 따르게 하려는 생각이로구나."
하고 경순이는 '지금까지 둘이서 약속하고 고대하여 오던 두 해를 불과 한 달 남짓하면 이행할 것을 그렇게 아무도 모르게 근 이 년이나 정들인 학교와 동무를 몇 시간 사이에 집어던지고 가버리다니……. 그뿐이냐.

학기말 시험으로 한창 바쁠 때요 더구나 일 년 동안 담임하여 온 생도들을 진급도 시켜주지 않고 단지 동무와 같이 사직하지 않으려는 자기의 지지 않으려는 성격을 억제 못하여 이 따위 행동을 하다니……' 하는 생각을 하면 경순이는 자기와의 우정은 별 문제로 하고도 몹시 괘씸하였다.

그러나 경순이는 만 이 년이 꽉 찬 신학기가 왔어도 사직하지 못하였다. 그것은 늙은 부모와 직업이 없는 자기 오빠 부부의 형편이 당장에 교편을 집어던지지 못하게 하는 것이었다.

그는 하는 수 없이 또 한 해만을 연기하지 않을 수 없었다. 그의 오빠가 취직하게 되면 일 년 이내에라도 그만두기로 결심하였던 것이다.

정희에게 자기의 사정을 편지하며 몇 번이나 편지에 쓴 말이면서도 그때까지 분명히는 모르는 정희의 사직 이유를 묻는 것이었다. 그랬더니

"너는 마음이 약하다. 부모가 무엇이냐. 왜 용감하게 그만두지 못하느냐. 나는 곧 동경으로 가려 한다."

는 편지가 왔다. 그러나 그 후 반 년이 지난 며칠 전까지도 동경 간다는 소식은 없었다.

"아마도 경제가 허락 않나 보다. 만일 이러다가 내가 먼저 동경으로 가게 되면 얼마나 답답해할까."

하는 생각으로 남보다 먼저 하려고만 애를 쓰는 그에게 오히려 동정하고 싶기까지 하였다. 그러는 중에

"오는 십일 월 십삼 일은 정희의 결혼날이다."

라는 청첩 한 장이 학교 직원 일동에게로 왔다. 경순이는 일변 놀라면서도 차라리 잘되었다고 생각하였다. 정희는 자기를 무시하는 것 같다 하더라도 그의 진정으로는 자기를 유일한 동무로 여기고 있으리라고 생각되었으므로 학교에 일주일 휴가를 얻어가지고 결혼식일을 나흘 앞두고 상경하였던 것이다. 결혼 준비를 거들기도 할 겸 처녀로서의 동무와 오

래 이야기도 해 볼 겸 미리 상경한 것이었다.
 그러나 정희의 집에 들어서자 정희는 생각보다 냉정하였다. 정희의 어머니는 몹시 반가워하며 멀리서 학교를 쉬어가며까지 와 주는 정희를 치하하는 것이었다.
 "축하한다. 얼마나 좋은 사람이냐?"
하고 먼저 정희의 손을 잡았다.
 "몰라. 왜 왔니?"
 정희는 웃지도 않고 무표정하였다. 자기의 결혼 청첩을 받고 천리의 먼 길도 불구하고 달려온 그에게 하는 첫 말로는 너무나 냉정한 것이었다. 그러나 경순이는
 "성격도 못났다."
고 생각하며 조금도 정희의 태도를 괘씸하게 여기지 않았다.
 '시집가는 것이 부끄러워 그러는 것이겠지. 동경에를 가지 못하는 것을 아직 분하게 생각하는 모양이다' 하고 조금도 가슴에 끼지 않았다.
 "그리지 말아. 나는 네 결혼식 구경을 왔단다."
하며 트렁크 속에서 준비하여 온 기념품인 탁상시계를 내어 놓았다.
 "이것이 뭐야, 쓸데없이."
 정희는 들어보지도 않고 도로 경순이에게 밀어 주었다.
 "애야, 내 처지에 좋은 것을 살 수 있니. 이것이라도 내 맘에서 보내는 선물이다."
 정희는 교원 노릇할 때 서로 함부로 쓰던 말을 하는 것이었다. 경순이는 그 말이 반가웠다.
 그 날 밤은 정답게 새웠다. 신랑은 스무 살이요, 부자의 아들인데 아직 중학교에 다닌다는 것만은 정희의 어머니에게 들었으나 정희에게 결혼에 대한 말은 한 마디도 듣지 못하였다.
 "아마 아직 중학생이라니까 정희 자신은 별로 반갑지 않은 모양이로

구나."

하는 생각으로 구태여 정희에게 여러 말 묻지를 않았다. 그랬더니 갑자기 오늘 결혼 전날인 내일 밤에 동경으로 도망을 하려는 말을 듣게 된 것이라 경순이는 놀라고 불안하지 않을 수 없었다.

"어디를 자꾸 가니?"

S동 골목쟁이로 휘어들자 입을 떼었다.

"잔말 말고 따라와 보라는데 그래."

정희는 한 집으로 들어갔다.

"숙자 있수?"

방 안에서 숙자인 듯한 정희 동갑의 여인이 뛰어 나오며

"어서오!"

하며 경순이를 바라보는 것이었다. 정희는 숙자라는 그 집 주인과 장난말을 해가며 방안으로 들어갔다.

"이것 좀 보아. 내 말이 거짓말인가!"

경순이는 방에 들어가려다가 문턱에 주춤하고 서서 방 안을 살폈다.

찬란한 무늬를 놓은 메린쓰 이불(夜具), 트렁크, 벽에는 드레스, 오—바, 모자 등이 우수수 걸려 있어 마치 그 방 안에만 봄바람이 불어 닥친 것 같았다.

정희는 벽에 걸린 드레스를 벗겨 들고 지금까지 한 번도 보이지 않던 젖가슴을 드러내고

"한번 입을테니 스타일이 어떤가 보아."

하며 설빔을 입는 어린이같이 명랑하게 웃었다. 경순이는 동무의 그 모양이

'아직 철이 없다.'

고 여겨지므로 같이 웃어 버렸다.

"너 참 대담하구나. 그러면 정말이로구나."

소설 87

"그럼 그까짓 것, 나는 한번 한다면 기어이 해. 실행하고야 만단다. 너처럼 고리탐삭하게 교원 노릇만 하다가 갯놈 같은 남자에게 시집가서 그냥 늙어죽을 줄 아니."

정희는 개선장군같이 드레스를 꿰어 입고 턱 버티고 섰다.

"어떠냐! 그만 너도 나하고 같이 도망치자꾸나."

"……."

경순이는 입이 떨어지지 않았다. 정희는 모자도 써 보고 외투도 입어 보고 난 다음에 이불을 꾸리고 숙자에게 내일 밤에 다시 오겠다고 약속한 후 그 집을 나섰다.

경순이는 더 말해 보았자 소용 없음을 느꼈다. 그러나 아무 것도 모르고 결혼 준비에 급급한 그의 가정을 생각할 때 가만히 있을 수가 없었다. 될 수 있는 데까지 자기의 힘으로 어떻게 해 보려고 생각하였다.

"동경에 가자고 한 것은 나도 너와 약속한 일이니까 더 말할 필요 없지만 장차 어떻게 할 계획이냐. 학비는 어떡하니."

"그런 것이 다 ― 걱정이냐. 동경에 가 보아야 알지. 돈이 없으면 어디 너더러 학비 달랄까봐 그러니?"

정희는 잡았던 경순의 손을 내어 던지듯이 놓으며 입을 삐죽하였다.

"너는 생각이 그밖에 들지 않니? 물론 장난의 말이겠지마는 나는 무척 섭섭하다."

경순이는 자기에게 대한 정희의 태도도 괘씸하거니와 자기 가정을 너무나 돌아보지 않는 대담한 행동이 미워졌다.

"결혼한 담에 차차 기회를 얻어서 공부하면 어떠냐. 너도 벌써 스무 살이 넘었으니 말이다."

"그러면 너는 너보다 나이도 적은 남자에게 시집을 가겠니?"

정희는 그제야 그 결혼에 반대하는 이유를 말한 것이었다.

"그러면 왜 처음부터 그러지 않았니."

"암만 그래도 듣지 않으니까 할 수 없이 가만히 있었지."
"그래도!"
"아냐. 이해 없는 인간들은 이렇게 골려 주어야 한단다."
경순이는 입을 닫았다. 어떻게 달을 붙여 볼 나위가 없었던 것이다.
 그 이튿날 저녁이었다. 저녁을 마치고 나서 혼인 준비로 모인 친척들이 욱덕이며 신랑의 칭찬을 한다. 신식 결혼식은 어떻다는 둥 하고 안방이 터질 것 같게 사람이 모여 앉아 있고 건너방에는 신랑집에서 보낸 물건을 구경하느라그 젊은 여인들이 둘러 앉아 있었다. 삼층장, 옷걸이, 이불장 등에 꽉 찬 티단옷을 일일이 들추어 구경을 하는 것이었다.
 "신랑이 외동 아드님이라나요. 그래서 이렇게 혼수도 장하답니다. 새 아씨는 트레머리 하는 까닭에 비녀는 그만두라고 했지만 요사이같이 금비녀 값이 비싼데도 금반지하고 금비녀, 금시계를 다 — 했답니다."
하고 친척으로 정희의 형 되는 젊은 여인이 제 것 같이 자랑을 하는 것이었다. 정희는 오늘 밤에 도망을 하려는 사람 같지 않게 천연스럽게 앉아서 남의 일을 구경하듯이 웃고 있는 것이었다.
 그 이튿날 아침 오전 열한 시. 하려는 결혼식장인 예배당에는 벌써 각색 물감 테이프 만국기 등으로 장식되어 있었는데 신부인 정희의 그림자는 사라지고 말았다.
 아래위로 뒤끓으며 온 집안이 발칵 뒤집혀 신부를 찾고 헤매었으니 정각 열한 시는 사정없이 당하고 말았다.
 신랑은 모—닝을 입고 들러리들과 많은 참례 손님들과 함께 무료하게 기다린 지 한 시간이 넘어 지나도 신부 집에서는 개미 한 마리도 얼굴을 보이지 않았다.
 "나는 시집 안 갈거예요. 그리만 아세요."
하고 늘 달하기는 하였으나 '시집가는 처녀의 의례히 하는 공통한 버릇에 불과하느니……' 하고만 여겨 온 정희의 부모는 외면의 수치보다도 아

소설 89

무리 생각하여도 이해 못 할 사실이라고 어리둥절하여 어떻게 할 줄을 몰라 했다.

경순이는 이미 일주일 휴가를 얻은 터이라 하루를 숙소에서 쉰 후 학교에 출근하였다. 직원실에 들어서자 동료 교원들은 경순에게 몰려오며 신문지를 치켜들고 법석을 했다.

"벌써 신문에까지 났나 보다!"

결혼식에 갔다 온 이야기를 무엇이라고 꾸며댈까 하고 생각하던 터이라 갑자기 대답할 말이 나오지 않았다.

"아마도 연인이 있었던 거야."

"연애꾼 없이 갑자기 그렇게 도망할 리가 있나."

제각기 제가 젠 척 하기 쉬운 추측을 사실같이 떠들고 있는 것이었다.

"알지도 못하고 떠들지 마세요. 정희는 참으로 용감한 여자라오. 꼭 연애하는 사람이 있어야만 부모가 함부로 정한 결혼에 반대하는 것일까요. 남의 불행한 일이라면 거지가 떡이나 본 것 같이 떠들면서 조금도 그 사실을 이해하려고 하지 않는 당신들과는 인간이 다르답니다. 앞으로 나아가려는 열정과 용기가 눈 앞의 안일에 만족하는 당신들이나 나와 같은 무리들과는 레벨이 틀립니다."

경순이는 몹시 흥분하여지며 소리를 높여 한숨에 뱉어 던졌다.

"과연 그렇다. 정희와 같이 의지가 굳어야 한다. 인간 사회에서는 무엇이든지 희생이 없고는 살아갈 수가 없는 것이다. 작으나 크나 남의 희생 없고는 못 사는 것이다."

하고 입 속에서 한탄하듯 속삭였다. 처음은 정희의 태도를 비난도 하였으나 지금 자기는 '여전히 가슴에 불평을 가득 품고도 큰 소리 한번 못하고 순순히 향상 없는 생활을 계속하는 핏기 없는 인간이다' 라고 느끼는 동시에 정희의 그림자는 훨씬 멀리 자기의 앞을 걸어가고 있는 것을 느꼈다.

멀리 간 동무

그래도 벌써 몇 년 전 일입니다.

우리 집 가까이 내가 참 좋아하는 동무 한 사람이 살고 있었습니다. 그의 이름은 응칠應七이라고 부르는데 나이는 그때 열두 살인 나와 동갑이었고 학교도 나와 한 반으로 오학년 일조였습니다. 이 응칠군이야말로 씩씩하고도 용기 있는 무척 좋은 동무였습니다.

응칠군의 아버지는 고기 장사를 하는데 사흘 만큼 한 번씩 열리는 장날마다 고기뭉치를 지고 가서 팝니다. 그의 어머니는 날마다 집에서 일을 하기도 하고 어떤 때는 남의 집에 가서 빨래도 해 주고 또 농사철에는 남의 밭도 매 주고 모두 심어 준답니다. 그리고 그의 동생은 열살 짜리 계집아이 순금이하고, 일곱 살 짜리 응팔이, 세 살 되는 응구하고 도합 셋이었는데 순금이는 날마다 노는 사이 없이 어머니 일을 거들어서 참 부지런한 것 같습니다마는 거의 날마다 그의 어머니에게 얻어맞고 담 모퉁이에서 울고 있었습니다. 응팔이는 응구를 업고 길가에 나와 놀다가 무거우면 그냥 땅바닥에 응구를 내려놓고 저는 저대로 놀고 있으면 응구는 코를 찔찔 흘리며 흙투성이가 되어 냅다 소리를 질러 울기를 잘 했습니다.

응칠이는 그래도 한 날도 빠지지 않고 학교에 잘 다녔습니다. 공부는 나보다 조금 나을까요, 평균점은 꼭 같이 갑(甲)이었으니까요.
 응칠이는 마음도 좋고, 기운도 세고 한 까닭에 우리 반 생도뿐만 아니라 아무하고도 잘 놀았습니다. 아이들이 싸움을 하면 반드시 복판에 뛰어 들어가서 커다란 소리로 웃기고 떠들고 하여 싸움 중재를 일수 잘해 주기도 했습니다. 그러나 선생님에게는 거의 날마다 꾸지람을 받았습니다.
 "왜 월사금을 가져오지 않느냐."
 "왜 습자지를 가지고 안 왔느냐."
하고 벌을 서기도 자주였습니다.
 그런데 어느 날 습자 시간이었습니다.
 "응칠이는 왜 청서를 한 번도 내지 않느냐."
하는 선생님의 말소리에 습자 쓰느라고 쨱 소리 없이 엎드려 있던 우리 반 생도는 모두 일제히 응칠에게로 고개를 돌렸습니다. 응칠이는 신문지 조각에 글자를 쓰던 붓을 멈추고 아무 대답이 없었습니다.
 "응칠이 너 이리 오너라."
 선생님은 웬일인지 몹시 노해 계셨습니다.
 응칠이는 교단 앞으로 나와서 고개를 숙이고 섰습니다.
 "왜 너는 월사금도 벌써 반 년 치나 가져오지 않고, 잡기장도 습자지도, 도화용지도 아무것도 사지도 않고 학교에는 왜 다니느냐?"
하고 선생님이 꾸지람을 하셨습니다.
 "아버지가 돈이 없다고 안 주어서요."
 응칠이는 얼굴이 새빨갰습니다.
 "왜 아버지가 돈이 없어? 네가 돈을 받아 가지고는 좋지 못한 데 써버리는 것이겠지."
 "아닙니다."
 "잡기장도 안 사 줄 리가 있나. 네가 정녕코 돈을 다른 데 써 버린 것이지."

"아닙니다."

"바른대로 말해."

선생님은 그만 응칠의 뺨을 한번 휘갈겼습니다.

"선생님 용서하십시오. 아버지가 안 사주어요."

응칠이는 뺨에다 손을 대고 금방 소리쳐 울 것 같이 보였습니다.

그때 나는 가슴이 터질 것 같이 두근거려지며 응칠이가 가엾어 못 견디겠었습니다.

그래서 그만 벌떡 일어나서

"선생님 정말 응칠이 집에는 돈이 없어요. 잡기장 사려고 돈을 달라면 학교에 못 가게 합니다. 응칠이 아버지는 돈이 없어 밥도 못 먹는다고 야단을 합니다."

하고 나도 모르게 크게 소리가 터져 나왔습니다.

"그래 너는 어떻게 아느냐."

하고 선생님이 나를 노려보셨습니다.

나는 가슴이 막히는 것 같았습니다. 처음 응칠이를 학교에 보낼 때는 응칠의 아버지도 돈벌이가 좋으셨는데 응칠이가 사 학년 때부터는 돈벌이가 조금도 없었으므로 그의 아버지는 응칠이도 학교를 그만두고 집에서 무슨 일이라도 하라고 했습니다. 그러므로 월사금이나 학용품을 사려고 돈을 달라면 가지 못하게 하여 학교에는 왜 자꾸 다니면서 돈을 달라느냐고 야단을 했습니다. 그래서 응칠이는 오학년에 오른 후로는 거의 돈 한 푼 아버지에게 얻어 보지 못했습니다.

돈을 달라면 학교에 못 가게 하고 돈 없이 월사금도 바치지 못하니 선생님이 꾸지람을 하시고 정말 응칠의 사정은 딱했습니다. 나는 이 모든 사정을 잘 알고 있었으므로 응칠이가 무척 가엾었습니다.

그러나 그 후 얼마 되지 않아서 응칠이는 그만 학교에 오지 않았습니다.

그런데 어느 날입니다. 그날도 나는 형님이 사다 주신 잡지책과, 그림책을 들고, 어서 응칠에게 갖다 보이려고 집을 나섰습니다. 막 대문을 나서 응칠이 집 가는 편으로 다섯 발자국도 못 걸어갔을 때 웬일입니까. 응칠이가 담 모퉁이에 붙어 서서 우리 집 대문을 엿보고 있지 않습니까. 나는 어떻게 반가운지

"너 우리 집에 놀러오는 길이냐?"

하고 곁으로 달려갔습니다.

"응!"

웬일인지 응칠이는 몹시 기운이 없어 보였습니다.

'요즈음은 저의 아버지가 아주 돈벌이를 못해서 밥을 못 먹나보다' 하는 생각이 들었습니다. 그래서 나는 응칠이 어깨를 잡고 우리 집으로 가자고 끌었습니다.

"아니, 너의 집에는 안 간다."

응칠이는 나의 팔을 뿌리쳤습니다.

"왜 문간까지 와서 안 들어갈 테냐. 이것 봐라. 이것 형님이 사다 주신 건데 너하고 같이 읽자꾸나."

"아니."

응칠이는 그렇게 좋아하는 잡지와 그림을 보고도 기뻐하지 않았습니다.

"나는 인제 너하고 같이 놀지 못한단다."

응칠이는 멍하니 서 있는 나를 바라보며 금방 울 것 같이 말했습니다. 나는 응칠의 이 한 말에 깜짝 놀랐습니다. 얼마 전부터 만주로 돈벌이 간다고 하는 응칠의 아버지 말이 생각났습니다.

"너 만주 가니?"

응칠아는 대답 대신 머리를 끄덕였습니다.

"아니 만주에는 마적이 많아서 사람을 막 죽인다는데, 애야 가지 마라."

하고 나는 응칠에게 다가섰습니다.

"내 맘대로 할 수 있나. 우리 아버지가 기어이 가신다는데 머……."

"그러면 언제 가니?"

"오늘 저녁에 간단다."

나는 어떻게 했으면 좋을지 몰랐습니다. 어느 사이엔지 우리들은 어깨 동무를 해 가지고 느껴 울고 있었습니다. 울면서 걸어온 것이 응칠의 집 앞이었습니다. 다— 찌그러져가는 그의 집 방 안에는 시커먼 커—다란 보통이 한 개가 놓여 있고 건넌방에 곁방살이하는 순덕이네 방에는 응칠 의 집 식구가 모두 둘러 앉아 밥을 먹고 있었습니다.

"응칠아. 너 어디 갔다 오냐. 어서 밥을 먹어야 가지."

하는 순덕이 어머니의 얼굴을 바라본 나는, 눈물이 자꾸 더 흘러내렸습니다.

"인제 이 집은 순덕이네 집이 됐단다. 우리가 간다고 순덕이네 집에서 밥을 했단다."

하고 응칠이는 삽짝에 붙어 섰습니다.

"어서 들어가거라."

"잘 있어라. 나는 밥 먹고 곧 간단다."

하고 응칠이는 순덕이네 방으로 들어갔습니다. 나는 얼른 눈물을 씻고 집으로 달려와서 어머니를 보고 응칠의 이야기를 했습니다. 그리고 돈을 좀 주어서 응칠의 아버지가 만주에 가지 않더라도 돈벌이 할 수 있도록 하자고 떼를 써 보았습니다마는, 어머니에게 무척 꾸지람만 듣고 집을 쫓겨났습니다. 나는 하는 수 없이 정거장 가는 길인 서문거리에서 응칠 이 집 사람이 오기를 기다렸습니다. 이윽고 커다란 짐을 진 응칠이 아버지와, 응구를 업은 어머니, 아무것도 가지지 않은 응팔이, 보통이를 들린 순금이, 또 조그만 궤짝을 걸머진 응칠이가 순덕 어머니 아버지와 함께 걸어갔습니다.

"너 여기서 뭐하니? 잘 있거라. 인제 언제나 또 만나게 되니."
하며 제일 앞선 응칠이의 어머니가 나를 보고 말했습니다. 나도 제일 뒤에 떨어져 가는 응칠이의 뒤를 따라 걸었습니다.
"어서 돈벌이하거든 돌아오너라. 또 같이 학교에 다니게, 응?"
하며 나는 응칠이가 짊어진 궤를 만졌습니다.
"이 궤 속에는 내 책이 들어 있단다. 만주 가서도 틈만 있으면 공부할 터이다."
하고 응칠이는 힘있게 말했습니다. 나도 가슴속으로 어서 공부를 해서 훌륭한 사람이 되어 응칠이와 다시 만나게 될 터이다 하고 굳게 결심했습니다.
"자, 그만 들어가소."
벌써 서문 고개를 넘었으므로 응칠이의 아버지는 돌아서 순덕이네를 보고 하직했습니다.
"그러면 잘들 가소. 죽지만 않으면 다시 만나리—."
순덕이네 엄마는 그만 울어버렸습니다.
나도 응칠이의 목을 안고 터져 오르는 울음소리를 억지로 참으며 느껴 울었습니다. 응칠이도 커다란 눈에 눈물이 고였습니다.
나는 가슴이 터져 나가는 것 같이 아팠습니다. 그래서 서로 목을 안은 채 참다 못해 소리쳐 울고 말았습니다.
응칠이 아버지는 나의 어깨를 쓰다듬으며 달래 주셨습니다. 그의 눈에도 눈물이 고여 흐르고 있었습니다.
"…… 울지 말고 어서 돌아가거라."
하며 응칠이의 팔을 잡아 끌었습니다.
나는 발버둥을 치며 응칠이의 뒤를 따르려 했으나 순덕이 어머니가 나를 꼭 붙잡고 놓지 않았습니다.
한 걸음, 한 걸음 우리의 사이는 멀어져 갔습니다.

상금 삼 원야

(상)

흠씬 익은 수밀도水蜜桃의 달콤한 냄새에 정첨지의 혓바닥은 꼬부라질 것 같아지며 꿀떡 겉침이 삼켜졌다. 종알종알 매어 달린 복숭아들은 마치 정첨지의 염치없는 구미를 조롱이나 하듯이 살그머니 코끝을 스쳐 달아나서는 얼른 가지 사이에서 방긋방긋 손짓을 하였다.

문간을 향하여 걸어가는 첨지의 발 끝은 복숭아 나무 편으로 자꾸 가재 걸음이 되었다.

"히."

첨지는 침을 또 한 번 슬쩍 삼키고 억지로 송원 과수원松院果樹園 문간을 나서며 회심의 미소를 하였다.

"내가 이렇게 먹고 싶을 때야 다른 사람들인들 오죽 하겠나. 왼종일 땀 흘리고 말라붙은 창자로서 한 개쯤이야 손이 안 나갈 리가 있나. 죽도록 일을 해도 하루 삼십 오전 벌이 밖에 안 되니 차라리 일하지 않고 놀면서라도 해 볼 일이다. 돈 삼 원이 적은 것이냐 말이다. 암…… 웬 떡이냐, 횡재로구나. 돈이 삼 원이라, 보리 한 말에 사십오 전이니 닷 말은 팔 것이고 간청어도 짭짤한 것 몇 마리 사고 시원한 막걸리도 몇 잔 들이켜 볼 수 있단 말이라."

첨지는 이렇게 중얼거리며 손에 삼십오 전이라고 쓴 표 쪼가리를 꽉 쥐고 얼른 자기 집으로 달려 갔다.

그는 그 날 송원 과수원에서 품팔이하고 들어오는 것이었다. 이십 명 넘는 품팔이들이 그 날 품삯인 표 쪼가리를 주욱 한 장씩 받고 몰아서 나오려 할 때 주인되는 '송원상'이 말하기를

"요보…… 요사이 도독우 사람이 많이 많이 복숭아 잡어해 갔소. 나쁜 놈이 요보 당신들도 이리 하며 우리 안 보면 가만히 자꾸 잡어먹어 한다. 우리 잘 알아 있소. 그런데 누구든지 우리 모르게 복숭아나 능금이나 한 낫치 꼭 한낫치 라도 따는 것 보거든 우리에게 말이 해 주소. 돈이 삼 원, 삼 원 상금 주겠다."
라고 몇 번이나 단단히 여럿에게 광고같이 말하였던 것이다. 일꾼들은 잠자코 서로 쳐다볼 뿐이었다. 그들은 모두 한 동리 사람들이니 도적이 난대도 자기 동리 사람일 것이 분명하니 누구나 다 — 같이 가슴이 뜨끔하였다. 그러나 그 순간이 지난 후에는 누구든지 다같이 그 돈이 탐나지 않을 수 없었다.

그 중에 끼어든 정첨지 역시 그 삼 원이란 상금은 기어이 자기가 타고 말리라고 결심을 하자 벌써 그 돈이 자기에게 들어온 것 같이 기뻐하였다.

(하)

그래서 첨지는 삼 원을 상 준다는 이야기는 될 수 있는 대로 동리 사람들에게 광고가 되지 말어 주었으면 하고 가슴을 말었으나 '송원상'은 만나는 사람마다 복숭아 하나라도 잡어하는 것 본 사람에 돈 삼 원을 상 주겠다고 물 퍼붓듯 광고를 하였다.

그래도 사람이란 배가 고프면 알 수 없는 거라 일 하다가 배는 고프고

눈 앞에 과실은 덕올덕올 열려 있으니 구디가 안 올 리가 있나.
  그는 일하러 가서도 늘 친구 일꾼들만 감시하듯 한눈만 자꾸 팔며 일을 마치고 집에 돌아갔어도 저녁만 먹으면 과수원 근방을 순행하듯 방방 돌아다녔다. 나뭇잎만 바시락 해도 돈 삼 원 땡 잡는구나 하고 가슴을 뚝딱거렸다.
  이렇게 가슴을 졸이며 밤낮 애끓는 돈 삼 원을 위하야 정첨지는 일주일이나 헛세월을 보내고 말았다.
  "제—기, 도적놈의 새끼들. 그 맛있는 것 하나 따먹는 놈이 없나."
  그는 과실이 짐짐이 시장으로 실어 나갈 때 혼자 턱없는 짜증을 내었다.
  그 날은 남았던 복숭아가 마저 따내어 팔려가던 날이다. 첨지는 나무 아래서 여럿이 잠깐 쉬려고 앉았는데 문득 저편 나뭇가지에 조그만한 팔뚝이 매달리더니 크다란 복숭아 한 개가 조그만한 고추 자지를 달랑거리는 바지 벗은 어린아이의 가슴에 안기였다.
  "어"
  첨지는 두 눈이 벌컥 뒤집어지며 벌떡 일어나 쏜살같이 '송원상'에게 달려 갔다.
  "돈 삼 원이다, 돈 삼 원."
  그의 가슴은 미친 듯이 뛰었다.
  "저 저 도적놈이 도적의 놈이 복숭아 땄소."
  헐떡이며 바쁘게 일러 났다.
  '송원상'은 깜쯔- 놀라며 가리키는 편을 바라보았다.
  "복숭아 한 개 남아 있었어요."
  고추를 달랑거리며 옷 벗은 어린이는 첨지와 '송원상' 앞에 달려와서 복숭아를 치켜 들었다.
  "도둑우놈 어데으?"
  '송원상'은 어린아이는 돌아보지도 않고 첨지에게 다가서며 재촉하듯 물었다. 첨지는 왜인지 가슴이 꽉 차 오르며 목구멍이 탁 막혔다. 어린아이는 어서 복숭아 따온 칭찬이 듣고 싶어 걱정스러운 얼굴로 '송원상'과 첨지를 쳐다 보았다.
"으흠—"
첨지는 그제야 '송원상'의 도난 방지책에 넘어 갔던 것이 깨달아 진 것 같아지며 이름도 정처도 없는 분노가 어딘가에서 타오르는 아지랑이를 바라보는 것 같이 아른아른 타오르며 두 눈이 어지러워짐을 느꼈다.

악부자

하나 남았던 그의 어머니마저 죽어버리자 그대로 먹고 살만하던 살림이 구멍 뚫린 독 속에 부은 물같이 솔솔솔 어느 구멍을 막아야 될지 분별할 틈도 없이 모조리 빠져 달아나기 시작한 때부터이다. 어찌된 심판인지 경춘(耿春)이라는 뚜렷한 본 이름이 있으면서도 '택부자' 라는 별명이 붙기 시작한 것이다.

이왕 별명을 가지는 판이면 같은 값에 '꼴조동이', '생멸치', '뺑보' 라는 등 그리 아름답지 못하고 빈상(貧相)인 별명보다는 귀에도 거슬리지 않게 들리고 점잖스럽고 그 위에 복스러운 부자라는 두자까지 붙어 '택부자' 라고 별명을 가지는 편이 그리 해롭지는 않을 것이건만 웬일인지 불리우는 그 자체인 경춘이는 몹시 듣기 싫어하였다.

동리에서 그래도 학교나 꽤 다니던 젊은 아이들도 '택부자' 라면 성을 내는 경춘의 성미를 아는 터이라 저희끼리 암호를 가지고 불렀다.

돈 많은 사람은 가내모찌(金持) 온갖 것을 다―많이 가진 사람은 모노모지(物持)라고 하니까 경춘이는 아무것도 가진 것이 없고 유별나게 턱만 아주 길쭉하게 가진 고로 아고모찌(顎持)라고 하자…… 고 의논이 된 뒤부터는 경춘이 앞에서도 맘 놓고

"아고모찌 아고모찌."

하고 찌긋찌긋 웃었다. 어떤 때는 턱 모르는 경춘이도 남들 웃는 꼴이 우스워 같이 웃어내기도 하였다. 그러면 다른 사람들은 어 죽겠다고 구르며 우스워했다.

"이 사람 모찌(떡) 장사 좀 해보지."

"모찌장사?"

"그래, 요 사이는 아고모찌라는 게 생겼는데 잘 팔린단다."

"아고모찌가 뭔고?"

"허허허…… 아고모찌를 몰라? 맨들맨들하고 속에 하얀 뼈다귀 같은 왜떡이지."

"이—잉."

남들은 우스워죽겠다는데 혼자 경춘이는 고개를 끄떡끄떡하였다.

훌쩍 벗겨진 이마 위에 파리가 앉으면

"파리 낙상하겠구나."

하는 것은 꼿꼿치 흔히 보는 바라 그리 우스울 것이 없지마는 경춘의 턱에 파리가 딱 붙게 되는 날이면

"야! 빵에 파리 앉는다. 쉬실라."

하고 찌글거리면 경춘이 함께 영문도 모르고 웃는 꼴이야 흔한 것이 아닌 만큼 우스워 허리가 부러질 판이다.

아고모찌도 경춘이가 알아챌까봐 또 한 번 넘겨서 '아고'는 떼어 버리고 모찌만을 서양말로 번역하여 '빵'이라고도 하였다. 이 빵이 또 한 번 번역되어 떡이라고도 하였다. 그러므로 경춘이는 자기 앞에서는 모찌라는 둥, 빵이라는 둥, 떡이라는 둥 이야기만 하는 고로

"이 사람들은 밤낮 떡 말만 하네."

하고 도로 넌지시 핀잔도 주는 때가 있다.

그러나 경춘이 역시 바보가 아닌 사람이라 어렴풋이 제육감第六感이 활동하여 그것이 모두 자기의 별명인 줄 깨달았다. 경춘이는 택부자가 아

고모찌가 되고, 아고모찌가 빵이 되고, 빵이 떡으로 변화해 나온 줄은 모르고

"옳지. 떡, 떡, 턱 자를 되게 붙여서 떡이라는 게로구나. 떡이 서양말르 빵, 빵은 일본말로 모찌, 음…… 죽일 놈들."

경춘이는 다른 사람과는 반대로 번역해 들어갔다.

그는 와들와들 떨리며 분하였다. 자기 집이 잘 살 때는 아무도 이 턱을 보고도 턱부자라고는 않든 것이 살림이 다 빠져나오고 거러지같이 된 후는 경춘이라면 몰라도 택부자라면 더 잘 알게 되는 터이다. 그까짓 별명 듣는 것이 분한 것은 아니다. 이미 날 때부터 긴 턱을 가지고 나온 터이라 택이 길다고 하는 것이 분함은 없지마는 한 가지 경춘여 가삼에는 형용도 증경도 할 수 없는 비할 데 없는 분노가 타고 있었다.

"이름 자에 부자가 붙으니 살림이 가난한 것이다. 어느 놈이 날 못 살라고 이름에 부자를 붙였나 그 놈은 나의 살림을 저주하는 놈일 것이다." 라고 하는 세세한 생각임으로 '택부자' 하고 한번씩 불리우면 그 만큼씩 자기의 쿠자될 복이 감해진다고 생각하였다. 그러나 남들이 택부자라고 부르는 것은 이러한 죄 많은 생각으로서가 아니였다.

살림이 빠지고 나면서부터 신병으로 말기암아 몸이 자꾸 수척해지니 원래 유별나게 길죽한 턱이, 두 볼이 말라붙는 까닭에 더욱더 길게 보이는 고로 택보라고 부르는 것이 어느 여가에 택부자로 변하고 만 것이였지마는 경춘이는 이렇게 바로 생각하지 않았다.

끼니를 굶고 있는 날이면 택부자라는 별명이 더욱 그의 분통을 찔러주는 것이였으므로 누구든지 택부자라고 하면 당장에 때려죽이고 싶었다.

"제기 이 놈의 턱이 내 살림을 다 잡어 먹은 거야. 이 놈의 턱이 작고 길어지니까 살림은 작고 없어지지."

없어진 살림이 모조리 그 턱 속에 들어 있는 ○것 같이 쥐여짜 도로 내놓게나 할 듯이 사정없이, 자기 턱을 주무르고 끝쥐고 쥐여박고 하는 것

이었다.
"아이구 그러지 마소. 턱이 무슨 죄가 있는기요. 턱이 크면 늦복이 많다두마."
경춘의 얌전한 마누라는 진정으로 자기 남편을 위로하였다.
"흐응—."
경춘이도 마누라에게는 둘도 없는 유순한 남편인 터이라 한숨인지 웃음인지 모르는 큰 숨을 내쉬며 뒤로 턱 드러누웠다.
"아내의 말과 같이 늙어서야 이 턱의 덕을 보는지 알 수 있나 세상 만물이 다 한 번 먹으면 한 번은 내 놓는 법이라 턱 속에 들어간 복도 설마 나올 때가 있겠지."
그는 어디까지든지 그 턱과 자기 살림을 한데 붙여서 생각하였다.

"휴유—우."
뒷산을 올라가며 경춘이는 연해 가쁜 숨을 내쉬었다. 그리 높지 않은 산이건만 오늘은 유별나게 두 팔과 다리가 휘청거렸으므로 하는 수 없이 산등성이에 가 지게를 툭탁 내려놓고 비스듬히 지게를 기대앉아 꽁무니에 찬 곰방대와 쌈지를 끌러들었다. 쌈지에는 작년 가을에 뜯어 말린 약쑥잎사귀가 담배○신서는 꼭지될 만큼 들어 있었다. 그는 세 손가락으로 한 꼭지될 만치 쑥을 끌어내어 손바닥 위에 놓고 음지 손가락에 침을 놓쳐 약쑥을 뭉친 후 대꼭지에 단단히 눌러 넣었다.
오른편 산기슭에서 시작된 동리는 동글동글한 조막만큼 한 토막집들이 한대역닥 딱딱 섞여 있고, 동리에 잇대어 먼 건너편 산 밑까지 시원스럽게 펼쳐 있는 들판은 군데군데 보리모종이 푸르러 있었다.
그는 성냥 찾던 손을 멈추고 왼 가슴 속에 사무친 원한을 한꺼번에
"흐어—허."
하고 내품었다.

"들판이야 넓다마는 내 땅이라고는 바늘 한 개 꽂을 곳이 없구나."

그는 깊이 탄식하며 담배에 불을 붙여 물었다. 십스그리한 약쑥 연기가 입안에 빨려 올라가자 그는 향긋한 담배 가뭇 쳐 생각이 났다.

그는 올해 서른두 살이요, 그의 아내는 스물여섯이나 아직껏 자식이라고는 하나도 없다. 본래 생산 못한 것이 아니라, 셋이나 낳기는 했지마는 모조리 두세 살도 채 못 되어 죽어 버렸던 것이다. 단 두 식구뿐이지마는 제 것이라고는 아무것도 가진 것이 없는 터이라 농사로서만 생업을 삼는 이 농촌에서는 품갈이 할 곳도 농사철뿐이었으므로 거러지같이 된지도 오래요, 끼니를 굶기도 부자 이밥 먹듯 하였다.

오늘 이 산에 올라온 것도 그 아내가 다리와 허리가 저리고 아프다는 고로 솔잎사귀를 따다 찜질을 시켜주려는 것이었다. 그러나 산지기에게 들키면 한참 승강이 있어야 될 것이니 차라리 산지기 영감에게 먼저 청을 해보리라고 생각하였다.

다—탄 담뱃대를 지게 목발에다 툭툭 털고 일어서려 했으나 좀처럼 궁둥이가 떨어지지 않았다. 그때 산꼭대기에서 내려오는 산지기 영감이 경춘이를 내려다 보며 벙글벙글 웃으며 내려왔다.

"택부자 자네 오늘 산에 웬일인가?"

산지기는 웬일인지 다정스럽게 말을 건넸다.

'제—미할 첨지 제 대가리는 왜 저렇게 벗겨졌는고. 남의 턱만 눈에 보이나?'

그는 대답도 하지 않고 속으로 중얼거렸다.

"자네는 올해 농사 좀 했나?"

산지기는 저 혼자 벙글거리며 경춘의 옆에 와 '어이쿠' 하고 궁둥이를 내려놓았다.

"농사는 무슨 농사."

쿨룽스럽게 대답을 하며 고개를 못 마땅하다는 듯이 외로 돌이켰다.

소설 105

"이 놈의 첨지 날 보고 택부자라고 했겠다. 오늘 온 산에 솔잎사귀를 모조리 훑어갈까보다 네까짓 놈에게 청을 해? 어디 보자."

경춘이는 몹시 속이 상해지며 산지기에게 청을 한 후 따가려는 솔잎을 가만히 얼마든지 훔쳐 가리라고 혼자 중얼거렸다.

"허―참 이 놈의 세상이란 참 기가 막혀."

첨지는 여전히 말을 꺼냈다.

"왜요? 이 놈의 세상이 어떻길래!"

경춘이는 눈을 흘기듯이 하여 산지기를 바라보았다. 첨지는 창피하다는 듯이 하얗게 깎긴 머리통을 슬슬 쓰다듬으며

"어―참 봉변이였어."

산지기의 그 얼굴은 조금 흐릿하여지며 경춘이를 바라보았다.

"아, 늙어 가며 이런 꼴이 어디 있나. 그저께 장에 갔더니 상투를 널름 뺐었단 말이야. 그저 다짜고짜 없이 막 달려들어 덤비니 강약이 부동이라 하는 수가 있나. 분한 말이야 다……."

경춘이는 본래부터 이첨지를 미워하는 터가 아니었고, 다―만 이제 '택부자'라고 불리운 것만이 분하였던 고로 첨지의 말을 듣고 있는 동안에 어느 사이엔지 불쾌하던 생각은 스르르 녹아지고 없었다.

"깎으면 도로 시원하지요. 잘 됐네요."

"허! 그럴 수가 있는가. 육십이 넘도록 지니던 것을 남의 손에 불의봉변을 했으니 목을 베인 것이나 다를 게 있나."

"아따. 영감 그 따위 호랑이 담배 먹는 때 소리 마소. 지금이야 나라임금도 머리를 깎는데 무슨 상관인가요. 육십 년 아니라 육만 년 지니고 있던 것이라도 좋지 못한 것은 없이 해버리는 것이 옳지요."

"어―그 사람 말도 아니다. 상투를 베인 후 나는 손해가 많네. 바로 상투를 베이던 날 밤에 보리 한 섬 도적맞았지. 그까짓 것 보다 머리 깎은 후로는 늘 몸이 시원치 못하고 골치가 휑하다는 거야. 아무래도 내가 죽

올라는 가봐."

"어―그래요?"

경춘이는 깜짝 놀라며 고개를 흔들흔들하였다.

'자기는 택부자라는 팔자에 과한 부자 자가 이름이 된 후부터 가난이 심해지고 산지기 철치는 상투를 베인 까닭에 도적맞고 몸이 성치 못하고……'

하는 생각이 문득 번개같이 머리 속에 번득하자

"암만 개화한 세상이라 해도 예전부터 내려오는 귀신은 그대로 있는 거라오."

경춘이는 한탄하듯 자기의 긴 턱을 실금실금 만졌다.

"흥. 있고말고. 나는 이마가 좀 넓은 까닭에 머리가 있으면 좋다고 상장이가 그러던 것을 ― 깍고 보니 당장에 화가 미친단 말이오……."

"그럴거요. 나도 저―."

경춘이도 자기가 '택부자'라고 불리게 되자 가난해졌다는 이야기를 하려다가 갑자기 입을 다물고 말았다. 너무 근거 없고 엉터리없는 말같이 생각된 까닭이었다.

"아이구 나는 내려가네. 자네는 어디 가는가."

첨지는 궁둥이를 툴툴 털며 일어섰다.

"네― 잘 내려가소. 그런데 청이 하나 있습니다."

경춘이는 아무래도 먼저 허락을 받는 것이 옳으리라고 생각이 다시 곳 어듬으로

"솔잎사귀를 좀 따게 해주소."

하며 덩달아 일어섰다. 첨지는 눈을 똥글하게 뜨면

"솔잎사귀? 뭣 하려나?"

"아내가 다리를 앓는데 찜질해 주렵니다."

"음, 자네 안에서 또 다리를 앓나. 어데 솔잎이 무슨 약효가 있어야지."

"아니랍니다. 산꼭대기에선 만리풍 씌인 솔잎을 따다 찜질을 하면 좋다두마."

경춘이는 말을 미처 마치지 못하여 몹시 기침을 하였다. 첨지는 얼굴을 찌푸리며 조금 생각하더니

"나무는 상하지 말고 조금 따가게나."

하고는 슬금슬금 가 버렸다.

"그 놈의 첨지 과연 이마때기는 대우도 벗겨졌다. 저 놈의 첨지는 턱이 짧으니까 늦고생을 하는 게지. 내 턱이 이렇게 길지 말고 저 놈의 첨지의 이마가 저렇게 넓지 말고 했으면 피차 오죽 좋겠나."

경춘이는 산꼭대기로 올라가며 이렇게 중얼거렸다. 이마는 넓고 턱은 짧은 첨지, 이마는 좁고 턱은 긴 경춘이, 그는 되는 수만 있다면 둘이 한데 섞여서 다시 알맞게 갈라 가지고 싶었다.

"턱은 짧더라도 나는 오래 살지 못할 것이니 관계 없단 말야. 그렇지만 이왕 이렇게 타고 나버렸으니 하는 수가 있나. 이 턱의 덕을 볼 때까지 살아야지."

그는 혼자 혀를 쩍 차고 솔잎을 땄다.

경춘의 집은 사드락병(肺病)으로 망한 것이었다. 그의 부모, 형제, 자식 모두 기침하고 피 토하고 얼굴이 종이장같이 하얗게 되어 죽었다. 그런 까닭인지 경춘이마저 요즈음은 몹시 여위고 기침이 심했다. 비록 못 먹고 고생은 한다더라도 젊은 사람치고는 너무나 핼쑥하고 뼈만 남은 경춘이였으므로 동리 사람들은

"택부자도 얼마 남지 않았을걸."

하고 그의 명줄의 길이를 예언하였다.

그 아내도 작년 가을부터는 마른 기침을 시작한 것이 이제는 경춘이보다 더 자주 토해내었다. 경춘이는 어떻게 하더라도 아내의 병만은 고쳐 주고 싶었다.

자기는 이미 부모에게서 타고난 병이지마는 그 아내는 시집온 후 오늘까지 천하에 둘도 없는 고생만 하고 그 위에 병까지 옮아갔으니 생각하면 할수록 뼈가 아프게 가엾었다.

산에서 따온 솔잎을 쪄가지고 방안에 거적을 편 후 몸을 움직이지 못하는 그 아내를 누인 후 솔잎으로 찜질을 시켰다. 이 봄부터 걸음을 잘못하여 그 마누라는 약 한 첩 먹어보지 못하고 오늘 이 찜질이 약치료하는 처음이었다.

지난 봄에는 보리가 사두 한 말에 삼십팔 전이던 것이 지금은 칠십오 전이니 헛보리 날 때까지 그들은 밥 구경은 단념하고 있었다.

몸이 점점 마르고 기침만 자꾸 하는 경춘의 근본을 잘 아는 동리에서는 공일이라도 시키려는 사람이 없어 다 지난 가을에 말려두었던 콩잎사귀 그것만으로 연명해 나가야 되는 터였다.

경춘이는 하다 못하여 그곳에서 오리 밖에서 방천공사防川工事 하는 대로 일거리를 찾아갔다.

한 구루마 가득 흙을 파면 육 전씩을 받는 것인데 쉽사리 경춘이도 일패를 맡아가지고 흙을 파게 되었다.

'하루 열 구루마는 할 수 있겠지.'

그는 이렇게 속심을 대어 보았다. 그러나 한 구루마를 하고 난 후 두 구루마째 밀고 가다가 '컥' 하고 각혈을 하였다. 누가 볼까 겁이 나서 얼른 입술을 닦고 잠깐 쉬려고 펼치고 앉았다. 하늘이 노랗게 빙빙 돌며 땅덩이가 조리질을 하는 것 같았다. 그러나 그는 정신을 바짝 내며 구루마를 밀어냈다. 두 팔은 녹은 엿같이 맥없이 풀어지며 두 귀를 잡고 내여 흔드는 것 같이 두 눈이 횡횡그랬다. 그는 다시 정신을 차릴 양으로 신들을 고치는 척하고 털썩 주저앉았다.

"여보! 당신 이름 뭐요. 일패 봅시다."

경춘의 혼혼한 정신은 무슨 뜨거운 불덩어리로 얻어갗기나 한 것 같이 깜짝 놀라며 가슴이 선뜻하였다.
"여보 일패 내놓소."
아물아물 까물어질듯 한 경춘의 눈동자에 일꾼패장이 버티고 선 것이 비쳤다.
"네!"
그는 오무니에 찼던 일패를 내보였다.
"당신 어데 사요."
"네— 저기 윤농이라는 데 삽니다."
"당신 그래서 일 하겠소. 보아하니 몸이 많이 편찮은 것 같은데."
패장의 말소리는 부드럽지 못했다.
'아아 일자리를 빼앗으려는구나. 이것도 못해 먹으면 어찌 될꼬.' 하는 생각이 번쩍하자 경춘의 정신은 찬물같이 행하게 몰아왔다.
"아니올시다. 어젯밤에 좀 늦게 갔더니 어떻게 괴로운지. 내일은 좀 기운 있게 하지요. 일찍 좀 자고나면야."
경춘이는 이렇게 변명같이 말을 하나 무슨 말을 하고 있는지 자기도 인식할 여유없이 입술이 떨렸다.
"성명이 누구시라하오."
"네—김경춘이라 합니다."
"김경춘이라는 가요. 네—이 사람은 이명수요, 인사 잇고 지냅시다."
의외에 패장의 말소리가 점점 부드러워졌다. 그러나 경춘이는 안심이 되지 않았다. 세상이란 겉(表)과 처음 시작과 같이 간단하고 쉽고 좋은 것만이 아닌 것을 벌써 얼마만치 알고 있는 터이라 한결같이 가슴은 두근거렸다.
'나를 내어쫓으려고 일부러 친절하게 하는 거지.'
그는 이렇게 겁도 났다. 어떻게든지 닷새 동안만 일을 하면 품이 삼 원이니까 그것으로 아내에게 밥구경도 시키고 북촌동에 있는 의원에게 가서 약이라도 한 첩 사 먹이고 하리라고 예산하던 것이 그만 허물어지고 마는가 생각함에 두 눈은 다시 캄캄해지고 체면 없는 기침은 자꾸 나왔다.

"보소. 당신 내 말을 듣겠소? 내가 한 번 일을 띠면 당신은 여기서 일을 못할 것이지만."

패장의 말소리는 위엄과 친절이 반반이었다.

"네?"

"좌우간 당신 내 말 들으면 돈벌이가 될 턴데 어떤가요."

경춘의 두 귀는 번쩍 띠이며 가슴이 요란하게 쿵닥거렸다.

"그러면 말하겠소. 이 일터에서 제일 잘하는 사람이 하루 열 구루마씩 하는데 당신은 몸이 약하니 다섯 구루마도 어려울 것이요. 그러니까 내일부터는 당신이 단 두 구루마만 하더라도 열 구루마 했다고 내가 도장을 찍어줄 터이니 어떻소."

"온 종일 두 구루마만 파도 열 구루마다는 햇 도장을 찍어주신단 말이지요."

"옳지 그렇지요."

경춘이는 고맙다는 생각보다 겁이 와락 났다.

'세상이란 이렇게 공 떨어지는 횡재가 있는 법이 없는데 내가 꿈꾸고 있나, 그렇지 않고야 내 사정을 이렇게 보아주는 사람이 요즈음도 남아 있을 리가 있나.'

그는 이렇게 생각되었다.

"염려 말고 남에게 입을 띄지 마오. 내일은 일패를 두 개 맡아 가지고 한 구루마에 한 것씩만 담아 오면 도장은 스무 개 찍어 줄 터이니 나중에 품삯을 탈 때는 아무의 도장이나 관계 없으니 두 개만 가지고 와서 친구의 것을 대신 받는다고만 하오. 그리고 그 품삯은 반 치는 당신이 먹고 반은 나를 주오. 알겠소?"

패장은 경춘의 귀에 대이고 이렇게 속삭였다.
"네— 나는 못 알아들었습니다. 시키시는 대로 하기는 하지마는 무슨 영문인지를……."
경춘이는 겨우 이렇게 입이 떨어졌다.
"이 친구 정신 없구나. 내가 보아하니 당신은 종일 해도 두세 구루마도 겨우 할 것 같으니까 하루 두 구루마만 하고 열 구루마삯을 받도록 해 준단 말이요."
"왜 일패는 두 개를 맡나요."
"하! 아직 모르겠소? 한 사람이 하루 열 구루마 이상은 못 하니까 두 개를 가져야 스무 구루마 삯을 탈 수 있지 않소. 그러면 열 구루마는 당신이 먹고 열 구루마는 내가 먹자는 심판이지……."
경춘의 가슴은 어벙벙해지며 입이 비틀거렸다.
'그러면 그렇지. 이 놈의 세상에 웬 첫 남의 사정을 보아 선심 써주는 사람이 있을 리가 있다. 이 놈이 고무까시를 해 먹자는 게로구나.'
그는 이렇게 짐작이 들며 쫓겨나지 않는 것은 고마우나 괜히 대답이 나지 않았다. 그러나 만일 반대를 한다면 당장에 쫓겨날 것이고 원주인에게 이 말을 고자질한다면 패장이 쫓겨날 것이고 패장도 돈에 쪄들이니까 이런 생각을 한 것이리니 쫓겨난다면 불쌍하고 하니 좌우간 입에 올린 바라 그대로 순종하는 것이 옳다고 생각하였다.
"그만하면 알겠지?"
"옳아 그렇구먼……."
그제야 경춘이는 고개를 끄덕끄덕 해 보였다.
그 이튿 날부터 경춘이는 패장이 시키는 대로 일은 하는 체만 하고 겨우 두 구루마만 퍼다 놓고 도장은 스무 개 맡았다. 삼백여 명 일꾼이 한 대 뒤 끌으며 제각금 많이 하려고 애쓰는 판이라 아— 무도 알아채는 사람이 없었다.

그러나 경춘이는 가슴이 늘 움질움질하며 공연히 미안하고 주저가 되었다. 그래서 죽을 힘을 다—하여 하로 네 구루마씩 흙을 팠다. 단지 네 구루마를 파도 두 귀에서 엥엥 소리가 나며 잔등에 진땀이 나며 코에서 단내가 무럭무럭 났다. 저녁때 일을 마치고 집으로 들어왔어도 그 아내에게 참말을 바른대로 하지 못하고 하루 열 구루마를 한 까닭에 몸이 괴롭다고만 할 뿐이었다.

'이 놈의 세상이 모조리 야바우판인데 요만한 것 쯤이야 무슨 큰 죄가 되겠나. 아니 아니다. 내 몸이 성하면야 이런 고무까시를 할 리가 있나. 좌우간 몸만 성해지면 이 충수로 무쳐 일을 많이 해주면 그만이다.'

그는 늘 이런 생각을 하며 제 혼자 주고받고 하였다.

지난 밤부터 갑자기 피를 토하며 다리가 졸린다고 고함을 치기 시작한 아내에게 시달려 뜬 눈으로 밤을 새웠다. 종일 피곤하던 몸이라 곤한 잠이 올 것이것만 웬일인지 뒤꼭지가 서늘한 것이 머리통 속이 새파랗게 날카로워지며 잠은 오지 않았다.

마른 기침만 자꾸 연달아 나오며 가끔 두 눈이 횡 내몰리기만 하였다.

그러나 오늘은 기어이 일터로 나가야 하는 날이었다. 오늘은 간죠—하는 날이라 그 동안 일품을 받는 날이다. 오래간만에 삼 원이란 많은 돈이 손에 들어오는 날이다. 경춘의 가슴은 까닭 없이 울렁거렸다.

마누라는 백지같이 희고 여윈 얼굴을 돌이키며 움쩍 들어간 두 눈을 크게 떴다.

"오늘은 돈을 타오는 날이다. 먹고 싶은 것이 뭐요. 저녁때쯤 복촌동 의원에게도 가 볼터야."

경춘이는 벌써 히분—하게 새어오는 지게문을 열고 한 번 가래를 내뱉고 아내의 손을 쓰다듬었다.

"아무것도 먹고 싶은게 없어요. 암해도 죽을라는 가바."

어덥스럼하다. 새벽별 속에서 아내의 커다란 두 눈이 힘없이 내려 감기여 굵다란 눈물방울을 떨어드렸다.

"어―별 소리 다―하네. 죽기는 왜 죽어 쌀밥 먹고 약 먹고 하면 곧 낫지."

경춘이는 가슴이 서늘해졌으나 스스로 힘을 내며 꾸짖듯 위로하였다.

"그렇지만 당신이 그처럼 물모양 없이 된 당신이 어떻게 일을 해내오. 하루 열 구루마를 하려면 오죽 힘이 들겠는가―."

아내는 여윈 왼손을 경춘의 무릎 위에 얹어 놓았다. 경춘의 가슴은 쾅 막히는 것 같이 아팠다. 그러나 하루 두 구루마만 해도 열 구루마 품을 받는다고 하여 아내의 염려를 덜어주고는 싶었으나 차마 부끄러워 입이 떨어지지 않았다.

"별 소리를 다―하는구나. 그 까짓 일도 못 해내어. 인제는 걱정 없다. 닷새만큼 삼 원씩 꼭꼭 타 올 것이니 쌀밥을 먹어도 관계 없지."

경춘이는 일부러 불퉁하여 이렇게 말하며 하염없이 흘러내리는 아내의 눈물을 이불자락으로 이리저리 훔쳐 주었다.

"흐을― 죽어서 다시 태어나거든 우리도 잘 한번 살아봅시다."

묵묵히 눈물만 흘리던 아내가 목이 메이며 이렇게 슬픈 말을 하였다.

"재수없게 새벽부터 울기는 제―기 왜 그래여. 죽어 다시 태어나서 잘 살어. 나는 이대로 이 생에서 한번 잘 살아볼 터인데. 이 턱을 좀 보아. 오래지 않아서 이 턱의 덕을 볼거야……."

경춘이는 일부러 버럭 소리를 지르기는 하였으나 말소리는 부드럽게 아내를 위로하는 것이었다.

"턱이? 아이고 내가 그 턱의 덕을 볼 때까지 살겠는가요."

일부러 기다란 아래턱을 아내에게 쑥 들이밀고 있는 경춘의 움쑥 들어간 뺨을 아내는 가만히 어루만졌다.

"왜 그래. 턱이 길면 늦복이 많다고 그러지 않았나. 인제 곧 늦복이 올

거야."

경춘이는 아내의 목을 끌어안으며 팔을 동게 놓았다.

"오늘은 그만 일터로 가지 말았으면."

하는 경춘의 턱을 쓰다듬으며 약간 어리광 비슷이 미소하였다.

"어—오늘은 간죠하는 날인데 그 대신 너일은 안 갈 터야."

"아이고—."

아내는 경춘의 팔이 무거운지 한숨을 하며 움직거렸다.

경춘이도 벌떡 일어나 밖으로 나가 아침죽을 끓였다. 솥에다 물 한 바가지를 붓고 콩나물 한 줌이를 썩둑썩둑 성글러 소금 한줌과 같이 솥에 넣어 불을 때었다. 이것이 경춘의 그 날 종일 연명할 양식이었다.

북덕북덕 끓어나자 곧 양푼에다 퍼담아 방 안에 들어가 대접에다 국물을 조금 떠서 윗목에 밀어놓고 자기 혼자 홀짝홀짝 먹기 시작했다. 둘려 누웠던 아내가 경춘을 향하여 입맛을 섰다.

저것은 병이 들어 누웠다는 이보다 먹지 못하네. 이 너머나 굶어서 저렇게 된 것이다. 이까짓 죽 남의 집 개도 먹지 않은 이 나물죽. 이나마 저것은 한껏 먹어보지 못했으리…… 경춘이는 오늘이 처음이 아니련만 유별나게 은갖 생각이 다— 났다. 그러나 그것도 오늘 돈을 타게 될 터이니까 공연히 좋아서 온갖 생각이 다— 나는 거지…… 하고 생각하며 참아 걸음이 너치지 않는 것을 억지로 일터로 나가고 말았다.

패장이 경춘이에게서 그의 아내가 앓는다는 이야기를 듣고 삼 원씩 꼭같이 가르는 돈을 일 원 더 보태어 사 원을 경춘이게 주었다.

"구차할 때는 서로 도와야지 후에 갚으면 되지 않소."

패장의 말소리가 떠 터지자 웬일인지 경춘의 가슴이 덜컥하였다. 그는 깜짝 놀라며

"고맙습니다. 후일에……."

총망히 인사를 하고 불길한 느낌이 무럭 치받치며 갑자기 마치로 생철을 두들기는 것 같이 머리 속이 요란해졌다.
'아이구 저것이 죽지나 않았나.'
그는 급히 집을 향하여 달렸다. 한참 쫓다가 그는 가슴이 깨어질 것 같아 멈추고 섰다.
'아니다. 죽을리야 있겠나.'
그는 한숨을 후— 쉬고 그 돈을 아내에게 모일 것을 생각하였다.
'그것이 눈치채고 있지나 않은가…….'
그는 또 가슴이 불안하여졌다. 다른 때보다 태도가 이상하던 자기 아내의 얼굴이 생각나며 내 손에 쥐었던 돈을 펴보고 일 원짜리 한 장을 꼭꼭 접어 쌈지에다 넣었다. 하루 열 구루마씩을 했으니까 그 동안 다시 일을 했겠다.
'오륙 삼십이라 삼 원이다 쌀 두 되, 보리 반 말. 명태 세 마리 명태는 국을 끓이고 오늘 저녁은 쌀로만 밥을 짓고…… 내일은 쌀치의 돈을 쓸 셈 치고 북촌동 의원에게 가고.'
그는 짓다를 걸으며 이런 궁리를 하였다.
이 생각 저 생각에 잠기어서 어느 사이에 자기 집에 들어섰다.
'몹시 배가 고플걸…….'
그는 방 안에 들어서며 혼잣말같이 중얼거리며 윗목을 보았다. 아침에 떠 두었던 죽국물은 손도 대이지 않고 그대로 있고 아내는 눈을 멀건이 뜬 채 꼼짝도 하지 않고 누워 있다. 그는 아내의 곁에 가 털벅 주저앉으며 손에 든 돈을 방바닥에 늘여 놓았다. 그러나 웬일인지 입술이 딱 붙고 떨어지지 않고 눈물이 뚝뚝 서너 방울 떨어졌다. 중도에서 쌀을 팔아가지고 오려다가 돈을 아내에게 먼저 보이려고 그대로 온 것이 도로 후회도 나며 또 쌈지 속에 일 원을 감추고 삼 원만 내놓는 것이 부끄럽고 죄송한 것 같기도 하고 마음이 설레어서

'이까짓 돈어……'
　'양심과 아내를 속이고 부끄러운 생각만 하게 되고……'
　그는 이점저점 슬픈 생각이 들었다. 아내가 먼저 무어라고 입을 띠어 주었으면 하는 생각이 들었으나 아내는 조금도 움직이지 않고 누운대로 가만히 그대로 천정만 바라보며 눈에서 눈물이 주르르 흘러 내려 있을 뿐이었다.
　"왜 으늘은 울기만 해— 재수없이."
　경춘이는 획 돌아앉으며 슬쩍 아내의 얼굴을 바라보았다.
　"아이구."
　그는 가슴이 뭉클하며 아내에게 바싹 다가앉았다. 아나는 이미 숨이 끊어져 있었던 것이었으나 경춘이는 오래도록 깨닫지 못하였다.

　경춘의 머리 속에선 끊임없이 생철 부수는 요란스런 소리만 나며 자칫 하면 숨이 꼴딱 넘어갈 것 같았다. 숨구멍에는 바늘을 꽂은 것 같이 꼬게 꼬게 아프기만 하여 훨훨 숨이 쉬이지 않았다. 그러나 그는 자꾸 걸었다.
　"북촌동 박의원집이 어대요?"
　그는 길가 사람을 보고 대는 대로 물었다. 일에 캄캄 어두워진 골목을 겨우겨우 찾아 박의원 집으로 들어갔다. 그러나 의원은 다른 데 병 보러 가고 없었다.
　"어디 사시는 누구신가요? 돌아오시면 곧 보내드리겠소."
　의원의 아들인 듯한 사람이 이렇게 말하였다. 경춘이는 도 한 번 가슴 이 콱 찔키우는 것 같았다.
　"네— 을동 저— 융동에 있어요. 김경춘이 을동에 와서 택부자 집이 어 디냐고 물으면 다— 알지요. 어서 보내주소. 꼭 부탁이요. 꼭 보내주시요."
　경춘이는 신신 부탁을 하였다. 의원의 아들은 힐끔 경춘의 얼굴을 쳐 다보며 슬그머니 입을 비슷 열며 웃음을 참았다.

소설 117

"택부자 댁이라고요."

다시 한 번 다짐을 하였다.

"네— 택부자 꼭 집이요…… 꼭……."

그는 또다시 걸었다. 자기 집을 향하여 걸어가는 것이었다. 그는 아무리 생각해도 그 아내가 죽지는 않았으리라고 생각하였으나 남의 눈을 속이고 고마까시 해온 돈이라고 그 아내가 성이 나서 잠잠하고 있는 것이라고만 생각하였다.

"이 까짓 것 내어버리지."

그는 집에 돌아오자 또 아내를 흔들며 자꾸 말을 건넸다. 그러나 아내는 꼼짝달싹도 하지 않았다. 그는 참다 못하여 밖으로 뛰어나왔다. 한바퀴 뜰을 돌고 다시 방 안에 들어가 앉으니 내어버리려고 가지고 나갔던 돈은 그대로 손에 쥐인 채였다.

"택부자 집이 여기요?"

의원이 찾아온 것이었다.

경춘이는 멀건이 앉아 지게문을 열었다. 웬일인지 오늘은 그의 귀에 송충이같이 찡글치는 택부자라는 별명이 하나도 귀에 거슬리지 않았다.

"택부자…… 내 내가 택부자요."

그는 크게 대답을 하였다.

점잔을 빼고 방 안에 들어온 의원은 단번에 엉거주춤 하였다.

"어—벌써 글렀구려."

"엉?"

경춘이는 깜짝 놀란 듯이 목을 놓고 울기 시작하였다. 손에 쥐였던 돈을 그제야 문을 열고 힐끗 내어 던졌다.

—《신조선》(1935. 8).

의혹의 흑모

　　동경일비곡공원東京日比谷公園 남南쪽 뒷문을 나와서 큰길을 하나 넘으면 남좌구간정南佐久間町으로 뚫린 길이 있다. 이 길을 조금 가면 오른편 뒷길에 문화文化 아파—트먼트의 큼직하고 샛득한 삼층 건물이 보인다. 이 아파—트는 아래층이 통 털어 자동차 수선소와 택시—차고車庫로 되어 있는 까닭에 그 앞길을 지나는 사람이면
"오룩 우루룩 땅광!"
하는 요란스런 자동차 수선하는 소리에 으레이 한번씩은 바라보고 지난다.
　　학기말시험學期末試驗도 무사히 끝난 삼월제삼일三月第三日 수(日)에 성수性秀와 연주蓮珠 연순蓮順의 세 사람은 일비곡日比谷으로 놀러 왔다가 우연히 이 길을 지나가게 되었었다.
"우룩! 우루룩! 딕! 땅!"
요란스런 소리에 무심코 바라본 것이었다.
"아이고 아파—트".
연순蓮順이가 먼저 멈츳 하였다.
"글쎄. 마루노우지가 가까우니까 싸라리 맨들을 위해서 지어 놓았구면."

성수性秀도 잠깐 머물러 섰다.

"여기 같으면 아주 조용하겠네. 들어가 봅시다. 안성맞춤격으로 빈방이 있을지 알 수 있어요?"

연순蓮順이는 두 사람의 동의同意도 얻지 않고 제 혼자 앞서서 아파—트로 들어갔다. 두 사람들도 마지못하여 연순蓮順의 뒤를 따랐다.

아파—트 감독인 듯한 노파는 세 사람을 아래위로 한번 훑어보더니 무척 애교 있는 말씨로

"어디 근무하십니까?"

하고 물었다.

"아니 우리들은 학생입니다. 매우 조용해 보이기로 공부하기에 좋을 듯 해서요."

"오—그렇습니까. 참 조용하지요."

학생이란 말에 노파는 아주 반겨했다.

"이층은 대소 합하여 삼십 개요 삼층은 스물다섯이어요. 그리고 옥상屋上은 바람도 쏘이고 할 정원庭園이외다."

설명을 하며 세 사람을 인도하여 고루고루 구경을 시킨 후

"이 방이 지금 비었는데요."

하고 삼층 남편으로 있는 오五호실과 팔호실 두 방을 열어 보였다.

"아이그 전망展望도 좋구 공기 통내도 좋구 햇볕도 잘 들구 아주 죄다 좋구먼요. 당장 옮겨 옵시다."

연순蓮順이는 무척 이 아파—트가 맘에 들어했다.

"글쎄."

성수性秀와 연주蓮珠도 맘에는 들어 보이나 연순蓮順이처럼 좋아하지는 않았다.

"모두 싫다면 나 혼자 올테야."

연순蓮順이는 벌써 옮겨 올 작정을 하였다.

"우리 아파―트에는 불량한 사람은 들이지 않습니다. 아가씨 혼자시더라도 내가 할머니처럼 감독을 하니까 조금도 염려 없습니다. '베드'도 싱글 더블 맘에 드시는 대로 몇 개든지 드릴테니…… 호호.'
 노파는 성수性秀를 바라보며 의미 있게 웃었다. 이 아파―트는 양식洋式인 까닭에 침대寢臺 생활을 해야 되는 것이었다.
 "좌우간 방세는 얼마요."
 "네― 오호실은 삼십 원, 팔호실은 삼십오 원입니다."
 세 사람은 서로 얼굴을 쳐다보았다. 학생의 신분으로는 좀 과하지 않을까 하는 느낌이었다.

 그 다음 일요일에 세 사람은 함께 이 문화文化 아파―트로 기어이 옮기고 말았다.
 성수性秀는 대구大邱에서도 이름 있는 부호富豪의 외아들이오 연주蓮珠와 연순蓮順은 형제간으로 남형제男兄弟 없는 귀여운 딸들로서 성수性秀의 집보다 못하지 않은 부자富者이었다.
 돈을 두고 염려할 처지가 아니었고 쓸데없이 친구들이 찾아와서 공부에 방해되는 것도 귀찮고 하여 이렇게 옮긴 것이다.
 성수性秀는 일대학정경과日大學政經科 연순蓮順은 여자미술전문女子美術專門 양화과洋畫科 연주蓮珠는 성수性秀의 아내로 피아노 개인교수個人敎授나 받으며 성수性秀의 시중이나 드는 것이었다.
 오五호실은 싱글·베드 두 개를 맞놓고 연주蓮珠와 연순蓮順이가 차지하고 팔八호실은 더블―베드를 한 개 갖다놓고 성수性秀 혼자서 차지하였다.
 그러나 실상은 연주蓮珠는 성수性秀의 방에 가 있는 편이 많았으므로 오五호실은 연순蓮順이 혼자 차지하였다.
 "언니는 오늘밤 또 저쪽 방인가?"
 "성수性秀가 요즘 감기로 앓으니까……."

"히힝 또 감기야?"

동생에게 받는 조롱이었으나 연주(蓮珠)는 얼굴이 붉어지는 것이었다. 그는 성격이 부드럽고 기가 약하며 따라서 몸도 버들가지처럼 가늘고 말하자면 연약하고 맘씨 좋은 아가씨였다. 그러므로 사나이처럼 뻣뻣하고 남에게 지기 싫어하고 무엇이던지 맘에 있는 대로 막 털어놓고 떠들어 대면서도 지극이 마음만은 유순하여 그림을 배우는 사람 같지 않게 명랑한 '오뎀바' 타입의 연순(蓮順)이에게 대하여서 연주(蓮珠)는 형이면서도 아— 무 위엄이 없었다.

"연순(蓮順)씨도 어서 시집을 보내야겠구나. 처녀는 나이를 먹으면 못 쓰는 거야."

성수(性秀)도 웃으며 자기 아내의 편을 드는 척하고 연순(蓮順)이를 도로 놀려 주었다.

"흥, 아저씨도 말 마오. 이 아파—트에 옮길 때는 공부 많이 하려는 것이 목적이지……."

연순(蓮順)이는 더 말을 계속 못 하고 얼굴만 붉혔다.

"그래 누가 그렇지 않다는가?"

"그럼 그렇지 않아요? 밤낮 그저 언니하구만……."

셋은 일제히 얼굴이 붉어지며 웃어버렸다.

비록 연애결혼은 아니었으나 성수(性秀)와 연주(蓮珠)의 사이는 연애결혼 이상으로 사랑의 도가 높았고 연순(蓮順)이도 이 부부들로 인하여 한 번도 맘 상해 본 적이 없었다.

세 사람은 조선 사람으로는 맛보기 드문 행복스런 학생생활이었고 또 사랑 많고 즐거운 부부생활이었다.

연순(蓮順)이는 연주(蓮珠)가 자기에게보다 성수(性秀)에게만 혼이 팔려 있으므로 자연히 혼자 있는 때가 많았다. 그래서 이 아파—트로 옮겨온 후는 학교에서 돌아오면 반드시 한 차례씩 히비야 공원을 다녀오는 버릇이 들었다.

  여름철이 된 후는 더욱 열심히 산보를 하게 되어 하루라도 빠지면 그날 밤은 몹시 침울해지게까지 된 연순蓮順이었다.

  "연순蓮順이는 매일 일비곡日比谷에 무슨 재미로 빠지지 않고 가누?"

  하루는 연주蓮珠를 보고 성수性秀는 이러한 걱정하였다.

  "아마 애인이 생겼는 게지."

  성수性秀는 별 의미 없이 하는 말이었으나 형된 연주蓮珠는 갑자기 염려가 되었다.

  "그러면 어쩌나요?"

  "시집보내지 무슨 걱정이야."

  "그래도 잘못 속으면 어떻게 해요. 아직 철닥서니가 없는 어린애가 아녀요?"

  "염려 없어. 저렇게 철없어 보여도 이지理智가 발달된 사람이라 일시적 감정에 도취되거나 남의 유혹에 빠지거나 하지는 않을거야."

  "그렇기야 하지만 한편으로 감정感情이 예민하기도 하니까……."

  "그러면 내일은 내가 슬쩍 뒤를 밟아가 보지요."

  성수性秀는 연주蓮珠와 의논한 후 그 이튿날 연순蓮順이가 학교에서 돌아온 후 교복을 벗어버리고 짤막한 원피—스에 '게다'를 딸딸 끌며 산보나 가는 뒤를 밟아갔다.

  연순蓮順이는 바른길로 일비곡日比谷으로 들어갔다. 성수性秀도 멀찍하니 떨어져 따라 들어갔다. 공원을 한 바퀴 돌고 나더니 어린아이같이 껑충껑충 뛰더니 어린이 운동장 안으로 쑥 들어가고 말았다. 성수性秀도 뒤를 따라 쑥 들어가려하다가 문 앞에

  "대인물입大人勿入."

이라고 쓴 패를 보고 멈춧 하고 섰다. 하는 수 없이 그물로 싼 담장에 가 붙어서서 운동장 안을 살펴보았다. 연순蓮順이는 많은 어린이들과 한데

뭉쳐서 미끄럼 타느라고 법석을 하고 있었다. 즐겁게 마치 어린아이같이 짧은 원피—스 아래로 즈로—스 입은 궁둥이가 미끄럼 타느라고 층계를 올라갈 때마다 아래 선 사람에게 환히 보이는 줄도 모르고 미끄럼 타는 데만 정신이 팔려 있었다. 이윽이 바라보고 섰던 성수性秀는 천진스럽게 놀고 있는 연순蓮順의 얼굴에서 가슴에서 수없는 꽃봉오리를 띄운 물결같이 넘쳐흐르는 형용 못할 매력에 온 몸이 으쓱하는 것 같았다. 자기가 몰래 뒤를 따라온 것이 부끄럽고 죄송스러웠다.

"자—이번은 거꾸로 탑시다."

아이들은 손뼉을 치며 궁둥이를 아래로 하고 미끄럼을 탄다.

"아니 그렇게 타면 저— 아래 떨어질 때 다치지 않을까."

연순蓮順이도 함께 거꾸로 앉아보더니 이렇게 말하였다. 성수性秀는 그 모양이 어떻게 철없이 보이는지 그만

"허 허 허."

하고 웃어버렸다. 웃는 소리에 아이들은 일제히 떠들던 입을 꽉 다물고 훌쩍 돌아보았다.

"아이고 아저씨?"

연순蓮順이는 성수性秀를 보고 '게다'를 손에 집어든 채 운동장 밖으로 달려나왔다.

"왜 그만 놀고 나오셔요?"

"아저씨 웬일이여요. 나는 심심하니까 날마다 여기 와서 이렇게 놀지. 참 재미있다누—."

연순蓮順이는 그제야 손에 든 '게다'를 신으며 운동장 아이들에게 손을 들어

"사요—나라."

를 하고 성수性秀에게 따라 섰다. 성수性秀는 바른말을 하지 못하였다.

"놀러 왔지."

"언니는?"

"집에 있겠지……."

"그러면 돌아갈까? 누가 먼저 가나 달음탁질 합시다."

연순蓮順이는 다시 '게다'를 벗어 들었다.

"발이 상하면 어떡해."

"관계 없어요. 자— 뒷문까지 달음박질한다고—요— 이 꽁."

앞을 서서 달려가는 연순蓮順의 전신은 탄력 있는 고무공과 같았다. 성수性秀는 일부러 천천히 달렸다.

"거북 거북 거거북이 아무리 쫓은들 내 걸음은 못 따를걸—."

연순蓮順이는 뒤를 돌아보며 손짓을 하였다.

"정말? 요—시."

성수性秀도 두 다리에 스피—드를 내었다.

"아이캬!"

연순蓮順이도 갑자기 스피—드를 내며 단발斷髮한 짧은 머리카락이 뒤로 나부꼈다.

"아이그머니!"

"앗!"

연순蓮順이는 성수性秀를 돌아보려다가 누구에게 몹시 부딪치며 옆으로 고꾸라지려했다. 부딪친 사람은 이편으로 걸어오려던 젊은 신사紳士였다. 연순蓮順의 달려오는 김에 신사紳士는 하마터면 뒤로 넘어질뻔 한 것을 간신히 '스틱'으로 꽂으며 몸의 중심中心을 잡아 섰다. 연순蓮順이는 놀라기도 하고 아프기도 하여 가쁜 숨결에 뛰노는 가슴을 한 손으로 눌렀다.

"용서하십시오."

"천만에 다치시지 않으셨나요?"

헐떡이며 얼굴이 붉어진 연순蓮順에게 신사紳士는 미소微笑를 띠우고 친절하게 물었다.

"잘못했습니다. 용서하십시오."

성수性秀도 미안한 듯이 신사紳士에게 머리를 숙였다.

"아니 염려 없습니다. 아가씨께 도로히 미안케 되었습니다."

신사紳士는 '스틱'을 한 편에 걸고 모자를 벗어낼 수도 있거니와 이렇게 귀엽게 생긴 소녀少女와 말을 하게 되는 것도 좋았다.

그러나 다음 순간 웬일인지 연순蓮順의 시선視線은 소녀少女의 얼굴 위로 자꾸 끌려가고 있었다.

"?"

연순蓮順은 처음 보는 소녀少女의 얼굴을 무례하게 자꾸 바라보는 것이 미안하기는 하나 두 눈은 소녀少女의 얼굴에 가 딱 들어붙고 떨어지지 않았다.

한번 보고 또 다시 보고 해도 도무지 판정해 낼 수 없는 수수께끼를 싼 그 소녀少女의 얼굴에 무럭무럭 호기심이 쳐 받쳐 올랐다.

"오호호 저이가 그만 돌아가는구먼. 엎드러진 것이 부끄러우니까."

소녀少女는 코―트만 열심히 바라보며 다시 말을 건넸다.

"어디 다쳤나봐."

연순蓮順이도 그제야 시선視線을 돌려 코―트를 바라보았다.

"보세요. 언니 당신 이름을 어떻게 부르나요?"

소녀少女는 다정스럽게 다가앉으며 물었다.

"내 이름? 련."

연순蓮順이는 일부러 연자蓮字 하나만 가르쳐 주었다.

"련? 하스?"

소녀는 두어 번 되씹고 나더니

"나는 로―라."

"로―라?"

"그래요 우리 동무됩시다요."

연순蓮順이는 그제야 그 소녀少女의 얼굴의 수수께끼를 하나 풀어낸 것 같았다.

'오라. 양키―토구면 아니 혼혈아로다.'

혼자 속으로 중얼거렸다.

희고도 티끌 없는 빛깔, 아주 쭉― 선 코, 넓은 이마, 움쑥 들어간 큼직한 눈, ㄱ 속눈썹, 틀림없는 양키―다. 그러나 칠漆같이 검은 머리 산포도 알같이 새까맣고 광채나는 두 눈동자는 틀림없는 동양東洋사람이다.

"혼혈다!"

연순蓮順이는 이렇게 단언을 내리었다. 그러나 로―라에게 대對한 호기심과 의혹은 그대로 가슴속에서 사라지지 않았다.

"대체 어른이냐 정말 소녀少女이냐."

짧은 머리를 리본으로 묶어 내린 것이나 드레스의 스타일이나 사척반四尺半이 될락말락한 작고 가늘은 몸집 천진스러운 두 눈동자 정녕코 열다섯도 처 못된 소녀少女이다. 그러나 그 반면 희고도 툇끼는 없으면서도 소녀少女다운 탄력없는 팔과 뺨, 연순蓮順이 자기 손보다 더 말라 여윈 손등 아―무리 잘 보아도 스물다섯이나 되어 보였다.

"이상스런 사람도 다―보겠구나."

연순蓮順이는 그 신사紳士의 말을 물어볼 것도 잊고 이 로―라에게만 정신이 쏠렸다.

그때 로―라는 연순蓮順의 의혹을 알아차린 것 같이 얼굴을 획 돌려 가만히 쳐다보았다.

"모나―리자."

연순蓮順이는 미전학생美專學生답게 레오나르도 다 빈치의 '모나리자'가 문득 연상되었다.

지극히 어려 보이는 로―라의 표정 모나―리자의 미美와 신비神秘와 불가사의 不可思議를 숨긴 로—라 그 점잖은 신사紳士 이 두 인물人物은 형용할 수 없는 미묘微妙한 ?*이었다.

"언니 어린이 운동장으로 갑시다."

"그럴까요. 그럼 같이 온 어른에게 허가를 받고 오구려."

연순蓮順이는 이 기회機會에 신사紳士의 말을 물어보리라는 생각을 하였다.

"같이 온 어른? 누구야요?"

로—라는 눈을 둥글하며 휘휘 둘러보았다.

"아니 아까 저 나무 아래서 당신과 같이 서 있던 이 말이야요. 오빠가 아니었나요."

연순蓮順이는 이상하여 이렇게 겨우를 하였다.

"오—저 백일홍百日紅 아래서 말이지? 난 모르는 신사紳士야. 그러한 오빠가 있으면 오죽 좋게요."

그 신사紳士를 알지 못한다는 말에 연순蓮順은 조금 실망이 되었다. 따라서 지금까지 그 신사紳士 까닭에 로—라에게 자기의 의혹되는 바를 물어보지 않고 참아오던 것이 갑자기 장난꾸러기같이 무럭무럭 호기심好奇心이 치밀어 올라왔다.

"그런가요? 로—라 대체 당신 나이가 얼마에요."

연순蓮은 짓궂게 로—라를 바라보았다.

"맞춰 보오. 알아맞히면 선물하지."

로—라는 재미있다는 듯이 연순蓮順의 팔에 매어달렸다.

"스물다섯!"

연순蓮順은 서슴지 않고 말해 버렸다. 남의 나이를 묻는 것이 실례인 것도 또 더구나 자기 딴엔 어린 소녀少女인 체 하는 것을 대담하게 스물다섯

---

* 원본에 ?로 표시되어 있음,

이라고 함에는 여간 실례가 아닌 것을 뻔히 알면서도 노하면 노하고 실례라고 욕하면 먹을 셈치고 이렇게 넘겨 짚은 것이었다. 의외에도 로―라는 손뼉을 치며 기뻐했다.

"스물다섯? 오―감사해라. 정말요? 정말 스물다섯으로 보여요. 아이그 좋아."

아주 기쁘다는 듯이 연순蓮順의 두 눈을 쳐다 보았다.

아무리 보아도 아니 보면 볼수록 나이 먹어 뵈는 로―라 그러나 그 두 눈동자는 보면 볼수록 천진스럽고 어여쁘그 맑은 로―라이다.

"그러면 몇 살이요?"

연순蓮順은 로―라의 좋아하는 꼴이 우스웠다. 그 므양은 나이 많은 사람을 적게 먹어 보인다고 하여 기뻐하는 것이 아니고 어린아이를 어른 같다고 하면 철없이 기뻐 뛰는 그 모양이었다.

"오호호 알아맞춰요."

"열다섯?"

연순蓮順은 조롱같이 한번 똑 떨어뜨려 보았다. 로―라는 연순蓮順의 기대期待한 바와는 반대로 고개를 끄덕하였다.

"열다섯―."

"그럼 나는 생일이 섣달인 까닭에 만 열다섯은 아니 어요. 선물을 해야 겠네."

로―라는 스물다섯이라고 우겨대주지 않음을 도로히 실망이나 하듯 고개를 나려 뜨렸다.

"정말일까…… 아니다. 거짓말이다. 앙큼한 여자다."

연순蓮順은 혼자 속으로 중얼거렸다.

"로―라 내가 꼭 바른말을 한다면 로―라는 꼭 스물다섯 살이나 먹어 보여요. 몸덩어리는 작지만 꼭 어린아이를 낳은 여자같이……."

이미 뻗치는 김에 연순蓮順은 어디까지든지 로―라의 정체正體를 판정하고야 말리라는 호기심에 이렇게 심한 말까지 쑥 나오고 말았다. 그러나 로―라는 얼굴이 파래진 채 조금도 노하지 않고
"정말? 하느님 맹세하세요. 정말로 그렇게 보이나요? 나는 얼른 어른이 되고 싶어―."
로―라는 애원하듯 말하였다.
"맹세? 이렇게 말이지!"
순順이는 팔을 들어 맹세하였다.
"에그머니 나도 맹세해요. 꼭 열다섯 살."
"열다섯?"
"그럼 이렇게 맹세하지 않아요."
로―라는 한 손으로 하늘을 가리켰다.
"그래요. 잘못했습니다. 용서하세요."
연순蓮順이는 로―라의 맹세하는 모양을 바라보며 너구나 심하게 실례를 하였나 하고 후회하였다.
"그러면 로―라는 어느 나라 사람?"
"아버지는 아메리카 어머니는 스페인"
"으―."
연순蓮順은 그 말이 또 이상스러웠다. 스페인 사람이 아무리 동양적東洋的이라 해도 머리털이 저렇게 검고 두 눈동자가 저렇게 검고 아름다울 수야 있을라구…… 하는 생각이 든 까닭이었다.
"거짓말 마라. 엄마는 일본 사람이지?"
"아이그머니 당신은 아주 맘이 나쁜 사람이야!"
로―라는 새침하여 돌아섰다.
"흐흥 거짓말쟁이 혼혈아."
연순蓮順이는 그대로 로―라를 버리고 혼자 달음박질하여 집으로 돌아왔다.

"아이그 언니 아저씨 나는 지금 참 천하에 제일 가는 괴물을 구경했다우."

연순蓮順이는 아파―트 팔八호실로 들어서며 이렇게 외쳤다. 가지런히 앉아 빙수氷水를 마시고 있던 성수性秀와 연주蓮株는 일제히 돌아보았다.

"나는 참 좋은 구경을 했어요."

연순蓮順이는 성수性秀의 빙수氷水 그릇을 빼앗아 마시며 자랑같이 하였다.

"무슨 구경?"

연순蓮順이는 로―라의 이야기를 다―하여 듣게 했다. 성수性秀와 연주蓮株도 호기심이 바짝 일어났는지 그대로 벌떡 일어섰다.

"그러면 가볼까."

"우리 셋이 함께 가자구. 나가는 길에 어디 가서 시네마도 구경할 겸."

성수性秀는 토요일土曜日이면 으레 '시네마' 구경을 가는 버릇이 있었으므로 이 날은 로―라도 구경할 겸 그대로 셋이서 공원으로 나왔다.

연주蓮株는 어서 바삐 로―라가 보구싶어 공원 안에 들어 사방을 휘휘 살폈다.

세 사람이 신음악당新音樂堂 앞 숲 속을 지나다가 로―라를 발견하였다. 로―라는 아까와 한 모양으로 고개를 숙인 채 벤치에 걸터앉아 있었다.

연순蓮順이는 자기 형에게 로―라 구경을 시키게 된 것이 기뻐 크게 불렀다. 힐금 돌아보는 로―라는 입을 삐죽 하여 보이고는 뽀루퉁한 얼굴로 싹 돌아 앉았다.

"연순蓮順이는 공연히 아주 귀여운 아가씨인데."

성수性秀는 첫눈에 로―라에게 호의를 가졌다.

"스페인 사람이란 말이 옳구려. 머리는 염색을 한 모양이구."

연순蓮順이는 아까 로―라에게 너무 심하게 군 것이 미안스러웠다.

"로―라 용서하구려. 장난이었다오."

소설 131

"싫어요. 당신은 맘씨가 좋지 못해요."
로―라는 금방 울 듯이 입술이 떨렸다.
"로―라 이제는 정답게 동무되자구. 다시는 그러지 않을터야."
"로―라상, 아가씨, 보세요 아가씨!"
성수性秀와 연주蓮株도 허리를 구부리고 로―라를 들여다 보며 달래었다.
"오호호 이제부터는 나를 놀리면 안되요 응?"
로―라는 그 크고 검은 두 눈동자를 반짝이며 벌떡 일어섰다.
"그렇구 말구 로―라 참 예쁜 아가씨야."
연순蓮順이는 일부러 로―라의 어깨를 쓰다듬었다.
"보세요. 당신보구 아저씨랄까요? 당신에게는 언니라 그러구."
로―라는 성수性秀와 연주蓮株에게 매어달리며 가느다란 소프라노로 곱게 말하였다.
"네― 그렇게 부르세요."
두 사람은 쾌하게 승낙하였다.
"아이그 좋아 오늘 나는 아저씨 하나 언니 둘이 생겼네."
로―라는 몹시 좋아하였다.
"흥 인제 완전히 모나―리자의 성이 풀리신 모양이구려."
연순蓮順이는 로―라의 팔을 끼며 말하였다.
"댁이 어디서요. 어디 가서 놀다 오겠다구 허락받고 오시면 '시네마'에 데리고 가지요."
성수性秀는 로―라를 아주 어린 소녀少女로 여기는 모양이었다. 연주蓮株 역시 그러한 표정이었으나 연순蓮順이만은 그 형들의 안광眼光이 흐린 것이 우스웠다. (계속)

—《중앙》(1935. 8).

정현수

明姬 李明姬氏 盧僞 假飾

  치과의사齒科醫 정현수鄭賢洙는 테이블에 접혀진 채로 놓여 있는 그 날 신문지 위에다 모잽이 글씨로 이렇게 휘갈겨 써 보았다. 그때 건너편 기공실技工室에서 조수助手로 있는 병일이가 더위를 못 이겨서인지 바쁘게 부채질하는 소리가 들려오자 그는 얼른 펜 끝에 잉크를 듬뿍 찍어 박박 긁어낼 듯이 이제 쓴 글자를 도로 지워 버렸다. 그리고 담배를 한 개 꺼내 물고 아침에 문을 연 후 아직까지 환자患者라고는 그림자도 보이지 않어 깨끗하게 정돈된 그대로 있는 치료실 안을 휘휘 돌아본 후 반질반질한 치료 의자 위에다 이파리 속에 숨어 있는 봉선화 같은 명희의 환영을 그려 안았다.

  그는 두 눈에다 모든 정력을 집중시켜서 치료 의자가 놓인 편 공간을 응시하였다.

  가느다란 두 눈을 옆으로 흘기듯이 굴리며 살짝 웃는 발그레한 입술 통통한 어깨 위에 아래턱을 얹고 눈을 쫑긋해 보이는 귀여운 표정, 겨울이나 여름이나 옥색 치마만 입으려는 그 명희의 환영에 현수는 혼을 잃고 앉아 있었다.

  "명희씨 당신은 왜 옥색 치마를 그렇게 사랑하십니까?"

"옥색 치마를 좋아하는 것이 아니에요. 옥색이란 그 빛깔이 좋아요."

"왜 구태여 옥색입니까?"

"모르겠어요. 어쩐지 옥색을 보면 천변만화하는 이 세상에서 영원과 무궁이란 것을 알려주는 것 같아요."

"그런가요. 나는 흰빛과 색깔은 흑색이 더 좋데요. 옥색은 곧잘 변하지 않습니까?"

"사람의 손으로 된 옥색이야 잘 변하지요만, 저 광대무변의 하늘색이야 어디 변합니까. 구름이 끼고 밤이 오고 하면 없어지지만 그것은 다만 우리의 육안(肉眼)이 보지 못함에 불과하지 않아요. 비록 내 치마에 들인 하늘빛이 변하여 누렇게 된다하더라도 내 맘속에 비쳐 있는 그 맑은 옥색, 하늘색, 저 바닷물 색이야 변할 줄 있어요."

"분홍색은 어떻습니까?"

"아주 슬퍼요. 아무리 고운 꽃이라도 그 색깔이 붉은 계통의 것이나 누런 계통의 것이라면 자주 싫습니다. 나는 작년 봄부터 푸른 꽃, 즉 옥색 꽃을 찾아 보려고 높은 산으로 저 언덕 끝으로 쏘다녀 보았어요. 그래도 없더고만요."

"옥색 꽃이야 꽃 장사 집에 가보면 더러 있지요."

"그렇습니까? 나는 암만 찾아 봐도 없어서 아주 낙망을 했었어요."

"왜요?"

"허위와 가식만으로 이 세상을 저주하는 나의 동지가 하나도 없는 것 같애서요. 푸른 꽃은 많은 꽃 중에서도 가장 심각한 진리의 탐구자같게 생각되어요."

"그렇습니까. 나는 새까만 꽃이 있다면 더 심각한 맛이 있게 보이겠는데요."

현수는 명희와 몇 날 전에 이러한 대화를 하던 것이 생각나며 눈이 스르륵 감기었다.

"아아."

그는 버럭 속이 상하듯이 갑자기 벌떡 일어섰다.

"네. 그렇습니까. 나도 푸른 저 하늘색과 저 망망대해의 그 물빛을 사랑합니다. 이 놈의 세상은 허위와 가식으로만 된 사회입니다. 모조리 초랑이를 쓴 사회이지요. 참다운 인간사회가 아닙니다라고 와 내 속마음을 그대로 솔직하게 말하지 않았든가. 그는 나와 이상을 같이 하는 유일한 동지이다. 그렇다. 명희 씨는 천박하게 입으로나 행동으로서 나를 사랑한다는 표현을 하지 않는다. 나도 그렇다. 결코 서로의 맘속을 말하지 않는다. 그러나 그의 맘 안에는 내라는 이 정현수가 꽉 차여있다. 뻔뻔스럽게 무슨 자랑같이 마음속을 서로 고백할 수 없는 것이야, 세상 놈들은 부끄러워서 어떻게 당신을 사랑합니다. 라고 고백을 하는지."

현수는 팔짱을 끼고 턱 버티고 섰다.

"이 세상에서 심각한 진리를 탐구하여 마지않는 사람은 오직 명희 씨와 나뿐이다. 그는 옥색을 사랑한다. 무궁무진한 광대분변의 우주의 끝까지 비추는 그 파란색을 사랑한다. 저 망망한 바다의 색도 파랗다. 오! 아니다. 아니다. 그렇다. 참! 현해탄玄海灘의 바다라도 왜 왜 물빛이 검을까!"

현수는 갑자기 이런 엉뚱한 생각이 들자 뚜벅뚜벅 걸어서 거리로 향한 창턱에 가 턱을 고이고 기대 섰다.

거리에는 오후 세 시의 뜨거운 태양이 불같이 내려 쪼이고 있는데 한 대의 택시가 기운 좋게 가고 있었다. 바람결이라고는 실가락만 한 것도 살랑하지 않고 택시가 지나간 뒤에 일어나는 뿌연 먼지는 지옥에서 타오르는 유황불꽃같이 거리를 휩싼다. 길가의 가지각색 사람들은 모조리 외면을 하며 먼지를 피했다. 그런데 한 늙은이, 촌이라고 아주 구석진 촌에서 건너온 듯한 텁텁한 옥색 두루마기에 큰 갓을 쓴 보전교도인 듯한 그 늙은이는 유별나지도 그 더러운 먼지에는 전혀 무관심하고 아래턱을 쑥 내밀고 입을 해 벌린 채, 찬란스런 거리의 좌우에 정신을 잃고 두리번하

소설 135

며 천천히 걷고 있었다.

명희가 좋아하는 옥색 두루마기를 입은 탓인지 현수는 그 늙은이가 입을 벌리고 더러운 먼지를 죄다 마시는 것이 안타까웠다.

"저런 멍텅구리 자식. 제 목구멍에 먼지 들어가는 줄도 모르고. 에, 속 상해. 아, 그래도 주둥이를 닥치지 않네."

그는 아주 성이나 꾸짖듯 중얼거리며, 쫓아가 그 늙은이의 아래턱을 한 주먹 갈겨 철커덕 부쳐주고 싶어 가슴이 서물거렸다. 그러나, 그 촌 늙은이는 한결같이 입을 벌린 채 저편 구비를 돌고 말았다.

현수는 얼른 테이블 곁에 달려가, 부채를 집어 활짝 펴 들고 슬렁슬렁 부치며 또 다시 창턱 가에 턱을 고이고 기대섰다.

"그 놈의 자동차, 건방진 놈의 자동차, 누구 한 사람들에게 미안하다는 인사도 없이 웬 길거리를 제 혼자 독차지나 한 듯이 의기양양하게 맘대로 쫓아다니는구나. 행포 무례한 놈의 새끼."

그는 갑자기 무럭무럭 분노가 타올랐다.

넓은 길바닥을 제 집들같이 활계를 치고 쫓아 달아나는 자동차들이 행포 무례 막심하게 보여져서 당장 달려가 시비를 하고 싶었다.

현수는 자기 맘속을 표현하기 어려울 때나, 분이 날 때나, 기쁠 때나, 어색할 때나, 또는 너무 감격할 때는 반드시 목에다 잔뜩 힘을 주며 턱을 안으로 높게 길게 젖혀 빼 올리고 다섯 손가락을 따로따로 쫙 벌리고서 '카라' 만이에다 둘째 손가락만 꼬불 당하게 넣어서 목울대 곁을 가만가만 긁는 것이 버릇이었다. 그는 지금도 쫙 벌린 오른손 둘째 손가락으로, 쭉 빼올린 목울대 곁을 두어 번 가만가만 긁었다. 그리고

"에―이."

한숨을 한바탕 한 후, 다시 창턱에 가 기대 섰다. 그때, 길거리에는 고삐를 잔뜩 잡힌 말 한 마리가 헐떡거리며 짐 구루마를 끌고 지나갔다. 현수는 또 다시 감개무량하여 슬렁거리던 부채를 접어 문턱을 탁 치며,

"어. 가엾어라. 저 놈의 말이 왜 저 모양이야. 그만 뚝 뛰어 달아나, 한 발만 걷어차면 나동그라질 사람 놈에게 일부러 매여 달리니 저런 고생을 하는구나. 어—빌어 먹을 놈의 말 새끼."
하고 부르짖었다. 또 다시 그의 속은 버럭 상해지며 가슴이 설레었다.
"아니다. 저 말이 멍텅구리가 아니다. 그렇다. 그는 힘없는 사람 놈들을 위하여 자기의 한 몸을 희생하고 있는 것이다. 악한 사람 놈들은 고마운 줄도 모르고 순종하면 할수록 자꾸 더 두들겨 부리겠다."
현수는 대구리를 꿈벅이며 구루마를 끌고 가는 그 말이 흡사 명희와 자기같게 생각이 들었다.
"이 망할 놈의 세상에게 희생해주는 것이 옳은 일일까? 아니다. 아니야. 과거의 인류역사란 고삐에 나는 단단히 묶여 있다. 나는 용감하게 묶은 줄을 끊고 일어서야 한다. 이 현실에 희생한다는 것은 조금이라도 더 이 더러운 현실을 조장시킴에 불과한 것이다."
그는 주먹을 쥐고 문턱을 탁 치려다가 말고 그 손을 쫙 펴가지고 목울대를 가만가만 긁었다.
"그러나 참는 것이다."
그는 다시 창턱에 기대 섰다.
"아니 이 자식 무엇이었지. 인간이란 본래 허위, 가식으로 된 거야. 죽어 없어지기 전에는 이 세상, 면천은 못하는 거다. 아니다. 이 자식이 무슨 이런 생각을 해. 참으로 인간이란 허위 가식을 버리지 못한다면 나는 이 놈의 세상에는 살아 있지 않을 터다. 아니다. 그러지도 않을 것이다. 말똥에 굴러도 이 생이 좋다는데……."
그는 다시 부채를 슬녕슬녕 부치기 시작하였다.
"에— 공연히 온갖 오라질 생각을 다 하는구나. 차라리 져 말새끼 놈이 나보다 행복하다. 이따위 밑도끝도없는 생각도 할 줄 모르고. 아니다. 말새끼같이 무위두식한다면 나을게 뭐 있나. 그러지도 않다. 마찬가지로 말도 무슨 번민이 있는지 알 수 있나. 어떻게서든지 돈이나 좀 있었으면 형님의 은혜를 조금이라도 갚아야겠는데."

현수는 자다 깨인 사람처럼 창턱을 떠났다.

"선생님 손님 오셨습니다."

그때 기공실에는 병일이가 바쁘게 뛰어 나오며 낭하에 선 중년 신사 한 분을 치료실 안으로 안내해 드렸다. 사흘 만에 처음 대하는 손님이다. 병일이는 부리나케 신사에게 치료 의자를 가리키고 컵에 물을 떠서 들고 섰다. 현수는 뻣뻣하게 선 채 움짝도 하지 않았다.

"더러운 이 놈 정현수야. 돈을 벌기 위하여 살살 쥐새끼처럼 손님에게 아첨을 하려느냐."

그는 창턱에서 돈을 벌겠다고 생각하던 자기의 가슴을 쥐어 뜯고 슬플 만치 구역이 났다.

현수는 치과 의원을 개업한 지가 이 년이 넘었으나 한번도 양심에 꺼리는 치료를 해준 적이 없었다. 그는 환자를 대하면서건 어느 사이엔 자기란 것은 없어지고 마는 동시에 치과 의사란 것이 자기의 직업이라는 것도 잊어버리고 마는 것이었다. 개업 시초에는 꽤 많던 환자가 차차 줄기 시작하여 이 해부터는 일주일에 겨우 둘 셋이 있을 뿐이었다.

그러나 이것은 현수의 치과 의사로서의 기술이 부족함도 아니요. 성의 없는 무책임한 치료를 하는 까닭도 아니었다. 단순히 현수가 환자의 비위를 맞추어 주지 않는 까닭이었다. 그것도 현수가 거만스러워 그런 것이 아니라 맘속으로는 백배 천배 친절하나 다만 입으로나 행동으로 표현하기가 가식 같아서 언제든지 묵하고 있는 까닭이었다. 세상 사람이란 위선, 눈앞에 살랑거리는 감정에만 홀리는 것이라 참으로 정성껏 장래성 있는 치료를 해주는 현수는 알아주지 않는 것이었다.

그럼으로 조수인 병일이는 마치 어진 아내처럼 충고도 하고 타이르듯 달래기도 하면,

"금새 주의한 터요."
하고 대답은 시원스러우나 다음에 환자가 오면 컵에 물을 따라서 입에 대어 주기가 '이 놈 돈벌이 하려고 손님에게 아첨하는구나' 하고 바라보는 것 같아서 컵을 배타기排唾器 위에 철커덕 놓고
"양치하시오."
하고 명령하듯 버티고 서 버리는 것이었다.
 이러한 현수의 성미를 잘 아는 병일이는 오늘도 손님과 무슨 충돌이 생길까 해서 미리 겁을 먹었다. 그것도 손님이 돈푼이나 있어 보이는 사람이면 반드시 한번씩 충돌이 일어나는 것임을 잘 알고 있는 까닭이었다.
"설마 저도 사람이니까."
 병일이는 이렇지 속으로 중얼거렸다. 벌써 삼 개월 째 수중에서 낙찰이 된 현수의 속판을 아는 것이 엿들은 까닭이다.
 병일이는 미리 현수에게 슬금슬금 시선을 보내서
"먼저 양치부터 해보실까요."
하고 신사에게 친절하게 서비스를 했다.
 신사는 묵하니 서 있는 현수를 힐끔 바라보다가 입 안을 씻은 후 뒤로 재껴 누우며 입을 벌렸다.
"어째서 오셨습니까."
 현수는 그제서야 치료 의자 곁에 다가서며 탐침에다 탈지면을 핵핵 감아 조그만 면구를 만들며 통명스럽게 물었다. 신사는 좀 이상하다는 듯한 표정으로
"이가 아퍼 왔시오."
하였다.
"어—그런 줄이야 모르겠습니까."
 현수는 여전히 면구만 만들어 태연스럽게 응수하였다.
"……"

신사는 성이 불쑥 났는지 잠자코 벌떡 바로 앉았다.
"이캬, 또 야단나는 구나."
병일이는 입맛을 다시며 얼른 곁에 가 섰다.
"허허허. 많이 앓으셨습니까. 전에는 어디서 보였었어요."
현수는 병일의 시선과 마주치자 이렇게 어색한 웃음을 웃으며 치경齒鏡을 들고 허리를 구부렸다. 신사도 입맛을 다시며 입을 벌렸다.
"아하 이것이로군요. 많이 앓으셨습니까? 왜 이렇게 나빠지도록 그대로 두셨습니까? 미련하게 그대로 두면 나을 줄 아셨어요."
현수는 그만두어도 좋을 말이었지만 신사에게 턱없이 머리를 숙이면 아첨하는 것 같게 보일까봐 일부러 되는대로 중얼거렸다. 신사의 얼굴에는 불쾌한 빛이 역력히 떠올랐다.
"자 이러니까 아프십니까."
현수는 치경으로 새까맣게 구멍 뚫어진 어금니 한 개를 두서너 번 뚝뚝 두들겼다.
"아야 아야!"
신사는 버럭 소리를 지르며 입을 다물려 했다.
"그 까짓 것이 무엇이 아파요."
현수는 신사의 붉어져가는 얼굴에는 무관심하고 열심으로 어금니를 치료하기 시작하였다.
그는 이 심는 엔진을 들고 신사의 입 안을 긁기 시작한지도 한 시간이나 되었다. 병일이는 벌써부터 혼자
"오늘은 대강해가지고 보낸 후 내일 또 오라면 어떤고."
하고 속을 졸이는 판인데 다른 환자가 또 하나 들어왔다. 그러나 현수는 신사의 입 안에서 엔진을 떼지 않았다.
다른 의사같으면 십오 분 내외에 마치고 몇 날이던지 끌며 치료를 시켜 돈을 버는 것이었으나 현수는 그렇지 않았다. 아무리 오래 치료를 해 주

고 공력을 많이 들여도 그는 자기의 직업의식을 떠나 손님 본위의 치료를 해주는 것이었다.

등에서는 땀이 개골물같이 솟아 내리면서도

'더운데 손님이 몇 날이나 어떻게 치료받으러 다니겠나 될 수 있는 대로 단시일에 맞춰야지.'

하는 생각에 자기의 전심전력을 다해 열심히 치료를 하며 시간 가는 줄도 모르고 있었다.

"아마도 내 이는 충치가 아니라 풍치인 듯한데 원 치료를 이렇게 오래 하십니까?"

신사는 현수의 맘속과는 반대로 기술이 부족하여 오래 끄는 줄만 알고 이렇게 화를 내었다.

"풍치-요? 아닙니다. 충치올시다."

현수는 너무나 세상 놈들은 자기의 맘을 몰라주는 것이 슬슬 화가 났다. 자기가 정성껏 해주면 해줄수록 세상 사람들은 그를 원망하는 것이 슬슬 화가 났다.

"그래도 아픈 폼이 풍치라요. 그만해두시죠."

신사는 지지 않으려는 듯이 말했다. 현수는 불쑥 성이 났다.

"아 당신이 의사-입니까. 어떻게 풍치인줄 단정하시나요. 충치라면 충치로 알 것이지 어째서 풍치란 말씀이요."

현수는 엔진을 쥔 채 이렇게 꾸짖듯 버티고 섰다.

"에— 여부 그만 두오."

신사는 그만 벌떡 일어서고 말았다.

"아니 여보십시오. 잠깐만 앉으시지요. 그대로 두면 또 앓습니다. 우선 약솜이라도 막아 가지고 가시오."

현수는 예사라는 듯이 태연한 얼굴로 신사의 팔을 잡았다.

"그만 두오. 당신만이 치과 의사가 아니오. 그대로 참고 있으려니 더

소설 141

불친절한 소리만 탕탕 하는 구료."

신사는 기어이 치료 의자 아래 내려서고 말았다. 현수는 그제야 불쑥 성을 내며 신사의 팔을 꽉 잡고

"여보십시오. 아니 이 못난 자식 잠깐만 참으라면 참아보는 것이 신사이지 무슨 변덕쟁이가 이 모양이야. 잔말 말고 도로 앉아라. 그대로는 내 목이 떨어져도 못 보내겠다."

"아하 이 자식 정신병자로구만. 이것 못 놓을 텐가?"

신사는 금방 주먹이 올라 갈 것 같이 씩씩거리며 입술이 풀어졌다.

"어허 그러지 말고 도로 앉아라. 한번 내 손으로 치료하는 것을 그대로 무책임하게 너 놈이야 죽든 살든 내버려 두지 못하는 것이 내 성격이다. 좌우간 우선 분은 참아두었다가 이 치료나 하거든 격투라도 하자."

현수는 두 눈을 부릅뜨고 한결같이 우겨댔다.

"아! 이런 봉변이 어디 있나. 이런 망할 놈이."

신사는 덜덜 떨며 분을 내었다.

"이 자식 너만 분하노. 나도 분해 죽겠다. 어서 치료를 하고 결투하자. 어—분해."

현수의 기세는 점점 올라가고 있었다.

"선생님. 참으십시오. 의사 선생님은 본래부터 성질이 있었습니다. 잘 이해하십시오. 보시면 결코 노하실 것이 아닐 것입니다."

병일이도 속이상해 바라보고만 있다가 마지못하여 신사의 앞에가 빌었다. 현수는 이윽히 신사의 팔을 붙들고 있다가 한 걸음 물러서서 팔을 놓았다.

"잘못했습니다."

현수는 신사의 앞에 머리를 숙였다. 그의 가슴 속에서 의사로서의 자기 태도가 잘못이었음을 뉘우쳤던 까닭이었다.

신사는 이 아프던 것을 생각하고 그대로 가기가 위험하게 여기어졌는

지 마지못하는 척하고 도로 걸어가 앉았다.

현수는 아주 가쁜 듯이 다시 엔진을 들고 치료를 시작했다. 먼 데 있는 사람의 흉이나 보듯 그는 궁시렁궁시렁 신사의 욕을 해가면서도 늘 싱긋싱긋 웃었다. 신사도 처음은 욕이 나올 때마다 분을 내드니 차차 성이 풀리니 픽 웃었다.

"어— 이제 다—되었습니다. 그렇게 가시고 싶은데 얼른 가십시오. 애인이 기다리십니까?"

현수는 신사를 치료 의자에서 내려 놓은 후 소독수에 손을 씻었다.

"그만치 해놓았으니 인제는 누구에게 가서 마저 치료를 하셔도 좋습니다."

그는 양심에 거리낌없는 치료를 하고 난 것이 기뻤다.

"얼마요."

신사는 지갑을 꺼내들고 병일에게 물었다.

"돈, 일 없다. 이 자식 어서 가그라."

현수는 돈 말이 나오자 또 성을 내며 와락 신사를 딜어 밖으로 밀어낸 후 안으로 잠그고 말았다.

현수는 얼른 창턱에 기대서서 허리를 창밖으로 꺼내었다. 밖에 멍하니 서 있는 신사는 조금 생각하더니 천천히 걸어서 저편 길굽이로 돌아 가려다가 현수와 시선이 마주쳤다. 현수는 얼른 코 위에다 손을 세우고,

"코 섯소—."

를 해보이며 장난꾸러기 어린아이같이 웃었다. 신사는 깜짝 놀란 듯이 두 눈을 휘둥그래 하드니

"그 놈 미쳤군."

하는 표정을 짓더니 픽 웃고 가버렸다.

웬일인지 현수의 가슴은 갑자기 쓸쓸하였다.

"저자식도 점잖스런 사람 놈이구나."

어린이 같았으면 저도 코 섯소—를 해보이고 웃고 갔을 것이다. 이후에 만날 때도 대면 사과도 없이 그대로 전같이 굴 것이다. 저 놈도 본래는 단순하고 천진스런 어린이었을 것이다. 나이가 들면 왜 점잖스런 가면을 써야 되는고.

그는 깊이 단식하며 창문을 떠났다.

"선생님 왜 그랬습니까. 그만 대강해서 보냈으면 될 것을 다른 환자도 왔다가 그대로 가버렸어요. 이제는 그만 이 병원도 지탱해 나갈 수 없을 것 같습니다."

하고 병일이는 바가지를 긁기 시작하였다. 과연 아까 왔던 환자는 가버리고 없었다.

현수의 형 되는 찬수는 사흘 전부터 앓아누웠다. 현수는 한 지붕 아래서 오늘까지 신세를 입고 있을 뿐 아니라 그 형의 힘으로 학교 졸업도 했고 치과 의원도 내 놓았던 것이요, 늘 결손해오는 현수에게 눈살 하나 찌푸리지 않고 돌보아주는 그 형이었다. 그러나 이 두 형제는 한자리에 앉아 정답게 이야기 한번 하지 않았다.

서로 이야기 할 일이 있으면 찬수의 부인이 중간에서 이편저편의 의견을 소통시키는 전화통이 되는 것이었다.

길거리에서 거로 만나도 생면부지의 남남같이 본 체 만 체하며 먼 여행에서 돌아와도 서로 시선만 마주쳐 보고는 그만이지 입 한번 대는 일이 없었다.

그럼으로 그 형의 힘으로 살아오는 현수임을 잘 아는 남들은 현수를 체면도 염치도 없는 미련꾸러기라고 하였다.

"형님이 앓아누었는데 한번쯤은 들어가 보셔요."

현수의 형수되는 부인은 체면 차릴 줄을 모르는 시동생이 얄밉다기보다 남편보기 민망하여 어떻게 라도 병실에 한번 들어 보내려고 애를 썼다.
 "……."
 "형님과 원수졌어요?"
 "……."
 "형님은 늘 아우님을 찾는데!"
 이 말을 듣자 현수의 얼굴은 비틀거려지며 턱을 아주 쭉 빼고 목울대를 긁고 나서
 "글쎄 형님보고 아무 할 말도 없는데."
하고는 꽁지가 빠져라고 자기 방으로 달려가고 말았다.
 그는 자기 형이 앓아 누운 것을 처음 보는 까닭에 왠지 불길한 것이다 — 생각하며 조금도 맘이 가라앉지 않았다. 손님도 없는 치과 의원에 나와 앉았다 섰다 조급만 내다가 저녁에 집에 돌아가도 남 보는 데는 자는 척만 하고 누었다 앉았다 가슴을 졸이는 것이었다.
 아침을 먹은 후 혼 잃은 사람처럼 치과 의원으로 나온 현수를 보고
 "병환이 어떻십디까?"
하고 병일이는 한번도 병실에 들어가지 않는 현수를 잘 알고 있으면서도 일부러 카묻는 것이었다.
 "모르네. 죽을지도 알 수 없지."
 현수는 금방 울 것 같이 말소리가 떨렸다.
 "무슨 그런 말씀을. 오늘도 별로 손님이 없을 것입니다. 돌아가셔서 간호나 하시지요."
 병일이는 넌지시 충고를 하였다.
 "볼일도 없이 뭣 하러. 간호는 형수씨가 하는데!"
 "그래도 곁에 가서 계시면 좋지요."
 "무엇이 좋아. 간사하게 내가 곁에 있으면 나은가. 나는 부끄러워 못가."

"선생님 친형님 앓으시는데 가보는 것이 부끄러워요?"

"싫어. 그런 간사스런 말은 말아주게. 자네 얼른 집에 가서 책 하나 가져오게."

"네—."

병일이는 마지못하여 일어서며

"공연히 병인의 염려가 되니까 집에 가 보구 오라는 거지. 뭐 책은 무슨 오라질 이름도 없는 책이 있어."

하고 속으로 중얼거리며 밖으로 나갔다. 병일이는 찬수가 앓아 누은 날부터 하루에 수십 차례씩 이러한 애매한 사환을 가는 것이 있음으로 현수가 무턱대고 책 가져 오라는 그 진의가 어디 있다는 것을 잘 알았다. 그래서 병세만 들어가지고 얼른 돌아오면 현수는 판에 박은 듯이 벌떡 일어나며

"형님 죽겠다던가?"

하고 진땀을 흘리는 것이었다. 병일이는 일부러

"책은 무슨 책을 가져 오랬어요. 깜박해서요."

하고 엉뚱한 대답을 하면

"이 사람 정신 잃었구나. 누가 무슨 책이야. 형님이 어찌됐어?"

하고 화를 내었다.

"선생님 가보십시오. 묻지 않고 왔습니다."

하고 병일이는 깜찍스런 여인같이 살살 피하면 그는 당장에 뒹굴며 고함을 칠 것 같이 분을 내며 빙빙 한바탕 돌다가는 다시 책 가져오라고 야단을 하는 것이었다.

그는 병일에게 형님 병세를 물어오라고 하기가 부끄러웠던 것이었다.

찬수가 앓아누운 후 현수는 밥 한 술 목구멍에 넘어가지 않고 잠 한 숨 자지 않았음으로 비록 병실에 들어가지는 않아도 그 염려하는 꼴은 곁에 사람의 눈에도 겁이 날만하였다. 그의 얼굴은 여위고 입술은 부르텄으며

두 눈은 달아서 바로 뜨지도 못하였다.

찬수가 누운 지 닷새째 되는 날이었다.

현수는 일부러 아침밥을 먹는 척하고 신문지에다 밥을 절반이나 덜어서 둘둘 뭉쳐 놓고 상을 내보낸 후 치과 의원으로 곧 나갈 것 같이 일부러 바쁜 척하고 서두르며 안방편만 자꾸 바라보고 있었다.

찬수의 부인은 안방에서 이 눈치를 채고 얼른 현수의 방으로 건너왔다.

"이제는 안심하십시오. 애들 아버지가 이제 좀 열이 내렸습니다. 장질부사가 아니라 몸살이었던가 봐요."

하고 보고를 하였다. 찬수의 부인은 현수를 슬쩍 보기만 하면 그의 속마음을 다 알아채는 것이었다. 그가 아무리 묵하니 있어도 '옳다. 병세가 알고 싶구나' 하고 알아차리고는 진작 보고를 해야 되는 것이었다. 그러나 현수는 못 들은 척 하고

"좀 낫다고 자꾸 밥이나 꾸역꾸역 먹이지 마시구려."

탁 뱉듯이 한마디 집어던지고 꽁지가 빠지게 달아나가고 말았다. 찬수의 부인은 그래도 픽 웃으며

"별난 성질도 다 보겠다. 염려는 죽도록 하면서 왜 남에게 나타내 보이기 싫어하는지."

하고 건너가고 말았다.

현수는 급히 치과 의원으로 나갔다. 그의 어깨는 날러갈 것 같이 가뿐하였다.

그 형의 병실에 들어가 보기는 아첨하는 것 같아 싫었으나 이미 병이 차도가 있다는 말을 듣고 나니 와락 그 형의 얼굴이 보고 싶어 견딜 수가 없었다. 그는 참다못하여 자기 집으로 달려갔다. 그는 뒷문으로 몸을 숨기고 엿보며 그의 형수는 안방에 누워 있고 어멈은 툇마루에서 약을 짜고 있었다. 그는 사람을 죽이려 가는 자객과 같이 날쌔게 몸을 날려 병실

인 뒷방으로 달려들었다.
 그 형은 감았던 눈을 스르르 뜨면서 현수를 바라보았다. 현수는 몇 날 사이에 수척해진 그 형을 바라보자 가슴이 금방 깨어질 것 같이 아팠다. 그는 묵하니 윗목에 가 버티고 서 있었다.
 "네 얼굴이 왜 그 모양이야. 밥을 잘 먹어야 한다. 덥다 나가거라. 나는 곧 낫겠지."
 찬수는 돌아누우며 이렇게 또박또박 말하고 입을 닫아 버렸다.
 "네— 형님. 저."
 현수는 주먹만 한 눈물을 한 방울 뚝 떨어뜨리고 목울대를 박박 긁고
 "저— 염려 없습니다."
 현수는 더 입을 뗄 수가 없어서 얼른 병실을 나서고 말았다. 불과 이 분간의 병문안이었다.
 그는 마루 한 켠에서 눈물을 이리저리 주워 닦았다.
 "약이 다 됐어요."
 어멈이 약대접을 들고 찬수의 부인을 깨우자 현수는 마루 한 켠에 빗겨서 몸을 숨기었다.
 "현수 얼굴이 왜 그 모양이야."
 찬수는 약을 가지고 들어간 그 부인에게 버럭 소리를 질렀다.
 "왜 반찬을 주의해 먹이지 않았어? 사람이 영 죽게 되었더구나."
 받쳐 들고 고함을 치며 부인을 꾸짖었다. 현수의 가슴은 뜨거운 총알을 맞은 것 같았다. 그는 달음박질로 치과 의원으로 달려가 치료 의자에 가 덜썩 주저앉으며 목을 놓고 엉엉 울기 시작하였다.
 현수를 찾아 왔던 명희는 병일이와 기공실에서 있다가 깜짝 놀라 달려나왔다.
 "엉엉엉, 엉……."
 현수는 자꾸 울기만 했다.

"왜 이러십니까."

"무슨 일이야으."

명희와 병일이는 질겁을 하여 어리둥절하였다.

"형님. 엉엉. 형님."

그는 울면서 가슴으로 부르짖었다. 허위와 가식으로 된 이 세상에서 절망하고 저주하던 현수는 자기 형에게서 비로소 거짓 없는 진실한 참다운 사랑을 보았던 것이었다.

"명희 씨, 우리 형님이 좀 나으십니다."

현수는 이윽히 울다 감격에 떨며 고개를 명희에게 들었다.

"그러세요. 왜 우셨나요."

현수는 대답대신 명희의 가느다란 두 눈을 바라보며

"명희 씨, 저하고 결혼하십시다."

하고 두팔을 내밀었다.

"아이 선생님도."

명희는 깜짝 놀란 듯이 얼굴을 찡그렸다.

그제야 현수도 자기가 한 말에 스스로가 놀랐다. 무의식간에 나온 말이었든 까닭이었다. 절망하였던 현실에서 새 광명을 보는 감격에 꽉 찬 현수의 이 한 말은 시인의 입에서 무의식간에 흘려 나오는 즉흥시와도 같은 것이었다.

"명희 씨, 나는 우리 형님이 나를 사랑하는 것 같이 나는 당신을 사랑합니다."

현수는 이 말로서 자기가 명희를 얼마나 사랑한다는 것을 충분히 표현한 것으로 믿었다.

"아이 선생님, 그 무슨 말씀이여요. 전 몰라요."

명희는 새침하여 밖으로 사라져버렸다.

현수는 이상하다는 듯이 벌떡 일어섰다.

"명—".
 그는 명희를 부르려다가 입을 닫고 말았다. 그의 문 아래 몇 날 전에 싸움하는 그 신사가 우뚝 서 있는 것이었다.
 현수의 눈은 핑 도는 것 같았다.
 모두가 말뿐이야 말이라는 것으로 공연한 이유를 붙여 제가 제일 옳다고 야단들이지 명희가 다 뭐냐 나 혼자 남달리 심각한 사상을 가졌다고 고집을 하며 세상을 욕했지만 모두 다가 잘못이었다. 이 세상이 나를 제일가는 위인이고 성인이고 부자고 미남자라고 하면 꾸리—하게 되지 못한 생각들은 하지도 않을 것이다. 모두가 이 내 못난 짜증이었지 아니 내 못난 것을 자위하려는 비루한 수단으로 끌어다 붙인 이유이겠지.
 필연히 저 신사와 쌈을 했구나. 형님 병실에 자주 가보는 것이 왜 부끄럽겠나. 남다른 생각을 한다는 것이 진리가 아니다.
 진리란 것은 내가 미워하는 허위 가식으로 된 세상에 있다.
 나는 가슴속으로 부르짖었다. 푸른색을 좋아한다는 그 명희의 남다른 말에 혼을 잃고 있는 자기가 우습게 생각되며 제법 태를 빼물고 나가버리는 명희가 아니꼽게 여겨졌다. 그는 얼른 신사의 앞으로 머리를 숙이며
 "그저께 실례가 많았습니다."
하고 사죄를 하였다.
 "네?"
 신사는 놀란 듯이 현수를 바라본다.
 "그런 첫인사는 그만둡시다. 나는 무조건 하고 당신의 성격이 맘에 듭니다. 자 이로부터는 서로 좀 친해봅시다."
 신사는 쾌활하게 웃었다. 현수는 어리벙벙하여졌다. 두 번 다시 오지 않으리라고 생각하고 욕했던 신사는 다시 오고 믿었던 명희는 가 버렸다. 그는 신기한 새 세상에 들어서는 것 같이 가슴이 탁 트이며 시원하였다.
 "자— 이리 앉으십시오."

현수는 치과 의원 개업 이후 처음 보는 명랑한 얼굴로 친절하게 신사를 치료 의자에 앉혔다.

"자! 양치합시다."

그는 '컵'을 '버타기' 위에 턱 놓았다가 다시 벌떡 들어 신사의 입에 대려 하였다.

"저번 치료한 후 아주 이가 아프지 않아요."

신사는 현수가 망설이고 있는 컵을 받쳐 들었다.

"네―".

현수는 무턱대고 길게 크게 한숨 하듯 대구를 하고 똑바로 서서 턱을 쑥 빼낸 후 목울대를 가만가만 두어 번 긁었다.

― 《조선문단》(1935. 12).

학사

이병환李炳煥은 W대학을 졸업한 경제학사經濟學士이다.

그의 선친 때는 이백 석 추수는 하던 것인데 그들의 형제가 상속 받은 것은 커다란 집 한 채와 때 묻은 가구뿐이었다.

그러므로 대학 본과부터는 고학苦學을 했던 것이다. 돈 있는 친구의 보조도 받고 또 노동도 했고 이따금 그 형이 얼마씩 보내주기도 했으나 그의 대학 생활은 처참하여 실로 억지의 학생 생활을 했던 것이다.

졸업을 앞으로 일 년 밖에 남기지 않았을 때는 그 형은 늙은 모친과 어린 자녀를 거느리고 끼니도 이어 나가지 못할 형편이었으므로 이따금 병환에게 곤란한 자기 형편과 얼마만이라도 학비를 보조해주지 못하는 무력함을 한탄하는 편지를 하는 것이었다. 병환은 이러한 편지를 받을 때마다 말할 수 없는 초조와 안타까움을 느꼈다.

대학을 졸업만 하고 나면 자기 일가의 모—든 불행과 괴로움은 금시에 해소되고 말 것이라고 그는 믿었다. 졸업 후에 할 일이 확정되어 있는 것도 아니요, 또 취직이라도 할 무엇이 있는 것도 아니었으나

"설마 졸업만 하고 나면야."

하는 막연하다면 기막히게 엉터리 없는 막연한 생각이었으나 병환에게는 벌써 졸업 후에 할 일이 확정되어 있는 것 보다 몇 갑절 더 달콤한 희

망이었으므로

"졸업만 하면."

하고 생각하면 용기가 충전하는 것 같았다. 세상에 부러운 사람이 없고 어떠한 일이라도 졸업만 하고나면 자기를 이겨낼 사람이 없을 것 같게도 생각되었다.

이러한 생각을 하면 모—든 이상은 졸업하는 날부터 실현되는 것이니 세월이 어서 달음질하여 졸업날을 가져오라고 고함을 치고 싶은 것이었다.

그러나 세월은 병환을 저주나 하듯이 더디고 그 형에게서 오는 가난하고 괴로운 눈물의 편지만도 수가 잦아졌다. 그는 자기 일가족에게 모—든 행복을 가져오는 졸업할 날을 어서 가져오지 않는 세월이 자기 일가족의 모—든 불행의 원인이라고 끝없이 한 끝 세월만 원망하였다.

불행하면 누구든지 자기를 불행하게 한 원인이 있고 이 원인을 사람들 앞에서 원망해 보임으로서 자위와 만족을 느끼며 체면유지를 하려는 것이라 그 원망스런 불행의 원인을 극복시키려는 사람은 드물다. 병환이도 자기 형의 편지를 볼 때마다 가슴이 미어지는 것 같아 세월만 가득 원망하여 편지답을 써 보내는 것이었다.

이 편지를 받아보는 병환의 형은

"흥, 너는 아직 원망할 대상이 있으니 행복하구나. 나중에 원망하고자 하나 할 대상이 없는 날의 그 불행을 어떻게 이겨 나가려노."

하고 한탄하는 것이었다.

병환은 기다리고 바라던 졸업날이 닥쳐오자 곧 경제학사 리병환이란 명함을 박았다. 그 형이 무슨 노릇을 하여 어떻게 구변해낸 돈인지 사십원을 보내주었으므로 그것으로 봄 양복 한 벌을 지어 입고 졸업사진을 상자에 곱게 간수허 가지고 불이야 불이야 고향인 A로 돌아왔다. 아무도 마중 나와 주지도 않은 고향 정거장에 그는 활개 있게 내려섰다.

소설 153

그는 자기 집에 들어서자 부지중에 눈살이 찌뿌려졌다. 늙은 어머니, 말 못하게 초라한 옷을 입은 그 형, 거러지 떼같이 욱덕이는 조카아이들, 더구나 그 형수의 골아 붙은 얼굴, 모두가 가엽다느니 보다 불쾌함이 앞을 서는 것이었다.

길고 긴 오 년 동안을 이 객창에서 영설의 공을 닦아 금의환향한 오늘의 자기를 맞아주는 사람들이란 것이 모다 이 모양들이라고 생각함에 부지중에 한숨이 나오지 않을 수 없었다.

저녁상을 받고 앉으니 조카아이들이 자기 어머니 눈치를 엿보아 가면서 병환의 상 위를 바라보며 큰 아이는 침을 삼키고 작은 아이는 나도 이밥 달라고 칭칭대었다. 병환은 그 밥이 넘어 가지 않았다.

답답한 가슴으로 거리로 나가 보았으나 형설의 공을 닦고 돌아온 자기를 바라보는 사람들의 얼굴은 모두가 무표정하고 쌀쌀하여 대학 출신인 자기를 몰라보았다. 스마—트한 그의 신조양복을 보고는 눈 하나 크게 뜨는 사람이 없었다.

"이 요— 형식군 아닌가."

그는 문득 눈앞에 날아간 옛 친구 한 사람에게 활개 있는 인사를 건넸다.

"아? 병환군인가, 언제 귀향했나."

그 친구는 반갑게 변환의 손을 잡았다.

"오늘 돌아왔네."

"응, 언제 또 가나?"

"인제 졸업했으니까."

"오— 그런가, 축하하네. 그런데 어디 취직처나 정했나."

"……".

병환은 총알이나 맞은 것 같이 뜨끔하여 저 얼른 대답이 나오지 않았다.

"경쟁이 심하니까 어서 어디 취직부터 해야 할 것인데."
그 친구는 이렇게 말했다.
"글쎄, 설마 취직쯤이야."
그는 얼마만치 그 친구에게 우월감을 가지며 이렇게 걸림없이 말했다.
"대학 졸업을 했으니까 취직쯤이야 어려울 것 없지만 자네도 짐이 많으니까 말일세."
"내야 무슨 짐이 있나?"
"없다면 그만이겠지만 자네 형님이 별 기술이 없으니까."
친구의 이 말에 병환의 자존심은 여지없이 내려 박히는 것 같았다. 그의 눈앞에 자기 집 식구의 지지한 꼴이 떠오르며
'우리 집안이 이렇게 된 줄 모르는 사람이 없구나'
하는 생각이 번쩍하여 그 친구와 더 말하고 섰기가 불쾌했으므로
"또 천천히 만나세. 지금 좀 가볼 데가 있어서!"
하고 그 친구와 갈라졌다.
그는 그 길로 자기의 고종사촌되는 누이의 집으로 향했다. 이 누이는 고등여학교 출신으로 은행원에게 시집가서 따뜻한 문화 생활을 하고 있는 터이라
"아이그 오빠, 잘 오세요. 축하합니다. 이제는 학사님이시지……."
불과 한 살 차이요 어릴 때 서로 한 곳에서 자란 탓으로 친함이 친구와 같았으므로 누이는 그를 보자 곧 농담을 섞어 반겨 맞았다.
"그래 잘 있었나? 바깥주인은 어디 갔어?"
하고 전등불이 휘황한 방 안으로 들어갔다.
"오빠 이제는 여기서 살으실 테니 큰오빠 댁에 그대로 계실여나요."
누이의 이 말이 병환은 반가웠다. 동경같이 화려한 곳에 있던 몸, 더구나 최고의 학부까지 졸업한 당당한 청년 신사의 몸으로서 어떻게 그런 구지리—한 집에 살 수가 있겠느냐고 묻는 말같게 그는 느껴졌던 것이

었다.

"그래, 대체 집구석이 왜 모두 그 모양으로 되고 말아서……."
하고 그 형의 무변통함을 원망하듯 말하였다.

"그러기에 말이에요, 큰 오빠는 좀 성질이 눅저서 말이 아니야요. 장차 오빠 혼자서 어떻게 그 짐을 지시겠어요."

누이는 어디까지든지 자기를 잘 알아주는 것 같이 느껴져서 하는 말이 모두 자기의 맘에 맞았다.

"말이 아니야. 어떻게든지 내가 책임을 져야 되는 것이니까! 그렇지만 그 까짓 것 염려할 것 없어!"

그는 졸업만 하고나면…… 하고 벼르고 바라던 용기가 아직 그대로 있는 터이라 가볍게 대답하였다.

"아이구 참 월급 생활을 하려면 아니꼬운 꼴이 많으니까 오빠두 장차 어떻게 참고 지내실테요".

"구태여 월급쟁이가 될 필요가 있나?"

그는 명랑하게 웃었다. 누이가 자기를 월급쟁이가 되는 줄만 아는 것이 철없어 보였다. 그의 꿈은 적어도 청년실업가에 있었던 것이었다.

"월급쟁이가 아니라도 좋은 일이 있다면야 오죽 좋겠어요. 오빠는 월급쟁이 노릇을 하시지 않으려나요."

"월급쟁이라도 계급이 있는 것이니까 구태여 안 하겠다는 것은 아니지만."

그는 누이의 남편이 상업학교 출신 밖에 되지 않으니까 아니꼬운 꼴을 보는 것이지 자기처럼 대학 출신이라면 남의 아래 갈 리가 없으니 아니꼬운 꼴을 볼 턱이 없다고 생각하였다.

그러나 민감敏感한 누이는 병환의 이 말에 조금 불쾌함을 느꼈는지

"물론 월급쟁이라도 계급이 있지만 첨부터 그렇게 좋은 자리를 주나요."

하고 응수하는 것이었다.
"참 오빠, 장가는 드실 생각 없어요."
하고 자기가 병환에게 응수한 것이 과하지나 않았나 하여 얼른 말끝을 돌리어 홍차 따를 준비를 하였다.
"장가? 글쎄."
병환이도 말머리가 돌려진 것이 반가워 얼른 대답을 하며 싱글싱글 웃었다.
"어여쁜 색시야 많이 있지만 오빠 맘에 드실지!"
"글쎄 어떤 색시가 좋은지 나는 참 모르겠더라."
병환이는 지금까지 이 중대한 문제를 한 번도 구체적으로 생각해 보지 않았던 것이 이상하였다고 느낄 만치 지금의 자기에게 빼놓을 수 없는 긴급하고 중대한 문제 중의 하나라고 생각되었다.
"내 중매해 드려요?"
누이는 상긋 웃으며 찻잔을 병환의 앞에 놓으며
"대처 결혼에 대한 오빠의 이상을 알아야지요."
하고 과자그릇을 열어 놓았다.
"글쎄…… 나는 아직 그런 것을 생각해 볼 여가가 없었다."
"그러면 내가 알아맞힐까요? 첫째 인테리여성일 것, 둘째 얼굴이 얌전할 것, 셋째……."
하고 누이는 웃고 말았다.
"돈 있는 집 딸."
이라고 하켜든 것을 병환의 자존심을 보장해 주기 위하여 웃고 만 것이었다. 병환은 이어서 조건의 뜻을 알아채지 못하고
"나는 모르겠다. 좌우간 모―든 점에 있어서 너만큼만 하면 충분하지."
하며 찻잔을 들었다.
"아이그 천만에, 내 따위만큼 한 색시야 와글와글 하지요."

"그렇게 많거든 하나 중매해 보렴."

"그런데 오빠 결혼하시려면 한 가지 빠져서는 안 될, 아니 제일 중요한 조건이 뭐야요."

"제일 조건…… 글쎄 모르겠다."

"사람만 맘에 들면 아―무리 신분이 나쁘든지 가난하든지 해도 관계 없어요?"

영리한 누이는 병환의 결혼에는 가장 큰 조건이 될 것이 이것임을 미리 짐작한 바이나 이렇게 병환의 귀에 거슬리지 않게 슬쩍 물어 보는 것이었다.

"신분 낮은 것이 무슨 관계겠나. 더구나, 가난한 것이 문제될 택이 있겠나. 돈 있는 집 여자는 당초에 원하고 싶지 않다."

"……."

누이는 병환의 이 대답이 철없게도 보이고 가엾게도 여겨졌다.

"돈 있는 집 여자는 건방져서……."

병환은 누이의 맘속은 알아차리지 못하였다.

"돈 있는 여자는 건방지다고 싫단 말씀이지요."

"건방질 뿐 아니라 내 친구의 말을 들으니 남편을 막 쥐고 흔드려고 한다더라. 그뿐 아니라 여자 건방진 것 못 써."

"아이구 그 참. 오빠 그것 말이 되나요, 여자가 건방지고 남편을 깔고 앉으려면 그것이 되는 일인가요, 모두가 그 남편에게 달렸지요, 남자가 여자에게 쥐이는 불출이가 어디 있겠으며 제 아무리 건방진들 남자보다 더한 여자가 어디 있겠어요."

"그렇기야 하지만 이것은 이론이고 정말 건방만 부린다면 죽이지도 못하고 기막힌 것이야 좌우간 여자는 여자답게 부드럽고 얌전해야 돼!"

"아―니 오빠는 아주 머리가 고물이구려!"

"아―니 너도 남녀동등을 찾니?"

"천만에 동등이 아니라……."
누이는
"앗따 어디 봅시다. 만일 취직구가 얼른 나서지 않고 그 집구석에서 고생을 조금 해보면 알 것을 나중에는 돈 있는 집에 장가가려고 해맬 것을."
하는 말이 입술까지 튀여 나오는 것을 참아버리고 이 말도 오래할 것이 못 된다고 그는 더 계속 하지 않았다.

"너 군청郡廳에 들어가지 않겠나."
몇 달 후에 병환의 형은 딱한 얼굴로 이렇게 물었다.
"군청이요?"
"그래."
"군청에……."
그는 아니꼽다는 듯이 군청에를 뒤씹고 나서
"좋은 자리가 있습니까?"
하고 그 형을 바라보았다.
"아마 네 맘에는 차이지 않겠지만 하는 수가 있나. 집안 형편이 이러니까 취직부터 해야지."
형은 아우에게 애원하는 듯한 어조였다.
"대관절 월급은 얼마쯤이나 되나요."
병환은 바쁘게 물었다. 경제학사인 자기가 월급생활로 들어간다면 얼마로 평가되느냐 하는 호기심에서이다.
"한 사십 원은 될 거야. 이것도 대학 출신이니까 특별이지."
그 형은 간신히 머뭇거리며 바른말을 했다.
"뭐요? 사십 원…… 하하하."
그는 어이없다는 듯이 쾌활하게 웃었다.

보통학교나 겨우 졸업한 댁이들이 몇 십 년 군청 밥을 먹다가 나서 나중에는 제법 군주사 입네— 하고 다니는 사람들을 불쌍한 미물들이라고 아득한 꼴자구니를 내려다 보듯 해 온 터이라, 오늘의 자기가 돈 사십 원에 팔리워 그들과 한 집안 공기를 호흡하며 동료가 되라고 하는 자기 형의 말은 정말 정신없는 익살이라고 느끼며 잇따라 두어번 더 웃었다.

"그렇지만 이 자리를 떨어뜨리면 정말 어렵다."

그 형은 철없어 보이는 자기 동생을 안타깝게 여기며 기어히 승낙을 받으려 했다.

그러나 병환이는

"나로서는 차마 못하겠는대요."

하고 보기 좋게 그 형의 의견을 일축해 버렸다.

그 후 병환이는 자기 친구들에게 편지로 취직을 의뢰하기도 하고, 그 형이 결사적으로 애를 쓴 결과 삼사처나 월급 자리가 있었으나, 맨 처음 군청고원 자리보다 조금도 나은 곳이 없었다.

"사십 원……."

이것이 병환의 정가와도 같아 그는 이 모욕을 참을 길이 없었다.

아우의 이 맘속을 잘 아는 그 형은 그 철없음이 가엽기도 하고, 속이 상하기도 하고 또는 비웃고도 싶었으나 그래도 한 자리 차 던지면 또 한 자리 물어다 바치곤 하여 쉬지 않았다. 병환이는 학생시대에 한 가정도 구원하지 못하는 그 형을 무변통하고 못난 사나이라고 불쌍하게 여겨 왔었으나, 오늘에 와서는 도로히 그 형이 자기를 위하여 취직 운동에 맹렬히 활동함을 봄에 새삼스럽게 놀라지 않을 수 없었다.

"정말이지 현하 조선에 있어서는 대학이 아니라 대학의 선조꼭지까지 졸업한 사람이라도 단번에 회사 중역이나 군수나 서장이나 그런 자리를 네—기다렸습니다 하고 내받칠 데가 없는거다. 너도 그만 취직할 작정을 해라."

하고 가진 말을 다 — 하여 승낙하기를 바랬다.

"그렇지만 너무 억울하고 아니꼬와서 어떻게!"

병환은 한결같이 뻣뻣하였다.

"그렇기야 하지만 첫째 집안 형편이 말이 안 되니 우선 급한 대로 아무 데나 들어가 놓고 차차 기회와 왕운을 기다려야지."

"그건 그렇지 않아요. 아무리 일시적이라 하고 아무렇게나 취직을 한다고 하지만 한번 취직을 하고나면 그 사람이 이미 평가되고 마는 것이 되고 또 아니하고 있으니 보다, 좋은 자리를 그 직업에 쫓아 고르게 될 기회가 적어지는 것이어요. 첫째 누구라도 사람이 필요하여 나를 초빙하려면 내가 취직하고 있는 것 보다, 놀고 있는 편이 유리할 것이 아니어요. 그렇기도 하고 또 어디 우리 살림에 사십 원 가지고 지탱할 것 같습디까? 좀 고생되더라도 시작을 좋은 자리에 해야 되는 것입니다."

병환이도 사십 원에 취직하지 않으려던 이유가 차차 변하여 왔다. 지금은 사십 원 이○ 월급에 기가 막혀 웃지도 않아지고, 보통학교 졸업자리와 한 동료가 되기 아니꼽다던 것도 차차 말하지 않게 되고 얼마만치 유리하게 타산적으로 변하게 된 것도 오랜 세월이 걸려서였다.

그 봄, 여름, 가을이 지나고 겨울이 닥쳐오자 병환 일가의 생활은 기막히게 되어 갔다. 아무 수입이 없이 그 형이 예전 친구에게서 취해 오는 돈과 염치 체면 없이 건달이 노릇을 하여 잡는 돈으로 살아오는 터이라 이따금 끼니를 굶는 것은 예삿일이 되었다. 병환의 앞에 수없이 갈아드리는 취직 자리도 그렇게 무진장은 아니였던지.

"답답하니 사십 원에라도……."

할 때는 허가를 받을 데도 쉽게 나서지 않아졌다.

봄, 여름, 가을은 졸업할 때 지어 입은 봄 양복으로 어떻게든지 출입을 했으나, 겨울이 탁 닥쳐오니 병환은 방 안에 갇혀 앉지 않을 수 없었다. 동서 입던 학생복은 귀향할 때 고학하는 친구에게 벌써 벗어 주었고 단

벌옷은 봄옷이니 그는 찬 방에 종일 틀어박혔다가 그 형이 집에 들면 두루마기를 얻어 입고 간신히 문밖 구경을 하게 되었다.
"이럴 수가 있나."
그는 목도리도 없이 소름끼친 두 뺨에 쓴 냉소를 띄우고 친구의 사랑으로 찾아다녔다.
그는 졸업한 후 오늘까지 근 일 년 동안을 돈이라고 손에 쥐어 보지 못했었으나 술과 담배 피는 양도는 무척 늘었었다.
"저 놈의 자식 대학 졸업을 했으면 제일인가. 왜 일없이 밤낮 남의 사랑에 눌러 붙어 멀쩡한 자식을 끌고 요리집에 못 가서 애를 쓰노."
친구의 마누라나 어머니들은 모조리 병환을 미워라고 욕하였으나 병환 자신은 꿈에도 그 미움을 느끼지 못하고 자기는 비록 곤궁한 신세이나 돈 있고 중학 졸업도 못한 친구들에게는 자기가 그렇게 놀러 다녀주는 것이 영광은 못 될지라도 불쾌하거나, 싫어할 리는 없으리라고 믿었으므로 모양은 초라하나 친구의 요리집에 가는 데는 상좌를 점령하는 버릇까지 들고 말았다. 그는 비록 불청객이 자래로 요리집 가는 친구에게 따라가기도 점점 무관하여져서
"나만 공술을 밤낮 얻어먹기 미안하네. 나도 돈 있으면 한 턱하고 싶네."
하던 체면도 차차 사라지고 자존심도 우월감도 억제심도 어디로 달아났는지 턱없고, 미움 받는 공술에 공연히 주량만 늘게 되었다. 그의 집에서 끼를 자주 굶게 됨을 따라 그는 취직보다 무엇보다 제일 앞서는 문제는
"어디서 누가 한턱하지 않나."
하는 생각이었으므로 이 친구 저 친구 집을 엿보다가 혹은 권하고 혹은 예언하듯, 혹은 억지로라도 한 턱을 시켜 우려먹기도 일수가 되었다. 그러나 그도 이따금 너무 억지의 술을 얻어먹고 돌아오면

"허? 이거야 참 거러지에 질 배가 있나."
하고 가슴이 아플 때도 있으나, 그렇다고 어떻게 할 스도 없는 사정이라, 울분하여 한숨만 짓다 마는 것이었다.

대학 출신인 당당한 장래 청년 실업가가 될 리병환이가 고등부랑자 룸펜으로 진출하게 된지 몇 달이 못 되어 그의 친구라는 친구는 모조리 서로 마주칠까 몸서리를 내게까지 되었다.

친구들이 그를 만날까 울겁을 대며 요리집엘 가든지 무슨 회합을 하든지 하는 것을 알게 되면

"내가 이렇게 까지 못난 놈이 되었던가."
하고 반성이나 자책은 할 생각이 없고 도로히

'죽일 놈들, 어디 보자. 기어히 이 턱을 빼앗아 먹고는 말리라. 네놈들이 아무리 건방거려도 빨가벗고 늘어서서 보면 세상의 대위도 또는 기생들까지라도 너의 늠들을 좋다고 하지는 않을 것이다. 오직 돈이 있으니, 그 돈으로 몸을 잘 장식하고 있는 까닭에 너의 놈을 제일로 여기는데 불과하다'고 그는 가슴 속으로 중얼거리는 것이었다. 지금의 병환에게는 양심이나 자존심을 가지지 못한 만큼 나날이 그 생활은 핍박하여 갔던 것이다.

병환을 멸시하고 미워하는 것은 오―직 그의 친구며 친구들의 아내, 부모들뿐만 아니라 고종사촌 누이까지도 동경서 첨 나오는 날과는 대위가 첫째 천양지차로 달라졌다. 요즈음은 그를 대하면 비웃는 것이 인사가 되었다.

"오빠는 늘 그리그 놀아서 어떻게요. 좀 염치가 있어야지 첫째 큰오빠 댁 보기가 창피하지 않아요."
하고 볶아대는 것이었다.

"예, 듣기 싫다. 낸들 이러고 있기를 자원하는 줄 아니."

"에이그, 지금 세상이 어떠한 세상이라구."

"너보다는 좀더 알고 있을 터. 염려마라 어디 중매나 좀 하렴."
"아하— 오빠두 내가 그렇게 권할 때는 바—루 안하겠다드니……."
누이는 감촘없이 입을 비죽거렸다.
"예, 너니까 부끄럼없이 하는 말이다마는 어디 그럴듯한 색시 없니?"
이미 철면피가 된 병환이었으나 자기가 이 누이에게 돈 있는 여자에게는 장가를 들지 않으려고 하늘같이 버티어 보였던 때가 있었느니 직접 돈 있는 색시에게 중매하라는 말이 나오지 않았다.
"그럴 듯—한 색시라니, 오빠의 이상에 맞는 여자 말씀이요?"
"이상보다, 좀."
그는 누이가 그럴 듯—이란 말의 의미가 돈 있는 하는 말을 암시하는 것인 줄 알면서도 일부러 파고 물음에는 대답하기가 간지러워 머뭇거리지 않을 수 없었다.
"저—오빠야 돈 있는 집 색시는 죽어도 원치 않을 터이고……."
누이는 어디까지든지 비꼬았다.
"돈 있는 집 색시라도 괜찮다."
그는 이렇게 정색을 하며 말을 하는 것이었다.
"하하하, 오빠두, 인제는 글렀어요. 졸업하고 나온 직후였다면 나도 너도 하고 시집오려든 색시가 많았지만 이제는 고등부랑자요 건달이 상건달이라고 아무도 시집 안 오려는 데요."
누이는 침끝같이 날카롭게 피육을 하였다.
"허허허, 나를 그렇게 생각하나? 그리말고 돈 있는 집 외딸이나……."
그는 누이의 찌르는 듯한 말이 가슴에 조금도 자극되지 않는 바는 아니나 그렇다고 무류히 앉았을 수도 없어 농담같이 말을 붙이는 것이었다.
"아이쿠나, 오빠, 부자집 외딸은 남편의 뺨을 막 친대요."
병환은 누이가 아무리 다 잡더라도 자기가 부자집 색시와 결혼할 결심은 이렇게도 굳고 변하지 않는다는 듯이 싱글싱글 웃으며

"그럴 리야 있나, 치면 두들겨 맞기도 하지, 그까짓 것 문제가 되나."
"인제는 오빠도 사람이 되나보— 그런데 오빠 내 말 좀 듣겠어요."
누이는 태도를 일변하여 정색하며 말을 꺼냈다.
"오빠, 나는 이태뵈도 날마다 오빠를 어떻게 하나 하고 염려해 왔어요. 그런데요. 오빠는 지금 바른말을 하면 부랑자로 세상이 인증하고 있어요. 그러니까 좋은 일 하나 가르쳐 드리겠어요. 오빠는 오빠가 제일인 것 같지만 세상이 알아주지 않는 데야 어떻게요."
하고 이야기하는 것은 병환으로 하여금 노동자가 되라는 것이었다. 자기 남편은 매인 몸이라 여가가 없지만 자기는 아내도 없으니 여가가 많이 있는 까닭에서 지금까지 저축한 돈도 있고 소작으로 준 전지도 있고, 더구나 지난해에 국유지國有地를 일만오천여 평 대부해 놓은 것이 있으니 여기에 과수果樹도 심고 다른 농작물도 지으며 일방 여러 가지로 애를 쓰면 할 일이 많으니까 자기와 같이 흙 속에서 일할 생각이 없느냐라는 것이었다.
"그것도 좋지."
"이것 브세요. 과수나무를 심으면 과실이 열 때까지는 아무 수입이 없을 터이니 꿀벌養蜂도 먹이고, 양잠養蠶도 해야 되요. 다른 일꾼을 쓰지 말고 될 수 있는 대로 두 사람이 노동합시다."
하며 과수 재배법을 연구한 적에서 잠대 내놓든양 끄았다. 병환은 처음은 농담으로만 들었던 것이 차차 진검眞儉 해지는 누이의 말을 듣자 다소 생각하지 않을 수 없었다.
"그래 그것도 좋다. 해보자."
하고 누이가
"아주 철저한 노동자가 되어야 해요. 남의 집 담사리처럼!"
하고 다짐을 하여도
"그래, 염려 없다. 꼭 해보겠다."

하고 쾌히 응락하였다. 그러나 속으로는

"내가 어디 농업학교 출신인가."

하고 누이의 턱 모르고 열중하는 태도가 우습고 천진스러웠다. 그뿐 아니라 어서 돈 있는 집에 장가나 들게 중매하라고 조르고 싶은 맘만 가득하였으나 그 누이의 태도에 어디인지 범할 수 없는 위엄이 자기를 압도하는 것 같아 그 말은 입에서 나오지 않고 농장 계획에 대한 자자한 예산을 귀 밖으로 들으며 대답만은 열심히 하고 있었다.

"그렇지 마는 일 년 이 년에 돈이 벌어지는 것도 아닌데, 지루해서 하겠니."

병환은 이야기가 거의 끝날 때 쯤 하여 참다못해 한마디 내놓고 말았다. 누이는 놀란 듯이 병환을 바라보며 그 표정이 점점 굳어지며,

"아―니 오빠는 내 말을 들어주는 줄 알았더니, 찬성하는 척 하고 나를 놀린 셈이세요?"

하고 말소리가 가늘면서도 힘 있었다.

"아니야……."

병환은 누이가 자기를 가엽게 보는 듯한 그 표정과 말에 일변 놀라며 취소하듯 손을 흔들었다.

"아직 오빠는 더 고생을 해야겠어요."

하고 더 입을 열지 않았다. 병환은 조금 무류하여 앉았다가 일어서 나왔다.

"사람이란 고생을 하면 자연 정신을 차리게 되는데 오빠는 고생을 하면 할수록 그 고생에 이겨내지 못하고 그 자리에 엎어져 자기도 모르는 사이에 타락되고 마는 사람이야."

하고 누이는 생각함에 어떻게 해야 병환이가 한 걸음 한 걸음 타락해 감을 뉘우치게 할 수 있으랴, 하고 한탄하였다.

— 《삼천리》(1936. 1).

식곤

"네 까짓 것이야 단 주먹에 박살이 난다. 속히 내 놓아라."
"……"
"이 년, 못 내 놓을까?"
"……"
"이 년아, 네 이 년아, 이 년이 이런."
"……"
"이. 저 년이 귓구멍이 맥혀 빠졌나? 이 년아, 글쎄 돈 오십 전만 내란 말이다."
"……"
"오십 전이 없거든 이십 전만 내 놓아."
"……"
"당장에 뱃대지를 푹 찔러 죽여 버○년, 돈 십전만 내 놓아라 응."
"……"
"이 년이 그래도 벼락을 맞지 않았어. 근질근질 하구나. 돈 오전 이라도 내 놓아라."
"……"
"이런 빌어먹을 년이 단 돈 오 전도 안 내어 놓는다? 헛 이 년이야……

에라기…… 이 년…….”

"……."

"이런 빌어먹을 년이 단돈 오 전도 안 내어 놓는다? 헛 이 년이야……에 락기○이 년……."

후다닥…… 하며 마누라의 몸은 뜰 한가운데 가 큰 대자로 때려 뉘어졌다.

"이 년이 돈 오 전도 없다고 사람의 속을 이렇게 썩힌 단 말이지. 에이 에 이 년."

연달아 박차고 밟고 두들기고 하다가 나중에는 기운이 빠졌는지 방 안으로 뛰어들어가 다 떨어져가는 노랑 장롱문을 뚝 잡아떼고 그 안에 든 의복을 되는대로 방안에 펼쳐 놓으며 그 중에 한 가지를 골라잡고 밖으로 뛰어나와 아직껏 뜰 가운데에 자빠진 마누라를 보자, 손에 쥔 의복으로 두서너 번 갈기고는 그대로 휭— 사라져 버렸다.

마누라는 죽은 사람같이 쭉 뻗고 누었다가 이윽고 간신히 일어나 앉았다.

"도적놈."

그는 단 한마디로 입 안에서만 중얼거리며 일어서려고 몇 번이나 애를 쓰다가 그대로 슬슬 기어 방으로 들어가

"어— 아이."

하며 길게 한바탕 한숨을 하고 방 앞에 흩어져 있는 옷가지들을 주섬주섬 한 데 뭉쳐 농 안에 밀어놓고 떨어진 농문짝을 집어 농문을 막으려다가 그대로 방 한 옆에 밀쳐놓았다.

"암만 생각하여도 할 수 없구나."

마누라는 천천히 걸어서 김문서金文瑞의 농장農場으로 일거리를 찾으러 갔다. 벌써 그 면 옛날의 꿈으로 사라지고 말은 그 행복스럽든 기억이 하

나 둘 머리에 떠오르며, 남편에게 얻어맞아 시퍼렇게 멍이 든 두○이 화끈화끈 하여졌다.

"사람이 팔자라는 건 정말 무섭다. 내가 왜 그 그때 그랬을까…… 아이구."

그는 자기 몸둥이를 물어뜯고 싶을 만치 안타까웠다.

"다…… 이 년의 잘못이다."

"그때, 그이는 그렇게도 애를 썼는데, 이 못된 년이 무슨 개질일 병이 덮쳐서 달아났는고……."

"아이고, 오오……."

길 가는 사람이 웃을 만치 그는 혼자 중얼거리며 섰다가 걸어가다가 하며 발끝을 망설이고 있었다.

그는 올해 스물아홉 살이었다. 벌써 네 번째 임신을 하여 배는 바가지를 찬 듯이 불쑥 늦았다. 첫째와 둘째는 사십구일 안에 죽고 말았다. 그 죽은 것도 남편인 최가가 때려 죽인 것이나 다름이 없었고, 셋째는 뱃속에 든 채 최가의 발길에 채여 죽어 나왔었다. 이번 넷째는 웬일인지 아무리 맞고 차이고, 밟히고 하여도 그대로 펄떡펄떡 뛰며

"엄마 나는 기어이 살아 나가겠어요, 내가 나가면 엄마의 원수를 갚아 줄게."

라고나 하듯이 좀처럼 낙태가 되지 않았다. 그러나 그가 김문서의 농장에 일하러 가지 않고는 우선 당장에 목숨 보전을 해 나갈 수가 없다고 생각이 든 뒤부터는

'이 년아, 너는 전생에 죄가 많아서 나를 배었는 것이다. 내가 나가면 아버지보다 더 골탕을 먹이겠다.'

라고나 하듯이 자기 창자를 휘여 잡고 떨어지지 않는 것까지도 생각이 들었다.

"에이그, 이 원수 놈의 씨種야. ……대처 이번은 왜 낙태도 되지 않고

남의 속에 들어 앉아 나를 괴롭게 구노. 이렇게 배가 불러서 어떻게 그이를 대할고…….”

그는 눈앞에 그 옛날의 김문서를 그려보며 이렇게 중얼거렸다.

그가 열일곱 살 적이었다. 그때 마침 한 동리에서 자란 김문서가 상처를 하고난 지 얼마 되지 않았다. 문서는 동리 앞 샘터에 물 길러간 그의 허리를 끌어안으며

"옥남아, 너 내게 시집오지 않겠니."
하고 대여 드는 김문서였다.

"아이그머니 놓아요."

소리를 꽥 지르며 물동이도 집어던지고 그대로 달아나던 그이였었다.

"이제 집에야 네만 허락하면 그 날부터 너는 조선에 둘도 없는 호강을 할 것인데, 애야, 내가 정말 싫으냐?"

김문서는 간절히 그에게 사랑을 요구하였으나

"아이그 더러워라. 누가 상처한 남자에게 시집갈까."
하고 어디까지든지 달아난 그이였으며 자기 부모도 같은 값이면 첫장가 오는 총각에게 자기 딸을 내어 주려고 곧이 듣지 않은 까닭에 근 잇해나 끌다가 하는 수 없이 최가에게 시집왔던 것이다.

얌전한 총각이요, 자기 집도 굶지는 않으며 더구나 동경까지 갔다 온 사람이고 좋다고 시집간 것이 불과 일 년도 못 되어 최가는 '갈보' 궁둥이에만 따라 다니며 술 먹고 노름이나 하는 알부랑자가 되더니 그의 부모가 죽고 난 후는 집안에 있는 먼지까지도 들고 나가 팔아먹지 않으면 못 사는 인종이 말이요, 잔인하고 무도한 비인간이 되고 말았다.

그와 반대로 김문서는 어떻게 된 셈인지 살림이 쥐새끼 일 듯 자꾸 불어서 지금은 동리 앞에다 큰 농장을 경영하며 봄철에서 가을까지는 매일 남녀 일꾼을 이삼십 명 씩이나 부리게까지 되었다.

그러나 최가의 아내인 그는 아무리 굶주렸어도 이 농장에는, 일하러

갈 생각이 없었다. 아니 생각은 간절하여드
"아이그 더러워. 상처한 남자에게 누가 시집가."
하고 뿌리치든 그때가 생각이 나서 차마 거지같이
"나를 좀 써 주세요."
하고 들어갈 수가 없었던 것이었다.
 그러나 오늘은 하는 수 없이 나섰다. 당삭이 되었으니 해산이 오늘 내일로 임박하였는데 남편은 집안에 단 하나 남은 솥을 들고 나간 지 사흘이 되어도 소식이 없고 입에 넣을 것이라고는 찬물 밖에 없었다. 가만히 앉아서 굶주리고만 있을 수는 없게 된 사정이라, 죽을 용기를 다—하여 집을 나선 것이다.
 그는 능장 앞까지 갔다. 철망 저편 농장 안에서는 여러 사람들이 일을 하고 있었다. 그는 우뚝 서서 바라보다가 가만히 그 중의 한 사람을 불렀다.
 "여보스, 덕동댁이."
 "누구소? 아— 옥게댁이요 왜? 불렀는가요."
하고 불리운 여편네가 그를 바라보았다.
 "좀 할 말이 있어……."
 그는 어물어물하며 조금 나와 달라는 듯이 말끝을 흐리어 버렸다.
 "아이그 지금 일을 하는데…… 주인이 보면 야단을 하니까 할 말이 있거든 당신이 이리 와서 하소."
하고 덕동댁이란 여편네는 다시 허리를 굽혀 일을 시작하고 있었다. 그는 공연히 입을 비죽하며 앞뒤를 휘—한번 돌려본 후 허리를 조금 굽혀 부른 배를 감추듯이 하며 한 손으로 멍든 뺨을 가리고 농장 안으로 달음질하듯 급히 들어갔다.
 다행히 주인인 김문서의 얼굴은 보이지 않았으므로 얼른 덕동댁이 엎드려 있는 고랑으로 갔다.

"무슨 말인가요."
하고 덕동댁은 고개를 돌렸다.
"아이고 하는 수 없어 일 좀 하려고 왔는데 내 할 일이 있을까요, 주인에게 말 좀 해주소."
그는 말이 잘 나오지 않아, 와들와들 떨며 겨우 자기 뜻을 말했다.
"아—그 말뿐인가요. 그렇지만 지금은 안 되오. 일 시작하는 시간이 넘었는데 내일 다시 오기로 하소. 내가 말해 줄 테니."
덕동댁의 이러한 말에 그는 금시에 눈물이 뚝 떨어질 것 같았다.
"설마, 그이가 봤으면 좀 늦게 온 것쯤이야 어떨라고."
하는 생각이 들자, 덕동댁에게 부탁하는 자기가 가소롭기도 하여 그대로 돌아서며
"주인은 어디 있는가요."
하고 물었다.
"저—기 배추밭에 엎드려 있는 게 주인인가 싶어요."
하고 덕동댁은 농장 서편을 가리켰다.
그는 달음질을 하여 그곳으로 갔다. 사람의 기척이 나자 배추 버러지를 잡는 여편네들을 감독하고 섰던 사나이가 고개를 돌렸다. 그는 틀림없는 김문서였다. 넙적한 얼굴, 뚱뚱한 몸집, 쭉 째진 입, 그때나 틀림없는 김문서였다.
무턱대고 가깝게 다가선 그의 가슴은 쿵덕하며 내려앉는 것 같더니 갑자기 전신이 떨리며 가슴이 시끄럽게 벌떡거렸다. 말문이 탁 막히고 두 귀가 왱 하며 정신이 재르르—하여 그대로 선 채 두 눈만 멍하게 뜨고 있었다.
"어째소 왔소?"
김문서는 이상하다는 듯이 바라보며 물었다.
"일하러 왔는가?"

밭골에 엎드렸던 한 여편네가 벌떡 일어서며 그를 바라보았다.
"네—"
그는 간신히 대답을 하고 그 쪽을 바라보았다.
"아이그, 그 마누라 배를 보니 일 하겠소."
여편네는 문서를 돌아보며 빙긋 웃었다.
'아— 저 사람이 이 사람의 마누라로구나. 그때 내만 허락했으면 나도 저렇게 복스럽게 되었을걸.'
하는 생각이 나며 그 자리에 더 섰기가 견딜 수 없었다.
"좀 늦게 오기는 했지만 일이 바쁘니 여기서 배추 버러지를 잡소. 늦게 온 대신 일이나 많이 해."
하고 김문서는 그를 그 예전 어여쁘던 색시 옥남인 줄을 알았음인지 몰랐음인지 싱긋이 웃으며 돌아서서 저편으로 가 버렸다.
"아이그 배를 보니 일도 많이 할 것 같지 않은데!"
문서의 마누라는 눈을 험상스럽게 치떠 남편의 뒤를 바라보더니 그냥 잠잠하며 자기도 남편의 뒤를 따라갔다.
그는 멍하니 서서 문서의 뒷모양을 한참 바라보다가 고개를 축 늘이고 밭고랑에 가 앉았다.
"아이그 옥계댁이 웬일인가요."
일하던 여인부들은 모두 그와 한 동리에 사는 터이라 서로 인사를 하며 이런 농장에 일하러 온 그가 이상타는 듯이 불렀다.
"일하러 왔지요."
그는 고개를 내려뜨린 채 간신히 대답하였다.
그 날 아침에 냉이나물 한 죽을 스금에 찍어 먹고 왔을 뿐인 그는 해가 점심 때 가까이 되자 등줄이 당기며 두 눈은 목구멍으로 삼키려는 듯이 들어가고 배 껍질은 배가 고프면서도 찢어질 듯이 따가웠다. 이마에 진땀을 흘리며 그래도 열심히 일을 계속 하였다.

점심시간이 되자 다른 일꾼은 제각기 밥 끄러미를 들고 밭 이곳저곳 둘러앉아 먹기 시작하였으나, 그는 가지고 온 것이 없어 슬그머니 밭 깊은 고랑에 가 숨어 앉아 남들이 밥 다 먹기를 기다렸다.

"아이그 이 일을 어쩌……."

그는 조금 전부터 자기의 몸에 이상이 있음을 느끼기는 했으나, 일을 중도에 그만두고 갈 수가 없어 참으려야 참을 수 없는 일이였으나 그래도 억지로 참고 있었던 것이었다.

만일 일을 그대로 두고 돌아가면 어떻게 해산을 할까, 벌써 셋 때를 나물로만 채운 속인데 해산 후에도 입에 넣을 것이 없으면 어떻게 하나, 그리고 또 김문서가 고맙게도 일자리를 주었는데…… 하는 것을 생각하매 그 자리를 떠날 수가 없었던 것이었다.

점심시간인 한 시간 반을 그는 고랑에 끼어 앉아 머리를 높은 고랑 위에 얹고 각각이 밀려오는 고통을 진정하려고 이를 악물고 손을 갈고리 모양으로 웅크려 흙을 박박 끌어 쥐었다.

"아이그 암만해도 안 되겠구나."

그는 허리가 척 무너지는 듯한 아픔이 자꾸자꾸 더해오자 벌떡 일어섰다. 지금 당장에 입에 무엇이든지 넣어 주지 않으면 까빡 재질어질 것 같음을 느꼈던 것이었다. 희미—한 그의 눈에 아직 채 굵지 않은 봄 무가 고랑을 지여 있는 것이 눈에 뜨이자 번개같이 달려가 한 개를 뽑았다.

이리저리 흙을 닦고 나서 복판을 툭 잘라 입에 대이며 다시 고랑으로 들어가 앉으려고 하였다.

"아이그 저기 무를 뽑는 게 누구야."

누구인지 소리를 질렀다. 그러나 그는 그 무를 빼앗으러 오기 전에 삽 시간에 목구멍으로 씹지도 못하고 삼켰다. 무 꽁지, 무 잎사귀, 하나도 남기지 않고 다—씹어 삼켰다.

"무를 뽑아 먹었지?"

하는 소리가 그의 귀에 들릴 때는
"으아—."
하고 빨간 새 생명 하나가 이 세상 속에 쑥 나오는 순간이었다.
 어린 새 생명은 배추 고랑에 엎드러진 그의 속옷가랑이어 끼인 채 연달아 울고 있었다.

 밭 가운데서 어린애를 더구나 사내애를 해산했으니 그 밭 임자에게 무한한 본이 올 징조라 하여 김문서의 마누라는 친히 산모를 일으키고 태를 끊어서 아기는 자기 치마에 움켜 쌌다. 쌀 한 되, 미역 한 묶음, 명태 다섯 다리를 사 가지고 일꾼에게 산모와 아기를 업히어 그들의 집으로 돌려보내 주었다.
 그는 희기—하나가 모—든 경과를 알아차릴 수가 있었다.
 봄이라고는 하지마는 냉돌에 그냥 들어 눕기에는 전신이 떨렸으나 하는 수 없이 아기를 가슴에 안은 채 혼미한 잠 속에 빠져버렸다.
 이제는 쌀이 있고, 미역이 있으나 그것을 익혀낼 솥이 없었다. 이것을 안 문서의 마누라는 냄비 하나와 나무 한 짐까지 지여 하인을 보내 밥과 국을 끓여 먹이게 하였다.
 "아이그, 고마워라."
 그는 밥과 국을 받아 놓고 겨우 이 한 마디를 하고는 목이 메이고 말았다.
 한 이레 동안은 김문서 집 덕으로 무사히 지났다. 그러나 어느 때까지 이러한 행복이나마 계속 되지 못했다. 해산한지 여드레 만에 그의 남편인 최가가 비틀거리며 문을 박차고 들어왔다.
 "이 년, 또 아이 새끼는 왜 내질러 놓고, 당장에 뒤지지 않고."
하며 덜썩 주저앉았다.
 "이 년, 그래 소든을 들으니 김문서란 놈이 쌀을 보냈다더구나. 어디

나도 배고파 죽겠다. 밥 좀 지여내라."
하고 주먹으로 방바닥을 내려쳤다.

그는 와락 겁이 나며 아기를 벽 쪽으로 누이고 자기가 남편 앉은 쪽으로 옮겨 누우려고 일어 앉아 자리를 바꾸려 하였다.

"이 년 왜 밥 지으라는데 또 꺼빠러져 누워?"
하며 헝클어진 그의 머리채를 잡아 제치며 일번은 한 발로 아기를 걷어차며

"이것이 다―뭐냐."
하고 소리를 질렀다.

"아이그 맙소. 곧 밥을 짓겠으니, 내― 곧 밥 가져 오겠어요."

"이 년, 이 년. 아무리 이 년 남편이 못 됐기로니, 오래간만에 드러오는 것을 보고 제 뱃대기만 부르면 그만인가 반드라시 드러누워…… 이 년."

"내― 곧 밥 가져오겠어요, 내― 곧 가져올 테니."

그는 일어섰다. 그러나 그대로 나갈 수는 없었다. 아기를 치마에 싸안고 난 후 방을 나섰다. 떨리는 다리로 부엌에 내려가 냄비 뚜껑을 열고 보니 아침에 문서의 집 하인이 지어 두고 간 밥 한 그릇과 국이 있었다. 그것을 하나씩 방 안으로 옮기고 난 후 자기도 들어가 앉았다.

"이 년 이것뿐이야."
하여 단번에 밥과 국을 휩쓸어 삼켜버렸다. 그는 차마 그 밥과 국을 먹는 양을 바라볼 수가 없었다. 그의 산후에 오는 맹렬한 식욕은 혓바닥이 뜯어질 듯이 침이 삼켜지는 까닭이었다. 그는 눈을 돌려 아기에게 젖꼭지를 물리려 했다. 그러나 아기는 젖꼭지를 물지 않았다. 조그만한 입에서 보얀 젖을 뽈쪽 내 놓으며 두 눈은 연달아 뒤꼭지 쪽으로 넘어가고 있었다.

"아이그―."
그는 아팠다. 이미 첫째와 둘째가 죽을 때 모양이 지금 아기의 모양에

복사複寫되었던 것이다.
 "이 년이 소리는 왜 질러."
하며 남편은 벌떡 일어서며 얼빠진 그의 뺨을 후려갈겼다.
 "이 년 벌써 죽은 지가 오래다."
하며 휭 밖으로 나가 버렸다.
 얼마 전에 자기 머리채를 잡고 아기를 찰 때 아기는 그 몹쓸 발길에 차여 죽었구나 하는 것을 비로소 알았다.
 그러나 그는 아무것도 몰랐다. 단 한 가지 알고 있는 것은 호미를 들고 가서 공동묘지에 아기를 묻을 것과 동리 구장에게 가서 죽었다는 말을 하는 것 뿐이었다.

 그 날은 이 동리 ×××를 신축함으로 상동식上棟式을 하는 날이었다. 이 날 음식을 장만하는 데 그도 불리워 갔다.
 "자— 모두 내 말을 들소. 성동댁, 영동댁, 성남댁은 고기를 장만하소, 그런데 누구든지 장만할 때 간을 맞추느라고 맛을 보든지, 남모르게 집어 먹든지 하면 당장에 큰일을 낼 터이니 미리 그렇게 알고 각별이 주의들 해야 되오."
하고 구장인 김영감이 단단히 부탁을 하였다.
 "네—."
하고 모두 음식을 장만하기 시작하였다.
 "이 년."
하는 소리가 어디서인지 우뢰같이 일어나자 그는 깜짝 잊고 나물 국물을 뜬 숟갈을 입술까지 가져가다 말고 돌아다보았다.
 "아이그, 나으리님, 먹은 것이 아니올시다. 잠깐 맛을 보려고 하였으나 입에는 넣지 않았어요."
하고 그는 본능적으로 몸을 피하려 하였다. 그러나 때는 늦었다.

"이 년."
"요망스런 년."
하는 소리가 나며
 "제祭에 쓸 음식이라 맛을 보지 말라고 그랬는데도 불구하고 이 년이 맛을 본단 말이야."
 후다닥, 몇 사람의 손길이 그의 뺨으로 어깨로 가슴으로 내려 덮쳤다.
 "아이구 아야, 나으리님 나으리님."
 "이 년."
 "고라!"
 왁자지끈 하는 소리가 이윽고 끊어지자 그는 가마 옆에 쓰러졌다.
 "아이구 무서워라."
 "글쎄, 그저께 최서방이 들어와 김문서 집에서 가져온 밥과 국을 다— 먹고 부엌에 들어가 남은 쌀을 가지고 나간 채 들어오지 않아서 오늘까지 사흘째 굶었는가 봐요."
 "글쎄 내가 그런 줄 알고 여기를 데불고 왔는 거잖아요. 돈벌이는 못하더라도 제사인가 상동식인가가 끝나면 좀 배 부르게 얻어먹기나 할까 했더니……."
 같이 일하는 여편네들은 눈물을 흘리며 서로 요란스럽게 떠들 뿐으로 누구 하나 그를 위하여 변명하려 나서는 사람이 없었다.
 "제祭에 쓸 음식에 입을 댄 까닭에 지신地神과 목신木神에게 벌을 맞아……."
 이라고 하였다.

—《비판》(1936. 7).

어느 전원의 풍경

　말갛게 깎은 머리 위에 탕건만 눌러 쓰고 활짝 돋운 남포불을 바라보며 김상렬金相烈은 눈 하나 깜짝하지 않고 앉아 있었다. 건넌방에서는 아이들의 장난하는 소리가 부산하였다.
　'오늘밤만 새면 내일부터는 또 한 해가 시작된다' 하고 그는 빨뿌리에 마꼬* 한 개를 끼워 들고 생각에 잠기었다.
　'좌우간 오늘밤 안에 작정을 단단히 해 가지고 내일부터는 근심이 없도록 해 버려야지, 차일피일 하다는 큰일이다.'
　그는 길게 한숨을 내쉬었다. 남들은 부자집이라고 모두 부러워하나 실상 김상렬 자신은 기막힐 딱한 걱정이 두 가지 있었다. 그는 이 걱정거리를 없애기 위하여 오래 고민하여 왔으나 좌우 판단을 내기에는 여간 어려운 일이 아님을 잘 깨달았던 것이다.
　하나는 자기의 뒤를 이을 맏아들에 관한 일이요, 또 하나는 자기의 전 재산에 관한 일이니만큼 지금의 김상렬에게는 자기 생명 다음 가는 중대한 걱정거리다. 그는 이 두 가지를 생각할 때마다
　'지금 세상은 예전 세상과 다르다. 예전에는 천벌이 무서워 차마 하지

---
* 당시 담배 이름.

못하는 일이 많았지마는 지금은 천벌이란 것이 없어졌다.

 톱으로 썰어 죽이고 벼락을 때려 가루를 내어 죽여도 죄는 죄대로 남을 용덕이란 놈은 아직껏 네 활개 펴고 잘 살게만 해 두고, 그렇게 순직하고 무지런하던 김서방은 재작년 여름에 벼락을 맞아 죽었으니 이것만 보더라도 천벌이란 정말 엉터리없는 것으로 타락되고만 것임을 알 수가 있단 말인지.

 그리고 이 땅덩어리로 말하더라도 옛적에는 부동여산不動如山이니 태산같이 믿는다느니 하여 대지를 변함도 움직임도 없는 절대의 것으로 믿고 둘 곳 없는 심사라도 오직 이 땅 위에만 맘 턱 놓고 발을 내려 디디던 것이었으나 지금은 어디 땅이 흔들린다는 둥, 어느 곳 땅이 벌어지고 사람이 죽는다고 법석이란 둥, 아무 산이 터지며 불꽃이 충전한다는 둥 하니 이런 기막힐 일이 어디 또 있겠는가.

 움직이지 않는다고 믿은 땅덩어리가 움직이니, 항상 움직이며 살아가는 사람이야 일러 무엇하랴. 변화무궁하고 교묘巧妙 교활狡猾하며 심지어 선악의 표준까지 혼돈케 되어 구별할 길이 없으니 나는 어느 것을 절대적 옳은 것으로 믿을 수가 없고, 이 가운데서 살아가기 정말 두렵다.

 그러나 이 가운데서라도 절대로 믿을 수 있는 것이 하나 있기는 하다. 그러나 이것도 '내 편을 만들고 내 수중에서 녹여 낼 수 있는 대로만 하는 것이 절대로 착한 일이며 절대로 옳은 일이다' 라고 생각하는 것이었다. 김상렬이가 이같이 믿을 수 없다는 세상에서 오직 한 가지 믿을 수 있다는 것이란 무엇일까.

 그것은 법률이다. 이 법률이란 것이 어떻게 생겨났던 것인지 또 누가 만들어 낸 것인지 하는 것은 생각할 필요가 없었다. 그가 법률이란 것을 알게 되던 때(물론 육법전서를 다 알게 된 것은 아니다. 법률이란 것이 있다는 것만을 알게 된 때에 말이다) 너무 기뻐 하늘이 무심치 않음을 감사하였던 것이다.

'천벌이 영험靈驗 없게 된 것도 하늘의 옥제玉帝가 이 땅 위에 당신이 택하신 임금님을 내리시사 법률이란 것을 만들게 하셔서 간접으로 정사政事를 하시게 된 것이리라' 고 무한히 기뻐하였던 것이었다. 그리하여 그는 법률에 눈이 밝다는 자기와 각별히 친한 친구 이정환을 자주 만나서 온갖 법률에 대한 이야기를 하였다. 그러나 그는 이야기를 많이 들으면 들을수록 한 가지 괴로움이 생겨났다. 그것은 자기 아들에 관한 일이었다.

물론 아들이 못나서 하는 걱정이 아니라 그대로 남에게 뒤지지 않을 만은 하지만 장가를 잘못 보낸 탓이었다.

처음 장가갈 때는 과히 싫다고는 하지 않던 것이 초행에서 돌아온 이후는 죽어도 색시집에 가지 않겠다고 뻗대는 것이었다.

그 후 색시를 데려온 후도 한방에 거처하는 일이 없고 밤낮 그 부모에게 이혼시켜 달라고 졸라대었다. 그러므로 상렬은 그 아들에게 만단으로 회유하고 때로는 위협도 하고 갖은 수단으로 달래 봐도 전혀 효험이 없었다. 그러나 어찌된 셈인지 그러는 중에도 며느리가 딸을 하나 낳았다.

"입으로는 싫어해도 속으로는 그다지 싫지 않기에 아이를 낳지 않았나."

하는 사람도 있고 하여 상렬은 아무래도 이혼은 시키지 않으려 하였다. 그러나 아들은 아내가 아이를 낳고 난 후 아무 말 없이 동경으로 달아나고 말았다.

"이혼해 주기 전에는 돌아가지 않겠습니다."

라고 뜸뜸이 말만 보내고, 3년이 되어도 귀국하지 않았다. 상렬은 차차 걱정이 되기 시작하였다. 아들의 장래와 집안 형편을 생각하면 얼른 이혼을 시켜 버리고 다른 데 좋은 며느리를 맞아오고는 싶으나 며느리 편에서 순순히 이혼해 주지 않을 것임을 생각하면 가슴이 답답하지 않을 수 없었다.

며느리도 처음엔 시부모가 자기 편을 들어 주었으나 차차 시부모의 맘도 자기를 떠나감을 보고 분하고 안타까운 악심만 자꾸 들어갔다. 그러므로 양편의 가슴속이 얼굴에 나타나게 되자 집안은 평온한 날이 없어졌다. 날이 갈수록 상렬은 이 문제가 심각하게 머리에 떠올랐다.

법률만 없으면 그만 며느리를 쫓아 보내고 아들을 데려왔으면 좋으련만 아무 이유 없이 법률이 이혼을 허락할 리도 없고, 또 그대로 쫓아 보냈다가 법률에 걸리면 어떻게 하나 하는 것이 문제가 되었다.

시부모의 이런 생각이 날로 그 얼굴에 나타나자 며느리도 처음같이 유순하지 못했다. 피차 시비가 심함에 따라 상렬은 그같이 기뻐하였던 법이란 것이 도리어 가증스럽게 여겨졌다.

이때에 또 한 가지 걱정이 튀어나왔다. 그것은 어느 친구의 사정에 동정하여 오만 원 차용증서에 연대 보증인으로 도장을 찍어 주었던 것이 이제는 자기가 그 돈의 어환 책임을 전부 지게 되었던 것이다.

원금은 단 오만 원이나 이자까지 합하면 천 석 추수밖에 안 되는 자기 재산 전부를 다 해도 오히려 부족할 지경이었던 것이었다. 그는 이 뜻하지 않은 걱정에 이 일 년을 죽어지냈던 것이었다. 생각하면 이 두 가지 걱정이 모두 억울한 걱정임을 때닫자 그의 초조함은 비할 데가 없었다.

'아들 장가도 지금 며느리에게 보내지 않고, 친구야 죽든 살든 보증인만 되어 주지 않았으면 아무 걱정 없이 편안히 행복하게 살 것을……' 라고 생각하매 이 두 가지가 모두 미묘하고 사소한 변변치 못한 동기와 인연으로 말미암아서 된 것임에는 더 한층 답답하여지는 것이었다. 지금 며느리와 혼인하지 않아도 장가갈 수 있는 자기 아들이요, 보증인이 되어 주지 않더라도 그 친구와의 우정이 상해질 리가 없었을 것이다.

상렬은 생각하다 못하여 벌떡 일어나 의관을 갖추고 밖으로 나왔다. 골목마다 섣달 그믐날 밤이라 사람들의 걸음 소리가 바쁘게 들렸다. 그는 어두운 골목을 한참 걸어 이정환의 사랑으로 찾아들어 갔다.

"그믐날 밤에 찾아오기는 좀 미안하네만."
하고 방안에 들어가며 인사를 하였다.

"자네는 친구 집에 놀러 오는 데도 날을 맡아서 오는가, 그믐날은 놀러 오면 안 된다던가?"

이정환은 구들목에 누웠다 일어나며 반갑게 맞았다.

"자네 춥지 않나, 그만 갓을랑 집어치우고 나처럼 겨울에는 모자를 쓰게나."

하고 엉성하게 추워 보이는 상렬을 조롱하듯 하며 아랫목으로 자리를 비켜 놓았다. 그러나 상렬은 얼굴을 찌푸리고 윗목에 가 소매 속에 손을 넣은 채 꾸부리고 앉았다.

"자네에게 물어볼 말이 있어 왔네."

상렬은 그제야 소매에서 손을 빼고 마꼬 갑을 끄집어 내었다.

"무슨 말인가?"

"다름이 아닐세, 자네도 아다시피……."

상렬은 말을 어떻게 끌어내야 좋을지 맘속으로 생각하며 말끝을 길게 뺐다.

"글쎄, 자네 사정이야 내가 모르는 게 있나, 그러나 너무 걱정을랑 하지 말게."

"그러니 말일세. 저 우리 자식 놈의 일을 어떻게 하면 좋을까?"

상렬은 이미 정환에게 속 통정을 해 오던 터이라 바로 말을 끄집어내었다.

"허, 그 사람, 그 까짓 것 걱정할 게 뭐야. 며느리가 아무리 중하다 할지라도 내 아들만은 못한 것이니 아들이 정 싫다면 이혼을 해 버려야지."

정환은 시원스럽게 말을 하였다.

"글쎄, 내 자식이 중하기는 하지만 이유도 죄도 없이 어떻게 며느리를 쫓느냐 말일세. 더구나 계집아이라도 벌써 새끼까지 낳은 것을 설령 내가 또 쫓고 싶다고 한들 법이 있는데 임의로 쫓기어 지느냐 말일세."

상렬은 그제야 자기의 맘속을 다 말이나 한 듯이 한숨을 내쉬고 정환을 쳐다보았다.
"저런 사람 좀 보게. 자네 내 말 듣게. 좌우간 이제는 자네도 법만 허락하면 이혼시켜 주려는 것이지?"
정환은 정색하여 다잡아 물었다.
"그렇지 않은가. 법만 없으면 그만 제 친정으로 보내 버리지."
"그럼 문제없네. 에끼, 사람. 그 까짓 게 뭐가 걱정이야. 내가 책임짐세. 법률이란 게 원래 무서워할 게 아니네. 언제든지 내 편을 만들어 놓으면 그만일세. 착한 일만 하는 사람이라도 악한 놈에게 못 이기는 수도 있게 하는 것이 법률이거든. 그 참 교묘하이."
정환의 말이 무슨 뜻인지 상렬은 알아듣지 못하였다.
"좌우간 자네가 이미 이혼시키려는 결심만 있다면 천 원 하나는 손해가 날 터이나 염려 없네. 내가 책임지고 이혼되도록 해줌세."
"아니 천 원만 있으면 이혼이 될까?"
상렬은 정환의 말이어서 순순하게 들리므로 속으로 의아하였다. 돈 천 원만 있으면 이혼이 된다는 조목이 법률에 씌어 있으면 모르거니와 그렇지 않고는 불가능하다고 생각되었다.
자기 며느리는 목이 끊어져도 친정에는 가지 않으며 또 만일 남편이 다른 데 장가를 가면 백 번이고 초례청에 대들어 막 부수어 댈 것이며 어린 아이는 자기가 데리고 키우겠다는 둥, 벼르는 것을 잘 알고 있는 상렬이었기 때문이다.
물론 며느리 한 사람뿐이면 좀 쉬울 것이나 며느리의 친정에도 상당한 젊은 남자가 많아서 좀처럼 이혼은 해주지 않을 것이었으므로이다. 그러나 정환은 그까짓 이유는 말도 되지 않는다는 듯이,
"에끼, 바보 같은 사람. 한 번 이혼만 해 버리면 그만이지 무슨 상관인가. 제까짓 것이야 무어라고 시위를 한 대도 염려 없네. 한 번 이혼한 후에는 자네 집에 무단히 오지도 못하네. 잘못 행패를 하다가는 콩밥을

먹이지…….”
하고 자못 염려 없다는 듯이 우겨대었다.
"그렇지만 그렇게 되나? 초례청에 대어들면 큰일이지.”
상렬은 자꾸 염려가 놓이지 않았다.
"여보게, 이혼하면 남남인데, 남의 잔치에 대어들면 법률이 가만히 있나?”
"음…….”
상렬은 그제야 고개를 끄덕끄덕하였다.
"참, 그렇지만 이혼하기까지가 문제지?”
하고 다시 정환을 바라보았다.
"염려 없네. 내가 수단을 가르쳐 줌세. 좌우간 며느리를 잘 꾀어서 제 입으로 이혼하겠다고만 하도록 하면 그만일세.”
하고 계교를 하나 가르쳐 주었다. 상렬은 그 말을 다 듣고 나니 그럴 듯도 하였으나 사람으로서 차마 하지 못할 일이었다.
"여보지, 그렇게 할 수야 있나?”
하고 상렬은 입맛을 다셨다.
"허이, 사람. 지금 세상에는 어떠한 못할 짓을 하더라도 법률에 걸리지 않게만 하면 제일일세.”
정환은 예사라는 듯이 말했다.
"그것은 그렇게 한다고 하면 그만일쎄만, 또 한 가지 있네.”
상렬은 집에 가서 다시 더 생각해 보리라그 작정을 한 후, 또 한 가지를 마저 꺼내었다.
"무엇인가?”
정환은 벽에 어깨를 기대어 앉으며 어떠한 어려운 문제라도 끌고 오라는 듯이 버티었다.
"자네도 알지만 그 보증해 준 오만 원 말일세. 반환기일이 다섯 달 밖

소설 185

에 남지 않았는데 어떡하나?"
"그까짓 것도 염려 없네. 내가 한 푼도 구경도 못한 돈을 멀쩡하게 갚아 줄 바보가 어디 있는가. 자네는 그 돈을 갚으면 거지가 되지 않나? 나 같으면 그 돈을 내가 써 없이 했더라도 갚아 주지 않겠네."
정환은 이 말을 듣고 놀라는 상렬을 비웃는 얼굴로 바라보았다.
"갚지 않아도 배겨낼 수 있게 하는 법이 있는가?"
"있고말고."
"여보게, 농담이 아닐세."
"허, 누구는 농담인 줄 아는가? 당장에 안 갚아도 관계 없게 해 줌세."
"……."
"예를 들어 말하자면 자네가 나에게 갚을 돈이 삼십만 원 가량 있다고 하면 그만이 아닌가?"
"?"
"내 말을 잘 듣게. 만일 자네가 그 돈을 갚지 않고 있으면 돈 받을 자가 재산을 차압을 하지 않겠나?"
"그렇지."
"여보게, 내 말은 그자들이 차압을 하기 전에 자네가 한 푼도 없는 사람이 되어 버리면 그만이 아닌가?"
"에끼 사람, 그만 두게. 나는 정말 걱정일세. 농담은 그만 두고 좀 생각해 주게."
상렬은 웃으며 정환에게 간청하듯 말했다.
"허, 누가 농담을 한단 말인가. 자세히 설명할 테니 들어보게. 자네가 거짓 증서를 하나 쓰거든."
"어떻게……."
"삼십만 원 쯤 자네가 나에게 차용한 것 같이 거짓 증서를 써 가지고 내 앞으로 공정증서를 낸단 말일세."

"공정증서?"

"옳지, 자네 자산은 전부 내 것이라고 즉 삼십만 원 대부해 준 까닭에 그 돈을 갚기 전에 자네 재산은 아무도 손대지 못하게 내 것이라고 공정 증명서를 하나 내놓으면 누가 보든지 자네 재산은 내 것이 되어 있으니 아무 놈도 손을 못 대지 않겠나."

"그래……."

상렬은 감격하였다. 지금 세상의 법률이란 이다지도 교묘하며 이다지도 나를 위해 갖은 법을 다 마련해 두었던가 하는 생각이 들었기 때문이었다.

상렬은 집에 돌아와 갓을 벗어 걸고 큰 기침을 한 후

"아가."

하고 크게 불렀다. 그믐날 밤은 잠을 자면 눈썹이 센다고 막내아들과 딸들이 안방에서 떠들고 있었다. 두어 번 연달아 부르는 사이에

"네."

하고 며느리가 사랑으로 달려왔다.

"준비가 다 되었느냐?"

"네."

"하룻날 제사는 일찍 모시게 해라. 세배꾼들이 오기 전에."

"네."

그믐날 밤인 탓인지 며느리의 대답 소리는 평소보다 부드럽고 공순하였다.

물론 이간한 말을 하기 위하여 며느리를 사랑으로 불러낼 것도 아니며 전 같으면 며느리가 곁에 있더라도 마누라를 불러 분부하는 것이었으나 이제 듣고 온 이정환의 말이 생각났으므로 당장에 음모 공작을 개시하려고 일부러 며느리를 불러낸 것이었다. 그러나 며느리의 공손스런 태도를 보매, 그만 가슴이 턱 닥혀졌다.

"아가, 춥지 않으냐? 잠깐 누워 쉬어라."

그는 이 말을 정환의 일러준 계교로 하려던 것이 참으로 속에서 솟아나오는 위로의 말이 되고 말았다.

"네, 아버님. 시장하시지 않습니까? 벌써 12시나 되었습니다."

"아니다. 그만둬라."

"약식이 다 됐습니다. 조금 가져오리까?"

며느리는 염려되는 듯이 조용히 물었다. 상렬은 정환과 자기가 조금 전에 어떠한 이야기를 하고 왔는지도 모르고 있는 며느리가 가엾기도 하고 또 스스로 부끄럽기도 하였다.

"그만둬라. 어서 들어가 좀 쉬어라."

말소리가 떨리어 나왔다.

"네."

며느리는 손을 이불 아래 넣어 방바닥을 만져 차지나 않은가 하고 물은 후 살그머니 물러나갔다.

"어허이."

상렬은 길게 한숨을 쉬고 드러누웠다.

"나는 정말 못하겠구나."

하고 중얼거렸다. 그는 정환이가 가르쳐 주던 계교가 다시금 생각났다.

"될 수 있는 대로 며느리를 귀히 여기는 척하여 그 동안 상했던 사이를 회복시킨 후 이혼만 하면 아들이 돌아온다고 하니 이혼장에 도장만 찍어 동경으로 보내면 아들이 돌아올 테니 돌아오면 시부모가 잘 회유하여 서로 의가 상합하도록 할 테니 염려 말고 도장만 찍어라. 그리고 너의 친정 부모도 알면 재미없으니 네가 가만히 도장을 찍어 가지고 오너라."

고만 자꾸 꾀던 정환의 얼굴이 떠오르며 몸에 소름이 끼쳤다.

'법률이 이러한 간사한 꾀를 용납시킨다 하더라도 사람으로서 차마 못할 짓이다' 라고 상렬은 생각하였다. 그러며 한편 자기 재산에 대하여는 정환이가 말하는 대로만 하리라고 결정하였다.
 정월 대보름이 지난 후 어느 날 사랑에 내려온 마누라를 보고 상렬은 정환에게서 들은 계교를 이야기하였다.
 이 말을 듣고 난 마누라는 명절 때마다 더욱 간절한 아들 생각에 속을 상하던 마음이라 펄쩍 뛰듯이 기뻐했다.
 "암만해도 내 자식이 있은 후에라야 남의 자식 사정을 보는 법이야."
하며 당장에 그 계교를 쓰겠다고 야단을 했다.
 "안돼ㅡ."
 상렬은 그믐날 밤 이후 끝없이 가엾게 보이는 며느리를 차마 속여 넘기기가 가슴이 아팠다.
 "영감은 정신이 빠졌소? 그래 이대로만 있다가 개가 동경서 영영 안 나오면 어떻게 하며, 동경보다 더 먼 데로 가 버리면 어쩔 테요. 그리고 또 원래 싫은 부부를 사람의 힘으로 어떻게 하나요. 피차 팔자가 아니에요."
하고 마누라는 빡빡 세웠다.
 상렬은 잠잠하고 앉았다가 도장을 주머니에 넣어 가지고 집을 나섰다. 이미 자기 집 재산은 전부 동산 부동산 할 것 없이 하나도 남기지 않고 이정환의 앞으로 공정증명을 내기로 준비가 다 되었던 것이었다.
 물론 상렬도 자기의 전 재산을 남의 명의 아래 두기가 위태한 것 같기는 하나, 이정환의 재산도 이삼십만 원은 될 뿐 아니라 죽마고우로서 오늘까지 친형제 진배없이 지내왔던 터이라 십분 안심하였던 것이다.
 만일 그대로 두었다가는 채권자에게 그대로 홀짝 빼앗길 것이었으므로 그는 아주 맘을 놓았던 것이었다. 그러므로 그 날 모든 수속을 마치고 집에 돌아오니 한쪽 어깨가 가뿐하여 맘이 무척 상쾌하였다.
 "아가…… 술 한 잔 덥혀 다오."
하며 그는 안으로 들어갔다. 며느리는 뜰에 내려와 상렬을 맞아들인 후 술상을 차려 들고 안방으로 들어왔다.

"어, 이제 안심이다. 너희들은 몰랐어도 나는 그 보증해 준 것 때문에 어떻게 염려를 했는지 모른다."
　상렬은 술잔을 들며 이렇게 말하였다.
"안심이라니, 어떻게 된 셈이요?"
　마누라도 이미 그 보증해 준 오만 원 까닭에 무척 애를 써 오던 터이라 반기어 물었다.
"이야기할 테니 듣소."
　상렬은 정환과 그 동안 해 놓은 공정증서 이야기를 다 했다. 마누라는 자세히 듣고 나더니 만일 며느리가 장차 이혼을 당하고 나면 누설하지 않을까 두려운 듯이 상렬에게 눈짓으로 염려하는 표정을 지었다. 그러나 상렬은 요즈음 그 며느리가 가여워 가슴이 아픈 터라 모르는 척하고
"아가, 이제는 안심해라."
하고 연달아 술잔을 기울였다. 마누라도 지금까지와는 태도가 일변하여 며느리를 무척 중히 여기는 척하였다. 상렬은 비록 자기 마누라가 거짓으로 며느리를 사랑하나 며느리는 그 사랑을 참으로 받고 감격하여 공손히 받드는 것을 보매 도리어 마누라와 아들이 얄밉고 괘씸하였다.
"아버님, 드릴 말씀은 아니올시다만 제 생각에는 염려가 됩니다."
하고 며느리는 상렬 부부의 맘속에는 무관심하고 의젓하게 입을 열었다.
"엉? 무엇이!"
"아무리 친한 사이시더라도 사람의 속을 어떻게 아실 수 있습니까? 그러하오면 전 가산이 이정환 씨 명의로 있게 되오니 염려올시다. 아무 증인도 없는데…… 아니올시다. 설혹 증인이 있다더라도 벌써 법률적으로 뚜렷이 그 분의 것이오니 그 분이 만일 마음을 잘못 쓰신다면 어떻게 하겠습니까?"
하고 며느리는 얼굴이 푸르러졌다.
"엉?"

상렬은 심황후를 만난 심봉사처럼 두 눈이 활짝 뜨인 것 같아 벌떡 일어났다.

"아가, 네 말이 과연 옳구나. 법률이란 참 교묘하구나. 위에 위가 있고, 아래에 또 아래가 있어 끝이 없겠구나. 만일 정환이가 거짓 증서 아니라고 하면 그만이지."

"아이 참 그래. 그러면 어쩌나."

마누라도 펄쩍 뛰었다. 상렬은 바쁘게 정환의 집으로 달려갔다.

— 《영화조선》(1936).[*]

---

[*] 이 작품명은 일명 '법률法律' (김윤식 편저)로서 김윤식 편저, 《꺼래이》, 《백신애 소설집》(조선일보사, 1987)에서 재수록.

가지 말게

다 찌그러져가는 우막집!

이 까짓 것을 누가 단 일 원이라도 내고 사 줄 사람이 있으랴! 오십 호나 살던 동리에 지금은 거의 절반이나 만주로 떠나간 후이니 빈집이 많은 이 동리에서 누구가 그 중에도 제일 험한 이 집을 구태여 사려 할 리가 있겠나!

마음으로야 그까짓 집이 아니더라도 몇 원씩 보태여주고 싶지 않은 사람이 없었겠지만 그 날 그 날 입에 넣을 게 없는 그들에게는 그야 참 마음뿐이라는 것으로 단 일 원도 내 놓을게 없으니 어찌하랴!

할 수 없이 순삼이는 정들고 아까운 그 집을 버리고 가는 수밖에 없었다.

"오늘 저녁은 우리 집에서 먹고 내일 아침은 순동이 집에서 하겠다니까 아예 짐은 다—뭉쳐 버리자."

라고 갑동이는 순삼이를 재촉하여 물바가지 한 개 남기지 않고 짐을 꾸렸다.

"만주는 소금이 귀하다는데 이것이라도."

하고 호동의 아내는 된장에다 소금을 넣어서 볶은 것을 한 주발 갖다 주었다.

헌 누더기에 싼 만주 갈 보따리들이 허구멍 같은 방 안에 옹게종게 놓여 있었다. 바로 앞집인 갑동이네 방 안에는 김이 무럭무럭 나는 보리밥 두 그릇이 어그러지게 담겨 있고 시커먼 시래기죽 그릇이 수없이 주루룩 놓였다. 갑동이는 그 검은 시래기죽, 살림에서 특별이 마음껏 구변한 보리밥 두 그릇을 이 애처로운 친구에게 마지막 반찬으로 내여 놓은 것이다.
 "목구덩이 맥혔나? 왜 밥이 안 넘어가노. 많이 먹을라구 만주 가는데 이래서야 만주 갈 필요가 있겠나."
 순삼이 부부는 그 밥을 절반도 못 먹고 숟가락을 놓았다. 맛이야 있건 없건 그저 배만 부르면 만사가 해결이 되는 그들인 터이라 보리밥 반 그릇에 이렇게 뱃속이 벙벙해진다면 구태여 쓰라린 눈물을 뿌려가며 만주까지 갈 턱이 어디 있었겠나!
 저녁이 끝나자 담뱃대와 담배주머니를 한 손에 쥐고 하나 둘 갑동이네 방으로 모여들었다. 순삼이는 잠깐 방을 나왔다. 그의 눈에는 집 앞에서 시작된 넓은 들판이 파릇파릇한 보리모종에 덮여 있는 것이 보였다. 자기가 새슨이 든 후 오늘까지 이십여 년 간 아니 그의 몇 백 년 전 선조 때부터 피와 땀을 다―하여 살지게 살지게 거두어 오던 이 들판을 이제는 다시 못 크게 될 것이 서러웠다. 비록 남의 것이기는 하나 삼십 평생의 자기의 가진 애를 다 쓸어놓은 이 들판이다. 보리죽에도 굶주리는 자기의 피와 땀은 이 들판에 모조리 다 ― 뿌렸건만 이제 남아 있는 껍질과 뼈는 만주로 가는 수밖에 없다니…… 순삼이는 한숨짓고 방 안으로 들어갔다.
 "이 사람아 그만 가지 말게 얼마나 살다 죽는다고!"
 한 친구가 순삼이의 가슴속을 손에 쥐고 바라보듯 자기도 같은 설움을 감추려 성낸 듯이 부르짖었다.
 "굶어죽어도 우리 땅에서 같이 죽지 잘 살면 몇 백 년 살 건가. 이런 서

소설 193

른 이별을 하느니 차라리 고생할 팔자로 태어난 사람은 만주 아니라 삼수갑산을 가도 다—한 가지네."

"어디가도 제게 달린거야. 여기서라도 굶어죽는 법은 없으니."
라고 모두 한마디씩 부르짖었다.

"그렇기도 하다○ 설마 굶어야 죽겠나."

순삼이도 불현듯 이런 생각이 들었다. 영영 절망하고 단념하였던 이 땅에도 따뜻한 무슨 살아갈 계책과 희망이 남아 있는 듯도 하였다.

"이 사람들아 그러지 마라. 가는 사람 마음 상한다. 이미 천지운기가 없는 사람은 만주로 가는 수밖에 없게 되였는데 우리가 한 두 사람 붙들어 보았자 무슨 영검(효험)이 있겠나."
라고 갑동이가 말하였다.

"이미 내친 길이니 가서 마적에게 맞아 죽든지 얼어 죽든지……."

순삼이가 말끝을 맺을 여가 없이 그의 아내와 갑동이 아내는 흑흑 느꼈다. 순삼이의 어린 딸과 갑동이의 자식들이 소쿠리에 담긴 감자들같이 한데 오로록 모여 앉아 어른들의 이야기만 물끄러미 듣고 있더니 갑자기 훌쩍훌쩍 울기 시작하였다.

"아이고 이 사람아 그만 가지 말게 저 어린 것들도 무엇을 알고 울겠나."

하는 소리가 나자 남 먼저 갑동이와 순삼의 얼굴이 벙싯 웃는 듯 경련을 짓더니

"어허이고—."
하고 소리를 내자 온 방 안은 '왕—' 울음 소리에 차고 말았다. 이 울음소리에 개똥벌레불만한 호롱불이 깜짝 놀란 듯이 푸르르 떨었다.

—《백광》(1937. 6).

광인수기

아이고—.
비도 비도 경치게 청승맞다. 이렇게 오면 별것 없이 흉년이지 뭐야.
아—이 무서워라. 또 큰물이 나가면 어떡해요. 그 싯누런 큰물 아이 무서워.
글쎄 하느님! 제발 덕분에 비를 좀 거두시소……. 그래도 안 거두시네!
허허 참 사람 죽이는구나. 글쎄 이 양통머리 까지고 소견머리가 훌렁 벗겨진 하늘님아. 내 말 좀 들어봐라.
이렇게 자꾸 쓸데없는 물을 내려 쏟으면 어떻게 하느냐 말이다. 큰물이 나가면 다리가 떠나가고 사람이 빠져 죽고 별일이 다— 생기지요.
또 흉년이 지면 두말없이 백성이 굶어 죽지요—. 하나도 이익될 게 없는데 왜 그렇게 물을 내려 쏟는가 말이오!
아이 아이고 무서워라! 하느님이 제 욕한다고 벼락을 내리칠라. 히히히 벼락이라니, 나는 암만 해도 마음속으로는 당신을 그리 깁게 여기지는 않는다오. 용서하시소.
아니다, 네 이 놈 하느님아. 에이 빌어먹을 개새끼 같은 하느님아! 네가 분명 하느님이라면 왜 그 악하고 악한 도둑놈의 연놈을 그대로 둔단 말인고. 당장에 벼락 천둥을 내려 연놈을 한꺼번에 박살내어 버릴 일이

자―. 아니올시다. 아이 무서워, 거짓말이올시다. 그 연놈에게 죄가 있을 리 있나요. 다 내 팔자지요.
 하하하! 웃기는구나.
 우스워 죽겠네.
 저 빌어먹다 낮잠이나 잘 하느님은, 저를 위해 주고 두려워하면 할수록 점점 더 건방이 늘고 심술이 늘어가더라.
 이 나를 점점 사람으로 여기지 않더라.
 내가 모두를 팔자에 돌리고 조용히 굴며 좋다고만 하니까는 아주 나를 바보로 아는 모양이지. 나를 이 지경으로 만드는 것을 보면…….
 아이고 아이고 흑흑…….
 하느님, 당신을 욕하면 무엇하는기요. 당신도 이미 빤히 내려다봤으니 알 일이지마는 내 말을 다시 한 번 들어보소.
 거짓말할 내가 아니지……. 아이고 추워라. 오뉴월 무덕더위라고 한창 더울 이때에 빌어먹을 비 까닭에 이렇게 추운 거지…….
 아이 참, 그 놈의 다리는 경치게도 높다. 조금만 더 낮았다면 비가 덜 들이칠 텐데, 아이 이것도 내 팔잔가…….
 어떤 연놈은 팔자 좋아 시원한 집에서 더우면 전기 부채 틀어 좋고, 비가 와서 이렇게 추워지면 따뜨무리하게 불을 때서 번 듯이 드러누워, 남편놈과 우스개 놀이나 주고 받고 하지마는…….
 그뿐이겠나. 무어 또 맛있는 것 사다 놓고, 먹기 싫도록 처먹어 가면서…….
 아따 참 그 빛깔 좋은 과실 한 개 먹어 봤으면……. 아이고 생각하면 무엇 하나. 왜 이렇게 추운가. 옳지 비를 이렇게 많이 맞았구나.
 아이구 이것이, 말이 저고리지 걸레나 다름없지 뭐……. 아이고 아이고 흑흑…….
 오뉴월 궂은 비는 처정처정 청승맞게 오는데 이 떨어진 옷을…….

이것이 옷인가? 걸레지. 벌벌 떨며 이 다리 밑에 혼자 쭈굴치고 앉았으니 거지나 다름없지……. 벌써 해가 졌는가…… 왜 이리 어두침침하노. 대체 구름이 끼었으니 해가 졌는지 있는지 알 수가 있나.

사람의 새끼라고는 하나도 없구나.

비는 몹시도 들이친다.

하느님아, 할 수 없구나, 당신하고 나하고 둘이서 이야기합시다.

그때 말인가요?

내 나이는 열일곱 살, 그이 나이는 열여덟이었지요. 그이가 나에게로 장가 들게 되는 것을 아주 기뻐한다고 중매하던 경순이네 할머니가 나에게 말해 주더군요.

그래서 나도 속으로는 은근히 좋아서 어서어서 혼인날이 왔으면 싶어서 몹시도 기다려졌지요. 그럭저럭 혼인식도 끝내고 첫날밤이 됐지요. 히히히.

참, 히히히 무척도 부끄럽더라. 문밖에서 모두들 들여다보느라고 킥킥거리며 웃는 소리가 들리기도 하는데 그이는 부끄럽지도 않던지 온갖 재롱을 다 부리겠지요.

참 술잔을 따라 나에게 자꾸만 받으라고 졸라대겠지요.

"색시요! 이 술잔 받으시오. 어서어서."

하며……. 그렇지만 얼마나 얌전한 색시였다고, 덥석 손을 냈을 리가 있는 가요. 어림도 없지요. 암!

아주 쭉 빼물고 흔들림없이 앉아서 곁눈 한번 떠 본 일이 없었지요. 히히히.

그래도 신랑 얼굴이 얼마나 잘생겼는지 보고 싶은 마음이야 말할 수 있소. 그러 그이는 권하다 못하여 나의 손목을 슬쩍 잡아당기겠지요.

"자, 술잔 받으시오."

하며, 그때 나는 손을 움츠리며 얼른 한번 흘겨보니 머리를 빡빡 깎았지마는 우뚝한 코, 얌전스런 입, 눈도 그리 밉잖게 생겼고, 눈썹이 새까만 것이 아주 맘에 쏙 들어 가슴이 찌릿해지고 어떻게 새삼스럽게 부끄러운지 눈물이 핑 돌았어요.

아이 참, 지금 생각해도 땀이 난답니다. 그이는 그 날 밤에 왜 그리도 술잔을 받으라고 조르는지요. 중매한 늙은이가 아마도 신부는 술 깨나 마신다고나 했는지. 기어이 술잔을 받으라고만 성화였어요.

"이 술잔은 우리 두 사람이 백년가약을 맹세한다는 뜻인데, 당신이 받아주지 않으면 나는 이대로 돌아가는 수밖에 없지요. 아마도 당신이 술잔을 받지 않는 것을 보니 나를 싫어하는 것이지요. 아마도 당신은 나보다 더 좋은 사람에게 시집가고 싶은가 합니다."

하며 아주 성을 내는 것 같더군요.

그래서 나는 하도 딱하고 기가 막혀 말은 할 수 없고 그만 참다 못하여 울어 버렸지요.

그랬더니 갑자기 바싹 다가앉으며

"여보시오. 그래도 내 술 한 잔 안 받을 터이시오?"

내 손을 잡아당기겠지요. 나는 흑흑 흐느끼며 못 이긴 체하고 그 술잔을 쥐어주는 대로 받아 들기는 했지마는 어디 마실 수야 있어야지요. 그래서 방바닥에 살며시 놓았지요.

아이그머니 그랬더니 창 밖에서는 아주 킥킥 하며 웃어 재끼는데 그 부끄러움이야 어디다 비할 수 있을까요.

그제야 그이가 벌떡 일어서더니 병풍으로 창을 가려서 빽 둘러 쳐버리고 내 곁에 와 앉더니 내 머리도 쓰다듬어 보고, 내 허리도 쓰다듬어 보고, 머리를 굽혀 내 얼굴도 들여다 보고, 온갖 아양을 다 부린 끝에

"색시요! 대답 좀 해보시오."

하겠지요, 이때는 그에게 잡힌 내 손을 그대로 맡겨두고 있었습니다.

"당신은 나를 사랑합니까?"

하고 묻겠지요.

　허이 참 기막힌 일이 아닙니까. 무어라고 대답하는가요. 바로 말하면 아직 그의 얼굴도 자세히 쳐다보지 못했으니까 말이지요. 그러나 그때는 그이가 왜 그런 말을 물을까, 그런 말을 물어서 무엇하려는가, 결혼한 이제는 할 수 없는데, 나는 당신을 사랑하지 않고서 되는 일인가.

　나는 가슴이 찌릿찌릿하고 이만치 부끄러운데—하는 생각만 가득하여 고개를 푹 숙였더니, 그는

　"아, 감사합니다. 이 사람을 사랑하십니까?"

하였지요. 아마도 그는 내가 고개를 숙이니까 머리를 끄덕이는 줄 알았던 모양이지요. 하하하!

　그래 참 하하하 참 우습다.

　그이가 먼저 옷을 벗고 내 왼편 버선을 한 짝 벗기고 나더니 내 치마끈을 잡아당기겠지—. 나를 홀랑 벗길 작정인 것쯤이야 내가 누구라고 모르겠소.

　아 나야 학교 공부는 못했지마는 그래도 귀한 집 딸이라고, 한문 글도 배웠고, 꽤 똑똑한 색시였으니깐 알았지요. 아이고 참, 내 말이 거짓말인 줄 아나 봐……. 내가 왜 한문을 몰라! 소학도 다 배웠는데—할부정割不正이어든 불식不食하며 석부정席不正이어든 불좌不坐하며—. 이것이 다 소학에 있는 글이라오.

　그래 참 내가 정신이 없구나. 하던 이야기나 마저 해야지.

　하느님! 당신 뜻인가요? 참 재미있지요. 그래 그래— 그래서 말이야……. 그이가 아주 눈이 발칵 뒤집혀가지고…… 히히 아주 숨쉬는 소리가 황소 같더군요. 제까짓 신랑놈이 아무리 지랄을 한들 내가 가슴을 꼭 껴안고 있으니 어디 내 옷을 벗길 수 있어야지……. 그렇지만 너무 뺑소니를 치면 또 성을 낼까봐 겁도 나고 그뿐 아니라 옛날 어떤 신랑놈처럼 첫날밤에 신랑은 색시를 벗겨야 한다니까, 아주 색시의 껍질을 벗겨

놓더라는 말도 생각이 나고 해서 살그머니 못 이긴 체 했더니 아 그 놈의 신랑놈이 그만…… 히히히 참 우습다.

그뿐인 줄만 알지 마소, 하하하 지금 생각해도 가슴이 간지럽다.

"여보 색시! 당신 허리는 어쩌면 이다지 알맞게 생겼소. 아이고 이뻐라 우리 색시. 오늘부터 우리들이 백 년이나 천 년이나 변함없이 한 마음 한 뜻으로 살자구……. 아이고 이쁜 우리 색시!"

아이 참 그이는 어쩌면 그렇게도 내 간장을 녹이려고 드는지, 아주 나는 아 그 놈의 신랑에게 그만 녹초가 됐지요. 하하하, 하하하.

참 그때는 무척도 좋더니…… 그이가 대체 무엇이라고 그이만 보면 그렇게 기쁘고 좋은지……. 참 알 수 없지, 알 수 없어……. 왜 또 부끄럽기는 그리도 부끄럽던지…….

그때 생각에는 정말로 우리 두 사람은 천 년 만 년 검은 머리가 파뿌리가 되고 묵사발이 되도록 변함없이 살 줄만 알았지요.

그러기에 그이에게는 내 살을 베어 먹여도 아깝지가 않을 것 같았어요. 에이 빌어먹을 년, 이 년이 암만해도 멍텅구리 같은 미친 년이야…….

그렇게 좋고 좋던 우리 사이도 시집을 가고 보니 그 여우 같은 시누이년 까닭에 싸움할 때가 있게 되었지요.

그러다가 그이가 고등보통학교를 졸업하고 일본으로 공부하러 갈 때만 해도 나는 안타까와서 하룻밤을 뜬 눈으로 새우면서 그이를 떠나서 그 무서운 시집에서 나 혼자 어떻게 살까를 생각하며 자꾸 울었답니다.

아이고 배고파라. 벌써 저녁때가 넘었나 보다. 아이 추워라. 비는 경치게도 온다. 옷이 함빡 젖었네.

아이고 빌어먹다 자빠져 죽을 년, 시어미, 시누이 그 두 년과 무슨 원수가 맺었던가…….

내가 밤마다 우는 것은 그이 생각에 가슴이 녹는 듯해서 운 것인데

"아이 재수없이 요망스럽게 젊은 계집 년이 밤낮 울기는 왜 울어, 글쎄

서방을 잘아먹었나. 무엇이 한에 차지 않아서 저 지랄인고."
하고 시어머니는 깡깡거리지요.
 "아이고 오빠도! 오늘도 언니께 편지 부쳤네, 내지는 한 번도 보내지 않으면서."
하고 그이에게서 온 편지는 모조리 중간 차압을 해서 나에겐 보이지도 않고 저희끼리 맘대로 다 뜯어 보지요.
 "아하하, 오빠7- 저의 마누라 보고 싶어서 울었단다……. 내 읽을 께 들어봐요."
 "사랑하는 나의 사람아! 그 동안 얼마나 어른들 모시고 고생하시는가……' 그 씌었구료. 글쎄 누가 오빠 사랑하는 사람을 못 살게 굴었다고 이래……. 아마도 언니가 오빠에게 온갖 거짓말을 다 꾸며서 편지질을 한 거지 뭐—."
 아이구 참 기가 막히지요. 내가 벼락을 맞으려고 남편에지 시어미, 시누이 험구를 했겠는가요. 이런 말이 어디 있어요?
 아이 참, 지금 생각해도 기절을 할 일이지……. 그 편지 온 후부터는 나날이 태도가 달라지더니, 하루는 점심상을 받고 앉았던 시누이가 갑자기 밥을 한 슐 푹 떠들고 벌떡 일어서더니 내게로 달려들며
 "이것 봐. 이것, 나를 죽이려는 거지. 밤낮 제 서방 생각하느라고, 밥에다 파리를 막 집어 넣고 삶았구나. 이러고도 시어른 모시느라고 고생하는 건가?"
하고 나를 떠밀고, 내 밥 그릇을 동댕이치고 야단을 하는구료.
 정말 밥에 파리가 들었는지 안 들었는지는 알 수가 없는 일이지마는 너무나 안타까와 나는 자꾸 빌기만 했지요.
 아이구 하느님요, 내가 무슨 심사로 시누이 먹고 죽으라고 일부러 파리를 밥에다 넣었겠소.
 그뿐입니까. 시누이는 숟가락을 집어던지고 앙앙 울견서

소설 201

"나는 밥 안 먹을 테야. 더럽게 파리 넣어 삶은 밥을 누가 먹어! 가거라, 가! 너의 집에 가려무나. 이러고도 시집살이 무섭다고 오빠에게 고자질만 하니 바보 같은 오빠는 그만 넘어가서 우리 모녀를 흉칙하게만 여기고 제 여편네만 옳다고 하니 저 년을 두었다가는 아마도 나중에 우리 모녀는 길바닥에 나 앉겠구나. 남의 집에 윤기를 끊는 년……. 가거라 가거라!"

하며 방에 가서 발딱 드러눕는구료. 글쎄 나는 도무지 모를 소리지요. 죽으라면 죽고, 때리면 맞고, 인형같이 있는 나를 이리 몰아세우니 기가 막히지 않을 수 있는가요.

그래서 시누이에게 손이야 발이야 빌고 빌었으나, 앙앙 울며 나를 보기도 싫다고만 하는구료. 그래도 자꾸 빌었더니, 그만 했으면 풀릴 일이나 굳이 듣지 않고 옷을 와르르 끄집어내어 보에다 하나 가득 싸더니,

"나를 업수이 여겨도 분수가 있지, 내 팔자가 기박해서 신행 전에 서방을 잡아먹고 열일곱에 과부가 되었지마는 이런 데가 어디 있단 말인고……"

고래고래 고함을 지르며 옷 보퉁이를 마루로 끌어냅디다.

어디 고 년이 그렇게 악독하니까 제 신세가 그 모양이지요. 신행 전에 서방을 잡아먹었다는 것도 거짓말입니다.

열일곱 되는 봄에 결혼을 했는데 아주 부자집 맏아들이요 좋은 자리라고 알았더니, 웬걸 초례청에 들어선 신랑이 사십에 가까운 사람이었어요.

전처에게 아들이 없어 첩장가를 든 것이었지요. 그래서 우리 시누이는 첫날밤부터 신랑을 소박하고 아주 신랑과 인연을 끊었어요. 말하자면 머리는 올렸어도 실상은 숫처녀입니다. 남에게 첩으로 시집갔단 말은 하기 창피하고 분해서 제 입으로 서방 잡아먹은 과부라고 하는 거지요.

그러기에 나는 그에게 진심으로 동정하고 위로해 주는데, 저는 나를

이렇게 몰아세우니 기가 막히지 않을 수가 있습니까.
"가거라, 네가 안 가면 내가 갈란다."
하고 옷 보통이를 이고 뜰로 내려갑니다. 이것을 보는 시어머니는 방바닥을 두들기며 대성통곡을 내놓는구료. 아이 참 할 수 있나요.
내가 우루루 내려가서 옷 보통이를 빼앗아 방에 갖다 놓고
"어디로 가십니까? 못 가요. 내가 가지요. 내가 가겠습니다."
하고 빌며 내 방에 들어와서 치마를 갈아입고 얼른 뜰로 내려섰지요.
물론 내가 그렇게 하면 시누이의 성이 풀릴 줄 알고 어쩔 수 없이 그런 것이지요.
아 그랬더니, 후유 — 시어머니가 와락 마루로 뛰어나오더니
"어허! 동리 사람들아. 이 일이 무슨 일이요. 철없고 속 시끄러운 시누이가 설령 성을 냈더라도 그걸 갚을 게 무엇이냐. 친정 간다고 나선다. 동리 사람들아. 이 구경 좀 하소! 네— 이 년 바삐 가거라. 바삐 가!"
하면서 닥 내어 쫓는구료. 어느 영이라고 반항하나요.
할 수 없이 쫓겨났지요. 그래도 대문에 붙어 서서 성 풀리기를 기다렸으나 대문을 열어줘야지요. 그 날 밤이 되면 담이라도 넘어 갈까 했더니 해가 지니까 시어머니가 대문을 열고 쑥 나서더니 조그마한 옷 보통이 하나를 내 앞에 내동댕이치며 이것 가지고 썩 돌아서 가라고 하고는 다시 대문을 꽉 잠그고 맙니다.
그래도 울면서 자꾸 빌었지요. 빌고 또 빌어도 어디 들어주어야지요. 그래서 하는 수 없이 친정으로 향했지요.
친정까지 이십 리를 그 밤중에 혼자 걸어갔지요.
집에 가니 아버지가 또 영문도 모르시고 야단이지요.
"나는 옷 보통이 싸가지고 밤길 다니는 딸을 낳은 기억이 없다. 아마도 너는 여우로구나. 우리 딸은 한번 시집가면 그 집에서 죽어서나 나오는 법이지, 살아서 시집을 못 살고 쫓겨 오지는 않는다."

라고 당장에 쫓아냅니다.

그 놈의 옷 보퉁이가 또 대문 밖으로 튀어나오옵니다.

어이, 참 그 놈의 옷 보퉁이가 무엇이 그리 중한 것이라고 늙은이들은 그 놈을 내 앞에 기어이 갖다 던지는지.

예전 사람들은 시집 못 살고 갈 때는 꼭 옷 보퉁이를 가지고 간다더니, 과연 옷 보퉁이는 중한 것인가 봐요.

아이구 참 우습다 히히히. 그래서 할 수 있나요. 할 수 없이 그 걸로 친삼촌댁으로 갔지요. 이 집에서야 설마 또 쫓을라구요. 그래서 숙모님이 아주 분기충천하여 나를 위로해 주더군요. 그래 나는 이 세상에서 우리 숙모님같이 좋은 사람이 없는 줄 알았이요. 그랬더니 뒤미처 어머니가 달려와서 또 나의 편이 되어 주는구료.

그러니까 세상에 무서운 사람은 우리 시어머니, 시누이, 우리 아버지 세 사람이지요.

시아버지도 살아 있었더라면 이 세상 어느 사람보다 더 무서웠을지 모르지―. 그리고 얼마 동안 숙모님 댁에 있다가 친정으로 불려가서 있었지요.

어머니가 아버지에게 무슨 말을 했던지 그 후 아버지도 말은 없어도 나를 꾸중하시지는 않더군요.

좌우간 내가 퍽 얌전한 색시였기도 했으니까―. 아버지도 내가 쫓겨온 것이 내 죄가 아님을 아신 게지―.

그러던 어느 날 내 이름으로 편지 한 장이 왔겠지요. 하도 반가워 받아 보니 바로 그이에게서 온 것이었어요.

그만 두 손이 와들와들 떨리고 가슴이 쿵덕거리더군요.

시누이년이 무어라 고자질을 했는가. 그이도 나를 꾸지람하면 어떻게 할까……. 그러나 편지를 뜯고 보니 웬일일까요. 참 놀랬지요. 그이는 도리어 나를 위로하고 자기 어머니와 누이를 용서하라고 했어요.

그래서 나는 하도 기쁘고 감사하여 얼마나 울었는지 몰라요. 그이의 은혜는 죽어도 못 갚게 될 것 같더군요.

실상은 아무 은혜랄 것도 없는 일이지마는 그래도 나를 알아주는 것이 하도 고마워서 하는 말입니다.

그러는 중에 그이는 대학교도 그만두고 돌아오게 되어 그이의 주선으로 다시 시집으로 돌아가게 되었는데, 그이가 있으니 또 별일 없이 살았지요.

그러는 중에 맏딸년 정옥이를 낳았고, 맏아들 석주를 낳았고, 둘째 딸 정희를 낳은 것입니다. 세월은 참 빠르기도 하더군요.

그이와 내가 서로 만나 온갖 산고를 다 겪고 살아오는 중에 이십 년이란 세월이 흘러갔구료. 그러니까 그이 나이가 서른여덟이지요. 우리 살림은 누가 보든지 자리가 잡히고, 아주 착실했지요.

아이구 하느님, 이렇게 말하니까 그이는 나의 애를 태우지 않은 것 같지요만 알고 보면 그이도 상당했더랍니다.

그 놈의 무슨 주의자라나 그것 까닭에 몇 번이나 감옥에 드나들었지요. 그뿐입니까. 몸이 약하여 밤낮 앓지요. 그래서 나는 엄동설한 추운 겨울에…… 그래도 추운 줄을 모르고 밤마다 냉수에 멱을 감고 정성을 드렸지요.

"하느님, 부디부디 몸 성하게 해 주시고 주의자 하지 말게 해주시기 바랍니다."

라고 밤마다 빌었답니다. 어떤 때는 빌고 나면 온몸이 얼음덩어리가 되는 것 같더군요. 그래도 추위를 느끼면 행여나 정신이 부실하다고 하느님 당신이 비는 말을 들어주지 않을까 봐 한번도 춥다고 여겨보지 않았습니다. 아이구 맙시사다. 아이구 빌어먹을 도둑놈.

네가 하느님이야? 도둑놈이지.

그치만 내가 정성을 드렸으면 조금이라도 효험을 보여주어야 되지 않느냐?

 우리 시어머니나 시누이나 조금도 틀림없는 것이 하느님 당신이 아닌가?

 그래 내 청을 하나인들 들었던가 말이다. 그이와 살림을 잡혔다고는 하지마는 단 하루라도 내 마음을 놓게 한 적이 있었느냐 말이다.

 후유—. 처음엔 친구 집에 간다고만 속였으니 내가 알 리가 있어야지. 아마도 눈치가 다르니 또 다시 주의자를 시작했는가…… 싶어서 간이 콩알만했지요. 그래— 아무리 보아도 눈치가 다르고 때로는 밤을 새우고 들어올 때도 있었어요. 혼자서 생각다 못하여 나도 단단히 결심을 했더랍니다.

 어느 날입니다. 저녁을 먹고 그때 아들 놈이 중학교에 입학 시험 준비한다고 아버지께 산수를 가르쳐 달라고 하는데 그이는 급한 일이 있어 나가야겠으니, 누나 정옥이에게 배우라고 그만 핑 나가 버립니다.

 맏딸 정옥이는 고등여학교 2학년이었지마는 저도 학기말 시험공부 하느라고 석주의 산수를 가르쳐 줄 여가가 없다고 합니다.

 그래 나는 와락 성이 났지마는 꾹 참고서

 "또 무슨 볼일이 있어요. 주의자 할 때는 자식새끼가 어렸으니 당신 할 일이 없었지마는 이제는 아이가 시험을 치는 때이니 그만 나다니시고 아이도 좀 위해 주어야지요."

하고 혼잣말 비슷하게 했지요. 아참 기가 막혀. 그이는 휙 돌아서더니

 "무엇이 어쩐다고? 무식한 계집이란 할 수 없다니까. 그래 네가 자식을 얼마나 훌륭하게 낳았기에 배운 것도 모르는 멍텅구리 같은 그런 자식놈인가 말이다. 계집이 건방지게 사나이를 아이새끼들 앞에서 꾸짖고 야단이야…."

하며 아주 노발대발하여 방문이 부서지게 내리밀치고 나가 버리는 구료.

대체 이 때려 죽일 놈의 하느님아. 내가 그 추운 겨울 얼음을 깨고 목욕하며 빌고 빌고 하여 몸 건강하게, 주의자를 그만두게 해달라고 했더니 무슨 심정으로 글쎄 몸도 건강하고 주의자는 그만두었다 할지라도 사람을 이렇게 변하게 해주었느냐 말이다. 주의자 할 때는 그래도 잡혀갈까 봐 그것단 애를 태웠지. 지금 같은 이런 말머리쟁이는 듣지 않았지요.

그이같이 마음이 바르고 굳세고, 어디까지나 정의를 사랑하던 사람도 없었는데 주의자를 그만두자 이렇게 기막히는 말이나 하는 인간이 되고 마니 딱한 일이 아닙니까.

나는 그 자리에서 분함을 참지 못했지요. 이것도 나의 욕심인지 모르나 아이놈이 시험에 미끄러지면, 첫째 아이가 낙방할 것과, 둘째 시어머니께 내가 자식 잘못 낳았다는 꾸지람을 듣겠으니까 여러 가지로 여간 애가 타지 않았는데, 글쎄 그이는 저대로 쏙 빠져나가 버리며 남기고 간 말이 그게 무엇이란 말이오.

그래 나는 벌떡 일어나 빨리 집을 나섰습니다.

골목 끝에 나서 좌우를 바라보니 전등빛에 그이가 걸어가는 뒷모습이 보이겠지요. 나는 두말없이 뒤를 따라 갔습니다.

골목 사이를 이리저리 굽어들더니 나중에 조그마한 대문을 밀고 쑥 들어가지 않습니까.

아이구머니— 나는 가슴이 덜컹하였습니다. 그이가 주의자 할 때도 저렇게 남의 눈을 피해가며 다니는 걸 보았기 때문입니다.

'아이구 주의자를 버린 줄 알았더니 아직 그대로 하는구나.'

나는 입속으로 부르짖고

"맙소 맙소 하느님—."

하고 한숨을 쉬었지요. 그래서 집으로 힘없이 돌아와서 아이들을 재우고, 나도 돌아누워 곰곰이 생각하며 그이가 돌아오기만 기다렸습니다. 밤이 새로 2시가 되니까 그제야 돌아오는구료. 내가 자는 척하고 눈을 감으니 그는 살그머니 옷을 벗고 자기 자리에 가서 소리없이 드러누워 그만 잠이 들어 버리더군요.

나는 잠이 오지 않아서 그이가 순사에게 또 잡혀갈까봐 정말 가슴이 졸여서 그 밤을 꼬박 세웠습니다.

그 이튿날 새벽에 일어나서 아이들을 깨워 아침밥 때까지 공부하라고 한 후 나는 부엌으로 나갔다 들어오니 그이는 한잠이 들어 자는구료.

차마 일으키기가 안 됐어서 그대로 나가 아이들 밥을 거두어 먹인 후 모두 학교로 보내고 그이를 깨웠지요.

"아이 곤해, 귀찮게 왜 이 모양이야!"
하고 성을 벌컥 내는구료.

"밤 늦게 제발 좀 다니시지 마세요. 몸에 해롭지 않아요."
하며 그에게 주의를 버려 달라고 애걸하려고 시작했습니다.

"밤 늦게? 누가 말이야? 간밤에도 내가 일찍 돌아왔는데, 그래 날 보고 아이들 공부 가르치라고 하면서 저는 초저녁부터 잠이나 자는 거야? 무식한 계집이란 아무 소용없어. 자식 교육을 할 줄 아나……. 밥이나 처먹고 서방에만 밝아서……. 에이 야만이야, 천생 금수나 다름이 없지 뭔가."

아이구 하느님, 그이가 하는 말이 이러합니다.

그이가 새로 2시에 들어온 것을 뻔히 아는 내가 아닌가요.

또 그 날 밤이 되니까 그이는 어제 저녁과 똑같이 아이들이 아버지 아버지 하고 배우려고 애쓰는데 다 뿌리치고 나가 버립니다.

나는 그이의 그러한 태도가 원망스러운 것은 둘째가 되고, 그이가 이러다가 잡혀갈까 봐 겁이 나서 그 날 밤도 또 따라나섰지요.

"내가 그 집 대문 앞에서 기다리고 있으면서 만일 순사가 번쩍거리면 얼른 그이에게 알려 주어야지."
하는 염려로 따라갔지요.

과연 이 날 밤도 어제의 그 집으로 쑥 들어갑니다. 나는 길게 한숨짓고 그 집 대문 앞에서 파수를 보고 섰지요.

그렇게 이윽히 섰다가 어둠 속에서라도 자세히 살펴보니까 대문이란 것은 걷 달린 것이고 담이 죄다 무너지고 말았으므로 그 집 안이 훤히 들여다보이겠지요.

그래서 나는 일변 기쁘고 일변 겁이 나면서도 나도 모르게 뜰로 살그머니 들어갔지요. 대체 그이의 동지가 몇 사람씩이나 모이는가— 하여서 툇마루 아래를 살펴보았더니, 하얀 여인네의 고무신 한 켤레와 그이의 구두가 가지런히 벗겨져 있지 않습니까. 나는 새삼스레 가슴이 덜컥하여 살살 집도퉁이로 돌아갔더니 좁다란 뒤뜰이 있고 뒤창으로 불이 비치는데 아마도 창 안에는 그이가 있을 것이 분명하므로 아주 쥐새끼처럼 기어가서 그 창 옆에 납작 붙어 섰습니다.

방안은 잠잠합니다.

그러나 내 가슴은 생철통을 두들기는 것 같이 요란합니다.

"여보—이번에 당신 아들이 중학교에 수험한다지요?"
하는 고운 여인의 목소리가 새어 나옵니다. 나는 그 요란하던 심장이 갑자기 깜박 까무러치는 것 같더군요. 하하하…… 하하하, 아이구 우습다 우스워…….

배가 고픈데— 아이 추워, 비는 경치게 온다. 에에라 고기나 좀 잡아먹을까…….

어디 보자. 옳지 이렇게 옷을 동동 걷어 올리고 나서 고기나 잡아먹자…….

아이그 한 마리도 잡히지 않네. 아이쿠 오놈의 고기…… 안 잡히는구나. 네 이놈, 아이구구, 하하하…….

고기는 잡히지 않네! 에에라 이 놈의 냇물을 죄다 삼키지 그러면 고기도 죄다 따라들어오겠지— 꿀떡꿀떡…… (냇물에 입을 대고 마십니다)

아이구 배불러라. 내 뱃속에도 냇물이 하나 흐르고 있을 게다. 고기도 많이 놀고 있겠지…… 아아 배불러라.

이제는 그만 누워 잘까. 비는 들이치지마는 이 다리 아래서 자는 수밖에…….

아 참, 하느님, 이야기하던 걸 잊어버렸군. 에이 귀찮아. 그만둘까? 그만두면 뭘 하나. 해버리지.

그래—. 그래서 말야. 그 놈의 계집년의 목소리 경치게 이쁘더군요. 나는 와락 그 여인의 얼굴을 보고 싶었으나 꾹 참았지요. 그랬더니 이제는 바로 그이의 음성이

"에— 듣기 싫소. 그까짓 돼지 같은 여편네의 속에서 나온 자식새끼가 나와 무슨 상관이 있단 말이오. 사랑하는 당신과 나 사이에서 생겨난 자식이라야 참으로 내 사랑하는 자식이 되겠지. 여보 어서 아들 하나 낳아주어……. 우리의 사랑의 결정인 아주 영리한 아이를 낳아요."
합니다. 나는 눈이 확 뒤집혀지는 것 같더군요.

"하하 공연히 그러시지, 당신의 그 부인도 참 예쁘던데……."

"아니, 그 여편네 말은 내지도 말아요, 내가 열여덟 살 때 부모의 명령에 못 이겨 억지로 강제 결혼한 것이니까 그를 한 번도 아내로 생각해 본 적이 없어요."

"아이그 거짓말, 아내로 생각하지 않았으면 왜 자식을 그렇게 셋이나 낳았던가요?"

"허—그러기에 말이지, 아마도 내 자식이 아니라는 것이지요. 아직까지 내 자식이라고 해도 손 한번 쥐어 준 적이 없었어요."

"호호호 거짓말……."

"흥……. 거짓말이라고 여기거든 맘대로 하구료. 오늘까지 그 여편네와 말 한마디 해본 적이 없다오. 그런데도 자식이 셋이나 있다는 것은 정말 조물주의 장난이라고 하지 않을 수 없어요."

하느님— 그이가 이따위 소리를 하고 있구료…… 우리 색시 이쁘다고 물고 빨고 하던 것은 다 어떡하고 저런 거짓말이 어디 있소.

"여보, 나는 정말로 불행합니다. 나는 노모를 위하여 참아 왔고 또 그 여편네가 가엾기도 하여 나 자신의 삶을 희생해온 거랍니다. 그렇지마는 나는 아직 젊습니다. 아무리 억제해도 억제하지 못할 때가 있었어요. 나는 가정적으로 너무나 불행한 까닭에 성자聖者가 아닌 이상 어찌 불만을 느끼지 않을 수 있나요. 너무나 모두들 무지하니까 나는 지적知的으로 너무나 목말랐더랍니다. 아내란 것이 나를 이해하지 못하고, 다만 나에게 맛있는 음식이나 먹여 주고 옷이나 빨아 주고 밤이 되면 야수 같은 본능만 아는 그런 여편네와 이십 년이란 세월을 살아왔구료. 아무 감격도 신선함도 이해도 없는 그런 부부생활이었어요. 당신까지 나를 이해 못 하고 그러십니까? 그 여편네는 나에게 무지無知하기를 원하고 생활이 평안하도록, 일하는 남편이 되기 원하며 자식에게는 정신적으로 충실한 종이 되기 원할 따름이에요. 그러니 나라는 사람은 어느 결에 나를 위한 삶의 시간을 가지란 말인가요?"

흑흑흑…….

나는 울었습니다, 울었어요. 그이의 하는 말이 용하게 꾸며내는 혓바닥의 장난일 줄은 알지마는 그 순간 나라는 존재는 그이에게 그만치 불행한 존재임을 느낄 때 무척 슬펐습니다.

하느님. 당신 바로 판단하구료. 그이의 말이 옳습니까? 응? 대답해봐! 암! 암! 그렇지, 그 말이 죄다 틀린 말이지, 틀렸고 말고. 아예 당초에 인간이란 게 공부를 잘못하면 제 행동이 옳든 그르든 간에 아무리 틀린 말이라도 교묘하게 이론만 갖다 붙여서 그저 합리화하려고 하는 재주만 늘어갈 뿐인 것이라오. 그이가 그처럼 나를 무지몰각한 돼지 같은 여편네라고 할 때는 아마도 그 여인은 상당히 많은 학교 공부를 한 여자인가 봐요.

나는 단지 한문 글씨나 배웠을 뿐인 무식쟁이지만 그이의 하는 말에 반박할 말이 수두룩한데 웬일인지 그 여인은 생긋생긋 웃으며 고개를 끄덕이고만 있는 모양이구료.

아이고 아이고, 그 뻔뻔스런 년, 남의 남편을 빼앗아 앉아서…… 아이구 분해!

글쎄 하느님아! 들어봐요. 그이가 나를 얼마나 사랑해 왔던가는 다 별문제로 재껴 놓더라도 사람이란 건 천하 없어도 제 혼자서는 살 수 없는 것이 아닌가요? 아무려면 깊은 산 속 멀리 인간사회를 떠난 곳에서 제 혼자 있는 것보다는 낫다고 하지 않습니까?

우선 나 하나를 돌아 보더라도 세상에 제 하나만 위하고 제 마음의 자유와 기쁨을 위한다면 이렇게 미치광이가 되어야 하지 않나요. 이렇게 세상을 다 떨치고 내 맘대로 살고 있는 나이지만 불만이 많기가 끝이 없어요.

사람이 산다는 것은 이 인간 세상에서 미우나 고우나를 물론하고 한데 얽매이고 서로 엇갈려 있다는 뜻이 아닌가요.

그런데 그이는 제 혼자의 삶을 주장합니다. 아이고 아니꼬와…….

내 눈에는 아무리 보아도 그이가 한 아름답게 보이는 여인에게 반했다는 그것뿐이에요. 이십여 년을 정답게 정답게 아들 낳고 딸 낳고 살아오다가 고운 여인을 보고 욕심이 나니까 제 마음대로 떳떳하게 욕망을 채울 수가 없어 별 지랄 같은 소리를 다 하는 거지.

한 가정의 귀한 아들 딸과 어머니와 아내를 다 버리고 한 개의 욕망! 결국은 계집에게 반한 그 마음 하나를 억제 못해서 사나이 자식이 온갖 거짓말과 괴로운 이론을 끌어다 붙이려고 애쓰는 그 꼴이 어디 되었나?

아이고 아이고 귀한 우리 자식들!

아무리 나에게야 악했지마는 그래도 이미 죽을 날이 멀지 않은 시어머니…….

다 불쌍해라. 너희들의 간장을 녹여주면서까지 너희 아비는 제 삶을 산다고 저러고 있단다. 히히히……

귀하고 중한 내 자식들아, 너희를 누가 만들었노! 너희를 만들어 놓고 너희에게서 아비를 거두어 간 그 아비……

하느님, 아비 없는 자식은 불량자가 되기 쉽다지요…… 아이구 이 일을 어찌하노……

그러나…… 사랑한다는 것은 흐르는 물과 같아서 자꾸 변한다고요? 참 잊어버렸군, 그런 것이 아니라 사랑이란 영원한 것이 아니고 찰나가 연장해 가는 것이니까 이 순간 아무리 사랑하지마는 다음 순간에는 어떻게 될지 모르는 거라지요.

그러니까 그이가 나를 사랑하지 않는다는 게 아닙니까.

보자 보자, 그러니까 또 그이가 어느 순간에 이르러 그 여인과의 사랑이 변하여 나에게로 돌아올지도 모르는 일이다.

아이구 다 그만두자. 그까짓 것…….

아이고 어두워졌구나…… 하하하.

나는 참았다. 참았다.

나는 하도 많이 참아 보아서 이제는 습관이 되었나 보다. 그래도 참고 집으로 들어가자. 아이새끼들은 공부하느라고 어미를 돌아보지도 않았어요.

딸년은 학기말 시험공부 한다고, 아들놈은 중학교에 입학하려고……, 작은 딸년은 숙제한다고…….

나는 참았다. 눈물을 참고 밖으로 뛰어나가 과실과 과자를 사다가 나누어 먹였더니

"엄마 엄마, 어디 아파요? 엄마도 먹어요. 아버지는 왜 여태까지 안 오시나, 또 감기나 들지 않을까……."

아이들이 아버지와 어머니를 위하여 서로 이야기하며 맛있게 먹습니다.

시어머니 방으로 가 보았어요. 노인은 누웠다 일어나 앉으며
"석주 애비는 어디 갔냐…… 바람이 찬데……."
하고 염려하였어요. 에이 도둑놈…….
아이들이 다 잠든 후, 그이는 돌아왔지요.
나는 참던 눈물이 흘러내려 돌아앉았더니
"나 잘 테야. 요 깔아 줘……."
하겠죠. 그래서 나는 요를 깔아 주었더니,
"여보, 이리 오…… 왜 노했소. 그러지 말고 이리 와요."
하며 자꾸 웃습니다.
아이고 맙소사…… 남자란 게 이런 건가? 나는 모르겠다 몰라…… 어찌된 셈인가요 글쎄.
나는 참았지요. 입을 꽉 다물고 그이의 곁에 가 보았지요. 그이는 틀림없는 내 남편 이십 년간 살아오던 그이였어요. 조금도 다름이 없이 나를 안고
"아이들 이불 잘 덮어 주었나?"
하고 물으며…….
그리고 그이는 이십 년간 익어온 그 태도 그대로 잠이 들려는구료…….
나는 더 참고 보았지요.
이윽고 그는 잠이 들다 말고 소스라치듯 미소하며 다시 한 번 꼭 껴안겠지요.
"왜 새삼스레 이러는 거요? 이십 년이나 꼭 한 가지로 변함없이 이러는 우리 사이건마는 그리 내가 사랑스러운가요?"
하고 한번 시치미를 떼 보았지요.
"암…… 내게 너만치 충실한 사람이 없고 미더운 사람이 없으니까."
라고 그가 대답합니다. 나는 벌떡 일어나 앉았지요. 하도 놀라와서요. 하

하하…….

그래 그 이튿날이었지요. 바로 그 밤이 새고 난 날이었어요. 나는 그 밤을 또 꼬박 새우고 난 터이라 머리가 횡횡 내어 돌리기에 아이들이 학교에 간 틈에 누워서 한숨 자보려고 했습니다마는 잠이 와야지요. 그래도 누웠으려니까 그이가 내 머리에 손을 얹어 보더니 깜짝 놀라며 병원에 가보라고 합니다.

아마 열이 높았던 게지요. 나는 별로 괴롭지 않아서 더 있어 보고 가겠다고 했더니 그이는

"그러면 있다 가 보오……."

하고는 홍 나가 버립니다.

나는 벌떡 일어나 따라갔지요. 그러나 그이는 그 집으로 가지 않고 어느 큰 상점으로 들어갔어요. 그래도 나는 그 상점 앞에 서서 지켰더니 그이는 전화를 빌어 어디다 전화를 걸고 나더니 쑥 나오는구료. 하는 수 있소? 딱 마주치고 들었지요.

"어디 가오?"

그이는 놀라며 들어요.

"병원에—."

나는 엉겁결에 대답했지요.

나는 공연히 부끄러워서 집으로 다시 돌아왔더니 그 날은 토요일이라 아이들이 벌써 학교에서 돌아왔으므로 점심을 먹여 놓고 또 다시 방으로 가 누웠더니 웬 머리통이 그리도 쑤시는지 가슴이 쏴쏴 소리를 지르고 너무 정신이 없었어요. 그러다가 나는 어떻게 된 셈인지 벌떡 일어나서 그 집으로 달려갔어요.

막 달려갔지요.

허둥지둥 달려가 보니 틀림없이 그이의 신이 덩그렇게 댓돌 위에 벗겨져 있겠지요.

나는 와락 달려가서 그이의 구두를 집어 들고 힘껏 그 년의 창문을 향해 던졌더니 '와당탕' 소리가 나며
"악!"
소리가 들리더니 방문이 활짝 열리며 그이가 썩 나섭니다. 바로 그이의 어깨 너머로 하얀 얼굴이 나타나며 나를 놀란 눈으로 바라봅니다.
그 얼굴, 그 얼굴!
그는 내가 잘 아는 여인이라오. 그는 음악학교 졸업생이랍니다.
우리 친정으로 척당이 되는, 잘 따져 보면 나에게 언니라고 불러야 되는 계집애였어요…….
하하하. 이 일을 내가 무어라고 해결하나요. 알 수가 없어…….
대체 어떻게 된 셈인가…… 지금 생각해도 알 수 없어……. 나를 꽁꽁 묶어서 방 안에다 가두어 두고 의사란 놈이 별의별 짓을 다 하였지마는 그것도 대체 왜 그 지랄들인지.
하도 갑갑하고, 그이에게 물어볼 말이 많아서 그만 그저께 밤에는 온갖 재주를 다 부려서 튀어나오고 말았겠다…….
놈들이 어디 가서 나를 찾고 있는지 모르지요. 내가 이 다리 밑에 숨어 있는 줄 저희들은 모를 거야…….
하하하…….
정옥아! 석주야! 정희야…….
아무리 사람들이 네 어미 까닭에 너희들이 불행하여 졌다고 하더라도 그런 말 믿지 말아라. 너희 아버지가 이 어미에게 어려운 수수께끼를 내놓은 까닭이다. 흑흑흑…….
아이구 보고 싶어…….
너희들이 보고 싶다.
정옥이 너는 장조림을 잘 먹고, 석주는 생선을 잘 먹고, 정희는 시루떡을 잘 먹고…….

에에라, 집으로 가야겠다…… 누가 너희들을 보호할까…… 비는 왜 이리도 많이 오노…… 비를 노다지 맞고 가면 모두 나를 미쳤다고 하지 않을까.

소독부

이 마을 이름은 모두 돈들뺑이라고 이른다. 신작로에서 바라보면 넓은 들 가운데 백여 호 되는 초가집이 따닥따닥 들러붙어 있는데 특별히 눈에 뜨이는 것은 마을 앞에 있는 샘터에 구부러지고 비꼬아져서 제법 멋들어지게 서 있는 향나무 몇 폭이다.

마을에서 신작로길로 나오려면 이 멋들어진 향나무가 서 있는 샘터를 왼편으로 끼고 돌아 나오게 되는데 요즈음은 일기가 제법 따뜻해진 봄철이라 향나무 잎사귀들이 유달리 푸른빛이 진해 보인다.

마을 사람들은 이 샘이 아니면 먹을 물이라고는 한 모금 솟아나는 집이 없으므로 언제나 이 샘터에는 사람이 빈틈이 없고 더구나 요즈음은 경루보다 더 옥신각신 복잡하다.

이 샘터에 나오는 사람은 거의 모두 여인들인데 요즈음같이 따뜻한 봄철에는 붉고, 푸르고 노란 색저고리를 입은 각시 처녀 어린 계집아이들이 훨씬 늘어가는 듯하다. 겨울 추울 때 같으면 물이나 길어 재빠르게들 돌아갈 것을 요즈음은 공연스리 해해해 쫑알거리느라고 샘터 어귀를 시끄럽게 하여 검푸른 향나무 가지 사이로 온갖 색저고리 빛을 어른거리게 하여 길가는 짓궂은 남정네들의 춘흥을 자아내주는 풍경이 되고 있다.

그런데 오늘도 기나긴 하루 해 동안 무색 저고리가 끊일 사이 없더니 이제 햇발이 서쪽 산 저편 땅바닥까지 쑥 넘어가 떨어진 지도 한 담배 참이나 되자 겨우 샘터는 말갛게 보여 졌다. 그래서 온종일 시달리던 샘터가 이제부터는 내일 새벽까지 숨을 내쉬리, 라고 생각되었더니 어디서 총총 발걸음 소리가 나며 '퐁' 하고 두레박을 샘 속에 떨어뜨렸다.
　샘물은 내쉬든 숨을 놀란 듯 채 걷기도 전에 두레박을 따라 조그마한 물동이 속으로 주루룩 부어졌다.
　또 한번 '퐁' 하는 소리가 샘 속에 울리며 연해 주루룩 주루룩 물동이는 찼다.
　"보자! 아이구나. 가뜩하네. 혼자 일 수 있을까 모르겠네."
　어둠 속에서 혼자 종알거리며 분홍 저고리 입은 어린 색시는 물동이와 씨름을 시작하였다.
　그는 한참 간심을 주다가 물동이를 들어 샘터에 올려놓고 납작 몸을 굽히고 앉아 또아리 얹은 머리를 샘턱 아래 밀어 넣으며 두 손으로 물동이를 머리 위로 옮기려고 조심조심 애를 썼다.
　"에이구 한번만 길고 말까 했더니 또 한번 더 길어야겠구나."
라고 뽀루퉁한 소리로 종알거리며 다시 일어서 동이의 물을 절반이나 주루룩 부어버린 후 이제는 쉽사리 건 듯 머리 위에 올려놓았다.
　"아이구 젠장 또 너무 부어버렸구나."
하고 그는 다시 물동이를 내려놓고
　'퐁' 하고 또 한 두레박 길어서 동이에 부어 가지고
　"보자 이번은 좀 많지나 않을까."
하고 동이를 들어 가까스로 머리에 얹어놓자 머리 위에 놓였던 또아리가 뒤로 슬쩍 떨어지고 말았다.
　"아이고 참 원수다. 도둑년의 또아리."
하고 아주 골이 난 듯 혀를 쪽쪽 찼다.
　"아무도 물 길러오지도 않노."

그는 속이 상해 못 견디겠다는 듯 다시 동이를 내려놓으려 하자 동이는 건뜻 하늘로 올라갔다.
"아이고 아이고."
그는 기겁을 하며 동이 꼭지를 꼭 잡고 하늘로 올라가는 동이를 따라 벌떡 일어섰다.
"요까짓 이지 못하면서……."
굵다란 사나이의 음성이 바로 머리 위에서 들렸다.
"아이구 놀래라. 누구라고……."
색시는 동이 꼭지를 놓고 한걸음 물러서며 그렇게 쉽사리 물동이를 머리 위로 건뜻 집어얹고 서 있는 사나이를 놀란 듯 바라보며 떨어진 또아리를 주워 머리 위에 놓으며
"이리 이여 주세요."
하며 몸을 다시 앞으로 굽혔다.
"아이 글쎄 이까짓 걸 혼자 못 여서 깽깽거려? 저―리 물러나. 내 하나 가득 길어다 갖다 줄께."
하며 사나이는 동이를 내려놓고 가득 물을 채웠다.
"아이구 난 싫어요. 내가 이고 갈 터이야."
색시는 동이를 잡아당기듯 하며 자기 힘에 알맞은 만치 찔끔 물을 쏟았다.
"에― 왜 쏟나?"
사나이는 와락 동이를 빼앗아 제 뒤로 옮기고 동이를 잡으려는 색시의 두 팔을 꽉 잡았다.
"네가 나를 죽이려느냐."
사나이는 어느 결에 색시의 어깨를 그 넓고 굳센 가슴 안에 파묻고 말았다.
"아이구 아이구."

색시는 기를 쓰며 두 팔을 뻗대고 두 발을 동동거리며 발악을 했다.
"그러지 말어. 너 때문에 나 죽는 줄 모르니."
힘찬 사나이는 한 손으로 색시의 어깨를 휩싸 안고 한 손은 색시의 온몸을 남김없이 정복하려 들었다.
"아이구 엄마! 엄마야 도둑놈 아이구."
색시는 숨이 막힐 듯 기를 썼다.
"떠들지 마라. 오늘밤에야 설마…… 나는 네가 이렇게 좋은데 너는 왜 몰라주니."
사나이는 색시를 건듯 안아다가 향나무 아래 놓인 커다란 바위에다 걸쳐 누이고 한 손으로 입을 틀어막고 미친 듯 날뛰었다.
"네 나이 열다섯이나 먹었으니 인제는 내 속도 알아주어야지. 그까짓 네 서방놈이야 내가 단 주먹에 때려 죽여버리지."
사나이는 연방 색시의 귀에다 가쁜 입김으로 속삭였으나 색시는 두 손과 발로 죽을 힘을 다하여 되는대로 꼬집고 박찼다.
"에익 둘은 반동이도 못 이면서 나를 꼬집을 때는……."
하고 후— 한숨을 내쉬고 일어서며 색시를 꼭 잡고
"내 말을 들어라. 내가 잘못했다. 네가 하도 내 간장을 녹이기만 하니 나는 참을 수가 없어 이렇게 너를 괴롭게 한 것이 아니냐……."
하는 사나이의 음성은 떨리며 색시를 잡은 손은 축 늘어뜨리며 간장이 녹는 듯 느꼈다.
"나도 당신 맘은 다— 알지마는 할 수 없는 것을 어떻게 해요. 그런 말은 말어요."
색시는 싹 돌아서며 물동이를 찾았다.
"이리 봐. 내 말 조금 들어. 글쎄 나는 아무래도 죽겠다. 꼭 한번 만 내 말을 들어 주어도 내가 이 지경은 아니 될 것이 아니냐. 너도 보듯이 이렇게 내가 속을 태우다가는 아무래도 죽지 살지는 못하겠다. 그렇다고 내 맘대로 너를 실컷 어떻게라도 하고나면 모르겠다마는 네가 마음 좋게 내 맘과 맞아서 그런다면야 꼭 한 시간만이라도 맘이 풀리겠다마는 네가 자꾸 이렇게 내 말을 안 들으니 아무래도 나는 죽겠다."

사나이는 바위 위에 힘없이 걸터 앉으며 색시를 무리로 잡으려고 하지 않고 혼잣말같이 중얼거렸다.

"글쎄요. 나도 당신이 싫어서 그러나요. 당신이 좋기는 하지마는 그래도 나는 시집온 사람인데 어떻게 당신 말을 듣나요. 우리 집에서 알아보세요. 당장에 나 죽고 당신 죽지……."

색시는 울 듯 사나이에게 반항한 것도 자기는 남편이 있는 까닭이라고 변명하듯 말하였다.

"글쎄 말이야. 너의 집에서 그렇게 쉬이 너를 시집보낼 줄이야. 어떻게 알았겠니. 나는 네가 열대여섯 되면…… 하고 침을 찍어놓고 있었더니 열네 살 먹은 너를 부랴부랴 최가 놈에게 치워버릴 줄 꿈엔들 생각했겠니. 나도 너를 잊어버리고 장가나 갔으면 좋겠지만 어디 밤낮 눈으로 내 눈을 보고 있으니 다른데 장가 들 생각이 나야 말이지……."

사나이는 고개를 내려뜨리고 한숨을 지었다.

"그러지 말고 다른데 장가드세요. 나 때문에 당신이 죽게 된다면 나는 내가 먼저 죽어버릴 테야."

색시도 치맛자락으로 눈을 씻으며 음성이 떨렸다.

"아—너 우는구나. 울지 마라. 내 간장이 더 녹는다. 공연히 내가 그랬지…… 나도 오죽해서 무작스럽게 달려 들었겠니. 참 잘못했다. 요즈음은 왜 그런지 자꾸만 너를 꽉 껴안고 맘대로 실컷 막 부비여주고만 싶구나. 그래서 이제도 무작스럽게 대들었지…… 용서해라. 잘못했다. 다시는 안 그러마. 나는 이대로 돌아가면 네가 최서방하고 이 밤에 한 방에서 안고 누워 잘 것을 생각하며 밤새도록 한잠을 못 자고 울기도 하고 화가 나서 궁글기도 한단다. 어떻게 해서든지 마음을 돌려 꼭 한번만 내 마음을 풀어다구—응."

 사나이는 색시에게로 가까이 가서 그 수그린 어깨를 가만히 흔들었다.

 "……."

 색시는 고개만 끄덕여 보이고 눈물을 뚝뚝 떨어뜨렸다.

 "아……아."

 사나이는 참지 못하여 색시를 다시금 꼭 안았다.

 "가야지……."

 이윽고 색시는 고개를 들었다. 사나이는 색시는 놓고 물동이를 건뜻 들고 앞서며

 "너의 집 앞까지 들어다 줄게……."

하며 걷기 시작하였다.

 색시는 한 손에 두레박 한 손에 또아리를 들고 사나이의 뒤를 따라 샘터를 떠났다.

 애끓는 사랑의 한 막 비극이 멋들어진 향나무 선 샘터 풍경 속에 새겨졌다.

 "물 이터 가서 웬걸 그리 오래 있었노."

 색시가 사나이에게 물동이를 받아오고 집으로 돌아오자 그의 남편 최서방은 꼬든 새끼를 밀쳐놓으며 말을 건넸다.

 "……."

 색시는 잠자코 부엌으로 들어가서

 "이 좀 내려주소."

하고 방을 향해 말하였다.

 "오—."

 최서방은 얼른 일어나서 와 동이를 받아나려 부뚜막 위에 놓고

 "가뜩하구나. 어두운데 웬 물을 이렇게 많이 였어?"

소설 223

하고는 다시 방으로 들어갔다. 색시는 덩달아 따라 들어가 콩낱만 한 등잔불이 꺼질까 살며시 윗목에 주저앉았다.
"내일 아침은 일찍 해야 되니 그만 잘까."
최서방은 슬그머니 아랫목에 가 비스듬히 누웠다. 색시는 꼬든 새끼를 뭉쳐 놓은 후 빗자루로 방 안을 대강 쓸어 놓고 난 후
"불 끌까요."
하고 남편을 바라보았다.
"그래 끄고 자지."
하며 싱긋이 웃는다. 색시는 불을 끄려고 입술을 오므렸다 말고
"내 바느질할 게 있는데……."
하며 벌떡 일어섰다. 색시는 남편의 그 웃음이 무엇을 의미하는 것이며 또 얼마나 자기의 고통이 됨을 잘 아는 까닭에 일부러 불을 끄지 않으려는 것이었다.
"바느질은 무슨 오라질 바느질이야. 다— 그만두고 일찍 자지."
하며 허리를 숙이어 '훅' 하고 불을 꺼버렸다.
"왜 그리고 앉았소. 어서 와서 자지는 않고. 어서 이리와."
최서방은 팔을 휘휘 내저어 어둠 속에서 색시의 치맛자락을 잡아 끌어갔다.
색시는 지난해 봄 지금으로부터 꼭 일 년 전인 삼월 달에 열네 살의 어린 나이로 시집을 왔다. 키가 유달리 숙성하여 나이는 열네 살이라도 그리 꼬마색시로는 보이지 않으나 그래도 분홍 인조견 저고리에 검정을 드린 당목 치마를 입은 허리는 한 줌이나 되어 보이며 두 귓볼이 상큼한 맛이 말할 수 없이 어려 보였다. 그는 최서방에게 시집오던 날부터 무섭고 괴롭고 하여 울며 이를 갈면서도 시집오면 으레이 그런 것으로만 알고 조금도 반항하지 않고 꼬박꼬박 아내 노릇을 하여 왔다.
스물일곱 살인 최서방의 무시무시한 성욕을 반항 없이 받아오는 색시

의 가슴속은 최서방이 무섭고 다—만 키 크다고 시집보내준 그의 부모가 원망스러웠다.

그러나 그는 남편이 무섭다는 말은 그의 부모에게라도 말할 수 없었다.
"왜 무서워?"
하고 물으면 그 이유를 말할 수는 없는 일이라고 생각되기 때문이다. 그리고 최서방에게도 그 무섭고 슬픈 뜻을 조금이라도 보이면 당장 쫓아보내든지 때리든지 할까봐 겁이 났다.

그러므로 색시는 혼자 속으로 꼬게꼬게 앓으며 입술만 깨물어 왔으므로 나이는 한 살 더 먹어도 몸과 얼굴은 점점 골아지듯 말라갔다.

그리고 또 한 가지 색시가 골아지듯 말라 들어가는 이유가 있다. 그것은 김갑술이란 총각 까닭이다.

이 갑술이 총각은 색시의 친정인 옥천동에 사는 사람이었다. 색시와 앞뒤집에서 자랐으며 그가 커서 남의 집에 머슴살이로 돌아다니면서도 이 색시에게는 마음을 두고 왔었다. 색시 나이가 열대여섯 되면 그 동안 돈을 알뜰이 모아서 장가를 들려니…… 하고 바랬던 것이 그가 석골이란 동리서 머슴살이하고 있는 동안에 색시는 시집을 가고 말았던 것이었다.

갑술이 총각은 기가 막혀 얼마 동안은 바람이 들어 살던 머슴살이도 집어던지고 핑글핑글 놀다가 나중에는 그의 홀어머니를 데리고 색시를 그려 이 돈들빵이로 이사를 와서 그 동안 모았던 돈으로 말 한필과 구루마를 사서 푼삯짐을 어서 살아갔다.

그도 벌써 나이가 스물다섯 살이니 장가도 들어야 할 것이고 또 말 구루마를 부리게 되니 돈벌이도 상당하니 아무래도 장가를 들 때가 꼭 되었는데 그는 색시만 그리워하였다. 최서방이 낮에 일하러 나가면 색시를 찾아와서 멀끔히 바라보다간 눈물이 글썽글썽하여가지고는 핑 달아나고 하니 색시 역시 마음이 편할 리가 없었다.

색시는 남편에게 시달릴 때마다 갑술이를 눈앞에 그렸다.

시집오던 전 해인 여름에 어느 밤 색시는 뜰 한 옆에 있는 샘가에서 동생들과 발가벗고 목욕을 감는데 갑술이가 쭉 들어오다가 싱긋 웃고 돌아서 나가던 일이 생각나며 그때 최서방이면 반드시 자기를 안아다가 못살게 굴었을 것이려니…… 갑술이는 점잖고 그런 몹쓸 짓은 하지 않으려니…… 라고 생각하는 것이었다. 그리고 또 봄철이 되면 산에 가서 참꽃을 꺾어 다 나눠주며 단오날마다 뒷산에 그네도 매여 주던 것도 갑술이었다.

그러나 색시는 시집올 때는 갑술이 생각을 할 줄 몰랐다. 시집온 후 어느 날 혼자서 바느질한다고 앉아 있는데 갑술이가 쭉 들어와서
"나는 네가 다른 사람에게 시집갈 줄 몰랐다. 나는 죽겠다."
하며 한숨 쉬고 눈물 짓고 하다가 돌아간 그 후부터 갑술이 생각이 나기 시작한 것이었다.

날이 갈수록 갑술이의 정열은 점점 조르어 붙이듯 뜨겁게 불태우고 최서방의 요구에 대하여는 반비례로 점점 더 싫은 정이 더 하여져 갔다.

더구나 이 날 밤 갑자기 갑술의 폭발된 열정에 휩싸여 정신을 잃을 번까지 한 뒤에 최서방의 억센 요구에 색시는 참다못하여 눈물이 좌르르 흘러내렸다.

'네가 최서방에게 안기어 잘 것을 생각하며 나는 이 밤을 자지도 못하고 울며 궁글며 한단다.'
하던 갑술이 말이 생각나며 비로소 처음으로 최서방에게서 몸을 빼내며 반항하듯 허리에 감긴 커다란 손을 잡아떼듯 휙 내던졌다.
"요것이 왜 이래."
최서방은 징그러운 웃음을 씩 웃으며 색시의 조그마한 몸뚱이를 내려 누르고 말았다.

이튿날 아침 일찍 최서방은 일터로 나갔다. 그는 제 이름으로 논이 닷

마지기나 있고 밭도 열두어 마지기나 있어 농사만 짓더라도 단 두 내오의 생활이야 넉넉하겠지마는 그래도 농사에 틈이 있는 대로 날품팔이라도 하여 잠시도 놀지 않아서 마을 사람들에게 착실하다는 칭찬을 받는 터였다.

색시는 남편이 일터로 나가자 얼마만치 마음이 거뜬하여진 듯하며 갑술이가 오면 실컷 울고 싶기도 하고 일변은 갑술이가 와서 또 못 살게 괴로워하는 모양을 보이기만 하면 차마 어찌 보리요 하고도 생각되어 마음의 갈피를 잡을 수가 없었다.

아직 열다섯 살 밖에 되지 않는 소녀인 색시로서는 견디어내고 판단해 내기에는 너무나 무겁고 어려운 사랑의 갈등이었다.

그는 아침 뒤치욱이 끝나자 방 한쪽에 쪼그리고 앉아 훌쩍훌쩍 울기만 하였다. 울다가 들으니 삽짝문밖에 엿장수 가위 소리가 책각책각 들려왔다.

그는 어느 때부터 엿 사먹으려고 주워두었던 헌 생철물통이 생각나서 두 눈을 얼른 이리저리 닦으며 뛰어나와

"엿장수!"

하고 불렀다.

"어—이 이 집이오? 색시 엿 사시오. 많이 주지요. 깨어진 그릇이나 헌 누더기나 무엇이든지 가지고 오소.

하고 엿장수는 혼자 지껄대인다.

"이것 즐게. 엿 많이 주어요."

색시는 조금 전까지 울던 일은 깜박 잊어버리고 헤히 웃기까지 한다.

"보자— 생철통이로구나. 어디 엿 많이 드리지—."

하고 엿장수는 엿을 다섯 가락 종이에 싸 주었다. 색시는 한 가락 입에 넣어 딱 부질러 씹으며

"참, 보소 엿장수. 저— 사마귀 빼는 약 있소?"

하고 물었다.

"네— 있고말고. 구리무 분, 비누, 온갖 것 다— 있소다."

"아—니 사마귀 빼는 약 정말 있어요?"

"있다니까. 이거 아니요 이거—."

엿장수는 샛노란 물이 든 병을 치켜 들었다. 색시는 웅크리고 앉으며 그 병을 들여다 보았다.

"병 한 개 가져오소."

엿장수는 색시가 그 사마귀 빼는 약을 사기로 작정이 된 것 같이 말하였다.

"빈 병이 있어야지…… 그 병에 든 약도 얼마 되지 않는데 그 병째 모두 팔으서요!"

"어— 이거 아주 비싼 약인데…… 이것만 해두 모두…… 보자, 병 값이 삼전이고 약값이 오십 전이라…… 그렇지만 오십 전만 내소……."

"오십 전? 아이구 비싸라! 사마귀가 꼭 빠질까요?"

"암! 꼭 빠지구 말구."

"옛수! 오십 전."

색시는 치마끈에 매어두었던 오십 전 짜리를 풀어 엿장수를 주고 그 약병을 받아들고 다시 방으로 들어왔다.

그는 두 팔과 발과 목과 가슴에 걸쳐 무사마귀가 많이 나있으므로 그것을 빼 없이하려는 것이었다. 그 어느 때 보니까 이러한 사마귀 빼는 약은 아주 꼭 사마귀 위에다 조금만 찍어 발라 두던 것을 생각하고 성냥 알맹이로 약물을 적시어 우선 발에 난 사마귀에다 조금 발랐다.

"아이구 따거……."

색시는 깜짝 놀라 성냥 알맹이를 동댕이쳤다.

"뭐 하나?"

그때 마침 갑술이가 방 안으로 얼굴을 쑥 들이밀었다.

"사마귀 빼지……."

색시는 생긋 웃었다.

"웃기는…… 나는 밤새도록 잠 한숨 못 자고 너 까닭에 이 모양인데 너는……."

갑술이는 말과는 딴판으로 얼굴은 조금도 색시를 원망하는 빛이 없었다.

"나는 뭐…… 잘 잔 줄 아나베……."

색시도 입이 뾰족해졌다.

"흥— 너도 내 생각 좀 해야지…… 또 사마귀는 빼서 무엇에 쓰려노, 이보다 더 예뻐지면 또 누구를 죽이려고."

갑술이는 문턱에 걸터앉으며 약병을 들고 보았다.

"그 약 참 몹시도 독해요. 여기 조금 찍어 발랐더니 불이 펄쩍나게 따가웠어요."

색시는 발등을 치마로 덮으며 아직 따갑다는 듯이 문질렀다.

"어—그 약이 무엇인지 알기나 하나. 한 모금만 마시면 당장에 죽는 무서운 약인데."

갑술이는 약병을 한 옆에 밀어 놓았다.

"아—그러면 비—상인가?"

"비—상? 그래!"

"나는 사마귀 빼는 약이라고……."

"조금씩 찍어 바르기만 해도 사마귀가 빠지니까. 제법 한 모금 마시기만 하면 목이 송두리째 빠져 버리지……."

"아이구머니 목이 빠지면 어찌나……."

"그러면 죽지……."

"영 죽을까……."

"암 …… 죽고 말고."

"아이구! 그러면 어디 감춰 버려야지! 행여 누가 잘못 알고 마시면 큰일이지."

색시는 벌떡 일어나 병을 들고 밖으로 나와 툇마루 밑에 꿍쳐 박아둔 새끼뭉치 옆에 끼워 두었다.

"이리 좀 봐! 내 말 들어. 너의 남편만 죽고 없으면 나하고 살지? 너도 최서방보다 나를 더 좋아하지."

갑자기 갑술이가 색시를 똑바로 보며 물었다.

"그런 말은 하지 말아요."

색시는 무서운 듯 머리를 흔들었다.

"그러지 말아라……."

"아―니요. 날 보구 그런 말은 말아요."

색시는 온몸이 떨렸다. 자기가 아무리 갑술이를 좋아한다고 하나 이미 최서방의 아내가 되었으니 이제는 할 수 없는 일이 아닌가 하는 생각만 할 뿐이었다.

갑술이는 색시의 이밖에 더 다른 생각을 할 줄 모르는 것이 안타까웠다.

색시는 어느 날 늦은 아침때가 되어 들로 나물 캐러 나갔다. 최서방은 오늘은 일자리도 없고 하여 집에서 가마니칠 새끼를 꼬고 있었다.

이런 줄 모르는 갑술이는 이 날도 색시를 보러 이 집에 쑥 들어왔다.

"어― 갑술인가?"

최서방은 반갑지 않게 인사를 하였다. 이미 두세 번이나 갑술이가 일 없이 자기 집에 놀러 온 것을 보고 아는 터이라 속으로 짐작이 되는 바가 없지 않았던 터이었다.

"네― 오늘은 일터로 안 가시오? 새끼는 꼬아 무엇에 쓰려는가요."

갑술의 대답은 어색한 빛이 나타났다.

"여기 좀 앉아서 내 말 좀 듣게."

최서방은 새끼 꼬던 손을 멈추고 담배를 꺼냈다.
"무슨 말인가요……"
하고 대답하는 갑술의 가슴은 뭉클하였다.
"글쎄."
최서방의 입술도 떨렸다. 갑술이는 이미 최서방의 속판을 알아차리며 이제까지 참고 견뎌오던 증오감이 불쑥 솟아올랐다.
그는 주먹을 단단히 쥐어보다가 말고 방 한 옆에 있는 목침을 노려보다가 문득 그 어느 날 색시가 툇마루 밑에 숨겨두던 초산병硝酸이 언뜻 머리에 떠오름으로
"무슨 말인가요. 천천히 합시다. 내 술 한 잔 받아올 터이니 한 잔 잡숫고 말씀하서요."
하고 신을 고쳐 신는 척 하고 마루 밑에 들어박힌 초산병을 얼른 빼고 밖으로 휭 나갔다.
그는 바른길로 술집에 가서 술 한 되를 받아 술집 주전자에까지 도로 넣어 가지고 최서방의 집 문앞에서 술은 거의 다 부어버리고 한 잔 만치 남겨 가지고 약병을 거꾸로 들고 부어 넣었다.
술주전자를 들고 들어간 갑술이는 부엌에 가서 조그마한 양재기 대접 한 개를 가지고 방으로 들어갔다.
"술은 탄아와도 나는 먹지 않겠다. 내 말이나 들어라."
최서방도 이제는 갑술이의 모양이 수상하여 아주 도사리고 앉았다.
"아—니 그러지 말고 한 잔 마시고 말하서요. 내가 모두 잘못했으니 그만 다— 무시하고 속을 푸서요. 무엇 그러실 것은 있는가요. 나도 내일부터는 멀리 만주나 대판으로 갈 작정이니 그러지 마소."
하고 주전자에 술을 따라서 최서방 앞에 내밀었다.
최서방도 그렇게 안 먹겠다고 뻗쳐대기에는 너무나 술에 대한 욕심이 많은 터이라 못 이긴 체 받아들고 한 입에 쭉 들어 삼키다가 조금 남았을

때 술잔을 척 띠며

"이 술맛이……"

하고 갑술이를 바라보았다.

"아―니 그 술이 어떠한가요?"

갑술이는 일어섰다.

"아이구! 이것 술이, 술이 아니다. 이 놈이 날 죽이는구나."

최서방은 두 손으로 목을 쥐여 뜯었다.

"이 놈의 새끼……."

갑술이는 왈칵 최서방에게 달려들어 방바닥에 넘어뜨린 후 두 손으로 목을 힘껏 눌렀다.

들에서 돌아온 색시는 그대로 부엌에 들어가 점심상을 차려가지고

"점심 먹겠어요."

하고 소리쳐 보았으나 대답이 없으므로 그는 혼자 부엌에서 점심을 먹은 후 물동이와 이제 캐 가지고 온 나물 소쿠리를 끼고 샘터로 나갔다.

나가다 사립거리에서 갑술이를 만났다.

"오늘은 집에 있는데……."

색시는 갑술이를 바라보며 말하였다.

"……."

갑술이는 두 눈이 새빨갛게 되어 허둥지둥하였다.

"왜 그래요?"

색시도 놀라 멈춧하였다.

"……."

갑술이는 사방을 휘휘 둘러보며 말문이 막힌 듯 손만 내렸다가 횡―하니 달아가 버렸다.

색시는 어리둥절하여 그대로 샘터에 가서 나물을 씻고 물을 길러 집으

로 돌아오니 남편은 아직 잠이 깨지 않은 모양이였으므로 방 안에 들어가 보았다.

"일어나 점심 먹어요."

색시는 두세 번 불러 봐도 대답이 없음이 이상하여 그제야 자세히 넘겨다보았다.

"아이구 왜 저래……."

색시는 이상함을 못 이겨 가까이 가 보았다. 그제야 가슴이 선뜻하여 총알같이 방을 튀여 나와 툇마루 밑을 들여다보고 약병이 없음에 벌떡 일어서자 갑술의 얼굴이 번개불같이 혼란하게 눈앞에 어른거렸다.

"아이고 엄마……."

그는 저도 모르게 외마디 소리를 치며 두 귀와 눈을 꼭 막듯이 가리며 푹 고꾸라졌다.

"아이그 무서워라. 암창굿기도 하지."

"글쎄 말이지 옅다섯 살 밖에 안 먹은 계집년이 사나이를 죽이다니!"

"아―니 갑술이 놈하고 언제부터 붙었는고…… 서방질을 하다니…… 고런 죽일 년이 어데 있소."

"아이구 무섭고 독한 년."

"년놈이 의논하고 죽인 게지 어린 년이 어찌면……."

동리는 물 끓듯 소란한 가운데 색시는 갑술이와 함께 꽁꽁 묶이여 순사 두 사람에게 끌려 그 멋들어진 향나무 서 있는 샘터를 왼편으로 끼고 돌아 주재소로 갔다.

이리하여 간부와 공모하여 남편을 독살한 십오 세의 독부가 생겨났다.

― 《조광》(1938. 7).

일여인

"마님! 마님! 도련님 세숫물 떠놨습니다."
"오—냐, 마루 끝에 가져다 놔라, 그리고 저— 세안크림 통도 갖다 놓고!"
"네……."
"저— 아기 어마시— 세숫물이 너무 뜨거워선 안 되니 따뜨무리하게 손을 넣어보구! 어—원, 하루에도 몇 번이나 떠 놓는 세숫물까지도 내가 입을 닳려야 되니 정말…… 조금이라도 차든지 뜨겁든지 해 봐라. 정말……."
안미닫이가 좌르르 열리며 남치마에 흰 은주사 깨끼 저고리를 입은 여인이 가제 타올을 들고 나온다. 그의 눈썹은 반달같이 그렸고, '아몬 빠빠야' 라나, 무엇이라는 크림을 바르고 물분을 발라 아름답게 연지로 조화시킨 갸름한 얼굴이다. 어디로 보든지 아직 서른두셋 밖에 되어 보이지 않는데, 마님이라고 불리는 것이 이상하였다.
"아가— 이리 나와, 어서."
여인은 대야에 한 손을 담가 보더니 온도가 마음에 맞았는지 세숫물 떠 놓은 유모에게 다시 군소리가 없다.
"아잉— 내가 씻을 테야……."

방에서 뛰어나온 조그만 도련님이 트집거리며 발을 구른다.

"어서 와……. 더러운 쌍놈의 새끼들처럼 모가지에 때를 발라 가지고 그대로 갈 테야? 글쎄, 너의 학교에 가보니 사람의 새끼 같은 것이 없더구나."

마님은 와락 도련님의 한 팔을 잡아끌어 대야 옆에 앉히고 두리번두리번 대야 근처를 살펴본 후

"아이구 이구 이 빌어먹을 인간들아! 칫솔은 어떻게 했노 응? 글쎄, 아이구 속상해."

하고 벼락같이 꽥 소리를 지르자 부엌에서 사내아이 하나가 툭 튀어나와 세숫간에 걸린 칫솔을 가져온다.

"이 자식아, 양치를 쳐야지, 그 놈의 개사끼 같은 놈들의 자식처럼 양치도 않고 학교에 다닐 테냐?"

마님의 호령에 도련님은 입을 볼리고 얼굴을 찡그린 채 끙끙 앓기만 한다.

양치질이 가까스로 끝나고 세안洗眼 크림을 찍어 도련님 얼굴과 목덜미를 냅다 문지르기 시작하자 도련님은 작은 망아지처럼 뒷발을 치켜들며, 그만 씻으라고 악을 쓴다. 온 마루는 물투성이가 되고 마님의 소매와 치마는 온통 물벼락을 맞은 듯 하다. 그래도 도련님은 크림을 발린 채 대야에 담갔던 두 손으로 마님의 두 팔을 뿌리치려고 버티고 밀고 한다.

"이 자식아, 비누로 씻느니보다 때가 더 잘 빠지니까 크림으로 씻기는 거다. 이렇게 씻어야 얼굴이 윤택하고 부자집 아이 같지 않느냐. 그저 물만 찍어 바르고 가면 그 놈의 쌍놈 손들이나 다름이 있겠니?"

마님은 지독하게도 도련님 얼굴을 문지르며 씻긴다.

"일 없어, 일 없어, 잉……."

도련님은 몸을 버티다가 기어이 대야를 박차 엎지르고 만다.

"후다닥……."

도련님의 뺨 위에 크림 거품이 가득 묻은 마님의 손바닥이 올라 붙는다. 다시 세숫물이 떠다 놓이고 울음소리가 요란하고 마루바닥이 퉁탕거리고 마님의 고함소리가 연해 나며 하는 사이에 세수가 끝난다.

가까스로 가제 타올에 얼굴이 닦여지고 도련님은 경대 앞으로 끌려간다.

헤찌마 화장수가 도련님 얼굴에 발려지고, 크림이 발려지고 퍼프로 야금야금 누르고 하여 대청에 대령한 밥상 앞으로 끌려 간다.

세수한 자리를 치우는 유모는 혀를 끌끌 차며

"에이 참, 세수한 자리가 아니라, 물지랄병 하고 간 자리 같군."
하고 입속말로 속삭인다. 한참 걸려 마루 소제가 끝나자 방으로 들어가 경대 앞을 바라본다. 크림통, 화장수병, 분통, 퍼프, 수건 등이 자욱히 뚜껑이 벗기어 구르고 있다.

"원— 사내새끼를 사당에 보내었나 보다…… 별꼴도 다 보네."
하고 입속으로 혀를 찬다.

"부엌 사람— 커피차 얼른 가져와……."
대청에서 고함 소리가 나자 식모는 커피 주전자를 들여다 놓는다.

도련님 상 위에는 아주 서양식으로 보리죽(오트밀) 대접이 놓였고, 바나나 두 개가 접시에 담겨 있고, 커피잔이 놓여 있다.

식모는 돌아서 나오며,
"에이, 정말 단 일곱 식구에 아침을 꼭 네 차례나 치르니 원 사람이 견디어 낼 수가 있나. 멀쩡한 아이놈에게 아침마다 죽은 무슨 벼락 맞을 죽만 먹여, 글쎄."
하고 종알거린다.

"이 자식아, 오늘도 학교에 가거든 더러운 아이와는 놀지 말아라. 그리고 아주 선생 말을 잘 들어야 해. 그까짓 쌍놈의 선생이고 못난 자식이기는 하더라마는 부득이 배워야 되는 것이니 선생 가르치는 것은 꼭꼭 그대로 해야 된다. 그리고 오늘 체조시간이 끝나거든 선생이 야단해도 듣지 말고 너는 꼭 수도에 달려가서 손을 씻고 이 손수건에 닦아야 된다. 응? 알았니? 빌어먹을 놈의 선생이란 것이 아이들의 손도 씻길 줄 모르고…… 얘야, 너 즉 손 씻겠다고 해라. 손이 더럽거든 꼭 씻겠다고 해. 알았니?"

 마님은 도련님에게 열심으로 푸념을 하고 있으나, 도련님은 오트밀이 먹기 싫어, 바나나 먹기에 바빠 마님의 말은 귀 너머로 듣는 모양이었다.

 "그리고 선생님이 묻거든 우리 집에는 목욕탕이 있어서 하루 한 번씩 꼭꼭 목욕한다고 해라. 그리고 잘 때는 꼭꼭 잠옷을 입고 잔다고 해. 잠옷이라지 말고 '파자마 입고 잡니다'라고 해야 돼—. 그리고 아침에는 밥 먹지 않고 오트밀을 먹는다고 해야 된다. 알았니?"

 "응—, 보리죽 먹는다고 그랬어."

 "이 자식 보리죽이라면 그까짓 선생이 오트밀인 줄 아니? 이제부터는 꼭 오트밀을 먹는다고 해야 돼. 알겠니?"

 "알았어. 바나나하고 커피차하고."

 "그래, '오트밀 한 그릇, 바나나 두 개, 커피 한 잔을 먹습니다'라고 해."

 "응! 그리고 내일 아침에는 보리죽 안 먹을 테야. 밥 줘, 응?"

 "이 자식이 또 보리죽이라는구나. 글쎄 이것은 보리죽이 아니라, 하꾸라이 오트밀이야, 바보같이!"

 "하하하. 선생님이 내가 '보리죽 먹었습니다'라고 하니까, 자꾸 웃어요, '네가 왜 보리죽을 먹었니?' 하시더라니까."

 "이 자식, 그렇기에 말이다. 너의 선생님은 비렁뱅이 자식이니까 오트밀이란 건 모른다. 그러니까 그 자식이 그렇게 얼굴이 마르고 검지 않더냐. 이렇게 오트밀을 먹고 세안크림으로 세수하고 하면 누가 보아도 아주 귀공자답게 말쑥해 보이지 않니?"

"하하하, 그 놈의 선생님이 엄마! 그 놈의 선생님이 말야. 어저께 날 보구 못난이라고 했어."

"왜? 그 벼락 맞을 놈이."

"내 짝놈이 막 때려서 내가 울었어."

"그래! 네 짝놈이 널 때렸어? 어디 보자 그 놈의 아귀 같은 놈의 땅꾼의 새끼, 그래 너를 때린 놈은 장하다더냐?"

"으응! 그 놈 아이는 아주 선생님께 맞았어. 그리고 나는 운다고 못난이래!"

"울면 못난인가? 아프니까 울지."

마님은 금방 노발대발이다. 그 사이에 도련님 아침 식사가 끝난다.

도련님은 다시 끌려 방으로 들어가 란도셀*을 둘러 메워 체경 앞에서 마님이 한 바퀴 돌려 보고

"자 — 인제 가거라."

하는 명령을 쫓아 내려선다.

"놈아! 도련님과 학교에 가."

마님이 부엌을 보고 소리 지르자, 상노 아이 놈이 뛰어나왔다.

"야 이놈아. 오늘 또 도련님의 어깨에 손을 댔단 봐라. 영 죽여 버릴 테니. 아무리 너보다 나이가 어려도 도련님에게 네 마음대로 손을 대지 말아."

"네? 누가 손을 댔어요. 도련님이 자꾸 한눈을 파니까 그러지 말라고 팔을 잡고 왔지요!"

"그래도 안돼…… 창피하게."

마님은 방으로 들어가고 아이들은 학교에 갔다.

조금 후 이 젊은 마님의 아침 식사가 시작된다. 보리쌀 섞은 밥과 장찌

---

* 주로 초등학교 학생들이 책이나 학용품을 넣어서 메고 다니는 네모난 가방.

게와 간청어 꽁지 뿐이다. 한 통에 육십 전 하는 오트밀을 먹는 아들의 식사와는 영 뚝 덜어진 밥상이다. 마님의 진지상이 나오자 부엌에서 식모 유모 침모들의 아침이 시작된다. 이들은 보리밥에 장찌게 뿐이다.

그리고 열 시나 되어서 이 댁 나으리 영감님의 식사가 시작된다. 역시 보리쌀이 약간 섞인 밥에다 김치 장찌게, 명태국이 상에 올랐다.

이리하여 아침 일곱 시에 시작하여 아침 열 시 반에 가서야 비로소 끝이 난다. 마님은 안방에서 식전에 한 화장을 고치기 시작하는데,

"종식이 어머니 계십니까?"

하는 소리가 뜰에서 나며,

"그래, 마님 계시다."

하는 식모의 대답소리가 들린다. 마님은 자기를 종식이 어머니라고 부르는 요망스런 년이 누군가 하여 내다본다.

"아— 너로구나. 왜 왔어?"

뜰에선 김 참의 댁 계집애 하인이 생긋 웃으며

"건너 오시랍디다. 얼른 오시래요."

하고는 핑 돌아간다.

마음은 일변 기가 나면서도 그 조그만 계집애 년이 요망스럽게 종식이 어머니라고 부르는 것이 괘씸하기도 하고 집안 하인들에게 꼭 마님이라고 부르라고 한 자기의 위신이 손상된 듯 불쾌하다.

"그 년의 집안어는 하인들에게 말버릇도 가르치지 않는가 보다. 빌어먹을 년, 급살맞을 년."

마님은 궁청궁청 욕을 시작한다. 그러면서도 장롱군을 열고, 옷들을 끄집어 내어 놓고 이제까지 정성들인 화장을 다시 씻어 곱게 화장을 하고 모양을 잔뜩 내어서 마루에 나선다.

주머니를 뒤져 보니 도련님에게 내일 아침 바나나 사 먹일 돈 밖에 없어 이윽히 망설이다가 집을 나서 김 참의 댁으로 갔다.

"아이 잘 왔소—."
 김 참의댁은 반겨 맞았다. 이 마누라는 사십이 넘어 보인다.
 "아—그 요망스런 계집애가 종식이 어머니 있냐고 소리치는 바람에 놀라 깨서."
하고 말 속에 뼈를 묻어 하느라고 이러게 거짓말을 한다.
 "아— 그 때까지 잤던가?"
 "잤지. 일찍 일어난들 할 일이 있어야지."
 마님은 거짓말이 능하다. 그러나 참의 부인은 이미 그의 속판을 훤히 들여다본다.
 "그래서 그 요망스런 년이 버릇없이 종식이 어머니라고 했어? 에— 망할 년."
하고 웃는다. 이 말에 마님의 불쾌하던 감정은 풀리고 말았다.
 "이리 들어와요."
 참의 부인을 따라 두 칸 건너 방에 들어가니 그야말로 유한마담이 들어찼다.
 "잘 오셨어요, 왜 이제 오시오?"
하고 모두들 인사를 하는데, 마님은 대답 대신에
 "아이그 걸어 왔더니 덥네, 늘 타고만 다녀 놓으니 오늘 산보 겸해 걸어 봤더니, 고까짓 것 걸었는데도 막 덥고 다리가 아프다니까."
하고 방 안에 들어앉는다.
 "암— 사람은 걸어 다녀야 해. 타고만 다니면 쓰나?"
 참의 부인은 한쪽 눈을 찡긋하며 마님을 추켜 준다. 마님은 웃음이 만면하다. 자기 주머니에 단 이십 전 밖에 없는 것은 잊어버린 듯 하다.
 조금 후 요리상이 들어온다. 모두들 우— 하고 상 옆으로 둘러앉으며
 "오늘 이 댁 주인 마누라 생신이라네. 많이 먹어 보자……."
하고 술도 치기 시작한다. 그러나 마님은 홀로 물러 앉아 담배를 찾는다.

"아이— 이거 '피죤'이구려. '해태' 없소?"
하며 담배갑을 팽개친다.
"요즈음이 어떠한 때라고, 아무것이나 피울 일이지."
누군가 농담같이 대답한다.
"아이— 우리야 아직 '피죤'은 피우지 않는다오. '헤태'도 요즈음이지 꼭꼭 '쓰리캇숀'을 피웠는데."
마님께선 이런 거짓말은 예사다. 과연 그의 장롱 서랍에는 그 어느 때 넣어 둔 '쓰리캇숀'의 빈 곽이 함께 들어 있기도 하지만.
"귀부인이 담배는 무슨…… 그러지 말고 이 맛있는 진수성찬이나 잡숫구료.
누군가 권한다.
"아이— 음식은 보기만 해도 몸서리야. 그까짓 날마다 먹는 걸 무엇이 그리 먹고 싶어 야단이야. 그만 먹고 이야기나 합시다.'
이렇게 갈한 마님은 핑— 하니 현기증이 날 것 같다.
예전 시아버지 살아 계실 때 천 석이나 하다가 그 시아버지가 죽고 말자 일조에 폭삭 망해 버리고, 겨우 백 석 남짓 추수하는 것을 그 남편이 밤낮 먹고 놀기만 하니 고생함을 가히 알 수 있는 것이고, 또 남에게 업신여김 받기 싫어 쓸데없는 유모, 침모, 식모, 상노 아이를 부리게 되니, 온 식구 셋(남편과 마님과 도련님)에 부리는 사람이 넷이다.
그러므로 여간 곤란한 처지가 아닌 까닭에 늘 먹는 것도 말이 못 되므로 비위병이 생기기도 일쑤라, 바로 말하자면 그 중에 누구보다도 먼저 그 요리를 먹고 싶은 사람은 마님일 것이다. 그러나 그는 참는다.
이윽고 요리가 끝나자 그는 과자쪽이나 집어 먹다가 일어선다.
"오늘은 아마도 서울서 손님이 오실 것 같아 그만 가야겠어."
마님은 천연스럽게 말한다.
"서울서? 누가 오시나?"

"아마도 그 저— 유명한 ×××란 그이가 오시겠다고 벌써 언제부터 편지가 왔어."

이것도 생 엉터리다. 그러나 마님은 기어이 그 집을 나왔다.

"아이그 참 우스워 죽겠어! 젊은 년이 마님은 무슨 마님이야 글쎄."

"서울 손님이라니! 손님도 서울 손님이 온다고 해야 버젓해지는 건가?"

"글쎄 그 여편네가 학교 다닐 때는 그러지 않더니 시집간 후부터는 아주 미친 것 같이 뽐내어요."

모두들 마님의 치마 끝이 사라지기도 전에 흉을 보느라 법석이다.

그러나 마님은 저의 집으로 달려와서 보리 섞인 점심밥을 간청어 꽁지와 맛있게 먹었다. 이것이 도리어 옳은 일인지도 모른다. 거짓말만 하지 않으면······.

마님의 점심이 끝나자 도련님이 학교에서 돌아온다.

"이 자식 배고프다. 어서 먹어······."

마님은 도련님이 학교에 갈 때 그처럼 치켜들고 법석을 하던 것에 비하여 돌아올 때에는 언제든지 냉담하다.

"싫어 잉— 엄마는 꼭 날 보고 이 자식이라고만 해! 왜 욕해! 내 이름은 종식이가 아녜요?"

도련님은 공연히 성이 나서 란도셀을 벗어 방구석에다 둘러메친다.

"이 자식이 미쳤어? 왜 야단이야. 글쎄 또 선생놈에게 야단맞은 게로군. 이제 겨우 1학년이요, 학교에 다닌 지 겨우 두 달 남짓한 어린애들을 그 빌어먹을 놈이 왜 자꾸 성화를 한다더냐 글쎄?"

마님은 화풀이할 건더기도 없건마는 죄 없는 선생님을 냅다 욕질한다. 사랑하는 아들의 장래에 얼마만한 영향이 미칠 것은 생각해 보지도 않는다.

"저— 도련님이 다른 아이와 공부 시간에 장난했다고 한 번 꾸지람

맞고 또 조선어 시간에 '저 모자'라는 말을 쓸 줄 몰라서 또 야단 맞았어요."

도련님을 데리고 학교에 갔다 온 상노 아이가 설명을 한다. 그의 귀에도 마님이 선생님을 욕하는 것이 거슬렸던 모양이다.

"그러기에 봐! 어서 밥 먹고 공부하자!"

식모는 벌써 도련님 상을 가지고 온다. 간청어와 아침에 나으리가 먹고 남은 명태국 찌꺼기, 김치가 상에 올라 있을 뿐이다.

이만하면 보통으로 먹는 반찬으로 그리 남부러울 건 없으련마는 마님은 도련님에게 이렇게 먹이는 것을 누가 볼까봐 두려워하고, 자기도 차마 보기가 싫어서, 아침에 오트밀을 먹일 때는 같이 데리고 먹여 주지만, 점심 저녁은 영 들보지 않는다.

도련님은 맛있게 밥을 먹는다. 그는 그 곤궁한 오트밀보다 이 보리 섞인 밥을 간청어하고 먹는 것이 더 맛있는가 싶다.

"이 자식, 이리 와 공부해."

마님은 베개를 돋우어 베고 누워서 소리만 빽빽 지른다.

"엄마는 또 이 자식이야? 싫어 난."

도련님은 먹던 밥숟갈을 집어던지고 방으로 들어와 란도셀을 끌러 그 안에 든 책을 모조리 끌어내 놓는다.

"이 구두, 그 모자, 저 보자기, 엄마 이것 나, 다— 쓸 줄 알아, 그리고 'らみに ふね(바다에는 배), ふねに ほ(배에는 돛), ほぼしに はた(돛에는 깃발),* 이것도 다— 쓸 줄 알아."

도련님은 방 끝까지 책들을 늘어 놓는다. 마님은 잠이 사르르 들었다. 도련님은 제 혼자 창가를 불러가며 잡기장에다 제 멋대로 마구 써 댄다. 쓰다가는 말고 고무로 북북 닦고, 닦다가는 잡기장을 쬐— 째곤 한다.

---

* 교과서의 한 문장.

그래도 마님은 무관심하고 잠만 잔다. 도련님은 나중에 꾀가 나니까 독본책에다 마구 그림을 그리고, 그리다가는 또 북북 닦고, 그리다가는 찍 잡아 찢고…….

이것이 모두 선생 욕 먹일 밑천이다. 내일 학교에 가면 선생님이 보고 야단하실 것은 정한 이치니까. 야단맞는 걸 보게 되면 상노 아이가 마님에게 고자질할 것도 틀림없을 것 같고 그 말을 들으면 마님이 도로 선생님을 선생놈이라고 욕을 또 내놓을 것이니까.

아예 당초에 마님이 낮잠 자지 말고 아이 공부를 감독했으면 내일 선생님에게 꾸중 들을 턱도 없고 그걸 따라서 마님이 선생님을 욕할 건덕지도 없어지는 것이련마는…….

마님은 맛있게 잔다.

"엄마, 그만 쓸까? 이것을 한 장 써 오랬지만 이따 쓸 테야……. 엄마 써 줘!"

도련님은 마님을 뒤흔든다. 마님은 성가시다는 듯, 꽥 소리를 지르며

"이 자식 저리 가— 시끄러워 잠 못 자겠다."

라고 하며 돌아누웠다.

"엄마 욕쟁이……."

"네 아— 이놈의 자식, 엄마 자는데 왜 이래!"

마님은 발칵 성이 났다. 그러나 도련님은 어느 사이엔지 엄마 주머니 속에서 내일 아침 바나나를 살 그 이십 전 중에서 십 전을 발라내 가지고 핑— 밖으로 달아났다.

마님은 그래도 모르고 다시 잠들기에 애쓰며

"이따 내가 다 써 주마, 어서 밖에 나가 놀아."

한다. 마님은 도련님의 숙제를 대신 해주겠다고 말한 것이다.

그 이튿날 학교에서 돌아온 도련님과 상노 아이가 이구동성으로

"선생님이 집에 가서 제 손으로 쓰지 않고 엄마가 썼다고 야단해요."

라고 고해 바친다. 마님은 잠잠하고 도사리며 앉더니 이윽고
"그래 그 놈의 쌍놈의 선생이 뭐라 그러든?"
하고 묻는다.
"꼭 내 손으로 써야 된데요. 엄마 쓴 것은 선생님이 안 보신데!"
"응?"
마님은 얼굴이 금시에 시뻘겋게 되며 입술이 바르르 떤다.
"이 놈의 자식, 어디 보자."
마님은 그만 벌떡 일어나더니 치마를 뚝 따 입고 와르르 툇마루로 나오다가 갑자기 생각난 말이 있는지 경대 앞으로 돌아와서 화장을 고친 후, 이제는 바른길로 거리로 내달는다. 그는 지금 학교로 달려가 선생을 여지없이 퍼붓고 올 작정이다.
그리하여 이윽고 걸어가다가 문득 삼정으복점 쇼윈도에 걸려 있는 옷감에 눈이 팔려 잠깐 칼이 멈춰진다.
"빌어먹을 도적놈……."
하고 심중에 선생 얼글을 그려 본다.
선생의 박박 깎은 머리와 쾌활하고 성글성글하게 생긴 얼굴이 떠오른다. 이상하게도 그 순간에 가무잡잡하고 주어짜 놓은 행주 같은 자기 남편의 얼굴이 생각나며 입에 생긋 웃음을 떠올린다.
자기가 쓴 글씨를 그 선생이 본다…… 하는 그 사실을 엉뚱한 데로 연상시켜 본 까닭이다.
"그 놈의 자식……."
마님은 또 한번 속으로 웃고, 귀부인 앞에 무릎을 꿇어 사랑을 애걸하는 젊고 거만한 기사를 생각해 본다.
그리고 다시 한 번 미소해 보며 스스로 만족하여 어깨를 뒤로 젖히고 오복점으로 들어간다.
물론 주머니에 돈이라고는 동전 한 푼 없지마는 몇 천 원어치라도 마음

에 드는 물건만 있으면 다—살 것 같은 태도이다.
그는 자기가 지금 어디로 가던 길인지를 잊어버렸다.

— 《사해공론》(1938).

혼명에서

1. 귀먹은 자者의 정적靜寂에서 외우는 독백獨白

S!
이 어인 까닭일까요!
왜 이다지 고요합니까?
깊고 깊은 동혈의 속과 같이 어지간히도 고요합니다. 참으로 이상한 밤이어요.
마을을 한참 떠난 들 복판에 외로이 서 있는 이 집인 까닭에 이렇게도 고요함일까요.
그러나 지금은 겨울이 아닙니까! 멀리서 달려오는 북쪽의 난폭한 바람이 아— 모 거칠 것이라곤 하나도 없이 제 마음대로 이 들판에 서서 천군만마같이 고함을 치고 이 집의 수많은 유리 창문과 뼈만 남은 나뭇가지를 마구 쥐여 흔들어 놓아 시끄럽고 요란하기 끝이 없게 할 때입니다.
그런데 왜 이다지 고요할까! 일순간 사이에 땅덩이가 깊은 바다 속에 깔아 앉아 버린 듯 합니다. 모든 움직임과 음향이 딱, 정지되어버린 듯도 합니다.
S!

이제 금방 어머니 방에서 어머니가 편안히 잠드시라고 보문품경을 나 직나직 읽어드려 겨우 잠이 들으신 듯하여 살며시 내 방으로 들어왔습니 다. 내 방문을 무심코 한 걸음 들어서자 두 눈은 부신 듯 하였어요. 방 안 에 얌전스레 나래를 편 듯 깔려있는 침구가 무척도 찬란한 색깔이었든 탓인지요…….

이렇게 호사스런 침구가 나에게 무슨 관계를 가졌단 말입니까! 다만 내 가 본래부터 좋아하는 백합화를 하얗게 수놓은 새빨간 자주색 이불일 따 름입니다.

머리맡에 놓인 몽롱형 전기 스탠드에는 파란 전구가 끼워져 있고 그 곁 에 오늘 신문이 얌전하게 놓였고 작은 둥근 상에는 약병과 물 주전자, 뜨 롭통이 담겨 있으며 창에는 빈틈없이 커튼이 내려져 아늑한 방 안의 분 위기가 나를 끌어 안어 주는 듯 느껴졌습니다.

대체 누가 내 침방을 이렇게 치장하여 주었을까. 어느 편을 돌려 보 든지 모두가 마음 편히 잘 자도록 정성을 드려 놓았음을 알 수가 있습 니다.

이것은 나의 언니가 모르는 사이에 꾸며놓은 것임에 틀림없겠지요.

아침에 내가 이 방을 나갈 때는 신문잡지, 서적 등이 자욱이 널려 있 었고, 병원의 입원실같이 하얀 이불이 아랫목에 헝클어져 있었던 것입 니다.

언니가 나에게 표하는 정성이 오늘에서 비롯함은 아니나, 왜 그런지 이 밤에는 새삼스럽게 언니에 대한 감사의 마음이 가슴에 찼습니다. 곁 에 있었으면 한마디 인사라도 하고 싶었습니다.

이제까지는 구태여 언니뿐만이 아니라 집안 사람들 중 누구에게든 지 아무런 정성을 받아도 입에 내어 감사하다고 해 본 적이라고는 없 었어요.

물론 마음속까지 느낄 줄 모르는 바는 아니지만 입 밖에까지 내여 표현하기가 싫었던 것입니다. 이것은 나의 무뚝뚝한 성격인지는 모릅니다.

그러나 이것을 단순히 나의 성격이라고만 돌리고 말 수는 없어요. 왜 그러냐 하면 나는 그들에게 감사를 느끼기 바로 직전의 순간에는 마치 무거운 쇠줄에 동여 매이는 것 같은 압박을 느끼는 것이었어요. 아니 그보다도 드디어 나는 괴롬을 느끼는 것이랍니다. 그들에게 무엇 하나라도 보람될 것이라고는 가지지 못한 나이기 때문에……. 아니 항상, 그렇습니다. 항상 나는 그들이 나에게 바라고 있는 바를 기어이 배반하여 버리려고, 아니 배반하고 말리라, 배반하여 버리지 않고는 안 될 일이라고 생각하고 있는 악마이었기 때문입니다.

그러므로 그들의 정성은 나에게 고통입니다. 내가 그들에게 바라는 바는 오로지 압박천대, 그리고 축출! 이것이어요.

그러면 나는 얼다나 마음이 자유롭고 얼마나 용감해질 수 있으리.

그들의 지극한 은애恩愛는 나에서 용기와 자유를 고살苦殺시킬 뿐입니다.

S!

나는, 나라는 인간은 무엇이라고 정의를 부쳐야 좋을 인간일까요.

나는 가족들의 정성을, 아니 그보다 어느 때든지 그들을 배반하고야말 인간임을 확실히 자인하면서도, 그들의 사랑을 배반할 수 없으며, 나에게 이 고통을 주는 가족을 미워하여야 될 것이며 그 반대로 지극히 사랑합니다.

왜? 나는 내 사랑하는 가족들을 기쁘게 해주며, 그들의 원하는 딸이 되지 못합니까!

왜? 나는 기어이 배반하고야말 인간이거든 그들의 사랑과 정성에 무엇 까닭에 감격합니까? 감격할 뿐만 아니라 그들에게 보답하기 위하여 이 생명이라도 바쳐버리고 싶을 때가 있습니다!

왜? 나는 그들을 버릴 것을 단념하지 못하며 왜 또 기어이 배반해 보겠다고도 하는 것일까요!

S!

나는 모르겠어요! 나는 모릅니다. 나는 약한 자일까요! 너무나 강한 자일까요!

S!

나는 이 방으로 들어오기 조금 전부터 고질인 위장이 아프기 시작하였던 것입니다. 지금 나는 차차 아파오는 도수가 높아가고 있음으로 그것을 참으려고 애씁니다. 팔짱을 끼고 아래턱을 가슴속으로 파묻히듯이 하며 고도로 쫓겨 가는 배 위에 서 있는 나폴레옹같이 침통한 포즈입니다.

묵묵히! 묵묵히! 이윽도록 그 파란 전기 스탠드를 바라보고 있었습니다.

S!

이때이었어요. 바로 이때! 어느 때부터 시작된 느낌인지는 모르나 문득
"아! 무척도 고요하다. 왜 이다지 고요할까! 어인 까닭에 이 밤이 이다지도 고요할까!
라고 느꼈던 것입니다. 그리고 또 멀고 먼 거친 타향에서 오랫동안 그리워하던 고향집 안방 안에 이제 금방 들어와 앉은 듯이 그 고요함이 그립고도 정답게 느껴졌어요.

S!

S와 서로 떠난 이후 오늘날까지 늘 나는 이러한 시간을 가지기를 원했습니다.

모든 음향과 움직임이 없는 터럭 끝만치라도 외계外界의 구애가 없는 그러한 묵적默寂한 가운데다 내 자신을 앉힌 후 고요히 침착하게 냉정하게 진실한 나라는 것을 집어내어 과거와 현재, 미래에 있어서의 나타나는 것을 똑바로 바라보며 차곡차곡 검토檢討해 보며 나라는 인간이 어떠한 것이며 어떻게 살아가야 되는 것인가를 알아내려고 생각해 왔던 것입

니다.

  그러나 이제 의외에도 그러한 시간이 이곳에서 나를 맞아 줄 줄은 생각하여 보지도 않았던 까닭에 한참 동안 무아몽중으로 앉아 있었을 뿐이었어요!

  이 동안에 시간은 제 갈 길을 얼마나 갔는지 모릅니다.

  정적은 일각일각으로 굳세인 박력迫力을 가해가며 더욱더욱 적막하여 가는 그 가운데서 나는 즐기는 듯 도취하듯 묵연默然히 앉아 있을 뿐입니다.

  이렇게 하여 또 얼마나 시간이 흘러갔는지……. 깊은 나락奈落에서 울려오는 듯이 "당"하고 시계가 새로 한 시를 쳤습니다. 그러고도 또 얼마간을 그대로 앉아 있었어요. 아무것도 생각하는 것도 없었고, 이러한 시간을 가지면 하려고 하는 모든 푸념도 다 잊어버린 듯 하였습니다.

  내 신경의 어느 일부는 눈이 빙빙 돌아갈 만한 맹렬한 활동을 개시하고 있었던 것 같기도 합니다.

  아파가는 도수가 자꾸자꾸 높아가는 나의 위병은 어느 때부터 사라져 버렸는지 내 마음과 몸은 남김없이 외계의 정적 속에 동화되어 고요한 호수湖水같이 잠잠하여졌음을 느꼈습니다.

  "아!"

  이 신기한 이 밤의 정적은 마침내 '나'에게 '나'를 가져다 주었어요.

  거짓과 갈등과 괴롬에 고달파진 나는 세상이 시끄러움 속에서 혼명混冥하여져 '나'까지 잊어버리고 내가 남他인지, 남이 나인지도 모르고 살아왔던가 봐요.

  나는 나 같은 약한 자인지 지극히 강한 자인지 스스로 구별할 수 없는 인간이기 대문에, 세상의 시끄러움이 참을 수 없게 저주로왔어요.

  아무 시끄러움이 없는 고요한 가운데서 차근차근 내 모양을 바로 보기 원했어요.

눈멀고, 귀먹은 자의 정적을 원하였던 것입니다.

"아!"

과연 내 원하던 귀먹은 자의 정적은 틀림없이도 이제 거짓과 괴로움과 갈등에 낡아진 때 묻은 옷을 활짝 벗겨서 새빨간 내 마음을 내 가슴에 던져 보냈습니다.

S!

나는 지금 잃어 버렸던 나를 굳게 찾아 안고 울어야 옳을지 기뻐해야 옳을지 모르겠어요.

지금의 나를 누구에게나 보이고 싶고 말하고 싶습니다. 입을 열기 싫어하고 남을 대하기 싫어하던 그 우울이 지금의 나에게서 떠나가 버렸는가 합니다.

S!

문득 S의 얼굴이 떠오릅니다. 누구의 얼굴보다도 명확하게 내 마음 가운데 떠오릅니다.

당신의 이름을 가만히 입안에 돌려보니 갑자기 당신에게로 달려가고 싶었습니다. 나는 나도 모르게 벌떡 일어섰어요.

그리고 다음 순간 달음박질하려는 내 마음을 바보처럼 모르는 척, 그대로 멈추어서 생각난 듯이 옷을 활활 벗어 버리고 잠옷으로 갈아입었던 것입니다.

그리고는 이불 위에 좍 벗고 들어 누어 천정을 바라봅니다.

왜 구태여 이때의 내 마음속에 당신의 얼굴이, 뚜렷이 떠올랐을까요! 그 크고 빛나던 불 같은 두 눈과 분명한 윤곽의 당신의 얼굴이 왜 그다지도 명확하게 떠올랐을까요!

S!

그에 대한 설명은 한 가지 두 가지로 간단하게 설명할 수 없는 것인 줄, 오직 당신만은 아시리라.

2

S!

 당신과 내가 서로 알게 되고, 또 서로 몇 차례 만나게 된 것과 속 깊은, 이야기를 나누게 된 것이 모두 다 우연이었습니다. 정말 이상스런 신기한 우연偶然이었어요.

 당신이 내가 있는 이 땅으로 여행하게 된 이유는 그만 두더라도 한 발자국 이 땅 위에 내려 놓자 실로 우연히 당신의 옛 친구였던 김을 만났던 것이 아닙니까?

 그래서 김과 서로 반가운 동행이 되어 경부선 기차에 올랐던 것이지요. 김은 당신과의 옛 우정을 위하여 신라고도新羅古都로 안내하게 되어 K역에 내린 것이었습니다.

 그리하여 경주행 기차에 바꾸어 타자 김은 또 하나 옛 친구를 만났던 것입니다. 역시 아두 뜻하지 않은 우연으로.

 당신과 김이 단순한 옛 친구가 아니며 죽음과 삶을 함께 하였던 동지同志였다고 한다면 이제 또 한 사람 만난 친구 역시 김에게 있어서의 옛 동지였습니다.

 이 새로 나타난 친구와 당신과는 미지의 사이였으나 김을 중심으로 하여 세 친구는 삽시간에 동화되고 말았지요.

 이 새로 나타난 친구! 그 사람이 바로 '나' 이었지요?

S!

 나는 우연히 생각 밖의 친구 김을 만난 것이 기뻤으며 더구나 당신을! 첫말부터 나에게 깊은 감명을 주는 당신을 알게 된 것이 기뻤습니다.

 "어디를 가는 길이요?"

 김은 나에게 물었습니다.

 "우리가 떠난 지 십여 년 만에 우연히 이렇게 만난 것이니 관계되는 일이 없거든 함께 경주 구경합시다."
라고 그때 김은 옛날이나 다름없이 이러한 말을 하였지요?

　나는 더 무엇을 생각할 여가 없이

　"갑시다. 나도 함께 가겠어요!"

라고 즉답을 하였던 것입니다. 그리하여 우리는 즐겁게 회고담을 주고받으며 기차가 어디를 향하여 달려가고 있는가는 생각조차 해볼 여지가 없었어요.

　이윽히 이야기에 꽃을 피운 후 나는 문득 이러한 생각이 났습니다.

　"대체 내가 이 기차에 어떻게 하여 오르게 되었던가! 어디로 가려던 것인가! 이렇게 아무리 옛 친구라고는 하나 함께 아무 예상도 준비도 없이 여행을 하는 것이 옳은 일이라고 할 수는 없는 것이다. 옛날에 아무리 간절한 동지였다고 하지만은 오늘은 피차 체면과 예의를 차려야 할 터가 아닐까! 더구나 내가 너무나 기분에 도취되어 여인다운 체면을 잃은 것이 아닐까!"

라고…….

　내가 그 기차에 타게 된 이유는 혼란하였습니다. 괴로움과 시끄러움에 시달리다 못해 훌쩍 집을 나와 아무 의식 없이 차표를 샀던 것입니다.

　"어디로 갈까!"

하고 생각해 볼 여가 없이 그때의 나 같은 멸망을 당한 인간이 갈 곳! 그것은 깊은 산중이 아니면 차라리 이미 패하여버린 옛 자취나 찾아 가서 함께 멸망하여 가는 것을 우는 수밖에 없다는 생각으로 경주까지의 차표를 샀던 것이랍니다.

　그러나 차표를 사가지고도 나는 망설이며 그대로 집으로 돌아서려 할 때 발차를 신호하는 벨이 울려왔으므로 급히 차에 뛰어오르고 말았던 것입니다.

　내가 이렇게 무궤도적 여행을 나선 것이나 선뜻 당신들과 동행이 되기를 응낙한 것은 누구의 눈에라도 온당하게 보이지 않을 것이며 또 누구라도 성격 파산자같이 조소할 것입니다.

그러나 S! 내가! 이미 이러한 줄도 저러한 줄도 다 알면서도 스스로의 행동을 비판해볼 겨를을 얻지 못하였음에는 파묻혀 있는 여러 가지 괴로움이 있었던 탓이었습니다.

그때의 나의 괴로움으로서는 별 깊은 의미를 포함하지 않은 짧은 여행쯤이야 문제 도리 꺼리가 안 된다고도 생각할 수 있겠지만 그보다도 그때의 나에게는 절대로 필요한 휴식이 될 것 같기도 하였습니다.

S!

그때의 나의 괴로움이란 무엇이었을까요. 그것은, 나의 이혼離婚 이었습니다.

이혼! 이것은 자살자의 눈에는 중대한 문제로 보였을지 모르나 나로서는 급작스런 무리라고는 하나도 없는 가장 자연스런 해결이라고 생각되었기 때문입니다.

하늘을 우러러 던진 돌맹이는 반드시 그 높이에서 떨어져 땅에 달 때까지의 얼마간의 시각만이 문제이지만 다시 도로 땅 위에 떨어짐에는 틀림없는 자연 법칙입니다.

나의 결혼은 하늘을 향하여 돌맹이를 던진 것과 같은 결혼이었어요.

그러면서도 나의 주위는 그 던진 돌맹이가 무사히 그대로 공중에 매여 달려 있을 기적을 신념하고 있었고 희망하고 있었던 것이었지만 나 자신은 반드시 땅 위에 뒤떨어지는 법칙을 분명히 알고 있으면서도 부득이 모르는 척이라도 해보려 애썼으나 그러기에는 너무나 내가 무지하지를 못했습니다.

이 법칙을 분명히 너무나 잘 알고 있었던 나인 까닭에 때에는 이미 떨어져 버렸는가 하는 공중과 땅 사이의 거리와 그에 따르는 시각 문제를 잊어버리고 말 때가 있기도 했습니다. 내가 이러한 착각을 일으켰을 때에도 반드시 공중에 매여 달려 있으리라는 기적을 신념하는 사람들에게 실망을 주지 않으려고 나는 입을 다물고 참어 왔고 견뎌내었던 것입니다.

내 주위의 억센 힘들이 재주껏 던져 올린 돌맹이! 이 돌맹이가 땅 위까지 닿는 그 떨어지는 시간 중에 내 눈은 휘돌리우고, 내 가슴은 구토嘔吐에 가로 막히고 내 전신은 전율戰慄과 공포에 떨렸습니다.

그러나 이것은 다만 시각 문제였을 따름인 줄 잘 아는 나이였기 때문에 가만히 죽은 듯이 견디며 기다릴 수밖에 없었습니다.

그러므로 나의 이혼은 나에게 평화와 안식을 일시에 가져 온 것이 됩니다.

하늘로 올라갔던 돌맹이가 이제 제가 있어야 할 자리로 모진 비바람 속을 뚫고 땅 위에 내려앉은 셈이 됩니다. 모든 고난苦難이 해소된 셈이에요. 나에게 괴로움이 될 이치가 없습니다.

나는 얼마 동안 내내 있던 이 땅에서 풍기는 그립던 흙 내음새를 가슴껏 마셔 보고, 두 발을 들어 힘껏 이 땅덩이를 굴려도 보았습니다. 나는 얼마나 기뻤는지요!

그러나 S!

이 기쁨은 짧았습니다. 나에게 두번째로 굴러온 문제! 그것은 또 다시 엄연하게 내 앞을 가로 막았습니다.

그것은! 내 주위가 너무나 무지한 까닭입니다. 그들은 나의 타고난 본질本質을 이해하지 못함이어요. 아니 기어이 이해하지 않으려고만 애쓰려함이어요.

그들은 나에게 아름다운 보물寶物이 되어 보고 싶고 만지고 싶을 때 마음대로 할 수 있게 방 안쪽 장롱 속에나 선반 위에 담겨 있어 귀한 옥돌玉石이 되기를 원하는 것이랍니다.

그러나 S!

나는 불행히도 옥돌이 아니어요. 보물되기를 또한 원치 않는 답니다. 나의 가릴없는 본질은 거친 창파蒼坡에 씻겨 가며 제대로 다듬어 지는 백사장白沙場에 흩어져 있는 조약돌이 아니라면 험악한 산꼭대기에 모나게 솟아 있어 비바람과 눈보라에 저절로 다듬어지는 바윗돌이 아닌가 합니다.

그보다도, 솟으며 떨어지며 감돌며 흘러가는 계곡溪谷 물에 밀려서 넓고 깊은 바다 속까지 갈 수 있는 한 조각 모래가 됨을 원한 답니다.

이러므로 고난에 피로한 내 자신이 잠시 쉴 여가조차 길지 못하게 조약돌 같은, 바윗돌 같은, 모래알 같은, 나를 옥돌이 되리라는 두번째의 기적을 바라는 내 주위의 은애恩愛에 얽매어 버리게 된 것입니다.

나의 괴로움은 이것이었어요.

나에게 이혼한 여자란 불명예를 회복시키라는 것입니다. 그러자면 첫째 방 안에서 나오지 말아야 하며, 세상의 기구한 억측에서 흘러나온 가진 비평을 일일이 변명하고 그리고 주위의 명예를 위하여 세상에 사죄하는 뜻으로 근신하여야 되며 그리고 얌전스런 여인으로서의 본분을 지켜야 된다는 것입니다. 그러면 새로운 행복이 나에게 오리라는 것이어요.

그러나 S!

나에게는 하여야 될 아니 하지 않고는 견뎌 낼 수 없는 일이 있답니다. 그 일이 무엇인가를 당신은 잘 아시리다. 비록 마음속으로나마 일을 가지지 않고는 내가 산生다는 뜻을 잃어버림이 됩니다.

그들은 너무나 나를 사랑하기 때문에 너무나 귀히 여기는 까닭에 나에게 '일'을 앗으려 하며 오직 안일安逸만을 주려는 것입니다.

나는 참을 수가 없었습니다. 이러한 내 주위 속에서 견뎌낼 수가 없었습니다. 그러나 나는 이곳을 헤치고 나올 용기를 가지지 못했던 것입니다. 나에게서 용기를 앗아간 이유가 무엇입니까!

"S! 어머니의 눈물입니다."

조용한 어머니의 눈물은 나에게서 모든 용기를 앗아가는 무기武器였습니다. 그 눈물은 오직 나에게 안일을 주려는 지극한 사랑이 근원되어 있습니다.

그들은 털끝만치도 나를 이해해 주려고는 생각하지 않아요. 다만 끝없이 사랑할 줄만 압니다. 그 사랑을 감수하지 않을 듯한 불안에 항상 슬퍼합니다. 그리고 내 마음을 달래보며 온갖 정성을 다해줍니다.

그들이, 나에게 보내는 은혜의 깊이가 얼마나 큰지를 측량할 줄 조차 모르는 나이기 때문에 나는 혼란하여져서 용기는, 소멸되는 것이랍니다. 그럼으로써 나 스스로의 초조와 실망은 커갑니다.

그래서 나는 집을 훌쩍 나온 것이었어요. 나는 나를 어떻게 해야 할 것인지 극도로 혼란하여 머릿속이 파멸될 것만 같았어요.

S!

우리가 탄 기차가 목적지에 다 도착했을 때 나는 문득 눈물겨워지며

"S! 김! 나는 이곳에 실컷 울러 왔어요"라고 혼잣말같이 중얼거렸지요.

"울기 위하여?"

하며 이상스럽다는 듯이 눈이 휘둥그래져

"무슨 까닭과 이유인가요."

라고 물으셨지요?

"나는 삶에 패부자입니다. 확실히 나도 패부자의 일형一型이야요. 아니 패부자의 과정에 있다고 할까요! 그럼으로 이미 멸망하여버린 옛 왕王터는 내 슬픔을 나누기 적당한 곳이여요."

나의 대답은 이러했습니다.

"우습습니다. 우리는 옛 자취들을 지금의 내 삶에 장식이 될 조그마한 무엇이라도 하나를 얻어 보려구 생각하는데요! 나는 아직까지도 울어본 기억이라곤 별로 없습니다. 동지였던 K가 너무나 억울한 죽음을 당하였을 때 나는 애석하고 분함을 못 참아 크게 운 기억이 있을 뿐이지요. 나

는 울만치 큰 감격을 받아 보지 못하였습니다. 내가 뜻하는 바 일이 천신만고를 겪은 후 성공되는 날이 있다면 그때는 너무나 기쁨의 감격이 극도에 이르러 혹 눈물이 좍 흘러내릴 것 같은 느낌은 있었어요. 울 곳을 찾아간다! 너무나 로맨틱한데요. 당신은 벌써 인생의 절반이나 살아 버린 것 같은데 어쩌면 한가하게 울 곳을 찾아가는 여가를 가졌습니까? 나는 잠시라도 무의미한 일로 시간을 보내지 않습니다. 여가가 없어요. 사람의 일생이란 긴 듯 하면서도 무척 짧은 것이랍니다. 당신의 삶은 너무나 한가합니다. 한가한 삶이란 대개 무의미란 것이어요."

당신은 조소하듯 말하셨지요! 나는 귀를 기울이고 입을 닫고 말았던 것입니다.

"한가한 삶! 그것은 무의미합니다. 그런 줄 나도 잘 알아요. 그 까닭에 나는 그 한가한 삶에서 벗어나려고 애쓰면 쓸수록 나는 더욱 얽매어 가기만 합니다. 늙었을 때의 안일을 위하여 젊은 내 혼이 산천과 조수鳥獸를 벗하여 그 가운데 고요히 호흡하라는 삶을 아직 젊은 내가 어떻게 참을 수 있을까요! 나는 젊어요. 나에게는 발열한 긴장으로 희망의 피안을 향하여 맹진하는 분위기가 욕망될 뿐입니다."

나는 부르짖으며 말했지요!

"그러면 왜 그 욕망을 무시하고 울 곳을 찾아 아까운 시간을 허비합니까."

당신은 한결같이 나를 웃었습니다.

"나는 내 욕망을 위하여 싸웁니다. 그러나 나는 이겨내지 못해요."

"이겨내지 못할 만치 굳센 것은 무엇입니까."

"어머니의 눈물이여요."

"아! 넌센스다. 어머니의 울음, 눈물로 시종한단 말이어요?"
라고 당신은 가가대소하였습니다. 나는 가슴을 쥐어 키운 것 같이 멍 하여져서 눈만 번쯔 뜨고 있었지요! 당신의 웃음소리는 나에게 웅장하게 울려오는 경종擊鍾소리 같았습니다.

"당신들은 잘 모릅니다. 모두다 피상적 관찰이며, 이론입니다. 나의 이 괴로움에 가장 상식적 비판에 그치는 것입니다. 좀더 내 환경을 들여다보면 누구나 간단하게 결단하지 못한다는 괴로움임을 알 것입니다.

이윽한 후 우리는 석굴암石窟庵을 향하여 걸어 들어가며 나는 이렇게 말하였습니다. 당신의 굳센 삶에 대한 굳은 자신에 충만한 일거수 일투족이며 단 한 번의 웃음 가운데 무서운 기백氣魄을 감수하였던 것입니다. 그리고 그 옛날 죽음을 돌보지 않고 다만 동지들과의 굳은 결합 가운데서 용진하고 분투하던 때가 다시금 내 앞에 당도한 듯도 하였으며 지금까지 나 한 몸에 얽매어 살기로 걸음을 돌린 이후의 모든 괴로움이 그 자리에서 티끌만한 가치도 없는 하나 넌센스로밖에 뜻을 가지지 못하게 될 듯하여 어떻게든지 나는 나의 괴로움이 얼마나 심각한 문제였던가를 당신에게 주장해 보이고 싶었으며 그리함으로써 나를 지지하려 했습니다.

"당신은 방향 전환을 한 후의 감상이 어떠했던가요?"
라고 마치 나의 가슴을 투시透視하듯 이렇게 물었지요?

"나는 무한한 고독을 느꼈습니다. 큰 단체에서 떨어져 나온 나라는 것이 얼마나 무가치하며 얼마나 외로운 것인가를 알게 되었을 뿐입니다. 나에게서 그 열열하던 의기가 사라져가는 비애를 느꼈습니다."

나의 이 대답은 진정한 고백이었습니다.

"그런 거랍니다. 단체적 훈련을 받아 온 사람은 혼자 떨어져 나서면 개인적으로는 아주 무력한 인간이 되고 마는 것인가 봐요……."

당신은 이윽히 묵묵하며 뚜벅뚜벅 걸어갈 뿐이었습니다.

"그때의 우리가 표방하던 주의며 주장을 이제 와서 어떠한 것임을 말할 필요 없는 것입니다. 다만 나는 당신에게 그때의 그 열열하던 용기와 의기만을 다시 가지라는 충고를 하고 싶을 뿐입니다. 당신의 삶의 목표며 생각이 어떠한 길을 향하였다던지 그것은 잠깐 그만두더라도 그저 그 열열하던 용기를 어서 회복시키서요. 그러면 당신에게서 그 괴로움이 살 아져 버릴 것입니다."
라고 타이르듯 말하셨지요! 나는 이 말을 듣고 내 가슴 한구석에서 무한한 학대와 무시를 받으며 병들어 있는 무엇이 그제야 고함을 치는 듯 하였습니다.

 석굴암을 구경하고 내려와서 김과 셋이 역사에서 하룻밤을 쉬는 동안 당신은 나에게 용기를 주려고 가진 애를 쓰셨습니다. 그 하룻밤을 세우고 난 나는 이른 아침 다시 아침 식탁에 모였을 때 나의 모든 지난날이며 앞날을 적나라하게 비판하여 본 후 가장 바른 내 길을 찾아야 될 절박한 생각에 차 있었습니다.

 "석굴암! 과연 위대한 예술입니다. 나는 그에 대한 문외한이기는 하지만 단지 그렇게 느껴졌습니다. 우리도 위대한 무엇을 하나 창조합시다. 지난날의 것이 아닌 오늘날의 것을 창조하기로 분투합시다.'
라고 당신은 아침 인사대신 이렇게 하셨습니다. 나는 아무 대답할 마음의 여유가 없었음으로 엉뚱한 말을 하게 되었던 것이랍니다.

 'S! 당신은 나에게서 옛날의 용기와 정열을 다시 가지라고 합니다. 그러나, 내가 그러한 사람이 된다면 나의 어머니의 눈물은 더 심각해지고 더 많아질 것입니다."
라고요…….

 "아! 아, 또 눈물 이야기에요? 당신은 눈물이 아니면 말을 못하는 셈이십니다. 울음이란 지금의 우리에게는 하나 넌센스에요. 우리는 앞으로 일 초의 쉼도 없이 맹진해야 될 사람입니다. 울어가며 울고 있는 이유가 대체 어디 있으며 울고 있는 무의미한 사람에게 매어달려 고민하고 있을 턱이 어디 있는가요."
 당신은 조소하였지요?
 "그러나 S! 이것은 생각함으로서 있고 없어질 문제가 아니에요. 엄연히 존재하여 있는 현실입니다. 어머니는…… 단 하나인 딸에게 자기의 모―든 삶을 걸고 있어요. 그는 나의 행복을 위하여 일생을 바쳐 주었습니다. 그리고 지금의 이 땅의 현실에 있어서는 나라는 것이 아―무 힘도 의욕意慾도 없는 지극히 평범한 인간이 되어 어머니의 환경에 칭찬 받는 그러한 딸 되기 바랍니다. 집안에서 나 혼자 어떠한 생활을 하든지 또는 그들이 나를 위로하기 위하여 얼마나 큰 희생을 하든지 그것은 돌보지 않고 다―만 어머니의 환경에 가장 아름다운 타협을 한 착한 딸이 되고, 칭찬 받고 부러움 받는 정숙스런 여인이 되라고 합니다. 그것이 그들의 간절한 요구입니다. 내가 만일 이때에 어머니의 그 바람을 배반한다면 어머니는 자살이라도 할 것이에요. 그만치 그는 인습적입니다."

"그래서?"

"그러니까 나는 도저히 어머니의 바라는 삶으로서 단 하나 밖에 그나마 얼마 남지 않는 내 삶을 허비할 수가 없어요."

"그래서?"

"그러니까 나는 괴로운 것입니다. 나의 이성理性은 도저히 어머니의 생각과 타협할 수 없답니다."

"그러면?"

"그러면 나는 나를 위하여 살아야 됩니다. 그러나 S! 내가 방향 전환 이후의 고독과 외로움을 이해해 준 것은 어머니의 사랑이었어요. 이 묵중한 대지大地도 움직이는 때가 있지마는 어머니의 사랑은 내가 죽고 없는 날까지 움직이지 않는 절대의 것이니까요! 나는 변하지 않는 절대를 믿고 싶고 그거만이 참眞인가 합니다."

"하하하! 변하지 않는 것을! 당신은 너무나 학대받은 자의 비꼬인 생각을 가졌군요."

"……"

"이 세상은 변하고 움직이는데 뜻이 있는 거랍니다. 변함없는 세상! 그것은 질식입니다. 당신이 그 옛날 수천의 군중을 향하여 사자후 하던 사람입니까? 왜 이다지 모호하고 절벽 같은 멍텅이가 되었는가요?"
　곁에 앉았던 김은 참을 수 없다는 듯이 나를 바라보았습니다. 그리고
　"오—직 변하면 안 될 것은 자기의 신념信念 뿐입니다."
라고 단 한마디 말하셨습니다. 그리고 또 이윽한 후
　"당신은 어머니의 눈물을 거두려면, 그 방법은 단 하나 밖에 없는 것입니다."
라고 말하셨습니다.
　"무엇이어요? 어떠한 방법일까요."
　나는 미친 듯 파고 물었지요!
　"오—직 당신의 변치 않는 신념! 그 신념에 매진하는 것뿐! 그것이 당신의 어머니를 불안에서 구원하는 것이 됩니다. 당신의 갈 길이 얼마나 뜻 있는 것인가를 잘 이해시킨 후 절대의 불굴의 보조로 걸어가십시오. 그때는 어머니가 당신을 애호할 것입니다. 굳은 신념! 절대 불굴의 정신! 이것은 또 절대의 힘(力)이랍니다. 절대의 힘! 이것이라야 모—든 것을 정복합니다."
　"환경의 더구나 이해 없는, 당신을 알지 못하는 환경이 어떻게 비방하든 욕하든 그것이 문제시 될 턱 없습니다. 나는 온 세상이 비방한대로 내 신념을 버리지는 않습니다. 세상에다 자아를 자랑하고만 싶은 허영을 버리세요. 세상은 으레이 욕하고 시기하고 싶어 하는 것입니다. 그러면 세상의 성미를 다— 맞혀 주려면 결국 당신 자체는 가치 없는 하나 흙무덤으로 그치고 말 뿐입니다. 도리어 세상을 내 성미에 맞도록 만드세요!"
　"……"
　"사람이란 눈앞에 작은 위안에 빠져 가장 중대한 큰 찬스를 놓치는 때가 많은 것이랍니다."
　"……"

당신은 말이 없는 나를 달래듯 위로하듯 어디까지든지 자아自我를 중장해 나갈 용기를 고취하여 주었지요?

　"그리고 무엇보다도 당신은 건강해야 됩니다. 왜? 늙은이처럼 늘 앓아요! 이처럼 맛있는 음식을 먹지도 못하고 아침부터 죽그릇을 들고 앉았으니 그것이 말이 됩니까."

라고 내가 위병 까닭에 아―무것도 먹지 못하고 오―트밀 그릇을 앞에 놓고 앉았는 것을 들여다보며 말하였습니다.

　"아픈 것! 누구가 일부러 아프려 합니까. 나의 오랜 고민의 생활이 나를 이렇게 만들었던 것이지요! 그러시지 않더라도 내가 아프지 않은 순간에는 온갖 용기가 다― 나옵니다마는 아픔이 시작될 때는 아주 자포가 되어요."

　"그러기에 말이 아니에요? 나는 앓지 않는답니다."

　"당신은 원래 건강하시니까……."

　"아니에요. 나는 나의 굳은 신념이 나를 건강하게 해준답니다. 스스로 자기 몸을 중히 여기고 싶어지니까요! 신념이 없는 사람은 모―든 것을 되어 나가는 대로 맡겨두고 턱없는 꿈에만 빠져서 요행이나 바라고 있을 뿐이지요!"

　아! 나는 정말 애 앞이 밝아지는 듯 했답니다. 나는 당신과 얼마 동안이라도 한 곳에 있다면 얼마나 용감해질까― 라고 느꼈습니다.

　S!

　그러나 우리는 오래 한 가지로 할 수 없는 것이었어요. 당신과 김은 서울을 향하고 나는 나대로 집으로 돌아왔지요.

　이것이 당신과 내가 우연히 서로 알게 되어 얻은바 수확이었습니다.

　"집으로 돌아가세요! 그리고 어머니에게 당신의 신념되는 바를 설명하십시오. 그리 오래지 않아 당신에게 기쁜 날이, 진정한 행복된 날이 돌아올 것입니다. 그리고 독서를 하세요. 당신의 가족들이 아무리 못 하게 하더라도 당신만 마음먹으면 반드시 됩니다. 다— 잠든 틈을 타서 읽으시오."

당신이 나에게 하직 인사말은 이것이었지요! 그리하여 우리는 어느 때 다시 만날 기약조차 없이 갈라지고 말았던 것입니다.

나는 그 길로 집에 돌아왔던 것이나 내 귀에는 굳센 당신의 가지가지의 말이 꽉 박혀 있었습니다.

그 이튿날 나는 어머니의 권함을 버리지 못하여 경성으로 오게 되었던 것입니다. 좋은 의원이 있다는 어머니의 친구에게서 편지를 받았던 때문이었어요. 그리하여 나는 무엇보다도 먼저 병을 낫게 하기 위하여 그 의원을 찾아 상경하게 되었지요!

물론 상경은 하지마는 당신과 김이 어디 있을지 아—무 약속이 없었으니 서로 만날 수는 없는 것이었으니까 아예 그런 생각은 염두에 내지도 않았던 것이었습니다.

그리하여 나는 그 이튿날 경성을 향하여 떠났던 것이었지요!

우연! 우리에게 두번째의 우연이 또 왔습니다. 당신과 김은 상경하던 길 도중에 대전서 내려 하룻밤을 유성 온천서 쉬고 난 후 내가 탄 기차에 오르게 되었던 것이었습니다.

이리하여 우리는 기약 없이 두번째 우연 속에서 만났던 것입니다.

나는 기뻤어요, 무척 반가워 서로 무의식간에 손을 마주 잡았던 것입니다. 그리운 옛 벗을 만난 듯 하였어요.

몇 날간을 서울서 보내는 동안에 당신은 나에게 기탄 없는 충고를 하였고 용기를 고취하여 주었지요? 그리고 우리는 어느 사이엔지 굳게 손을 마주잡고

"서로 힘이 되어 줍시다."
라고 약속하는 동무가 되었고
"서로 마음의 괴로움을 호소하며 기쁨을 나누는 뜻 있는 동무가 됩

시다."
라고 맹세하였습니다. 나의 가슴에 저기압은 사라져간 듯 하였고 스스로 내가 나아갈 길이 밝아져 왔던 것입니다.

세번째의 우연! 그것도 역시 기차 위에서 입니다. 나는 트렁크에 약을 가득 지어 담고 그것으로서 기어이 내 병을 고치고 말리라고 결심하며 집으로 돌아오는 기차 속에서 또 다시 당신을 만났던 것입니다.

서울서 우리가 헤어질 때는 내년 봄에 내가 건강을 회복한 후 다시 만날 기회가 있으리라는 것과 서로 주소를 알리며 자주 서신 왕복이나 하자는 약수로서 떠났던 것이었는데 내가 의원에게 일일간 진찰을 받는 동안 당신은 평양과 개성을 구경한 후 당신의 고향인 동경으로 들어가는 차 중에서 또 우연히 만났던 것입니다.

이상스런 세번째의 우연의 해우에는 당신도 놀라는 얼굴이었습니다. 나는 너무나 기의하여 내가 마치 무슨 눈에 보이지 않는 운명에 희롱을 받는 듯하여 반갑고 기쁘다느니 보다 몸에 소름이 끼쳤습니다.

"정말 잘도 만나집니다!"

당신은 차창으로 내려다보며 아직 놀란 장닭처럼 서 있는 나에게 말하였습니다. 마치 내가 당신의 뒤를 쫓아다니며 이러한 우연을 만드는 것 같아 잠깐 불쾌하기도 했습니다. 당신 역시 그러한 느낌인 모양이었습니다.

"우연! 신기한 우연! 우연이란 우스운 것입니다."

나는 얼떨떨한 말을 하며 비로소 앉았습니다. 당신은 한결같이 차창에서 고개를 돌리지 않은 채로,

"우연? 이 세상에 우연이란 것이 없어요, 피차 또박또박 제가 지나야할 코스를 밟아온 결과로 서로 그 코스가 한 대 교차되었던 것에 불과하니까 그것은 가장 자연적 결과입니다. 만일 이것을 이름 지어 우연이라 한다면, 그 우연이 또한 인간 일생을 좌우하는 중대한 계기가 될 수가 있어

요. 때로 인간이란 우연에 좌우되는 수도 있는 것입니다."
라고 말하셨습니다. 나 역시 어디를 바라보고 있어야 좋을지 몰라 시선을 따라 차창 밖을 내다보는 수밖에 없었습니다. 차창 밖은 늦은 가을이라 옮아가는 들판에는 이미 추수가 끝나고 저물어가는 황혼 속에 황량하여 있었습니다.

"보세요, 저 논둑에 불이 타고 있지 않아요? 그것이 무슨 불인지 알아요?"

이윽고 비로소 나를 돌아보며 말하셨습니다.

"내년 봄에 풀이 짙게 나라고 일부러 놓은 불이지요."

"그렇습니다. 뜻 모르는 사람은 왜 풀뿌리를 태워 버리냐고 할 것입니다. 당신도 지금 집으로 돌아가서 자기의 목적을 위하여 목적에 반대되는 수단이라도 취해야 될 때도 있을 것입니다."

당신의 이 한 말은 나에게 무한한 감명을 주었습니다.

그때 기차는 어디를 달리고 있었는지 모르지마는 먼 산 밑에 옹기종기 붙어 있는 초가집들에서는 한가하게 저녁 연기가 오르고 있어 나에게 망향望鄉의 슬픔을 자아냈습니다. 나는 무슨 까닭인지 소리 없이 눈물이 흘러내렸어요. 당신은 보지 않는 척 하며,

"용기가 흔들리며 마음이 약하여질 때는 반드시 편지하십시오, 그러면 나는 당신의 힘이 될 서적이나 편지를 보내겠습니다."
라고 은근히 위로해 주셨습니다.

"S! 나는 아픔이 시작될 때마다 삶의 노력이 우습게 보여져요. 집에 있을 때 뒤창을 열면 멀리 산이 보이그 그 산허리에 두서 집의 화전민火田民이 살고 있는 것이 보입니다. 그 사람들은 일생에 한번 기차를 타보지도 않고 다―만 그 날 그 날 먹고 입을 것만 있으면 그 이상 더 바람도 욕망도 없이 살고 있습니다. 그들은 다―만 그러고 있다가 죽어버리지요. 나는 그것을 바라볼 때마다 그들이 정말 사람답게 사는 것 같아요. 사람이

란 그저 살다가 죽는다는 것임을 가장 잘 알고 있는 것 같았어요."
 나는 마음이 센티멘탈해져서 이런 이야기를 하였던 것입니다.
 "아니에요. 그것은 원시인의 생활입니다. 우리는 금일의 문화인이랍니다."
라고 당신의 나의 무지無知함에 실망한다는 표정으로 간단히 대답하셨습니다.
 어느 사이에 우리가 탄 기차는 빠르게도 내가 내려야 할 역이 가까워졌습니다.
 나는 공연히 가슴속이 초조하여졌습니다. 나는 당신을 떠나 있으면 무력해지고 약해질 것만 같고 당신만 한 곳에 있으면 무력해지고 약해질 것만 같고 당신만 한 곳에 있다면 나의 용기는 그칠 때가 없이 언제나 정열에 불타며 이지적 결단성을 가질 수 있을 것만 같았습니다. 그래서 나는 그대로 함께 당신이 내리는 곳까지 가고만 싶었어요. 도중에서 나 혼자 내리고 만다는 것이 나 혼자 낙오落伍되고 마는 것 같게도 느껴졌습니다.
 당신은 내 마음속을 잘 아셨음인지 기차가 K역에 대기 조금 전에 먼저 벌떡 일어서서 나의 두 어깨를 잡아 나를 일으켜 세우며
 "어서 건강을 회복하십시오. 내년 봄, 삼월에 다시 오겠어요. 그때까지 피차 많이 연구도 하고 검토도 해 봅시다. 그리고 그때 피차 얻은바 결론을 말하기로 합시다."
라고 한마디 한마디에 힘을 주어 분명한 발음으로 일러 듣게 하셨지요!
 나는 얼른 그 말의 진의가 무엇임을 알아내지도 못하여 기차가 K역에 대이고 말았음으로 그대로 내려 버리지 않으면 안 될 때였습니다.
 "어서 내리십시오. 내려야 됩니다. 눈앞에 있는 정열에 지배되는 속인俗人이 되지 맙시다. 적어도 먼 앞날까지를 검토해 보아야 됩니다."
 "……."

나는 무슨 말을 하여야 적당할지를 모르고 그대로 플랫폼에 내려섰습니다.

"내년 봄에 다시 만납시다. 꼭! 그리고 그때까지 생각의 결론을 얻어 두십시오. 서로 진보된 보고를 합시다."

움직이는 기차에 따라가는 나의 손을 힘껏 잡고 큰소리로 달하며 당신의 커다란 두 눈은 햇볕같이 정시正視할 수 없게 찬란하게 빛나며 나를 바라보셨습니다. 그 찬란한 빛은 내 몸을 남김없이 불태웠습니다. 나는 내가 살아있음을 비로소 안 것 같았습니다.

S!

그리하여 당신은 떠나갔습니다. 나는 갑자기 두 눈이 어두워지도록 눈물이 가득 고여지며

"S! 당신은 '힘'이에요. 지금의 나에게는 오―직 '힘'이 필요할 뿐이에요."

라고 부르짖었습니다.

집으로 돌아온 후 나는 하루라도 속히 건강을 회복시키려고 애쓰며 한편 나를 위하여 바른 길을 잡으려 애썼습니다.

나의 이 변화는 집안 사람들이 잘 눈치채었음인지 갑자기 불안에 떨기 시작하였습니다. 그리하여 그들은 자기들의 삶에 매력을 가하여 나로 하여금 굴복케 하려고 갖은 정성을 다―하였어요.

나는 아픈 위를 부여잡고 냉정하게 어머니의 눈물을 위로하며 차츰차츰 나의 의도하는 바를 납득시키려 시작했던 것입니다.

그리고 또 하나 당신이 내려준 과제! 내년 봄 삼월에 보고할 것을 검토해 보며 연구하려 했습니다.

그러나 잠시도 그러한 종용스런 시간이 나에게 오지 않았음으로 끝없이 초조하였던 것입니다.

S!

이 밤은 몹시도 적막한 정적 가운데 깊어졌습니다. 나는 더 검토할 것도 더 연구할 필요도 없음을 이제 이 깊은 침묵의 대기大氣 속에서 느꼈습니다.

"당신은 '힘'이에요, 나에게는 오―직 '힘'이 필요할 뿐입니다."

이것이 결론이에요, 이외에 다시 더 아―무것도 생각할 필요가 없어요.

S!

이제 남은 문제는 다만 나의 건강을 회복시키는 것뿐입니다.

내년 봄 삼월!

S!

그때 당신에게 말할 결론이 이 밤에 나타났어요. 그리고 나는 내가 취할 바 길을 분명히 알아내었습니다.

나에게도 신념이 생겼습니다.

S!

나에게도 갈 길이 명백히 나타났습니다.

3

S!

그 고요하던 밤이 벌써 새어 갑니다.

이제 새로운 아침이 밝아옵니다. 나는 잠옷 위에다 두터운 가운을 둘러 입고 내 방을 나섭니다. 창에 내려져 있는 커튼을 헤쳐 버리고 언니가 정성껏 깔아준 호사스런 금실을 걷어차고 나는 용감스럽게 그 방을 나섰습니다.

하루밤의 정적 가운데서 찾아낸 내 영혼은 티끌 하나 없는 깨끗한 그리고 새빨갛게 내 가슴에 안기워 있습니다.

S!

당신과 내가 만나고 떠나고 하던 그때는 늦은 가을이었사오나 지금은 겨울입니다.

고요하게 새어오는 겨울의 아침 공기는 지극히 청정합니다. 대자연自然의 가장 아름다운 본성本性을 나타내고 있는 듯하여요. 청정된 내 영혼을 영접하여 주는 듯 합니다.

S!

나는 뜰 가운데 서 있는 가장 크고 웅장스런 봉숭아나무 곁으로 걸어갔습니다.

잎사귀 다 떨어진 뼈만 남은 가지들은 마치 죽은 듯 말라진 듯 합니다. 나는 그 중에도 가장 가느다란 한 개의 젓 가지를 잡아 보았어요. 서리霜 맞은 가지의 감촉은 싸늘하게 내 손끝에 느껴졌습니다.

나무는 말라진 듯 합니다. 그러나 나의 어머니는 이 나무를 정성껏 가꾸십니다.

왜 말라버린 것 같은 이 나무를 가꾸실까! 나는 손끝에 힘을 보내어 잡았던, 가지를 작끈하는 소리를 내면서 분질러 뜨렸습니다.

그러나 S!

그 작은 젓 가지 하나에도 약동하는 생명의 줄이 흐르고 있음을 보았습니다.

'나의 어머니가 너를 가꾸심이 이것이다. 너는 아무리 죽은 듯하나 굳세게도 살아 있었다. 모진 삭풍에 부대끼어 그 잎사귀를 다 — 빼앗기고 말았어도 너는 너대로 다시 오는 봄을 기다려 너 혼자 누구에게도 알리지 않고 가만히 살고 있었다.'

나는 가슴속으로 부르짖어 보았던 것입니다.

그리고 커다란 한 가지를 와지끈 분질러 보았습니다. 제가 얼마나 훌륭히 살아 있는가를 내 눈으로 보고 싶은 욕강에서……

고함치며 누구에게라도 보이고 싶었어요.

S!

돌아오는 봄 삼월에 당신에게 드릴 보고는 이제 훌륭히 준비되었습니다. 그리고 당신이 나에게 말할 결론도 벌써 완성된 줄 알겠습니다. 나는 봄을 기다리기 싫습니다. 이 차디찬 겨울에서도 훌륭히 살아 있는 나를 한시바삐 알리고 싶습니다.

내가 살아 있다는 것을 바로 보라고 눈을 뜨게 한 당신입니다.

S!

내가 얻은바 결론을 이제 보고합니다.

나는 나를 갖은 수단을 다―하여 속아 달라고 달려왔을 뿐입니다. 나는 나를 속이지 못하여 고민하였고 울어 왔을 뿐이었어요. 이렇게 함으로써 세상에 아첨하였던 것입니다.

나를 사랑하는 어머니, 나에게 끝까지 행복하고 안일을 바라시는 어머니! 그에게 내 삶을 내 스스로 파악하고 굳세게 살아가며 어느 때나 용감하게 보임으로써 비로소 안심과 만족을 얻도록 할 것이에요. 내가 나를 속이는 괴로움을 지닌 채 일평생 나의 불행을 슬퍼할 것이에요.

그러면 이 곳에서 내가 취할 바 길이 스스로 밝아지는 것입니다. 내가 취할 바 길! 이것이 무엇인가! 그것은 가장 나를 속임없이 가장 아름다운 양심으로 내가 뜻한바 길을 매진하겠다는 것입니다.

가도 또 가도 내 정성 내 힘을 다―하여도 얻는 바가 없다면 그것은 나 자체의 본질의 무력함이니 그것을 이제 말할 필요는 없습니다. 얻는 바가 있든지 없든지 나는 다만 내 생명이 다―할 때까지 매진할 뿐입니다. 나의 취할 바 이 길에서 다―만 일 초간의 한눈도 팔지 않을 것이며 모―든 비방이며 유혹의 옆길을 나 관계하지 않으렵니다.

S!

내가 나를 속이지 않는, 그리고 가장 아름다운, 그렇습니다. 가장 아름다운 마음으로서 뜻한바 길을 매진한다!

　나의 결론은 이것입니다.

　그리고 또 한 가지 만일 내가 나를 속이지 않는다면! 당신에게 대한 내 마음도 속이지 못할 것입니다. 속임없이 보고한다면! 나는 당신의 곁에서 나라는 것을 더 한층 완성시키고 싶습니다. 나의 용기와 정열에 북돋움을 받고 싶습니다. 이 마음은 나라는 것을 나 혼자의 힘으로 운전해 갈 수 없는 약자의 말 같기도 합니다. 그러나 이런 생각은 너무나 오랫동안 환경과의 갈등 속에서 헤어나지 못하는 약자로서 고민해온 나이기 때문에 바라던 욕망인지도 모릅니다.

　좌우간 나는 당신의 절대적인 '힘'을! 아니 그 힘에 의지하고 싶은 마음이에요. 한 개의 여인으로서 한 개의 남성인 당신에게 의지하고 싶다는 이 생각을 사랑이라고 합니까? 연애라고 하는지요!

　그러나 S!

　나는 누구에게도 당신을! 또는 당신이 나를! 연애한다! 고 생각 키우기가 분한 듯 합니다. 모욕을 당하는 것 같습니다. 이성간의 애욕을 초월하였다고 말하기도 속되는 것 같습니다.

　내 입으로 분명히 말한다면 나는 당신에게 '연애 이상' 이라고 하겠습니다. 그것을 무엇이라고 이름 짓는지 나는 알지 못하며 알려고 애쓰고도 싶습니다. 다만 '연애 이상' 이라고 밖에 아무런 표현도 할 수 없습니다. 왜냐하면 연애는 미美입니다. 신비스런 미美이에요. 그러나 나는 당신에게 그 신비스런 미의 감정을 지나 '힘' 이란 느낌을 가진 까닭입니다. 힘은 모――든 것을 정복하는 '절대' 의 미를 가졌어요.

　S!

　그러면 가장 실질적 현실적으로는 나의 이 결론이 어떠한 형식으로 전개될 것인가! 그것은 지금 결론을 내릴 수 없습니다. 당신이 가진바 그 '힘' 은 어떻게든지 전개시킬 수 있는 것인 까닭입니다. 그럼으로 오――직이 섬세한 문제는 당신과 내가 내년 봄 삼월에 다시 만날 그 순간에 결정될 것이라고 생각합니다.

S!

그러면 내년 봄 삼월까지 나는 무성한 잎사귀를 한 가지 가득 움트게 할 정열을 아름답게 다듬어 둘까 합니다.

2. 천국天國에 가는 편지

(S가 가 있는 곳은 재래在來의 천국天國이 아니다. 희망希望의 녹기綠旗를 높이 꽂은 저— 봉우리 위이다)

S!

왜?

이다지 장난이 심하십니까! 아무리 장난이더라도 거짓말 하는 것은 꽃은 즐기지 않는답니다.

S!

오늘은 바로 이월 이십팔 일! 즉, 이월 그믐날이랍니다. 이 하루만 지나면 우리가 기다리던 그 봄 삼월이옵니다. 내일 날부터 시작되는 그 삼월 달에 우리에게 훌륭한 그야말로 환희에 넘치는 삶을 함께 느낄 수 있는 날이 있는 것입니다.

그런데, 그런데, 이 장난이 무슨 우스운 장난입니까?

나는 믿을 수 없습니다.

나는 이해할 수 없습니다.

당신이 나에게로 오는 날을 어떻게 하고 그 영민한 당신이 어떻게 잘못되어 길을 헛들으셨는가요!

나에게로 올 길을 어이하여 천국天國으로 헛가셨는가요!

이 어인 일오니까?

S! 오! S!

S! 당신이 죽었다! 내가 이 말을 믿을 수 있으리라고 생각하셨습니까.

나는 웃어요, 웃습니다. 만일 내가 지금 울었다면…… 당신

"넌센스다. 내가 죽을 인간이든가? 그 말을 믿고 울었던가요! 당신은 왜 그리도 어리석을까."

하고 조롱할 것만 같아요.

"신념이 없는 까닭에 아픈 것이에요."

라고 나에게 주먹을 쥐여 보이며 말하던 당신이었어요.

당신이 연구하고 검토하여 얻은바 결론을 서로 보고하자던 그 삼월이 내일부터 시작되려는 오늘! 당신은 나에게 죽음을 알게 하는 그 마음이 무엇입니까.

당신의 죽음이 나에게 무엇을 의미하는 것입니까? 무엇을 암시하는 것이오니까? 무슨 의미일까요! 대체 나는 해독치 못합니다.

나는 이 삼월을 위하여 당신의 내린 그 과제課題의 해답을 훌륭하게 준비하였답니다.

첫째 나는 아픔을 정복했어요. 완전히 건강이 회복되었어요. 당신에게 밑지지 않을 건강한 몸과 마음을 준비하였답니다.

그리고 어머니 그 눈물 많던 어머니의 눈은 이제 한 방울의 흘림도 없이 힘 있게 빛나고 있습니다. 내가 잡은바 굳은 신념! 그것은 바로 어머니에게도 안심이 되었습니다.

그런데, 그런데, 당신의 죽음은 지금 방방곡곡까지 알려졌습니다. 신문, 잡지, 모조리 뒤져봅니다. 그 정열에 넘치는 당신의 뚜렷한 면영面影 곁에 검은 줄이 그어져 있습니다. 그러나 나는 믿지 않으렵니다.

아니 믿지 않는다는 나의 고집을 당신이 도한 웃을 것 같습니다. 아! 아!

"사실은 이렇게 죽었음을 증명하는 데 왜 믿지 않으려는 것입니까? 사

실을 무시하는 거짓을 가집니까."
라고 나를 꾸짖을 것 같습니다.

그러면 나는 당신의 죽음을 믿는 것이 바른 길입니다. 이런 맹랑스런 사실을 생각으로나마 할 수 있는 일입니까?

S!

그 굳센 당신이 이제 벌써 한줌의 회색빛 재灰로 변하고 말았습니까? 당신의 그 '힘' 그 맹렬한 의기는 어디 있습니까? 어디다 두고 당신은 얼마의 석회石灰 뿐으로 변하고 말았던 것입니까?

그 맹렬한 의기! 당신은 어디 다 두었습니까, 지금 어디 있는가요!

내가 가야 될 길! 단 하나 바른 나의 궤도軌道 위에 올려 세운 내 기차는 지금 초속력으로 달리고 있습니다. 나의 목적지를 향하여……!

왜? 당신은 나에게 바로 달려가라고 말하던 당신이 무슨 까닭으로 적신호赤信號를 하는 것입니까?

이것이 나에게 무슨 의미를 암시함인가요!

나는 눈물 없는 두 눈을 똑바로 뜨고 가슴 가득 울음을 안고 갈 바를 잃고 거리로 뛰어 나갔습니다.

아무리 헤매어도 아무리 걸어가도 다만 내 눈에 보이는 것은 희미한 가등街燈과 네온 라이트에 처참스럽게 범적거리는 두 줄기 전차 선로뿐이에요.

나는 찾았습니다. 기어이 찾아 내려 했습니다. 내가 준비하여 두었던 그 보고를! 연구하고 검토하여 얻은 바 그 결론을 말하려던 당신을 찾았습니다.

가다가, 또 걸어가다가 나는 문득 멈추어 섰습니다. 이윽히 서 있었습니다. 그리고 돌아섰습니다. 나는 집으로 돌아왔습니다.

당신의 죽음이 나에게 무슨 의미를 가졌는가를 나는 문득 깨달았던 것이었어요.

S!

"가장 유의한 둥지가 가석한 죽음을 하였을 때밖에 운 기억이 없다."

던 당신의 말이 생각났던 것입니다. 그리하여 나는 내 방문 굳이 닫고 가슴이 파열될 것 같이 꽉꽉 들어찬 울음을 얌전히 엎드려 소리 없이 서리서리 풀어내었습니다. 그 눈물 속에 내 몸이 잠기었습니다.

S!

당신은 태양보다 맹렬한 의기로 살았으며 죽음 역시 사십 오도의 맹렬한 열熱로서 마쳤습니다.

당신의 삶도 간결簡潔하였고 삶을 청산함에도 단 하루 동안에 다—하였다 하으니 당신은 삶과 죽음이 다—함께 간결하였습니다.

S!

'힘'! 절대의 미! 이것이 당신이었으니, 이 당신에게 죽음을 당한 나이지마는.

나는 아직 살아야 되는 엄연한 사실을 앞에 놓고 있습니다. 당신이 나에게 두고 간 그 굳센 의기! 이것만은 당신의 죽음이 앗아가지는 말아주십시오.

나는 당신의 두고 간 그 맹렬하던 의기의 한 조각을 내 죽는 날까지 놓을 수 없습니다. 나는 힘껏 틀어잡고 내 삶을 지탱해 나갈 것이며 내 가는 길의 운전수를 삼겠습니다.

그러면 S!

나는 이제 당신의 죽음을 슬퍼만 하는 끝없는 눈물 속에 잠기어진 내 몸을 건져내렵니다. 그리하여 내 가는 바른 궤도 위에다 올려놓으렵니다. 그리고 당신이 두고 간 그 맹렬한 의기의 운전으로 죽음의 경계선에 들어 대일 순간까지 쉬지 않고 달려가리다.

S!

그 후에 조용히 내 몸에서 삶에 먼지를 활활 털고 공손히 꿇어 엎드려 당신이 두고 갔던 나의 운전수를 도로 받쳐 드립니다.
  S!
  그 날까지 나는 나의 운전수와 단 둘이서 서로 축복하며 서로 보호하오리다.
  오! S!
  당신은 살아서 나에게 '힘'을 가르쳐 주었으며 죽어서 나에게 희망希望을 가르쳐 주었습니다.

— 《조광》(1939. 5).

아름다운 노을

 높은 산줄기 한 가닥이 미끄러지듯 쓰다듬어 내린 듯, 소릇하게 내려와 앉은 고요하고 얌전스런 하나의 언덕!
 언덕이 오른편으로 모시고 있는 높은 산에 자욱한 솔 잎사귀빛은 젖혀졌고 때따로 바람이 불어오면 파도 소리같이 쏴— 아— 운다.
 언덕 뒤 동편 기슭에는 저녁 짓는 가난한 연기가 소릇소릇이 반공중으로 사라져가며 몇 개 안 되는 초가지붕들은 모조리 박 넝쿨이 기어올라 새하얀 박꽃이 되었다. 언덕 왼편 남쪽 벌판은 아물아물한 저— 산 밑까지 열려 있어 이제 벼모는 한껏 자라 검푸른 비단보를 펴 놓은 듯하다.
 언덕 앞 서쪽에는 바로 기슭에 넓은 못이 푸른 물결을 가득 담아 말없는 거울같이 맑다. 이 언덕, 푸른 잔디 덮히고, 이름 없는 작은 꽃들이 잔디 속에 피어 있고 꼭 한 포기 늙은 소나무는 언덕의 등줄기 한가운데 서 있어 아마도 석양에 날아오는 까마귀를 쉬어 주는 나무인가 싶다.
 이 언덕, 이 소나무가 비바람 많은 세월 그 동안에 남모를 이야기도 수없이 겪었으려니와 아직 사람들이 전해 오는 이야기는 하나도 없다.
 다—만 해마다, 여름이 되면 이 언덕을 넘어 마을에 양과 돼지를 잡아 먹으러 늑대들이 넘어온다는 이야기는 있다.
 그러나 이제 이 언덕 위, 이 늙은 소나무 아래서 하나 아름답고 애끓는 이야기를 듣게 되었다.
 이야기는 슬프다기보다 애달팠다. 이 언덕 이 소나무 역시 많은 풍상의 세월 속에서 겪어 온 하고 많은 이야기들 중에서도 내가 지금 듣는 이 이야기만치 딱한 이야기는 듣지도 못하였으리라.
 때는 그 어느 때 여름의 석양이었다. 아름다운 붉은 노을이 언덕과 못을 찬란하게 물들이고 시원한 바람결이 간간이 불어오는 고요한 석양이었다.
 아름다운 두 개의 영혼이 불꽃같이 타 버리고 말고자 하는 이야기를 이 푸른 언덕 위 구부러진 소나무 아래서 핏빛같이 붉은 노을에 젖으며 나는 들었다. 그리고 울었더니라.
 "인간에게 만일 가치 있는 것이 있다고 한다면, 그것은 얼마나 많이 연소燃燒했는가 하는 것이다."
라고 앙드레 지드가 말했다고 한다. 그러나 이 이야기는 타려고 해도 탈 수도 없는 가장 애끓는 이야기였다.
 그 여인은 옥색의 긴 치마에 흰 ○○은 흰 은조사께끼 겹저고리를 발여 입었고 머리는 되는대로 넘겨 쪽졌으나 그리 보기 흉하지 않았다. 아니 이 여인은 서글서글한 두 눈이나 입이며 후릿한 키며가 잠깐 보면 몹시도 루즈하게 인상되지마는 다시 한 번 거듭 보면 흐트러진 듯한 그의 전체가 모두 다 정연하고 단정하게 제격대로 맞아 있다.
 그 크고 맑은 눈을 위하여 그의 입도 조화되었고, 둥글고 넓은 이마는 그 얼굴에 조화되어 함부로 넘겨 쪽진 머리단장도 그 얼굴에 어울리고 그 호릿한 키에 아무렇게나 있는 치마맵시 역시 어울려 하나도 고칠 것이 없었다. 그 여인의 걷는 태도나 말 소리며 동작 역시 그 얼굴과 체격에 어그러지지 않아 가을밤 밝은 달빛 아래 잘게 잘게 주름 잡혀서 혹은 떨어지고, 혹은 감돌고, 혹은 출렁거리는 은은한 계곡물 흐름과도 같고, 맑은 호수같이 고요하고 청신한 느낌을 주는 것 같기도 하였다.

여인은 두 발을 되는대로 뻗고 소나무 둥치에 기대어 앉았다. 그리고 잠든 얼굴을 들어 붉은 노을 하늘이 잠기어 있는 못물을 내려다보고 난 후 후— 한숨을 내쉬었다.

그는 금방 입을 열어 무슨 말을 하려는 듯 하더니 가만히 고개를 내려 뜨리며 좌우로 두어번 머리를 흔들고 손으로 잔디 잎을 두세 잎새 뿍뿍 뽑아 발 아래로 던졌다.

나는 그때 그 여인의 두 눈에서 한 방울 눈물이 떨어짐을 보았다. 나는 참을 길이 없어 그 여인의 뻗친 발을 가만히 어루만지듯 흔들며 먼저 입을 열었다.

"여보! 순희! 순희!"
라고 불렀던 것이다. 그러나 그 여인은 대답이 없었다. 애수에 잠긴 그 큰 눈이 눈물에 가득 잠겨 나를 뚫어지게 바라보며 금방 나에게 쓰러질 듯 애원하듯 입술을 깨물 따름이었다. 그는 입을 떼기를 무서워하고 스스로 무엇을 억제하려는 괴로운 표정이었다. 나는 급한 성질에 더구나 실없이 남에게 동정하기 좋아하는 타입이다. 바로 그의 곁에 다가 앉았다.

"순희, 당신이 말하지 않아도 끝없는 괴로움에 시달림을 받고 있는 줄 알겠습니다. 나와 당신이 비록 오랜 지기는 아닐지라도 피차 이름만은 서로 안 지 오래이니 무슨 상관이 있나요. 내 힘으로 위로 드릴만한 일이면 나는 웬만한 일은 희생해 가면서라도 당신의 그 괴로움을 덜게 해 드리리다."

아! 아! 내가 그때 이렇게 정답게 말을 건네지만 않았던들 오늘까지 그 여인의 괴로운 사정에 가슴을 아프게 하지 않았을 것이었을 터인데…….

그 여인은 나의 이 마음에서 흘러나오는 동정에 가득 찬 물음에 그만 앞으로 둑 고꾸라지며 흑흑 느껴 울었다. 나는 참지 못하여 그의 들먹이는 어깨를 쓰다듬어 주었다. 그리고

"울지 말아요. 사람의 삶이란 괴로움이란 것이에요. 괴로움이 죽음이

란 말이지요."
라고 되지 못한 위로의 말을 한다고 하였던 것이다. 그랬더니 그 여인은 벌떡 얼굴을 치켜들며 눈물이 윗얼굴을 적셔 닦으려고도 않고 나를 바라보며 내 손을 잡았다. 그리고 그윽한 음성으로 가만히 입을 열었다.

"보세요. 당신은 소설가이시지요? 당신이 쓰신 소설을 아직까지 읽어 볼 기회는 없었습니다. 그러나 나는 당신의 얼굴을 처음 만났을 아까의 그 순간 나는 참을 수 없이 울음이 터져 올랐어요. 우리가 다—같이 예술에 몸을 던진 사람이니 처음 만났으나, 오랜 친구였음이나 다름없는 것 같은 느낌을 가짐도 별로 이상할 것은 없지요!"

그 여인은 겨우 한 손으로 눈물을 씻고, 또 다시 노을 낀 하늘을 바라보았다.

"네. 저는 소설가라고 할 인물은 못 됩니다. 아직까지는 일개 문학 소녀 때를 못 벗었어요."
하고 나는 얼굴이 붉어지며 대답을 한다고 이런 되지 못한 변명을 하였다.

그러나, 그 여인은 나의 대답을 못들은 척 하고 잠잠이 앉은 채 다시 말을 계속하였다.

"여보세요. 나는 어떻게 해야 좋을지 모른답니다. 내 가슴속이 마치 붉은 노을같이 타고 있어요. 아니, 이 노을보다 더 안타깝게 더디게 붉게 타고 있어요."
라고 그 여인은 한숨과 함께 내뿜듯 속삭이듯 말하였다. 나는 혼자 고개를 끄덕였다.

그 여인은 오륙 년 전 미술전문 양화과를 나온 규수 화가이므로 나 같은 무지래기 소설줄이나 쓰는 인간보다 그 보고 느끼는 바가 다르구나 라는 생각이 들었던 까닭이었다. "아! 아! 나는……."

그 여인은 그만 두 팔로 머리를 휩싸안고 소나무 둥치에 기대인 채 눈을 감았다. 나는 무어라 말하기 어려워 잠잠이 바라보고 있을 수밖에, 그가 진정될 때까지!

 이윽고 그는 다시 한 줄기 눈물을 흘리며 잠잠이 그대로 앉은 채 입을 열었다.

 "나는 사랑한답니다."

라고 외치듯 한마디 부르짖고 입술을 깨물었다. 나는 그 여인의 슬픔이 무엇인가 하는 호기심과 그 여인의 괴로워하는 모양에 잔뜩 동정하여 그 괴로운 이야기를 듣기에 가슴을 졸이고 있던 판이었는데, 이 한마디 부르짖는 말에 갑자기 쓴웃음이 터지고 말았다.

 '에—에, 그까짓 사랑? 연애 관계로 이러는 것이로군……. 그까짓 남의 연애 이야기를 들어 무엇하며, 그까짓 문제로 이렇게 괴로워하다니!' 라고 속으로 중얼거리며 나는 고개를 획 돌리고 말았다.

 그 아름다운 풍경 속에서 그 훌륭한 스타일과 애화조 포—즈를 가진 여인에게서 나는 무슨 신비스런, 그리고 아주 감상적인 아름다운 이야기가 듣고 싶었던 것이었다.

 "여보세요. 당신은 나를 어떻게 보십니까?"

 갑자기 여인은 나에게 말을 건넸다. 나는 속으로

 '이 여인이 사람에 미쳤나 보다. 무슨 말을 묻는 거야?' 라고 반감 비슷한 생각이 들어 힐끔 여인을 둘러보았다. 그러나 그 여인은 놀나무 둥치에 눈을 감고 기대어 앉은 채 혼자 명상에 잠겨 있는 듯 하였다.

 "무슨 말씀이에요. 당신을 어떻게 보다니? 지금 내 눈이 당신과 같은 화가의 눈이라면, 그렇게 앉은 모양을 한번 그려보았으면 싶을 따름이지요."

라고 느껴지는 대로 솔직하게 대답했다.

 "아니 저 같은 젊은 미망인이란 몸이요. 더구나 단 하나이지마는 아이까지 있는 몸으로서 사랑을 한다면……. 당신은 어떻게 생각하시겠어요?"

그 여인의 이 말에 나는 놀랐다. 나는 이 여인의 남편이 죽고 없는 줄을 몰랐던 것이다. 그리고 아들까지 하나 있는 줄은 몰랐었다. 그러나 설령 그가 과부요, 자식이 있는 몸이라 하더라도 사랑하고 싶으면 그만이지……. 남편이 뚜렷이 있으면서 그런다면 생각할 문제가 되지마는 그까짓 것은 문제가 되지도 않는 일이라고 생각되므로 나는 어이가 없었다.

"하하하, 별 말씀을 다 — 하시네. 사랑하시고 싶으신 분이 있거든 얼마든지 하시구려. 아드님이 방해된다면 내가 지금 아이를 낳지 못해 애쓰는 중이니 그만 나에게 양아들로 맡겨주시구려."

나보다 몇 해 위인 듯 한 그에게 나의 이 대답이 조금 당돌하지나 않았나? 하는 생각에 나는 얼굴이 또다시 붉어졌다. 그러나 그는 조금도 관심치 않고 그냥 그대로 움직임 없이 한숨을 내쉬었다.

"두서없이 말을 끄집어내서 실례했습니다. 이제 차근차근 이야기 하지요. 나는 저— 열일곱 살에 여학교를 졸업했어요. 그리고 그 해 가을에 결혼하여 열여덟 살 되는 겨울에 아이를 낳았지요."

나는 그의 하는 말에 놀랐다. 아들이 있으면 이제 겨우 열 살 안 되는 어린아이였는 줄 알았던 터이라 조금 전에 나에게 양자로 달라고 하던 망발이 새삼스레 부끄러웠다.

"그러면 아드님이 올해 몇 살이세요?"
라고 물어보지 않을 수 없었다.

"그 애가 내 열여덟에 낳았으니까 올해 열여섯 살이에요. 중학교 이 학년이나 됐어요. 내 나이 올해 서른둘이니까요."

"아이구머니…… 그렇게 큰 아드님이 있어요? 그러면 미술 전문은 어느 때 나오셨던가요?"

나는 기가 막혀 그를 바라보았다. 그러나 그는 여전히 움직임 없이 아까 그 포—즈대로 소나무 등치에 기대인 채였다.

"네—. 제가 스무 살 때 그 애 아버지가 죽었어요. 그래서 스물셋 때에 아이는 친정에 맡겨두고 저 혼자 동경으로 가서 이런저런 공부하는 척 하다가 스물여덟에 비로소 미술 전문을 나오게 됐어요. 제가 미술전문에 다닐 때 아주 재혼을 권하는 사람도 많았고, 또 직접 구혼하는 사람도 무척 많았어요."

 여인은 또다시 한숨을 내쉬었다.

 "왜 여태까지 그대로 계셨던가요. 진작 재혼하실 일이지······."

 나는 무뚝스럽게 말했다.

 "글쎄요. 제 사정으로도 꼭 재혼을 해야 될 처지랍니다. 첫째 이유는 제 죽은 남편은 단 형제뿐이었는데, 그의 형 되는 분이 스물둘에 죽었으므로 그 형수가 수절을 하고 있어요. 그러니 그 아우되는 제 남편이 자식이 나면 제일 맏아들은 그 형수의 양자가 되어야 하지 않습니까? 그러니 제 아들은 나면서부터 그 수절하는 큰어머니의 아들이 됐지요. 나는 장차 또 아이를 많이 낳을 줄 알았던 것이 제 남편 역시 다음 아이가 들기 전에 죽었으니까 저는 아들이 있기는 하나 없는 것이나 다름없게 되었지요. 그리고 둘째로는 제 친정에는 제가 단 하나 외딸이에요. 제 어머니는 저 하나밖에 낳지 않으셨고, 아버지 역시 남의 친자식을 양자하는 것보다 딸이라도 자기의 친자식이 낫다 하시며 기어이 가독을 나에게 상속시키려는 거랍니다. 그런데 제 친정이 종가요, 또 아버지 형제가 없으시니 제가 만일 이대로 죽고 만다면 제 친정의 뒤가 끊어지는 것이 되지 않습니까. 제 아들은 남편의 집의 뒤를 이어야 되는 터이니까, 부득이 저는 재혼을 해야 될 처지랍니다."

 여인은 길게 길게 한숨 쉬었다. 나는 가슴이 갑자기 답답해졌다.

 "그러신데 왜 그대로 계세요. 얼른 시집가세요."

라고 나는 철없는 듯 조르듯 말했다.

 "이제 이야기 하겠어요. 제가 지금까지 이대로 있게 된 이유는 저에게 구혼하는 사람이 너무 많았던 탓입니다. 모두 일장일단이 있어 누구를 골라 잡아야 좋을지 몰랐어요. 그런데도 그 중에는 몹시 싫은 사람이 거의였으니 뒤에 남은 사람들 중에서 택하면 좋았겠지마는 제가 좋다고 생각하는 사람은 모조리 친정 부모님이 반대였으니 우스울 일이 아니에요?"

"그래서 지금까지 그대로 계신 게로군요."

"네—. 제가 제일 제일 미워하고 싫어하는 사람, 그 사람에게 부모님은 기어이 시집가라는 거랍니다."

"아이그— 딱하시네—."

"아! 아! 이만한 일쯤은 저 역시 예사입니다. 당신도 소설 스토리로 이런 종류의 이야기는 많이 쓰시겠지요. 가장 평범하고 세상에 흔히 있는 일이니까요. 그런데 제 부모님이 기어이 그 사람을 고른 것은 그이가 직업이 의사랍니다. 제 남편이 폐를 앓아 죽었으므로, 저도 앓아 폐가 약한가 봐요. 몸이 몹시 약하니까 저는 의사에게 시집가는 것이 제일 타당하다는 것이랍니다. 그래도 저는 그이가 싫은 것을 어떻게 해요."

"글쎄요."

나는 이 여인이 처음 이야기를 끄집어낼 때 그락망에서 점점 다시 귀가 기울여지기 시작하였다.

"그런데, 보세요. 우스운 일입니다. 어느 날이었어요. 전람회에 출품할 그림을 판입한 후 산보 겸 해 한강에 나갔다가 돌아오는 길에 본정통 어느 찻집에를 들어갔지요. 그랬더니 공교롭게 그이가 저—편 테이블에서 차를 마시다가 나에게 달려오겠지요……."

"그이라니요?"

"그 싫다는 의사 말이에요! 저에게 구혼 중인 그이 말이에요……."

여인은 벌떡 몸을 일으켜 나를 바라보았다. 그의 눈빛은 찬란하게 빛나고, 그 많던 눈물 줄기도 거의 마른 창백한 얼굴이 노을의 탓인지 붉게 상기되어 있었다. 나는 그의 얼굴에 긴장을 바라보면서 적이 놀라 똑바로 그의 눈을 마주 바라보았다.

　그는 이윽히 나를 바라본 후 힘없이 두 팔로 잔디를 집어 몸을 지탱하며 두 눈의 찬란하던 광채는 사라지고 공허한 시선으로 변하며 중얼거리듯 입을 열었다.

　"그 소년! 그 학생을 처음 본 때랍니다. 그이가 나를 끌고 자기 테이블로 가자 나는 그 테이블에 한 소년을 발견했던 거랍니다. 나는 모처럼 상쾌한 기분으로 들어온 찻집에서 그이를 만난 것이 불쾌하기 짝이 없었던 터이라, 얼굴을 찡그린 채 그이가 가리키는 의자에 앉으며 무심코 마주 앉은 한 소년에게 시선이 갔던 거랍니다. 그 순간 나는 깜짝 놀랄만치 기뻤어요. 아니 내 가슴이 전광을 만진 듯 기쁨에 일순간 마비된 듯 하였어요."

　여인은 잠깐 입을 다물고 그때 그 소년의 얼굴을 눈앞에 그리듯 공허한 눈 그대로 허공을 응시하고 있었다. 나는 그의 파랗게 질려 있는 얼굴을 바라보며 몸에 소름이 끼칠 듯 정신이 바짝 차려져 그의 조그마한 얼굴의 움직임이라도 놓치지 않고 살피려 했다.

　"그 소년은 내가 그림을 붓을 든 후 오늘까지 머리 속에 그리고 그리고 해 오던 나의 이상의 얼굴이었어요. 나는 항상 머리 속에 그리기를 지극히 온순하고, 지극히 아름다우며, 끝없이 침착하고 점잖으며 그리고 맑고 순결하고 화기를 띄운 그리고 용감하고 고귀하며 단정한 얼굴을 단 한 폭 내 전생을 통하여 그려보려고 욕망하여 왔던 거랍니다. 나의 이상의 남성의 얼굴이라고 할까요. 그런 얼굴을 많이 많이 구상해 보았으나 그때까지 머리 속에 그려내지 못했어요. 나의 그 욕망은 나에게 구혼하는 사람이 많으면 많을수록 높아가며, 이제 그 의사란 사람과의 약혼이 부모님들에게는 거의 결정적으로 진행 중에 있음에 따라 더 간절해져만 갔습니다. 단 한 장이라도 그려보았으면…… 그러한 얼굴이 이 세상에 있을 수 있을까…… 있다면 얼마나 기쁘랴…… 그러한 얼굴이 있다면 단

한 번이라도 보기만 하면 그려낼 수 있으리라…… 하고 나는 생각했었을 거다. 그리하여 나는 여가만 있으면 정거장에를 나가서 내리고 오르고 하는 많은 남자들의 얼굴을 바라보았었고, 길을 갈 때나, 전차를 탈 때나 나는 사람들의 얼굴만 유심히 살펴왔던 거랍니다. 그때에 그 욕망은 단지 내 그림을 위하여서의 욕망이었어요. 다른 아―무 생각도 없었어요. 단지 그러한 얼굴을 꼭 한번 그려보리라 하는 그 결심뿐이었어요."

"네…… 그러시겠지요. 저도 간혹 소설에 등장할 인물의 타입을 찾으려고 해보는 때가 있으니까요……"
라고 나는 그의 이야기에 동감함을 표현했다.

"그 소년! 그때 나의 눈앞에 고개를 단정히 가지고 눈을 내리뜨고 찻잔을 바라보고 있는 중학교 제복을 입은 그 소년의 얼굴…… 나는 모―든 것을 잊고 그 소년에게 정신을 빼앗기고 말았더랍니다. 소년은 이따금 부끄러운 듯 나를 건너다보다가는 나의 맹렬한 시선에 마주쳐 얼굴을 붉히며 웃음을 띠우고는 고개를 내려뜨리곤 하였어요. 그이는 나에게 차를 받아주고 이야기를 건네며 그 소년은 자기의 단 하나 아우라고 소개하였어요. 나는 그의 말이 귀에 들어오지 않았어요. 겨우 대답을 하면서도 소년에게 너무 민망하여 시선을 돌리려 했으나 내 시선은 소년의 얼굴을 떠나주지 않았습니다. 그러는 사이에 전등이 켜지며 소년은 무엇을 느꼈음인지 조용히 일어서며 형님 저 먼저 가겠어요, 라는 말을 남기고 찻집을 나가버렸습니다. 나는 그 자리에 앉은 채 눈앞에 캔버스를 벌리고 이제 본 그 소년의 얼굴을 스케치하듯 눈을 감고 그려보았어요. 나는 날개가 돋힌 듯 온몸이 으쓱해지며 기쁨을 참을 수가 없었어요. 나는 그 길로 집으로 달려와 밤을 새우든 몇 날을 지우든 간에 한숨에 그려버리리라고 생각되었습니다. 그이도 내 뜻은 모르나 나의 그 기뻐하는 얼굴을 보고 자기도 기뻤던 모양입니다. 나를 집까지 자동차로 바래다 주었어요. 나는 그때까지 어느 남자하고라도 단 둘이서 어디를 가는 것도 한 방에서 이야기하는 것도 싫어했고 한사코 거절하였던 터였으니까 그 날 밤에 그이는 자기와 단 둘이서 우리 집 문앞까지 자동차를 타게 된 것을 내가 그의 청혼에 반 이상 허락이나 한 줄로나 알았을 것입니다. 아! 아!

 나는 그대로 저녁밥도 먹지 않겠다고 돌아보지도 않고 집 방으로 달려가 옷을 갈아입을 여가 없이 캔버스 앞에 섰지요. 그 밤이 깊기도 전에 나는 벌써 윤곽을 다— 잡았어요. 너무나 기뻐 화필을 든 채 캔버스를 몇 번이나 몇 번이나 끌어안았는지요. 한번 그리고 기뻐하그 또 한번 붓 대고 웃고, 두 눈에 들여박힌 그 소년의 얼굴, 나는 즐거웠어요. 그 즐거움……! 나는 참다못해 그리는 것까지 아까워서 소년의 얼굴을 눈 속에 집어넣은 채 눈을 꽉 감고 그대로 침상에 뒹굴며 미친 듯 하였습니다. 그 이튿날 아침 나는 솜뭉치같이 피로하여 아침도 먹지 않고 그대로 잠이 들었어요. 눈을 떴을 때는 벌써 오후 두 시였어요. 나는 부리나케 세수를 하고 식사를 마친 후 집을 뛰어 나왔습니다. 내가 깜짝 정신이 났을 때는 벌써 그이의 병원 진찰실 안에서 그이와 마주 서 있었어요. 그가 왜 그 병원에 갔는지 지금 생각해도 모를 일입니다. 나는 그이에게 인사말 대신

 "선생님의 아우님이 어디 계신가요?"
라는 물음이었어요. 그이는 웃으며 내가 자기를 찾아온 구실로 그 아우를 찾는 줄 알았던 모양인지 그 대답은 없고

 "몸이 약하신데 바다로나 산으로 가시지 않으시겠냐."
고 도로 엉뚱한 딴을 건네는 것이었어요. 나는 뭉클 성이 났으나 꾹 참으며

 "아우님이 어디 있어요, 선생님은 어서 일 보세요. 저는 그 동안 아우님과 이야기하고 놀 터입니다. 오늘 저녁에 또 찻집에 가시지 않으시겠어요?"
라고 나는 나대로 들어대었지요. 그랬더니 그는 앞을 서서 나를 인도하

여 이층으로 올라갔습니다. 이층은 그이의 서재인 듯 팔조와 육조의 넓은 다다미방이었어요. 나는 그이보다 앞서 실례되는 것도 잊고 방 안에 먼저 들어서서 육조방 한 옆에 책상 앞에 그 소년이 턱을 고이고 물끄러미 앉아 있다가 우리를 보고 놀라 일어서서 일순간 몸을 감추려는 듯 사방을 살피며 머뭇거리더니 내가 너무나 그의 앞에 가까이 가서 있음을 보고 마지못하여 새빨개진 얼굴로 약간 고개를 굽혀 인사를 한 후 휙 몸을 날려 층층대로 내려가 버렸습니다. 나는 그 자리에 멍하니 서 있은 채 소년이 사라진 곳을 응시하고 있었습니다. 그랬더니 그이가 무엇을 생각했는지 내 곁으로 가까이 오면서 내 두 어깨에 두 손을 걸었어요. 나는 깜짝 놀라 한 걸음 물러서 버렸어요. 그리고 나는 그이에게 '저녁때가 되거든 함께 어디로 식사를 하러 가든지, 찻집을 가든지 하자'고 말하고 '어서 내려가 환자患者 치료나 하시면 그 동안 여기서 기다리겠노라'고 했었지요. 그러니 그이는 아주 기뻐하며 층층대로 내려가겠지요. 나는 그의 뒤통수를 향하여 당신의 아우님을 보내달라고 부탁했습니다. 그이는 싱긋 웃으며 그대로 내려가 버렸어요. 나는 이윽고 그 자리에 서 있으며 방 안을 둘러봤습니다. 그는 얼른 놀란 듯 고개를 돌리곤 하였습니다. 이렇게 나는 그를 바라보고 그는 무료하게 이리저리 살피고 있는 그동안 다―같이 말 한마디 없습니다. 얼마나 한 시간이 흘러갔어요. 그리고 있는 동안 나는 커다란 환희에 가득 차 있었던 거랍니다. 그의 얼굴, 소년답지 않을 만큼 침착하고 고상하며, 온화하고 부드러운 그 얼굴, 그리고 어디인 소년다운 선을 가진 순결한 그 입과 눈…… 나는 나를 잊고 도취되어 있었던 거랍니다. 그때까지 아무리 유명한 동서양의 명화名畵를 대하여도 이만치 내 스스로 도취되어 바라보고 바라보아도 끊이지 않고 신비로움을 느껴본 적은 없었습니다. 소년은 이윽고 무료함을 못 이겼음인지 대담하게 나의 시선을 똑바로 바라보며

"제 형님은 퍽이나 착하신 사람이랍니다."

라고 말했습니다. 나는 가슴이 섬뜩하여 휙 눈을 돌이키며
"네—."
하고 대답했지요. 그때 나는
"당신 형님보다 나는 당신의 그 얼굴이 더 착하고, 아름답습니다."
라고 대답하려 했습니다마는 이상하게도 그때 제 귀에
"어머니!"
하고 부르는 내 아들의 음성이 들리는 듯하여 얼른 한다는 대답이 소년이 그 형을 자랑하는데 동감임을 표하고 말았어요. 그의 형 되는 그이는 그때 나보다 한 살 위였으니까요. 그때 그 나이가 되도록 장가도 들어보지 못했고, 아니 않았고, 이성을 사랑해 보지도 못했다고 합니다. 그러니 그이의 사람된 인품이 얼마나 이지적이며 고지식했던가를 알 수 있지 않습니까. 물론 그에게 들으면 자기는 부모도 없고 다른 친척도 없고, 단지 하나 아우인 그 소년 하나가 유일한 육친이었으니까 그 소년을 두고 자기가 장가들기 민망하여, 소년이 중학교를 졸업하고 전문학교나 대학으로 가게 되어 집을 떠나면 그때는 장가들겠다는 것이었어요. 자기가 장가를 들어서 만일 아내나 아우에게 불순하다든지, 또는 아우에게 자기가 아내를 더 사랑함을 보이게 될까 하는 여러 가지 염려가 있었던 까닭이었겠지요. 좌우간 보기 드문 사람이었어요."
  그 여인은 이렇게 말하며 길게 한숨지었다. 나는
  "오—라, 그이? 음, 음."
하고 느끼는 바가 있었던 것이다. 즉 그이라는 의사 김성규金性圭는 바로 나와 고향이 같은 그리 친한 사이는 아니라고 하나, 두어 번 진찰까지 받아 본 적이 있었던 아는 사이였던 것이다. 그러니만큼 나는 그 여인의 이야기에 온통 정신이 쏠리고 말았다. 그 소년이란 성규의 아우 정규貞圭임도 잘 알겠고, 또 정규의 얼굴이 과연 범연하게 생기지 않았음도 내 이미 알고 있는 터였다.

"오—그러면 김성규 씨 형제분이로군요."

나는 이렇게 그 여인의 말을 가로질러 입을 넣고 말았다.

"네…… 그래요. 당신을 그이가 성규 씨가 잘 안다고 말하더군요. 바로 말하면 제가 당신을 찾아서 이곳까지 오게 된 것도 당신이 성규 씨를 잘 아시는 까닭입니다."

하고 여인은 또 한숨지었다. 그 여인의 한숨소리는 웬일인지 내 가슴에 바늘같이 파고드는 듯 하며, 그 여인의 한숨소리는 정말 인상적이라고 느꼈었다. 그때 어디서 석양마을을 향하여 길게 음매— 하고 새끼를 찾는 암소의 울음소리가 들려왔었다.

여인은 귀를 기울이며 그 소리에 이윽고 귀를 기울이다가 다시 말을 계속하였다.

"성규 씨가 나에게 구혼하게 된 것은 그가 동경 ××의과대학에 다닐 때로 내가 미술전문에 다닐 때부터랍니다. 그러나 나는 그이의 고지식한 성품이 싫었고 또 아이까지 있는 나로서 총각인 그에게 시집가기가 어색했어요. 그래서 아주 딱 거절했었는데 그이는 제 부모님에게 직접 운동을 했던 거지요.

'어느 때라도 재혼을 하거든 그때는 자기에게…….'

라고 아주 나의 부모님에게 단단히 간청을 했던가 봐요. 그러니까 나의 부모님은 총각이요, 더구나 의사요 돈도 있고 사람이 굳건하고 어디 흠이라곤 없는 자리이니까 아주 단단히 그에게 약속했던 모양입니다. 그이의 청혼에는 정말 우리 부모가 황감하고 과분하고 아주 영우 녹았던 모양입니다. 아! 아!

세상이란 정말 기가 막히게 어려운 실마리들의 맺음이에요. 부모님이 그만큼 기뻐하는 터이거든 나 역시 그만큼 기뻐해야 술술 다 평온 무사하게 될 일인데 나는 왜 그다지 그이가 싫은지…… 아이 참…… 그뿐이라도 좋을 텐데 하필 또 무슨 까닭에 그이의 어린 아우가 그리도 나에게

잊히지 않게 되는지 생각하면 할수록 운명의 장난이 너무나 까탈스러움이 원망스럽습니다. 그 날! 소년과 처음 말을 나누어 보던 그 날 석양에 그이와 셋이서 레스토랑에 가서 저녁을 먹고 송월이라는 찻집에를 갔었지요. 성규 씨는 아직까지 소년에게 나를 단순히 친구로만 소개했던 모양입니다. 그 사이에 소년과도 무관하게 친해져서 소년은 다음 놓고 이야기를 나에게 붙이기도 하였어요. 그 날은 무척 즐거웠어요. 나는 그를 위해 이야기도 하고 또 성규 씨 앞에서 나는 오랫동안 머리 속에 그려오던 얼굴 하나를 발견하였는데 무척 기쁘다고까지 말했지요. 그러니까 성규 씨는 자랑하듯

"우리 정규의 얼굴보다 더 훌륭한 모델은 없을거요."

라고 웃으며 말하는데 소년은 짬짬이 나를 바라보더니 얼굴을 돌리며 혼자 미소하겠지요!

"나를 두고 하는 말이로구나, 그러니까 나를 그렇게도 들여다 본 것이로군!"

하는 표정이었어요. 나는 소년의 영리함을 그 순간 발견했던 거랍니다. 그 날 밤은 그 형계분에게 전송을 받아 저의 집까지 들어왔습니다. 우리 집 대문간에서 소년은 그 형이 내 곁에서 떨어진 틈을 타서

"이제부터는 집을 알았으니까 놀러 와도 좋아요?"

라고 속삭였어요. 나는 가슴이 몹시 괴로워지며 소년을 바라보려 두 손을 내밀었지요. 소년은 와락 내 손을 잡으며 놀러 올 것이라고 다시 한번 다짐했어요. 나는 경쾌하게 대답하려 애쓰며 형님에게 허락 받아서 놀러 오라고 대답했었습니다. 소년은 다시 내 손을 흔들어주며

"오—케이."

라고 말한 후 휙 돌아서 그 형과 가버렸어요. 나는 대문에 들어서며 왼편으로 있는 사랑인 내 방으로 들어가 얼른 캔버스 앞에 섰습니다. 지난 밤에 그려둔 소년의 얼굴이 나를 바라보고 있었습니다. 나는 이윽고 그림

을 들여다보는 사이에 또 하나 훌륭한 상想이 생겨났어요. 내가 전날 금강산 구경 갔을 때 비로봉 위에 올라가 사방경계를 이윽고 둘러보며 내 혼이 대자연 앞에서 무릎을 꿇고 엎드린 듯하여 명목하고 섰으려니까 마음과 몸이 다— 함께 인간세상을 떠나 지극히 청정된 미의 세계로 간 듯하였어요. 그래서 문득 그때 생각이 나며 그 소년을 비로봉 위에 세워두는 생각을 했던가 합니다. 제 생각에는 비로봉을 정복한 그 소년을 그려서 자연에서 받은 나의 감명보다 더 큰 감격을 그 소년에게서 받았음을 표상하려는 뜻이었어요. 자연에의 극치를 인간에게의 극치가 정복하고 남음이 있음을 그리려는 것이었습니다. 그래서 나는 그 밤부터 그림제작을 시작했던 거지요. 먼저 세수를 하고 어머니 앞에 가서 차 한 잔을 마신 후 다시 내 방으로 돌아와서 잠시 눈을 감고 이윽고 구상에 잠겨 있었습니다. 그리고는 곧 그림 그릴 준비를 개시했지요. 먼저 비로봉을 박을 사진을 죄다 들추어보고 그때 눈에 박힌 인상을 되풀이해 보며 인물을 배치할 화면도 대강 생각해 보았습니다. 그러는 중에 그 밤도 꼬박이 새우고 그 이튿날은 정오가 넘게 몸을 쉰 후 또다시 제작에 착수했습니다. 나는 두 다리가 붓고 머리에 현기가 나고 손이 떨려도 모르고 그림만 그렸습니다. 그 날 해도 지고 밤도 깊었으나 잠 잘 줄도 먹는 것도 잊어버리고 화필을 놓을 줄 몰랐어요. 그림은 화필의 움직임을 따라 깎아지른 바위산의 절벽 위에 크고 작은 바위가 놓여 있고 이름 모를 풀과 넝쿨이 엉키었으며 그 사이에 인물을 세울 자리를 두고 원경으로 산줄기와 흰 구름을 배치하여 내가 보기에 우선 훌륭한 게임이었어요. 뒤에 남은 인물만 내 의도한 바에 맞게 그려질 지가 문제였을 따름이었지요. 그러나 그 소년의 얼굴은 이미 내 눈에 박혀 있으니까 문제 없으나 그의 포즈를 어떻게 할까…… 를 다시 생각에 잠기게 되었더랍니다. 자연스럽게 극치의 미를 두 발로 힘 있게 눌러 디디고선 씩씩하고 아름다운 그리고 스스로 정화된 위풍이 늠름한 포즈를 생각해 보는 것이었더랍니다. 생각에 지치고 주림에 못 이겨 어느 때든지 소년에게 한 포즈를 청해서 잠시 모델이 되게 하는 수밖에 없다고 결심한 후 비로소 자리에 들게 되었더랍니다. 그러나 내 머리는 혼돈하여 눈은 더욱 새롭게 떠져 좀처럼 잠들지 못하는데 시계는 새로 한 시를 쳤습니다. 나는 억지로는 도저히 잠이 오지 않을 것을 깨닫고 벌떡 일어나 방 안을 수없이 걸은 후 그림 앞에 서 있었습니다. 시계는 어느덧 두 시를 치고 또 세 시를 치고 짧은 여름밤이 거의 다— 새어가는 네 시가 울렸어요. 그 사이에 나는 방 안을 몇 백 차례 왕래하였고 머리 속과 눈앞에는 그 소년의 가지가지의 포즈가 산란하게 반복되고 있었더랍니다. 일순간도 끊임없이 그의 얼굴과 동작을 떠나 다른 생각은 해보지 못했지요. 새벽의 서늘한 공기가 방 안에 꽉 차고 동편 하늘이 조금씩 말쑥해져 가자 와야 될 잠은 영영 달아나고 정신은 더욱 새로워졌습니다. 나는 인물의 포즈가 결정되기 전에는 도저히 잠을 이룰 수가 없겠음을 깨닫고 잘 것을 단념해 버린 후 어서 아침이 되면 소년을 찾아가서 또 한 시간 동안이나마 포즈를 지어 모델을 청하겠다고 결심한 후 자리에 가 누웠지요. 비로소 그때야 내 머리에서 소년의 그림자가 사라지며 어서 아침이 되기만을 기다리는 간절한 바람에 잠겨 있게 되었는데 어느덧 잠이 들었던 모양입니다. 급히 눈을 뜨고 휘 둘러보니 벌써 정오가 넘었고 머리맡에 보지 못하던 종이가 놓여 있으므로 얼른 들고 보니 만년필로 얌전히 쓴 두어줄 글이 쓰여 있음으로 놀라 들여다 보았지요.

"퍽이나 숙면하십니다 그려. 지나는 길에 잠깐 들렸더랍니다. 또 놀러 와도 좋은가요? 정규"라고 쓰여 있지 않겠어요. 나는 와락 일어나 계집아이를 불러 나 없는 사이에 누가 오지 않았던가 물어봤으나 전혀 모른다는 대답이었고 어머니도 아버지도 아무도 손님이라고는 오지 않았다는 대답이었어요. 나는 휭 하니 내둘리는 머리를 겨우 진정하여, 그 소년이 나 잠든 사이에 아무도 모르게 내 방에 들어왔다가 얼마간 지체한 후 그대로 가 버린 것을 깨달았어요. 가슴이 화끈해지며 나도 모르게 경대 앞으로 달려가 거울에 내 얼굴을 비춰봤던 거랍니다. 얼마나 흉측한 얼굴로 잠을 잤을까 그 소년이 나의 그 모양 없이 자는 꼴을 들여다 보았을 터이라고 생각된 까닭이었어요. 거울에 비치는 파리한 내 얼굴을 바라보며

"아! 아! 잠이 들기 전에 세수를 할 것을……."

하고 후회했어요. 정말 당신에게 말씀드리기 부끄러운 심리입니다. 다음 순간에 나는 부끄러움을 참을 길 없었어요. 내 아들이 다녀갔다면 그렇게 당황스럽게 거울 앞에 달려갔을 리가 없었을 터인데 라고 생각이 든 까닭입니다. 그래서 나는 스스로 꾸짖으며 천천히 세수를 하고 밥을 먹은 후 집을 나섰지요. 부리나케 내 발은 걸어지며 성규 씨의 병원을 향해 갔어요. 병원 앞에 이르게 되자 나는 발길을 탁 멈추었어요.

"미쳤느냐! 네가 그림을 그리려는 정열만으로 이 집을 오는 것이냐. 갑자기 그림에 그다지도 열이 났느냐. 만일 이 길로 소년을 대하면 어떠한 표정으로 대할 것인가. 그리고 성규 씨에게 어떠한 느낌을 줄 것인가. 내가 왜 이다지 무괴도한 감정에 끌려 광기에 가까운 생각과 행동을 감행하는고. 무슨 까닭에 몇 날이나 자지도 않고 먹지도 않고 그림에 도취되었던가. 아— 아! 단순히 나는 단순히 그림에 열이 났다고만 할 수 있을까……".

하고 누군가 내 귀에다 속삭이는 듯 하였어요. 나는 흰 발을 돌려 얼른 병원 앞을 떠나 전찻길로 나섰지요. 그때 돌아서는 가슴속이 왜 그다지 괴로웠을까요! 나는 하늘이 무너지는 한이 있더라도 이 사이 며칠간 나의 모든 정열을 들끓게 한 그 원인이 되는 소년에 대한 생각을 무시하려고 시댁이요, 나의 아들이 있는 집을 향해 갔습니다. 그 집 대문 앞에 이르자 집안에서 내 아들 석주石柱가 무어라 크게 말하는 소리가 들렸습니다. 나는 또다시 두 발이 땅에 딱 들어붙는 듯 하여

"네가 어미냐! 네 아들이 지금 열여섯 살이나 되었다."
라고 외치는 듯하여 나는 깜짝 놀란 듯 홱 돌아서서 달아나듯 골목쟁이를 뛰어나오고 말았어요. 내 아들에게 대할 때 지극히 청정한 어머니로서 아니면 도저히 취락할 수 없다고 내 스스로가 느꼈던 탓입니다. 비록 사정에 못 이겨 내가 재혼을 한다는 것은 부득이한 일이나 내 양심에 거리낌이 없을 것 같기도 하지마는 그 날 소년 정규가 더구나 내 아들보다 단 세 살밖에 차이가 없는 소년 정규, 아니 그보다도 그의 형과 약혼설이 진행 중에 있는 사이에 그에게 나의 자는 얼굴이 행여 더러웠을까 염려되어 거울 앞에 부리나케 달려가던 그 마음을 가지고 내 어떻게 아들 석주의 앞에 나갈 수 있으리. 설령 이 순간부터 다 잊어버린다 한들 조금 전까지 이름 없이 가슴이 괴로워 그 병원 앞까지 가던 그 마음을 가렸던 몸이 어떻게 석주를 보랴! 하는 괴로움에 내 눈은 어두워졌어요. 허둥지둥 어디인지 건너가다가 지나는 택시에 올라앉아 집으로 들어오고 말았답니다. 먼저 안방으로 들어가 어머니와 천연스럽게 세상 이야기를 하는 사이에 내 마음은 지극히 평온하여졌으므로 과실을 먹고 집안일에 얼마간 시간을 보낸 후 내일은 석주를 불러다 도델을 하여 그림을 완성하리라 생각한 후 내 방으로 들어왔었지요. 방 안에 들어서자 내 눈은 그리던 화폭으로 끌려가고 대강 얼굴 윤곽만 날아난 그 얼굴은 소년 정규의 모습이 완연함에 내 마음은 전선줄에 부딪힌 듯 부르르 떨었습니다. 무의식간에 내 몸은 화폭 앞에 가 서 있는 것이었어요. 그리고 얼마 후 나는 또 경대 앞에 가 있는 것을 깨달았어요. 행여나 소년 정규가 다시 오지나 않을까 하는 영감이 있는 듯 하였음이었지요.

"아하——."
다음 순간 나는 손에 쥐었던 분첩을 힘껏 경대 속에 비춘 내 얼굴을 향해 때려 부순 후 와락 그림에 달려가 캔버스째 울러매어 산산이 부수고 찢고 하려 했으나 힘이 모자라서 가위를 찾아 화폭을 되는대로 막 베고

뚫고 해버렸습니다. 그리고 나는
"석주야!"
하고 한번 불러보았어요. 그러나 내 눈앞에 나타난 얼굴은 내 사랑하는 아들 석주가 아니고 그 소년 정규의 침착하고 부드럽게 나를 바라보는 그 얼굴이었어요. 나는 휙 한번 방 안을 살펴보고 손에 쥐인 가위를 치켜들어 보고 찢어진 화폭을 바라봤지요. 공교롭게도 다 찢어진 화폭에서 소년의 얼굴만은 여전히 그대로 남아 있지 않겠어요. 나는 와락 화폭을 안고 한껏 울었답니다. 슬픔이 자꾸 자꾸 샘같이 솟아올랐어요. 무슨 슬픔인지 나는 알지도 모르면서⋯⋯ 그 미친 듯한 내 행동을 웃으시리라. 그러나 나는 화폭을 그 찢어지고 뚫린 화폭에 그대로 한 조각 남아 있는 소년의 얼굴 위에다 내 뺨을 포개어 온 몸이 타는 듯 괴로웠어요. 그리하여 그 날 저녁도 어머니 염려하실까 먹는 척만 하고 그대로 더운 방문을 끌어 닫은 채 다 잊고 잠이 들려고 뒹굴고 누웠지요. 누워 있으니 똑바로 천장만 쳐다보이고 그 천장에는 소년의 얼굴이 있었어요. 나는 베개가 하묵이 젖는 줄도 모르고 가슴이 타는 듯 하여 턱없이 울었답니다. 철 없는 첫사랑에 깨진 어린 소녀같이⋯⋯! 그때 미닫이가 가볍게 흔들리는 듯하여 가늘게 들리는 인기척이 있음으로 나는 온 몸이 으쓱하여지며 깨어지는 듯 크게 한 번 뛰었어요. 벌떡 몸을 일으키며
"문 밖에 누가 있어요?"
하고 귀를 기울였지요. 그러나 창 밖은 잠잠하였으므로 나는 신경이 너무나 날카로워졌는가 하여 다시 누우려 하니 문득 내 몸은 작은 새같이 날쌔게 또다시 경대 앞으로 달려가고 있는 것이었어요. 분첩을 때려부쉈던 자리가 달을 그린 듯 주위에 분가루로 윤곽이 되어 있는 것을 얼른 한 손으로 문지르고 그 아래 떨어진 분첩을 주워 얼굴을 대강 누른 후 벌떡 일어서 두어 번 방안을 휘 돌아보며 찢어진 화폭을 걷어치우려고 캔버스에 손이 가자 방 미닫이가 소리 없이 열렸고 그 소년 정규의 전체가

나타나 있음을 토았답니다. 나는 그 자리에 고정된 것처럼 멀뚱이 서 있었어요.

"실례이지요. 노하십니까!"

라고 소년은 나를 바라보며 사죄하듯 서 있습니다. 나는 당황하게 내가 가져야 할 표정과 동작을 생각해 내서 얼른 내 몸을 돌아보며 비로소 파자마만 입고 있음을 인식하고

"아니 내가 도로 실례입니다. 잠깐 눈감아요. 내 얼른 옷 입을께……."

라고 어색은 하나 아이를 대하는 어른답게 말했지요.

"그러면 돌아서지요."

소년은 웃으면서 새빨개진 얼굴로 휙 돌아섰어요. 나는 파자마 위에다 가 치마 적삼을 꿰어 입고

"자 다 됐어요. 이리 와요. 형님은 오시지 않았나?"

라고 어디까지든지 내 아들 석주의 동무로 또는 나와 결혼할지 모르는 성규 씨의 어린 동생으로 대접하려 말을 낮추어가며 소년의 곁에 가 그의 손을 끌고 방 가운데에 앉힌 후 방문을 죄다 열어젖히며 어색하게 웃고 어색하게 명랑했으며 서툴게 어른다우려 전 신경을 동원시켰더랍니다. 소년은 나의 말에 실수 없이 응대하며 같이 웃고 같이 명랑한 음성을 내면서도 간간이 나를 날카로운 눈으로 바라보는 것이었어요. 나이 든 사람같이 아니 그보다 더 침착하고 심각한 눈이었어요. 나는 소년의 그 눈을 바라보며 내 가슴속이 환히 다 들여다 보이는 것 같아 숨이 막히는 것 같았어요. 그러나 나 역시 그가 일부러 어린 척 하려고 노력을 느끼지 않는 바는 아니었습니다.

"안 될 갈이다. 이대로 이 시간을 더 연장해 나갈 수는 없는 일이다. 아아!"

나는 몸이 떨렸어요. 너무나 무서웠어요. 나는 서른이 넘은 여인, 더구나 소년보다 단 세 살 떨어지는 아들이 있는 사람, 소년은 그의 형이 청

춘을 희생하며 사랑하고 중히 여기는 철 없는 소년이다. 아! 여보세요. 나는 이러한 생각을 하는 것조차 무섭고 얼굴이 찡그려지며 불쾌했어요. 그러므로 나는 얼굴을 찌푸린 채 묵묵한 태도로 잠잠히 방바닥을 응시하고 있었답니다. 그랬더니 소년은 갑자기 소리를 내어 웃으며,
 "왜 이랬어요. 막 찢었네! 제 얼굴이 미워서 찢었어요?"
라고 하며 우습다는 듯이 화폭 앞으로 벌떡 일어나 옮겨 갔지요. 나는 그 소리에 번쩍 귀가 열리며 질겁을 하고 일어서며 화폭을 막아섰습니다.
 "아니야 당신의 얼굴이 아니야. 아무리 그려도 잘 그려지지 않아서 속이 상해 찢은 거야. 금강산을 그리려는 거야……"
라고 변명했습니다. 소년은 물러서며 그대로 웃으며
 "다 알아. 나를 아주 멍청이로 아세요? 아까 들어오면서부터 다 봤는데…… 아주 이상적 얼굴을 발견하셨다고 하시기에 저는 속으로 무척 코가 높아졌는데 웬걸 이렇게 막 찢은 걸 보니 나를 아주 미워지게 여기시는 거지요. 요즘 이삼 일 간 오시지 않으시기에 나는 무얼 하시는가 했더니 절 미워서 오시지 않으신 것이었습니다요."
라고 웃으면서도 원망같이 말하며 물러가 앉았던 자리로 가서 도로 앉는 것이었어요. 나는 변명하지 않았더랍니다. 변명한다면…… 아— 나는 웃음을 지으며
 "어디 당신을 두고 그런 것이라고!" 하며 태연하려 했습니다. 그러나 그 영리하기가 어른들보다 더 영리한 소년이 나의 마음을 몰랐을 리 만무합니다. 그는 잠잠히
 "흐응— 흐응— 그래요. 네……"
라고 단순하게 내 말을 긍정하면서도 그의 음성과 두 눈은 내 괴로움을 알아차리고도 남음이 있고 위로하여 주고 싶은 어른다운 생각에까지 미쳐 있음이 환히 나타났습니다. 그러나 나는 꼭지로부터 그를 무지하려고만 애쓰며 소년답지 않은 그의 침착한 얼굴을 차마 바라보기 무서워 자

꾸 외면만 했더랍니다.
 "저— 선생님. 뭐라고 불러요. 저는 아주머니라고 불러도 좋아요?"
 소년은 얼른 화제를 돌렸습니다. 나는 얼른 대답이 나오지 않아 급히 세 번 네 번 고개만 크게 끄덕였지요.
 "그러면 아주머니다, 아주머니! 날마다 놀러와도 좋아요? 사랑대문이 큰 대문과 한 대 잇대어 있고 안채가 둘러 앉았으니까 아무리 놀러 와도 아무도 모를 것 같아요. 낮에 왔을 때는 처음이라 겁도 났지만 이제는 예사랍니다."
라고 말하는 소년의 얼굴을 나는 눈도 깜빡이지 않고 바라봤지요. 그 말이 너무나 무서워서요. 이 영리한 소년이 행여나 잘못된 길로 떨어지지나 않을까 이러한 생각과 소년은 나쁜 소년들이 갖는 것이다 느꼈던 것입니다. 그러나 소년의 얼굴, 그 얼굴은 청정무구하여 조금도 불량성이 없고 자연스럽고 세련된 완전한 하나의 자아를 가진 밀어 젖혀도 나쁜 길에 떨어질리 만무한 얼굴이었요. 나는 놀람을 마지 않았더랍니다. 다만 소년의 너무나 조숙함에 놀랐던 것입니다.
 "아주머니, 염려 말아요. 제가 불량소년 같다고 여기십니까! 염려 없어요."
 소년은 휘 한숨을 지으며 어느새 나의 가슴속을 들여다보며 이렇게 말합니다. 나는 어이가 없어 눈을 크게 뜬 채 그를 바라볼 뿐이었어요.
 "그렇게 나를 자꾸 무서운 눈으로 꾸짖지만 마시고 좋은 이야기나 들려주세요."
라고 어리광같이 말했어요. 나는 대답이 나오지 않아 자꾸 빤히 바라보았어요.
 "아주머니, 제 아주머니, 제가 자꾸 무관하게 실례되는 것도 돌보지 않고 막 마음대로 굴어도 용서하세요. 상관 없으시겠지요?"
라고 나의 팔을 잡아 흔들며 조르는 것이었습니다.

"그럼! 아무래도 좋아!"

나는 이렇게 대답하는 수밖에 없었어요.

"아이, 벌써 열 시네……! 형님이 염려하시겠군. 어서 가자!"

그는 벌떡 일어서더니 내가 누웠던 자리를 잠깐 유심히 바라보는 듯 하더니,

"아주머니 저기 누워 주무세요? 아주 심심하시겠네."

라는 말을 남기고는 그대로 툇마루에 나섰습니다. 나는 압박되었던 공기에서 해방되려는 듯 가뿐하기도 하고 끝없이 서운하기도 하여 그의 뒤를 따라 툇마루로 나갔지요.

"아주머니—."

소년은 구두를 신으며 걸터 앉으려다가 나를 휙 돌아보며 할 말도 없이 불러보며 선 듯 내 어깨 위에 한 뺨을 기대고 정답게 부비려는 듯 하더니 얼른 그대로 건너 앉아 버리며

"갑니다. 잘 주무세요. 그렇지만 심심하시겠어요."

라고 잠깐 돌아서 방 안을 들여다보며 팔짱을 끼고 한번 고개를 기웃해 보더니 휙 나가버렸어요.

"잘 가요……."

나는 겨우 그의 발자취 소리가 사라지자 방 안으로 들어왔답니다. 그 방이 그처럼 그 순간처럼 넓고 텅 빈 줄은 그때만큼 깊이 느껴본 적이 없었어요. 나는 잠깐 가슴이 언 듯 울 듯 울 듯 애처로워 어린아이 달래듯 방 안을 걸어보다가 참을 수 없어 뜰로 내려갔었지요. 하늘도 쳐다보고 꽃냄새도 마셔보며,

"어서 자자…… 내 신경이 피로했구나."

하고 자꾸 잠이 오게 애를 쓰다가 방으로 들어왔지요. 겨우 겨우 잠이 든 때는 새벽 한 시가 넘어서였답니다. 그 이튿날 아침에 나는 누구에게 흔들리워 잠이 깼어요.

"어머니!"

내 눈앞에 아들 석주가 앉아 있었어요. 나는 부끄러움과 죄송함과 반가움에 떨리는 음성을 진정시켜,

"석주냐…… 너 왜 왔니……."
라고 물었지요.

"그대로 왔지."

이 대답은 나를 보고 싶어 왔다는 뜻임을 아는 터이라 나는 벌떡 일어나려 했지요.

"어머니……."

석주는 어리광을 피우며 일어나려는 내 가슴에 머리를 부비며 내 팔을 베고 나를 안고 누웠어요. 그리고는 어느 때나 다름없이 바쁘게 젖을 찾아 쥐며 빨 듯이 대들었어요. 그전 같으면 때려 주던지 밀어 던지든지 하여 버릴 것이었으나 그 날은 잠잠히 그의 머리를 쓰다듬어 재우듯 하였지요. 이윽고 그러고 있는 사이에 내 눈에서 한 방울 눈물이 떨어져 석주의 어깨 위에 떨어졌습니다.

"어머니! 왜 울어, 울지 말어."

석주는 내가 우는 모습을 어릴 때부터 보아온 터이라 얼른 일어나 앉아 나를 일으켜주며 위로하는 것이었습니다. 나는 참을 수 없어 와락 얼싸안고 말았답니다.

"엄마 나 이제 다 컸어. 그러니 엄마도 시집가야지…… 응! 어서 가. 그러면 나 엄마 행복하게 사는 집에 날마다 갈 테야. 내가! 응 응 엄마, 아주 훌륭하게 되어서 엄마를 행복하게 기쁘게 해 드릴 수가 지금 당장 있다면 어떻게라도 해보겠지마는 아직 나는 나이가 어리니까 아직 틀렸지 뭐야. 아직 차례차례 멀어지며 그러니까 그때까지 어머니가 나를 기다리고 이러고 있는 건 잘못이야. 바보지 뭐 응? 응 그렇지…… 그러니까 어머니 나 염려 말고 얼른 시집가…… 그러면 그이 보고 나 아버지라고 불러도

좋지!"
라고 하지 않겠어요? 아비 없는 자식! 물론 석주는 벌써 나이가 그만하니까 나를 위로하려고 그러는 말이기는 하지마는 일생을 두고 아버지라는 것을 가져보지 못한 이 자식의 쓸쓸함을 생각할 때 내 가슴은 서리를 맞은 듯 따갑고 모든 오뇌가 자취 없이 사라지고 말았어요.

"엄마! 울지 말아요."

내 어깨를 잡아 흔들며 애타하는 석주를 앞에 앉히고 겨우 진정한 후 아침밥을 먹고 안방에서 어머니와 석주와 셋이서 재미있게 놀다가 사랑방인 내 방으로 내려왔지요. 석주에게 여러 가지 포즈를 시켜보려는 생각이 났던 까닭입니다. 둘이서 막 방 안에 들어서니 소년 정규가 찢어진 화폭 앞에 팔짱을 끼고 물끄러미 서 있는 것이었습니다. 나는 가슴이 싸늘하게 요동치는 듯하며 그 팔짱을 끼었다가 천천히 팔을 풀어 한 손은 뒤 허리에 재껴 부치고 한 팔은 반을 걷어 붙인 채 화폭을 잡고 서 있는 그 포즈에 나는 정신을 빼앗기고 말았더랍니다. 소년은 나와 석주에게는 무관심하고 한마디 인사말도 없이 깊은 생각에 잠긴 양 묵묵히 화폭만 바라보고 서 있는 것이었어요. 석주는 방에 들어가다 말고 나를 돌아보는 것이었어요.

"들어가! 손님이야. 아니 네가 형님이라고 불러. 아주 좋은 학생이란다."
라고 횡설수설하게 주어 대었지요. 석주는 그저 웃으며 고개만 끄덕이고 방으로 들어가므로 나는 소년의 곁으로 다가가 서서 그만 보고

"이 애는 내 아이니까 무엇이든 좋은 것 많이 가르쳐 주어요."
라고 말했지요. 그제야 소년은 석주를 돌아보며,

"네 그러세요. 전들 뭐 압니까? 우리 동무 됩시다."
라고 석주에게 말을 건넨 후 얼굴을 붉히며 고개를 끄덕이는 석주는 그대로 둔 채 나를 향하여,

"아주머니 이 그림을 도로 그리세요. 다시 붙일 수가 없을까 하고 지난

날 새도록 연구해 보았어요. 그러나 안 되는군요. 그러니 다시 그리시는 수밖에 다시 그리세요."

반은 명령하듯한 음성이었어요. 나는 고개만 끄덕여 보였답니다. 그리고 석주 곁에 가 앉으며,

"당신도 이리 와요."

하고 소년을 불렀습니다. 소년은 돌아서 나를 물끄러미 바라보더니 잠깐 몹시도 답답한 듯한 표정을 지었다 말고 내 곁에 선뜻 걸어와서 싱긋 웃으며 퍼질러 앉았습니다. 나는 먼저 손을 들어 소년의 어깨에 얹고 또 한 손으로는 석주의 손을 잡고 무엇이라 할 말이 있을 듯 하였어요. 그러나 내 입에서는 아무 말도 나오지 않고 무거운 침묵만이 계속되었어요. 여보세요. 당신은 소설을 쓰시는 분이니까 그때의 내 가슴속을 얼마만큼이라도 이해하실 수 있으신가요? 정말 그때 내 마음 가운데 불순한 점이 있었다고 단정하시지는 말아 주세요. 가령 내가 그 소년을 동경하고 연모하여 내 나이 소년에게 비하여 너무나 늙었다든가 또는 아무래도 그 연정을 만족시킬 수가 없으니까⋯⋯ 라고는 부디 상상도 말으세요. 나는 그러한 생각은 일순간의 그림자만치라도 염두에 두기가 불쾌했고 또 내 스스로 혹 내가 소년을 연모하는 것이나 아닌가 이만한 나이로서⋯⋯ 라고 단 한 번이라도 생각해 보기가 불쾌했어요. 나의 이 심정을 아시겠어요. 그러한 얼토당토 않는 말도 안 되는 생각을 나는 할 수가 없었어요. 그러나 보세요. 웬일일까요. 내 가슴은 무슨 까닭에 뛰는 것이고 왜 그다지 갑갑하고 괴로운가요. 아마도 가슴이 괴롭다는 것은 그런 건가 봐요. 숨이 꽉 막힐 것 같고 갑갑해 못 견디겠고 눈물이 꽉 차 용솟음을 치는대로 한 방울 흩어지지도 않는 아무 까닭을 따져볼 수도 없는 그러한 가슴이었어요.

"아주머니, 저는 그림은 전혀 문외한이랍니다. 아주 몰라요. 그래도 詩나 시조 같은 것이나 소설 같은 건 조금 읽기도 했어요."

하고 소년은 그의 어깨 위에 놓여 있는 내 손을 들어다 제 무릎 위에 놓고 쓰다듬으며 말을 끄집어 냈습니다. 나는 자다가 깨인 것처럼 어리둥절하며 석주에게,

"너는 무엇을 좋아하니?"
하고 물었지요.

"나? 나는 엄마의 아들이니까 그림이 좋다고 할까?……"
석주는 아주 어리광을 피우며 웃어대는 것이었어요. 나는 잠잠히 앉았다가 소년에게 민망하여,

"그러면 지금까지 읽은 소설 중에서 무엇이 제일 좋았어요?"
하고 물어봤습니다.

"좋은 건 하도 많으니까…… 그래도 나는 도스토예프스키의 죄罪와 벌罰의 타스코리니코프만큼 감명 깊은 주인공은 없었어요. 그리고 시조로는 누구보다 로산의 것이 제일이었어요."
라고 그는 제법 나이 든 사나이같이 이야기하는 것이었어요.

"아주머니, 제가 하나 외울테니 들어 보세요. 석주도 들어요."

"윗가지 꽃봉오리 아랫가지 낙화落花로다. 한날에 붙은 것이 성표盛表어이 이러하니 꽃 아래 섞인 노유老幼야 일러 무엇 하리요. 어떠십니까."

소년은 내 얼굴을 쳐다보는 것이었어요. 나는 하마터면 눈물이 떨어질 뻔한 것을 꿀꺽 삼키며

"석주야 너 그 뜻 아느냐."
고 괜히 필요 이상의 큰 소리를 질렀어요. 소년은 아무 말 없이 앉은 채로 나를 바라보며 묵묵히 앉았지요. 석주는 벌떡 일어나 종이와 연필을 찾아가지고 와서

"여기 써 주세요."
라고 졸랐습니다. 소년은 선뜻 연필을 들고 엎드렸다가 한 팔을 내 무릎에 걸치며 내 팔은 제 가슴아래 깔며 종이에다가 쓰기 시작하였어요. 나

는 연필 끝이 굴러가는 자리를 쫓고 있었지요. 그 시조를 다 쓰고 나더니 또 하나 쓴다고 하며 제목은

"할미꽃이에요."

라고 전제를 두고 난 후

"겉 보고 늙다 마소. 속으로 붉은 것이 해마다 봄바람에 타는 한 끄지 못해 수심에 숙이신 고개 알 이 없어 하노라."

라고 쓰고 나더니 연필을 잡은 채 그대로 종이를 덮어 이마를 내려놓으며 길게 한숨지었어요. 나는 잠잠히 그의 뒤통수를 내려다보다가 무심한 듯,

"어디 봅시다."

하고 그의 이마 밑에서 그 종이를 뺏으려 했지요. 그랬더니 그는 제 가슴에 깔리운 내 무릎을 꼭 껴안으며,

"용서하세요."

라고 하였어요. 나는 무엇이라고 해야 옳을까요! 나는 바보인양 하하 웃었답니다. 그리고 얼른 석주에게,

"자— 너 그 종이 빼앗아라. 내 거들어 줄 테니!"

하고 소년의 양편 목으로 손을 넣어 그의 상체를 껴안듯 일으켰지요. 석주는 재미있는 듯 깔깔 웃으며 얼른 종이를 빼들고 바쁘게 읽기 시작하고 소년은 또 한번 긴 한숨을 쉬고는 벌떡 일어나 앉았어요.

"어디 나 좀 읽어보자."

나는 석주와 머리를 한 데 대고 다시 그 노래를 읽습니다. 소년은 잠깐 바라보더니 나의 어깨에다 머리를 얹어 놓으며,

"이건 어떻습니까! 어젯밤에 외운 것이랍니다."

하며 종이를 치켜 들었어요.

"이름 잊자 취한다니 못 믿을 말이로다. 잊으려 잊을진데 님 여읜다고 슬플 것인가. 낙엽落葉이 어지러운 밤은 더 못 잊어 하노라."

소설 307

나는 소리를 내어 읽었어요. 그리고 잠잠히 우리 셋은 나를 가운데 두고 서로 말을 늘어대고 다시 읽고 또 한번 바라고 하였답니다. 어느덧 내 뺨에는 눈물이 흘러내리고 석주는 종이를 펴서 들고 저 혼자 엎드려 읽고 있으며 소년은 내 손을 힘껏 쥐며 내 뺨에 흐르는 눈물을 제 뺨에 받으며,

"울면 싫어! 용서하세요."

라고 무엇을 사죄하는지 초조함을 못 참는 듯 하였습니다. 나는 얼른 눈물을 씻고,

"벌써 저런 시조의 뜻을 알아?"

하고 생도를 꾸중하려는 늙은 선생님같이 물었어요.

"모릅니다. 몰라요. 그저 좋은 것 같았을 뿐입니다. 공연히 썼지! 다시는 쓰지 않을 터입니다. 잘못했어요. 용서하세요."

소년은 또 용서하라고 사죄합니다.

"무엇을 용서하랴! 소년아 네가 나를 용서해라. 내 마음이 죄에 가득하였다."

라고 나는 혼자 가슴속으로 되씹어 보았답니다. 그리고 내 마음이 더 죄된 생각이 들기 전에 오늘에라도 성규 씨를 찾아가 약혼을 허락해 버려야겠고도 생각했어요. 물론 내가 왜 눈물을 흘렸는지 그리고 소년은 그 시조를 무슨 의미로서 보임일까? 단순히 좋은 시조이니까 써 보았음이라 하자. 그리고 그는 감격하면 내 뺨에 기대고 내 무릎을 앉고…… 모다가 소년은 어머니도 누나도 없는 고독한 생활이었다. 그러니 나를 어머니에게 만족하여 보지 못한 사랑을 찾는 것이다. 나 역시 무슨 별다른 의미가 있었으랴! 공연히 경계하고 공연히 소년의 감정에 내 스스로 감격하고 이유 없이 눈물이 난 것이다. 이제 두 사람의 가슴속을 예리한 메스로 해부하고 싶지 않다. 얼토당토않은 연정戀情으로 이렇듯 감격하여 지는 건 아니다, 아니다! 라고 나는 이를 갈 듯 입을 꼭 다물었답니다. 그리

고 나는 벌떡 일어서며 소관이 있다고 핑계를 댄 후 외출할 준비를 하였답니다. 두 소년은 일제히 손뼉을 치며,
"어딜 가세요. 우리도 따라가요!"
라고 합니다. 나는 무서운 표정을 지으며
"안돼! 멀리 간단다."
라고 딱 거절을 했지요. 그리고
"둘이서 놀아요!"
하고 방을 나와 버렸지요. 그랬더니 두 소년은 서로 눈으로 무엇이라 의논하는 것 같더니 "어서 다녀오세요. 오실 때 맛있는 것 사 가지고 오세요."
라고 합니다.

나는 무서운 가슴을 안고 집을 나서기는 했으나 갈 길이 없어 잠깐 망설인 후 어딘지 막 걸어갔습니다. 얼마를 걸었는지 내 몸은 본정통 거리에 있었습니다. 나는 발끝으로 보도를 힘껏 차 던지고 휙 돌아서 남편이 살았을 때 한번 가 본 적이 있는 ××라는 정결한 레스토랑을 생각하고 그리고 발을 옮겨갔습니다. 벌써 점심시간이 지난 때이기는 하나 식당 안은 반 이상 사람이 차 있었으므로 나는 한 옆에 가 힘없이 주저앉았지요. 그리고 두어 가지 요리를 시킨 후 가만히 머리를 두 팔에 의지하여 하염없이 앉아 있었답니다. 될 수 있는 대로 죽은 남편과 그 곳에 왔던 때를 생각해 보려고 했습니다. 웬일일까요. 그때 내 눈앞에는 천진스런 석주의 웃는 얼굴과 함께 나에게 애원하듯 호소하듯 원망하듯 애틋한 얼굴로 물끄러미 바라보는 소년의 얼굴이 나를 괴롭게 할 뿐이었습니다. 나는 머리를 흔들고 눈을 감고 소년의 환영을 털어버리려 애썼답니다. 내 앞에 갖다 놓은 요리그릇 소리에 바짝 정신이 나므로 간신히 포크를 잡았으나 하나도 입으로 가져가기가 싫었습니다. 두 소년은 점심을 어떻게 하는가…… 나는 그 염려에 잠시도 그대로 앉아있을 수가 없어 그대로 벌떡 일어섰지요. "아하하!"

바로 내 등 뒤에서 들리는 웃음소리에 나는 두 자루의 총에 맞은 듯하여 얼른 돌아보지도 못하고 서 있었습니다.
"어머니!"
"아주머니!"
아! 아! 두 소년이 그 자리에 나타날 줄 내 어떻게 알았겠어요. 나는 천천히 그들을 바라봤어요. 애원하듯 원망하듯 호소하듯 입을 다물고 나를 바라보는 그 소년의 얼굴! 나는 나도 모르게 고개를 숙였습니다. 천신만고로 금강산 비로봉 위에 올라서던 그 순간에 마음과 몸이 함께 무한한 청정淸淨 앞에 무릎을 꿇던 그 순간과도 같은 감격이랄까요! 아니 그 비로봉 상상봉 위에서 자연의 극치의 미를 두 발 아래 내려 누르고 서 있는 하나의 인물! 그것을 그리려던 나! 오오! 나는 그 소년의 그때의 그 얼굴을 잊을 수 없었습니다. 그 얼굴! 그 얼굴! 내 오래오래 이상하여 오던 찾아 헤매던 그 얼굴 보세요! 나는 가슴이 떨리고 음성이 벙어리같이 나오지 않았답니다.
"누구를 기다리십니까? 방해되면 우리는 갈게요."
이윽고 소년은 입을 열며 나에게 다가서서 내 한 팔을 잡아 금방 쓰러질 듯한 내 몸을 지탱해 주었습니다.
"…………."
나는 머리를 간신히 흔들었지요.
"누구를 기다리시면 상관 있어요. 오거든 우리는 가버리지…… 어머니 그렇지? 우리는 어머니 뒤를 이제껏 쫓아다니며 벌써부터 어머니 뒤에 서 있었지 뭐……."
석주는 걸터앉으며 떠들어 댔지요. 나는 잠잠히 다시 앉으며 소년에게도 앉으라고 하였지요. 그리고 다시 요리를 명하였더랍니다.
"흐흥!"
소년은 고개를 숙이고 무엇을 생각하는지 수많은 철학자와 같이 많이

한 많은 시인과도 같이 혼자 잠잠히 고개를 끄덕이며,
"흐응— 흐—."
하는 탄성歎聲을 내뿜고 있습니다. 그 태도는 너무나 소년답지 않았습니다. 그는 벌써 내 가슴속을 훤히 다 들어다보고 있는 것 같았습니다.
"흐음—"
하는 그 탄성은 진리를 탐구하는 철학자가 때때로 스스로 긍정하는 그러한 종류입니다. 나는 소년의 그 탄성을 들을 수가 없었답니다. 너무나 내 속을 뚫고 들어오는 것 같았어요. 겨우 식사를 마치고 그 집을 나서자 소년은 발을 멈추고 지나는 택시를 세운 후
"타세요."
하고 땅령같이 말하였습니다. 나와 석주는 로봇같이 아무 말 없이 올라앉았습니다. 그는 내 옆에 앉으며
"한강으로—."
라고 명합니다. 석주는 좋아라고 손뼉을 쳤으나 나는 이 뜻하지 않은 소년의 태도에 어리둥절하였습니다. 그러나 소년은 조금도 움직임 없이 깊은 생각에 잠긴 양 팔짱을 끼고 무릎만 내려다보고 있었습니다. 나는 몸에 소름이 쫙 끼쳤어요.
"자동차를 돌려주세요. ××동으로."
라고 나는 참다못하여 운전수에게 말했습니다. 그러나 소년은 잠잠히 그대로 앉아있었어요. 그 길로 우리 집까지 셋이 함께 돌아오게 되었답니다. 나는 옷을 갈아입지도 않고 그림을 그리려는 듯이 서둘기도 하고 안방으로도 건너가고 석주에게 쓸데없이 설교도 하고 점잖은 어머니답게 서둘렀지요. 석양이 되어 석주와 함께 소년은 돌아갔습니다. 나는 그 자리에서 더 참을 수가 없었습니다. 나는 금방 뛰어나가 소년의 뒤를 따르고 싶었습니다. 내 방에 들어가니 넓은 사막에나 간 것 같이 공허하고 애끓었어요. 나는 내 마음을 꾸중하며 손가방에 행장을 수습하여 어머니께

허락을 받은 후 그 자리에서 집을 떠났습니다. 떠날 때는 금강산이나 바다로 멀리멀리 가보려고 생각했던 거랍니다. 그러나 내 손에 쥐인 차표는 불과 서울을 백리 남짓 떠난 ××가는 것이었습니다. 나는 그 날 밤에 ××역에서 ×× 산꼭지에 있는 조그마한 절을 찾아 험한 산길을 무서운 줄도 모르고 올라갔습니다. 그 조그마한 암자에 당도하였을 때는 벌써 열 시가 넘었으나 단 혼자 있는 늙은 여승은 반갑게 맞아주고 따뜻한 저녁까지 지어주셨습니다. 그리하여 나는 그 밤을 꼬박 여승 앞에서 새우고 이튿날 새벽부터 그 산꼭지를 헤매기 시작했습니다. 육체의 피로로 말미암아 정신의 괴로움을 잊으려는 뜻이었어요.

"돌길이 좁고 험해 홀몸도 어려워 늘 무거운 세상시름 지고 안고 무삼 일고."

하는 시조 생각이 문득 나며 내 가슴은 아팠습니다. 보세요. 이상합니다. 내가 그때까지 그렇게 괴로워해 본 적이라곤 없었답니다. 공연히 이유도 없는 그 괴로움. 다만 소년의 그 얼굴 그 얼굴이 내 눈에 떠오르면 내 가슴은 괴롭습니다. 답답하고 서럽고, 기쁜 듯 애끓는 듯 합니다. 이게 웬 일일까요. 소년을 그리는 연정戀情이라고는 부디 생각지 마세요. 나는 연정이라는 머리 속에 잠시라도 생각해보기 불쾌합니다. 그 얼굴 눈앞에 그리며 가슴 괴로움 그것뿐입니다. 그 심리를 예리한 메스로는 부디 해부하려 마세요. 나는 그 날 해가 지고 어둡게 저물어들 적에 그만 가슴에 애가 똑똑 끊어지는 듯 했습니다. 목구멍이 꽉 막히는 듯도 했어요. 산꼭지 바위에 기대 섰다가 나는 발을 탁탁 굴렀어요. 아! 못 견딜 일이었어요. 참을 수가 없었어요. 무엇을 못 견뎠으며 무엇을 못 참아 그다지 애끓는지 난 모릅니다. 그 소년의 얼굴을 보고 싶어 그런 것도 아니었어요. 그렇지 않고 또 다른 의미로 소년과 한 자리에 있기를 원하는 마음도 아니었어요. 다만 눈앞에서 나를 바라보는 그 소년의 환영을 바라보며 나는 발을 구르고 가슴을 쥐어뜯고 머리를 부딪치고 못 견뎌해야만 되는 것 같았어요. 왜 웃으십니까? 당신은 내가 오랜 독신생활을 계속 해 온 까닭에…… 라고 생각하십니까? 아! 아니꼬워! 제발 그렇게 생각하지 말아주세요. 됩니다. 나는 소년을 머리에 그린 채 이성적 무슨 흥분을 상상해 보지 못했습니다. 다만 그의 얼굴을 내 눈앞에 그리며 내 가슴이 괴로울 따름입니다. 아니 괴로움이란 말로서 표현할 수 없는 단순히 괴롭다고만 표현할 수 없는 기묘한 마음의 동요입니다. 그러나 나는 참았답니다. 잔인한 악마같이 나는 내 마음의 그 안타까워 못 견뎌 하는 양을 꾹 누르고 있었던 거랍니다. 그렇게 또 하루가 지났습니다. 나는 그 산중에서 내 몸과 혼이 고갈되어 티끌같이 흩어지는 한이 있더라도 내 가슴이 평온해지기 전에는 세상밖에 나가지 않을 결심이었습니다. 산채를 반찬 삼아 점심을 먹은 후 나는 또다시 육체의 피로를 씻기기 위하여 산 속으로 들어갔습니다. 이리저리 계곡을 끼고 돌뿌리에 쉬어가서 새소리도 듣고 바람결에 위로도 받으며 작고 그늘진 바위 위에 걸터앉아 계곡물소리에 귀를 기울이며 한결같이 소년의 얼굴을 눈앞에 그려보고 있었습니다. 벌써 이 산중에 온지가 사흘이나 되었고 그만치 종일 헤매고 돌아다녔으니 몸의 피로는 비할 때가 없었습니다. 그러나 몸이 너무 피로하면 생각할 틈이 없으리라고 연상하였던 것은 틀린 생각이었나 봐요. 내 가슴은 조금도 변함없이 안타깝고 내 마음의 안심은 까마득하게 얻기 어려웠습니다. 나는 혀를 차고 고달픈 몸을 일으켜 차라리 절에 돌아가 편히 누워 보려고 생각했습니다. 두어 걸음 암자를 향해 들어오는 내 눈에 그 커다란 참나무가지 사이에 그 소년의 얼굴이 있었습니다. 나는 물끄러미 바라보며 눈을 감았다 떴다 하며 걸어갔습니다. 내 눈앞에 나타난 그 환영에 나는 한걸음 한걸음 가까이 가는 것이었어요. 그랬더니 아!

"아주머니!"

그 참나무 가지 사이에서 나를 바라보던 그 소년의 환영이 나에게 달려오며 소리치지 않았겠습니까? 그 순간 나는 내 정신의 착각에 두 귀가 꽉 막히는 듯 하였어요. 나는 내가 정신 이상에 걸렸구나! 하고 가슴속으로 외쳤답니다.

"아주머니 왜 여기 오셨어요. 제가 얼마나 찾았는데!"

소년은 내 어깨를 휩싸 안으며 내 뺨에 무수히 입맞추었습니다.

"나는 아주머니가 어디로 가신다 하여 미친 듯이 매었지요. 그랬더니 오늘 아침 석주 군이 아주머니가 이리로 가 계신다는 엽서를 보여주었지요."

소년은 나를 어린아이 만지듯 이리저리 돌려보며 흔들어보고, 따로 세워 보고 안아도 보고 입 맞추어도 보고 하는 것이었습니다. 내가 이 산으로 올 때 이 산 앞 정거장에서 아무에게도 가르쳐 주지 말라고 한 후 그곳에 와 있다는 간단한 엽서를 집으로 보냈더니 석주가 그 엽서를 가져다 그 소년을 보여준 것인 줄 깨달았습니다. 나는 내 스스로의 가슴속을 좌우할 수 없어 묵묵히 서 있었답니다.

"나는 다 알아 글쎄, 아주머니. 나는 다 안다니까요! 내가 미워서 이리로 숨으셨지 뭐 내가 미워서⋯⋯."

소년은 그러면서도 그 두 눈에 기쁜 빛이 가득해 있었답니다. 나는 무엇이라고 하나요? 잠잠하고 서 있었지요! 그 소년의 머리를 내 가슴에 한껏 껴안아버리고 싶은 것을 참았답니다. 장승같이 멀거니 참았답니다.

"아이 저것 보세요. 아주머니 저것 봐요."

소년은 내 얼굴을 두 손 사이에 넣어 치켜들어 나무 위를 보여줍니다. 나뭇가지에 이름 없는 두 마리 새가 정답게 지저귀며 가지런히 앉아 있습니다. 우리는 모든 것을 잊고 모든 것을 다 잊어버리고 꼭 껴안았답니다. 서로 뺨을 한데 대고⋯⋯. 그리고 우리는 그대로 얼마를 서 있었는지 해님은 숨어버리고 석양의 붉은 노을이 아! 석양의 붉은 노을이 나뭇가지 사이로 찬란하게 우리를 비춰 주었어요. 꼭 지금 저 노을과 같이 몹시도 아름다웠답니다. 우리는 감격에 떨리는 가슴을 제각각 부여안고 마주 손을 잡은 후 감자로 돌아왔답니다. "나는 가야 되요. 형님이 기다리세요."

소년은 애처로운 얼굴로 일어섰습니다. 정거장까지 십리가 넘는데 어떻게 돌아갈까…… 나는 가슴이 어두워졌답니다. 그러나 그를 붙들 수가 없었답니다. 그는 어두운 산길을 쾌활하게 웃어보이며 내려가 버렸어요……. 나는 참을 수 없어 방 한가운데 우뚝 서 있었습니다. 얼마를 서 있었는지 내 눈에서 눈물이 얼마나 흘러내렸는지 나는 소리도 없이 울었답니다. 무엇을 위해 울었는지 모릅니다. 묻지 말으세요. 그 밤은 어떻게 세웠는지 그 이튿날 아침이 되었어요. 나는 산으로 헤맬 것도 잊어버리고 여승의 염려하는 얼굴을 무감각하게 바라보며 오정午正 가까이 그러고 앉아있었답니다.

"아주머니……."

아! 소년은 또 왔던 거랍니다. 그는 방 안에 들어오지도 않고

"아주머니 나는 곧 가야 되요. 으후에 형님과 할 일이 있답니다. 한 시 오 분에 떠나는 기차를 타고 돌아가야 한답니다."

소년의 얼굴은 밝은 태양같이 빛났습니다.

"아―아!"

그는 기쁨을 못 참아 하였습니다.

"아주머니 손 한번 쥐어주세요. 곧 갈테니."

소년은 창턱으로 두 손을 내 앞으로 내밀었습니다. 나는 몹시 노한 얼굴을 지었습니다. "왜 왔어? 이 먼 데 산길을 십리 밖에서 왔어. 곧 돌아갈 것 왜 왔어요?"

라고 꾸짖었답니다. 그때 내 마음속을 이해하십니까?

"그래도! 그래도 왔지 뭐. 곧 갈테니 노하시지 말으세요."

소년은 원망스럽게 나를 바라봅니다. 나는 와락 그의 앞으로 달려가 그의 얼굴을 얼싸 안았답니다.

"노한 것이 아니야. 공연히 어제 오고 오늘 또 왔어. 또 급히 돌아가고 하면 병날 것이니까…… 응? 앞으로는 절대로 오지 말아요, 오면 안돼." 라고 달래듯 타일렀지요.

"응! 안 올테야. 정거장에서 삼십 분 걸었답니다. 막 달음박칠 쳤지요. 형님은 어디 가느냐고 야단이었지만…… 대답도 하지 않고 튀어나왔어요."

소년은 웃으며 이야기하는 것이었습니다.

"아이 시간도! 가야 되겠네!"

한번 발길로 땅바닥을 차고 난 후

"아주머니 나는 참을 수 없어요. 내일 또 올지 모른답니다."
하는 말을 남기고 휙 돌아섰습니다. 나는 벌떡 일어나 밖으로 내달으며 그의 뒤를 따랐습니다. 그러나 소년은 돌아보지도 않고 막 달음질을 쳐 내려갑니다. 험한 산길을 날쌘 맹호같이 이리 뛰고 저리 뛰며 몸을 날려 잠시간에 산모퉁이 저쪽으로 사라져가고 말았습니다. 나는 꿈 같았습니다. 그러나 내 몸에는 소름이 끼쳐요. 지금까지 그처럼 온순하고 정직하던 소년이 행여나 제 형에게 거짓말하는 것을 생각해 내지 않을까? 하는 여러 가지의 소년에게 좋지 못한 영향이 되지나 않을까? 하고 나는 깊이 생각하였더랍니다. 그 이튿날 나는 행여나 또 소년이 올까 두려워 아니, 그가 옴으로 말미암아 내 감정이 무패도로 좇을까 두려워 아침을 먹은 후 얼른 방 안을 치워놓고 여승에게 소년이 오거든 지난밤에 집으로 돌아갔다가 말하도록 부탁한 후 산속으로 숨어 들어갔더랍니다. 아! 나는 여승, 부처님께 몸을 바친 그 성스런 일생을 가진 여승에게 거짓말을 가르쳤더랍니다. 나는 괴로운 가슴을 안고 깊숙한 바위 틈에 끼어 앉아 해지기를 기다렸답니다. 새들은 나를 나무둥치로 알았는지 내 곁으로 날아가며 몹시도 울부짖었어요. 나는 수도하는 성자같이 그대로 앉아 있었답니다. 하루 동안이란 길기도 하고 지나고 보니 짧기도 하여 어느 덧 선뜻한 기운이 스며드는 것을 보아 석양이 가까웠음을 알았습니다.
"아주머니……"
"아주머니……"
산곡을 울리려 날 부르는 소리가 화살같이 내 두 귀에 날아와 꽂힙니다. 나는 내 스스로 참는 그 중에 참았다는 승리감에 잠겨 있었던 터입니다. 나는 대답 대신 몸을 굽혀 바위 그림자에 숨어버렸습니다.
"아주머니……"
그 부르는 소리에 내 뼈는 자르륵 자르륵 무너지는 듯 하였답니다. 그러나 입술을 꼭 깨물고 두 귀를 꼭 막았습니다.
"아주머니……"
"아주머니 왜 이러고 계세요?"
소년의 음성이 내 귓결에 닿았습니다.
"아주머니……"
소년은 불길한 예감이 엄습했는지 와락 내 어깨를 안아 일으켰습니다.
"아주머니……"
한없이 흘러내린 내 눈물을 소년은 내려다보며 고함쳐 불렀습니다. 나는 숨을 쉬지 않고 그대로 질식하여 숨을 끊어버릴 결심이었답니다.
"아주머니 싫어. 난 다 알아요. 내 말을 아주머니께 꼭 할 말이 있어요. 내 말을 들으세요. 네!"
안타깝게 내 가슴을 뒤흔들었답니다. 나는 그의 두 팔을 뿌리치고 일어섰습니다.
"왜 왔어! 나는 고요히 생각할 일이 있어 이러고 있는 거야!"
하고 몹시 성을 내며 눈물을 되는대로 훔쳤습니다.
"아주머니 맘대로 하시지 말아요. 나는 어립니다. 아직 어린아이에요. 그러나 남자랍니다. 사나이에요."
소년의 음성은 떨렸습니다. 나는 참을 수가 정말 없었답니다.

"정규! 내 말 들어요. 나를 괴롭게 말아. 이러고 나를 찾아다니면 당신의 장래가 어떻게 되는 거에요. 나를 찾아와도 좋은 건 배울 것 없고 나쁜 것만 알게 되는 거니까 다시는 나를 찾지 말아······."
라고 겨우 이렇게 타이르듯 했지요.

"아주머니, 내 나이는 어린애지만 나도 사나이에요. 내가 해서 좋고 그른 것을 모를 내가 아니랍니다. 아무리 남을 나쁜 구렁으로 밀어 넣어도 나는 빠지지 않을 자신이 있답니다. 그리고 아주머니께 좋지 못한 것을 배운다고 하시지마는 나는 세상에 악한 것이나 선한 것이나 모조리 있는 대로 다 알고 다 배우겠어요. 내 나이 어려서 악한 영향이 될까는 두려워 마세요. 나도 어느 때까지 어린애로만 있을게 아닙니다. 어느 때 누구에게서든지 배우고야 말 것이니까 형님이 나를 불량해질까 염려하실지 모르나 나는 우스워요. 모든 것은 내가 착한 사람이 되고 안 되는데 있으니까 아주머니 까닭에 착하게 될 내가 악하게 될 리 없습니다."

소년은 어른 같은 어조였습니다. 나는 잠잠하고 들었어요. 과연 소년은 제 말과 같이 한 개의 자아를 파악한 성인成人이었어요.

"여승님이 아주머니가 집으로 돌아가셨다고 하지마는 나의 이 육감이 번쩍하여 그는 노력 분투할 것 같았습니다. 그 이튿날 오정 때 쯤 하여 그는 또 왔습니다."

그의 얼굴은 수척하고 전신에 기운이 빠진 듯 하였습니다. 내 얼굴을 바라보자 그는 달려와 기쁘게 웃고 즐거운 새소리를 들으면 내 손을 잡아 흔들고 서늘한 바람이 불어오면 내 뺨에 기대이며 철없는 듯 우리는 웃고 이야기하고 시간을 보냈습니다. 우리는 무척 즐거웠습니다. 괴로워할 것도 염려할 것도 아무것도 없었어요. 내가 무엇을 그다지 괴로워했는지 알 수 없었답니다. 우리는 다만 그러고 있기만 하면 그만입니다. 그 외에 다른 아무 욕망이 없었어요. 그는 어린아이처럼 되려고 애쓰고 왜 나는 늙은 어른같이 보이려 애쓰고 그러면서도 모든 것을 잊고 함께 감격하는 이야기가 나올 때는 서로 뺨을 기대이고 하였답니다. 즐거운 시간이었습니다. 내가 나이 많은 것을 잊고 그가 어린애처럼 보이려 애쓰지 않는 그런 순간이 올 것만 같아 나는 가슴을 괴롭게 하기 아무래도 이 산 속에 계실 것만 같아서요. 오정 때부터 지금까지 이 산 속을 모조리 헤맸답니다. 소년은 제 할말을 다 했다는 듯 웃는 얼굴로 나를 이끌어 암자로 돌아왔습니다. 벌써 시계는 여섯 시입니다. 일곱 시에 떠나는 기차를 타야 될 소년입니다. 소년은 잠깐 몸을 쉰 후 일어섰습니다.

"아주머니…… 정말 울지 말고 계세요. 내일 또 올 것입니다. 나 때문에…… 아주머니 죄송합니다. 용서하세요."

소년은 표연히 이 말을 남기고 떠나갔습니다. 그는 점심도 굶고 온 산을 헤매이다가 이제도 걸어갑니다. 그러나 그의 얼굴에는 괴로운 빛이 없었어요. 몇 분 동안이나마 나의 얼굴을 마주볼 수 있다면 어떠한 고초와 장애라도 걸어차겠으며 얼마나 한 오랜 괴로움이라도 우리 둘이 함께할 단 일 분간을 위하여 하였으나 그 각생마저 즐거운 것이었어요. 이렇게 우리는 또 하루를 보내고 난 후 나는 집으로 돌아왔답니다. 돌아오던 그 이튿날 성규 씨에게서 엽서가 왔습니다. 그 엽서에 정규 소년이 앓는 중이니 미안하나 한번 오셔주시기 바란다는 것이었어요. 나는 마음에 동요를 억제하며 병원에 가 보았습니다. 성규 씨는 반갑게 나를 맞아 이층으로 올라갔어요. 과연 소년은 얼음베개에 누워 앓고 있었습니다. 내 두 다리는 떨리고 가슴은 불덩어리를 먹은 듯 하였습니다.

"아주머니! 아주머니!"

소년은 나를 부릅니다.

"왜 이러오!"

나는 간신히 그의 곁에 가서 앉았습니다. 그리고 소년의 손을 쥐었지요.

"아주머니 염려 마세요. 곧 낫습니다. 형님도 염려마세요. 그저 열이 좀 났을 뿐인데……."
 소년은 열심히 그의 형과 나를 안심시키려 했습니다.
"아주머니 미안하지만 내 곁에 있어주세요. 나는 아주머니가 곁에 있으면 곧 나아요."
하고 어리광같이 애원합니다. 나는 고개를 끄덕여 보였습니다. 성규 씨는 나에게 죄송한 듯
"너 그렇게 고집부리지 마라. 아주머니도 몸이 약하신데 어떻게 네 간호를 하시니."
하고 소년을 꾸중합니다. 나는 성규 씨에게 염려 말라고 한 후 소년의 베개도 묻혀주고 이불도 다시 덮어주고 했지요. 소년은 가끔 내 손을 더듬어 쥐고 감격에 찬 한숨을 내쉬며 열 띤 붉은 눈으로 물끄러미 바라보고 하는 것이었습니다. 그 날 밤입니다. 해열제를 먹인 후 주사를 하여 겨우 잠이든 소년의 곁에 앉아 있는 나를 성규 씨는 손짓으로 밖으로 나가기를 청했습니다. 나도 피로하여 잠든 그를 홀로 누워둔 채 성규 씨와 아래층으로 내려왔습니다. 기막힐 일입니다. 성규 씨는 정규가 나를 그리워하는 것을 단순히 자기를 위하여 다시 말씀하면 성규 씨와 결혼하게 하려고 하는 어린 수단으로 여기는 모양이었습니다. 나는 뭐라고 말할 수 없었답니다. 그리고 그 자리에서 그와 결혼할 것을 허락했던 거랍니다. 내가 성규 씨와 결혼하게 되는 날 나와 소년은 완전히 구원을 받을 것으로 생각된 까닭입니다. 나와 소년은 어느 때라도 한 집에 살 수 있고 서로 사랑할 수 있고 그러면 양심에 죄 있는 생각이나 잡념이 없이 순수한 육친적 사랑에 잠길 수 있으리라고 나는 생각했던 거랍니다. 소년도 얼마나 기뻐하랴! 언제든지 나와 한 집에 있게 될 터이니까. 나는 무척 기뻤습니다. 물론 성규 씨도 기뻐했어요. 소년은 그 이튿날 오후부터 열이 내리기 시작하여 사흘째 되는 아침에는 완전히 일어나게 되었습니다. 나는 그 날 점심을 두 형제와 함께 먹고 집으로 돌아왔습니다. 다 돌아

와서 막 옷을 벗으려는데 소년이 뒤쫓아 와 몇 번이나 감사하다는 인사를 한 후,
"아주머니 꼭 제가 드릴 말이 있어요."
라 하였습니다.
"무슨 말?"
나는 태연하게 반문했지요.
"내가 말하지 않아도 아시겠지……."
소년은 얼굴을 붉히는 것이었습니다.
"말해야 알지 나는 당신만큼 영리하지 못해서 모르겠어요."
라고 하였습니다.
"싫어요. 아시겠지 뭐! 알아주셔야 해요."
소년은 부끄러운 듯 내 어깨에다 이마를 문질렀습니다.
"할 말은 무슨 할 말이야. 다 그만두고 집으로 돌아가 편히 누워 계세요. 또 앓으면 안 돼!"
나는 웃어 보였답니다. 소년은 이윽고 내 방에 뒹굴며 즐거운 듯 책들을 펼쳐보며 놀다가 돌아갔습니다. 나는 그 날 밤 가슴이 갑갑하여 견딜 수가 없었습니다. 아무리 풀어도 풀 수 없는 산술 문제와도 같이 성규 씨와 나의 결혼이 이 갑갑한 가슴의 열쇠가 되지 못하는 것만 같았어요. 그러나 나는 무리로라도 하나에 하나를 보탠 것이 셋이라는 답이 나와도 그것을 그대로 옳다고만 하려고 애쓰며 그 날과 또 이튿날을 보냈던 것입니다. 이 날 성규 씨가 찾아왔습니다. 결혼 청첩을 인쇄해 가지고 온 것이었어요. 나에게 백여 장 갈라놓은 후
"아는 분에게 보내세요. 나는 제일 먼저 정규에게 한 장 보낼 터입니다."
라고 하였어요. 그는 아우에게 자기의 결혼을 알리기 부끄러워 그대로 숨긴 채 였던가 봐요. 그는 기쁜 듯 여러 가지 결혼에 대해서와 결혼 후

에 대하여 이야기한 후 돌아갔습니다. 나는 몹시 슬펐습니다. 기뻐야 할 결혼을 앞에 두고 왜 그렇게 슬펐을까요…… 긍정하려느냐! 하는 괴로움에 가슴은 찢어졌답니다. 아! 나는 그만 벌떡 일어나 성규 씨가 두고 간 그 청첩장을 온 방 안에 힘껏 내뿌리고 말았습니다. 그리고 그 위에 엎드려서 실컷 울었지요. 울다가 일어나니 아아! 그 소년이 창백한 얼굴로 손에 그 청첩장 한 장을 구겨 쥐고 벌벌 떨면서 있지 않습니까! 나는 얼른 눈물을 닦고 바쁘게 웃는 얼굴을 지었답니다. 그리고

"기뻐해 주겠지요? 이제는 실컷! 아니 한 집에 살 수 있지 않아?"
하고 말했습니다. 내 가슴은…… 아니 당신께서도 상상하실 수 있으십니까? 나는 모순이라고 비웃으십니까? 결국 소년에게 아니 우리는 연애를 하였던 것이라고 보십니까? 아! 아! 아니랍니다. 나는 소년과 결혼한다고 치더라도 기뻐할 리 없습니다. 나는 일후라도 그런 꿈을 생각하지 않았어요. 그저 슬펐던 거랍니다. 소년은 입술을 깨물더니 나를 뚫어지게 바라보았어요. 그리고는 힘없이 주저앉더니 후! 한숨을 내쉰 후

"흐응— 흐응!"
하고 그의 버릇인 그 탄성을 내며 이윽고 고개를 숙이고 앉아 있었습니다.

"아주머니…… 용서하세요."

"흐음—."
그는 이윽고 고개를 내려뜨리고 있다가 벌떡 일어서서

"아주머니, 나 때문에 사랑하지도 않는 형님과 결혼하시렵니까? 나는 잘 알겠어요. 나는 아주머니를 잘 압니다."
라고 부르짖듯 외쳤습니다. 나는 그대로 무표정한 얼굴로 꼭 서 있었습니다.

"아주머니……."
소년은 두 번 더 부르지 못하고 그 자리에 넘어질 뻔하다가 겨우 일어

서서 밖으로 나가 버렸습니다. 나는 멍하니 선 채 아무 생각도 나지 않고 괴롭지도 서럽지도 답답하지도 않은 무상무념의 상태였습니다. 그 후 소년의 자취는 사라졌습니다. 나는 그대로 감각을 잃은 사람처럼 날을 보냈습니다. 그러~ 결혼식 날이 다가왔어요. 그 전날 밤을 꼬박이 방 가운데 선 처 새우고 난 나는 날이 새자 대문 밖으로 나오고 싶은 충동에 못이겨 대문을 나섰습니다. 바로 대문 밖은 좁은 길이었고 그 길에 평행하게 개천이 흐릅니다. 그 개천을 나는 내려다 보았습니다. 그 못에 물이 깊다면 나는 금방 뛰어들고 싶었어요. 그러나 높기만 하고 물은 조금씩 흐르고 있을 뿐이었어요. 나는 이윽고 개천 둑에 서 있었습니다. 가슴이 지극히 평온한 것 같았습니다.

"아주머니……"

나는 고개를 번쩍 들었지요. 아— 나를 부르는 그 음성…… 나는 개천 저편 둑에서 나를 향해 걸어오는 소년을 바라보자

"아—."

소리를 치고 앞으로 내달렸어요. 소년도 두 손을 앞으로 내밀고 내달렸어요. 우리는 그 순간 모든 것을 모든 것을 다 잊었고 다 초월했답니다. 그 찰나에 우리의 괴로움도 번뇌도 다 사라지고 없어졌답니다. 아! 그러나 그 다음 순간 우리 두 몸은 개천 한가운데 떨어져 있었던 거랍니다. 그오 나는 그 순간 우리 사이에 있는 그 개천을 잊어버리고 그 개천 위를 내달렸던 것이었던가 봐요. 우리는 다 함께 까무러쳐서 인사불성에 빠졌던 거랍니다. 그리하여 둘이 함께 구원을 받아 응급치료를 했으나 나는 늑골 한 개를 부러뜨렸고 소년은 가슴에 타박상을 입었으나 별로 상한 데는 없었답니다."

나는 더 듣고 있을 수 없었다. 그 찬란하던 노을도 이제는 거의 사라지고 어두움이 우리를 감싸오고 있었다. 나는 여인을 바라보았다. 그는 눈을 내려 깔은 채 잠잠히 입을 다물고 있을 뿐이다.

"아―하―."
 나는 길게 한숨을 쉬고 여인을 위로하려 했으나 그는 조금도 움직이지 않음으로 내 가슴은 더욱 갑갑하였다.
 "보세요. 이것은 얼마간 간수해서 주세요. 필요를 느낄 때가 있을 것입니다."
하며 그는 단단히 봉한 봉투 한 개를 나에게 주었다. 나는 말없이 받아들며
 "집으로 갑시다. 가서 더 이야기 하세요."
하고 먼저 일어섰다. 여인은 잠깐 머뭇거리다가 단념한 듯 일어서 내 뒤를 따르는 것이었다. 그 날 밤에 달은 몹시 밝고 서늘하기도 하여 나는 그 여인과 더불어 뜰 가운데 평상을 내놓고 다시 이야기를 계속하였다. 그의 이야기를 들으니 그는 개천에 떨어진 후 그 길로 병원으로 실려가 삼 개월 간이나 입원하여 겨우 기동하게 되자 어느 날 아무도 모르게 병원에서 도망하여 나왔던 것이었다. 물론 병원은 성규의 병원이 아니었다. 정규 소년은 제 몸이 나은 후는 날마다 남의 눈을 피하여 찾아왔으나 여인은 그의 찾아오는 것이 괴로워 달아났던 것이라 하였다. 여인과 나는 그 밤에 좀처럼 잠을 이루지 못한 채로 그가 병원에서 빠져 나온 후 오늘까지 몸을 숨겨 깊은 산골과 인적 없는 벌판을 헤매며 그래도 씻지 못할 괴로움을 씻으려 괴로움과 싸우는 이야기를 하다가 나는 잠이 들어 버렸었다. 얼마를 자다가 나는 문득 잠이 깼다. 달그림자에 베개에 턱을 얹고 하염없이 눈물 짓는 여인의 얼굴을 보았다.
 "주무세요."
하고 나는 위로하듯 말을 건넸다.
 "네……."
 여인은 조용히 눈물을 씻고 누웠다.
 "보세요. 당신은 왜 그다지 그 귀한 일생을 눈물 속에서 썩혀 버리시렵

니까?"

나는 가슴에 가득한 말을 어떻게 무엇이라 표현할 수 없어 이렇게 말해 보았다.

"네— 저 역시 내 삶이 귀한 줄 압니다. 그러기에 자살을 하지 않은 거랍니다. 나는 항상 내 손가락 하나를 희생하여 천 사람의 생명을 구할 수 있다 하더라도 선뜻 내어주지 못할 만치 내 몸을 중히 여겼어요. 나는 기어이 재혼을 해야 될 처지였고 그 많은 사나이들의 간절한 구혼이 있어도 그대로 내 고집대로 살아왔어요. 내 스스로가 결혼이 필요할 때까지 나는 누가 뭐라고 말해도 끄떡도 하지 않은 성질이었어요. 그렇지만 그렇지만은 이제는 내 그 귀한 생명을 바쳐서라도 그 소년을 위하려는 거랍니다. 내 마음이 이러한 결심을 하게 되는 날부터 행복했고 위로 받을 수가 있고 해결이 되는 것이었어요. 나는 이유 없는 슬픔에 잠겨 산 속을 헤매다가 문득 느낀 바가 즉 나는 그 소년을 위하여 생명을 던지리라는 것이었어요. 내 괴로움의 실마리는 이 결심으로써 풀어진 거랍니다. 이제는 흐르는 눈물도 행복한 것 같고 괴로운 환영도 나에게 즐거운 듯 합니다. 위로가 되어요."

여인은 길게 한숨을 지었다. 어디서 새벽 닭 우는 소리가 들려오며 내 눈에서 한 줄기 눈물이 흐름을 깨달았다.

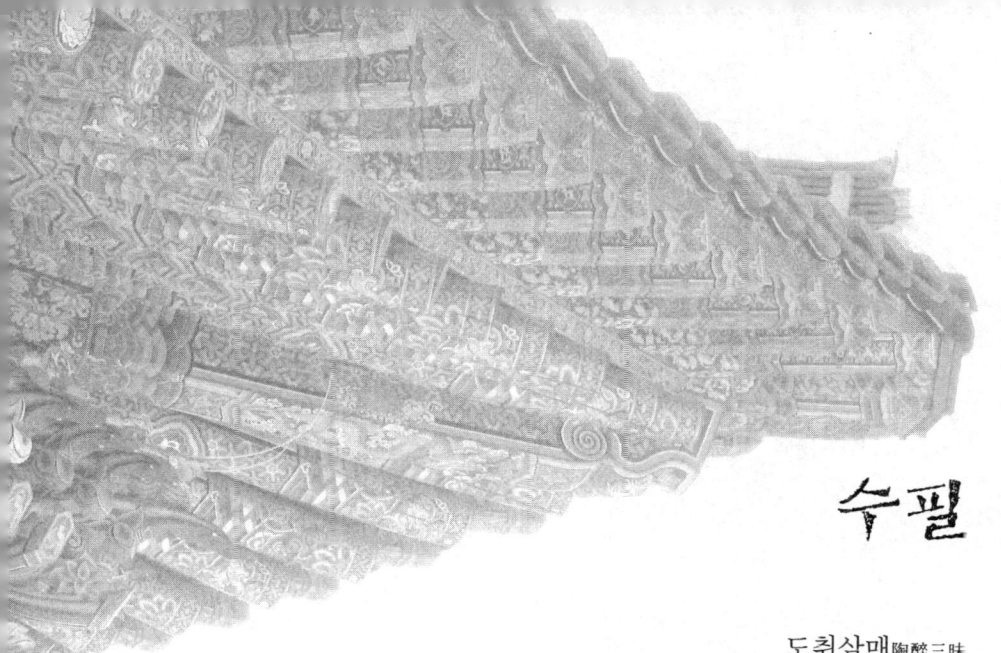

수필

도취삼매 陶醉三昧
백합화단 白合花檀
연당 蓮塘
제목 없는 이야기
가정부인으로서 음악가에게 보내는 말씀
사명 使命에 각성 覺醒한 후 後
무상 無常의 악 樂
종달새
납량이제 納凉二題
매화 梅花
울음
백안
춘맹 春萌
종달새 곡보 曲譜
녹음하 綠蔭下
동화사
촌민 村民들
사섭 私聶
눈 오던 그 날 밤
청도기행 靑島紀行

도취삼매

 장주莊周가 호접胡蝶이냐 호접胡蝶이 장주莊周이냐! 지난해 이른 봄 ○향○向없이 거리로 나갔다가 우연히 그림 파는 점방 앞을 지나다가 한 장의 풍경화風景畵를 샀다. 많은 그림 중에서 특별히 이 한 장이 맘에 무척 들었던 것이다. 평소平素에 문외한門外漢인 나이니 만큼 그 그림에 평안評眼이 있어 그런 것이 아니요 무단히 맘에 들었던 것이다. 그림의 경치景致가 이 지상地上의 풍경風景 같게 여겨지지 않고 마치 화성火星의 풍경風景같게 느껴졌다. 화성火星을 동경憧憬하는 나도 아니요, 화성火星에 대對하여 별 흥미興味를 느끼고 있는 것도 아니요 물론勿論 화성火星에 가본 적이라고는 꿈에라도 있을 리理가 없는 것이다. 공연히 아—무 이유理由 없이 그렇게 느껴졌던 것이니 이 엉터리없는 느낌이라는 것이 나에게는 떼어버릴 수 없는 버릇의 하나이다. 탐정探偵의 제육감第六感이라는 것에 비슷한 것이라고 나는 반성反省도 하지 않고 고치려고도 하지 않으며 어떤 때는 반半자랑같이 여기고 있는 것이다. 그림으로 이 그림을 화성火星의 풍경風景을 그린 그림이라고 느낀 것도 제육감第六感의 눈에는 빛인 사람의 말 같게 보일 것이다.

 좌우간左右間 나는 이 그림을 집으로 가져다가 높은 천정天井을 가진 침방寢房에 걸기로 하였다. 항상 남南쪽으로 머리를 두고 자는 나인고로 북

北쪽 벽壁에다 걸고 밤마다 누을 때마다 눈에 잘 뜨이게 하였다.

 화성火星의 수림樹林 같다고 느끼어지는 광물성鑛物性을 띠운 붉고 거친 호리호리한 수목樹木과 꽃 없이 푸르고 잔잔한 호수湖水, 원경遠景의 푸른 산山은 그림 전체全體에 정숙靜淑한 느낌을 주고 있다. 이 그림에서 가장 쉽게 눈에 뜨이는 것은 이것뿐이다. 그림으로 일견一見 뜻없이 살풍경殺風景하며 O味한 그림이다.

 이 따위 그림이 이렇게 마음에 들리理가 만무萬無하다고 스스로 느끼어지는 때도 없는 것은 아니나 웬일인지 나는 이 그림이 무척 좋았다. 단순單純히 좋을 뿐 아니라 이 그림 속에서 천당天堂이며 극락極樂을 꿈꿀 수도 있으며 하루 밤에도 몇 번씩 나로 하여금 장주莊周가 되게 하여 준다.

 화성火星의 풍경風景 같다고 느끼어 이 그림을 보며 장주莊周의 꿈을 꾼다는 것이 기괴奇怪하고 우스운 일일 것이다마는 나의 공상空想만은 자유자재自由自在의 것이니 내 스스로인들 어떻게 할 수 없는 것이다.

 저녁 먹고 이럭저럭 하다가 자리에 들어가면 제일第一먼저 이 그림이 눈에 뜨인다. 그러면 언제든지 찬에 박은 것 같이 큰 한숨이 한번 내쉬어지며 한껏 기지개가 나온다. 그러면 나는 어느 사이에 호접胡蝶이 되고 마는 것이다. 펄펄펄 날아서 그림의 수림樹林 속으로 잔잔한 푸른 호수湖水 위로 지상地上에다 '굿바이'를 하고 마는 것이다.

 봉래산蓬萊山이 아닌 이 살풍경殺風景한 경치景致 속에서 나는 신선神仙도 되며 불타佛陀도 되어 O眼全O의 천사天使들의 음악音樂도 들으며 온 땅덩이를 한 눈 속에 집어넣고 '게암이' 잔채 구경하듯 철소徹笑도 한다. 나는 전지전능全知全能하며 우주간宇宙間의 모두가 모두가 내 마음대로며 나 하나를 위爲하여 있는 것 같게도 생각된다.

 그러나 동산東山이 붉으스럼 하여지고 참새소리가 들려오면 나는 그만 지상地上의 일철생一徹生으로 돌아오고 만다. 그러면 지난밤의 장주莊周는 간 데 없고 그 날의 인생人生을 또 맞게 되는 것이다. 누구나 다―마찬가지의 고로苦勞의 인생人生을…….

　이 그림을 산 후 오늘까지 나는 이같이 낮과 밤을 두 낮으로 나누게 되었다. 그러나 이것이 오래 계속된 오늘에 와서는 밤이 낮인지 낮이 밤인지 어느 것이 나의 현실現實인지 분별할 수 없게 되었다.

　나는 완전完全히 이 그림 한 장 까닭에 금세今世의 장주莊周가 되고 만 것이다. 일부터 과대망상병誇大妄想病에 걸린 금세今世의 '돈키호테'나 되지 않았나? 하고 생각하지 않는다. 아니 될 수 있는 대로 이 그림 속에 밤마다 나비蝶가 되어 날아다니고 싶을 뿐이다. 이 그림 까닭에 나의 인생人生을 도취陶醉시켰을 뿐이라 그 도취陶醉의 삼매경三昧境에다 모든 고로苦勞를 녹여 버리고 만 것이다. 이 심경心境을 알지 못하는 사람으로서는 얼마나 우스을 것인가.

　그러나 나는 이 같은 사람이 오—직 나 한 사람뿐이 아닌 것을 알은 후 무척 위르慰勞를 받은 적이 있다. 그것은 나의 집에서 멀지 않은 곳에 동해 중부선東海中部線의 B정차장停車場이 있다. 이 정차장停車場에 어느 날 저녁에 한 동무를 맞으러 나갔다가 시간時間이 삼십분三十分 가량 이르므로 외투 '에리'에다 턱을 감추고 대합실待合室 한편에 앉아 기다리게 되었다. 문득 어디서 처량한 단소短簫의 소리가 들려 왔으므로 심심하던 차라 벌떡 일어나 밖으로 나와 보았다. 그 소리는 그 정차장停車場 역장役長의 사택舍宅에서 흘러 나왔다. 나는 염치 불구하고 살그머니 걸어 그 소리나는 창窓 밑이 가 서서 들여다 보았다. 아직 전기電氣가 없는 이 촌村 역장役長이 갈스릿한 '램프' 아래서 그 부인夫人과 단 둘이 마주 앉아 단소短簫를 불며 그 부인夫人은 고개를 갸웃하여 삼매선三昧線으로 반주伴奏를 하고 있는 것이었다. 이따금 부인夫人은 작은 목소리로 오래를 불러 가면서…….

　부드럽게 조용하게 흘러나오는 그 소리에 나는 잠깐 도취陶醉가 되었었다. 내 곁에 문득 서 있는 ○花 나무가지가 따르릇 소리를 내어 내 가슴은 턱없이 센치멘탈 하여졌다. 밤바다 그림 속에 놀 때의 형언形言할 수 없는 ○快한 녹색綠色의 향기香氣가 코끝을 살짝 스쳐 지나갔다. 문득 나는
 "저 사람들도 저 때는 도취陶醉하여 졌지."
하고 입 속에서 속삭여 보았다.
 그들은 한결같이 계속하며 흥興에 겨워 몸과 머리를 좌우左右로 흔들거리며 두 눈을 감았다 떴다. 두 볼을 불룩—하며 열심熱心으로 단소短篇를 불고 있었다. 나는 무슨 생각이 났던지 갑자기 손가락으로 두 귀를 꼭 막고 창窓으로 들여다보았다. 갑자기 폭소爆笑가 터져 오름을 억지로 참고 이윽히 참고 들여다보다가 참다못하여 가만히 소리를 낼 때는 아무렇지도 않게 보이는 그들이였으나 그 소리가 쉬에 들리지 않게 해 놓고 다만 그들의 동작動作만을 엿볼 때 우습지 않을 수가 없었다. 기다란 막대기를 입에 물고 저 자식이 무슨 저런 망칙한 표정表情일까…… 하는 생각이 들었던 까닭이다.
 멀거니 기적성汽笛聲이 들리자 나는 웃는 얼굴 그대로 대합실待合室로 돌아와 프렛 폼을 내어다 보았다. 조금 있더니 적笛을 불던 그 역장役長도 모자를 쓰며 프렛 폼으로 가장 점잖게 걸어 나왔다.
 그 날 밤 집으로 돌아와서 전前보다 일찍 침방寢房에 누워 그림을 쳐다보았다.
 "내가 저 그림 속에 밤마다 장주莊周가 되어 천사天使들의 음악音樂 속에 놀고 있는 줄은 누가 안다면 내가 웃어준 아까의 그 역장役長 같이 나를 또 웃을 것이다!"
하며 '흐홍' 하는 코웃음을 쳐 보았다. 그러나 나는 그 날 밤부터 더 한층 이 그림이 나에게는 없어서는 안 될 것이 되고 말은 것이다.

—《중앙》(1934.2).

백합화단

　한적閑寂한 농촌農村 전후좌우前後左右가 모두 ○○황야黃野이다. 인가人家가 먼 ○○황야黃野의 외딴 집 이 집 현관우편玄關雨便에다 원형圓形으로 만든 두 개의 화단花壇이 화단花壇에다가 내가 가장 사랑하는 꽃 백백합白百合을 심는 것은 봄이 오면 나에게 가장 즐거운 일의 하나가 되게 한다. 많고도 많은 꽃들 중中에서 구태여 자미姿媚 없이 생긴 꽃 백합이리요마는 별 기교技巧도 별 묘미妙味도 없게 생긴 그 고아高雅한 자태姿態가 나는 말할 수 없이 좋다는 것이다. 그러므로 꽃이라면 백합百合이요, 백합百合 이외以外의 꽃은 모두 무시無視하는 나이다. 바라보면 바라볼수록 그윽하고 깊은 아름다움이야 '로단' 이 아닌 나로서도
　"저 꽃의 순수純粹를 어떻게 묘사描寫하리요."
하는 예술가적 명언藝術家的 名言을 하게 하는 것이다. 백합화百合花에 대對한 나의 욕심慾心을 말한다면 맑은 계곡溪谷 물이 흐르는 심산유곡深山幽谷에 일오옥一○屋을 짓고 왼산 山골에 백백합白百合을 심어 고아高雅하고 청초淸楚한 그 자태姿態들을 바라보며 조용히 뿜어 보내는 그윽한 그 향香내가 온 몸뚱이에 배여 넘치도록 만끽滿喫하고 싶은 것이다. 그러나 이 욕심慾心은 봄날 따뜻한 볕에 나른하여진 나의 턱없는 현상에 불과不過한 것이다. 원願하건데 단 한 포기 백합百合이나마 평생平生 끊임없이 길러보고

수필 333

싶을 뿐이다. 어느 때부터 이렇게도 백합百合을 좋아하게 되었는지는 나로서도 기억하지 못할 일이고 어린 그때부터이다. 보통학교普通學校에 다닐 때 자유선제自由選題로 그림을 그리라든지 ○○을 하라면 반드시 백합百合을 그리는 것이었다. 이것도 한 번 두 번이 아니었으므로 선생先生은 몇 번이나 주의注意시켜 주었던 것이 생각난다. 커서도 늘 변함없이 백합화白合花를 좋아하여 그 어느 때 중국영화中國映畵에 '퍼스트 씬'에 무척 보기 좋은 백합百合이 나타나자, 시커먼 악마惡魔의 손이 내려와서 그 보기 좋은 백합百合을 움켜쥐고 마는 것을 본 ○에 나는 내 자신自身이 그 무서운 소름에 찢기운 것 같이

"악!"

소리를 치고 말았다. 곁에 사람들이 모두 돌아봄으로 무척 부끄러웠던 일도 생각난다. 내가 동경東京에 있을 때 은좌銀座로 물건을 사러 갔다가 자생당資生堂 꽃가게에서 아주 잘 핀 백합화분白合花盆 하나를 쇼윈도에 내어 놓은 것을 보았다가 그만 두 발바닥이 그 쇼윈도 앞에 딱 들러붙어 떨어지지가 않았다. 한 손을 포켓에 넣어 지갑 속을 샅샅이 헤아려 보았으나 화분花盆 옆에 써 놓은 정가삼원○正價參圓○을 맞추어 낼 수가 없었다. 배고픈 거지가 맛있는 음식飮食을 바라보듯 삼원參圓이란 돈이 들어 있지 않는 내 지갑을 빡빡켜서 버리고 싶었다. 그 이튿날 학교學校에서 돌아오는 길에 일부러 멀리 은좌銀座를 들러 한번 더 그 꽃을 구경하려 하였으나 그 때는 벌써 그 아름다운 백합은 쇼윈도에서 사라지고 말았다. 나는 패군지졸悖君之卒같이 몹시 쓸쓸하였다. 다행多幸히도 몇 년 전前부터 이 넓은 농촌農村에 살게 되자 내 마음은 끝없이 기뻤던 것이다. 뜰이 넓고 빈 땅이 많으니 내가 좋아하는 그 백합百合을 ○없이 많이 가꾸어 볼 수가 있게 됨이다. 지난해 봄에 주문注文하여 온 백합百合의 구근球根은 그리 많지 않았으므로 겨우 현관우편玄關右便 둥근 화단花壇에 ○서 ○書을 식히고 다른 빈 곳에는 코스모스만을 심었다. 코스모스를 심은 뜻은 백합百合이

필 때 다른 잡雜꽃이 같이 피는 것을 싫어한 것이다. 금년今年에는 코스모스 대신으로 국화菊花를 심으리라고 생각한다. 국화菊花가 아름다워서 심으려는 것이 아니라 좋은 모종을 돈 들이지 않고 얻을 수가 있으므로 빈 데에 심으려는 것이다. 빈터를 그대로 두면 볼 때마다 백합百合을 더 심고 싶어지는 까닭이니 백합을 더 심으려 해도 돈이 드는 까닭에 부득이 한 수단手段이다. 이쁜 아니라 잎을 보는 식물植物로서는 내가 좋아하는 식물植物이 많으나 화단花壇에 쓸 돈이라면 단 일전一錢이라도 백합百合을 위爲하여 쓰고 싶다. 작년昨年 가을에 백합구근百合球根을 파내어 따뜻한 지하실地下室에 들어가 본다. 행여나 얼어 죽지나 않을까 하여 그러나 염려한 탓인지 한 개도 상하지 않았었다. 어제는 날씨도 몹시 따뜻함으로 올해의 화단花壇을 만들 생각이 솟아났다. 아침을 마치고 괭이와 호미로 단단해진 화단花壇을 갈기 시작始作했다. 작년昨年에는 멋모르고 비료肥料를 너무 많이 넣었으므로 금년今年에는 유박油粕단을 넣기로 하여 등에 축축이 난 땀을 말릴 생각도 하지 않고 오정午正이 될 때까지 화단花壇을 전부全部 ○리 ○理하였다. 잇따라 지하실地下室에서 구근球根을 파내어 한 개씩 검사한 후 땅을 파고 심으려 했다. 한 개 또 한 개 심어갈 때 내 코끝에다 고아高雅한 백합의 향香내가 무르녹아 퍼지고 이 구근球根에서 한 치 두 치 커 올라 그렇게 아름다운 나의 백합百合이 필 것을 생각하며 부드러운 바람이 이다의 땀을 식혀 주는 것도 모르고 잔등에서는 한결같이 촉촉하게 땀이 새어나왔다. 이번은 너무 드물게 심은 탓인지 화단花壇에 다 심고도 세 개가 남았다. 나는 이 세 개의 구근球根을 심을 곳을 찾아 이리저리 둘러보았다. 둘러보면 볼수록 심사가 났다. 저 빈 땅에 모두 백합百合을 심지 못하는 것이 안타까웠습니다. 이윽고 여기 심을까 저기 심을까 하고 생각하다가 갑자기 무척 배가 고픈 것이 생각났다.

"에이 고라 사—."

나는 세 개의 귀중貴重한 나의 백합百合의 구근球根을 ○야 ○野를 향向

하여 팔매질 쳤다. ○야 ○野에는 보리(대맥大麥) 모종이 내 시선視線이 끝 가는 곳까지 시원스러울 만치도 넓게 넓게 파릇파릇하여 있었다.

"아—아! 저것이 모두 백합百合 강이었으면!"

나는 괭이를 집어 이때까지 모든 정성精誠을 다하여 심은 화단花壇을 힘껏 내려 파 재쳤다. "저 애가 미쳤나? 왜 또 파 재쳐?"

어머니의 목소리다.

"꽃은 심어 무엇 해— 요까짓 조그만데다가 이제는 죄다 보리를 심을 테야—."

"보리?……."

나는 대답對答도 하지 않고 집 안으로 뛰어 들어왔다. 넓은 보리밭들에 비比하여 너무나 적은 나의 화단花壇이었다. 그 조그마한 화단花壇을 위爲하여 반일半日을 넘어 꼬물꼬물한 환상幻想에 잠겨져 있었던 것이 너무나 속세적俗世的이었음이 가소可笑로웠던 것이다. (구오혈九五頁의 속續) 옛날에는 이날에 그 명칭名稱과 같이 종일終日 불을 피우지 않고 한식寒食하는 때도 있었으나 최근最近에 있어서는 이것이 전발全發 되다시피 되었습니다. 그 기원起源은 전傳하는 바에 의依하면 옛날 진晉 나라의 충신忠臣 개지추介之推(세상世上에서는 개자추介子推라고 흔히 말하지만 형○세시기荊○歲時記에는 개지추介之推라고 기재記載되어 있다)라는 사람이 있었는데 간신奸臣 때문에 밀려나 금산錦山이라는 곳에 가 숨어 있었다. 진문공晉文公이 이를 듣고 각오覺悟한 바 있어서 지추之推의 고충孤忠을 애석哀惜히 여겨 산山 속을 뒤졌으나 그의 소재所在가 알려지지 않았으므로 드디어 산山에다가 불을 질러 그가 나오기를 기다렸습니다. 그러나 끝끝내 자기自己의 청백淸白을 드러내기 위爲하여 나무를 부둥켜 안은 채 ○사 ○死했으므로 그때 사람들이 그의 충직忠直에 감동感動하여 한식寒食하기를 시작始作한 것이 유속遺俗이 되었다고 합니다. 그런데 류향별록劉向別錄에는 '한식○축寒食○蹴 황제소작병세야黃帝所作兵勢也'라고 한 것을 보아 한식寒食이라고 하는 것은 이미 중국삼대이전시대中國三代以前時代부터 있었던 모양입니다. 그 기원起源은 어쨋든 이 날에 모 성○개사초등省○改莎草等 여러 가지를 행行하며 시골 농가農家에서는 이날에 수묘급○樹苗及○의 종자種子를 뿌리는 것인데 이 한식寒食날 전前에 뇌오雷鳴가 있으면 오살三殺이 풍등豐登치를 못하고 나라에 불상사不祥事가 있다고 합니다. (차회次回는 삼월행사 三月行事)

연당

 농원農園 한 옆에 칠백 평 가량 되는 못池을 판 것은 재작년 봄이다. 처음 못을 팔 때는 양어養魚를 해볼 작정이었으나 양어를 하려면 못 주위를 많이 수축하여야 되므로 대구大邱까지 가서 여러 가지 재목은 사다 두고도 여가가 없어 차일피일 하다가 그대로 버려두게 되었다. 날마다 석양이 되면 아이들과 이 못가에 내려가서 조각배를 띄워놓고 장난이나 하게 되므로 이 못은 그대로 버려둔 채 그 해가 지났다.
 "양어를 하지 않는다면 연蓮이라도 심읍시다."
 이 말을 제의한 것은 작년 봄이다. 양어를 하려면 힘이 많이 든다는 말에 별 흥미가 다—달아났는지 여가가 있으면서도 아—무도 반대하지 않았었다. 오빠와 H의 성미를 잘 아는 나는
 "애를 쓰고 연을 심어 놓으면 또 양어를 한다고 야단을 하지 않을까……."
하는 의심은 하면서도 좋아라고 당장에 연뿌리를 사다가 심었다. 심은 지 두어 달 후 작년 이른 여름 하루, 아침에는 ○○ 안개 고리같이 잘게 잘게 잡히는 물결 위에 단 한 개가 동동 떠 있었다. 그 이튿날은 또 두 개가 떠올랐다. 그것이 연잎사귀였던 것이다. 나는 이것을 보고 어떻게 기뻤던지 '옳다. 기막히게 어여쁜 연당蓮塘을 만들리라'고 속삭였다.

그 후는 농원에서 일하는 일꾼들이 쉬는 여가를 타서 남몰래 살짝 불러 가지고 지반池畔을 미화美化시키려고 노력하였다. 높은 언덕에는 사구라를 심고 평평한 곳에는 칡(藤)도 심고 동편으로 좀 넓은 곳에는 송판으로 간단한 ○취도 만들어 놓고 못의 반 중간까지 다리도 놓았다.

저녁을 마치면 농원 식구 전부가 이 못가로 모여들어 한 밤이 깊도록 시원한 바람을 쏘였다.

박어사朴文秀 숙종대왕肅宗大王 이태조李太祖 또는 홍길동洪吉童 등 이야기를 끄집어내면 농원지기 일꾼들과 할머니 어머니는 '유식한 이야기'라고 무척 기뻐한다. 때에는 H가 만도린으로 양산도나 하면 못가에 사람들은 흥이나 못 살 지경에 이르는 것이었다.

"자―오늘 저녁의 이야기와 노래 값은 내일 저쪽 못둑을 조금 고쳐주면 되오."

하면 일꾼들은

"네― 이 못은 우리의 극락인데 고치고 말고요."

하며 못일이라면 기쁘게 거들어 주는 것이었다.

"흥 일꾼들을 저렇게 꾀여 넘기는구나!"

하고 어머니는 돈 들이지 않고 못이 그만치 어울리게 한 내 수단에 고소하는 것이었으나 밤마다 못가에 노는 재미에 나를 꾸중할 생각은 없는 모양이었다. 처음 양어지를 만들려고 못을 팠던 것은 모두 잊어버린 모양인지 누구든지 '연당'이라고 이 못을 이름 짓게 되었다.

작년 한 더위의 날이다. 아무 선문先聞도 없이 오빠와 H가 어망魚網을 둘러메고 나타났다. 나는 연당에 고기를 잡아넣어 양어지를 만들지 않으려나…… 하는 톨안이 갑자기 솟아올라

"고기잡이를 가느니 낮잠이나 자지……."

하고 모르는 척 시침을 뗐다.

"연당에 고기가 없어 말이 된담. 붕어도 놀고 학 두루미도 놀고 해야

참으로 연당이 값이 오르지……."
"어이쿠."
하고 나는 벌떡 일어났다.
"자—그러지 말고 이 '바께스' 들고 따라가. 그러면 연당을 양어지로 만들지 않을 테니."
 오빠와 H는 나보다 한 손 위였다. 내 맘속을 환히 들여다보고 있는데 나는 더 분이 났다. 그러나 좌우간 우선 고기 잡는 재미나 보아놓고 할 단판이라고 생각하고 바께스를 들고 따라나섰다. 나는 고기 잡는 것을 무척 좋아하는 까닭이다.
 헌 고이 적삼을 걷어 부치고 대패밥 모자에 수건을 질끈 동여 뒤통수에 떡 붙이고 어망을 둘러메고 신들번들 웃으면서 걸어가는 뒷모양들을 바라보며 '어디 보자 죽어도 양어는 못하리라!' 하는 생각으로 일부러 '바께스'를 덜거덕거리며 따라가는 것이었다. 오빠와 H는 내가 애가 타하는 것을 일부러 모른 척 하고 힐끔힐끔 돌아보며 서로 꾹꾹 찔러가며 웃곤 하는 것이었다.
 그러므로 강가에 가도 나는 고기 잡는 재미는 간 데 없고 도로히 고기가 잡힐까봐 방정만 떠는 것이었다. 그러면 H는 수건으로 나의 두 손을 매어 강가 버드나무 둥치에 매어두고 어망을 치는 것이었다. 그 뿐이 아니라 미운 강아지 바람마지에 앉아 똥눈다는 격으로 집에 돌아올 때는 다른 어부들에게 고기를 더 사 보태 가지고 오는 것이었다. 그러면 나는 바께스를 들고 달아나서는 부엌으로 숨어 버리면 오빠는 밖에서 울려대고 기운 센 H는 달려와서 바께스를 빼앗아 못으로 달아나는 것이었다. 나는 뒤미쳐 따르다가 못해 그대로 주저앉아 소리를 질러 우는 형용을 하는 것이었다.
 금년에도 여음이 오니 나의 사랑하는 연당에는 연잎사귀가 가득 떠올랐다. 나는 작년 일이 생각나서 남 모르게 낚시대를 사다가 서투른 솜씨로 연잎 사이로 사라져 가는 물결 위에 던졌다. 물톤 나의 낚시 끝에 물려 오를 멍청이 고기는 한 마리도 없었다. 이러는 중에
 "남의 고기는 왜 낚아? 여자는 본래 낚시질하는 것이 아니야."
하고 그만 이 낚시대도 빼앗아 가고 말았다.
 "하늘이 무너져도 이것은 내 연당이라오. 얼마나 애써 만든 것이라고……"
하며 금련에 또 시달릴 것을 생각하며 미소하였다. 그러나 밤이 되면 금년도 역시 우리 농원 식구에게는 이 못가가 유일의 낙경樂境이 되는 것이었다. 나는 일꾼들에게 들려줄 이야기거리를 생각하며 연잎사귀를 스쳐 오는 귀염상스런 바람줄기를 옷 속으로 집아넣고 찰싹하고 뛰어 오르는 고기 소리를 들었다. 오빠와 H는 금년도 의연히 이 못을 '연당'이라고 부르는 것이 '양어지 될 날은 아직 멀었다.' 하는 느낌을 주어 혼자 기뻐하는 것이다.

─《신가정》(1934. 7).

제목 없는 이야기

　언젠가 동경서 발행하는 어떤 신문지상에 장곡천여시한長谷川如是閑씨를 평한 말 가운데
　"씨는 다방면으로서 무엇을 한 가지 끝까지 철저하게 연구하지 않는다. 그것은 씨의 단점이라고만 말할 것이 아니라 그는 너무 두뇌가 명철한 까닭이다. 다시 말하면 무엇이든지 한 가지에만 열중한다는 것은 그만치 그의 머리가 맹신적盲信的으로 단순한 까닭이니 즉 예를 들어 말하면 한 종교宗敎에 열중하는 사람 그 사람이 조금 '바보'가 아니면 한 가지 종교에만 열중하지 않을 것이다. 물론 무슨 방면이든지 한 방면만 꼭 연구한다는 것은 좀 '바보'가 되지 않으면 못하는 일이다."
라고 써 있었던 것이 나는 이따금 생각날 때가 있다. 무슨 까닭에 자주 이 말이 생각나느냐 하면 한 방면에만 철저하지 못하는 장곡천 씨의 투철한 두뇌를 숭배하여 그런 것이 아니라 그의 단점을 평한 말이 피육으로서는 대단히 점잖고 교묘했던 것을 느낀 까닭이다. 아니 그보다 솔직하게 말하자면 '나루호드'*하고 내 자신에 비춰서 느껴진 바가 있었던 것이다. 그렇다고 내가 장곡천 씨 같은 두뇌를 가졌다는 것은 절대로 아

---
* '역시 그렇다'는 뜻.

니다. 너무나 평범하여 버리려는 무열성한 나를 변명하기에 대단히 적당한 방편이 되어주는 까닭이다. 다시 말하면 뒷걸음질치려는 나의 나태심을 자위自慰하기 좋은 말이라고 생각하는 까닭이다.

 종교 한 가지만으로도 '바가라시이'*하고 음악, 미술, 문학, 사상 무엇무엇 모두 하나씩만하게 되는 것은 바보다. 착한 것도, 악한 것도 모두 극단으로 가서는 '바가라시이' 하다 라고 생각하여 인류 세상에 있는 온갖 것을 죄다 알고 두루두루 다방면으로 취미를 가지고 열중하여 그만치 않은 소산이 있게 한다면 즉 자전식字典式이 된다면 이상적 인간이라 할 수 있겠지만 결국 인간이란 유한有限한 것이니 어떻게 바랄 수 있으랴. 이것도 아니요, 저것도 아닌 아무 능률 없는 남김 없는 평범한 인간이 되고 말 것이며 모든 사람이 다 이렇게 된다면 사회는 답보만 하는 우울에 빠지고 말 것이다.

 한 가지에 집착하는 것을 '바보' 라고 생각하는 가장 원만한 재능을 가진 장곡천시가 한 가지도 완성치 못하는 다능의 단점을 모를 리가 없을 것인데 이러한 평을 받게 되는 것을 보면 결국 그도 한 방면에 열중하는 사람 이상의 바보거나 자기 재주를 과신하는 욕심쟁이거나 열정이 없고 의지가 박약한 게으른 낙천가일 것이다.

 이러면서도 내 스스로도 때때로 장곡천식 성격이 염치없이 쑥 나올 때가 많다. 남을 '바보' 라고 생각하면서도 끝까지 '바보' 라고 못하는데 장곡천 씨 이상의 게으름뱅이 나를 발견한다.

 얼마 전에 여류문사라고 하는 K씨가 머리 깎고 중이 되어 금강산중에서 참선 공부를 한다는 이야기를 듣고 나는 당장에 나의 악벽인 주재 넘은 입슬이 들먹 하는 충동을 받았다.

 즉 사람이란 속세俗世를 떠나서는 산다는 의의가 없는 것이다. 사람이

---

* '같잖군, 으습군' 이라는 뜻.

있는 까닭에 속세가 있고 사람이 나면 속세에 나는 것이니 살려고 나온 속세를 왜 버리느냐? 늙어 병들어 무기력한 사람이면 용혹 예사이지만 피 끓는 젊은이가 사람의 생활을 버리고 비인간의 생활을 찾다니…….
 '무거운 철창 속에서 아주 아무리 엄중하게 갇혀 있는 영어囹圄의 몸이라 해도 인적 없는 첩첩산중에 아무것도 가지지 않고 단 혼자 자유롭게 있는 것보다는 편리하다.'
라는 말도 있다.
 단지 석가님을 숭배 사모하여 중이 되었다면 구태여 삭박위승이 되지 않으면 못 하는 일일까? 석가의 대제자로도 감히 나아가 입을 벌리지 못하던 유마거사維摩居士도 있나니 그는 재속在俗하여서 불법佛法의 오의奧義를 통달하였으며 석가만치 신통력新通力을 가졌다고 하지 않느냐. 이 세상이 속되고 죄 많은 까닭에 그것을 구원하려고 석가는 도를 닦았다. 즉 중생衆生을 극락으로 인도하기 위하여 대자비의 교를 베푼 것이다. 단지 자기 혼자의 극락을 위하여서가 아닌 것이다. 중생을 구원하려고 산중선정禪定에서 대오大悟한 것이 대지바심이었던 것은 지금부터 이천 년 전 일이니까 지금의 우리가 배울 바가 아닌가 한다. 아무리 K씨가 인간세속을 떠나 금강산 좋은 곳에서 일여경지一如境地에 이르러 대오를 한다더라도 그는 벌써 인간세속을 떠나서이니 세속에 사는 우리 중생이 쳐다볼 때가 아니다. 그렇지 않고 단지 자기 일개인이 인생과 만물의 무상無常함과 공空임을 느끼고 차라리 극락이나 찾아보리라는 것이라면 그는 스스로 모순됨이 있다. 인간만물이 무상하고 공이라면 구태여 정성스런 고행苦行을 할 턱이 있나.
 "저 죽음이 참 삶이냐 이 삶이 도리어 죽음이 아닌가 모르겠다. 모르는 까닭에 나는 이대로 살겠다."
라고 노래 부른 사람보다 더 인간의 사명使命에 대하여 무책임하다. 짧게 말하면

"K씨는 인간적 책임을 회피한 비겁한 사람이다."
라고 말문이 바쁘게 가장 제가 젠 척 막 쏟아져 나오려다가 다음 순간에는 그만 잠잠하게 미소하고 침묵해 버리는 것이다.

"말을 거꾸로 타는 것도 제멋이지."

당자인 그가 산山 생각을 덜해서 머리를 깎았을라고 평評하기 전에 먼저 이해할지라 사람이란 자기의 행동을 정당화正當化 시키려고 가진 애를 다 쓰는 동물이니 하물며 영리한 K씨에 있어서야 무슨 생각을 못했을라고……."

K씨를 알지 못하면서 가진 말을 다해 보다가 이렇게 슬그머니 생각이 들어지고 마는 것이다. 머리 깎고 중이 된 K씨의 용단성만을 도리어 감복하며 장곡천 씨 이상의 불철저한 내 자신의 무열정함이 가소롭다.

추성전문

 우리 집 뜰은 즉卽 정원庭園은 너무나 살풍경殺風景이고 무기교無技巧하게 적다. 그러나 가지에 매어 달린 임금林檎의 한쪽 뺨을 곱게 비쳐주는 석양夕陽이 서산西山 저쪽으로 기울어 가면 야원野原과 뜰을 경계境界하여 둔 집 주위周圍의 ○수강 ○수강修綱이 보이지 않게 됨으로 멀리 보이는 저 산山 밑까지 광야廣野는 대규모大規模의 광대廣大한 정원庭園으로 변變하여진다. 집안 식구食口들은 이 광대廣大한 정원庭園에 흩어져 누워서 밤마다 은하수銀河水를 쳐다보고 가을 특히 추수秋收하는 가을의 발자취를 들으려 한다. 누우면 은하수銀河水가 입술 위에 있게 되어야 이 해의 햇밥(신곡新穀)을 먹게 된다는 노인老人의 말을 나는 어릴 때부터 들어 잘 알고 있다. 춘하추동春夏秋冬 어느 시절時節이고 가리어 좋다고 생각하는 내가 아니면서도 여름이 절반半이나 되어 오면 가을 오기를 재촉한다. 하루 삼합三合이면 족足하고 남음이 있을 밤이어늘 온 들을 덮은 황금파黃金波와 도향稻香을 사정없이 비어 눕히는 농부農夫의 날랜 낫자루가 번득이는 가을이 무엇이 그리 반가우랴? 만산홍엽滿山紅葉과 춘야만화春野萬花가 모두 그 운명運命이 시름 없거니와 단주○연丹朱○然한 가을의 굉장宏壯함은 더욱 사람들의 가슴에 조락凋落의 비가悲歌를 흘려 보내나니 명랑明朗함을 좋아하는 나에게 조락凋落의 비가悲歌를 반가워할 리理가 없는 것이다. 그러나 웬일일까 밤이 되면 이 들 가운데 누어서 입으로 은하수銀河水를 겨누며 가을을 기다리며 좀처럼 입술 위로 옮겨오지 않는 은하수銀河水의 느린 걸음을 재촉하며 한탄하는가…… 뽀얗게 마른 흙땀 동리洞里에 흰 옷 때들이 억센 보리밥에 시달린 창자로 얼마나 추수秋收하는 가을을 기다리느냐. 봄과 함께 개방開放하였던 내 혼魂의 곡간穀間도 여름 동안 흘린 땀과 함께 다 텅 비어졌으니 명상冥想과 반성反省의 가을이 와서 내 혼魂의 곡간穀間도 채워야 하겠다. 푸른 산山 기슭에서 히 우는 황소의 울음이 살찐 이삭을 가득 싣고서 재촉하노니 굶주린 흰 옷의 무리를 위하여 텅 빈 내 혼의 곡간을 위爲하여 추수秋收와 반성反省의 가을이여 어서 오소서…… 가을을 반기지 않는 병적病的인 나의 착각錯覺은 멸시蔑視하소서. 가을의 유창한 소리가 들리는 시월十月이 앞으로도 몇 날이나 남았는 오늘 반기지 않으면서도 기다리는 가을의 한 복福을 보았다. 가을이 오기도 전前에 큰 가을의 한 귀퉁이…… 나 어릴 때 한시漢詩를 가르쳐 주고 소학맹자小學孟子를 가르쳐 주시던 얼금얼금 반半 곰보의 아저씨 마음 좋고 키 크고 이야기 잘 하고 잘 웃기고 술 잘 먹고 나 업고 복숭아 따 주시던 행복幸福하고 ○인 아저씨 그 아저씨가 오늘 두어 잔 술로써 온 얼굴에 단풍丹楓물을 들이고 그림자같이 우연히 나타났다. 아저씨를 못 본지가 벌써 십유○년十有餘年이 되었으니 그 동안 겪은 고난풍파苦難風波가 어떠했다는 것은 첫 눈에 대강은 짐작해졌다. 사랑하는 아들과 아내를 죽음이 빼앗아가고 지금은 때묻고 떨어진 헌 옷과 설움만을 가슴에 안은 아저씨로 변變해졌다. 이 아저씨의 정장情狀이 가엽다고 남편男便이 자기自己 옷 한 벌을 갈아 입혔더니 아저씨는 때 묻은 헌 옷을 뭉쳐 뜰에 던지고 곁에 있는 붓을 들어 폐의만구여김갑 弊衣滿垢如金甲 ○ 무옥무○시○성無屋無○是○城이라고 썼다. 그리고 그는 창황이 일어서려다가 남편男便과 나를 바라보며 또 한 구句를 썼다. 벽간상호우므자碧間相呼牛母子 화○동숙연부처花○同宿燕夫妻 아저씨는 붓을 슬며시 놓으며

"고생苦生하느라고 글조차 잊어버렸구나. 떨어진 옷에 때가 차니 갑甲옷과 같고 집도 없고 담장도 없으니 ○성○城을 한 것이나 마찬가지라 편하기는 해 그러나 외양간에 어미소와 송아지가 서로 부르는 소리를 듣고 연자燕子의 정다움을 볼 때 너의 이모姨母의 생각과 죽은 놈의 생각이 난단 말이야" 하고는 울음보다 더 따가운 웃음을 한 번 웃고는 표연히 가 버렸다. 아저씨의 죽은 아내는 나의 이모姨母이었다.

가정부인으로서 음악가에게 보내는 말씀

　눈앞의 작은 명예에 만족치 말으시고 세계적 음악가의 수준을 목표로 하여 꾸준히 연구·노력하시기를 바랍니다.

—《신가정》(1934. 12).

사명에 각성한 후

양두사兩頭蛇의 이야기를 아십니까? 몸은 하나인데 대가리는 둘 있는 뱀이랍니다. 이 뱀은 먹을 것을 만나면 두 대가리가 서로 먹겠다고 싸움을 한답니다. 결국은 어느 편 입으로나 먹히기는 하는데 먹고 보면 두 대가리의 뱃속은 다같이 불러진다는 것이랍니다. 배가 불러진 뒤에 생각하면 도리어 씹어 먹은 편 대가리가 손해가 아니겠습니까. 입을 놀린 것만은 헛수고이니까요. 하물며 이齒가 건전하지 않은 편이 빼앗아 먹었다면 더욱 더 손해가 안 되겠습니까. 그렇지 않고 이가 건전한 편이 씹어 먹는 역할을 맡고 한편은 물도 먹어주고 외방으로 몰려오는 적을 방비해 주고 한다면 쓸데없이 어리석게 잠깐 입 속에 무르녹는 미각을 만족시키기만 위하여 싸움만 하느니보다 현명하지 않겠습니까. 서로 먹겠다고만 싸움을 하다가는 결국 그 뱀 전체의 파멸을 촉진시킬 뿐이니까요.

그러므로 (어리석은 비유라고 웃으실지 모르나) 우리 인간사회를 한번 돌려 생각하면 남성에게나 여성에게는 다— 각각 다른 사명과 특질이 있다고 생각합니다. 저 원시시대原始時代의 모권 문제가 왜 오래 지속되지 못하였나 하는 것도 다시 한 번 다른 각도에서 생각해 볼 일입니다.

여성 중심주의인 에켄케이 여사도 이렇게 말했습니다. 즉

"여성은 모성母性을 십분 신창伸暢하는 데서 그 참된 면목이 표현된다.

구주대전때 전장에서, 병원에서, 죽어간 수많은 사람들이 그 임종 때에 이구동성으로 간절히 부르짖은 말은 어머니여! 어머니여! 하는 말이었으니 즉 전쟁의 공포에서 구해달라는 애원을 그 어머니의 이름에 걸었다. 만일 새로운 사회가 와서 베토벤같이 큰 음악가가 될 사람을 무슨 기관수機關手르나 만들어 버린다면 그것은 슬퍼할 일일 것이다. 그리고 또 새 사회가 와서 여성을 영혼의 교육자인 어머니 되게 하는 대신 남성과 같이 집 밖에서 노동에 종사하게 한다면 이것 또한 마찬가지로 진실로 정력精力의 오용誤用이라 할 것이다."
라고 말했습니다. 여자에게는 첫째 생리적으로 직업에 불편을 많이 느끼게 하는 것입니다. 그렇다고 '여자는 아―무 경제적으로나마 자유가 없으란 말이야. 경제권이 없는 이상 남녀동등도 가망 밖이다' 고 하실지 모르나 여자의 취직함이 즉 여자의 경제권 독립을 보장하는 것이 되느냐 하면 그것도 가까운 앞날을 바라볼 수 있다면 고소苦笑해 버리고 말 것을 깨달은 것입니다. 직업부인도 결혼은 해야 되며 결혼을 한다면 역시 가정부인으로서 과거의 어느 가정부인이나 마찬가지의 지위에서 조금도 별다른 것이 없을 것입니다.

　여성은 인류를 창제해 낸다는 가장 큰 사명을 가졌으며 아울러 장차의 사회를 좌우할 기원을 짓는 이세국민의 정신의 교육자라는 지위에 있는 것이니까 눈앞의 부질없는 소승적 자유를 위하여 남자를 헤치고 직업전선에 뛰어든다는 것은 잘못이라고 생각합니다.

　어리석게 건강에 무리를 해가며 정력을 낭비하지 말고 오로지 여성의 천부의 사명에 따라 건전한 여성이라는 지대를 굳건하게 만들 것이니 모―든 가정사를 합리화하기에 노력하며 항상 자아를 반성, 비판하여 훌륭한 여성으로서의 인격을 향상할 것입니다. 이것은 오로지 여성자체뿐을 위함이 아니라 장차의 사회 조성원인 이세국민의 교육이 되겠으니까요.

남자와 경쟁하려는 노력으로 남자를 잘 내조해 주어서 일에 능률을 기하는 두뇌를 양성하기에 먼저 급급하여야 할 것입니다. 모―든 노동에서 여성은 물러서고 남성으로 하여금 대신 일하게 하며 우리는 많이 독서讀書하며 세계 사정에 밝도록 주의하여 사회적 지도이념理念을 파악해 버릴 것입니다.

그리고 또 신여성은 '반거충이' 다― 계집애는 공부시킬 필요가 없다. 우리 아들은 신여성에게 장가들이지 않겠다는 것 등이 모두 구인습의 잘못이라고만 하겠습니다.

'바느질 할 줄 모르면 상관 있소. 대신 돈벌이해서 침모를 두지요' 하는 격으로 여성적 사무에 건실치 못한 까닭에서 생겨난 말일 것이니 이것도 여성의 직업이라는 것이 미쳐준 영향이라고 생각합니다. 생활에 부대끼고 주의 사정에 인하여 부득이한 취직, 이것은 문제 외라 하더라도 이것이 끼쳐준 여성의 손해는 컸습니다.

신여성은 반거충이다, 눈요기시키기 위하여 여사무원을 쓰지요, 임금이 적으니까 여공을 쓰지요 하는 등의 여성 전체의 인격적 모욕을 먹어가며 자기의 천부의 사명은 잊어버린 데서 무슨 신성한 직업부인이라는 자랑이 있겠습니까. 여성이 직업전선에 나선다고 허물어져가는 조선의 경제 상태가 바로 서줄 리도 없을 뿐 아니라 도리어 남자의 실업군만을 범람하게 할 뿐이니 도리어 사회를 불안케 하는 것이 될 것입니다.

여성에게서 찾아보지 못할 특질이 남성에게 있고 남성에게서 찾아보지 못할 것이 여성에게 있는 것이니 해산解産한다는 것을 남성에게 떼어 맡기지 못하는 이상, 남성과 여성은 서로 없는 것을 보충하며 한 가정 한 사회를 위하여 각기 사명에 충실한 후 참된 분업적으로 분류적으로 노력할 것입니다. 남편의 직업으로 인한 성공, 그것이 즉 아내인 우리의 성공일 것이니 우리는 미리 현명하여 어리석은 양두사의 사혼이 되지 말게 할 것입니다.

―《신가정》(1935. 2).

무상의 악

 억지의 말— 청춘靑春을 너무나 아끼는 반동反動으로 생겨난 자위自慰의 말 같다지만 나는 나이가 먹어간다는 것 사람이 늙어간다는 것 또 모—든 것이 조락凋落해 간다는 것을 슬퍼하거나 애처로이 한탄을 하거나 아깝다고 바둥바둥 헛 애를 써 보거나 해본 적은 암만 생각해 보아도 한 번도 없었다고 단언斷言한다.
 어릴 때는 나는 언제나 아주머니만치 커서 바느질을 맘대로 곱게 해 볼까.
 조금 더 커서는 언제나 나도 오빠처럼 어려운 책을 배우나.
 학교에 다닐 때는 언제나 나도 선생이 되어 어려운 시험문제를 내놓고도 걱정 없이 천연스럽게 앉았을 수 있을까.
 학교를 나와서는 어서 훌륭한 소설가小說家가 되어야 할 텐데 하는 모양으로 나는 오늘까지 한 번도 내 맘이 만족滿足하여 이만하면 되였으니 언제까지든지 이대로만…… 하고 가는 세월이 안타깝다고 느껴본 적이 없다. 언제든지 늘 오늘과 다른 내일來日이 어서 왔으면 하고 苦待할 뿐이었다.
 항상 앞날에 살고 내가 서 있는 오늘이라는 것에 미련未練이 없다. '투르게네프'의 〈명일明日〉이란 산문시散文詩를 사랑하면서도 근본根本에 있

수필 353

어 나는 그와 반대反對이다. 그는 모—든 삶의 뜻이 앞날에 있는 것이다. 앞날은 죽음의 무덤뿐이라고 했으나, 나는 모—든 이 삶을 앞날에 걸어 두었을 뿐 아니라, 그 앞날이 무덤만 보는 것인 줄도 알면서 도로이 무덤이 고대苦待되어 못 견디게 한다.

이것은 死○을 바란다는 것이 아니다. 무덤으로 들어가려는 그 순간瞬間에라야만 나는 나의 삶을 완성完成시킨 결론結論의 마지막 자字를 쓰게 될 것인 동시同時에 적거나 크거나 옳거나 그르거나 비로소 세상世上에 나왔던 나라는 일개 인간一個人間으로서의 역할役割을 다—한 종결終結의 만족滿足을 느끼게 해줄 것인 까닭이다.

우주宇宙에 무상無常이 없고 늘 청춘靑春 뿐이라면 나는 나의 삶의 의의意義를 모를 것이며 끝없는 우울憂鬱에 빠지고 말 것 같다. 조락凋落이 있는 까닭에 신생新生이 있으며 무상無常을 아는 까닭에 희망希望, 용기勇氣, 정열情熱, 진취進就가 있는 것이니까…….

노망老妄을 노망老妄인 줄 깨닫지 못하는 고로 늙은이다운 것이며 철없음을 철없음인 줄 깨닫지 못하는 곳에 참 젊음이 있다.

내가 잔뜩 점잖해지리라고 주의를 하고 있는데도 불구不拘하고 부지불식간不知不識間에 어린 아이들과 철없이 들판에 뛰어다니다가 '언제나 철이 들겠냐' 라고 어른에게 놀리움을 받으면 깜짝 '아이쿠 점잖해져야지!' 하고 후회하는 것도 가假짜 아닌 나의 청춘靑春이 용솟음치고 있다는 증명證明이다. 일부러 청춘靑春을 아끼려는 생각이 드는 때는 이미 청춘靑春이 신발한 때일 것이다.

나는 아직 젊은이다. 그러나 내 마음이 항상 花○春城에만 매달리려고 무리無理한 애를 쓰지 않는 뜻은

'일만화초一萬花草가 방창芳暢하는 춘광春光에 나도 함께 피어나지 못하면 성하盛夏의 해당화海棠花를 동모하지. 그렇지도 못 해지면 구추상강시九秋霜降時* 향기로운 국화菊花와 같이. 그렇지도 못하면 만년청춘萬年靑春의

송백松栢으로 백설白雪의 꽃이라도 기어코 피게 해 볼 것이다.'
라고 꽃이 못 핀 이 오늘에서 덧없이 제 멋대로 가 버리는 봄만을 구태여 무리無理를 해 가며 붙잡으려 헛 애나마 쓸 턱이 없다.

  봄이 가 버리던, 늙음이 닥쳐오던, 무슨 상관이리요. 즐거운 내일來日, 희망希望의 내일來日, 내 삶의 나뭇가지에 꽃 피는 내일來日. 그 날만이 나에게 고대苦待될 뿐이다.
  이 고대苦待가 참된 나의 청춘靑春이 아니고 무엇이랴! 이 청춘靑春을 굳게 잡고 놓지 않으리라…….

2월 10일
—《삼천리》(1935. 3).

---

* 음력 구월 서리가 내렸을 때.

종달새

나는 어릴 때 종종 혼자서 이러한 생각을 하였다.
"제비는 가을이 되면 강남으로 가고 기러기는 봄이 되면 북쪽으로 가고 참새는 늙으면 새자개(貝)란 것이 되고 매암이는 알을 낳고 죽어버리고 배암은 가을이 되면 흙 속으로 들어가고 하는데 종달새는 여름이 지나면 어디로 가는고……."
하는 것이었다. 학교라고는 내 평생을 도합해 보았자 불과 사 년도 채 못 다녀봤고 그저 완고하게 글씨나 쓰고 큰 소리로 쫙쫙 한문이나 읽어 왔던 터임으로도 내 머리 속에 선생이란 무서운 것 귀찮은 것이라는 생각밖에 없었음인지 천진스런 어린 때의 회의懷疑를 맘 놓고 물어보지 못했던 것이므로 어른이 다 된 요즈음까지도 종달새는 가을부터 봄까지 어디가 있다 오는지를 알지 못했던 것이다.
어머니께 물어보다가
"글 읽기 꾀 나니까 별 망령을 다하는구나."
하고 튀방만 톡톡히 얻어먹고 뽀루퉁해져서 죄 없는 책장만 쥐어 뜯었으므로 다시 더 묻지 않았었다.
그런데 내가 일곱 살인가 여덟 살 때 무엇이든지 잘 안다는 복순이 라는 동무에게 한번 물어보았던 것이다. 벌써 근 이십 년이나 되는 오늘까지 그때의 복순의 대답을 잊지 않고 있는 것을 보면 지금껏 복순의 말을 믿는 것이 되겠으며 따라서 종달새를 얼마나 좋아했다는 것임을 알겠다. 이것을 보면 나라는 인간도 제가 젠 척은 하면서도 어리석고 몽상을 좋아하는 이지理智없는 팔삭둥이임이 상당하다고 생각된다.

"그것도 몰라. 노고지리(종달새)는 저 건넛산 속이 있단다."

"산 속에 어떻게 있나."

"내가 나물캐러 가니까 저 산 속에 아주 큰 '굴' 하나가 있는데 그 '굴'에는 겨울이 되면 노고지리가 가득 채워 있다더라. 온 세계 노고지리는 모두 그 속에 있는가 보더라."

나는 거짓말인가 하고 의심을 하니까

"거짓말인 줄 아는구나. 너는 몰라도 노고지리는 울면서 자꾸 하늘로 올라간단다. 왜 하늘로 올라가는고 하면 저 건너 산이 하늘에 딱 대어 있거든. 그러니까 하늘로 올라가서 하늘 길을 걸어서 저 산굴로 들어가는 거야."

"거짓말이지? 저 산이 그렇게 높을까."

"높고 말고. 지금 여기서 보니까 하늘이 높은 것 같아도 저 산에 가면 하늘과 산이 딱 달라붙었단다. 나도 하늘을 맘대로 만져 보았는데 그러나는 무서워서 산꼭대기까지 올라가지 않고 조금 낮은 곳에서 만져 보려니까 키가 모자라더란다. 그래서 나물 바구니를 엎어놓고 올라서니까 맘대로 만져지던데 뭐……."

"그러면 하늘이 어떻느냐."

"좀 둘렁물렁하고 차가웁지. 좀 떼어먹어 보니까 아주 달디 달고 조금만 먹어도 아주 배가 불러."

"하늘 위는 보이지 않더냐."

"왜 안 보여. 좀 떼어먹고 그 구멍으로 들여다보니까 참 좋더란다."

나는 이 말을 듣고 어떻게 그 산에 가보고 싶었던지

"우리 내일 같이 가 보자꾸나."

하고 꾀니까

"헹 큰일날 소리를 다 하네. 그때 내가 하늘을 좀 떼어먹고 구멍을 뚫었다고 이번에는 가면 붙들려 막대를 맞을 걸."

하고 딱 잡아떼었다. 그래서 나는 멀리 그 산을 바라보니 과연 하늘은 그 산꼭대기에서 대여 있는 것 같았으므로 더 앞을 떼지 않았던 것이었다. 복순이는 지금 어디로 가서 어떻게 되었는지 모르나 오직 그가 가르쳐 준 종달새 겨울집 이야기와 물렁물렁하고 달콤한 하늘이야기는 해해마다 생각이 난다. 저 지난달 어느 날 이른 아침 아직 추운 겨울이 남아 있는 날 들길을 산보하다가 한 마리의 종달새를 발견했다. 그래서 집에 들어오자 곧 일꾼들에게 물어보니

"노고지리는 겨울 동안 내내 보리밭에 있구마. 보리가 패고 날씨가 따뜻하면 재잘거리지만 추워지면 재잘거리지는 않아도 있기는 늘 들판에 있지요."

한다. 그 후도 집 근처에서 자주 노래를 잊어버린 종달새를 보았다. 푸른 들판 위에 우뚝 서 있는 집 위에 광휘 있고 윤택한 햇빛이 자혜롭고 내릴 때 강가의 버들은 늘어지고 못물은 잔잔하고 잔디 깔린 집 뒤 산기슭에 솔나무를 벗하여 선 꿀밤나무 새나무 갸울한 새잎사귀의 녹색의 정령들이 나를 부른다. 긴 치마 벗어버리고 짧은 옷 꿰어 입고 산기슭으로 달려간다. 명랑하게 광활한 눈을 뜬 오월의 내 고장 하늘은 미친 봄바람을 고요히 진정시키고 내 반생 동안에 그 겨울 집을 저 멀리 뵈는 앞산 속에 숨겨 두었던 종달새를 쫙— 두 활개 펼쳐 주어 즐거운 노래를 들리게 한다. 부드러운 잎사귀는 땅 우에 얇은 그림자를 내려 놓고 향기로운 시록의 정령들은 소리 없이 손뼉 치며 복순이가 가르쳐 주던 이야기를 나에게 속삭인다. 지금도 저 명랑한 하늘은 앞산 위에 걸쳐 있다.

세상은 알지 못하나 멀리 산과 산이 경계해준 내 고장 반야월의 광활한 하늘 무르녹는 녹색의 신영新影 그 속에 안기운 내 가슴은 온 들판에 퍼져

울리는 종달의 노래 소리에 까닭없이 희열喜悅과 약동躍動에 깨어질 듯 하다.

납량이제

1

　○水○○千葉際
　樹○風雨百年間

이라는 한시구_{漢詩句}는 뒷방에서 목청 빼가며 글 읽을 때, 나이는 열두어 살 되는 그때에 담뱃대 물고 것덕 것덕 졸기 잘하던 노선생_{老先生}에게서 얻어 들은 것이었다. 그때 배우기는 꽤 숱하게 배우는 척은 했었지만 지금 간간이 그때 책을 펴보아도
　'네 언제 배웠더냐' 하고 모조리 초면_{初面}같다.
　앵무새 말 배우듯, 맹인_{盲人} 단청_{丹靑}구경하듯 입으로 줄줄 외우기만 하면 뜻이야 알던 모르던 관계 없던 것이었다. 그러나 이상한 것은 이따금 어쩌다가 한마디씩 잊혀지지 않고 정답게
　'왜 그때 언제 나를 배우지 않았니?' 하고 기억 위에 나타나 줄 때가 있는 것이다.
　연전_{年前}에도 이른 더위 어느 날 노소_{老少}를 섞어 가정부녀_{家政婦女} 몇 사람들과 팔공산중_{八空山中}에 약수_{藥水}를 찾아갔다가, 그 곳의 산수경개_{山水}

景槪하도 좋아 좁은 가슴이 감흥感興에 못 이겨 깨어질 것 같았는데 이 시詩가 문득 생각났었다.

　　만고강산萬古江山 유람할 제
　　죽장竹丈 집고 망해신어라.

하고 여인女人들은 제각기 한마디씩 소리를 내놓았다. 얌전스런 여염집 부녀婦女들이라도 소리 한 곡조 모르는 이가 별로 없는 모양이었다. 아무 소리도 고르는 이는 둥실둥실 춤을 추고, 또 이도저도 다 모르는 이는
　　"좋다."
하고 타자打字 한자=만을 음악적 고성音樂的 高聲으로 하여 제각기 흥을 푼다.
　그때 비로소 처음 느낀 바는 아니었지마는 사람이란 괴상스런 동물動物이라. 좋은 경개景槪를 보면 왜 작고 소리를 지르고 슬픈 것인지. 절승경개絶勝景槪를 대하여 묵묵히 입 다물고 있지는 못하는 것 같았었다. 고일高一꼼꼼히 얍얍하고 있는 사람이 있다면 비록 여자女子라 하더라도, 아무리 제가 제라도
　　"에— 아—무작에도 못 쓰는 뺑, 뺑덕이"
라는 것이다. 사람이란 체면상으로라도 좋은 경개景槪를 대하여 한 곡조 曲調로나마 풀어내지 아니치 못할 것이다.
　그래서 여럿은 제각기 박록주朴祿珠도 되고 이동백李東伯도 되어 세○와 화열火熱을 ○적 벗겨주는 그 시원스런 풍경風景속에서 각자各自를 잊고 잊고
　　"이런 경치景致가 또 있나! 좋다—."
라고 쪼들리던 인우人牛들이 대자연大自然 앞에서 비로소 해방解放을 밟은 듯이
　　"즐거워."

라고 야단들이었다.
  이 판 속에서 부끄럽고 기막히게도 나는 그렇게 흔해 빠진
"아리랑 흥흥흥."
도 하나 내놓을 수 없는 쫄딱 무식無識 성텅이였지마는 가슴에 감흥感興만은 남들같이 푹푹 솟아 나와 어쩔 길이 없었다. 그래서 되는 대로 목구멍을 뒤져 대니까 천만 의외에 미리 생각해 보지도 않았고, 한번 들은 이후 뒷풀이도 해 본 적이 없는 이 시구詩句가 툭 튀어 나왔던 것이다.

  이 곳에 오니 부채도 소용 없다 부서지려거든 부서지렴.
  윤수潤水는 은 ○○아아―아

  제법 무엇같이 수렴 떨며 발바닥 두들기고
"으어―어."
하고 시詩 읊조리던 노선생老先生의 그 본 그대로 고래고래 소리를 높여 읊조려 던졌다.
  제가 무슨 유식有識자랑이나 하려고 한시漢詩를 척― 내놓은 것은 결코 아님을 알아줌인지 뜻이야 알았던 몰랐던지 간에 여럿은
"좋다."
를 연발하며 장단을 운치韻致 있게 맞추었다.
  그때 얼른 생각해보니 어찌된 심판이든 간에 그 답답하던 때 생광스럽게도 잊혀지지 않고 목구멍에 떠올라와 준 그 시詩가 고맙고도 감사하였다. 그뿐 아니라 더 다행多幸은 그 시詩가 그 날 그 경치景致에 딱 들어맞는 것이었으므로 새삼스럽게
"맹인단청盲人丹靑 구경도 영 허사虛事가 아니로다."
라는 느낌이 생겨났다. 맑은 무른 게골 풀잎사귀 사이로, 사이로 옥玉을 굴리며 진주眞珠를 띄우며, 흘러 흘러 내리고, 구부러진 늙은 장송長松은

만리萬里 저쪽 소식消息을 알려는 듯 서늘한 바람결을 잡고 헌들거리고 푸른 풀, 축여진 흙은 유향幽香을 떨쳐 사람에게 신선神仙의 맛을 알게하며, 그 위에 또 새까지 노래하여 일운一韻을 돋우니

약사량공막차경若使良工模此景
기어림하조성하其於林下鳥聲何

라는 예 생각이 또 하나 떠오르며,
 '새소리야 토끼에 부탁하지만은 이 향香 내는 어찌할가……'
하는 즉흥卽興이 없을 수 없었다.

 그런데 작년昨年 가을 ×신문부톡新聞附錄으로 붙어온 추秋 제題란 그림을 보았든 그때 또 ○○○○○○○이라는 시詩가 생각났다. 기억에 남은 것이 이 시詩 하나뿐인지 풍경風景을 대하면 이 시詩가 나오니 나의 무식無識이 새삼스럽게 느끼워지지 않는 바는 아니나 추이제중秋二題中이라는 그림은 맑은 공기空氣 서늘한 산山그림자에 담뿍 한 포기 사리나무를 근경近景으로 그린 것인데, 그 둥글 갈슴한 잎사귀. 잎사귀 사이로 미풍微風이 살랑거리고 있는 듯한 그 산뜻하고 살랑살랑한 맛이 ○○○○○○○의 경景을 연상連想케 하였던 것이었다.
 또 한 장은 홍엽紅葉이란 제題의 그림으로서 수목樹ㅈ이 울울한 산중심곡山中深谷에 붉은 물이 방금 들리려는 황록黃綠의 간색間色인 수목樹木의 천겹 만겹 엉키인 잎사귀는 심곡深谷 깊은 곳까지 와 욱하게 보이며 근경近景에 홍엽紅葉 몇 가지가 이리저리 내밀어 나무 아래 우거진 풀들 사이에 암청暗靑으로 흐르는 물 위에 뻗쳐 있었는데 그 심유深幽한 맛이 수○풍우백년간樹○風雨百年間○이라는 박긋짝과 한데 붙는 그림과 같이 느껴지며 마음에 들었다.
 왜 그런지 그림과 시詩의 안짝이 불경不敬하고 죄송하나 맘에 탈스럽지

않게 여기어졌다. 마치 담력膽力은 없으면서도 두○頭○만 영리하여지며, 살살 눈앞이나 수습하려고, 이기利ㄹ○○고, 까불거리고, 자칫하면 팍 솟아지고, 까딱하면 작돌아가는 소小부루적的 '모더—' 젊은이들의 취미에 나 들어 맞을 것 같다고 생각되었던 까닭이다.

그러나

'두 그림 중에서 ○를 취取할 사람은 없을거야'라고 나는 제 주관主觀만을 만족하고 두 그림을 벽에 붙였다. 그 후 어느 때 한 동무에게 시험적으로 물어봤다. 나는 그때 동무의 눈을 내 눈으로 믿었음인지 미리 그의 대답을 속으로 예측해 맞힌 후

"만일 이 그림을 더 큰 종이에다 그린다면 이 수림樹林 위에 고령高嶺이 솟고 그 위에 ○○한 백운白雲이 걸려 있게 할 거야. 사람이 이런 풍경風景 속에 있으면 나 같은 소인小人이라도 좀 커질 것이며, 진정眞正한 용기勇氣와 침착沈着한 지혜知慧도 생겨나면 단련될 거야."

하고 한껏 홍엽화紅葉畵를 올려 세우는 중인데 그 동무 입이 비슷하며

"아이, 이 그림은 산뜻한 맛이 없구려, 나는 명랑하고 산들산들한 맛이 있어 맘에 드는데. 저런 무늬로 여름 치마 해 입었으면……"

하고 나의 입을 떡 달라붙게 하였다.

"에— 취미도 천박淺薄하다."

나는 비위가 틀어졌다.

"그러면 이 음울하고 명랑하지 못한 홍엽화紅葉畵가 좋단 말인가? 현대인現代人은 좌우간 명랑明朗이 제일第一이야."

그는 나를 조롱한다.

"글쎄, 높은 산이 있으니까 가픈 골이 있는 것이니, 세상世上이 모두 꼭 한 가지, 한 모양뿐이라면 우스울 걸……."

나는 이렇게 간신히 자위自慰하며 입을 닫아 버렸다.

2

 벌써 몇 해 전前 일이다. 아주 더운 여름 사십 일四十日 동안이나 비가 오지 않아서 콩 볶듯 사람이 타닥타닥 볶일 것 같이 덥던 여름날이었다.
 자미 더움을 잊고서 새로 지은 백색白色옷을 산뜻하게 가려 입고 동무와 같이 늘 다니는 식당食堂에 갔었다. 이 식당食堂에는 여름이면 커다란 빙주氷柱를 해 세워둠으로 우리들은 이 기둥 곁에 사람이 없는 틈을 타서 스윽 들어갔다. 머리카락 사이가 으쓱하여지며 말라붙어 숨단 나오던 목구멍○○○○○○○○얀 크로스 일륜감 꽃병 든 눈에 ○미味를 도우며 몹시 상쾌하였다.
 "예, 여름에는 흰 것보다 옥색玉色이 더 시원해 보이더라. 이 식탁 크로스도 옥색玉色이면."
하고 나는 비록 백색白色옷을 입었을망정 옥색玉色 예찬을 하였다. 공교롭게도 옥색玉色 드레스를 입은 동무는 자기를 비꼬는가 함인지 벌컥
 "어떻단 말이냐. 네 옷도 옥색玉色칠을 해줄까 보다."
 싱거웁고 장난 잘 하기는 피차 미치지 않은 사이였음으로 행여나 하는 생각에 줏잠하였더니 그는 자꾸 티를 뜯기 시작하였다.
 "더울 때는 뜨거운 것을 마셔야 덜 더워."
하며 그는 뜨거운 커피를 주문하였다. 나는 밀크 쉐이크를 주문하고 있는 판인데 급사가 주문한 것을 가져오니까 그는 달랑 밀크 쉐이크를 들고 가버린다. 나는 사람들이 보는 식당에서 싸움도 못하겠고 그대로 꿀꺽 참으며 뜨거운 커피를 앞에 놓았다.
 "어디 보자."
 나는 짓궂은 동무를 흘겨 주고 다시 밀크 쉐이크를 더 주문하였다.
 "넌 참 우습더라. 시켜서 먹으려거든 아예 당초에 찬 것을 청하지……".
하고 시치미를 뗐다.

"넌 그러면 이 커피를 죄다 비옷에 들어 부을테야."

나는 분이 나서 울어대니까 그는 덜렁 커피 잔을 들고

"더울 때는 냉수욕冷水浴보다 뜨거운 물로 해야 되는 거야. 나는 목욕을 했어. 그만 둘 테냐. 너나 시켜줄까……."

하며 나에게 뿌릴 형용을 했다.

"오냐 뿌릴려거든 뿌려보아라."

나도 기가 나서 덤벼들었다.

"정말이냐? 사정없다……."

"그래 뿌려나 보자."

이럴 때 내 편에서 뿌리라고 덤벼들면 들수록 상대相對편이 슬슬 뒷걸음 치는 것이 보통인 터이라, 나는 그의 진검眞儉한 표정表情에 호기심好奇心이 바싹 일어나서

"네까짓 것이 붓기만 해봐라."

하고 치마를 치켜들었다.

그는 나의 가슴을 향向하여 활짝 커피를 쏟아 부었다. 그리고는 태연스럽게 씩 웃으며 나를 바라보았다. 나는 그 순간瞬間 뜨거운 것도 새 옷을 죄다 버린 것도 생각나지 않고 그저 놀랐었다.

칼을 들고 찌르려는데 피해 달아나는 사람보다

"찔러라 하고 배를 내미는 사람이 더 비겁卑怯한 것이다."

라는 이야기가 생각나서 스스로 부으라고 덤벼들은 나의 비겁卑怯함이 부끄러워 져서 행여나 동무가 불쾌하게 느낄까 하여 나도 태연하게 있었다. 뜨겁던 것도 일순간 뿐 커피가 새어든 가슴과 배에는 여름 공기가 풍겨서 뱀이 안긴 듯 차가웠다.

"나는 충실한 너의 동무이니까 부으라는 그 원을 안 들어 줄 수야 있나. 고맙단 말은 말아라."

그는 예사였다.

"흐흥 하이칼라 같은 수작 말아라."
하고 서르 웃고 말았다.

좌우간 야금야금 생각만 하다 마는 것이 아니고 할까 하는 생각이 들면 덜컥 무턱대고 해놓고 보는 그러한 용단성이 있어야 진취進就가 있는 거며, 인생人生이란 모든 것이 다 모험冒險이니까 그는 반드시 나에게 가르침이 될 좋은 동무다 라고 생각되었다.

그 후 어느 때 그는 나에게

"예, 너같이 미련한 인간은 다시는 없을 거야. 보통사람이면 갓 갈아입은 옷이 그만치 버려지면 벌떡 일어나 피하든지 수건으로 닦으려고나 해보던지 얼른 집에 가서 빨기라도 할 것인데. 너는 마치 남의 옷을 버린 것 같이 한번 내려다 보지도 않고 그대로 어느 때같이 그대로 입고 있으니까 말이다. 내가 못 이겼다. 항복한다 하였다. 대단히 미안한 일일세."
하였다.

그 말에 나는

'이 동무도 별일 없는 평범한 인간人間에 불과不過하구나' 하는 실망失望이 들었다. 나는 동무가 커피를 붓고도 속까지 태연해 주었으면 싶었던 까닭이다.

지금 생각하면 그때 나라는 인간人間도 웬만히 이단異端에 가까웠던 것임을 알겠다.

수필 367

매화

　내가 사숙私淑하던 K씨氏 댁宅 정원庭園에 늙은 매화梅花 한 나무가 있었다. 이 나무로 재미있는 에피소드가 많았었다. 원래原來 나는 꽃이란 것을 좋아하지 않는 성미性味인지라 꽃에 대對하여 관심關心을 가지지 않았으므로 K씨 댁氏宅에 가서도 처음은 별로 넓지도 못한 정원庭園에 속 시끄럽게 여러 가지 나무가 서 있는 것이 맘에 즐겁지 않았고 또 흥미興味도 가지지 못했었다. 그러므로 이른 봄이라 해도 아직 겨울 바람이 그대로 남아 있는 때 홀로 피어 있는 매화梅花를 보기는 하면서도 별 느낌이 없었더니
　"퍽 곱게 폈지요? 당신은 매화梅花를 좋아하지 않습니까?"
　하고 어느 날 K씨 부인氏夫人이 나에게 정원庭園의 매화梅花를 가리켜 보였으므로 그 때 비로소 새삼스럽게 매화梅花를 바라보게 되었었다.
　"별로 좋은 줄 모르겠어요. 엽葉이 없으니까 꼭 조화造化 같습니다."
하고 나는 솔직하게 직감直感을 말했다. 부인夫人은 내 말이 의외意外라는 듯이 잠깐 잠잠하더니
　"실례失禮의 말이지만 꽃의 아름다움을 느낄 줄 모르는 이가 어떻게 예술藝術이니 문학文學이니 하고 다닙니까?"
하고 농담도 아니고 정색正色도 아닌 일종一種 비꼬는 어조語調로 이렇게 말했다. 이러한 말을 듣고 속이 평온不穩할 수 없는 나인지라 한마디 응수

應酬가 없을 수 없었다.

"나는 왜 그런지 매화梅花를 보니까 S군君이 연상連想되는데요."
했다. S군이란 아주 '모던보이'인데 이 청년靑年은 독와사毒瓦斯에 대對하여 다른 생물生物보다 이백 배二百倍나 감각感覺이 빠르다는 '토마토'처럼 계절季節에 대對한 감각感覺이 남 몇 배나 빨라서 여름에도 동복冬服 입고, 매화도 채 피기 전前에 춘복春服 입고 단장短杖 집고 나다니므로 보는 사람으로 하여금 오한惡寒이 들게 하는 분이다. 나는 다시 말을 이어

"따뜻한 봄 다 두고 혼자 잘난 척 벌벌 떨면서 잎새 하나 없이 필게 뭐에요. S군君과 같이 계절季節에 너무 예민銳敏하게 병적病的이라기보다 광狂에 가깝게 보여요. 그와 반대反對되는 국화菊花도 못난이지요. 뒤늦게 부시시 피어 서리를 맞아 가면서도 한창이라고 피는 게 꼭 학대받고 천대받으면서도 히— 웃는 천치天痴 바보나 마찬가지에요."
하였다.

"국화菊花는 천치天痴요, 매화梅花는 예민銳敏하여 광狂이랄 수가 있다고? 그 말에 나도 찬성贊成해 볼까."
하고 K씨氏가 중간中間에서 내 편을 드는 척 하니 부인夫人은 못 참겠다는 듯이

"당신이 그렇게 고식적姑息的이니까 집에 오는 이들였다고 부인夫人에게 항복해 보였다. 그때 하녀下女가 차茶를 가지고 들어와 조용히 각각 앞에 따라 놓았다. 차茶잔에는 다 핀 매화梅花가 한 개씩 떠 있었다."

"저도 부인夫人의 말씀에 동의同意합니다."
하녀下女는 공손이 물러앉으며 말했다.

"O?, 풍류風流."
하며 부인夫人은 영리한 하녀下女를 칭찬하였다. K씨氏도 나도 미소微笑하며 매화梅花 뜬 차茶잔을 들었다.

女性 論壇

女性團體의 必要

나는 시골구석에 틀어 박혀 있는 까닭에 직접으로 사회 사정에 접촉도 없고 또한 매우 어두운 터이나, 간혹 신문 지상으로나, 잡지에 보면 서울엔 여러 가지로 여성의 모임이 있는 것 같지마는, 지방에는 비단 여성뿐만 아니라 남성들까지도 아무 모임이 없다. 칠팔 년 전까지도 각 지방에 남녀의 모임이 많이 있어 조선의 청년 남녀가 얼마만치 활기가 있었고 또한 사회적으로도 유의의가 많았다. 그러나 지금에는 ××의 탄압이 심하여 모―든 청년들은 철저한 에고이스트로 몰락해 버리고 말았다. 그들의 유일한 사교장이 요리집이요, 기생방 출입으로 ○이 ○○○ ○○○○○ ○○ ○기한 사람의 행복과 향락만을 도모하기에 토끼눈같이 되고 만 것이 오늘의 조선 청년이다. 사회문제 인구라든지 또는 사회적인 분에 ○다든지 하는 첨단다운 말은 오늘의 그들의 입에서는 듣지 못한다. 모―든 것으로 보아 여성의 지도적 처지에 있는 그들 남성이 이렇게 되고 보니 여성된 이들이 (신구를 막론하고) 금일 가지고 있는바 포부나 야심이 모두 철저한 개인주의기 ○○인 것은 불가피한 일인지도 모른다. 이들의 눈은 겨우 나지막한 자기 집 문턱이나 쳐다보는 한 끝 바라본다는 것은 거리의 유행이다. 유행 옷감, 유행 화장법, 양식집 치장, 남편의 요리집 행에 강짜보기 여기에 오늘날 젊은 여성의 정력은 낭비되고 말고 있다. 이대로만 만일 어느 때까지 계속 된다면 장력 조선사회는 어떻게 되겠는가 하는 것은 뒤로 돌리고라도 위선한 가정, 한 개인, 개안을 돌고 보아서 말이 안 되는 판이다.

여성인 우리의 몸으로서 남성들의 앞에 나서서 활동하라는 것은 아직 누구나 다 비웃을지 모르나 우리들로서 남성의 모범이 되고 각성을 시켜 줄 수는 있는 바이다.

―《조선 중앙일보》(1936. 1. 24).

울음

내가 어렸을 때 숙부叔父 한 분이 죽었다. 그때 숙모 되는 분은 아직 스물 자리를 한 젊은 여인이었고 그의 단 하나 혈육은 어린아이였었다. 나의 아버지는 맏형이었으므로 할아버지가 없는 까닭에 일가에 으뜸가는 어른이었었다. 그때 아버지는 개명꾼開明軍이라고 남들에게 존경도 받고 비난도 받아오느니 만큼, 재래의 인습을 타파하기에 노력하였었다. 그러므로 숙부가 죽었어도 일체 소리를 내어 우는 것을 엄금하였으므로 누구 하나 감히 울음소리를 내지 못했었다.

더구나 제일 많이 울어야 할 숙모는 현숙한 부인이었으므로 젊은 여인이 제 남편을 죽이고 소리를 내어 울기가 방정맞고, 요물스러워 보일까 하여 조금도 소리를 내지 않았었다. 그러므로 그 초상은 울음소리 없는 초상이었다. 아이 어른 할 것 없이 가만가만 제 가슴 속으로만 느껴 우는 것이었다. 그 후에도 늘 숙부 생각이 나면 소리 없이 눈물만 흘렸다. 숙모는 남들 모르게 가만히 혼자서 책상에 팔을 얹고 입술을 다문 채 두 눈을 바로 뜨고 얌전한 여인상像을 조각히 논 것 같이 움직이지도 않고 앉아서 눈물만 뚝뚝 떨어뜨리고 있는 것을 나는 여러 번 엿보았다. 이렇게 소리끼 없이 우는 것을 가만히 엿보는 것이 철없는 나의 가슴에 참 슬픔을 엿보았다.

"아이고 아이고 나를 두고 어데 갔나. 나는 혼자 어찌 살고."
하며 소리쳐 둥글며 우는 것보다 몇 갑절 더 슬퍼 보이고 또 아름다워 보였었다. 그러나 그 초상을 친 후 이웃 사람들은
"그 집에는 사람이 죽어도 우는 사람이 없더라. 죽은 개새끼나 끌어내듯이 잠잠하니 참 쓸쓸하더구나."
하고 울음소리 없었음을 욕하였다. 그러나 나는 누구가 무어라고 하던지에 소리 내어 우는 것은 싫었다. 남에게 보이고저 슬퍼하는 것이 아니고 내 스스로가 슬픔에 못 이겨서 우는 것이라면 구태여 소리 내어 울어야만 한다는 것은 우스운 일이다.

눈물에도 여러가지 종류가 있기는 하지만, 나로서는 눈물의 정의를 내리라면
"눈물이란 슬픔이 극에 달하였을 때 흐르는 것으로, 사람이 울 때는 선악인임을 구별치 않고, 가장 슬프고, 또 참된 순결할 맘일 것이다."
라고 서투르기는 하나 이렇게 말하겠다. 그러나 나는 좀처럼 울지 않는다. 아니 울 줄을 모른다. 사람이 울 때는 그 맘이 가장 아름답고 순결하다 하고 하였으니, 나는 울지를 못하느니만큼 아름답고 순결한 맘을 가져보지 못함이 된다고 하겠다.

그러나 비록 울지는 못하지만, 우는 그것에 대하여는 무한히 동경한다. 내 맘에 드는 장소와 시간에 내 혼자서 내 맘에 드는 경치를 바라보며 두 눈에 슬픔을 가득히 고여 입술을 다문 채 소리끼 없이 울어보고 싶다. 아니 소리끼 없이 눈물만 흘려보고 싶다. 그러나 이것은 내 맘이요, 실제로는 눈물이 임의로 흘려지지 않으므로, 남이 우는 것을 볼 때는 내 모든 것을 희생해서라도 동정하고 싶어진다. 이 세상이 허위와 죄악으로 충만해 있는 것이면 오—직 그 눈물만은 누구가 흘린 것이든 간에 진眞과 선善과 미美를 갖춘 것이라고 나는 생각할 때가 많다. 만일 내가 눈물에 속아서 나에게 큰 해로움이 있더라도 나는 조금도 후회하거나, 그 눈

물이 거짓으로 흘린 것이로구나 하고 원망하고 싶지 않을 것이다. 내 담이 아주 순결하고 아름답고 슬프고 할 때가 있는 줄 스스로 느낄 수는 없지만 눈물이 흐르지 않으므로 다른 사람이 울 때는 내 맘의 순결과 슬픔의 몇 벅 배에 달했음을 믿는 까닭이다.

 그러므로 나는 일생을 눈물을 흘리지 못 해보고 죽는가 했었다. 그러나 지난 십이월十二月에 내 아버지가 죽었을 때, 비로소 눈물이 났다. 눈물 뿐 아니라 내가 가장 싫어하던 소리를 내어 울었다. 예의도, 염치도, 이지도, 교양도, 다―문제가 되지 않았다. 어디서인지 소리가 터져 올라 내 입으로 거쳐 나오고 내 눈에는 폭포같이 눈물이 흘러내렸다. 그때의 내 울음은 세상의 무엇으로도 막을 수는 없었다. 이 울음이 진정될 때 나는 문득 생각하였다. 숙부가 죽었을 때 울음소리 없음을 욕하던 것도 일리가 있는 것이며, 조용히 소리끼 없이 우는 것도 보통 슬플 때일 것이다. 그리고 순결이라든가 참되고 선함이라든가 하는 것도 이러한 때 솟아나는 감정일 것이다. 슬픔이 극에 달하여 다시 한 걸음 넘어서면 슬픔에 자아를 잃어버리고 슬픔이 슬픈 것이라고 슬퍼할 줄도 모르고 그저 울게만 되는 것이다―라고 느끼었던 것이다.

                 ―《중앙》(1936. 4)

백안

 꼭 어른 같다는 어린이들, 꼭 늙은이 같다는 젊은이들, 꼭 여자 같다는 남자들은 모두 내 눈에는 좋게 보이는 편이 아니다. 어린이는 철없고 어린이답고 젊은이는 용감勇敢해야 젊은이답고 남자는 또 좀 남자다워야…… 일년사시절一年四時節도 봄은 봄답게 따뜻하고 여름은 여름답고 가을은 가을답고 겨울 또한 겨울답게 추워야 다 각각 그 달려가는 데 재미가 있는 것이라고 위에 잔소리 같으나 나는 이렇게 생각하였다. 그러나 예외로 금년 겨울은 겨울답게 냉혹하게 추운 날 없이 봄날 같아 따뜻한 날이 많은 것도 별로 그렇게 나쁜 것이 아니었다. 사람도 간혹 어린이 같은 어른이나 젊은이 같은 늙은이나 남자 같은 여자가 있는 것과 같이…… 장승의 입에 떡가루 칠해두고 떡값 내라고 시비하는 깍쟁이 같은 세상 판에서 부끄럼 당하고 얼굴이 빨개지며 입에 손가락을 비비 틀어넣는 철없는 어린이 같은 어른을 볼 때나 공자孔子님의 도道를 본받아 중용中庸을 지키느라고 살살 피해 다니며 남만 앞장을 세워놓고 저는 저대로 점잔만 하려는 젊은이가 많은 판에 두 팔 휘젓고 앞장을 맡고 나오는 용감勇敢한 늙은이를 볼 때 나는 무조건하고 가슴이 뜨거워지며 기뻐서 속 고俗苦를 잊어버릴 때조차 있다. 모이면 옷 자랑 음식 자랑 남의 흉내보기에 힘쓰는 여인들 가운데서 간혹 이들과 전연 반대되는 훌륭한 여인을 볼 때야 말하면 구엇 하리마는 얼마나 유쾌하랴…… 겨울은 겨울답게 추운데 재기가 있는 것이기는 하나 봄같이 따뜻한 것도 또한 버리지 못할 재미가 있다. 우리 집은 넓은 들판 한가운데 있어서 제일 가까운 인가人家라도 이삼분二三分 걸려야 가게 되나 이따금 찾아오는 사람은 많다. 모두가 무지無知하고 가난한 촌농부村農婦들이기는 하나 이들은 지극히 순박純朴하여 다치 어린이 같은 어른들이다. "아이고, 금년 겨울은 따뜻해서 참 좋습니다."
하고 나는 첫 인사를 하면 이들은 누구나 다 같이
"아이고, 새댁이야 바깥일 할 게 있나, 추우면 무슨 걱정 있겠는지요."
한다. 나는 얼른
"옷 입고 밥 그리는 사람들에게야 오직 고맙겠어요. 나야 춥든 덥든 상관 없지마는……." 하고 대답하면 그들이 오직 나를 칭찬하며 마음이 어질다고 존경하려마는 불행히도 나는 이러한 아름다운 마음씨라고는 그림자만치도 가지지 못한 인간이었다.
"금년 겨울은 따뜻하여 참 좋습니다."
라고 말한 내 속 이유는 이들 촌부村婦들에게 이해理解 못할 이유理由가 있는 것으로 그저 덮어놓고 저편 사람들 인사채로 한 말은 아니었다. 그러나 이들에게서
"바깥일 할 게 있나 추우면 무슨 걱정이요."
라는 대답을 듣고 더 입을 떼기가 생각되지 않을 수 없었다. 바른대로 나오는 대로 무사無邪한 어린이 같았으면
"추워도 좋지만은 바람이 불면 건너 못지池에 기러기가 날아오지 않으면 어떻게 해……" 하고 말할 것로되 나는 이미 깍쟁이가 거의 다 되어가는 판인지라, 달머리만 슬쩍 돌리고 마는 것이었다. 만일 그들이 이 말을 들었다면 당장에 속으로
'그까짓 기러기가 날아오면 무슨 이익이 있나. 할 걱정이 없으니 별 말

을 다 하는구나' 하고 비웃을 것이다. 그러나 나는 비록 촌부村婦들에게서 야 비웃음을 받을망정 혹독하게 추워지면 건너 못에 기러기 날아오지 않을까 하는 것이 제일 걱정이었다. 그 날 오후午後는 날이 개이며 훈훈하여 봄눈이 온 뒤가 텄으므로 집 안에 사람들도 없고 심심하여 밖을 나오니 건너 못에서 요란하게 기러기 소리가 들려 왔다. 나는 허둥지둥 못 둑에 올라가 보았다. 기러기들은 못 한편 얼음 녹은 물 위에 고요히 떠 있었다. 마치 구전궁궐九電宮闕 안 정원롱수庭園瀧水 위에 수없이 떠 있는 호화로운 유선遊船 같이 둥실둥실 떠 이리저리 미끄러지듯 헤엄치며 나는 본 척만척 한다. 그래도 나는 행여나 그들의 놀음에 방해될까 하여 못 둑 위에 가만히 웅크린 채 무릎 위에 팔을 세워 턱을 고이고 마음을 즐거움 속에 잠가놓고 남안南眼을 반개半開하여 때 가는 줄을 잊고 있었다. 이때

"보시소, 왜 여기 있는거요."

하는 사나이 목소리가 바로 내 곁에서 들려왔으므로 나는 졸도卒倒할 뻔 기겁을 하였다. 겨우 진정을 하여 돌아보니 남의 집 머슴살이인 듯한 헐벗고 때 묻은 사나이 하나가 서 있었다. 나는 나의 즐거움을 깨뜨리고, 그 위에 놀라게까지 한 이 낯 모를 무례無禮한 사나이에게 순간 단단히 골이 나 벌떡 일어서며,

"왜 물어요?"

하고 격한 어조로 반문하였다.

"아니요. 누구를 기다리시는가 해서……."

"무엇을 하든지 당신에게 무슨 상관이요, 실없이!"

나는 저편의 태도 여하에 따라 큰 소리라도 낼 듯이 벌컥 성을 내었다.

"아니 그저."

사나이의 얼굴은 무척 낭패하여 우물우물 하는 것이었다. 나는 그의 태도를 한번 바라본 후 갑자기 픽 웃고 말았다. 그가 나에게 말을 건네게 된 마음을 짐작한 까닭이었다.

"쓸데없는 말 듣지 말고 갈 길이나 가시오."
하고 다시 아까처럼 웅크리고 앉았더니 사나이는 그래도 빽빽이 가지 않고 서 있었다.
"여기 이렇게 앉아 있으니 당신 눈에 어떻게 보이시오."
하고 나는 웃는 얼굴로 물어보았다. 그러나 사나이는 내가 얘기한 대답은 하지 않고
"아니오. 댁이 어디십니까?"
하고 묻는다.
"우리 집은 바로 저 곳이니 안심하시지요. 내가 물에 빠져 죽을까봐 그러시는 것 같소마는 안심하시고 가십시오."
하고 나는 여자답지 못하게 가가대소呵呵大笑를 하였다. 사나이도 그제야 뒤통수를 긁으며 무색한 얼굴로
"추운데 인적 없는 못가에 혼자 있기에 저 행여나 누구신가…… 해서".
하며 부끄러운 듯이 달려가 버리고 말았다. 이 못 위에 기러기가 저렇게 놀고 있어도 구경하러 온 사람은 나 하나뿐이었음을 짐작할 수 있었다. 나는 고소苦笑한 후
"기러기 너 내 여기 있음을 아는지 모르는지?"
하는 맘으로 다시 바라보고 있었으나 아까처럼 즐거워지지도 않고 기러기 역시 나를 본 체 만 체
"네가 아무리 우리를 바라본들 무슨 소용이 있겠느냐."
이라고나 하듯이 저희들끼리만 놀고 있었음으로 집으로 돌아오고 말았다.
"이 추운데 못가에는 무슨 청승으로 갔다 오시는지요. 나는 누가 빠져 죽으러 가 있는가 했구마."
하고 촌부村婦 하나가 길 위에서 나를 바라보고 웃으며 이렇게 말하였다. 나는 어이없어 또 한번 더 웃고 방으로 들어왔다. 나는 창문으로 동리의 오막살이를 바라보며 앉아 있었다.

춘맹

　구정초舊正初라고 동무따라 놀러 다니다가 집에 돌아오니 몸이 피로하여 몇 날간 누워 있었다. 외따로 들 가운데 지은 집인지라, 창을 열면 '피크닉' 와서 '캠프' 속에 있는 듯한 느낌이었다. 느낌이 있다. 창 밖이 들이요, 못池이요, 산山들이다.
　베개에 시달린 머리가 몹시 무거워 몸을 일으켜 창턱에 기대어 밖을 내다보았더니 동리 소녀小女들이 설 치장하고 난 뒷물인 듯한 온갖 물 색 옷을 입고, 나방머리 땋아 붙이고 둘씩 셋씩 들 가운데 점경點景을 이루었다.
　"벌써 나물 캐는 아이들인가보다."
하고 속삭였듯이 문득 눈앞에 내 어리던 때 생각이 터져 올랐다.
　나는 어릴 때 몹시 나물이 캐 보고 싶었다. 밥도 먹지 않고 할머니를 졸라대는 것도 생각난다. 그러나 지금까지 단 두 번 밖에 나물 캘 기회가 없었으니 애석하다. 그 한번은 내가 여덟 살 되던 해 이때쯤 되어서 이다. 이웃집 아이들이 대문 밖에서 가만히 하는 손짓에 몸을 숨기여 미리 아주머니에게 부탁하였던 바구니와 호미를 들고, 줄달음질을 하여 대문 밖을 나오다가 그만 어머니에게 들켜 매를 맞고 실컷 울고 난 그 이튿날
　"그렇게 가고 싶거든 오늘부터 글 배우지 말고 나물이나 캐고 정주일

부엌일이나 배워라."

하고 꾸지람 반 허락을 얻어 동무들 따라 들로 나가게 되었다.

그때 그 들판은 별나게도 넓어 보이고 하늘 또한 한없이 아름다워 보였다. 보리밭에는 종달새들이 풀풀 날아다니고, 들바람은 정답게 나를 어루만져 주었다. 이리저리 걸어갈 제, 내 마음은 기쁨과 즐거움에 깨어질 하였다.

"나비야, 나비야, 범나비야 화게 칭칭 둘러보니 무슨 꽃이 피였더냐."

"제비, 제비, 초록제비, 임금왕터 물어다가 수영 땅에 집을 짓고……."

손에 손을 잡고 노래를 부르며 들 가운데 뛰놀 때 동무들은 나물이나 캐려고 애를 썼으나 나는 그 아름다운 하늘이 닿아 있는 듯한 앞산山만 바라보았다.

동무들은 제각기 많이 아는 척 하느라고 지붕 위에서 대나무 장대로 찌르면 하늘이 뚫어진다는 둥, 앞산山 위에 올라가 정말 하늘을 만져보았다는 둥 야단이었으나 나는 어느 때 선생先生님이 공부工夫를 많이 하면 하늘 일과 땅 속 일을 다— 알 수 있다고 하던 말을 생각하며

"나는 기어이 하늘 위에 올라가보고 말겠다."

고 속삭였었다.

"나는 우리 머슴에게 사닥다리 지워가지고 앞산山에 가서 하늘 위에 머리만 올려서, 뭐가 있는가 볼란다. 영 올라가면 하늘이 물렁물렁해서 꺼지면 어떡해."

하고 나도 말을 했더니 동무들은 귀를 기울여 잠자코 나를 쳐다보았다. 부러운 듯이…….

그때 내 가슴은 오—직 그 푸르고 맑은 아름다운 하늘만이 그리웠었다.

이따금 나도 나물을 캐려고 한 포기를 찾아 달려가면 벌써 다른 동무들은 먼저 납작 캐버림으로 나는 이마에 땀만 흘릴 뿐이었다. 나중에는 하는 수 없이 동무들이 캐지 않고 버리는 것만 캤다. 그러므로 내 바구니

속에는 벌레 먹고, 야윈 불쌍한 나물뿐이었고, 동무들의 바구니 속에는 살찌고 부드러운 복스러운 나물뿐이었다.

　석양 가까워 시냇가에 모여 와서 나물을 정하게 씻어, 깨끗한 물 위에 놓고 손 씻고 얼굴 씻고 양치하고 두 손 마주대어

　"영두님요, 영두님도 내 나물은 저 산山모대기만치 붉게 해주소."

하고 빌며 절한 후 나물을 조금씩 물 위에 띄워 보내며 나물제祭를 지내는 그 즐거움이여! 그러나 나는 그렇게 할 줄 몰라 손가락만 씹으며 울듯이 서 있으면 동무들이 대신 제祭를 지내주던 그 고마움이여!

　그 한번은 무사히 나물을 캐어 시냇가에서 재미스러운 제祭놀이를 하려고 남들보다 늦어질까 빨리 버선을 벗으려니 낯모를 한 아이가

　"저 애는 기생인가보다. 보선 신고 나물 캐러 갔다 오네."

하였다. 나는 얼른 좌우를 돌아보니 아무도 버선을 신지 않았다. 부끄럽기도 하거니와 기생이란 말이 분하기도 하여 참을 수 없어 그 귀한 나의 불쌍한 나물과 바구니, 호미, 버선 한 짝까지 그대로 내버린 채 해울음 쳐 울며 집으로 돌아오고 말던 그 철없던 일이여! 내 눈에 지금 다시 그때 그 눈물 고이려누나!

　이 모양 바라보고 놀라 뛰어 나오신 할머니 뜰 가운데서 얼싸 않으며

　"보리밭에 문둥이가 너 잡으러 오던?"

하시고 다시 가지 말라고 달래시던 그 할머니, 지금은 북망산하北邙山下에 백골白骨이 되어 누워 계시니 아마 그 무덤 위에 지금 냉이나 풀 한 포기쯤 몰래 움터 있으려니.

　나는 한숨짓고 어린 때 내 모양에서 고개를 돌려 창턱에서 일어섰다.

　"나도 나물 캐러 가볼까. 오늘이 세 번째로다."

　혼자 중얼거리며 들 가운데 나서니 소녀小女들은 그 옛날 내가 부르던 나비 노래, 제비 노래 대신 '아! 봄이로구나. 봄' 하고 유행가를 부르며

　"너 저 하늘 위에 가 보구 싶지 않느냐. 나는 가 보았단다."

하니,

"하하ㅎ-, 하늘 위에 어떻게 가요."

하고 소녀小女들은 나를 실없게 보기 미안한줄 까지 알 뿐 아니라 장난으로 들릴 줄 까지 알고 있다. 지금은 소녀小女들까지 철이 들었구나.

내 나이 벌써 삼십三十이 다 되었으나 내 마음 홀로 저 소녀小女들보다 아주 많이 더 철없고저! 그 옛날 내 어리던 그때 그리워라. 양지 바른 방죽 위에 나를 바구니 곁에 놓고 턱 고이고 앉았더니 건넌 언덕 위에 수양버들 가지 사이에 꿈같이 아련한 유록빛이 어려 있구나.

"들바랕 불어 내 낯을 정답게 치고
 여기ㅈ기 종달새 소리
 석양어 길을 잃고서 외로이 갈제
 아! 어릴 그때 보인다."

나는 그리운 옛 노래 부르며 건넌 언덕으로 걸어갔더니 소녀小女들도 따라왔다. 버들가지 하나 휘여잡고 자세히 들여다보니 아직 겨울모양 그대로 말라 있는데, 멀리 보인 내 눈에 어린 록색綠色이 어렸던가 아마 버들가지 속으로 찾아들려는 것 같다. 들어온 이 봄빛인가!

이 가지 저 가지 잡아보려는 발길에 小女스녀들과 긴 나의 치맛자락 감기는지라.

"내 얼굴 잠깐 돌려놓고 어여쁜 아가씨의 고운 얼굴 바꾸어다가 이 모양을 한 폭 그림 그리고져."

라고 아무리 속삭여 보았으나 어느 아가씨 고운 얼굴과 바꾸어주리…….

― 《조광》(1937. 4).

종달새 곡보

 '종달새' 라는 제목題目의 수필隨筆을 쓰라는 명령命令을 받자 나는 미소微笑를 금禁치 못하였었다.
 왜냐하면 이 제목題目으로 글을 쓰기에는 아주 적절適切한 곳에 살고 있는 나이기 때문이니 편집씨編輯氏가 언제든지 요렇게 나에게 쓰기 쉬운 글만 쓰라고 하면 참 좋겠다고 느꼈던 까닭이었다.
 "그 까짓 것, 십여분十餘分이면 넉넉 쓸 것이니."
하는 만만한 생각으로 그대로 돌아보지 않고 다른 일만 하다가보니 아차! 내일來日이 기일期日이로구나, 잠깐 써서 보내자, 하고 원고지原稿紙를 펴 놓고 앉으니 창窓 바로 밖에서 어떻게 종달새들이 요란스럽게 우짖어 재끼는지 그 소리에만 자꾸 주의注意가 끌어 펜은 한자도 그려내지 못한 나이다.
 비비— 삑삑—비 조글조글
 이윽고 원고지原稿紙를 내려다보니 전판 비자字, 삑자字, 조자字, 글자字만 수백자數百字 질서秩序 없이 느려 쓰여 있다. 아마 종달새의 노래 소리를 그대로 받아 쓴 것인가보다…….
 "에—라 집어치워라, 어떻게 그대로 그려낼 수 있나?"
하고 펜을 후다닥 집어던지고 잘 할 줄도 모르는 '만도린' 을 내려안고 창 옆에 가 덜커덕 하고 비스듬히 앉았다.

　창窓밖은 화창和暢한 햇빛에, 야들야들한 보리밭 광야廣野는 아지랑이가 아질아질 아롱아롱, 고들고들, 눈이 어지럽게 알랑거리고, 바람은 남의 목덜미를 가만히 부드러운 나래같이 살-짝 스쳐 두기도 하고,

　들판의 이곳저곳으로 동리 어린 계집애들의 나물 캐는 무리가 앉았다 섰다, 버들 강아지는 소리 없는 장난을 하고, 동리집 살구꽃은 웃을락 말락……. 이 중에서 종달새는 푸른 공중空中 높이 높이, 나래를 까불이 아가씨처럼 팔락거리며 형형각성形形各聲으로

　"비비-쪽 조글조글……."

이라고 야단들이다. 나는 부시는 두 눈을 쯔그려 공중空中만 노려보며 만도린의 즐을 골라 '핑—' 한번 울려본 후, 자! 한 곡조 울려볼까! 하였으나 이때 내 심금心琴은 알지 못할 음곡音曲을 울리고 있었다.

　따르-르, 달알달르르-. 내 손가락은 심금心琴에 맞추어 제멋대로 줄을 집는다. 아무리 ○○한 음악가音樂家가 듣더라도 알지 못할 내 심금心琴에서 흘러나오는 음곡音曲이다.

　"비비-비 삑-삑."

　이것은 어린 아기 종달새가 노래를 배우는 소리다.

　"삐-삐- 조글조글……."

　아마 어른 종달새의 열심히 가르치는 소리인가 한다. 나의 만도린도 점점 흥에 겨워한다. 나는 작곡가作曲家의 작곡作曲의 삼매경三昧境을 스스로 느끼며, 줄 없는 거문고를 소리 없이 집는 것과 더구對句가 되어 혼자 즐기며 우지지는 종달새 노래에 반첩伴妾을 하듯 '따르르 딸알딸르르…….'

　자꾸 긁는다.

　"내가 작곡법作曲法이나 배웠으면 종달새곡曲이나 하나 지었을 것을."

　나는 한탄하며 종달새 우지지는 봄의 야경野景을 조금이라도 그럴듯한

○寫를 할 줄 모르는 나의 연필鉛筆을 안타까워 하였다.
 새벽 자리 속에서부터 저녁 해질 때까지 몸에 배이도록 明○ 그대로의 종달새의 노래를 듣고 있는 나인지라 처음 종달새를 쓰라고 명령命令을 받고 만만스럽게 생각하던 것과는 반대로 한 마디의 미문美文도 나오지 않는 것이 우습다면 우습다. 그러나 다─만
 "비─비─ 쪽조글 조글조글 쪼옥─."
 이 노래 소리 들으면 내 마음 즐겁고 즐겁기만 하다.
─《여성》(1937. 6).

녹음하

어젯밤 비는 초록색 비
산에도 들에도
초록물 들였네
우리 집 유리창에도
초록색 들였네
그래도
비야 비야 초록색 비야
우리 꽃밭에 장미꽃은
왜 초록색 못 들였네
희고 붉게 웃고 있단다

  이 동요는 지난해 첫 여름에 그때 보통학교 육년생인 열두 살 먹은 나의 조카가 방 안에서 유리창으로 뜰을 내다보며 직경을 그려낸 것이다.
  이즈음 거의 지루함을 느낄만하던 비가 개인 아침 종이창문을 걷어 제친 유리창으로 선명한 햇빛과 함께 녹색綠色 공기가 풍겨 들었다. 벌떡 일어나 내다보니 산과 들과 나무의 빛깔이 놀랄 만치 짙어져 있었다. 나는 문득 이 동요가 생각나며 가만히 읊어보았다. 이 동요의 작자인 나의 조

카는 올해 열세 살로서 서울×××여고의 여학생이 되어 거의 날마다 사진이라도 보내 달라고 홈씩에 우는 편지를 보내고 있다. 그의 이름이 장미薔薇라 날마다 'バラ, バラ, シロバラ' '장미, 장미, 흰 장미'라는 뜻이라고 놀려대기는 하면서도 꽃밭에 장미나무에게는 '우리 장미 우리 장미' 하며 비료와 물을 다른 나무보다 만큼 주고 귀애하여 붉은 것, 흰 것, 분홍 등 각색의 장미꽃이 늦은 봄부터 이른 겨울까지 계속하여 많이 피고 있다. 나의 조카인 장미도 꽃밭의 장미에게 못지않게 아름다운 정서를 가져서 가끔 고은 동요를 곧 그려내었다.

과연 요즈음에 오는 비는 초록색 비인지 한 번씩 오고 나면 창 밖에 녹색이 짙어져 간다. 나는 갑자기 가슴이 재리―하여지며 장미꽃과 푸른 들판이 들려 있는 고향집을 그리어 어린 가슴에 눈물짓는 귀여운 그 얼굴이 무척 무척 간절하였다.

이 해 첫 봄에도 조카가 서울서 시험을 치르고 들려 왔을 때 나는 그를 데리고 들판으로 걸어 다니며 그에게 순박스런 정서를 길러주고 즐거운 추억이 됨직이 냉이 나물을 캐며 온갖 재미있는 이야기도 하고 노래도 부르며 놀았었다.

그가 상경한 후에 나는 그의 어린 얼굴이 간절히 보고 싶어 들판으로 헤매며 '덕'을 즐기는 그를 위하여 '쑥'을 캐었다.

지금은 거의 큰 바구니로 하나 가득 하여 이것을 정하게 말려 두었다가 여름 방학이 돌아오면 맛있는 쑥떡을 만들어 주려 한다.

그리고 채전菜田밭에 심어둔 여름에 먹는 옥수수도 자주자주 물을 준다. 이제 겨우 두세 치씩 잎사귀가 터져 올랐을 뿐이나 이것이 얼른 커서 옥수수가 열게 되면 장미가 그리워하는 이 집으로 돌아올 때이다. 나는 달과 날이 얼른 가주기를 기다리느니보다 옥수수가 얼른 커지기만 고대하며 자박자박 물을 주며 들여다본다.

이 옥수수가 더디 크면 그만치 우리 장미도 더디 올 것만 같아서―

나는 이제 벌써 장미를 위하여 그가 즐기는 쑥떡 만들 준비와 옥수수, 참외, 수박 등이 얼른 커지고 열매를 맺도록 자박자박 물을 주고 있다. 씨를 뿌리고 비료를 넣고 물을 주고 하는 이 동안 나는 이 열매들을 먹을 때의 가지각색 재미스럽고 즐거울 온갖 일을 상상하며 혼자 웃고 혼자 그리워 눈물짓기도 한다.

　그리고 나뭇가지가 푸른 그늘을 지어주는 창 앞에다 재봉침 갖다놓고 여름에 그에게 잘 어울리는 간단복을 지으려 한다. 벌써부터 옷감의 색깔과 무늬와 '스타일' 등을 그려보며 이 옷을 입은 때의 그의 귀여운 온갖 동작과 표정들을 눈앞 가득 환상한다. 이러한 때는 내일 곧 장미가 돌아오는 듯한 착각도 가끔 일으킨다.

　그러나 한 가지 마음에 꺼림한 것이 있다. 동리 초동樵童들이 나무집 위에다 우리 집 창을 열면 안개를 점령하는 저— 뒷산에서 진달래꽃을 꺾어 얹어가는 것을 볼 때마다 내 맘에 걸리는 것이 있다. 장미가 벌써 몇 해 전부터 뒷산에 진달래 구경 가자고 집안에서 제일 만만한 나에게 조르고 조르는 것을 온갖 핑계로 가 주지 않았더니 올봄에 상경하며

　"아주머니두 이제는 진달래 구경 영 틀렸지."

하며 실망하였었다. 나는 저으기 마음에 후회되어 금년은 몇 번이나 갈 기회가 있어도 가지 않고 그가 졸업하는 해 봄에나! 하고 넘겨버렸다. 올해도 진달래는 벌써 다— 떨어졌다. 나는 그와 함께 진달래꽃 구경갈 때를 어느 때까지라도 기다려 나 혼자 가지 않으려 한다. 마음에 걸리면서도 이렇게 스스로 위로하기는 한다. 이것도 모—든 것은 기다리고 바라던 때가 가장 즐겁다는 것 중에 하나로 하여둘까.

—《조광》(1937. 6).

동화사

 오늘 갑자기 피서지 예찬避暑地禮讚을 쓰라는 명령을 받고 가만히 생각하니 어찌된 셈인지 나는 오늘까지 피서避暑란 명목으로 어디를 가 본 기억이 없는 듯하다. 본래정신本來精神 없는 사람이라. 혹 실념중失念中이나 아닌가 하여 집안 사람들에게 물어 봤더니
 "너는 참외 버러지라 여름철에는 꼭 집 안에서 옷 끈 풀어놓고 그저 참외만 먹어대느라고 어디를 갈 여가餘暇가 있어야지—."
라는 대답이었다.
 그러면 나는 정말로 아무데도 피서를 가 보지 못한 것인가 보다.
 그러니 어떻게 피서지 예찬避暑地禮讚을 쓸 수 있으랴마는 그래도 어떻게 써야 될 사정事情이니 한 곳을 골라잡아 보기로 한다.
 조선朝鮮땅이비록 적을지나 대금강산大金剛山을 비롯하여 팔경팔승八景八勝이며 그 외外에도 수數없이 명승지지名勝之地가 있으니 이 중中에서 한 곳을 들어 예찬禮讚을 하려면 오죽이나 아름답고 피서지避暑地에 적절適切할 명구名句가 많으리요마는 하필 나는 별승경別勝景으로는 이름을 날리지 못한 동화사桐華寺를 치켜들고 나오게 된다.
 그 이유理由는 내가 멀지 않은 전일前日에 피서避暑는 아닐지나 그 비슷한 걸음을 하였던 곳인 까닭이요, 또 더움을 물리시는데도 동적動的인 해

빈海濱이나, 아름답지 못한 미남미녀군美男美女群이 주래住來하는 명승지名勝地의 번잡煩雜한 곳들보다도 차라리 정적靜的인 양기凉氣에 아담스럽게 더움을 잊어버리기를 좋아하는 우리 가정여인家庭女人들의 유류流에 따르려는 것이다.

그러면 이 동화사桐華寺란 어떠한 곳인가?

이미 아는 사람은 잘 알지니 대구大邱에서 동북東北으로 사리四理를 격격隔한 팔공산중八公山中에 있으니 조선삼십일대본사중朝鮮三十一大本寺中 중의 하나이다.

그리고 또 무슨 무슨 명목名目이 많으나 그런 것은 다— 그만두고 위병胃病에 특효特效가 있는 약천藥泉이 있다. 이 약수藥水는 말이 약수藥水이나 실상 사 '은이다' 보다 더 맛이 있어 암만 마셔도 자꾸 마시고 싶은 감로이라 위병환자胃病患者에게는 다시 없을 것이다.

그러면 절(寺)이란 부처님의 영지靈之이니 더러운 속인俗人들이 유흥遊興 삼아 피서避暑하려는 피서지避暑地로 말씀하기 죄罪 될 터이나 백사百事 만사萬事 도두 세상이란 말붙이기에 달린 것이니 염열지옥炎熱地獄의 중생衆生들을 한여름 동안이나마 선경仙境으로 제도濟渡해 주시는 곳이라면 그리 큰 죄罪는 안 될 듯하다.

그러면 안심安心하고 다음을 써야겠는데 미래未來 장작개비처럼 성 없는 나인지라 남들이 한번 읽고 쫓아가 보게 할만치 예찬禮讚은 할 줄 모르리니 그저 내가 가보던 그때 이야기나 적어볼까 한다.

출발지出發地를 알기 쉽게 대구大邱에서 시작始作한다면 승합자동차乘合自動車·마차등편馬車等便이 있기는 하나 그것보다 일금 사 원야一金四圓也만 주면 택시 한 대가 대절貸切이 된다.

막론莫論하더라도 피서避暑쯤 가는 사람들이니 불쾌不快하거나 노怒여워하고 싶지는 않을터이니 될 수 있는대로 도착到着되는 목적지目的地도 목적지目的地려니와 그까지 가는 도중道中부터도 유쾌愉快하고 웃음이 나고 즐거워야 하는 것이니 먼저 동화사桐華寺가는 길거리로부터 시작始作해야 겠다.

그때 내가 동화사桐華寺로 구경가던 그때는 동행同行이 다 같은 여인女人 두 사람과 나, 셋이었다.

택시로 대구를 떠나 동촌東村을 거쳐 비행경飛行境을 안고 돈 후, 멀리 구름이 걸려 있는 군봉群峰을 향向하야 달린다.

길이 좁고 요철이 많아서 평탄平坦한 포장도로鋪裝道路보다 운치가 배가倍加라 아무리 웃기 싫어도 웃음이 나오고 만다.

이 산모퉁이 저 산모퉁이를 뒤지듯 감돌아 돌다가 한 곳에 다다라 미련 있는 택시를 내려 초목이 우거진 아리랑 고개 같은 산고개를 올라선다.

이 곳서부터 반 리나 남았으니 죽장망혜가 아니더라도 우수右手로 섭의 이상攝衣而上하고 좌수左手에 제휴提携 판치케-쓰 하여 고무신으로 행지行之하여도 그리 격에 떨어지지 않을 만게 길의 고저가 심하지 않다.

좁은 길 좌우로 우거진 그림자에 축여진 길바닥은 몇 백 리 이렇게만 뻗어 있다면 걸어가기 괴롭지 않을 듯, 뜨거운 도로 위를 걷던 발바닥이 환희에 흥분이나 할까 두렵다.

그리하여 아주 낭만적으로 일보 일보로 길바닥의 축축한 맛을 아껴 가며 또한 굽이 감돌아 허리 굽은 장송하에 비껴 서서 좌우를 바라보면 건너편 묘한 석벽들에는 간간이 청송이요 그 앞에는 백석청암의 계곡이 맑고도 잔잔히 흐르고 떨어진다.

깊이깊이 녹수천만엽綠樹千萬葉 정갈함 속으로 좁고 길게 굽이굽이 숨긴 길로는 은은히 종소리 새어 올 듯.

아까운 길을 어느덧 다 지나고 산문에 당도하여 아무 대찰이나 별 차이 없는 본사를 돌아 대웅전에 절한 후 극락암으로 건너가 안을 들여다보면 기둥과 벽상에 써 붙인 글들이 그 속 깊은 본뜻이야 알 리 없는 속객에게도 금방 무슨 오悟하는 바가 있는 듯하게 하여 그까짓 더위쯤이야 티끌만

한 문젯거리도 안 되게 하니 이만하여도 피서가 된 셈이다.

　이 극락암은 그 이름과 같이 이 산중에서는 제일 시원하여 극락인 듯싶지마는 그래도 초록은 동색이라고 우리가 막 다다른 곳은 여승암이다.

　본사에서 고개 하나 넘어서면 벌써 저 나무 사이로 보이는 것이 여승암이라 말없이 들어서니 제일 먼저 눈에 와 밝히는 것은 대문 맞은 편의 기둥에다,

　'山中靜夜獨坐無言(산중정야독좌무언)'
이라고 써 붙인 것이다.

　불전에 재배한 후 사중寺中에서도 승명이 높으신 박수좌의 안내로 열어젖힌 소루小樓에 딸린 일방一房에서 예거 좌정하니 그 곳이 여승암이요 또 맑고도 고요한 수좌의 얼굴이라 우리는 병 속에서 있다가 수층에 놓여 온 고기처럼 마음과 동작까지 자유롭고 편안하여 무척 무관하여진다.

　암자의 전후좌우는 청송과 잡목이 멋있게 엉키어 그 번음 아래는 청풍이 놀고 있는 듯 방향을 희롱하고 어디에서 오는지 홈대를 타고 떨어지는 맑은 물소리와 즐거운 조제성鳥啼聲의 양미凉味는 박수조의 그윽한 설법과 함께 염열지옥의 죄인들을 선경으로 한 걸음 한 걸음 녹아들게 하는 듯.

　이러고 보니 사람이 피서를 하는지 여름이 피인을 하느라고,
"아이고 이 암자에는 있기가 싫구나."
하고 달아났는지 모르겠다.

　약천은 극락암자에서 제일 가까우나 아무데서라도 멀지 않으니 단지 몸뚱아리가 더위를 잊고 서늘할 뿐 아니라 마음까지 위장까지 속속대로 시원하게 청정이 되니 비록 화려한 승경은 없을지나 대구 근방에 뜻 있는 인사는 동화사로 가서 한 여름 동안이나 마음과 몸을 남김없이 청정하게 할지니라.

사섭

지난 이년二年 동안은 부친父親의 병환病患과 이어 별세別世로 말미암아 효녀孝女다운 간병看病이나 비통悲痛의 한가閑暇가 없었던 것은 아니나 그래도 이럭저럭 마음이 어수선하여 종용從容히 단편소설短篇小說 일편一篇을 창작創作치 못하였었으므로 금년今年 봄에는 마음을 정리整理하여 벌써 몇 해 전前에 구상構想했던 장편소설長篇小說을 써버리리라고 결심決心하듯 마음을 먹었었다.

장편長篇을 쓰느라면 자연自然 그 동안은 마음이 안정安定도 되고 자위自慰도 되며 따라서 차차次次 활기活氣와 용기勇氣도 회복되어 지려니 하였던 것이다.

그러나 봄 한철이 소설小說의 구성안構成案을 꾸미느라고 원고지原稿紙 단 한 장에 이리저리 아희兒戲 같은 글자를 써 놓았을 뿐으로 후딱 지나가 버리고 숲 속의 매미가

"네 마음 먹었던 것은 얼마나 썼니?"

라고나 하듯 매암매암 우는 소리가 마음 마음이라고 들리게 하며 여름철이 되고 말았다.

그러면 '이 여름에라도' 라고 결심決心한 바를 연기延期해 놓으며 마음에 채찍질을 해 보았더니 웬일일까 차일피일此日彼日 하며 가끔 수필隨筆줄이

나 휘적그리며 역시 엉둥엉둥!

"아! 이번 가을에야 설마 설마!"

아직 가을을 다-지내보지 않았으니 모르려니와 나는 이렇게 봄에나, 여름에나, 가을에야 설마 아니 겨울 동안에…… 라고 미루고 미루다가 세월을 다-보내버리고 그러는 사이에 그만 죽어지고 말 것 같은 느낌이다.

창작욕創作慾에 불꽃같이 타면서도 한 자字도 쓸 탄력彈力이 없는 이 초조焦燥를 벌써 이 년二年이나 계속하고 있는 나의 고통苦痛에 정말 장탄식長嘆息이 난다.

부친생전父親生前에는 읽는 것은 일본내지신문日本內地新聞, 쓰는 것은 편지 이것단이 공인公認받아 왔었다.

그러나 오히려 그때는 아버지의 눈을 피하여 방구석에 엎드려 열熱 있게 독서讀書하고 열熱 있게 창작創作하였었다. 그리고 그의 병病이 이미 회복될 가당이 거의 없어져 구주의대九州醫大로 옮겨 갔을 때는 나는 반야월半夜月 집에 홀로 남아 있어 온 천지天地가 제 것인 양 사랑舍廊 넓은 응접실應接室 위에다 원고지原稿紙를 펴 놓고 남들같이 버젓하게 비로소 글 쓴다고 해 보았다.

그러느라고 염려는 되면서도 남의 자식답게 간장을 태우지도 않고 책상冊床 위에 원고지原稿紙 펴고 글 쓴다는 그 기쁨만이 하루라도 더- 연장延長되기만 바랬었다.

하루는 이웃 늙은이가 와서

"공부工夫하는 것도 분수가 있지."

라고 나를 빈정대었으므로 처음은 예사로 들었으나 자꾸 곁에서 뒤씹으므로 귀찮은 것을 억지로 일어서서 원고지原稿紙를 걷어 간수한 후 대구大邱 집으로 가 보았더니 그때 최후最後의 전보電報인 듯, 준비準備하여 급래急來하라는 것이었다.

노인老人에게서 일체범절一切凡節을 배워가지고 그 밤에 남자男子라고는 단 하나 밖에 남지 않은 종제從弟와 도구渡九하며 집안의 곡성哭聲을 벗어난 것이 시원하여 서점書店에 들러 새로 나온 개조改造를 싸가지고 정차장停車場으로 나갔더니 나의 슬픔을 위로慰勞해 주며 먼 길에 행여나 하는 전송객餞送客이 죽—나와 혹은 눈물까지 짓는 이가 있었으나 나는 별로 슬픈 줄도 모르고 엉둥엉둥 떠나갔다.

　병원病院에 도착到着하자
"아버지가 너를 기다리신다."
고 하며 병실病室로 안내案內하는 오빠의 뒤를 따르며 그제야 눈물이 났다.
　내가 간지 수시간數時間에 의식意識이 불명不明해지고 만滿 일일一日에 별세別世하였으므로 나는 슬픔보다 행여나 뒷날에 후회後悔됨이 없도록 온갖 예절禮節을 다— 하려는 그 마음에만 분주하며 집까지 돌아갈 동안 병病이나 나서 가인家人들의 염려꺼리가 될까봐 그것만을 주의하며 한번 울지도 않았다.
　집에 돌아왔어도 초상중初喪中에 새로운 잡지雜誌에 발표發表된 소설小說을 남들이 자라고 권하는 때 가만이 읽어 보았다.
　그러나 심중心中으로는 그다지 금禁하시던 것이니 백일간百日間만 읽지도 쓰지도 않으리라고 결심決心하였다.
　백일百日이 지난 뒤에 이제는 부득이不得已한 사정의 것이면 쓰기도 하고 읽기도 하자고 생각하였더니 그것이 버릇이 되어 이제는 내 스스로 펜을 들고 싶지가 않아져 버렸으므로 요즈음도
"쓰자……."
하고 펜을 들고 앉으면 먼저 아버지의 얼굴이 떠오르며 그대로 우울憂鬱에 잠기고 만다.
　그의 생전生前에 불효不孝였던 내가 그의 사후死後에야 효녀孝女가 되려는지 감기感氣 한 번 앓지 않던 건강健康한 그의 죽음이 거짓인 듯 사람의 생사生死 너무나 무상無常함이 절절切切이 느껴져 얼핏 하면 눈물이 흐르

고 '아버지'라고 한 번 되씹기만 해도 눈물이 나고 이렇게 쓰고 있는 지금 역시 억지로 참고 쓰고 있는 중中이다.

"쓰고 싶으면서도 쓰기가 싫으며 그의 생전生前에 불효不孝였던 내가 이제야 효녀孝女가 되었느냐. 차마 그의 훈계訓戒를 잊기 어려워 못 쓰는 것이며 눈물이 나는 건가……."

라고 중얼거려 보면 더욱 애 끊어진다.

내가 어릴 때 너는 무엇이 되려니…… 라는 그의 물음에 시인詩人 되겠다고 대답하여 문인文人은 부富치 못하고 또한 단명短命하다고 나에게 그 생각을 단념斷念하라고 명령命令하던 일이 지금도 삼사 시간三四時間 계속하여 독서讀書나 집필執筆을 하게 되면 이삼 일二三日씩 소화불량消化不良으로 신고를 하게 되는 터이라 가슴이 저리게 생각이 난다.

그는 하나뿐인 딸에게 오-직 바란 것은 부富와 수壽이었고 무지無智의 행복幸福였는가 한다. 겨우 혀를 돌릴 줄 알 때부터 글을 가르쳐 주려고 가진 애를 다-쓰던 그가 장성長成한 나에게서 도로이 글을 금禁 하도록 변變해진 이유理由는 아마도 사회주의社會主義요, 오빠가 투옥投獄되던 때부터일 것이니 조선어신문朝鮮語新聞을 읽지 못하게 한 것도 이 방면方面 소식이 많이 실리는 까닭이었다.

그리고 그의 별세 전일別世前日 내가 도착到着된 때 마침 병원장病院長 이하以下의 담임의사擔任醫師들이 모여 왔으므로 그는 가장 행복幸福된 웃음을 띄우고

"이 세상世上에서 하고자 하여 못 해본 것이 없는 나에게 기어이 굴복하지 않은 것은 이 병病이었소. 당신들도 너무 애쓰지 마시오. 알아 못 고치리다. 나는 이제 죽어도 마음에 남기고 갈 일이 없이 내 할 일은 남기지 않고 다-해 놓았으며 이 많은 사람이 타국他國까지 나를 위爲하여 와 있고 또 내 뒤를 이어서 아들과 딸을 다-만나 보았으니 나는 정말 행복하지요."

라고 자랑같이 말하였다. 평소平素에 우리 남매男妹를 남에게 자랑 한번 한 일 없고 항상 불만不滿이어 하던 그가 최후最後로 남긴 말이 이것임을 볼 때 내 가슴은 더욱 아프며 글을 쓴다고 쫓아내려고까지 하며 나를 탄식嘆息하던 그때의 그의 심정心情이 어렴풋이 깨달아진다.

더구나 항상 위병胃病으로 밥을 적게 먹는 나를 꾸지람만 하던 그가 최후最後에 가까워 내 손목부터 만져보며 행여나 여위지나 않았는가 하는 눈치였음을 생각함에 더욱 어버이의 마음을 자식이 몰랐음이 애 끓는 듯하다.

"이해理解 없는 아버지
 자식子息들에게 애정愛情이 없는 아버지."
라고만 한껏 원怨망하고 거역만 해오던 나였다.

반야월半夜月 과원果園에 가서 일이나 하라고 못 견디게 굴던 그를 나는 원망하였거니와 그의 진심眞心은 나의 건강健康을 위爲해줌이었다.

오호嗚呼라 이제야 깨달아짐이여!

그를 거역拒逆하고 그에게 염려만 끼치며 원怨망하며 그가 천금千金같이 아끼던 정력精力을 부어가며 쓰겠다고 기어이 썼다는 것이 무엇이던가……. 오— 그가 그같이 아껴주던 나의 건강健康만 소모消耗되었을 뿐, 낭비浪費하였을 뿐, 단 한 자字의 글도 값 있음이 없는 글을 쓰기 밖에 더 했더냐…….

그는 나의 무재無才를 간파看破했고 공연히 남의 잡지雜誌나 신문新聞을 더럽히고 또 읽는 사람의 눈만 피곤하게 할 따름임을 알고 있었으리니 아무리 나의 잘잘못을 함께 용서하고 귀중貴重이 여겨주는 아버지의 영전靈前이라 할지라도 펜을 들기 부끄럽고 죄송하다.

읽는 것과 쓰는 것이 이 자리에서 집어던져 버려지면 나는 얼마나 평화平和하랴…… 마는 그래도 읽고 쓰고, 쓰고 싶은 이 마음의 불꽃같이 타오르는 욕망慾望은 버려지지도 않고 잊어지지도 않으니 마음먹어 되지 않는 일이 없던 아버지를 이겨낸 그 병病과 같이 아마도 나의 이 욕망慾望도 병病이라고 이름 부칠까…….

나는 아버지의 십분十分의 일一의 강단성强斷性도 지혜知慧도 없으니 이 병病을 이겨내지도 짓밟아버리지도 못하리니 차라리 이 병病과 함께 죽으리라.

창窓 앞에 놓은 책상 위에 펼쳐 놓은 원고지原稿紙가 서늘한 바람결에 소리 지르니 할머니가 올라오는가…….

"사랑하는 딸아 나는 이미 죽어 공간空間에 연기煙氣처럼 사라지고 말았다. 이제는 네 원願을 허락하노니 열심熱心으로 매진邁進하라."
라고 귀에 들리는 듯한 끝 풀렸던 마음의 닻줄이 다시 감겨 오려고 한다.

— 《조광》(1937. 9).

눈 오던 그 날 밤

　육 년 전六年前이다. 그때 나는 동東쪽 서울에 있었다. 그 해에는 웬일인지 몇 십 년十年만이라는 대설大雪이 내렸었다. 나는 아파트의 삼층三層 일실一室에서 저물어 가는 눈 하늘을 하염없이 내다보느라고 유리창琉璃窓에 이마를 기대고 서 있었다. 그때 건너편 양관洋舘 삼층三層에서 역시亦是 눈 내리는 이웃지붕을 내다보고 있는 한 여인女人이 있었다. 그 여인女人은 오래 전前부터 나를 발견하였던지 내가 그 여인女人을 바라볼 때 그는 나에게 열심히 손을 흔들고 있었다. 그 양관洋舘과 내가 있는 아파트는 거의 백여 간百餘間이나 떨어져 있었고 또 저물어 가는 저녁때이라 그 여인女人의 얼굴 모습은 알아볼 수가 없었다. 나는 조금 서먹서먹하기는 하나 창窓을 열고 손을 내밀어 그에게 흔들어 보였더니 그는 갑자기 바쁜 일이 생긴 듯이 다시 한 번 손을 흔들어 보이고 창窓에서 사라졌다. 나는 어찌된 셈인지 가슴이 쓸쓸하여 졌으므로 창문에다 커텐을 내려버렸다. 그 사이에 전등이 켜지며 복도에 조심스런 발자취 소리가 들려오며 가끔 머물러서는 기척을 느꼈으나,
　'이웃 방 사람이겠지.'
하고 테이블 앞 의자에 걸터앉아 원고지原稿紙를 펼쳐보았다. 조금 있더니 발자취 소리는 내 방 앞에 와 흐트러지며 얌전스런 노크 소리가 났다.

나는 무심無心코 들어오라고 대답하였더니,
 "들어가도 좋을까요……."
하는 아름다운 소프라노의 음성이 대답하였다. 나는 노크한 사람의 주저하는 태도에 잠깐 생각한 후 일어서 도어를 열었다.
 "아—."
 나는 도어를 열자 그 곳에 서 있는 사람이 내가 꿈에도 얘기해 본 적이 없는 눈이 부시게 반짝이는 금ㅇ金ㄱ을 가진 양녀洋女임에 질겁을 하듯 놀랐던 것이었다.
 "들어오세요."
라고 이야기한 후 그를 방안으로 들였더니 나는 또 한 번 놀랐다. 그 이유는 그가 일본인日本人이나 조금도 다름없을 만큼 말이 유창한 것이다.
 "나는 저편으로 옮겨온 지 일주일이나 됐어요. 아침마다 당신이 창窓을 여는 것을 보았어요. 그때마다 손을 흔들어도 당신은 못 본 척 하셨어요."
 양관창洋舘窓에서 내다본 여인女人이 즉 자기라고 하였다.
 "아! 그랬어요? 나는 오늘 처음 당신을 발견했는데요."
 나는 그와 어느 사이인지 십년지기十年知己같이 정답게 이야기를 나누고 있었다.
 "저 눈을 맞으며 우리 산보散步합시다."
 우리는 거리로 나섰다. 가까운 일비곡공원日比谷公園으로 향向했다. 공원公園 앞까지 가서는 둘이 함께 발을 멈추었다.
 "무서워라……."
 그는 갑자기 나에게 바짝 다가서며 인적기人跡氣 없는 공원公園 안을 기웃거렸다. 나는 여기까지 눈을 맞그 걸어오는 동안 흠뻑 감상感傷에 잠겨 있던 터이라 그의 어깨를 껴안았다. 그리고 눈물을 감추며 대달픈 설희雪姬의 이야기를 들려주기로 했다.
 "설희雪姬! 그는 나이가 나보다 한 위였으나 몸집이 나보다 무척 작아서

수필 399

나를 언니라고 불렀어요. 그의 사랑하는 이는 모사건某事件으로 사형死刑을 당하고 홀어머니와 가엾이 살았는데 나는 그의 유일唯一의 동무였습니다. 그는 항상 검은 루바시카를 입고 내 가슴에 기대어

'언니! 나는 춘희椿姬를 사랑한답니다. 나도 춘희椿姬처럼 되렵니다. 아니 나는 춘희椿姬보다 설희雪姬가 되렵니다. 함박눈이 펄펄 소리 없이 땅 위에 쌓일 때 나도 소리 없이 가렵니다.'

그 후부터 그는 스스로 설희雪姬라고 이름을 고쳤습니다. 그 역시 춘희椿姬처럼 가슴을 앓고 있었던 것입니다. 그 설희雪姬가 재작년에 정말 눈 내리는 밤 소리 없이 머언 암흑暗黑의 나라로 사라져 갔답니다."

내 이야기가 끝나자 이 이국異國 여인女人은 바로 가슴을 헤치고 흰 단추가 목까지 달린 새까만 블라우스를 나에게 보이며

"언니!"

하며 감격에 떨리는 듯 나를 불렀다. 나는

"오!"

하는 감탄과 함께 그의 블라우스의 스타일이 그 전날 설희雪姬가 즐겨 입던 루바시카와 비슷함에 놀라며 행여나 설부의 영혼이 나타남이 아닌가 하여 등어리에 찬 땀이 쭉 흘러내렸다.

"과연! 나는 내 영감靈感이 들어 맞았어요. 당신은 반드시 나에게도 유일唯一한 동무가 될 것 같아요. 오늘밤, 흰 눈이 내리는 가운데서 백白이란 성姓을 가진 당신을 친하게 되고, 설희雪姬의 이야기를 들었으며, 그 설희雪姬 또한 나와 운명運命이 같은 사람임을 알게 되었습니다. 기이奇異한 일입니다. 나는 당신보다 나이가 많은지는 모르겠습니다마는 당신을 언니라고 부르겠어요. 당신은 나를 설희雪姬라고 불러주세요. 정말 정말 나는 설희雪姬라고 이름을 고치겠어요."

하며 그는 무슨 설움이 가득 차 오른 듯 내 어깨 위에 이마를 부비어 대었다. 나는 온몸에 소름이 끼친 채 묵묵히 서 있으며 그 여인女人이 설희

雪姬 같게만 생각되어졌다. 그리하여 얼른 이 생각生覺을 물리치려고 안전지대安全地帶 위로 옮겨 섰다. 그러나 그는 무엇에 취한 듯 내 곁에로 자꾸 다가서며,

"미스 과일! 아니 언니! 우리가 이렇게 서 있는 동안 눈이 자꾸 내려서 우리가 눈 가운데 포옥 파묻혀 버렸으면……."

하고 그는 커다란 눈을 반짝였다. 우리는 함께 웃으며 옷 위에 쌓인 눈을 서로 바라보는 사이에 가로등街路燈에 펄펄 날리는 눈발이 마치 우리를 눈 속에 파묻으려는 듯 싶었다. 이윽고 함께 걷기 시작하였을 때 나의 가슴은 이극정서異國情緒로 가득해지며 남의 나라를 방랑放浪하는 듯 노스텔지어의 마음은 자못 설레였다.

청도기행

나는 방랑아放浪兒

　나는 어릴 때 북극北極의 오로라의 빛을 동경憧憬하여 외롭고 끝없는 방랑자放浪者가 되어보고 싶어했었다. 낯설은 이국異國의 거리를 외로이 걸어가며 언어言語조차 한 마디 붙여 볼 수 없이 가다가 피로하면 희미한 가등街燈 아래서 잘 곳을 찾아 방황하고, 발끝 향向하는 대로 어디든지 흐르고 또 흘러가리라고 늘 꿈꾸었던 것이다. 방랑자放浪者! 방랑자放浪者! 이 얼마나 나에게 매혹적魅惑的 어구語句이었던가. 따뜻한 어머니 곁에 누워 방랑자放浪者의 가지가지의 애상哀傷을 마음속으로 그려보며 가만히 눈물 짓기도 한두 번이 아니었다. 그때 나는 스스로 이러한 감상感傷을 함으로써 남보다 다른, 아니 평범平凡한 소녀少女가 아니다 라고 자부自負도 하였으며 그 얼마나 아름다운 시적詩的 감상感傷인가 하고 생각하였었다. 그러나 지금은 값싼 유행가流行歌로 이러한 종류種類의 감상感傷은 저락低落되어 버렸으나 나는 때때로 그때의 나의 센치를 더듬어 보며 못내 사랑한다. 이미 내 나이 반육십半六十이 되었어도 이십 년 전二十年前 그때의 감상感傷에 젖기가 일쑤이니 웃는 자者는 우스워 하리라. 그러나 근간近間에 이르러서는 너무나 병약病弱하여지고 억센 현실現實 속에 파 묻혀 있었고,

또 안타까운 여인女人의 몸인 줄 알게 되어 감상感傷은 감상感傷으로 슬픔은 슬픔으로 저 혼자 가만히 앉은 자리에서 정리整理해 버릴 줄을 알게 되어 적으나마 세상만사世上萬事, 천사만思千思萬○을 모조리 불교적佛敎的으로 귀결歸結을 짓기가 일쑤기도 하여졌다. 나의 이러한 심경心境의 변화變化를 세상世上은 흔히 있는 패배자敗北者의 자위自慰라고 들릴지 모르나 나 자신自身은 그러한 것이 아니다. 오척여촌五尺餘寸의 적은 몸뚱이 하나 속에다 이 세상世上을 모조리 정리整理하여 축종畜種하려는, 그리고 나 스스로를 '소小'에 붙잡히지 않는 인간人間을 만들려는 그러한 체념諦念에서이다. 이번에 뜻하지 않은 먼 여행旅行을 하게 된 것도 내가 어릴 때의 감상感傷을 버리지 못하여 쥐어짜 만든 찬스가 아님이 기뻤던 것이다. 왜냐하면 이 여로旅路에 오른 후 이윽고, 가다가 문득 옛 꿈이 실현實現되었구나…… 하는 느낌에 너무나 기쁘고 반가운 듯 하여 거리낌없이 어디든 그대로 휙 들어가 버려 마음껏 감상感傷하리라고 생각하였던 것이다. 위병胃病으로 입원入院하였다가 퇴원退院한 지 사흘만에 뜻하지 않은 먼 길을 갑자기 떠나게 되고, 또 가는 길이 하고 많은 곳을 다 버려두고 구태여 총탄銃彈에 해구리 지고 창검槍劍에 짓밟힌 패잔敗殘의 중국中國땅임이 얼마나 나를 기쁘게 하였는지 모른다. 참으로 형언形言할 수 없는 기쁨이었다. 기쁨은 누구나 흔히 상상想像하는 그런 이유理由의 기쁨이 아닌 것은 이 여기서 말하고 싶지 않다.

황해낭만黃海浪漫

집을 떠나기는 작년 구월 이십삼 일昨年九月二十三日이었다. 가벼운 트렁크 한 개에 가득 위병약胃病藥과 몇 가지 의복衣服을 채워들고 기차汽車에 올라 우리 집 뒤를 달려 지날 때, 언니는 과수원果樹園에 무르익은 새빨간 임금林檎나무 사이에서 머리에 썼던 수건을 벗어 높이 높이 흔들어 주었다. 대구大邱에서 잠깐 내려 투어리스트 뷰로에 문의問議하니 기선汽船이 인천仁川을 떠나기는 이십오 일 오전 팔시二十五日午前八時라고 하므로 나는 서울서 하루 쉴 셈 치고 즉시 승차乘車하여 상경上京하여 다시 기선회사汽船會社에 물어보니 이십오 일 오후 일 시二十五日午後一時라 하였다. 우선 선표船票를 예약豫約하고 일야一夜를 쉰 후 인천仁川으로 향向하였다. 인천仁川 가서 다시 알아보니 오후 삼 시午後三時라야 출범出帆하겠다고 하므로 시내市內로 한 바퀴 돌아서 다시 기선회사汽船會社로 가니 오후 육 시午後六時라야 출범出帆하겠다고 하므로 우선 저녁참으로 간단한 식사食事를 치른 후 승선乘船하였으나 육 시六時가 지난 지 오래이므로 다시 또 선원船員에게 물어보니 팔 시八時라야…… 라는 대답對答이었고, 팔 시八時가 지나니 또 십일 시十一時라야…… 라는 대답對答이었으므로 기가 막혀 캐비넷으로 들어와 누웠다. 텅 빈 선실船室 안에 홀로 누웠으니 잠이 올 리 없고, 또 내가 그대로 잠이 들다가는 그대로 인천항仁川港에서 한번 출범出帆도 못해 보고 마칠 것만 같은 불안不安에 다시 갑판甲板으로 나서니 고요한 물결에 흐르는 전등電燈빛이 가슴을 어이는 듯하여 두 눈을 꼭 감으며 다시 선실船室로 돌아왔다. ○의 ○衣로 갈아입고 드러 누으니 가슴이 저린 듯 아파 입술을 두어 번 물어뜯고 가만히 누웠다. 불행히 지식止息되어 있는 위병胃病이 다시 시작始作되면 아무래도 황해黃海 바다 넓은 물결 위에서 내 영혼靈魂을 잃어버릴 것만 같아 얼른 두 가지 약藥을 먹고

"자자! 자자!"

어린 애기 쓰다듬는 듯 내 마음을 달래서 생각을 돌리려 했다. 무척도 지루하던 시간時間은 그래도 제 갈 길을 또박또박 흘러가 깊은 밤 새벽 한 시가 되었다. 그때야 비로소 동라銅鑼 울리며 닻 감는 소리가 들리고 배가 움직이기 시작하였다. 정情들은 내 땅, 너무나 정情든 내 땅! 이 땅을 홀로 떠나는 이 깊은 밤중 나는 목석木石인 양 눈을 감고 자는 척 무감각無感覺하려 애썼었다. 바다의 하룻밤은 밝아, 세수洗手를 하니 아침 식사食

事를 알린다. '살롱'으로 나가보니 선장外船長外 사오인四五人의 식탁食卓이 준비準備되어 있었다. 단 하나 여인객女人客으로서 무척 아낌을 받으며 식사食事를 하는 사이에 둘러 앉은 이들의 얼굴과 말소리가 퍽이나 평화平和롭고 부드러움이 또한 나를 기쁘게 하였다. 이들은 모두, 밤과 낮을, 그리고 더움과 츠움을 가리지 않고 세상世上을 떠나 광활廣活한 창랑滄浪 위에서 다만 한 척의 배에 운명을 생명生命을 맞기고 있는 터라 이 사이에 서로 뜯고 싸우고 할 그 무슨 이유가 있으리요. 식사 후食事後 오래도록 선장船長과 잡담을 교환한 후 갑판甲板으로 나오니 삼등객三等客들이 재미있게 놀고 있었다.

인육人肉의 장으로 가는 사람들

그 사이에 수십인數十人의 우리 딸들이 과장誇張된 화장化粧과 야릇한 양장洋裝으로 ○스런 ○을 주고 받으며 희희낙낙喜喜樂樂 하는 것이 내 눈을 끌었다. 나는 이들을 물끄러미 바라보고 섰는 동안에 현기眩氣가 나므로 선실船室로 돌아와 잠깐 진정한 후 다시 갑판甲板으로 나서니 갑판甲板 한 편 으슥한 곳에 그개를 숙이고 두 소녀少女가 울 듯이 서 있었다. 이 두 소녀少女도 다 함께 팔려 가는 치임은 그 야릇한 양장洋裝이 증명해 주었다. 나는 가슴이 선뜻하여 그들의 어깨에 손을 얹으며 위로慰勞할 말이 없어 이름이 무엇이냐고 물어보았더니

"나는 하루꼬! 이 애는 미도리!"
라고 대답하는 두 소녀少女의 눈은 아직 티끌이 없는 광채를 가지고 있었다. 더 묻지 않아도 그들의 가슴 속을 내다 알 수 있는 듯 하여 잠잠히 서 있으려니 두 소녀少女는 깔으리질 듯한 침묵으로 그리고 은근스런 표정으로 애원哀願하듯 호소呼訴하듯 나를 바라보고 있었다. 그들의 눈에는 일등객一等客인 내가 무척 부자富者로 보였음인지 금방 그 맘속을 서리서리

수필 405

풀어 내어 돈원敦援을 바라는 듯 하였으나 이 가엾은 두 딸을 위하여 내 일시감상一時感傷에 눈물이나 흘렸지 그 외外에 무슨 따뜻한 ○ 가 있으리요. 지군천지支君天地의 억세고 꺼칠은 성욕性慾의 대상對像으로 장차 이 아름다운 두 딸의 육체肉體는 허물어지고 말 것임을 미리 알고 전율戰慄 짓는 기막히는 이 사실事實! 나는 감연敢然히 고개를 돌려 이 딸들을 낳아준 땅, 길러준 땅, 그 땅이 있는 동東편 하늘 아래를 쏘아보았다. 그러나 다만 눈에 보이는 것은 막막漠漠한 수평선水平線이 구름 하늘을 잠그고 선미船尾를 따라 솟았다 잠겼다 할 뿐이요, 이대로 보아도 조그만 섬 하나 없으니 묘묘渺渺한 창랑滄浪뿐이다. 어느 곳에다 이 딸들의 설움을 호소呼訴하리……

청도만두靑島灣頭 마음은 흐리다

또 하룻밤은 새어갔다. 애틋한 가지각색의 운명運命을 실은 이 배는 지금 멀리 청도만靑島灣을 바라고 시속 십리時速十里로 달리고 있다. 서로 평온平穩한 항로航路이었음을 축복祝福하며 마지막 점심點心을 먹으며 내 인생人生의 항로航路는 거칠고 사나웠으나 지금 내가 가는 이 항로航路의 평온平穩하였음이 기적奇蹟같이 느껴졌다. 트렁크를 수습하여 갑판甲板에 나서니 우편右便으로 깎아 세운 듯한 ○산○山의 준봉峻峯을 끼고 좌편左便으로 대소大小의 아름다운 섬들을 돌아 청도만靑島灣으로 들어갔다.

"아! 아름답다."

일제히 감탄感歎하며 바라보았다. 풀은 수림樹林 속에 붉은 기와 한 벽壁에 즐비한 양옥洋屋들이 궁형弓形으로 둘러앉은 청도靑島! 새파랗게 잔잔한 청도만靑島灣의 아름다움! 한번 안산岸山을 바라보니 수백數百의 고력苦力들이 늘어서 있는 것이 눈에 띄었다. 그들의 얼굴과 몸뚱이는 동시同時에 생기生氣란 것을 모조리 잡아 빼 버린 듯 하였다. 야위고 생기生氣 없고 더러워 보이는 고력苦力들을 맞아 자욱이 널어두었던 빨래를 몰아 걷듯이 좌르륵 한 아름씩 사몰아다 차곡차곡 싸 보고 싶은 충동을 느꼈다. 저렇듯 반송장 같은 동물動物로라도 인간수효人間數爻를 채워야 되는가…….인간수효人間數爻가 많으면 좋을 것이 무엇이랴, 조물주造物主의 O작 O作인 저러한 인간人間의 제조製造는 그만 두는 것이 어디로 보든지 상책上策일 성 싶다. 나 일개 인간一個人間으로서 조물주造物主에게 항의抗議하고 싶었다. 극도極度의 무력無力하고 극도極度로 비굴卑屈하고, 사람다운 생기生氣라곤 티끌만치도 없는 저 많은 고력苦力들을 지나支那의 넓은 땅 어느 구석진 곳으로 일속一束 식 여어가지고 착착 쌓고서 말갛게 채워버리고 싶었다. 일보一步 청도靑島땅을 밟고서 세관稅關으로 들어가니 지나인 관리支那人官吏가 짐을 조사하였다. 나는 트렁크를 일 지나인 관리一支那人官吏 앞에 내밀고 서 있었다. 그는 미남美男이라기보다 호남자好男子 타입으로 장대丈大한 사나이였다. 나는 얼마만치 겸손한 태도로 내 짐을 조사해 달라고 하였다. 그러나 그는 먼저 가져다 놓은 지나인支那人들의 짐을 샅샅이 조사하느라고 좀처럼 내 차례에 돌아오지 않았다. 나는 조금 강强한 태도로 고치며

　　"니야! 워디 쾌쾌!*"

하고 내 트렁크를 가리키며 내 짐부터 조사해 주지 않으면 그대로 들고 나갈듯한 기세를 보이니 그는 나를 힐끔 바라보더니 트렁크를 열어 재쳤다. 그리고 분홍색 백목을 든 손으로 의복衣服을 뒤적거리려 했다.

　　"부요!"**

　　나는 되던 안 되던 아무렇게나 그래도 무게 있게 한마디를 부르짖고 그의 손을 떨쳤다. 말하자면, 내 의복류衣服類가 그의 손으로 더렵혀지니 그만 보고 치우라는 뜻이었다. 그는 무엇이라 고개를 끄덕거리며 트렁크

---

* '너! 빨리빨리!' 라는 뜻.
** '필요없다!' 는 뜻.

위에다 싸인을 해 주었다. 그 순간 나는 구역이 날 만치 불쾌하였다. 사나이답게 생긴 그의 얼굴이 멍텅구리같이 보여졌다.

현란絢爛·려사旅舍의 밤

　세관稅關을 나와 인력차人力車를 잡아 타고, 시내市內로 들어왔다. 아스팔트의 도로道路며 눈에 보이는 한限 모두 깎아 세운 양옥洋屋뿐이요 어디 하나 조선朝鮮이나 내지內地에서 보는 나직나직한 집이라고는 약藥에 쓰려고 해도 찾아볼 수 없었다. 그 옛날 동경東京 '마루노우찌'를 걸어보며 꼭 외국外國과 같다고 (본적이 없긴 없었지마는……) 생각도 했고 듣기도 하였던 것이 지금 생각나며 정말 외국外國이로구나…… 하는 느낌이었다. 다만 내가 상상想像하던 중국中國의 정서情緖라고는 찾아볼 수 없는 것이 섭섭하였다. 가도 가도 끝이 없이 인력차人力車는 내달리고 있었다. 문득 헐떡이며 땀을 흘리며 나를 끌고 가는 차부車夫의 모양을 바라보니 겨우 지나支那 땅임을 말하는 듯하여 홀연 긴 한숨을 내뿜으며 고개를 드니 노독안약老篤眼藥이라고 크게 붙인 광고廣告가 눈에 띄었다.
　"노독안약老篤眼藥! 로――도안약眼藥이란 거로구나."
하고 스스로 고개를 끄덕여 보았다. 삼십 분 이상三十分以上을 가도 가도 깨끗하고 아름다운 거리를 달린 후 겨우 내가 찾던 집이 수림중樹林中에 솟아 있는 것을 발견發見하고, 조선朝鮮서 백만장자百萬長者도 저만한 집에 살지 않는 것을 생각해 보며 집 안으로 들어갔다. 그 날 밤 삼층동남향三層東南向의 일실一室이 내 방으로 정定해지자 식당食堂에서 화식和式 저녁을 먹고 내 방으로 올라갔다. 혼자 자기 아까운 넓고 푹신한 침대에 먼저 뒹굴어 본 후 그냥 잠들기 아까워 창문을 여니 베란다가 보였다. 나는 곧 도어를 열고 베란다에 나섰다. 희미한 전광電光에 비치는 베란다 난우欄于에는 각색화초분各色花草盆이 놓여 있어 그 사이를 이윽히 왕래往來하며 사방四方을 둘러보았다. 이곳 청도靑島는 평탄平坦한 도회都會가 아니고 고저高低가 심甚하여 무수無數한 기복起伏으로 형성形成되어 밤의 경치景致가 버릴 수 없었다. 낮에 보아도 수림樹林 속에 혹은 연분홍 혹은 하이얀 벽壁에 붉은 기와 자색紫色 기둥이 사ㅇ社ㅇ이었지마는 밤에 보는 청도靑島는 혹은 반공중半空中에, 혹或은 저 깊은 곡간谷間에 시선視線이 닿는 곳까지 수우만數于萬의 창窓들이 깜박이고 있으며 집 앞 길 위에는 조용히 이야기하며 쌍거쌍래雙去雙來하는 양인군洋人群이며 또 한편은 잔잔한 바닷물이 보여 도시都市라기보다, 항구港口라기보다, 별장지別莊地 같은 느낌이었다. 내가 있는 집의 바로 옆집이요, 지금 내 눈앞에 보이는 아름다운 집은 불국국기佛國國旗가 달려 있고 창窓으로는 희고 고운 레이스 커튼이 각층各層 방마다 밝은 전등電燈에 비쳐 있고 현관 앞과 베란다의 대리석 원주大理石圓柱가 무척도 그 집을 호화스럽게 보이게 하였다. 나는 발 앞에 끌리는 치맛자락을 걷어쥐며 어느 집, 어느 창에서 흘러나오는지 피아노 소리와 조용한 삼부합창三部合唱이 들려 가만히 귀를 기울이고 서 있었다. 조선朝鮮서는 아무데서나 들을 수 없을 멜로디이다. 홀연 우리 땅을 멀리멀리 떠나왔음이 새삼스레 알려지며 눈을 들어 동편을 멀리 바라보니 주먹만큼한 흙담집과 까무락 거리는 호롱불 아래 이야기책 읽고, 바느질하는 모양이 꿈 속같이 어두운 하늘 저쪽 밑에 보이는 듯 하였다.

'오쳰크라씨바야' 치마저고리

그 이튿날 아침식사가 끝나자 곧 나로서는 과過한 피로疲勞임에 위통胃痛과 현기증眩氣症이 날까봐 두려워하면서도 집을 나섰다. 홀몸으로 인력차人力車를 잡아 타고 제일 번화繁華한 산동로山東路를 찾아갔다. 양녀洋女의 고운 자태姿態를 나는 혼魂을 잃고 바라볼 뿐 두 눈이 혼돈하였다. 양녀洋女는 물론勿論이요, 지나 여인支那女人까지 머리를 파마먼트 웨이브 하지 않은 사람이 없고 의복衣服의 찬란함과 체격體格의 훌륭함이며 지나 여인支那女人의 곡선미曲線美를 그대로 나타내는 의복미衣服美 하며 모두 시골뜨기 나에게는 구경거리였었다. 나는 인력차人力車를 내려 걷기 시작始作하였다. 길가 쇼윈도에 비치는 내 모양이 내 스스로 부끄러운 듯 하여 화장化粧하지 않았던 것이 후회後悔났다. 나의 이런 마음은 처노심處勞心에서가 아니다. 내 옷이 세계世界에 자랑하는 우리 조선朝鮮옷이었던 까닭에 중복中服, 양복洋服에 손색 없음을 자랑하려는 심리心理였으니 아무리 좋은 옷이라도 얼굴 모양이 더러우면 그 옷 모양까지 무시 받을 염려念慮가 있었던 까닭이다. 오고 가는 사람이 나를 바라보지 않는 이 없었다. 이윽고 걸어가는 중 한 떼의 양녀군洋女群이 나와 스쳐 지나게 되자 그들은 발을 멈추며 돌아서 나를 보는 모양이었다. 그리고 내 귀에 이미 조금 아는 노어露語로
"크라시— 워—"*
라는 단어가 날려들었다. 나는 불쾌하지 않았다. 우리 옷을 좋지 못하다는 이보다, 비록 그따위 백계노인系露人에게서라도 아름답다는 말을 듣는 편이 좋지 않을 수 없었다.

길가의 육림肉林과 네 사람의 지나 남자支那男子

길가에는 김이 무럭무럭 나는 솥과 누렇게 기름에 띄운 아부라아게(유계油揭)라는 것 비슷한 것을 놓고 팔고 있는데 그 주위周圍에는 고력苦力들이 둘러앉아 사발에다 미음 같은 것을 한 사발씩 들고 마시고 있다. 더럽기 짝이 없는 손으로 그 아부라아게 같은 것을 지끗지끗 뜯어서 대접에 주어 담은 후 솥뚜껑을 열고 미음 같은 것을 떠 부어서는 얼마씩에 파는

---

* 아름답다.

것이었다. 나는 위胃가 늘 아픈 터이라 미음이나 죽 같은 것을 즐기는 까닭에 그것이 깨끗한 것이면 그것만 사 먹었으면…… 하는 생각이 들었다. 방향 없는 내 발끝은 되는대로 길 난데로만 자꾸 이편으로 저편으로 걸어가다가 한 소로小路로 들어갔다. 그곳은 좁은 길 좌우에 고기의 집적集積이라고 해야 옳을지 어디로 보아도 먹음직하게 구운 것, 삶은 것 각색 육류肉類가 쌓여 있어 실實로 내 위병胃病이 원망스러웠다. 대체 이 많은 고기를 누가 다 먹는가, 하는 의심이 나지 않을 수 없었다. 나는 참을 수 없어 용기勇氣를 내어 한가로 들어가서 그 중에도 갓 구워서 내놓는 우육牛肉을 조금 사겠다고 하니 그들은 이층二層을 가리켰다. 쳐다보니, 기름과 때와 연기에 절어 있는 그야말로 숨이 막힐 듯한 이층 二層이었다. 나는 호기심好奇心이랄까, 획기심獲奇心이랄까 좌우간 서슴지 않고 층층대를 올라가 한 테이블에 앉았다. 테이블과 의자, 벽과 기둥, 어느 곳에도 손을 대이면 느꼇 느끼 들어붙을 것 같아 뾰족하게 걸어 앉아 있으려니까 네 사람의 인상印象이 아주 험악한 지나인支那人이 들어와 나를 아주 재미적은 시선視線으로 바라다 보며 곁에 테이블에 가 둘러앉았다.

"어렵쇼, 내가 돈 가진 줄 알고 달려 들어온 거로구나. 지나인支那人은 먼저 죽여 놓고 난 후에 도적질을 한다는데……."

하는 생각에 몸이 오싹하여졌다. 아무리 소리쳐도 길가에 들릴 리理도 없을 것 같고, 또 그 근처近處에는 단 한 사람도 외국인外國人은 지나가는 것을 못 보았던 것이 홀연 생각나며 나는 침착을 잃을 지경이었다. 손에 쥐인 지갑에 든 돈은, 다 빼앗기면 그것도 아까울 일이었다. 손이 비일 백원지화百圓紙貨가 몇 장 들었으니 나에게는 큰 돈이었다. 그러나 벌떡 일어서 나올 기력氣力도 없고 하여 좌우左右간 당當하는대로 당當해 보자고, 한번 턱 버티고 있는 수밖에 없었다. 이윽고 가져온 고기와 만두를 먹을 정도 없는 것을 간신히 조금씩 맛을 본 후 회계를 하라고 명했다. 보이가 오더니 젓가락으로 만두를 세어 보고 내 얼굴을 바라본 후

수필 411

"이모우―."

라고 한다. 그들은 내가 먹은 것만 값을 치는 것이요, 먹지 않은 것은 값을 받지 않는 모양이었다. 얼른 일금 십오 전金拾五錢을 내던지고 바삐 층층대를 뛰어 내려 그 소로小路를 벗어났다. 등에서는 찬 땀이 나는 것 같았다. 대로大路에 나선 후 휘― 한숨을 쉬고 지금 나온 그 골목쟁이를 돌아보았다. 컴컴하게 기름 연기 속에 복닥거리는 지나인支那人, 길 좌우左右의 그 많은 고기들이 보였다. 고력苦力들이 그같이 굶주리고 조식粗食을 하면서도 그 고기를 훔쳐가지 않는 것이 기특하다고 생각이 들며 경우 바른 우리들은 먹던 안 먹던 한번 청했던 음식飮食은 꼭꼭 제 값을 다 받는데 그처럼 엉큼한 지나인支那人이 꼭 먹은 음식飮食만을 값지는 상법商法이 기이奇異한 느낌이었다. 이것은 상인商人이 그런 법法을 만들어 낸 것이리라고 어디까지든지 나는 지나인支那人을 오해誤解한다.

십오 분 사진十五分寫眞·독일소년獨逸少年

그 길로 인력차人力車를 타고 해변海邊으로 나가 십오 분간 사진十五分間寫眞이란 것을 박았다. 풍경風景 좋은 곳에는 사진사寫眞師가 얼마든지 있어 ○시 ○時로 응應하는 것으로 밀감상자蜜柑箱子 이 배二倍나 됨직한 상자箱子에 길다란 삼각三角이 달린 것과, 조그마한 소학생小學生 손가방 같은 것 일개一個, 물주전자 일개一個 이것이 즉 십오 분간 사진사卽十五分間寫眞師, 아니 가두 사진사街頭寫眞師가 가진바 전부全部이다. 좌우간左右間 사진寫眞을 찍은지 십수분 후十數分後에는 내 손에 지금 박은 사진寫眞을 쥐어 주며 소중판 사매 오십 전小中板四枚五十錢이 정가定價이니 그들의 그야 바위 같은 기술技術에 나는 웃음을 참을 수 없었다. 사진寫眞을 받아 쥐고 심甚하여진 위병胃病 까닭에 집으로 돌아와 진정鎭定하려 했으나, 아까 먹었던 고기와 만두냄새가 사라지지 않아 무려無慮 감○감○ 시간고통時間苦痛을 하였다. 창窓을 열고 아픔을 참으며 조용히 누워 길을 내려다 보노라니 새빨간 자켓을 입은 양녀洋女가 자전차自轉車를 타고 비호飛虎같이 내닫고 있으며 자전차自轉車 앞에 소형小形의 독일기獨逸旗를 달아 재미있는 소리를 내며 달리는 김○소년金○少年도 있었다. 건너편 테니스 코트 앞에는 어여쁜 양녀洋女들이 자가용 자동차自家用自動車를 운전運轉하여다가 주릇이 늘여놓고 희희낙낙喜喜樂樂하니 테니스를 하고 있다. 인간세상人間世上에 좋은 것이란 모조리 외국인外國人들만이 다 하고 있구나! 하고 나는 장탄식長歎息을 불c不o 하였다.

밤비 다한多恨

밤이 되어 무료함을 참을 수 없어 거리에 나서니 흐린 하늘엔 조각달이 비꼈는데 해안도로海岸道路를 걸어가니 발 아래 흰 물결이 깨어지며 해상海上에 찬란한 불은 섬인가 하였더니 각국기선各國汽船이었다. 너무나 감상感傷에 흘러감을 걷잡으려 인력차人力車를 타고 영○영o으로 갔었다. 로메—르, 테일러—를 구경한 후 나오니 기어이 짙었던 하늘도 울음을 터트리고 말았음인지 비가 쫙쫙 내렸다. 인력차人力車를 타려 하니 차부車夫들은 청기晴氣 때의 그 굽실거리던 태도는 탈(가면假面)을 벗어 던진 듯 아주 버티었다. 그 꼴이 괘씸하다느니 보다 나는 지나인支那人의 일면一面을 비로소 보는 듯한 느낌에 입을 담은 채 짧은 고소苦笑를 지은 후 말없이 한 차車에 올라앉았다. 이윽고 달리다가 생각하니 와락 무서운 정이 들어 호로를 거들치고 내다보니 거리는 자는 듯 어두워졌고 차車를 누가 뒤에서 밀며 자라오는 기척이 있으므로 비를 노맞으며 내다보니 조그마한 소년少年이 차車를 밀며 따라오고 있었다. 나는 다시 앞을 바라보니 끄는 차부車夫 역시 연약한 이십 전후二十前後의 조그마한 소년少年이었음에 잠깐 놀라 뿌려대는 비를 관계치 않고 호로 한 자락을 걷은 후 그들에게 말을 건넸다. 이따금 끄는 소년少年은 기침을 심히 하며 찬 비가 새어드는 목덜미를 움츠리곤 하면서도 그래도 쉬지 않고 내달렸다. 정문 앞에 내려 차부車夫에게 삯값을 후하게 준 후 뒤를 밀던 소년少年에게도 백동전白銅錢 몇 개를 쥐어주고 나는 그 얼굴을 들여다 보았다. 겨우 열두셋 밖에 되지 않은 이 소년少年의 비에 젖은 웃는 얼굴이 희미한 전등電燈에 비쳐 미목眉目이 청수淸秀함에 가슴이 아파 그의 머리를 쓰다듬어 준 후 방으로 들어오니 나갈 때 그대로 열어둔 채였던 창에서 뿌려든 비가 창窓 앞 테이블을 흠뻑 적시고 있었다. 나는 피로를 겨우 참으며 팔짱을 끼고 한편 창窓에 가 기대 섰다. 바로 눈 아래 있는 ××부대部隊의 군마軍馬의 코를 울리는 소리가 처참하고, 문전門前에 총검銃劍으로 보초步哨를 서고 있는 병사兵士의 그림자가 전광電光에 비쳤다. 나는 문득 이십 년 전二十年前에 애상哀傷하던 꿈들이 생각나며 가슴이 찡— 하여져 움직일 줄을 잊고 가끔 번쩍번쩍하는 보초병步哨兵의 총검銃劍에 혼을 빼앗기고 있었다. 거리 어귀마다 지키고 서 있는 황군 병사皇軍兵士며, 중요 건물重要建物 앞에 쌓아 놓은 토양土襄이 내지內地보다 다른 전시적 기분戰時的氣分을 말하고 있는 듯 할 뿐이지 그 외外는 어디든지 평화平和한 청도靑島이다. 무서운 전화戰火가 스쳐 지난 곳 같은 느낌은 찾아 볼 수 없게 완전完全히 일본日本이다. 순사 파출소巡査派出所가 곳곳이 있으나 모두 지나인支那人으로서 입구入口에 '문사처問事處'라는 목찰木札이 붙어 있다. 사가로四街路에 서 있는 교통순사交通巡査 역시 깐층하게 차린 지나인 순사支那人巡査이다.

추석날과 청도포대靑島砲臺

○역 팔 월 십 오일○歷八月十五日! 추석秋夕이다. 거리마다 곱게 단장한 남녀노유男女老幼의 지나인支那人들이 삼삼오오三三五五로 쌍두마차雙頭馬車에 빗겨 타고 왕래往來가 자뭇 많았다. 나 역시 집을 나서 인력차人力車에

편안히 재껴 앉아 청도명승靑島名勝을 샅샅이 뒤져보려 하였다. 극채색極彩色의 미려美麗한 해군잔교海軍棧橋를 배경背景으로 군인軍人들 틈에 끼여 십오 분간 사진十五分間寫眞을 박은 후 그 길로 우수右手에 바다를 끼고 이윽고 달리다가 해빈공원海濱公園의 청수淸秀한 풍경風景을 두루 구경하였다. 그 곳에서 멀지 않은 수족관水族館의 굉장宏壯한 건물建物을 지나는 동안 가로街路의 아름다움에 정신精神이 까무러질 지경이었다. 층층層層이 깎아지른 양옥洋屋의 멋진 배○配○며 우거진 아카시아 나무의 사이사이로 흘러나오는 가로街路의 고저高低가 기막히게도 아름다웠다. 나는 혼魂을 잃고 차부車夫의 끌고 가는대로 몸을 맡기고 있는 사이에 제일공원第一公園의 기묘奇妙한 화초수목花草樹木을 살펴본 후 일로一路로 포대砲臺를 향向하였다. 눈 아래 내려다 보이는 잔잔한 허변海邊! 부드러운 모래는 어디까지 이어져 있고, 각색형各色型으로 만들어 세운 흰 판자의 집들이 얼마든지 들어서 있다. 바깥 벽에는 각국문자各國文字로 만화영화漫畫映畫에 나오는 집 모양으로 익살맞게 씌워져 있다. 해수욕 시절海水浴時節에 이 곳의 놀음이 그 얼마나 유쾌할까를 보지 않아도 알 수 있는 듯 하였다. 포대砲臺에 올라 사방四方을 둘러보면 눈 아래 장엄莊嚴한 파도波濤가 노○怒○하고 기암층○奇巖層○의 굴곡屈曲 사이로 물결은 부딪혀 백화白花로 깨어지며 그칠 줄을 모르니 조선朝鮮의 해금강海金剛에 비比해 본들 죄罪 되지는 않을 것이다. 포대砲臺는 청도만靑島灣을 지키고 선 한 개의 산山이지마는 그 내부內部는 전부全部가 철근鐵筋 콘크리트와 강철鋼鐵로 되어 있어 어떠한 ○격○擊에도 꼼짝하지 않고 수우병사數于兵士가 몇 날이든 들어앉아 응전應戰해 나갈 스 있게 되어 있다. 그뿐 아니라, 그 산山 속에서 일생一生을 살아도 무자유無自由함이 없으리만치 완전完全한 설계設計로서 생활生活에 필요必要할 제반시설諸般施設이 만단萬端으로 구비具備되어 있다. 곳곳에 있는 조그마한 어느 철문鐵門을 들어가 내부內部에 이르니 끝간 데가 어디인지 불과 사오실不過四五室만을 ○중전등○中電燈으로 비춰본 후 그 전부全

部를 탐험探險해 볼 용기勇氣를 가진 사람은 아무도 없는 모양인 것 같아 뒤돌아 나오고 말았다.
 "이것도 사람의 힘으로 만들어진 것이다."
라고 감수시여感數時餘에 포신砲身에 걸터 앉으니 석일昔日의 독일獨逸이 일독전쟁日獨戰爭에서 이러한 포대砲臺를 가지고도 그 위력偉力을 감敢히 발휘發揮치 못하였고 금일今日 또한 지나사변支那事變에 서주徐州의 여차如此한 포대砲臺가 역시亦是 여차如此한 운명運命으로 떨어지고 말았으니 비록 적군敵軍의 일일지라도 가엾은 생각이 들지 않을 수 없다. 그뿐 아니라 청도만靑島灣의 그 무수無數한 지나군○支那軍○이 자침自沈하여 황군皇軍의 입항래격入港來擊을 방지防止하려 하였으니 그들은 대항對抗하여 싸워보려 하느니보다 스스로 자침自沈되어 그 길만을 막아서 청도靑島를 보전保全하려 하였던 것인데 지금 도리어 황군皇軍의 손으로 인상引上되고 있으니 한숨 쉴 일이리라. 귀로歸路에 인력차人力車 위에서 문득 차부車夫를 바라보니 여위고 가늘은 차부車夫의 등은 허묵이 땀에 젖었으나 그는 쉬지 않고 달리고만 있다. 무려 삼십 여 분간 武旅 三十餘分間을 내달리고 있는 그 에네르기가 대체 그 여위고 말라빠진 차부車夫의 어느 구석에 숨어 있는지가 알고 싶었다. 이들의 놀랄 만한 인주성忍耐性과 항○港○된 주력走力은 나를 문득 고소苦笑케 하였다. 그 이유理由는 지나병사支那兵士나 순사巡査들이 아랫도리가 지나치게 경미輕微한 단속임에 비比하여 황군皇軍의 묵중스런 아랫도리를 연상連想케 하였음이니 이들 지나인支那人들은 미리부터 달아나기 편하게 봉오鋒仵되어 있는 듯 하였다. 전장戰場에서 삼십팔계중三十八計中 주계제일走計第一로 유명有名함과 유기적 관련有機的 關聯을 가지고 있는 것이다 라고 생각되었던 것이다. 그 밤에 나는 중추명월中秋明月을 그대로 보내기 아까워 해군잔교海軍棧橋로 나갔다. 꿈같이 아름다운 거리! 아카시아에 머리를 스닿기우며 흐르는 달빛을 바라 양편 포켓에 손을 꼽고 천천히 걸어갔다. 젊은 남녀들은 빈틈 있을까 두리는 듯 굳게 서로 팔을 끼고 무엇을 속삭임인지 지극히도 정다워 보이게 쌍거쌍래雙去雙來 하는 데를 나 홀로 걸어가기 체면이 안 되었다. 그러나 이들은 나 같은 이름조차 없는 미디한 방랑객放浪客을 조롱이나 하듯 발길을 겸추고 소리가 들리도록 입을 갖추는 모양은 내 얼굴이 붉어지누나, 라고 말하더니 내너머 속俗된 듯 하여 미소微笑하고 지나가 섰다.

이별유수離別有愁

시 월 십오 일十月十五日 청도青島를 떠나려고 부두埠頭에 나가 이층二層의 길고 긴 행○行C을 각국인各國人, 그 중中에도 다수多數한 백계○인白系○人들과 한 가지 어깨를 스쳐가며 걸어가는 등안 나는 방랑자放浪者의 애수哀愁와 이국표랑異國漂浪의 정서情緖를 가슴이 아프게 맛보았다. 승선 후乘船後 캐비넷에 행구行具를 두고 갑판甲板에 나서니 양인洋人들의 입 맞추는 모양이 수 없이 눈에 띄고, 멀리 잔교○우棧橋○于에, 케리— 쿠— 빠의 모습을 가진 외국청년外國青年 한 사람이 턱을 괴고 열어 앉아 물끄러미 이편을 바라보고 있어 사진기寫眞機가 있으면 한 장 박아보고 싶은 풍경風景이었다. 나는 가슴 속으로

"아름다운 청도青島여, 내 다시 너를 찾을 때, 너 아름다운 아카시아의 수보○數步○를 함께 속삭이며 걸어볼 동무를 찾아 오리라!"
라고 쓸데없는 생각을 해 보았다. 나에게 이러한 생각을 잠시나마 가지게 해 준 것은 청도青島의 매력魅力이 얼마나 깊은지를 말함이리라. 이리하여 이십 여 일二十餘日간 정情든 청도青島를 뒤로 하고 그 이름 이미 세상世上에 떨친 지 오래인 ○ 상해 ○上海로 향向하였다.

해설

그 여자가 말하는 세 가지 방식

1. 들어가며

　백신애에 대한 연구는 크게 둘로 나뉜다. 첫째, 일제 강점기의 식민지 현실과 관련지은 연구, 둘째, 여성주의의 관점에서 분석하는 연구. 수십 편의 학위논문과 학술논문이 발표되었고 여성작가로서는 문학사적 평가도 긍정적으로 나타나 있다. 그러나 지금까지 백신애 문학의 리얼리즘적 특성과 여성주의적 특성의 긴장 관계와 변모양상, 그 원인에 대해 포괄적으로 살펴본 바는 없다.

　백신애의 작품을 분석해보면 1930년대 중반 이전에는 일제 강점기 민중들의 비참한 삶의 재현이 주조를 이루고 있고 39년까지는 중산층 여성의 고백 형식이 강세를 띄고 나타난다. 전기와 후기로 양분되는 이 경향은 표면적으로는 이질적으로 보인다. 그러나 작가의 생애를 살펴보면, 작품의 두 가지 경향과 변모 과정이 작가의 전기적 사실과 필연적 관계를 지니고 있음을 알게 된다. 작가는 초기 사회주의 리얼리즘의 담론에서 여성 담론, 다시 주체적 담론으로 나아갈 단초를 보이는 데에서 삶을 마친다.

2. 전기적 사실에 나타난 두 요소 : 아버지 닮기와 어머니 이해하기

　백신애는 1908년 5월 20일 경상북도 영천군 창구동 68번지에서 아버지 백내유와 어머니 이내동의 외동딸로 출생한다. 그녀에게는 5세 위인 오빠 백기호가 있었다.* 부친은 영천에서 미곡을 취급하고 정미소를 경영했는데 당시 "백씨 5형제네 돈이 마르면 영천에 돈이 마른다"는 말이 돌 만큼 부자였다고 한다.** 영천의 소문난 부자였던 부친의 자부심은 이후 백신애의 일생에 끊임없는 간섭의 요소가 된다.

완고한 편이었던 부친은 글을 쓰면 당장에 축출하려는 분위기여서 무어라도 한 가지 쓰려면 남들이 다 잠든 후 이불 속에서 전등불을 감추어 놓고 가만히 글을 썼다는 것이다.*** 병약한 편이어서 어렸을 때부터 이모를 독선생으로 두고 한문을 배웠으나 신학문에 대한 열정으로 1918년 11세 때 영천보통학교에 편입학, 휴학을 거듭한 끝에 1923년 나이 16세로 영천보통학교를 졸업하였다.**** 열여섯 살 때 여학교를 지원했다가 아버지에게 꾸중을 듣고 경상북도 공립사범학교 강습과에 입학, 1924년 졸업과 동시에 영천공립보통학교 훈도를 거쳐 자인학교에서도 교원 생활을 했다. 김윤식의 책 앞 부분 화보의 학적부에서 확인된 것이다.

그의 부친은 개명꾼이라고 남에게 존경도 받고 비난도 받아오느니만큼 재래의 인습을 타파하기에 노력하면서도 외동딸인 그녀에게 근대적 교육을 받게 하지 않았고 죽을 때까지 편지 이외에 글을 쓰는 것을 반대했다고 한다.***** 할아버지가 없는 만큼 맏이로서 일가의 어른으로 존경받는 지위가 이런 이율배반을 만들었을 것이다. 보수적인 아버지 때문에 받은 상처는 그녀의 기록 곳곳에서 나타나고 있다.

수필 〈춘맹〉에서는 보수적인 집안으로 상처받은 유년의 심정이 절절히 드러나 있다. 어릴 때 나물이 캐고 싶어서 밥도 먹지 않고 졸라 겨우 허락을 받아 산어 갔을 때의 해방감이 생생하게 그려져 있는 이 작품은

* 김윤식 편, 《꺼래이》 조선일보사, 1987, p. 331
** 김용성, 《한국현대문학사탐방》, 현암사, 1984, p. 229.
*** 〈여류작가좌담회〉, 《삼천리》, 1936. 2, p. 616
**** 김윤식, 앞의 책, p.331
***** 백신애, 〈울음〉, 《중앙》, 1936. 4, p.25

결국 버선을 신은 모습이 기생이라는 아이들의 놀림으로 끝나고 만다.*

그는 하나뿐인 딸의게 오—직 바란 것은 부富와 수壽이였고 무지無知의 행복였는가 한다. 겨우 혀를 돌닐 줄 알 때부터 글을 가르켜주려고 가진 애를 다— 쓰든 그가 장성한 나의게서 도로혀 글을 금禁하도록 변하여진 이유는 암아도 사회주의社會主義요, 오빠가 투옥投獄되든 때부터일 것이니 조선어신문朝鮮語新聞을 읽지 못하게 한 것도 이 방면方面 소식이 많이 슬이는 까닭이였다.**

당시 부모의 처지에서는 과년한 딸이 너무 많은 지식을 얻으면 결혼생활이 불행해지리라 염려한 것은 당연했다. 그는 당대의 합리적인 가장답게 딸의 교육에 관여했으며 끊임없이 결혼을 강요했다. 여학교에 지원했다가 아버지의 꾸지람으로 대구사범에 가야 했던 아픈 기억과 노처녀로 시집을 가지 않고 있다는 사실 하나로 사촌 동생 결혼식의 참석을 금지 당했던 아픈 기억은 평소 백신애의 억압의 정도를 짐작할 수 있게 한다.***

그러나 그녀는 이 억압을 오빠와 같은 방식으로 극복해내려 함으로써 자신과 부친의 관계를 부자간의 그것으로 놓으려 한다. 백신애가 여성단체 가입으로 교직에서 물러난 것, 천도교회관에서 경성여성청년동맹 2주년 기념식에 단독으로 집회 허가를 받아내고 대회를 혼자 치른 것, 여성계몽운동에 참가하여 전국을 순회하며 강연한 것은 그녀가 '여자 대학생이 되고 싶어 갖은 애를 다 쓰는 중에 오빠에게 감화되어 서울로 뺑소니쳐 올라' 갔다**** 는 술회에서 알 수 있듯이 백기호의 영향이 큰 것으

---

* 백신애, 〈春萠〉,《조광》, 1937, 4, p. 38.
** 백신애, 〈私囁〉,《조광》, 1937. 9, p. 46.
*** 이윤수, 〈백신애 여사의 전기〉, 백기만 편,《씨뿌린 사람들》, 사조사, 1959, pp. 154~155.
**** 백신애, 〈자전소전〉,《여류단편걸작집》, 조선일보사 출판부, 1938, p. 273.

로 보인다. 그녀는 오빠가 읽고 버린 소설 부스러기에 정신이 빠졌고 고대소설들은 이름 있는 것은 모두 남김없이 읽었다고 한다. 1938년 이혼 후 중국 상해 행도 오빠와 동행한 것이었다.

물론 오빠와의 관계 또한 가장으로서의 보호에 불과했다. 오빠 몰래 문학서적을 읽느라고 애를 쓰던 끝에 현상 광고를 보고 하룻밤 사이에 휘갈겨 응모해서 〈나의 어머니〉가 당선되었다는 기록이 그 현실을 증명해주고 있다.*

백신애는 딸이 좋은 집안의 아내가 되어 평범하게 인생을 살아갔으면 하는 아버지의 마음을 오빠 탓으로 돌리고 있다. 사회주의 운동을 했던 오빠가 투옥되자 딸도 그런 전철을 밟으려는 것을 막으려 했다는 것이다. 그러나 백신애는 그 사건 이전부터 정규교육을 받지 못했다. 그의 부친이 자신에게 겨우 혀를 돌릴 때부터 글을 가르쳐주려 했다는 주장에서 아버지가 자신을 얼마나 사랑했고 인정했는가를 증명하려는 그녀의 안간힘을 엿볼 수 있다. 백신애는 당시 영천의 성공한 유지였던 아버지에 대한 존경심을 품고 있었고 아버지로부터 인정받으려 했다. 이 심리는 그녀가 오빠인 택기호의 전철을 그대로 밟는 것으로 전이된다. 아들의 투옥을 걱정할지언정 부끄럽게 생각하지는 않는 아버지의 심리를 그녀가 읽지 못했을 리 없다.

반면 작가의 모친에 대한 감정은 표면적으로는 사랑과 존중이었으나 이면에 있어서는 오히려 억압에 대한 반발이 느껴진다. 백신애의 모친은 영천 양반 출신으로 한학의 교양을 쌓은 사람으로서 자식에 대한 사랑이 각별했음은 기록의 곳곳에서 드러난다.**

〈나의 어머니〉에는 여자청년회를 조직했다는 혐의로 보통학교 교원을 사직당한 작가의 자전적 사실이 그대로 녹아 있는 작품이다. 어머니는

---

* 백신애, 〈자서소전〉, 《겨류단편걸작집》, 조선일보사, 1939.
** 백신애, 〈춘맹春萌〉, p. 38. 그녀의 자전적 소설인 〈나의 어머니〉와 〈혼명昏冥에서〉에 잘 나타나 있다.

배울 만큼 배운 딸이 보통학교 훈도를 사직 당하고 남자들과 어울려 연극이나 하고 다니는 것이 영 마뜩치 않다. 오늘도 12시가 넘어서 들어온 딸을 어머니는 나무라고 딸은 '자신의 편함과 혈육을 사랑하는 것밖에 아모것도 모르고 도덕과 인습에 사모친'* 어머니에 대해 원망과 동정을 느낀다.

어머니의 눈물입니다. 조용한 어머니의 눈물은 나에게서 모든 용기를 앗아가는 무기엿습니다. 그 눈물은 오직 나에게 안일을 주려는 지극한 사랑이 근원이 되어 있습니다.**

어머니는 딸을 조금도 이해해주지 않고 사랑을 베풀며 그 끝없는 사랑은 가식을 헤치고 진실을 찾아 떠나려는 화자를 막는 존재일 뿐이다. 화자의 용기를 소멸시키고 자신에 대한 '초조와 실망'만을 안겨주는 존재인 것이다. 화자의 어머니는 단 하나인 딸에게 자기의 모든 삶을 걸고 자신의 행복을 위해 일생을 바쳐 주었다. 그런데 문제는 그런 무목적적인 사랑이 결과적으로 이 땅의 현실에서 화자로 하여금 아무 의욕도 없는 지극히 평범한 인간이 되게 만들었다는 것이다.

어머니에 대한 평가는 '인습적인', '아무것도 모르는', '가엾은'이라는 형용사로 나타난다. 눈물과 한숨, 꾸지람, 그리고 그보다 더 무서운 맹목적인 사랑으로 자신의 앞길을 막는 어머니의 존재에 화자는 변함없는 모반을 꿈꾼다.

아! 나의 어머니! 가엽슨 어머니! 지금 어머니는 내가 안타가운 어머니의 속을 알지 못하고 야속한 어머니로만 역이는줄 아시고 그다지 괴로워

---
* 백신애, 〈나의 어머니〉, 《조선일보》, 1929. 1. 6.
** 백신애, 〈혼명에서〉, 《조광》, 1939. 5, p. 249.

하심? 이 몸을 어머니가 말슴하신 그 김가에게 밧치어 깃버하는 어머니의 얼골을 잠시라도 보고 십흘 만치 잇 달의 가슴은 죄송함에 썰고 잇습니다. 엇더케하면 이 세상에서 어머니를 마음 편케 모실 수도록 ······ 아! 그러나 나의어머니여! 나는 어머니가조화하는김가에게도 이몸을밧치지안흘것입니다. 쏘 래일밤도 싸지지안코 가야 합니다. 가엽슨 나의 어머니여.*

나에게 이혼한 여자라는 불명예를 회복시키라는 것입니다. 그러자면 첫째 방 안에서 나오지 말아야 하며 세상의 구구한 억측에서 흘러나온 가즌 비평을 일일이 변명하고 그리고 주위의 명예를 위하야 세상에 사죄하는 뜻으로 근신하여야 되며 그리고 얌전스런 여인으로서 본분을 지켜야된다는 것입니다.**

지금까지 페미니스트들은 프로이드의 오이디푸스 콤플렉스를 비판, 보완하여 남성과 여성의 사회화 과정을 설명해왔다. 특히 마리안 허쉬는 〈어머니/딸의 서사〉에서 정신분석학적 페미니즘에 서사이론을 접목하면서 19세기 리얼리즘 소설에서부터 최근 소설에 이르기까지 여성 작가들의 소설을 분석하고 있다. 프로이트의 가족 로망스에 의하면 어린이에게 아버지는 고귀한 인물이 되는 반면 어머니는 비천한 존재가 되는데 이는 부모의 권위의식에 대한 거부의식이 생물학적인 부모를 사회적으로 위치 지어진 타자로 대체하려는 욕망으로 전이되어 나타난 것이다. 프로이트에 의하면 한 개체의 성숙은 어머니와의 단절을 통해서 가능해지며 여자아이도 궁극적으로는 성숙을 위해 어머니를 제거할 필요가 있음을 역설하고 있다.

---

* 백신애, 〈나의 어머니〉, 1929. 1. 6.
** 백신애, 〈흔명에서〉, p. 248.

19세기 여성 작가들의 작품은 차이를 나타내면서 오이디푸스적 플롯을 수용하고 있는 것으로 나타난다. 프로이트의 주장처럼 19세기 여성 작가 소설에 등장하는 여성 인물은 어머니가 됨으로써 페니스에의 원망을 아이에의 원망으로 대체시키는 대신, 엘렉트라나 안티고네와 같은 고전적 여주인공이 되어 주체로 남기를 소망한다. 그러나 우리가 신화 속의 엘렉트라나 안티고네에서 보듯이, 결국 형제애적 일치란 여주인공에게 단지 잠재적이고 극히 제한적으로만 가부장적 권력의 대안이 될 수 있을 뿐이다.

예를 들어 19세기 소설에 나타나는 여성 인물들의 '이해심 많은 남성(어머니의 보호와 아버지의 권력이 결합된 남성)'이라는 변형된 환상은 극히 제한적인 가부장적 권력의 대안체만을 제공해 준다. 게다가 19세기 여성 작가의 작품 속 어머니는 강하기 때문에 괴물같거나 부와 영향력이 없기 때문에 어리석고 희화화되거나 죽었기 때문에 향수의 대상이 되는 존재이다. 이처럼 사회적으로 성공하고 싶어했던 당대 소설의 여주인공들은 모성적 침묵과 자신을 동일시하지 않기 위해 어머니와 단절하고 모성적 양육을 대체할 남성(오빠)을 발견해야만 했던 것이다.*

백신애의 생애에 나타나는 아버지— 어머니—오빠와의 관계는 19세기 여성 소설에 나타난 여주인공의 의식과 일치한다. 자신을 맹목적으로 사랑하는 어머니는 작가의 성숙을 방해하는 존재일 뿐이다. 어머니의 눈물은 사회적인 활동을 하고 싶어 하는 작가를 묶는 질곡이며 여자로서의 정숙을 요구하는 어머니의 태도는 어머니처럼 살기 원하지 않는 작가에게 걸림돌이 될 뿐이다. 그는 능력 있었던 아버지의 인정을 받고 싶었고 그러기 위해 어느 정도의 제한 속에서 자신을 이해하고 사랑하는 오빠를 따랐다. 오빠의 사회주의 사상에 동조함으로써 그와 연대하며 일종의

---

* 서강여성문학연구회 편, 《한국문학과 모성성》, 태학사, 1998, pp. 12~13.

'어머니 공포증(matrophobia)'을 지니게 되었던 것이다.

많은 딸들은 그들의 어머니가 그들이 벗어나려고 투쟁하고 있는 타협과 자기 혐오를 가르쳐 왔으며 어머니를 통해서 여성적 현존에 대한 제한과 평가절하가 전수되어 왔다고 본다. 어머니를 넘어서 그에 작용하고 있는 권력을 보기보다 어머니를 거부하는 것이 더 쉽다.* 백신애 또한 초기에 자신을 억압하고 있는 가부장적 제도의 본질을 보려하기 보다 우선 눈앞에 보이는 어머니의 제약, 그것의 상징적 억압의 구조로부터 자신을 탈피시키고 싶었고 결과적으로 오빠를 닮으려 했다. 초기 궁핍을 소재로 한 소설들이 그것이다.

3. 남성담론과 여성담론, 주체담론 : 궁핍과 여성의 타자성 극복하기

초기문학에 나타난 궁핍의 타자성

딸이 어머니의 제약이란 상징적 억압구조를 탈피하기 위한 몸부림이 〈나의 어머니〉와 〈낙오〉라면, 조선 하층민의 빈궁상을 그린 초기 단편들 — 〈꺼래이〉〈복선이〉〈채색교〉〈적빈〉〈멀리간 동무〉〈악부자〉〈식곤〉〈소독부〉는 어머니로부터 단절하고 모성적 양육을 대체할 존저로서 오빠를 닮으려는 백신애의 무의식이 반영된 작품이다.

〈낙오〉는 경순이의 의식을 중심으로 하면서 정희의 탈출을 그린 소설이다. 정희와 경순은 보통학교 교원으로 같이 근무한 친구로서 경순은 정희의 결혼식에 참석하기 위해 상경했으나 정희는 결혼식 전날 동경으로 떠난다. 원래 둘이 같이 동경에 공부하러 가자고 약속했으나 마음 약한 경순이 남고 정희만 결단을 내린 것이다. 남은 정희는 자신이 '향상 없는 생활을 계속하는 핏기 없는 인간'이라 한탄한다. 공부하기 위해 일

* 앞의 책, p.14.
** 《중앙》, 1934. 12.

본으로 도망갔다가 다시 붙잡혀 온 후 결혼하게 되는 작가의 자전적인 작품으로 탈출한 정희와 남아 있는 경순의 두 존재가 실은 자기 안에 존재하는 분열된 두 의식인 것이다. 정희가 어머니로 대변되는 가족으로부터 벗어나는 것은 작가의 열망이었으나 남아 있게 된 것은 작가의 현실이었다. 작품이 발표된 시기가 1934년 12월이었고 결혼한 시기가 1933년 3월 17일인 점을 감안한다면 이 구도의 의미는 명확해진다. 작가는 정희처럼 어머니로 대변되는 가족으로부터 탈출하고 싶었으나 결과적으로 결혼 때문에 낙오된 것이다. 결코 어머니처럼 살지 않겠다는 그녀의 무의식은 자신의 교육자로서 오빠를 택하게 하고 오빠의 사회주의 담론을 학습하여 발화한다. 〈꺼래이〉의 발표가 1934년 1월이었음을 감안한다면 작가의 글쓰기는 결혼 직후부터 이루어졌고 1년에 4~6편의 단편을 토해놓기 시작한다. '어머니되기'의 거부로서의 의식이 오빠말 닮기의 글쓰기로 나타났다고 볼 수 있다.

작가의 사회주의 운동을 반대하는 어머니와의 갈등을 그린 〈나의 어머니〉이후 작가가 처음 쓴 작품이 〈꺼래이〉이다. 이 작품은 작가가 1928년 기아와 추위에 떨면서 시베리아를 여행했던 체험이 그대로 반영되어 있다. 순이는 삼 년 전 러시아에 이주하여 농사를 짓다 죽은 아버지의 시신을 수습하기 위해 할아버지, 어머니와 함께 러시아에 들어오나 군인들에게 발각되어 추방된다. 이 과정에서 추위, 중국 청년과의 일, 공산주의자인 조선 청년과의 실랑이, 러시아 군인의 호의가 실감나게 그려진다. 〈멀리 간 동무〉*와 함께 가난 때문에 간도나 러시아로 이주할 수밖에 없었던 당대 조선민족의 빈궁이 현실적 체험을 바탕으로 재현되어 있다.

〈복선이〉는 가난 때문에 열네 살 되어서 시집 온 복선이의 비극을 그린 소설이다. 남편의 정욕에 고통 받으며 몇 년을 보내다 겨우 정이 붙고 적

* 《소년중앙》, 1935. 1, pp. 65~69.

응이 될 만하니 남편이 정미 기계에 치여 죽고 만다는 이야기이다.*

　조혼의 비극을 그린 이 소설은 〈소독부〉에서도 비슷하게 전개된다. 복선이처럼 열네 살에 시집온 색시는 처녀 시절부터 자신을 좋아했던 갑술이의 구애와 남편 최서방의 욕정에 시달린다. 한편으로 갑술에게 향한 애정을 숨길 수 없었다. 어느 날 색시는 사마귀 빼는 약을 사고 그것을 본 갑술이는 색시가 나간 틈에 나와 그 약으로 최서방을 독살한다.**

　1930년대에 들어 구여성의 본부 살해 범죄가 급증했다. 그 이유로 임종국은 첫째, 조혼의 폐습으로 자기 마음에 없는 남자와 결혼했기 때문에 애정이 제3자에게로 간다는 점, 둘째, 구여성의 무능력과 교육 부재, 셋째, 엄한 사회윤리 때문에 이혼 등 합리적인 방안을 찾지 못했다는 점을 들고 있다.***

　〈채색교〉는 가난한 장돌뱅이 천돌이가 복순이와 결혼을 약속했으나 홍수로 약혼녀를 잃는다는 비극적 이야기로서 이 또한 궁핍한 당대 식민지 현실을 하층민의 생활상을 재현함으로써 그리고 있다. 조혼의 비극, 가난으로 인한 실연은 당시 사회주의 리얼리즘 소설에서 많이 등장하던 모티프였다.

　물론 작가는 주로 하층 여성의 입장에서 가난을 그려내고 있으나 그들의 고통이 여성이란 타자성에 있다기보다는 가난 쪽에 무게중심을 두고 있다고 볼 수 있다.

　'모성'에 대한 작가의 단순한 생각은 그녀가 당시 여성성의 문제에 깊이 고민하지 않았다는 것을 증명하는 것이다.

　엘렌 키이 여사는 모성의 중요성을 역설하면서 보육, 육아 시설 등 그

---

* 《신가정》, 1934, 5.
** 《조광》, 1938. 7. 후기에 쓰인 작품이나 〈복선이〉와 모티프가 같다는 점에서 초기에 구상된 작품이라 볼 수 있다.
*** 임종국, 《한국문학의 사회사》, 정음사, 1977, pp. 115~18.

역할을 사회에서 맡아야 함을 역설하였다. 그럼에도 작가는 엘렌 케이가 모성의 중요성을 강조하였음을 부분적으로 인용하면서 남편이 직업적으로 성공하는 것을 돕는 일이 결혼한 여성의 임무라고 밝히고 있다. 이런 단순 명쾌함은 1923년 분열된 의식으로 모성의 본질을 파악하려 했던 나혜석의 〈모된 감상기〉와 정면으로 배치되는 것이다.

결혼 후 1년이 흐른 당시, 가정에서 여성의 역할에 대한 지배담론을 그대로 답습하고 있는 작가의 의식을 알 수 있게 하는 대목이다. 당시 그녀에게 있어서 '궁핍'이란 사회주의 담론의 키워드 외에 '여성성'이란 타자성은 안중에 없었던 것이다.

이 선명한 의식은 〈적빈〉에서 매촌댁의 맹목적인 '모성애'로 재현된다. 매촌댁 늙은이는 송우암 선생의 후예라는 집안의 척당이 되는데 두 아들이 다 소문난 노름꾼으로 일 년 열두 달 남의 집으로 돌아다니며 일을 거들어주고 밥을 먹는 가련한 처지이다. 그는 이런 영락에도 낙심하지 않고 두 며느리의 해산 준비에 열중한다. 자신도 배가 고프면서 며느리를 먹이기 위해 서둘러 걸음을 재촉하는 그의 모습을 대부분의 연구자들은 '한국적 모성의 전형'으로 보고 있다.

그러나 너무도 선명한 모성애는 너무도 비현실적인 모성애와 같은 것이다. 왜 이런 신세가 되었는가 한탄 한마디 하는 일 없이 지극정성으로 자식과 며느리, 손주를 돌보는 매촌댁의 모성은 빈궁의 극치를 강조하기 위한 장식에 불과하다. 작가의 고민하지 않는 모성은 그만큼 모성에 대한 생각이 관념적이고 추상적임을 역설적으로 드러내는 것이라 하지 않을 수 없다.

후기문학에 나타난 여성성의 타자성

1) '풍자'의 담론구조 : 중산층 남녀의 허위의식

작가의 남편과의 불화는 결혼 피로연에서부터라는 설이 있을 정도로 예견된 것이었다.* 그러나 불화가 표면에 나선 것은 1935년 12월 아버지의 사망 이후부터라는 설이 유력하다. 이때를 전후하여 작가의 목소리는 조금씩 변해간다. 먼저 중산층 남녀의 허위의식을 그린 소설들이 하나둘씩 나타나는데 이는 작가가 자기 계층의 문제에 눈을 돌렸음을 의미하는데 그 담론의 방식이 풍자임에 주목을 요한다.

1930년대 초 일본 군국주의의 대두, 이에 따른 KAPF의 퇴조로 말미암아 한국 문단은 일정의 공백기를 맞게 되고 새로운 주조탐색의 비평이 등장하는 전형기를 맞게 된다. 주류의 상실로 인한 혼란, 어려워가는 외부정세로 특히 이데올로기가 차단된 소설 쪽에서 작가와 현실 사이의 진폭은 클 수밖에 없었다. 이 작가와 현실과의 분열에서 나타난 것이 당시 세태소설과 내성소설이었고 부분적으로 풍자문학이 성행하였다.**

현실에 대한 작가의 분열을 해결하고자 하는 의도를 지닌 풍자문학론은 30년대 중반, 최재서崔載瑞에 의해 소개되었다. 그는 〈풍자문학론〉(《조선일보》, 1935. 7.14~21), 〈빈곤과 문학〉(《조선일보》, 1937.2.27~3.3) 등에서 W.루이스, A.헉슬리의 자기풍자를 소개한다.

우리가 비평적批評的 태도態度를 가질 때엔 이지적理智的 작용作用으로 말미암아 자연히 유우모라든지 혹은 풍자諷刺가 부수한다. 이 같은 심리상태心理狀態는 우인담 루이스가 말한 바와 같은 정서情緖의 완찐 주사注射가 되어 맹목적으로 침묵沈默하려는 열광심熱狂心을 소독, 즉 냉각함에 신통한 작용作用을 발發한다…… 두 자아自我가 대부분의 현대인現代人 속에 동거同居하면서 소위所謂 동굴洞窟의 내란內亂을 일으키고 있다. 우인담 루이스는 그것을 자아自我와 비자아非自我라고 일컫고 비자아非自我는 늘 자아

---

* 이윤수, 앞의 책, pp. 155~156.
** 최혜실, 《한국현대소설의 이론》, 국학자료원, 1994, pp. 32~33.

自我의 적敵이며...... 비자아非自我는 다시 말하면 비판적批判的 자아自我다.*

30년대는 외적 상황의 악화로 한국 작가들이 어느 때보다도 더 글을 쓰기 힘든 때였다. 현실의 잘못된 추세에 작가는 그대로 따라갈 수밖에 없었다. 그러나 내부의 양심은 맹목적으로 현실에 순응하는 자신을 비판한다. 이것이 당시 작가들이 선택할 수 있었던 차선책이었으며 최재서는 이를 파악하여 W.루이스의 자아自我(맹목적 자아)와 비자아非自我(비판적 자아)의 동굴의 내란이란 자기풍자론을 도입하여 당시 작가들이 나아갈 길을 제시한 것이다. 요컨대 작가는 어려운 정세 등으로 작품에 그 해결점을 제시할 수는 없더라도 최소한, 해결점을 제시 못 하는 자신을 비판할 수는 있어야 한다는 것이다.

백신애의 경우도 예외는 아니었다. 당시 프로문학 작가의 성향을 보였던 작가가 전형기의 현실에 모순을 일으키며 일종의 균형감각을 잡기 위해 자신을 비판하려는 경향을 보였다. 그러나 이 경우 작가는 여자였다. 다른 남성 작가들이 남성 지식인의 허위의식을 보임으로써 자신을 풍자할 수 있었지만 백신애는 자기 계층의 여자를 들여다보아야 했다. 이를 계기로 작가는 자신의 목소리로 글을 쓰게 된다.

1935년에 발표된 〈정현수〉**는 치과의사인 정현수를 내세워 허위가식에 가득 찬 세상을 비판하면서 한편으로 그것에 민감한 반응을 보이는 정현수의 기행奇行까지 아울러 풍자하고 있다. 〈학사學士〉***는 W대학을 졸업한 실업자 지식인 리병환을 풍자한 소설이다. 선친 때 이백 석 추수를 하던 그의 집안은 그의 형제대에 이르러 몰락하고 고학한 주인공은 천하를 얻은 듯 거만하기만 하다. 취직이 되지 않고 고등룸펜으로 전락하면서도 허위의식을 버리지 않는 그를 사촌누이는 한심하게 생각한다

** 崔載瑞, 〈諷刺文學論〉, 《朝鮮日報》, 1935. 7. 21.
** 《조선문단》, 1935. 12.
*** 《삼천리》, 1936. 1.

는 이야기이다.

고등룸펜에 대한 풍자는 채만식, 박태원, 유진오 등에 의해 반복되어 작품화된 것으로 자신에 대한 통렬한 풍자라는 점에서 일종의 작가 정신을 획득하는 것이나 남성 지식인이 풍자 대상이란 점에서 자기 풍자는 아니라 할 수 있다. 작가는 곧 자신의 계층에 눈을 돌리게 된다. 〈일여인 一女人〉* 의 주인공 '마님'은 한때 벼 천 석이나 하던 집에 시집갔으나 이제 몰락하여 백 석 남짓 추수하면서도 예전의 호화로운 생활을 유지하기 위해 안간힘 쓰는 마님이다. '피죤'도 못 피우는 형편이면서도 '해태'만 피우는 척 하고 보리밥에 김치찌개를 먹으면서도 아들에게는 '오트밀'을 먹이며 자랑스러워 한다. 일본글을 쓰는 것으로 보아 고등교육을 받았음에 틀림없는 중산층 지식인 여인의 허위의식은 작가가 지금까지 가족들에 의해 강요되어 온 결혼 생활의 어두운 단면인 것이다.

2) 여성 고백체의 세 유형

별거와 이혼은 작가의 주장대로 결혼 초부터 예정된 것이었을지라도 당대 현실에서 그것이 주는 충격은 대단한 강도였을 것임은 충분히 짐작이 된다. '오빠'의 언어로 글을 쓰던 작가가 자신의 언어에 몰두하게 된 원인은 전장에서 논한 대로 현실과 개인의 분열의 거리를 자신의 내면을 비판함으로써 극복하고자 했던 당대 지식인 작가들의 분위기 때문이었다. 그런데 이렇게 되돌아보게 된 자신은 다른 남성 작가들에 비해 '이혼한 여인'이란 또 다른 소외의식을 지니고 있었다. 작가는 여러 방식으로 소외된 여성의 목소리를 실험하기 시작한다.

---

* 《사해공론》, 1938. 9.

(1) 광인의 자기고백 : 전향 지식인 부인의 이중적 타자성

1930년대 중반부터 전향한 지식인의 심경고백을 중심으로 한 전향소설이 한국에 쏟아져 나오기 시작했다. 김남천, 한설야 등의 소설가는 자전적 체험을 바탕으로 사회주의 사상을 버리고 타락해가는 지식인의 내면 심리를 묘사했고 채만식의 경우는 조카의 시선에서 사회주의자 삼촌을 비판하는 풍자소설을 남기기도 했다. 반면 백신애의 〈광인수기〉는 전향한 사회주의자의 타락에 상처 받은 부인의 시점을 '광인'의 말로 쓰고 있다.

   비 오는 날, 다리 밑에서 한 여인이 중얼거리고 있다.
   허허참 사람 죽이는구나 글세 이 얌뚱마리까지고 소견머리가 홀락뱃겨진 하늘님아 내 말씀 좀 들어봐라. 이러케 작고 쓸대업는 물을 내려 쏘드면 어떠케 하느냐 말이다…… 아이고 하느님이 제 욕을 한다고 벼락을 내리칠라. 히히히! 벼락이라니 나는 암만 욕을 해도 마음속으로는 당신을 그리 밉게 역이지는 안는다오 용서하소서. 아니다 내— 이놈 하느님아 애이 이비러먹을 개새끼 가튼 하느님아 네가 분명 하느님이라면 왜 그악하고 도악한 도둑놈의 연놈들을 그대로 둔단 말고*

결코 정상적이라고 할 수 없는 이 여인은 남편의 외도에 충격 받아 정신분열증을 일으켰다. 그녀는 열일곱에 시집을 와 시누이와 시어머니의 구박을 받으나 남편은 아내를 사랑했고 그 믿음으로 고생을 참는다. 남편이 유학으로 집을 비우고 사회주의 운동으로 감옥살이를 한 것은 그녀의 입장에서는 큰 고생이 아니었다. 그런데 전향하고 돌아온 남편은 자

---

* 백신애, 〈광인수기〉, 《조선일보》, 1938. 6. 25.

신이 잘 아는 음악학교 졸업생과 바람을 피운다. 게다가 자신이 본능만 아는 구식여성이라는 남편의 모욕에 그녀는 끝내 정신이상을 일으키고 만다.

여성의 글쓰기에 수다스러움이나 광기의 언어가 사용되는 까닭을 강력한 침묵으로부터 해방되었기 때문에 유창해지는데서 말미암은 것이라는 주장이 있다. 이는 여성의 말투를 〈나불나불 지껄임〉이라고 조롱하는 성차별적인 발상법에 대한 저항이기도 하다.* 또한 여성의 광기는 창작활동이 남성의 전유물로 간주되던 시기에 여성의 이중담론의 형식 — 침묵과 순종을 다룬 표층 이야기와 이에 전복적인 심층 이야기— 의 분석 속에서 설명되기도 한다.** 이를 근거로 〈광인수기〉와 C.P. Gilman의 〈노란 벽지〉(The Yellow Paper)에 나오는 두 여인의 광기의 언어를 비교하는 시도도 있었다.***

광기의 언어가 남성 지배의 가부장적 담론에 대한 전복의 의미를 지닌다는데 동의하면서 본고에서는 작가가 일종의 여성 전향소설을 썼다는 점에 주목하고자 한다. 사회주의 이데올로기가 전복되고 방황하는 남성 지식인이 일종의 소외를 겪었다면 부인인 여성은 그 남성의 방황에 의해 이중적 소외를 지닌다는 점을 작가는 광기의 언어로 세세하게 재현해내고 있다.

(2) 병자의 자기고백 : 전향한 여성 지식인의 이중적 타자성

S! 어인 까닭일까요! 웨 이다지 고요합니까!깊으고 깊은 동혈洞穴의 속과 같이 어지간히도 고요합니다. 참으로 이상한 밤夜이여요. 마을을 한참 떠

---

* K.K. Ruthaven, 김경수 옮김, 《페미니스트 문학비평》, 문비신서, 1989, p. 137.
** 원유경, 〈다락방의 미친 여자들〉, 한국영미페미니즘문학회, 《페미니즘 어제와 오늘》, 민음사, p. 93.
*** 조주현, 〈광기를 통해 본 여성임의 의미〉, 《사회과학논총》 11집, 1992, pp. 231~252.

난 들복판에 외로히 서 있는 이 집인 까닭에 이렇게도 고요함일까요. 그러나 지금은 겨울이 아닙니까! 멀리서 달려오는북쪽의 난폭한 바람이 아—모 거칠것이라곤 하나도 없이 제마음대로 이 들판에서 천군만마와 같이 고함을 치고 이 집의 수많은 유리창문과 뼈만 남은 나뭇가지를 마구 쥐여 흔들어 놓아 시끄럽고 요란하기 끝이 없게 할 때입니다.

그런데 웨 이다지 고요할까! 일순간 사이에 땅덩이가 깊은 바다속에 까러앉어 버린 듯합니다. 모-든 움즈김과 음향이 딱, 정지되여버린 듯합니다. S!*

울림이 있는 이 품격 높은 고백체는 1980~90년대 여성 소설에서 비슷한 형식을 띠고 나타난다. 〈봄의 환〉이나 〈풍금이 있는 자리〉에서 여성 화자는 유부남과의 이루어질 수 없는 사랑의 전말을 고백하고 있다. 그런데 벌써 반 세기 전의 백신애는 전향한 여성 지식인의 내면 풍경을 동일한 고백체의 문장으로 그려내고 있는 것이다. 60년이나 지난 지금 한국 여성 작가들이 주로 유부남과의 불륜에 고백체를 소비하는 것에 비하면 이 얼마나 선구적인 것인가!

작중 화자는 자신의 내면의 고요가 찾아온 이유를 이렇게 설명한다. 지금까지 자신은 거짓과 갈등, 괴로움에 고달파지고 세상의 시끄러움에 혼명混冥하여져서 '나'까지 잊어버리고 내가 남인지 남이 나인지도 모르고 살아왔다. 이제 눈멀고 귀먹은 자가 되어 세상의 고요 속에서 진정한 나를 보기를 원한다는 것이다.

막연한 비유를 구체화하기 위해 화자의 과거 행적을 살펴보면 일찍이 사회주의 운동을 한 경력이 있는 화자는 최근 이혼을 하고 어머니를 비롯한 가족의 재혼 요구와 진정한 자아를 찾으려는 노력이 상충하는데 고통스러워하고 있다. 그런데 화자의 이혼은 사상의 방향 전환과 병치되어

---

* 백신애, 〈혼명에서〉, 조광, 1939. 5.

진술된다.

"당신은 방향 전환을 한 후의 감상이 어떠했던가요?"라고 마치 나의 가슴을 투시하듯 이렇게 물었지요?
"나는 무한한 고독을 느꼈습니다. 큰 단체에서 떨어져나온 나라는 것이 얼마나 고독하며 얼마나 무가치하며 얼마나 외로운 것인가를 알게 되었을 뿐입니다. 나에게서 그 열열하던 의가가 살어져 가는 듯한 비어를 느꼈습니다." 나의 이 대답은 진정한 고백이었습니다.
"그럴 겁니다. 단체적 훈련을 받어온 사람은 혼자 떠러져서 나서면 개인적으로는 아주 무력한 인간이 되고마는 것인가바요……."*

일본인 남자이면서 과거 사회주의 활동을 같이 했던 S라는 인물은 이혼 후의 충격에서 벗어나지 못하고 있는 화자에게 방향 전환 이후의 고독과 외로움을 상기시킨다. 가족이라는 단체를 벗어나온 사람의 고독은 사회주의 이데올로기를 같이 하던 단체에서 떨어져 나온 것과 같은 종류라는 것이다. S는 화자에게 그때의 사상이 중요한 것이 아니라 그때 열렬하던 용기와 의기만을 되살릴 것을 당부한다.
우리는 이 구절에서 화자가 사회주의 사상에서의 방향 전환과 이혼이라는 이중소외 속에서 고민하고 있으며 그것을 극복하는 방식은 결국 같은 것이라는 사실에 화자가 도달하고 있음을 알게 된다. 이제 화자는 세상의 시끄러움에 혼명하여져서 나와 남을 구분하지 못하던 상황에서 벗어나서 고요 속에서 진정한 자아를 찾으려 한다. 그리고 그 방식은 자신에게로 돌아와 자신을 바라보며 자신의 목소리를 내려는 것과 동일한 것이다.

---

* 위의 글, pp. 250~251.

그러나 화자는 확고부동한 자세로 흔들리는 자신에게 희망을 주던 과거의 동지 S가 죽었다는 소식을 듣는다. 작품에서 '오빠'의 죽음은 중요한 의미를 지닌다. 지금까지 작가의 작품에는 항상 '오빠'의 목소리가 존재했다. 궁핍의 한국 현실을 비판하던 전기 소설에서는 담론 구조 자체가 사회주의 이론에 근거해 있었고 〈광인수기〉에서는 남편의 담론, 〈혼명에서〉는 S의 담론으로 존재한다. 이는 어머니를 거부하고 이해심 많고 성숙한 남성과의 형제애적 연대를 갈구하는 19세기 영국의 여성소설의 분석을 소개하면서 이미 앞에서 지적한 바 있다.

(3) 죄인의 자기고백: 오빠와 누이 구조의 전복으로서 근친상간

작가는 이제 오빠의 죽음을 뒤로 한 채 자신의 목소리로 이야기하고자 했다. 그것은 남성의 목소리 닮기도 아니고 남성의 권위적 목소리를 중앙에 두고 자신을 타자로 설정하는 피해의 비명 소리도 아닌, 성숙한 여성의 목소리여야 했다.

유고작인 〈아름다운 노을〉은 작가의 사후에 발표되었다.* 1939년 11월에서 1940년 2월까지 4회에 걸쳐 발표된 이 중편은 표면적으로 보면 아들의 나이와 비슷한 약혼자의 동생을 사랑하는 파격적인 작품이다. 소설가이며 화자인 '나'는 '순희'라는 여인을 만나 놀라운 고백을 듣는다. 그런데 재미있는 것은 이 여인이 당시 작가와 같은 32세의 나이라는 사실이다. 더구나 '서글서글한 눈과 입, 후릿한 키, 아무렇게나 차려입은 듯 하면서도 자연스러운 자태'**가 작가의 생전의 인상착의와 같다. 따라서 여기서 '순희'는 작가의 분신이라고 할 수 있다.

---

* 《여성》, 1939. 11, p. 98 의 편집후기에 '여류작가 백신애 씨는 다만 한 편의 유고를 두고 세상을 떠났습니다. 〈아름다운 노을〉이 바루 그것으로 다시 백 씨의 글을 접할 수 없는 마즈막의 그 한 편입니다' 라는 구절이 있다.
** 백신애, 〈아름다운 노을〉, 《여성》, 1939. 11, p. 81.

서른둘의 여인은 열여섯의 아들이 있는 과부로 서른셋의 건실한 청년 의사의 구애를 받고 있다. 마음 내키지 않아하던 여인은 우연히 열아홉인 의사의 동생을 보고 한눈에 반한다. 동생과 접근하기 위해 의사와 약혼한 여인은 역시 자신을 사랑하는 그 소년과의 비밀스런 관계로 인해 혼란에 빠진다. 여인을 가로막는 가장 큰 기제는 의사의 동생인 정규가 자신의 '아들벌'이 된다는 사실이다.

"네가 어미냐! 네 아들이 지금 열여섯 살이나 되었다"라고 외치는 듯하여 나는 깜짝 놀란 듯 휙 돌아서서 달아나듯 골목쟁이를 뛰여나오고 말엇어요. 내아들에게 대할 때 지극키 청정한 어머니로서 아니면 도저히 허락할 수 없다고 내 스사로가 늣겼든 탓입니다. 비록 사정에 못 익여 내가 재혼을 한다는 것은 부득이한 일이니 내 양심에 거리낌이 없을 것 같기도 하지마는 그 날 소년 정규가 더구나 내 아들보다 단 세 살밖에 차이가 없는 소년 정규,*

남성의 경우 자신보다 열세 살 어리고 자신의 딸보다 세 살 많은 여성을 아내로 맞아들인다고 그리 흉이 되지 않는다. 그것이 여성에게 금기시되는 이유는 여러 가지가 있을 것이나 주요한 이유로 모든 남녀 관계에 적용되는 오빠와 여동생의 구조 —성숙한 남성이 여성을 끌어주는— 가 부부 관계에도 적용되기 때문이라고 본다.

그런데 순희와 소년의 관계에는 여성이 남성에게 심리적, 경제적, 사회적으로 의지하는 구조가 존재할 수 없게 된다. 즉 둘의 사랑은 사회의 모든 제도에 빈틈없이 적용되는 이 구조에서 비껴나게 되는 것이다. 이는 지금까지 한국문학사에 등장하는 사랑의 어떤 관계에도 없었던 것이며 작가의 소설 중 유일하게 '오빠'로서의 남성의 의미가 부재하며 결과

---

* 백신애, 〈아름다운 노을〉, 《여성》, 1939, 12, p. 88.

적으로 순희라는 여성 화자의 목소리가 주체적으로 존재한다.

그런데 그 구조는 작가에게도 파격적인 것이며 그 힘겨움은 관계의 근친상간적 요소를 강조하는데서 드러난다. 첫째, 순희는 계속 정규와 자신의 아들의 나이를 비교하고 있고, 둘째, 의사인 성규가 소년에게 아버지로서의 정을 가지고 있음을 강조한다.

> 자기는 부모도 없고 다른 친척도 없고 단지 하나 아우인 그 소년 하나가 유일의 육친이었으니까 그 소년을 두고 자기가 장가들기 민망하여 소년이 중학교를 졸업하고 전문학교나 대학으로 가게 되여 집을 떠나면 그때 장가들겠다는 것이죠.*

성규는 아우를 아버지와 같은 애정으로 양육해 왔고 이미 열아홉의 성인이 된 정규가 좋아할 부인을 얻으려 노력했고 정규가 순희의 관계에도 세심한 배려를 한다. 순희가 성규와 결혼할 경우 정규와의 관계가 마치 새어머니와 아들의 관계처럼 설정될 가능성이 농후한 것이다. 이런 압박 구조는 연상의 여인—연하의 남성, 혹은 독립된 여성의 주체적 사랑이 근친상간 금기처럼 힘든 것이라는 사실을 암시하고 있다.

성규와의 결혼 전날 정규와 포옹하다 개천에 빠져 양가의 명예에 먹칠을 한 죄인인 순희는 이렇게 결심한다. 자신의 삶이 귀한 줄 알았기에 자살은 하지 않을 것이다. 내 몸이 귀한 것인 줄 알았기에 수많은 사내의 구혼도 거절하고 결혼의 필요를 느낄 때까지 꿋꿋하게 살아왔다. 이제 그 소년을 위하여 나의 삶을 바칠 것이다. 이 결심은 순희가 '오빠'의 종속을 벗어나 주체적 사랑을 하게 될 것임을 강하게 암시한다.

---

* 백신애, 〈아름다운 노을〉, 《여성》, 1939, 11, p. 90.

4. 나가며

　백신애는 사회적으로 성공한 아버지와 구시대의 교육을 받은 자애로운 어머니 밑에서 성장했다. 그는 부친의 억압에 반발을 느끼면서도 모성적 침묵과 자신을 동일시하지 않기 위해 어머니와 단절하고 모성적 양육을 대체할 남성으로서의 오빠를 상정한다. '어머니 공포증(matrophobia)'으로부터 자유롭지 못했던 작가는 오빠의 사회주의 사상에 동조함으로써 어머니라는 상징적 억압의 구조로부터 자신을 탈출시키고자 한다.

　조선 하층민의 빈궁상을 그린 초기 단편들은 오빠를 닮으려는 백신애의 무의식이 당대 조선 지식인 남성들의 주류로서 사회주의 담론을 차용하는 과정에서 산출된 것이다. 그러나 KAPF의 퇴조와 이혼이라는 두 과정을 겪은 작가의 현실과의 분열은 자기 풍자를 낳았고 이를 계기로 작가는 자기 계층의 여성 담론에 관심으로 갖는다.

　후기의 작품에는 중산층 여성의 목소리가 광인, 병자, 죄인의 고백 형식으로 나타난다. 〈광인수기〉에는 전향 지식인의 부인이 겪는 이중적 소외가 광기의 언어로 세세하게 그려져 있다. 〈혼명에서〉에는 전향한 여성 지식인의 목소리로 사회주의 사상에서의 전향과 가족주의에서의 탈피로서 이혼을 동궤에 놓고 설명하고 있다. 〈아름다운 노을〉에서는 13세 연하의 소년과의 사랑을 표면 구조에 놓고 오빠와 누이 구조로 되어 있었던 종래의 사랑에 대한 극복을 감행함으로써 주체적 여성 담론의 가능성을 열었다.

작가 연보

1908년 (1세) 5월 20일 경상북도 영천면 창구동 68번지에서 아버지 백내유, 어머니 이내동의 외동딸로 출생. 5세 위인 오빠 기호가 있었음. 아명은 무잠武岑, 호적명은 무동戊東이었음.
1915-1918년 (8-11세) 병약하여 집에 독선생을 두고 한문을 배우다. 독선생은 백신애의 이모부인 김씨였다.
1918년 (11세) 백무잠, 영천보통학교 2학년에 편입학.
1919년 (12세) 상기 학교 3년 중퇴. 중퇴 사유는 대구신명학교 전학이나 사실은 그녀의 건강에 있었음.
1919-1922년 (12-15세) 가정에서 한문수학과 함께 일본의 중학 강의록으로 공부.
1922년 (15세) 12월 백술동이란 이름에다, 생년월일도 1906년 5월 20일로 고쳐 영천보통학교 4학년에 편입학.
1923년 (16세) 3월 25일, 영천보통학교 4년 졸업. 4월 28일, 경상북도 공립사범학교 강습과에 입학.
1924년 (17세) 3월 25일, 사범학교 강습과 졸업과 동시에 영천 공립보통학교 훈도 부임.
1925년 (18세) 3월 21일, 경산군 자인보통학교로 전임. 이력서 구성명舊姓名난에 백신애란 이름이 보임.
1926년 (19세) 1월 22일 겨울방학 중, 여성단체 가입의 탄로로 훈도 강제 사임 곧 상경하여 전기 두 단체의 상임위원이 됨. 2월 25일 천도교회관에서 경성여성청년동맹 2주년 기념식에 단독으로 집회 허가를 받아내고 대회를 혼자 치름.
1927년 (20세) 26년 가을부터 전국순회강연 등 여성운동 전개. 김천강연회는 시인 백기만이 주선. 시베리아 방랑(4~6개월간). 두만국경에서 왜경에 잡혀 혹독한 고문을 받음.
1928년 (21세) 병원에서 퇴원, 영천으로 돌아와 문학수업 겸 여성운동 전개.
1929년 (22세) 1월 1일 박계화란 필명으로《조선일보》신춘문예에 단편〈나의 어머니〉가 당선 1석으로 입상(1, 0, 5, 6일자 4회 연재. 2회분 찾지 못함. 백신애 소설집《꺼래이》에 수록).
1930년 (23세) 3월 어머니 이내동과 오빠 백기호를 비롯 온 가족이 경산군 안심면 용계동의 과수원에 지은 새집으로 이사. 5월경 동경으로 가다. 어느 학교(일본대학 문예창작과라그 하나 불명)에 입학.

1931년 (24세) 봄에 귀국했으나 부모의 결혼 강요에 못 이겨 다시 도일.

1932년 (25세) 가을에 귀국. 동래고보, 대판상고 출신인 은행원 이근채李根采와 약혼.

1933년 (26세) 이른 봄에 대구공회당 큰 홀에서 이근채와 결혼.

1934년 (27세) 1, 2월 단편 〈꺼래이〉《신여성》에 2회에 걸쳐 발표.(下編은 구하지 못함, 개작된 것은 《현대여류문학선집》에 수록)

    2월 수필 〈도취삼매陶醉三昧〉《중앙》.

    3월 경산군 안심면 송전마을 사과밭에 신축한 가옥으로 남편과 이주.

    4월 수필 〈백합화단白合花壇〉《중앙》.

    5월 단편 〈복선이福先伊〉《신가정》.

    6월 수필 〈붉은 신호등〉《신여성》.

    7월 수필 〈연당蓮塘〉《신가정》.

    8월 중편 〈정조원貞操怨〉《삼천리》연재 1회.

    10월 단편 〈채색교彩色橋〉《신동아》.

    수필 〈제목 없는 이야기〉《신가정》.

    수필 〈추성전문秋聲前聞〉《중앙》.

    11월 단편 〈적빈赤貧〉《개벽》.

    12월 단편 〈낙오落伍〉《중앙》.

    수필 〈가정부인으로서 음악가에게 보내는 말씀〉《신가정》.

1935년 (28세) 1월 소년소설 〈멀리 간 동무〉《소년중앙》.

    2월 수필 〈사명에 각성한 후〉《신가정》.

    4월 수필 〈신록新綠의 신혼여행新婚旅行(슈―크림)〉《삼천리》.

    5월 수필 〈종달새〉《신가정》.

    7월 31일~3월 1일 꽁트 〈상금삼원야賞金參圓也〉《동아일보》.

    8월 장편 〈의혹疑惑의 흑모黑眸〉《중앙》 연재 1회

    단편 〈악부자顎富者〉《신조선》.

    수필 〈납량이제納凉二題〉《조선문단》.

    12월 단편 〈정현수鄭賢洙〉《조선문단》.

    12월 아버지 백내유, 일본 규슈 제국대학 병원서 사망.

1936년 (29세) 1월 상경하여 《삼천리》사 초청 여류작가 좌담회에 참석(김동환 사회, 박화성, 이선희, 모윤숙, 장덕조, 최정희 등 참석).

　　　　1월 단편 〈학사學士〉《삼천리》 수필 〈매화梅花〉《조선문단》.
　　　　24일 〈여성논단-여성 전체의 필요〉《조선중앙일보》.
　　　　4월 수필 〈울음, 철없는 사회자〉《중앙》.
　　　　7월 단편 〈식인食因〉《비판》.
　　　　9월 단편 〈어느 전원田園의 풍경風景〉《영화조선》(문원각판 단편문학전집
　　　　에 수록).
1937년　(30세) 3월 5일 수필 〈백안白雁〉《조선일보》.
　　　　4월 수필 〈춘맹春萌〉《조광》.
　　　　6월 꽁트 〈가지말게〉《백광》.
　　　　수필 〈초화草花〉《문원》.
　　　　수필 〈종달새 곡보曲調〉《여성》.
　　　　수필 〈록음하綠陰下〉《조광》.
　　　　8월 수필 〈동화사桐華寺〉《조광》.
　　　　9월 수필 〈촌민村民들〉《여성》.
1938년　(31세) 1월 수필 〈눈 오던 밤의 椿姬〉《여성》.
　　　　2월 수필 〈신혼여행과 슈크림〉《여성》.
　　　　5월경 남편 이근채와 별거, 용계동의 친정으로 돌아옴.
　　　　6월 25일-7월 7일, 단편 〈광인수기〉《조선일보》 10회 연재.
　　　　7월 단편 〈소독부小毒婦〉《조광》.
　　　　9월 25일 병원에서 퇴원 5일 후, 인천항 출항, 중국 칭따오(靑島)도착.
　　　　9월 단편 〈일여인一女人〉사해공론四海公論.
　　　　10월 16일부터 약 40일간 상해에 도착, 여기서 오빠 백기호와 체재.
　　　　11월 15일 상해 체재중, 집사를 시켜 이혼 수속을 밟게 함.
1939년　(32세) 5월 단편 〈혼명混冥에서〉《조광》.
　　　　수필 〈청도기행靑島紀行〉《여성》.
　　　　5월 말(?) 경성제국대학병원에 입원.
　　　　6월 23일 상기 병원에서 사망. 화장한 유골을 칠곡漆谷 동명에 있는 가
　　　　족묘지에 안장.
　　　　11월 중편 〈아름다운 노을〉 백신애 유작으로 《여성》지에 발표. 39년
　　　　11, 12월 40년 1월, 2월 4회 연재.

연구 논문

최독견,〈현상단편후감─수법기타(1)〉,《조선일보》, 1929. 1. 1.
박영희,〈현상단편후감─일반경향(1)〉,《조선일보》, 1929. 1. 1.
김문집,〈벡신애론〉,《비판》, 1936. 6.
박승극,〈병아리 떼를 보는 것 같다〉,《비판》, 1936. 6.
백 철,〈근년 여류창작계〉,《여성》, 1936. 12.
엄흥섭,〈심리적 리얼리테의 결핍〉,《조선일보》, 1938. 6. 29.
백 철,《신문학사조사》, 민중서관, 1952.
백기만 편,《씨뿌린 사람들》, 사조사, 1959.
김용성,《현대문학사 탐방》, 국민서관, 1973.
김우종,《한국현대소설사》, 선명문화사, 1974.
이재선,《한국현대소설사》, 홍성사, 1976.
임경선,〈1930년대 여류소설에 대한 연구─특히 박화성, 강경애, 벡신애 작품에 나타난 사회성을 중심으로〉, 이화여대 교육대학원 석사논문, 1976.
강인숙,〈1930년대 여성작가의 작품경향연구〉, 이화여대 석사논문, 1981.
김문수,〈벡신애의 작품과 생애〉,《한국문학대전집》, 태극출판사, 1982.
전혜자,〈한국여류소설에 나타난 페미니즘 분석〉,《아세아여성연구》22, 숙명여대, 1982.
정공채,〈훨훨 날다가 일찍 가버린 흰 불새〉,《여성동아》, 1983. 10.
김옥섭,〈벡신애연구〉, 성신여대 석사논문, 1984.
박응칠,〈빈궁소설연구〉, 인하대석사논문, 1984.
서정자,〈벡신애 소설연구─여성리얼리즘의 양상〉,《원우논총》2집. 숙명여대 대학원 원우회, 1984.
─────,〈아름다운 노을고: 백신애 문학의 지향점 탐구〉,《청파문학》, 14, 숙명여대, 1984.
채 훈,〈1930년대 한국여류소설에 있어서의 빈궁의 문제〉,《아세아 여성연구》, 숙명여대 아세아여성연구소, 1984.
김윤식,〈벡신애 연구초〉,《경산문학》, 1986.
이강언,〈여류소설가 백신애〉,《대구매일신문》, 1986. 7. 5
한명환,〈벡신애 연구〉, 고려대 석사논문, 1986.

조남현,《한국현대소설연구》, 민음사, 1987.
민현기,〈백신애 소설 연구〉,《한국학논집》18, 계명대 한국학연구원.
조주현,〈미친년 넋두리: 백신애의 '광인수기'와 길만의 '노란벽지'를 중심으로〉,《또하나의 문화》
김선학,〈백신애 작품론-식민지 현실의 소설적 체험〉,《월간조선》, 1987. 5.
변정화,〈1930년대 한국단편소설연구〉, 숙명여대 박사논문, 1987.
서정자,〈일제 강점기 여류 소설연구〉, 숙명여대 박사논문, 1987.
이정옥,〈한국여류소설연구-1920,30년대를 중심으로〉, 서강대 석사논문, 1987.
이강언,〈강경애·백신애 소설의 대비연구〉, 대구대 교육대학원 석사논문, 1987.
서정자,〈백신애의 여성해방의식〉,《어문학연구》56, 1988.
원종인,〈1930년대 여류소설연구〉, 숙명여대 교육대학원 석사논문. 1988.
유상진,〈강영애·백신애 소설의 대비연구〉, 대구대 교육대학원, 1988.
이영숙,〈1930년대 여성작가의 인식에 관한 연구-강경애, 백신애, 박화성 작품을 중심으로〉, 이화여대 여성학과 석사논문, 1988.
이해진,〈한국현대소설에 나타난 재난의 상상력-1920년대부터 1959년대 까지의 단편을 중심으로〉, 서강대 석사논문, 1988.
임선애,〈백신애론- 궁핍한 시대의 현실과 작가정신〉,《국문학연구》11집, 효성여대, 1988.
정영자,〈백신애소설연구-주제를 중심으로〉,《수련어문논집》15집, 1988.
———,〈한국여성문학연구-1920˜1930년대를 중심으로〉, 동아대 박사논문, 1988.
구교범,〈백신애소설연구〉, 영남대 교육대학원 석사논문, 1989.
오상인,〈1930년대한국여류소설연구-박화성, 백신애, 강경애 작품에 나타난 '빈궁'의 문제를 중심으로〉, 영남대 교육대학원 석사논문, 1989.
이은숙,〈백신애 소설연구〉, 서울대 교육대학원 석사논문, 1989.
———,〈백신애 소설연구〉,《국어국문학 논문집》37, 서울사대 국어국문학연구회, 1989.
정일진,〈백신애 소설연구〉, 대구대 석사논문, 1989.
주정숙,〈백신애 소설연구〉, 계명대 석사논문, 1989.
하소양,〈백신애 연구〉, 충남대 교육대학원 석사논문, 1990.
배옥남,〈백신애 소설연구〉, 인하대 교육대학원 석사논문, 1990.
임금복,〈백신애소설에 나타난 지식인 연구〉,《성신어문학》3. 성신여대, 1990.
김정자,〈여성소설의 집과 공간의 시학〉,《한국여성소설연구》, 민지사, 1991.

김현정,〈백신애 소설연구-빈궁문제의 수용양상을 중심으로〉, 성신여대 교육대학원 석사논문, 1991.
송지현,〈1930년대 한국소설에 있어서의 여성자아 정립양상에 대한 연구〉, 전남대 박사논문. 1991.
이은희,〈백신애 소설연구〉, 건국대 석사논문, 1991.
김태자,〈백신애 소설의 여성문학적 고찰〉, 계명대 여성대학원 석사논문, 1992.
박미현,〈백신애 소설연구〉, 전북대 교육대학원 석사논문, 1992.
방영이,〈한국근대소설에 나타난 여성의식연구〉. 전북대 박사논문, 1992.
이강언,〈한국현대소설의 전개〉, 형설출판사, 1992.
정영자,〈인간성 회복의 문학〉, 지평, 1992.
김윤식,〈백신애의 소녀 시절〉,《영천 문학》, 영천문학회, 1993.
류수연,〈백신애 소설연구〉, 전북대 석사논문, 1993.
이강언,〈백신애의 삶과 문학〉,《영천문학》, 1993.
오안라,〈백신애 소설연구〉, 전북대 교육대학원 석사논문, 1994.
박인숙,〈1930년대 여성소설에 나타난 여성문제인식연구- 박화성, 강경애, 백신애 소설을 중심으로〉, 한성대 석사논문, 1994.
변신원,〈백신애 소설연구〉,《연세어문학》 26집, 1994.
김미현,〈'사이'에 걸짓고 살기〉,《페미니즘과 소설비평-근대편》, 한길사, 1995.
허유진,〈1930년대 여성소설연구- 박화성, 백신애, 최정희, 이선희 소설을 중심으로〉, 경원대 석사논문, 1995.
김재용,〈프로소설의 확대와 동반자 작가의 변모〉,《한국현대대표소설선》4, 창작과 비평사, 1996.
윤옥희,〈1930년대 여성작가 소설연구- 박화성, 강경애, 최정희, 백신애, 이선희를 중심으로〉, 성균관대 박사논문, 1996.
이미강,〈백신애 소설연구〉, 계명대 교육대학원 석사논문, 1996.
윤종진,〈백신애 소설연구-낙오의식을 중심으로〉, 공주대 석사논문, 1999.
이승아,〈1930년대 여성작가 공간의식연구〉, 이화여대 석사논문, 2001.

* **책임편집 소개**

최혜실
서울 출생. 서울대학교 사범대학 국어교육과
서울대학교 대학원 국어국문학과, 한국현대문학 전공, 문학박사.
KAIST 인문사회과학부 교수를 거쳐 현 경희대학교 국어국문학과 교수.
미 하바드대학 한국학연구소 방문교수.
한국여성문학회 이사, 영상문화학회 이사 역임.
인문콘텐츠학회 부회장, 사이버문화학회 기획위원, HCI학회 인문사회과학
분과위원장, 한국문화관광정책연구원 이사.
《문학사상》으로 문단에 데뷔, 김환태 평론문학상 수상.
저서로 《한국 모더니즘 소설 연구》, 《한국 현대소설의 이론》, 《신여성들은
무엇을 꿈꾸었는가》, 《모든 견고한 것들은 하이퍼텍스트 속으로 사라진다》,
《한국 근대문학의 몇가지 주제》, 《디지털 시대의 문화 읽기》, 《디지털 시대의
영상문화》, 편저로 《디지털 시대의 문화예술》, 《성과 문화》, 《사이버 문학의 이해》,
《지식의 최전선》 외 다수가 있음.

백신애 작품집

발행일 | 2022년 9월 30일 초판 1쇄 발행
2023년 11월 10일 초판 2쇄 발행

지은이 | 백신애   **책임편집** | 최혜실
펴낸이 | 윤형두·윤재민   **펴낸곳** | 종합출판 범우(주)
편집기획 | 임헌영·오창은   **인쇄처** | 태원인쇄

등록번호 | 제406-2004-000012호 (2004년 1월 6일)
(10881) 경기도 파주시 광인사길 9-13 (문발동)
대표전화 | 031-955-6900   **팩 스** | 031-955-6905
홈페이지 | www.bumwoosa.co.kr   **이메일** | bumwoosa1966@naver.com

ISBN 978-89-6365-453-8 03810

* 책값은 뒤표지에 있습니다.
* 잘못된 책은 바꾸어드립니다.